L'ENC~~~~ ROUGE

« La tanière du loup »

Livre III

ALAIN PINET

Note de l'auteur

Cette histoire est une pure fiction qui ne fait référence à aucun fait réel ou historique, les personnages et leurs noms sont purement imaginaires ainsi que les lieux cités dans cet ouvrage.

Toute ressemblance avec des personnages existants ou ayant existés, serait de fait totalement fortuite.

3

L'ENCRE ROUGE

Livre III

« La tanière du loup »

ALAIN PINET

Note de l'auteur

Cette histoire est une pure fiction qui ne fait référence à aucun fait réel ou historique, les personnages et leurs noms sont purement imaginaires ainsi que les lieux cités dans cet ouvrage.

Toute ressemblance avec des personnages existants ou ayant existés serait de fait totalement fortuite.

© 2020, Alain PINET

Édition : BoD – Books on Demand, 12/14 rond-point des Champs-Élysées, 75008 Paris. Impression : BoD - Books on Demand, Norderstedt, Allemagne
Dépôt légal : septembre 2020

CHAPITRE XXIX

Luc laissait les filles s'expliquer entre-elles. Tout cela, c'était déjà derrière lui et il était déjà parti à envisager la méthode à employer pour l'opération « épervier ».

1. Localiser tous les comploteurs

2. Recueillir toutes les preuves nécessaires

3. Lancer les procédures judiciaires sans aucune faute

4. Immobiliser les protagonistes

5. Les remettre aux autorités des pays

6. Faire assurer la représentation du groupe devant les tribunaux

7. Réaliser une estimation des pertes financières engendrées, et des préjudices causés

8. Se faire indemniser

Il venait de noter cela sur une feuille de papier et il fit signe à Sara de le rejoindre, en lui tendant la feuille laissant le soin, à ses deux directrices générales de raisonner une bonne fois pour toute cette Stroumphette indisciplinée, et parfois écervelée. C'est du moins, ce qu'il laissait entendre par son désintéressement total de ce qui se passait dans la pièce voisine.

Il fit un petit signe à Eva de le rejoindre également et il quitta la pièce. Sara se dirigea tout de suite vers Eva, et l'entraîna à ses basques, sans un mot.

Puis dans l'entre pièce elle chuchota à Eva :

– Tu viens de rentrer dans la cour des grands, et dans les secrets d'état. Alors attention à bien écouter quand il te parlera. Et à l'avenir, ne sors jamais sans avoir avec toi, de quoi noter ou de quoi enregistrer. Il ne répétera jamais.

– Mais qu'attend-il de moi ? Je ne comprends rien

– Il va te le dire, et si tu ne comprends pas, tu me demanderas

Elles reprirent le chemin menant au grand salon quand Hans, du haut de sa stature, mit la main sur l'épaule d'Eva.

– C'est vous Eva ? Enchanté, je suis Hans, et pour cette opération vous allez travailler avec moi.

– Quoi ? Mais qui c'est celui-là fit Eva

– Je suis chargé de l'opération « Épervier », mais allez-y le patron vous attend.

Il les laissa passer, et elles découvrirent un Luc, la tête entres les mains, comme effondré sur lui-même.

– Ça ne va pas patron, voulez-vous que j'appelle de l'aide ? Dit Hans

– Non merci Hans, c'est un petit passage à vide, allez préparer la mission avec Patrick

– Bien Monsieur, je descends, mais je vais demander à Peter de monter.

Hans quitta la pièce, et Luc fit signe aux filles de s'asseoir face à lui.

- Eva, tu es désormais sous les ordres exclusifs de Sara, en plus clair tu es nommée comme attachée à la direction générale de la zone Sud-Ouest. Tu préviendras tes parents, je veux les voir ici même mercredi. Sara te donnera les informations en temps utiles

- Mais Luc, vous ne pouvez pas décider de ça tout seul, j'ai mon mot à dire. Répondit-elle

- Sans doute, mais tu le donneras à Sara, c'est ta patronne maintenant.

- Sara, peux-tu me dire où en est la REUTHER FAMILY avec les girls ?

- Oui, officieusement, les trois vont entrer dans la GIRLS FAMILY dès ce soir en FAMILY GIRLS. Il nous manque la quatrième.

- OK, que Margot règle ça.

- Bon, alors si c'est réglé, quel est le code de ralliement ?

- Le même que le nôtre.

- Ah oui quand même, ce n'est pas un peu prématuré ?

- Luc, tu sais très bien que là-dessus, nous ne changerons pas d'avis.

- Et elles sont au courant ?

- Non, pas encore.

- Bien, a ton avis, j'attends, ou j'agis ?

- Attends, il faut qu'on leur montre ce que sera leur groupe et à quoi il va servir.

- D'accord. Eva, tu retournes dans le bureau. Et tu dis à Ruth de venir.

Ruth fit son apparition, souriante détendue, et c'est tout à fait ce dont le groupe avait besoin.

Elle se positionna face à Luc, et sans aucune gêne, elle le fixa, sans la moindre crainte ou le moindre doute.

- Ruth, assieds-toi. Donne ton avis sur cette réunion à laquelle tu as assistée.

- Luc, mon avis, c'est que c'était marrant.

- Comment ça marrant ? Tu m'expliques ce point de vue ?

- Eh bien, nous on ne connaît rien à vos affaires d'accord, mais on sait bien que ce n'est pas toujours blanc ou noir. Alors on a aussi compris que vous aviez des problèmes plus urgents que nos petites vies. Mais on a bien rigolé quand même.

- D'accord, je voulais ton avis, je l'ai eu. Mais maintenant, tu n'es plus la petite serveuse rigolote qui fouine dans tous les recoins de la maison.

- Comment vous savez ça, j'ai été dénoncée ? Allez dîtes moi ?

- Eh minute, ça vient. Tu n'as pas été dénoncée, d'une part, mais tu t'es dénoncée toi-même. D'autre part, j'aime que tu gardes cette qualité de toujours avoir un temps d'avance. Chez nous, ce que tu considères un défaut devient une qualité.

- Ah bon, vous m'aimez bien alors ? J'avais un peu peur que ce soit le contraire, parce que le vieux, lui il m'aimait bien aussi, mais je sais bien qu'il en voulait qu'à mon cul.

8

Luc et Sara ne purent se retenir plus longtemps et se confondirent dans un fou rire impossible à retenir.

– Tu vois Sara, c'est ça qui me plaît chez elle, étouffa Luc sans pouvoir s'arrêter de rire.

– Oh punaise, répondit-elle, elle est formidablement trop. Je vais pisser par terre si elle continue

Ruth avait le sourire un peu niais, car elle ne comprenait pas ce que ces deux-là lui voulaient. Alors elle reprit tout aussi naïvement :

– Je ne sais pas pourquoi vous riez, mais si vous vous moquez de moi, c'est que je ne dois pas être bonne à grand-chose.

– Oh Ruth, je t'interdis de dire des choses comme ça, tu as une valeur inestimable pour notre groupe reprit Luc.

– Oui ? Alors qu'est-ce qui vous fait dire ça ?

– Tout simplement ta vivacité, ta spontanéité, ton énergie, bref, tout ce que tu es et dont nous manquons dans notre groupe.

– Ah, vous avez besoin d'un clown alors, c'est ça ?

– Non plus, mais bienvenue si tu veux bien rester telle que tu es.

– Ah bah ça, je ne peux pas changer, de là où je suis sortie, c'est un voyage sans retour.

– Ce n'est pas faux Ruth. Donc, reprenons sérieusement. A partir d'aujourd'hui, tu es nommée attachée à la direction générale du groupe de la zone Sud-Est sous la direction de Charlotte. Tu seras donc sous les ordres exclusifs de Charlotte

- Comment ? vous allez m'augmenter alors ?

- Oui ne sois pas inquiète pour ça, tout sera réglé dans les détails par ta patronne. Et pendant que tu es ici, tu préviendras tes parents que je veux les voir ici mercredi prochain.

- Je n'ai que ma mère Luc, et comme elle n'a pas de travail en ce moment, alors je l'aide.

- Et c'est seulement maintenant que j'apprends ça ? Ouh là là. Bon, ta mère saurait-elle faire le service ici.

- Euh oui, ce n'est pas son métier, mais c'est toujours du boulot, et puis ça lui paiera au moins son loyer.

- Mais attends, détailles moi où vous en êtes toutes les deux.

- Ma mère habite en banlieue, mais elle n'a pas le permis de conduire. Mon père il est parti quand j'étais encore petite. Alors c'est pour ça que j'ai fait l'école hôtelière, parce que ma mère, elle ne pouvait pas payer mes études. Moi je voulais devenir une grande dame, mais je n'ai pas les épaules on m'a dit.

- Tu sais ce que je vais faire pour toi Ruth ?

- Bah non, mais vu que vous allez prendre ma mère au service, j'ai déjà réussi ma vie si je sauve ma mère.

- On va faire beaucoup plus que ça. Ta mère va venir habiter ici. Et elle sera chargée de faire un peu de service et de gérer les dépenses des services entretien de l'intérieur, et de la cuisine.

Une femme comme ta maman, ça n'a pas de prix et c'est une valeur sûre.

Tu prends le téléphone, et tu l'appelles tout de suite. Elle sera certainement très heureuse de t'entendre,

— Oh Monsieur Luc, merci, là j'ai les larmes aux yeux, vous me faites pleurer. Je vais enfin avoir mère toute proche de moi.

Elle pourra emmener mon chien ?

— Ne t'inquiète pas, arrêtes de pleurer et viens ici, allez approches toi.

Il se leva ainsi que Sara, et ils l'embrassèrent, émus eux aussi par cette petite qu'on avait tout simplement séquestrée pendant toutes ses années.

Ruth s'était calmée, les yeux rougis, mais toujours clairvoyante et spontanée.

— Je ne veux pas abuser Luc, mais Ephie, elle est pareil que moi. En fait, c'est presque ma sœur jumelle, mais elle parle moins que moi, elle garde tout à l'intérieur elle. Alors il y a des soirs, elle me rejoint dans mon appartement, parce que sa mère lui manque, et on se console comme ça.

— Tu as bien fait de nous le dire. Parce qu'elle aussi, nous devons la voir. Mais avant, appelles ta maman, et je tiens à lui parler.

Ruth chercha des yeux le téléphone, et Sara et Luc quittèrent le grand salon, pour laisser un peu d'intimité à la jeune fille.

Ils sortirent main dans la main, serrés l'un contre l'autre, trop émus pour parler. Luc ouvrit la porte fenêtre donnant sur la verrière, et ils sortirent sur le balcon. Il brisa le silence.

— Sara, embrasse-moi

Elle se tourna face à Luc, s'appuya sur la rambarde, et ils se confondirent dans une étreinte où les lèvres de l'un enflammaient les lèvres de l'autre, dans un profond désir de réconfort.

Ruth sortit pour les appeler, en interrompant ainsi l'étreinte qu'elle voyait devant elle.

— Oh encore une bévue, désolée, je ne voulais pas vous déranger Luc.

— Tu ne nous as pas dérangés Ruth. Je peux parler à ta maman ?

— Oui, mais elle pleure.

— Allô, bonsoir Madame. Non attendez Madame, arrêtez de me remercier. Calmez-vous. J'ai des choses à vous dire et j'aimerai que vous m'écoutiez attentivement.

Tout d'abord, au nom du groupe que je dirige Madame, je vous prie d'accepter nos excuses, bien que les fautes commises ne soient pas excusables. Aussi, vous serez dédommagée pour tout ce qu'a dû subir votre fille pendant ces trois longues années, et nous en reparlerons ici même ensemble. Votre fille va très bien, et d'ailleurs, sachez que nous allons la muter à la direction générale où elle exercera ses nouvelles fonctions. Compte tenu de sa nouvelle affectation, bien entendu, elle recevra le traitement qui correspond.

De plus, son appartement va être libre, et nous recherchons du personnel.

Seriez-vous intéressée par un poste chez moi ?

Je vous recevrai Mercredi à la résidence. Je vous enverrai un chauffeur. Oui madame, et ne vous inquiétez de rien, nous réglerons tout mardi. Bonne soirée madame,

Voulez-vous reparler à votre fille ? Je lui donne le combiné, et parlez tout le temps nécessaire, elle pourra vous appeler dès demain matin. Au revoir Madame.

Il tendit le combiné à Ruth, puis il ressortit une nouvelle fois pour retrouver Sara sur la terrasse.

- Ma chérie, c'est terrible de devoir vivre ça. Ce que je peux faire maintenant n'est rien à côté de ce qu'elles ont subi.

- Luc, il te reste Ephie à voir, si tu veux, va chez moi et je descends avec elle.

  Parce que ce que tu as fait avec Ruth, tu dois le faire pour Ephie, et peut être pour Eva, on ne sait rien sur Eva côté famille.

- Oui, tu as raison. On va faire comme ça. Je descends et tu me rejoins. Ensuite, nous irons chez Charlotte avec Eva.

Il s'engouffra dans le couloir, passa la porte de sa suite, prit l'escalier pour descendre d'un étage, et poussa la porte de la suite qu'occupait Sara.

Il jeta un coup d'œil rapide pour voir où il pouvait s'installer, et trouva que le bureau de la suite était encore le meilleur endroit qui conviendrait.

Il entra alors dans la salle de bains pour se rafraîchir, puis s'installa au bureau, attendant que Sara revienne.

Ephie entra la première, un peu tendue, mal à l'aise.

Pourtant, lorsqu'elle était au contact de Ruth, on la sentait plutôt à l'aise, mais là, elle devenait plus réservée, plus timide, et comme l'avait laisser entendre Ruth, elle gardait tout en elle.

Luc tenta une approche plus indirecte encore, puisqu'il connaissait en partie, sa situation familiale.

Au lieu de lui annoncer directement les choses, il décida d'attaquer par le flanc.

– Ephie, détendez-vous, ce n'est pas un tribunal ici, et au contraire, plutôt la fin d'un cauchemar que moi-même je n'aurai pas voulu vivre. Je ne peux malheureusement pas changer le passé, sinon, croyez bien que je l'aurai fait immédiatement. Mais je crois qu'il y a une personne importante que vous devriez appeler, et si vous me le permettez, avec laquelle j'aimerai m'entretenir, après que vous l'aurez-vous-même contactée.

Souhaitez-vous appeler votre maman, là tout de suite ?

– On a le droit ? C'est vrai, on peut appeler sa famille maintenant ?

– Ephie, ce n'est pas un droit, mais un devoir.

J'aurai aimé pouvoir appeler ma famille moi aussi, malheureusement, je n'ai pas pu le faire, et maintenant, je n'en ai plus. Je n'ai désormais pour seule famille, que ceux qui m'entourent. Et c'est pour cela qu'ils sont si importants pour moi.

Alors je vous en prie, appeler votre mère.

14

Je serai sur la terrasse, venez me chercher quand vous en aurez terminé, pour que je lui parle.

Il se leva, et partit sur la terrasse où Sara l'avait rejoint.

— C'est terrible Sara, devoir rattraper des erreurs que tu n'as pas commises, tout en sachant que quoique tu fasses, tu ne pourras jamais effacer ça de ta mémoire, et de la leur. C'est terrible, je prends sur moi, mais vraiment, si je pouvais, je chialerais.

— Mon chéri, tu n'es coupable de rien, tu n'as rien à te reprocher. En une seule journée, tu as, comme à ton habitude, déverrouiller tant de portes, tu as ouvert tant de coffres à secrets, que l'on ne peut pas te montrer du doigt, parce que tu sauves et tu répares.

Mais tu ne peux pas, parce que tu n'es pas Dieu, refaire ce monde, et que même s'il est pourri, tu vis avec et tu vis pour.

— Je sais tout ça, et si vous n'étiez pas là toutes ensemble avec moi, Élise et moi, nous serions retournés vivre là-bas, en France, avec les personnes qui nous ont fait grandir.

Je n'aurai pas tous les moyens que j'ai maintenant c'est certain, mais mes soucis seraient bien moins grands.

J'ai choisi d'assumer cet héritage, de le prendre en charge, de changer les codes, et cela m'entraîne vers tout l'amour que je n'ai pas eu, et que vous m'apportez toutes sans rien attendre en retour.

Parce que je ne peux pas partager mon cœur pour vous le rendre. J'ai parfois l'impression d'abuser de vous, et de me tromper de chemin.

– Luc, nous, les femmes que nous sommes avec toi nous pouvons librement l'assumer, sans reproche, sans jugement, sans le regard pesant des autres, et ici, nous avons fait toutes ce choix délibéré, sans aucune exception, y compris ta femme, de vivre ainsi.

Ne sois pas dur avec toi, restes digne, parce c'est ainsi que nous t'aimons, avec tes forces, tes faiblesses, ce besoin constant d'amour, de tendresse, de plaisir, de désir, d'autorité, de force, de présence.

Si nous n'avions pas été telles que nous sommes, sans avoir la capacité de te rendre la montée plus douce, le chemin, plus facile, alors, nous ne serions pas nous-mêmes.

Nous n'avons pas besoin d'avoir tout ce que tu nous donnes, et pas une ne te dira le contraire.

C'est sans pudeur, sans retenue, sans bienséance et sans morale que nous voulons être avec toi, et ce sont nos véritables sentiments que nous te montrons. Il n'y a ni jeu, ni victoire, ni enjeu pour ça.

Élise et toi, vous êtes qui vous êtes, et nous vous respectons, parce que vous avez cette foi en vous, tellement puissante, tellement forte, qu'elle nous transporte, elle nous anime, elle nous autorise à vivre, loin de toutes les conventions qu'exige la morale.

Nous sommes immorales, et alors ?

Nous couchons avec vous, nous nous baignons avec vous, nous sommes à poil avec vous, nous baisons avec vous, parce que nous le voulons, pas parce que tu es un mâle dominant, et encore moins parce que tu es le Boss, mais parce que vous êtes des personnes qui rendez les gens libres.

Votre puissance, elle existe, et tu es l'incarnation de cette puissance.

Tu es le loup qui protège la meute.

Personne ne viendra nous enlever ça, je te le répète, sois convaincu de ta route, et quand tu auras besoin d'un corps féminin, un sein à caresser, un sexe à prendre, un amour à ressentir, nous serons là.

Notre importance, c'est toi qui nous l'as donnée, notre position, c'est toi qui l'as choisie, mais nous savons que dans les grands moments, aucune de nous n'est exclue.

Viens chéri, viens tout contre moi, je fais partie de ta force, n'en doute jamais. Je t'aime, et nous t'aimons toutes.

— Merci, Sara, j'aime me sentir prés de toi, tu montres de la différence par ta couleur, et en même temps tu démontres que tu es comme toutes les autres femmes, avec un cœur et des sentiments. C'est en cela que je t'ai choisie pour entrer dans ma famille.

Ephie se présenta sur la terrasse, et s'approcha du couple enlacé.

Elle les prit tous les deux dans ses bras en pleurant à chaudes larmes, puis elle ajouta :

— Monsieur REUTHER, ma maman attend.

— Oui Ephie, j'y vais.

Il pénétra dans le bureau, et se saisit du combiné.

— Luc IMBERT REUTHER madame. Bonsoir, je tenais à vous parler. Vous avez parlé à votre fille et j'en suis fort heureux. Je ne saurai vous dire mon désarroi quand j'ai appris l'histoire de votre fille et j'en suis surpris, et surtout désarçonné. Je tiens à vous préciser que ce n'est pas de mon fait, mais que cela n'enlève rien à la situation. Que faites-vous mercredi madame ?

Alors je vous enverrai une voiture pour vous prendre à votre domicile, et je vous recevrais personnellement à la résidence.

Avez-vous un emploi actuellement ?

Bien madame, ne vous en faites pas, je réglerai tout ça, c'est le moins que je puisse faire. J'ai peut-être une solution pour que vous ne viviez plus jamais ça. Avez-vous un autre enfant ?

Une fille dîtes vous ? Presque 21 ans bien, elle est occupée j'imagine ? Ah en études. Dans quel domaine ?

Écoutez Madame, serait-il possible que je la rencontre également ?

Vous lui en parlez, et si c'est possible qu'elle vous accompagne.

Madame, sachez que je ferai tout ce qui est en mon pouvoir, pour que plus jamais pareille chose ne soit possible, mais si vous le voulez bien, nous en parlerons Mercredi.

Très bien madame, voulez-vous reparler à votre fille ? Je vous la repasse Madame, à Mercredi.

Il tendit le combiné à Ephie, s'installa derrière le bureau, et Sara vint s'asseoir sur ses genoux naturellement, sans la moindre retenue, et sans aucun complexe.

Ephie parla à sa mère, répétant sans cesse « maman » ce mot si doux que Luc aurait aimé si souvent pouvoir prononcer avant, et dont il avait été privé.

Rien ne pouvait être comme avant pour lui, quand il avait reçu le dernier baiser de sa mère et était parti dans ce pensionnat où on l'avait emmené, sans qu'il ne puisse jamais revoir celle qui l'avait enfanté.

Ce baiser, il le cherchait auprès de ces femmes épanouies, tendres et amoureuses, ces femmes lesbiennes rejetées de ce qu'était la normalité, qui avaient trouvé en lui, le juste équilibre de leur genre, qu'il leur permettait de vivre pleinement.

Il savait qu'il ne retrouverait jamais, ni dans les caresses, ni dans les mots, tout ce qui lui manquait. Mais il compensait comme il le pouvait, et si cela devait passer par une forme particulière de vie, il était prêt à l'assumer.

Ephie regardait la scène sans jeter le moindre regard désapprobateur, et ne semblait ni gênée, ni troublée.

Elle raccrocha le combiné, et Luc s'adressa à elle :

- Ephie, j'ai une nouvelle importante pour toi. Mais avant, parle-moi de la famille à Eva.

- Que voulez-vous savoir ?

- Ce que tu en sais. Juste de que tu sais, ni plus ni moins.

- Eva SION est une fille charmante, mais elle n'a plus de famille proche, à part un oncle je crois. Ses parents ont eu un grave accident juste après que votre père l'a eu recrutée. Ici, ça a été très difficile pour elle. Elle a tenu parce que nous étions là.

Maintenant, depuis que vous êtes arrivé ce matin, ça à l'air d'aller mieux. Elle a beaucoup ri cet après-midi, et on ne l'avait jamais vue comme ça.

Faut dire qu'on s'est retrouvée toutes nues dans les salons d'essayage, parce qu'on était parties en jean et en catastrophe, on ne savait pas qu'on allait faire les boutiques de haute couture.

Cela étant, ce que peux ajouter, c'est que c'est vraiment la plus belle d'entre nous, bon, on ne peut pas rivaliser avec votre femme ou les autres comme vous Sara, mais nous, on ne nous a jamais appris ici à nous mettre en valeur.

Alors on fait un peu nunuche.

— Merci, Ephie. Alors je te rassure, vous êtes loin d'être, comment tu as dit déjà, « nunuche » ! Et de plus, tout ce que vous ne savez pas, on va vous l'apprendre, dans tous les domaines. Pour la bonne nouvelle, je t'annonce que tu intègres dès ce soir, notre groupe, comme attachée à la direction générale de la zone Nord-Est sous la direction de Emma SMITH.

Tes appointements seront revus, et dès la semaine prochaine, tu apprendras ce que l'on attend de toi.

Par ailleurs, compte tenu des difficultés de ta maman, je recevrais ta mère, et ta sœur Cathy, mardi. Il y a quelque chose que tu m'as caché, mais ce n'est pas grave, je pense recruter ta sœur jumelle au poste d'attaché à la direction générale de la zone Nord-Ouest.

– Ma sœur jumelle ici ? Ça fait si longtemps que l'on s'est vue, je n'en reviens pas. Permettez-moi Luc.

Elle accourut auprès de Luc, s'accrocha à son cou et posa ses lèvres sur celles de Luc. C'était maladroit, mal assuré, mais toute l'intention s'exprimait et elle n'avait pas su contenir son émotion.

Elle retira ses lèvres, un peu confuse, mais Luc la rassura.

– Ephie, vous venez de donner votre premier baiser de ralliement à la FAMILY GIRLS.

– Oh je ne me suis pas rendu compte Monsieur, excusez-moi.

– Ne t'excuse pas Ephie, si je ne dis rien, c'est que j'accepte. Reviens, ici, n'aies pas peur. Je te dois un vrai baiser, alors je vais te le donner.

Il se leva, et l'embrassa tendrement, sans pression, et elle s'abandonna totalement à cette bouche qui s'employait à prendre la sienne. Les premiers émois montaient en elle, alors Sara s'approcha, et doucement, lui caressa le corps pour faire baisser les tensions qui l'envahissaient entièrement.

Luc retira sa bouche, et la regarda en riant.

– Sois rassurée Ephie, tu n'es pas ici par hasard, et tu vas reprendre tes études, et apprendre l'anglais, le russe et le chinois. Et aussi l'amour.

– C'est vrai Monsieur ? Je vais apprendre ?

– Oui, et toutes les quatre vous allez suivre des cours par correspondance et avoir un tuteur ici même. Tout se mettra en place progressivement.

Mais pour vous, c'est terminé le service à table. Vous allez enfin découvrir la vraie vie.

Excuse-moi, tu retournes là-haut, et tu prends tes consignes auprès de ta patronne Emma. Allez files !

Dès qu'elle eut quitté les lieux, Sara sourit à Luc, et il comprit qu'elle le félicitait de la manière dont il avait traité le difficile virage que présentait le recrutement de sa sœur jumelle.

Séparer des jumeaux quand ils ne le souhaitent pas eux-mêmes, c'est comme les couper en deux par leur verticale, aussi, il était impossible de s'autoriser cela. Et tout compte fait, ça aiderait certainement le groupe dans certaines démarches délicates.

Il fila à toute vitesse jusqu'à l'appartement de Charlotte où Eva attendait.

Il entra en trombe, l'heure tournait et il ne lui restait que cinq minutes avant l'ouverture des portes de la grande salle de réception.

Eva était là, sage comme une image, alors Luc n'y alla pas par quatre chemins, il s'avança, saisit la jeune fille, la regarda fixement, posa ses lèvres sur celles de la jeune fille, et elle lui rendit un baiser profond, sans aucune résistance, et sans aucune retenue.

Doucement, il retira sa bouche et lui dit :

—   Eva, je te demande pardon, j'ai été maladroit avec toi, et je ne savais pas que tu n'avais plus tes parents.

Alors que je pensais bien faire, je t'ai sans doute blessée et ce n'était pas mon intention.

Le baiser que je viens de te donner, est celui de ton intégration dans la FAMILY GIRLS. Vous avez toutes été

22

nommées à des postes très importants, et je te charge d'informer Ruth, Ephie, et dans quelques jours Cathy la sœur jumelle d'Ephie, que vous allez habiter l'aile gauche, au dernier étage, dans ces suites plus spacieuses qui conviendront mieux à vos fonctions.

J'ai oublié de leur dire, mais tu sauras le faire mieux que moi. Retournes vite vers les filles, vous avez des détails à régler, des choses à vous raconter, et nous devons être dans la grande salle dans moins d'une demi-heure.

— Attends Luc, tu peux m'embrasser de nouveau ?

— Demander comme ça, que veux-tu que je te refuse ?

Et il l'embrassa encore plus fougueusement, elle se sentait transporter dans un autre monde. Il se retira un peu, claqua une tape sur ses fesses et quitta l'appartement de Charlotte.

Il se précipita alors chez Margot, entra sans crier gare, pour annoncer à toutes que la quatrième GIRL ne serait ni plus ni moins que Cathy, la sœur jumelle d'Ephie.

Ephie avait rejoint Ruth qui regardait Luc d'un air insistant, mais il prenait un malin plaisir à la faire attendre.

Il se mit à bavarder avec Élise, en se retirant dans un coin du bureau.

Ils échangeaient des baisers, des sourires, comme deux amoureux qu'ils étaient depuis le tout premier jour, laissaient éclater leur joie et le bonheur qu'ils partageaient, et la chance d'avoir réussi leur tout premier challenge d'importance, prendre en main dans des conditions particulières, REUTHER INTERNATIONAL GROUP, avec une équipe d'amazones, prête à tout moment, à répondre et à s'engager dans les combats, pour démontrer à ce vieux monde des affaires, que l'on peut changer la vie des gens, si l'on s'en donne la peine, et que l'on peut faire confiance à la jeunesse, d'où qu'elle vienne, et quelle qu'elle soit, pour relever les défis du futur.

Puis il donna officiellement la parole à Margot, après avoir claquer ses mains l'une contre l'autre pour attirer l'attention de toutes.

Il se dirigea d'abord vers Ephie, Eva qui avait repris sa place, et Ruth qui attendait vraiment quelque chose, et prit la parole.

—   Je présume que la REUTHER FAMILY a délibéré, qu'elle a pu s'exprimer librement, et qu'elle a défini ses orientations et ses nouvelles dispositions, tenant compte de l'arrivée de nouvelles collaboratrices.

J'imagine également qu'elle a transmis ses valeurs, ses obligations, ses devoirs, et tout son savoir, aux nouvelles venues.

Je présume également que le signe d'appartenance des nouvelles venues dans la famille, a été adapté, mais cela, je vous en laisse juge.

Alors pour ne pas faire d'impair et n'oublier personne, j'ai déjà accueilli par votre signe deux des nouvelles venues, mais il y a une petite que j'ai oubliée, et je pense qu'il valait mieux que vous ayez déjà débattu de tout cela avant que je ne m'engage sur cette voie-là.

Aussi, Ruth, comme tu le sais, tu es attachée à la direction générale de la zone Sud-Est, ta patronne est Charlotte, mais c'est également sous la direction de Margot que tu vas nous démontrer toutes tes capacités, et de plus, cet hémisphère confié à Margot, c'était aussi la zone d'influence de mon père, le renard du diamant, Eliott REUTHER.

Maintenant, il m'appartient d'agir pour conserver cette zone d'influence, et faire monter en puissance la légende du renard devenu loup.

Ruth, nous allons sceller ton appartenance à notre groupe comme il convient.

Il la décolla de son siège, la fit tourner en quelques pas de danse, l'attira à lui, et l'embrassa.

Bien sûr, elle fut un peu maladroite, et il prit soin de ne pas la brusquer.

Les filles applaudirent, et quand Luc cessa son étreinte, la petite espiègle de Ruth ne savait plus trop sur quel nuage elle se trouvait.

Élise vint immédiatement à son secours en lui glissant à l'oreille, « c'était bien pour ta première fois, tu vas apprendre très vite ».

- Pour terminer et clore ces réunions de travail qui n'étaient pas à notre programme, je vais demander à Margot de conclure comme il se doit, ces séances et ces nominations.

Margot à son tour se campa au centre du salon bureau, et prit le temps de parole qu'on lui donnait.

- Mesdames, Luc, effectivement, encore une fois, nous avons fait de notre mieux, en donnant toutes, ce que nous avions de meilleur.

Je ne m'attarderai pas sur les détails, il nous faut conclure très vite, nous sommes déjà toutes en retard.

Nous n'avons pas encore statué sur le devenir de Nathaly au sein de la famille.

Aussi, Nathaly, bien que tu dépendes exclusivement de Luc puisque tu es chargée des finances privées du couple REUTHER, tu vas dès ce soir avoir un rôle très important. Je sais qu'Elise a fait les choses indispensables pour que tu puisses remplir ce rôle de Top Model, et ce soir, nous avons une présentation exceptionnelle aux grandes familles du Luxembourg. Mélanie va te prendre en charge. Et nous espérons toutes que tu vas avoir un énorme plaisir pendant cette soirée. Nous apprendrons à mieux te connaître, et Luc sera en mesure de t'affecter à un poste dès demain. Il nous faut juste un peu de temps.

Céline, sois également rassurée. Nous savons que tu seras à la hauteur de ton poste, et que ces échanges verbaux n'entament pas l'affection que nous te portons. Tu as une fonction difficile, et nous ne sommes pas toujours objectives quand on te répond. Mais oublions tout cela, ce soir, nous devons être impeccables.

Mais ne dit-on pas que les stars se font toujours attendre.

Notre public est en bas, et des clameurs montent déjà jusqu'ici. Aussi, la REUTHER FAMILY a adopté à l'unanimité l'intégration de la FAMILY GIRLS au sein de son groupe avec pour objectif, d'assurer la continuité des liens qui unissent tous les membres de la Direction générale du groupe REUTHER.

Ainsi Ephie et sa jumelle Cathy, Eva, Ruth, nous vous informons que vous êtes officiellement les FAMILY GIRLS adoptées par REUTHER FAMILY.

Afin de vous apporter tout notre savoir et notre expérience, dans tous les domaines gérés par la famille, vous serez entourée en permanence dès ce soir, de vos tutrices et patronnes dont vous connaissez les noms.

26

A vos postes de combat, allez vite vous préparer, rendez-vous au grand escalier où nous ferons ensemble, l'introduction du Boss en grande tenue. Les girls, allez avec vos tutrices, pour vous préparer.

Alors bienvenue à bord du navire, et kenavo

Tous avaient le sourire, Luc embrassa Margot, et félicita le groupe puis s'éclipsa, courant en tirant Élise par la main.

Une fois réunis, Luc embrassa Élise en la félicitant pour ses interventions de qualité, et pour tout ce qu'elle venait encore une fois d'accomplir. Mais il fallait aller vite, il n'y avait plus le temps. Et de plus, rien n'avait pu être contrôlé.

Luc qui entrerait de toute manière le dernier, proposa à Élise de passer par le labo cuisine, pour s'entretenir deux minutes avec le traiteur.

Il descendit par l'ascenseur, et entra directement en cuisine.

Mike, le jeune chef nommé à midi même, avait pris l'initiative et il était là, en costume cravate, échangeant avec le personnel de service du traiteur, prodiguant consignes et conseils en même temps.

Luc lui expliqua discrètement que les réunions de travail s'étaient un peu prolongées, et qu'il serait bien, de faire quelque chose pour faire patienter les invités, d'autant qu'il avait invité les autorités de la ville et que le service de sécurité avait dû alléger les contrôles afin de fluidifier le trafic des véhicules dans la propriété.

- Mike, je compte sur vous, nous aurons au moins une demi-heure de retard, montez le chauffage s'il le faut, faîtes chauffer la salle.

– Oui Monsieur REUTHER, vous allez voir, ça sera une fête d'enfer, c'est promis.

Le jeune chef avait le feu vert, alors il allait vraiment la faire monter l'ambiance, et c'est sans attendre qu'il se rendît sur l'estrade pour chauffer la salle.

– Mesdames et Messieurs, REUTHER INTERNATIONAL GROUP est heureux de vous accueillir dans l'antre du renard du diamant

Eliott REUTHER

Vous avez tous entendu parler, dans les médias, en lisant les journaux, en regardant la télévision, du digne héritier du renard, j'ai nommé son fils

Luc IMBERT REUTHER.

Je ne vous retracerai pas son histoire, il le fera mieux que moi. Cette fête est destinée à vous tous, à tous les luxembourgeois fiers de compter parmi les dignes représentant de notre Grand-Duché, la légende vivante du renard traqué par les chiens, mis à mal par les hyènes, et tué par les lions.

Cette légende qui dit que le renard revint un jour du néant, et se vengea de tous ceux qui lui avait fait du mal.

Ce renard inoffensif, revint, et dans l'ombre, le soir tombé, la nuit venue, il se réincarna en Loup pour assouvir son besoin de vengeance.

Sa meute sans pitié, traqua sans relâche, du premier au dernier, tous ceux qui avaient participé à le tuer.

Alors mesdames et messieurs, le festin de la meute put avoir lieu.

Ce soir en exclusivité, ici, au Grand-Duché, le loup et sa meute sortiront du bois, ce soir, vous ses amis, vous fêterez dignement son retour, parce qu'il le mérite, l'on ne détruit pas un REUTHER on le renforce.

Pour le faire sortir du bois, il n'y a qu'une manière, la seule que nous connaissions tous. Le bruit, celui de vos rires, celui de votre joie, la chaleur de votre bonne humeur, et la musique.

Mettons-nous à l'œuvre ALLEZ MUSIQUE.

Le groupe de musiciens s'installa et lança les festivités par une ouverture fracassante par RADIO GA GA du groupe QUEEN

Les 400 invités dont le personnel, se détendirent en se dégourdissant les jambes par la danse, se trémoussant sur la piste, du plus jeune au plus vieux. La salle était comble, avec suffisamment d'espace pour se mouvoir.

Puis le morceau suivant fut un titre de TINA TURNER, what's love got to do with it.

Puis Gilbert Montagné avec on va s'aimer.

Puis Kalimba de luna de Boney M

Puis Dieu que c'est beau de Daniel Balavoine

Les REUTHER FAMILY précédées des FAMILY GIRLS, en robe du soir de haute couture sur talon haut de dix centimètres arrivaient par le grand escalier.

Elles se placèrent en formant un cœur, leurs bijoux or et diamant mis en valeur par leurs supports souriantes et merveilleusement belles.

La pointe du cœur était occupée par Nathaly. Elle était la seule à porter une robe longue blanche, fendue sur toute la longueur, et maintenue sur le buste par des liens brodés argent qui supportaient à leurs extrémités, des pendentifs en diamant. Coiffée en chignon, elle portait un diadème or blanc supportant une triple couronne de diamants. Sur ses bras, au-dessus des coudes, des bracelets diamant et saphir marquaient le tombé du tissu de la robe sur ses épaules. Un ras du cou en diamant et des gouttes d'eau diamant aux oreilles complétaient sa parure.

Le tissu était découpé du dessous des seins à son nombril, et une bordure de diamant en cœur, se terminait par un rubis juste sur son nombril.

Les photographes accrédités s'étaient placés en arc de cercle au bas du grand escalier, la cheminée à gauche de la descente crépitait en lançant quelques étincelles, et les flashes crépitaient de toutes part, la valeur artistique prenait forme, et dans quelques heures, les tirages se vendraient à prix d'or sur le marché de l'information, et sur les magazines de modes.

Elles descendirent de quelques marches vers la salle en se tenant la main et s'arrêtèrent quand Nathaly et les quatre Girls mirent le pied sur le sol de la salle.

Élise vint sur la scène, pour donner de l'importance à cet instant.

—   Mesdames et Messieurs, bienvenue à tous.

Bienvenue dans cette demeure mythique, et ne devrais-je pas ajouter mystique ou mystérieuse.

Œuvre d'une vie, ces espaces vivent et reçoivent pour la toute première fois en s'ouvrant sur le monde.

La tanière du renard du diamant est restée bien longtemps vide, et ceux qui ont sué pour l'entretenir méritaient bien cet hommage.

Aujourd'hui, alors que le monde se transforme, alors que la mondialisation que l'on annonce novatrice, ne sera qu'une raison de plus pour que les plus riches le soient plus encore, et les plus pauvres demeurent en leur état, celui que le monde entier a traqué, celui-là même qui a été acculé ce matin encore, blessé à Paris, débusqué dans une province de France, celui que le monde des affaires avait cru mort, déchiqueté par une voiture, mort tué par une balle de revolver, mort au cours de son enlèvement, l'héritier d'Eliott REUTHER, le Président Directeur Général de REUTHER INTERNATIONAL GROUP,

Le loup du Grand-Duché, est rentré dans sa tanière.

L'heure des comptes a sonné.

Les tordus, les frappés, les malades du coup fourré, les fous de la gâchette, les escrocs, les voleurs, tous ceux qui ont tenté de déstabiliser et de s'approprier REUTHER GROUP vont avoir des comptes à rendre.

Aussi, ce soir est un grand soir.

Mesdames, Mesdemoiselles Messieurs, je vous demande de bien vouloir accueillir votre Hôte

L'héritier du renard du diamant

Le loup du Grand-Duché

Monsieur Luc IMBERT REUTHER,

Luc fit son apparition au milieu du cœur formé par les femmes, tout sourire, les bras levés, dans un smoking noir chemise blanche à col relevé, nœud papillon de soie rouge, pochette de soie rouge, boutons de manchette en Diamant, sous les

31

applaudissements nourris de cette assemblée qui ne le connaissait que par journaux interposés.

La musique avait salué son entrée, et cela faisait bien longtemps que l'on n'avait pas vu, dans les grands salons des palais, une telle ambiance dans un banquet.

Les photographes s'en donnaient à cœur joie, ils n'étaient pas limités dans leur prise de vue, et Margot n'avait pas lésiné sur la qualité des trois cents personnalités du monde des affaires, des officielles, des grandes familles, pour que la fête soit complète.

Luc avait souhaité que ceux que l'on cache en coulisse dans le grand monde, soient, une fois n'est pas coutume, au grand jour affichés au côté d'une comtesse, ou d'une grande fortune.

Et c'était le cas.

Le jardinier pouvait parler avec la princesse Stéphanie de Monaco, invitée spécialement pour l'occasion pour fêter dignement son anniversaire qui venait d'avoir lieu le premier du mois, ou le prince Henri, futur grand-duc de Luxembourg de la maison de Nassau, le but étant de montrer à ces riches, que les pauvres boivent et mangent comme eux pourvu qu'on les invite à la table.

Luc se dirigea alors vers la scène, et toutes les filles vinrent se placer devant lui. Peter et Dany n'avait pas manquer de placer discrètement des body-Guard à proximité des filles, mais ils étaient difficiles à cacher, leur stature de plus d'un mètre quatre-vingt-dix les identifiait en trahissant leur position.

Lorsque la musique s'arrêta, Luc prit la main d'Élise, et fit monter Margot sur la scène.

Les invités s'approchèrent un peu, mais à un mètre cinquante des filles, les géants se placèrent, en un cordon de sécurité qu'il ne valait mieux pas tenter de franchir.

Les oreilles, les doigts, les poignets, le cou, de chacune des filles valaient à eux seuls, plus que la fortune du grand-duc lui-même. Et cette volonté toujours affichée qu'avait Mélanie la Directrice de la communication du Groupe REUTHER, d'assurer par le faste et le luxe, ce qu'il représentait en fortune et puissance, avait fait depuis Paris, le tour de la planète.

Toute la jet set que comptait le monde des affaires souhaitait au moins une fois dans sa vie, pouvoir se montrer auprès des Girls ou des REUTHER FAMILY.

Un seul cliché aux côtés de l'une de ces filles et des bijoux qu'elles portaient, suscitait la jalousie de toutes celles qui n'avaient pu les approcher.

C'était donc la cohue pour approcher au plus près ces filles que le sourire ne quittait jamais en public, et celles qui réussissaient à passer le cordon des body Guard, devaient encore trouver le bon angle pour être certaines d'apparaître sur la photo sans pour autant, avoir la certitude de paraître dès le lendemain dans un magazine.

Les dames de haute cour, curieuses comme de vieilles chouettes, jouaient de leur particule pour mieux approcher les filles.

Il n'y avait vraiment que la demande d'un photographe accrédité qui pouvait demander une pause avec telle dame ou tel monsieur, pour que ces derniers soient certains de paraître un jour sur les pages glacées des grands magazines de luxe, de mode, ou plus simplement féminin, que l'on trouve dans les salles d'attente des médecins ou des coiffeurs.

Les journalistes avaient vite flairé le filon, et faire des photos présentant les plus belles pièces de joaillerie du monde, taillées et ciselées sur les chaînes et anneaux les plus chers au monde, tout droit sorties de la collection privée et exclusive de Eliott

REUTHER, seraient livrées dès le lendemain sur les magazines prestigieux de modes et de Luxe, autant que dans les journaux locaux.

Et pour la première fois, cela se passait au Luxembourg. Alors c'était un événement d'exception qui méritait que l'on y consacre au moins deux pages.

De toute manière, il n'y avait pas le choix, car la Directrice de la communication REUTHER faisait signer des contrats bien ficelés, pour chaque accréditation donnée.

Ces derniers stipulaient notamment le nombre de photos qui devaient paraître, le nombre de jours pendant lesquelles ces photos devraient paraître, et surtout les dates précises de diffusion. Le principe de la régularité de diffusion était retenu, et une campagne chassait une autre sans que cela ne coûte le moindre dollar à REUTHER.

Les FAMILY n'étaient pas de simples femmes, et Mélanie ne manquait pas de le préciser à toutes lors des réunions préparatoires où Luc n'étaient pas convié.

Elles étaient toutes les supports publicitaires du savoir-faire REUTHER et devaient assumer ce statut tout au long des soirées.

L'impact direct sur les fréquentations des agences Diamants REUTHER dans le monde se faisait immédiatement ressentir dès la semaine suivant la diffusion.

Les robes de hautes coutures qu'elles portaient, différentes à chaque soirée, ne devaient en aucun cas avoir été vues ou portées par d'autres et ce sont les touches personnelles qu'elles apportaient à leurs tenues qui devaient faire la différence.

Aussi tout était spécifiquement mis en scène, et la moindre attitude était étudiée à la loupe.

Un bras trop levé qui aurait laissé apparaître un sein bien formé dont le mamelon gonflé ressortait sous le fin tissu d'une robe, ne devait avoir pour seul objectif, que l'augmentation des ventes de broches ou de colliers.

Mélanie avait vite compris l'impact des médias, et plutôt que d'organiser des podiums de mannequins squelettiques qu'employaient les maisons de hautes coutures, elle avait simplement orienté son choix sur des femmes de la société, telles qu'on pouvait les croiser dans la rue.

Pour Mélanie, les REUTHER FAMILY et les FAMILY GIRLS étaient parfaitement représentatives de ce qu'était la société.

Ainsi, dans les agences, de Tokyo à Berlin, de Paris à New York toutes les capitales du monde où REUTHER DIAMONDS disposait d'une agence, c'était un balai impressionnant de femmes du monde, qui venaient accompagnées de celui qui paierait, la note, et inscrirait un nom face à la longue liste des assurés futurs de REUTHER JEWELERY INSURANCE, cette compagnie d'assurances que l'héritier allait créer.

Luc avait dit : « Toute affaire doit avoir des clients, avant d'avoir des affaires. Créer le besoin, et ensuite, vendez-le. »

La maîtresse de la communication l'avait vite compris, vendre sur présentation donnait un avantage, et même les bijoutiers de renom tentaient d'obtenir des pièces uniques, avec des pierres de moindres tailles et de moindre valeur, mais qu'ils tentaient de disposer en forme et en couleur identique à celles des photos de magasines où paraissaient les REUTHER.

Il était donc important de paraître, et bien paraître. Ces réceptions offraient ainsi l'occasion, de montrer en toute sécurité, les créations nouvelles, mais également des bijoux uniques qui ne seraient jamais portés.

Alors elle faisait jouer le grand jeu à toutes les filles, et les body Guard avaient des consignes strictes pour qu'aucune ne puissent être approchées de trop près, et pour qu'aucune ne souffre de l'engouement de ce large public à vouloir paraître sur les photos.

Et ça marchait.

Luc s'empara du micro, et ouvrit ainsi les festivités.

> – Mesdames, Messieurs, Gens de ma maison, employés de maison, d'entretien intérieur ou extérieur, agents de sécurité, jardiniers, électriciens, et tous les autres corps de métiers présents ici ce soir, Mesdames et Messieurs les officiels, Mesdames et Messieurs les invités sous mon toit,
>
> Bienvenue dans la tanière du loup du Grand-Duché.
>
> Je suis des vôtres à tous, de tout rang, de tout métier, Je ne referais pas mon histoire, vous la trouverez dans les journaux, elle y paraît m'a-t-on dit, en bonne place avec sur fond de vérité, toutes les bonnes histoires qui construisent une légende.
>
> Cette soirée est avant tout dédié à mon personnel, et en ce 14 février, à tous les amoureux.
>
> Alors si vous me le permettez, je souhaite bonne fête à Mon épouse Élise BROCHER REUTHER.

Il l'embrassa, et lui remit un coffret rouge en forme de cœur. Puis il reprit son discours.

> – Je vais faire court, car je vois mon chef de cuisine au fond de la salle qui me fait signe voulant dire qu'il a faim. (Rires)

- Je demande également à son altesse la Princesse Stéphanie de Monaco, de bien vouloir approcher jusqu'à moi.

Instantanément, le silence se fit dans l'assemblée, et sortant de la foule, la jeune femme s'approcha, tandis que les Girls et la Family lui tiraient une révérence, et Luc descendit alors de son estrade pour lui tendre la main, et l'accompagner jusqu'à la scène, puis reprit la parole

- Chère Princesse, cette soirée n'aurait pas été complète si vous n'aviez pas été présente, et REUTHER INTERNATION GROUP est très heureux de vous compter parmi nos invités.

  Nous avons sollicité nos meilleurs Maîtres d'art pour que votre passage en notre demeure reste gravé dans votre mémoire, et nous avons le plaisir de vous offrir cette pièce unique de haute joaillerie réalisée en nos ateliers REUTHER DIAMONDS AGENCY de Paris.

Il lui tendit un écrin en velours noir en le tenant ouvert, légèrement incliné, pour que les journalistes puissent ajuster leurs objectifs.

- Nous avons dans cet écrin, une parure tour de cou et boucles d'oreilles en saphir et diamants montée sur or fin

  Les pierres ont été ajustées par les Ateliers VAN CLEEF et ARPEL, place Vendôme à Paris, selon un modèle de notre collection Eliott REUTHER.

  Votre Altesse, nous espérons que ces pièces seront en mesure d'éclairer votre merveilleux regard.

Peu impressionnable, la Princesse offrit son plus beau sourire à Luc, et le remercia.

Peter tendit alors la main à la princesse pour l'aider à redescendre de la scène, tandis que Luc poursuivait son discours

> Nous sommes heureux également de vous présenter ici, la direction générale du groupe REUTHER Madame Margot HOFFMANN REUTHER

> Il sortit un second coffret rouge en forme de cœur et le remis à Margot en l'embrassant

- J'aimerai aussi vous présenter nos directrices générales de secteur

- Madame Charlotte WEBER REUTHER chargée de la zone sud est

- Madame Éléonore TILL REUTHER chargée de la zone nord-ouest

- Madame Sara SCHROEDER REUTHER chargée de la zone nord est

- Madame Emma SMITH REUTHER chargée de la zone sud-ouest.

- Madame Mélanie JOURDAN REUTHER directrice générale de notre agence de Paris, directrice générale de Pays, Directrice générale de la communication et de la publicité du Groupe

- Madame Céline MOUGIN REUTHER, directrice générale des affaires sanitaires et sociales du groupe.

- Nos attachées spéciales auprès de la direction générale

- Eva SION REUTHER zone Sud-Ouest

- Ephie BERNY REUTHER zone Nord-Est

- Ruth WAGNER REUTHER zone Sud-Est

- Cathy BERNY REUTHER zone Nord-Ouest, absente pour l'heure, mais qui viendra bientôt compléter mon équipe de Direction.

- Et je ne dois pas oublier notre égérie de la mode, celle qui représentera les collections REUTHER DIAMONDS dans le monde entier, notre Présentation Model, Nathaly MOREAU REUTHER.

Toutes reçurent le même coffret rouge, et le baiser sur les lèvres, de leur patron. Nathaly ne s'attendait pas à recevoir des mains de son nouveau patron, un quelconque cadeau. Et quand il avait ajouté REUTHER à son nom de famille, elle avait rougi, ce que n'avait pas manqué d'ajuster un photographe avec son objectif.

- Vous devez vous demander pourquoi toutes ces dames portent mon nom. Et je répondrais simplement parce qu'elles l'ont choisi. Elles ont choisi librement de représenter elles-mêmes notre savoir-faire, notre savoir être, et vous le montrent par leur savoir paraître.

Ma directrice de communication m'a bien précisé que je devais parler des pièces de haute joaillerie que portaient toutes ces dames.

Alors, je vais m'atteler à la tâche en faisant simple. Toutes ses pièces sont uniques au monde. Elles ont été conçues par Eliott REUTHER mon père, en collaboration étroite avec la maison Van Cleef et Arpel de la place Vendôme PARIS, avec laquelle nous travaillons chaque jour pour satisfaire les envies de notre clientèle, et honorer leur rang en agrémentant leur naturelle beauté.

Vous comprendre que même ici, notre de service de sécurité soit sur ses gardes, et nous vous demandons de

39

bien vouloir respecter les distances de sécurité. Vous admirerez particulièrement les colliers portés par Eva, Ephie et Ruth.

Collier ras du cou pour Eva, saphir et diamant rose en alternés, montés sur chaîne en or blanc soutenant en pendentif, une émeraude taillée en cœur, cernée de saphir. Les pierres proviennent de nos extractions du Zaïre.

Au cou de Ephie, une variante de collier ras du cou rubis et diamants, Rubis taillé en cœur en pendentif

Au cou de Ruth, collier pendentif porté en chaîne doublée, Or jaune supportant une combinaison en chapelet alternant Rubis, Émeraude, Saphir, et diamant bleu.

La valeur de ces bijoux est estimée à 15000 Dollars pour les ras de cou. 25000 Dollars pour le collier pendentif.

Ce sont des pièces uniques travaillées en nos ateliers de Paris pour la taille de pierres, et par VAN CLEEF et ARPEL pour le montage.

Pour les avertis, vous constaterez que la taille des 57 facettes des diamants a parfaitement été tenue par nos maîtres tailleurs, malgré la petitesse des pierres choisies. Le montage a été parfaitement soigné et nous sommes en mesure de décliner ce produit en différentes variantes, comme vous le constaterez auprès de nos représentantes.

Nous vous présentons également une nouvelle production de broche que nous pourrions qualifier de cache-tétons, portés par Sara. Ces créations sont l'œuvre de Eliott REUTHER pour répondre à la demande du chef de tribu Bangobango du Zaïre, pour cadeau à ses dix-huit épouses.

Ces pièces n'ont aucune équivalence sur le marché, le chef de tribu est décédé avant que les dix-huit paires n'aient pu être terminées. Composées exclusivement de diamants de 0,8 carats au nombre de 23, et d'un rubis central de 3,5 carats, le montage en clip sur feuille d'or jaune a été modifié pour supporter sur le dos de la pièce, un système ventouse assurant le maintien sur la peau.

Pièces rares, la valeur d'une pièce est estimée à 8000 Dollars, et le montage en broche qui est un accessoire est estimé à 2000 Dollars.

Ainsi, nous pouvons dire que la poitrine de Sara est assurée pour une valeur de 20000 Dollars. Bien que personnellement, je l'ai estimée à beaucoup plus. (L'assistance ne retint pas ses rires)

Vous avez également la possibilité de le décliner en version Saphir Rubis et Émeraude sur or jaune ou or blanc.

Encore peu démocratisé dans le monde occidental, nous le trouvons très répandu dans les tribus indigènes des forêts équatoriales et en Afrique du Sud.

Vous retrouverez également ici des bracelets bagues et boucles d'oreilles assortis avec les colliers. Mélanie se fera un plaisir de vous renseigner sur tous ces joyaux.

En dernière présentation, sans trahir de secret, Nathaly porte en diadème, la couronne Princesse dessinée par Eliott REUHTER destinée à sa fille, ainsi que le ras de cou et les ornements d'oreilles en gouttes de diamants. Ces pièces ont été réalisées par COURBET selon les modèles REUTHER. Vous remarquerez sans nul doute la pureté des pierres, et la finesse de leur taille, effectuée par des maîtres d'art du ZAÏRE. L'or utilisé provient de nos mines du GHANA et du NIGERIA.

Nathaly porte également des tours de bras Diamants et Saphir, réalisés par VAN CLEEF et ARPEL, sous croquis de Eliott REUTHER.

Toutes ses pièces sortent pour la toute première fois de leur écrin. Elles font l'objet de soins tous particuliers, car elles devaient être portée par ma sœur pour sa seizième année, qui n'aura jamais eue lieu et vous en connaissez tous la cause tragique qui a empêchée de fêter l'événement.

Nous vous présentons aussi des pièces que nous dirons réservées à la jeunesse, avec des tailles de pierres très spéciales. Elles vous sont également présentées en port de taille ou de chevilles. Une gamme de piercing uniquement réalisées en nos ateliers de Paris, est présentée par Mélanie en écrin séparé, et vous pourrez vous adonner au plaisir des yeux sur demande.

Nos Maîtres de taille ont bataillé plusieurs mois, avant de réussir à mettre au point cette technique, formes biconiques tronquées qui donnent ces aspects multi faces aux reflets multi colores utilisant les pierres de pourtour comme réflecteur pour la pierre centrale qui les absorbe et les concentre en un seul point central. Un double diamant assure la réflexion des couleurs et de la lumière, offrant ainsi à l'œil un éclat spectaculaire au bijou

Sachez qu'il est ainsi possible chez REUTHER DIAMONDS AGENCY Paris, de réaliser tous vos propres désirs de création, en reproduisant à l'identique, la taille des pierres que vous choisirez.

Partout, dans toutes les agences du Monde, vous pouvez commander vos bijoux personnalisés.

Ils vous seront livrés uniquement en nos agences, et seront couverts par une garantie, et un contrat d'assurance.

En effet, la valeur d'une seule de ces pièces de collection peut atteindre, plusieurs millions de dollars, c'est d'ailleurs pourquoi elles ne sont pas mises sur le marché.

Vous ne les verrez qu'une seule fois, et c'est aujourd'hui.

La presse qui est présente et que je remercie, peut profiter quelques instants de nos Girls et de leurs sourires, pour prendre quelques clichés de ces pièces uniques, et je l'invite à voir avec Mélanie, comment opérer auprès de notre Présentation Model Nathaly, pour approcher au mieux les pièces exceptionnelles qu'elle présente, tout en conservant les distances qu'imposent le respect et la sécurité.

Maintenant que les présentations sont faites, amusez-vous tous, bon appétit, levons nos verres à nos amitiés et à nos rêves. Et que la fête commence.

Luc lisait l'étonnement sur les visages de ses invités, quand il prononçait le nom de REUTHER en présentant les model girls, laissant planer en sous-entendu, que l'héritier n'était pas seul, ce qui faussait terriblement les pistes de ses détracteurs.

A chaque fois que l'on s'attaquait à lui, la direction générale su groupe s'étoffait un peu plus de nouveaux visages féminins.

L'un des journalistes présents, posa directement la question à Luc, qui l'évita, faisant signe à Mélanie de prendre le relais.

Mélanie opéra rapidement, en prenant par le coude le journaliste en question et en l'entraînant un peu à l'écart.

- Monsieur, vous comprendrez qu'il y a des questions qu'il vaut mieux éviter en ce moment. Les attaques successives qui ont affecté Luc REUTHER nécessitent de renforcer les équipes de Directions à tous les niveaux. Le groupe REUTHER est bientôt en totalité constitué, et si vous êtes étonnés que le nom de REUTHER soit associé à chacune de nous, c'est que vous n'avez pas lu la presse. A paris, Margot HOFFMAN REUTHER et Elise BROCHET REUTHER, ont été très explicite sur le sujet. Luc REUHTER n'a plus de famille, il n'a pu faire le deuil de cette famille entière assassinée. Il ne retrouvera sans doute jamais les dépouilles. Avez-vous un seul instant imaginé que pareil drame vous arrive ? C'est pourquoi cher Monsieur, je vous demanderai de rester dans le cadre que vous avons fixé pour exercer votre profession, faute de quoi je serai contrainte de vous demander de quitter la propriété sur le champ.

- Madame JOURDAN REUHTER, je vous prie d'excuser mon impertinence. Puis-je poursuivre mon travail auprès de votre Top Model Nathaly MOREAU REUTHER ?

- Oui, je vous accompagne, car il s'agit de pièces extrêmement rares que vous ne pourrez pas approcher, et je vous conseille de changer votre objectif d'appareil photo, le moindre flash de lumière intense risquerait de vous aveugler, et ce n'est pas une plaisanterie. Mettez un filtre, car l'éclat de ces diamants est tel, que nous avons dû nous équiper de lunettes fortement teintées pour ne pas brûler nos rétines.

- A ce point Madame ? répondit le journaliste croyant à une plaisanterie.

– Tenez, voyez vous-même. Reprit Mélanie.

En se frayant un chemin au milieu de la foule, Mélanie entraîna le journaliste jusqu'à Nathaly qui posait pour les photographes, avec un sourire à faire tomber le plus galant des hommes, et une élégance telle que son léger déhanchement mettait en valeur sa plastique extraordinairement belle. Du galbe de ses mollets, jusqu'au haut de sa tête, elle brillait de milles éclats, et sous la lumière des flashes qui crépitaient, la lumière aveuglante était renvoyée au centuple, aveuglant l'imprudent qui avait laissé son œil dans le viseur de son appareil.

Mélanie avait prévu un collyre tenu à disposition des malheureux, qui mettaient bien cinq bonnes minutes, avant de recouvrer l'usage de leur vue.

– Voyez vous-même Monsieur, les pauvres imprudents. Alors je vous le dis, si vous voulez faire de bonnes photos qui puissent être exploitables, mettez un filtre.

– Mais c'est incroyable Madame, personne n'a jamais vu pareille chose. Là oui, je suis convaincu que REUTHER est le meilleur dans son domaine. Je comprends qu'il ne veuille pas entrer dans le giron des marchés de Londres et Anvers.

– Vous pouvez comprendre toute l'importance de notre campagne de présentation, et pourquoi il n'est pas utile de prolonger la souffrance de Luc REUTHER au-delà que ce que chacun sait déjà. L'intérêt actuel, c'est que chacun sache que c'est bien chez « l'héritier » que l'on trouvera les plus belles œuvres de luxe du monde. Je compte beaucoup sur votre reportage photos, et je vous fais une petite fleur en vous autorisant également à faire deux photos libres, avec Eva SION REUTHER qui est également Top Model du groupe.

45

- Il va m'en coûter combien ?

- Quel est votre tirage hebdomadaire et votre rayon de diffusion ?

- 400000 exemplaires sur le Bénélux.

- Eh bien je vous fais là un prix très honnête. Disons 50000 Dollars pour les deux, ou 40000 et la pellicule entière à remettre à REUTHER après votre diffusion.

- Si je vous remets la pellicule, je n'ai que trois jours pour vendre les photos.

- Mais je ne veux pas que vous revendiez ces photos, donc c'est 40000 dollars et la pellicule.

- Je n'ai pas le choix.

- Non, vos concurrents viennent de payer 50000 pour la même chose et un bonus de 10000 pour les avoir en solitaire et pour deux photos. Mais dans tous les cas, les pellicules reviennent ici. Vous n'avez pas lu votre contrat. Vraiment, vous n'êtes pas très sérieux. Je suis intransigeante, car nous n'avons pas l'intention de donner du rêve à vos lecteurs, pour votre seul profit.

- Vous êtes chers pour quelques photos.

- Ce que nous présentons n'a pas de prix Monsieur. Vous avez la chance d'être parmi le top dix des médias internationaux ce soir, à pourvoir bénéficier des scoops REUTHER. Votre droit de siège était de 10000 Dollars, pour la première partie de contrat. Si vous voulez plus, il faut payer plus. Vos tirages vont rapporter 1,2 Millions de dollars, et vous allez avoir dépensé 70000 dollars pour vendre votre papier. Il me semble que le marché est honnête. A prendre ou à laisser.

Ainsi, Mélanie organisait la promotion de la collection REUTHER, par la vente des contrats presses. Cette soirée-là, elle avait vendu pour 700000 Dollars de photos, monnayant toute la diffusion et récupérant chaque pellicule afin que les images ne soient pas rediffusées après la campagne de presse.

Luc et Elise poursuivaient leur chemin au milieu de la salle se faisant présenter le personnel, ou les invités, mais ils évitaient systématiquement les hommes d'affaires, les banquiers, et tous ceux qui pouvaient aborder la conjoncture, les cotations boursières, les valeurs des minerais précieux, et laissaient aux filles le soin de défendre les intérêts du groupe.

Ainsi libéré, le couple pouvait donner de son temps aux hommes et aux femmes employés dans la maison, écouter leurs doléances. Elise et Luc, protégés en constance par Dany et Peter qui régulaient les approches, en minutant le temps qu'ils accordaient à chacun, s'employaient à informer et rassurer le personnel qui les servait, serrant les mains et embrassant les joues sans aucune réticence, laissant ainsi entendre que tous faisaient partis de la famille dans l'enceinte du domaine.

Élise gardait le sourire, apportait son soutien, et jouait parfaitement son rôle d'épouse tandis que les girls s'amusaient follement des flashes qui crépitaient autour d'elles, protégées plus que tout autre, des coureurs de jupons qui n'avaient d'yeux que pour leurs anatomies parfaitement moulées par les robes de haute couture dont le bas était fendu jusqu'au haut de la cuisse, laissant entrevoir parfois leur jambe gauche de bas en haut, et le fin élastique brodé d'or du string que la tenue imposait.

Les robes qu'elles portaient à merveille étaient mises en valeurs comme les bijoux, ce qui donnait aux femmes présentes, l'envie irrésistible de porter aussi la même chose.

Mélanie s'affairait à retenir les cartes de visites des futures clientes, alors que leurs compagnons n'étaient attirés que par la plastique des Girls qui leur souriaient à un mètre de distance, et de leur intérêt pour Nathaly, grandissant au fur et à mesure que la soirée avançait.

Ils auraient probablement souhaité plus que ce que ne pouvait leur donner les jeunes femmes, mais la carrure des Body-Guard interdisait d'office l'approche et tout contact.

Les musiciens animaient parfaitement la soirée, tandis que le traiteur avait rivalisé de prouesses pour réaliser les miracles que lui avait ordonné Margot.

Vers une heure du matin, les girls vinrent chercher le couple, et après avoir chacune choisi un Body-Guard, les invitèrent à danser avec elles au centre de la salle, sur « I want to break free » du groupe QUEEN.

Le Staff REUTHER se joignit à eux après avoir elles aussi choisi leur cavalier, et Céline et Mélanie optèrent pour les cuisiniers.

Peu à peu, se furent les employés qui décidèrent d'entrer dans la danse, et la maisonnée REUTHER fut bientôt la seule à poursuivre la fête, tandis que le couple raccompagnait les invités de marque jusqu'à la porte, où le balai des chauffeurs commençaient à l'extérieur, à gravir la colline dans une chenille de phares allumés.

A trois heures et demie, le traiteur avait terminé son service, et il ne restait alors qu'à aller le saluer en sabrant le champagne.

Il n'était pas question de faire ça en catimini et Luc décida que l'on admette toute la maisonnée à le faire, s'assurant ainsi que les employés étaient contents de leur soirée.

Les musiciens avaient été également invités à se joindre à la clôture de la fête, et à quatre heures du matin, Luc demanda à ses employés l'autorisation de se retirer.

La REUTHER FAMILLY et les REUTHER GIRLS suivirent le boss et sa femme par le grand escalier, les Body-Guard fermant la marche tout en n'étant pas autorisé à aller au-delà de la seconde marche, que seuls Hans, Patrick, Dany et Peter étaient habilités à gravir.

Ce fut Mike qui organisa le nettoyage de la grande salle, et tous les employés se joignirent à lui, commentant avec forces propos, la chaleur que dégageait toute l'équipe qu'avait présentée Luc.

Chacun y allait de son couplet, s'interrogeant parfois sur les douze femmes et bientôt une treizième, qui composaient le groupe de direction.

Elles étaient belles, souriantes charmantes, portaient des bijoux exceptionnels, qu'elles savaient mettre en valeur, et d'une politesse irréprochable, d'une écoute attentive, d'accès facile, bref, on leur trouvait toutes les qualités, et aucun d'entre eux, à l'exception de Mike, n'avaient remarqué que les trois girls, n'étaient autre que les ex petites serveuses qui se réfugiaient quelques heures pus tôt, dans la cuisine là-bas, tout au fond, attendant patiemment qu'on les sonne.

Elles étaient devenues des femmes importantes, alors qu'elles ne représentaient rien quelques heures plus tôt.

Luc ne manqua pas de féliciter Nathaly pour l'excellence de sa prestation, lui assurant qu'il n'avait aucun regret de l'avoir recrutée sur un simple pressentiment. Il se permit tout aussi naturellement de l'accompagner jusqu'à ses appartements.

  – Nathaly, lui dit-il en ouvrant la porte de la suite, vous voici désormais chez vous, juste au-dessus de mon bureau.

49

Cette suite vous offre exactement la même vue que celle du dessus, avec les mêmes espaces, ils sont juste un peu plus petits,

- Merci Monsieur REUTHER, mais vous savez que j'ai mon appartement en ville !

- Je sais, mais vous allez avoir tant de choses à faire à l'avenir, que vous n'aurez pas le temps de vivre dans votre appartement, je vous le dis. Alors il sera plus commode pour vous, de résider ici, avec la Team Manager.

- Vous aviez déjà une fille comme Top Model ! Eva est parfaite elle aussi dans ce rôle, vous ne croyez pas ?

- C'est vrai, mais une seule ne peut suffire à remplir toutes les fonctions. Et bientôt, vous comprendrez pourquoi. Je sais qu'il est difficile de vous intégrer en cette première journée difficile. Mais très vite, vous vous identifierez à cette famille. Je n'ai aucun doute là-dessus. Prenez possession des lieux, s'il vous manque quoique ce soit, n'hésitez pas, nous ferons le nécessaire. Maintenant que vous savez où vous résiderez, je vous laisse tranquille. Juste une chose, appelez-nous par nos prénoms, laissez les « Monsieur ou Madame » de côté. Je file, j'ai encore des choses à faire.

Il s'approcha d'elle et lui glissa un baiser sur la joue, la regarda dans les yeux, et tourna les talons pour rejoindre Elise et les filles à la course, en longeant les appartements du premier étage, par la terrasse intérieure jusqu'au palier où elles attendaient.

En suivant la Team manager, les Girls ne cessaient de piailler entres elles, relatant tous les photographes qui n'avaient eu de cesse de braquer leurs objectifs, captant le moindre détail de leurs anatomies, demandant des pauses, ou un retour de tête sur le côté, qui serviraient tous à égayer des commentaires racontant une histoire plus ou moins vérifiée à leur lecteurs, avides de sensationnel ou d'extraordinaire.

Il s'adressa alors au groupe.

> – Les filles, il ne se passera plus rien cette nuit. Pour ma part, je vais à mes appartements. Je passerai peut-être voir certaines d'entre vous avec Élise. Alors je vous propose que chacune regagne son logis. Les Girls, quant à vous, vous allez nous suivre, nous allons faire un petit débriefe chez moi, et je vous raccompagnerai à vos nouveaux appartements au dernier étage, puisque votre changement de statut dans la Team, vous apporte désormais ce privilège.
>
> Alors filez dans vos anciens appartements pour récupérer quelques affaires, nous vous accompagnerons pour découvrir vos lieux de résidence.

> – Moi je sais comment c'est, parce que j'ai déjà visité en cachette, s'empressa de répondre Ruth.

> – Ruth, je suis convaincu que tu sais bien plus de choses sur cette maison que n'importe qui ici. Petite espiègle, restes toujours ainsi, ça nous fait rire. Mais une surprise t'attend, et je suis certain de t'étonner.

> – Oh Luc, vous devez me trouver curieuse, mais au moins, comme j'avais des clés, il fallait bien que je sache à quoi elles servaient toutes.

> – Justement, il faudra remettre les clés qui correspondent à chacune des suites, lui répondit Élise. Mais il est interdit

de verrouiller les portes, et vous savez pourquoi, n'est-ce pas ?

– J'ai l'impression que l'on me cache pas mal de choses ici, ajouta Luc en regardant sa femme.

– Oui chéri, les femmes ont des secrets bien cachés qu'il te faudra découvrir par toi-même, ajouta-t-elle.

Le groupe des Girls arrivait à l'extrémité du long couloir du premier étage, et s'empressait de rejoindre les anciens appartements où chacune logeait, tandis que Luc et Élise, entraient dans la suite qu'occupait Emma.

– Dis-moi Élise, tu penses quoi de ce nouveau groupe ? Demanda Luc

– Je dirai que ces filles ont retrouvé la joie de vivre et l'insouciance que nous avions il y a encore une semaine. Quant à Nathaly, je suis agréablement surprise. Elle s'est adaptée à la situation très facilement, et ce sourire permanent qu'elle affiche avec un naturel époustouflant pour présenter ce qu'elle porte, a eu un effet majeur. Je n'avais encore jamais imaginé qu'elle drainerait autant de monde auprès de Mélanie. Mais dis-moi sincèrement Luc, avec tout ce qui nous tombe dessus depuis les meurtres à Moulins, et ce que ça implique derrière, tu n'as pas envie de tout abandonner parfois ?

– Oh que si ! Je t'avoue qu'il m'arrive souvent de penser à ma planche à dessin, mes potes, et ce jeu de cache-cache qu'on faisait pour pouvoir s'embrasser. Nous avions une paix royale, et je n'aurai jamais imaginé que diriger un groupe, demandait autant d'énergie. Je suis crevé, véritablement à genoux, mais il faut continuer.

- Et ton installation chez moi, mais comment ai-je pu être aussi folle de tout diriger derrière ton dos. Si tu savais le savon que m'a passée ma mère quand je lui ai racontée. Dit-elle en riant.

- Mais elle nous doit toujours un repas ta mère. Il se mit à rire, en la serrant dans ses bras. Il faudra bien qu'on aille le prendre quand même, mais je te préviens, il n'y aura pas de bouquet de fleurs.

- Ah oui, parlons-en Monsieur Luc IMPERT REUTHER, tu m'as gâché la joie que j'avais de te traîner chez elle. Moi qui croyais que la maison de ma mère était l'endroit le plus sûr au monde, je tombe de haut.

- Maintenant, tu peux dire que tu es dans l'endroit le plus sûr au monde. Mais quelle histoire quand même ? Et t'entraîner avec moi jusqu'ici, franchement, je me demande si j'ai bien fait ?

- Mon chéri, maintenant, nous savons que ce n'est pas si rose que ça, d'être des gens riches, et dans des milieux d'affaires qui dépassent bien souvent ce que l'imagination d'un seul homme peut concevoir. Mais j'ai compris ce soir qu'abandonner serait la plus grosse erreur de notre vie. Ce n'est pas la vie que nous imaginions, c'est vrai, mais je ne vois pas comment nous pourrions nous détacher de tout ça maintenant.

- Elise, je prends du plaisir dans ce que je fais, parce que j'ai un but. Ce qui me dégoûte vraiment, c'est ce climat permanent d'insécurité qui nous entoure. Il faut sans cesse penser aux conséquences immédiates et à venir quand on prend une décision. Malheureusement, personne ne peut tout gérer seul, cet empire est trop vaste, et le réduire équivaut à faire du mal à nos semblables. Mon père avait sa passion, et il se contentait de ça. Mais il m'a laissé tous les problèmes liés à son immense richesse. Je crois qu'il ne devait même pas savoir qu'il possédait une telle fortune. Je n'ai même plus la notion des chiffres si tu me parles de 10 ou 1000 dollars, je ne sais pas à quoi ça correspond dans le monde réel. Là je jongle en permanence avec les millions. Ça fait perdre la tête tout ça.

—   Tu aimerais arrêter ? Dis-le-moi ! De toute façon, je te suivrai.

—   Elise, on ne peut plus arrêter. Il n'y a pas de retour en arrière possible. C'est bien là le piège de cet héritage. Et pour deux raisons simples, la première, c'est que si l'on arrête, nous restons des cibles à abattre, et la seconde, c'est qu'arrêter signifie céder la place aux escrocs. Donc le chemin que l'on suit est sans retour.

—   Je te sens fatigué Luc, et parfois désabusé. Tu as, comme je le disais aux journalistes vendredi soir, une idée par seconde, on fait trois fois le tour de la terre en cinq minutes avec toi. Tout va vite, très vite, au point que les filles ne se posent même plus un seul instant, pour demander un café ou un verre d'eau.

—   Je sais mon amour, nous sommes dans la tourmente, et en pleine bagarre. Nous n'avons aucun ami, personne pour nous aiguiller et nous indiquer le vrai chemin. C'est pour ça que j'ai étoffé le groupe de direction ma chérie. A trois, on ne peut pas y arriver. C'est un constat, et j'essaie d'impliquer plus de jeunesse au sein de la direction générale. Mais ça doit aussi t'indiquer que ce groupe, cet héritage, il n'était pas géré par mon père, alors Il était forcément géré par plusieurs hommes, tu ne crois pas ?

– Mais qui seraient ces hommes-là ? Luc, ne me dis pas que nous allons courir après des fantômes ?

– Je ne sais pas chérie ! Vraiment, je ne sais pas où l'on va. J'ai peur de m'être attaqué aux premiers adversaires visibles, ceux que l'on veut bien que je vois. Mais un groupe d'une telle taille, je croyais que ça n'existait pas dans le privé. Sauf à être une banque d'état qui se contenterait de gérer du fric. Sinon, tu ne vois ça nulle part. Lire le bilan de REUTHER GROUP est un vrai casse-tête chinois.

– Tu as une idée, une ébauche de ce qu'il y a face à nous ?

– Pas vraiment non. Je suis simplement étonné de certains faits qui sont troublants. En juillet 1969, les américains maîtrisaient parfaitement les technologies de la communication quand AMSTRONG posait le pied sur la lune. Les images arrivaient sur tous les téléviseurs. Alors comment expliquer qu'aujourd'hui, REUTHER PHARMA, par sa filiale de laboratoire de recherche sur les microcomposants électroniques multicouches, soit aujourd'hui le numéro un mondial de fournitures de tels équipements. Ce n'est pas logique ! Nous n'en sommes qu'aux balbutiements alors qu'en 1969, les américains étaient les premiers.

– Mais qu'elles sont les incidences pour REUTHER ?

– Elles sont évidentes, mon cœur, on nous a laissé ce marché où personne ne voulait aller. Ce qui signifierait alors que cette technologie de l'information présentait un danger réel pour l'humanité. En laissant une société privée se lancer dans l'aventure au point d'en détenir le monopole, sans qu'aucun gouvernement ne soit impliqué dans ce qui se passera dans l'évolution de ces technologies, les risques de voir une puissance en dominer une autre sont immenses. Si tout est bien, on dira bravo, si ça cloche sur une éthique ou tout autre aspect, que sais-je, on dira c'est la faute de REUTHER.

- Chéri ? Là, tu vas trop loin dans ta réflexion, je pense.

- Elise, la première entreprise qui génère le plus gros chiffre d'affaires du groupe, c'est désormais REUTHER PHARMA, une nébuleuse énorme, qui possède un nombre incroyable de filiales. L'exploitation des mines par REUTHER EXTRACTION MINIERES ne représente que le dessert, alors que REUTHER FINANCES et REUTHER PHARMA sont aussi bien l'entrée, le plat, le fromage, et le vin qui accompagne tout ça. Si REUTHER FINANCES a tenté un coup d'état, je ne crois pas que les autres ne vont pas aussi ne pas tenter. Regarde, REUTHER EXTRACTION MINIERES vient d'essayer avec RAVALLENI. Alors je ne crois pas que ça se termine comme ça. Mais on va calmer le jeu, et partir loin de tout ça quelques temps.

- Oui mon amour, nous devions être en congés, tu te souviens ? Alors terminons juste cette affaire, et laissons les filles gérer le courant pendant quelques temps. Tout sera plus clair quand nous reviendrons.

- Ah si tu n'étais pas là pour me rappeler que l'on existe vraiment ensemble, je serai déjà perdu mon amour.

Il l'enlaça et elle se lovait dans ses bras, d'un air pensif, essayant d'imaginer un instant de vie sans que le groupe REUTHER ne vienne s'interposer entre elle et son mari. Juste quelques jours, juste un peu de temps pour retrouver celui qu'elle aimait, ce dessinateur industriel qui déjà, ne vivait que pour les lendemains meilleurs. Cet homme mystérieux pour lequel elle aurait remuer ciel et terre, semblait être plus fort chaque jour, mais elle ne le voyait plus. Il n'était qu'une ombre qui passait, puis disparaissait.

Alors elle profita au maximum de ces quelques instants, car il fallait déjà repartir installer les filles dans leurs suites. Le temps filait trop vite, et elle le regrettait en silence, gardant au plus profond de ses pensées, un peu de cette amertume qui ne devait pas apparaître au grand jour.

CHAPITRE XXX

Emma sortit de la salle de bains, et Luc et Élise s'étaient posés derrière le bureau où Emma avait déjà installé ses équipements de travail.

C'était une fille extrêmement ordonnée, chaque chose avait une place précise, et l'alignement des objets était méticuleux.

Ainsi, son petit enregistreur de voix était à sa droite, ainsi que son pot à crayons.

Le sous-main à l'effigie de REUTHER DIAMONDS Division Minières occupait le centre du plateau en verre.

Un porte documents en cuir à double rabats à l'effigie de REUTHER INTERNATIONAL GROUP siégeait quant à lui légèrement décalé sur la gauche.

Une lampe halogène à commande sans contact partait de son socle plombé, et montait en arc au-dessus du bureau, et son trait de lumière à intensité variable venait sur le côté gauche, éclairer toute la surface du plateau.

A droite comme à gauche, deux portes fenêtres donnaient sur le parc extérieur, en façade de la demeure, permettant de voir sur la colline à droite, le sillon blanc du chemin qui conduisait jusqu'à la demeure. L'exposition Sud assurait des suites lumineuses, agréables, et confortables où il faisait bon vivre.

Les accès au balcon par des portes fenêtres, agrémentaient les déplacements, puisque ce dernier suivait le pourtour complet de la bâtisse.

Les adeptes du footing matinale pouvaient aisément se livrer à la pratique rien qu'en effectuant le tour des balcons des premiers et second étage. Un seul tour représentait près de 400 mètres par balcon, et il était simple de compliquer à volonté les parcours, par les escaliers extérieurs, le parcours dans la verrière et le jardin tropicale, le tour de la piscine.

Emma donc, qui sortait de la salle de bains dans le plus simple appareil, accourut dès qu'elle vit le couple, en s'excusant de ne pas avoir été là pour les accueillir.

Élise la rassura immédiatement, lui précisant qu'elle était chez elle, et que cette intrusion n'avait absolument rien d'officiel.

– Emma, je souhaitais simplement voir avec toi, si cette suite te convenait, et te dire que tu pouvais envisager de la modifier comme tu l'entendais.

– Luc, tu plaisantes j'espère ! C'est magnifique, somptueux, spacieux, j'ai vraiment tout ce qu'il me faut. Répondit-elle.

– Bien, je suis heureux que cela te convienne. Dis-moi, j'ai entendu parler de techniques d'informations qui allaient révolutionner le monde. C'est un jeune américain qui monte, qui a développé ça. Tu en as peut être entendu parler ?

– Tu parles de Bill GATES. Oui, je ne le connais pas personnellement, mais j'ai une amie aux States, qui suit ça de très près pour le gouvernement américain.

– Tu pourrais te renseigner sur les travaux de ce mec ?

– Avec plaisir Luc, j'appellerai mon amie dans les prochains jours.

– Nous voulions aussi te remercier d'avoir supervisé l'opération « Milan ». Demain, nos prisonniers seront relâchés dans la nature, à l'extérieur des enceintes. Et le temps qu'ils retrouvent leur chemin, l'opération « épervier » sera déjà bien avancée, du moins je l'espère.

– Dis-moi Luc, qu'as-tu pensé de la réception ?

– Nous avons une fois de plus assuré l'essentiel. Le luxe et le tape à l'œil. Je n'en attendais pas plus.

– Et tes Girls, tu es a trouvées comment ?

– Elles manquent un peu d'assurance, mais il faut dire que d'où elles viennent, cela ne pouvait guère être autrement.

– Tu sais Emma, reprit Élise qui s'était installée sur les genoux de son mari, Luc et moi, nous étions bien pires que ça, à la première réception. Nous, nous sortons d'un endroit où ni lui ni mes parents n'ont jamais mis les pieds, et notre mode de vie, il était des plus simples. Nos girls sont formidables, elles rient tout le temps, se moquent ouvertement de toutes les conventions, se sentent enfin libres, et seront difficiles à gérer. Mais j'aime ça.

– Oui je sais, ça me fait un peu peur tout ça. Reprit Emma

– C'est normal que tu aies peur Emma, lui rétorqua Luc. Mais ne sois pas dur avec ta Girl, elle est ici pour rendre du sourire et de la joie. La Team Manager a trop de travail. Je le sais, et il faut courir partout. Nous n'y arriverons pas, si nous ne planifions pas.

– C'est vrai Luc, tu as raison. Mais tu sais aussi que tout nous tombe dessus à la fois, ce qui n'était pas le cas jusqu'à présent. Au siège, la fourmilière est vraiment endormie, je m'en rends compte maintenant.

– Tu vois Emma, pour ma part, reprit Luc, c'est plutôt ça qui me fait peur. Ce soir, j'ai vu mon équipe, celle que j'ai

61

mise en place. Et je n'ai pas peur des commentaires de demain dans les journaux. Je suis hyper content de ne pas m'être trompé sur les qualités de Nathaly. Cette fille-là tient dans sa seule image, l'avenir de notre prochaine action sur la scène internationale. Nous allons exploser les compteurs. Mélanie a su gérer la soirée avec un talent extraordinaire. J'attends qu'elle me présente les chiffres. Mais son rôle dans la communication est un déterminant extrêmement important, et elle tient son sujet sur le bout des doigts. Voilà ce que j'appelle des résultats tangibles et immédiats. Ces soirées-là, ce sont des bonus exceptionnels, et la valeur ajoutée est exponentielle. Demain, les magazines vont s'arracher, les demandes vont affluer, et il ne restera plus qu'à mettre sur pieds les fabrications de luxe. On fait d'une pierre deux coups. En un, les ventes de bijoux de luxe, en deux des contrats d'assurances payés d'avance dont on sait qu'ils ne serviront pratiquement jamais si l'on sait rester dans la production de qualité tel qu'est notre savoir-faire. Et la cerise sur le gâteau, c'est que nous alimentons la fondation REUTHER, et que les dépenses de la soirée sont payées entièrement. Alors il n'y a pas de quoi être inquiet.

Emma s'était approchée du couple qui admirait sa plastique parfaite. Élise l'embrassa du rituel baiser d'appartenance à la REUTHER FAMILLY et Luc continua de discourir.

Ils avaient laissé la porte de la suite ouverte, et c'est sans surprise qu'il s'aperçut que les Girls étaient revenues, et avaient pénétrées dans la suite.

Elles avaient pris une « échelle » dans la cuisine, et empilé sur trois niveaux, leurs effets et surtout tous les cadeaux qu'Élise leur avait offerts pendant la sortie shopping. Elles tenaient à ces bijoux plus qu'à n'importe quoi d'autre, et l'on avait entendu clamer parfois « Dis Ruth, tu ne sais pas où j'ai posé ma broche en diamants ? » ou même « Eva, tu la préfères à quel doigt ma bague » ?

Ces quelques mots avait fait sourire le couple, car il suffisait à Luc de descendre aux coffres et de tirer un écrin, pour y choisir l'ensemble des bijoux qu'il pouvait offrir.

Ruth fut, comme l'on pouvait s'y attendre, la première à prendre la parole.

– Vous avez vu les filles comme elle est bien foutue Emma ?

– Ah ouais, elle est canon, je me demande si on est aussi bien nous ? Répliqua Ephie.

– Eh les filles, on est les Girls REUTHER, on ne peut pas être mal foutue voyons !!! Précisa Eva.

Luc se mit à rire aux éclats, et son corps était parcouru de soubresauts qu'il ne pouvait contenir, mais qui réveillait les douleurs de sa plaie et de l'extrémité de ses côtes cassées du côté gauche.

– Les filles, répliqua Elise, REUTHER n'a pas de standard pour le choix de ses filles, et nous sommes toutes bien foutues. Alors soyez rassurées de ce côté-là, vous avez toutes sans exception, ce qu'il faut, là où il faut.

Luc voulut rire à nouveau, mais il mit instinctivement la main sur le côté en grimaçant, tout en riant, ce qui devait lui donner un visage un peu particulier que Ruth ne put s'empêcher de souligner.

– Vous avez vu les filles, le Loup il a une drôle de tête là, il est mal en point. Il a dû manger la « mère-grand, et elle était dure »

- Arrête Ruth, dit Eva, ce n'est pas drôle. Tu as mal Luc ?

- Ce n'est rien, on va y aller, n'est-ce pas Chérie dit-il en regardant sa femme.

- Oui Luc. Emma, tu veux bien dire à Céline de monter à la suite présidentielle, on va avoir besoin d'elle pour le pansement à Luc, et pour une injection.

- D'accord chérie, je m'en occupe, et vous les Girls, il est temps de rejoindre vos suites. Allez allez, fichez-moi le camp maintenant les sauterelles.

Elles éclatèrent de rire une fois de plus, et il n'y avait rien d'autre à faire que de les suivre dans leur délire.

En chemin, Luc demanda à Élise d'installer Eva et Ephie dans les deux premières suites et qu'il s'occuperait d'installer Ruth.

Arrivée au second étage de l'aile gauche, Ruth ouvrit la première suite, et laissa la clé sur la porte. Luc lui fit signe de poursuivre, tandis qu'Élise entra dans la première suite, accompagné des deux Girls.

Arrivés à la troisième suite, Luc fit signe à Ruth d'aller directement à la dernière porte, tout au bout de la terrasse.

Ruth s'interrogea et ne comprenait pas pourquoi Luc voulait voir la toute dernière suite.

- Ouvre ma chérie, c'est ici que tu vas habiter Ruth.

- Mais pourquoi celle-ci ?

- Ouvre, et regarde, et ensuite tu me diras si tu la veux ou non.

Elle glissa la clé dans la serrure, appuya sur la poignée, et la porte s'ouvrit, découvrant ainsi son espace particulier.

- Waouh, mais c'est magnifique Luc, je n'avais jamais remarqué qu'elle était comme ça celle-ci. Pourquoi c'est moi qui l'ai ?

- Parce que c'est grâce à toi que toutes les Girls ont changé de statut. Et parce que tu as besoin de plus d'espace encore que les autres. Et puis regarde cette magnifique vue.

Elle s'approcha de la baie vitrée qui occupait le fond du bureau salon, et tourna la tête à droite, où elle bénéficiait de la vue sur la verrière, et au fond, sur la cascade, l'arrière de la cascade, et plus loin encore, sur le jardin tropical.

Elle pouvait sortir de trois côtés, et donner libre court à son besoin de liberté, s'échapper quand elle le voudrait.

- Oh merci Monsieur REUTHER, c'est vraiment magnifique.

- Attends ce n'est pas fini, ouvres maintenant la porte de tes appartements privés.

Elle traversa la pièce de quatre mètres sur sa gauche, et ouvrit une porte à double capitonnage, et face à elle, un petit salon privé donnait sur la terrasse, et disposait d'une porte fenêtre qui lui permettrait de voir les coucher de soleil derrière la colline à sa droite, et sur la forêt face à elle, à sa gauche, une petite entrée et un coin bar, et sur la droite, une chambre spacieuse, et une salle de bains un peu particulière, car tout comme la chambre, elle donnait sur la terrasse d'extrémité et permettait d'assister au lever du soleil, par une baie vitrée coulissante dont on pouvait tamiser le vitrage automatiquement.

Ainsi, la pipelette n'avait aucun vis-à-vis et bénéficiait de la totale liberté de mouvement, sur les trois directions. Parc, Forêt, Jardin tropical et verrière, donc piscine.

De ces trois côtés, elle avait accès à tout.

- Es-tu satisfaite Ruth ? Ai-je au moins partiellement répondu à tes attentes ?

- Oh oui Luc, mais je ne sais pas pourquoi je n'ai jamais remarqué que cette suite était la plus belle.

- Je vais te dire pourquoi, c'est simplement parce que tu étais dans une zone qui t'était interdite. Alors tu venais ici par envie de briser les interdits, mais tu avais bien trop peur de te faire prendre, et de ce fait, tu ne voyais rien.

- J'avoue que quand je venais ici, il faisait nuit souvent, et je planquais ma lampe dans ma manche.

- Eh oui, mais moi je suis monté jusqu'ici, et j'ai regardé par les baies vitrées, quand j'ai vu au pignon, que la chambre et la salle de bains s'ouvraient sur la cascade et le jardin tropicale, j'ai tout de suite pensé à la petite Ruth qui m'avait offert un café cet après-midi.

- Je peux te sauter au cou Luc ?

- Tu sais bien, tu connais les conventions des FAMILLY n'est-ce pas, je ne suis rien dans cette assemblée de femmes, si ce n'est votre bourreau qui vous assaille en permanence de travail. Vos conventions, je les ai acceptées. Vous en disposez, et c'est le seul instant où vous avez le droit de faire cela.

- Alors je vais le faire à ma manière. Parce que vous êtes nos sauveurs, les FAMILLY, Élise et toi. On a vraiment bien aimé la fête de ce soir. Je te jure, c'était féerique. Cette Nathaly, tu sais, la blonde extraordinaire qui sort de nulle part, elle était merveilleuse. Mélanie a été obligée de la mettre au repos tellement elle a pris de flash dans la figure. Elle ne voyait plus rien la pauvre, mais elle a gardé son sourire, bien que j'aie vu qu'elle pleurait. Je crois qu'elle était crevée la pauvre. Les body-Guard sont intervenus, car deux journalistes avaient franchi la zone de sécurité, et Mélanie a retiré les pellicules de leurs appareils. Je crois qu'ils avaient plongé leurs objectifs là où il ne faut pas. Du coup, on n'a même pas ouvert le cadeau que tu nous as offert. Pourtant ça nous démangeait tu sais.

    –   Alors ouvres le maintenant. Telle que la convention le prévoit pour toutes, tu peux ouvrir ton cadeau de la Saint Valentin.

Le visage rayonnant, agitée telle un puce, Ruth sautillait sur place, les pieds joints dans ses fines chaussures argent brillant, tel qu'était le liseré des bordures de sa robe longue en satin couleur saumon.

Elle prit une longue respiration, avant de défaire le petit nœud du ruban rouge bordé argent ornant le coffret, puis elle ouvrit l'écrin de velours rouge.

Lorsqu'elle découvrit la bague portant un rubis taillé en cœur orné de diamants sur son pourtour, monté sur un anneau d'or ciselé, où était à l'intérieur, gravé son prénom, elle faillit tomber, et Luc dut la soutenir pour qu'elle ne chute pas.

    –   Ruth, ça va ? Allons remets toi. Vous avez toutes le même cadeau, il n'y a que le prénom qui change.

    –   Luc, comment as tu fais ça ?

    –   Ça, c'est mon secret petit cœur. J'espère que cette petite bague te plaît. Elle est le signe de ton appartenance à la FAMILLY GIRLS. Et tu vois, je vais passer ainsi dans toutes les suites, pour m'assurer que toutes les filles sont heureuses de leur cadeau.

– Mais Luc, ça coûte une fortune ça.

– Oui, ça coûte le prix que l'homme veut bien lui accorder. Mais pour moi, le rubis central avec cette forme en cœur, représente le sang de tous ceux qui sont tombés et qui ne reviendront jamais parmi nous, pour ramasser tous ces petits diamants que les hommes achètent pour séduire les femmes.

Aussi, je souhaite que tout mon groupe à la direction générale, se souvienne à chaque instant, que pour tout ce que nous avons, tout ce qui nous entoure, des hommes, des femmes et des enfants, sont morts quelque part, en cherchant ces joyaux qui rendent notre richesse si futile.

– Luc, j'aime ce que tu dis, c'est tellement beau et tellement vrai. On n'a pas beaucoup de différence d'âge, tout juste cinq ans, enfin un peu moins, mais jamais on ne m'a expliqué les choses aussi clairement. Je crois que je t'aime tu sais.

– Je sais, toutes ici, vous me le rappelez à chaque instant, dans chacun de vos regards, et dans chacun de vos gestes. Je ne suis qu'un homme Ruth, pas un Dieu. J'ai juste des objectifs, et j'ai besoin de vous. Aucune de vous ne pourra jamais atteindre mon niveau de richesse. Mais vous travaillez avec moi, et comme le veut le serment que vous avez toutes faites, je ne vous appartiens pas, vous ne m'appartenez pas. Chacune de vous est libre.

– Rester ou partir n'est pas la question Luc. Les filles nous ont bien expliqué tu sais. Elles ne nous ont pas influencées. Et elles ne sont pas plus âgées que nous,

68

juste un peu plus expérimentées. Mais c'est que tu nous impressionnes.

– Ah bon ? Pourtant, toi tu ne m'as pas paru impressionnée.

– Mais si, quand je parle vite, c'est que je suis impressionnée.

– Tes vingt années passées, nous avons ces quelques jours pour les fêter. Tu vas travailler avec Charlotte, Eva, Sara, et Margot. Et il est fort probable que tu travailles souvent avec moi sur la zone Afrique Asie. Donc tu vas devoir apprendre les langues étrangères Anglais Chinois Arabe Espagnol Portugais.

– Je vais reprendre des études alors ? C'est vrai ? Je vais étudier Luc ?

– Oui, ici même. Vous aurez des profs ici, et vos tutrices seront les FAMILLY. Comme si vous étiez en alternance. Le matin les études, l'après-midi la mise en pratique.

– Tu crois que je vais y arriver ?

– Tu donneras le meilleur de toi même. Et comme tout le monde, tu auras des réussites, et aussi des échecs. Il vous faudra probablement vous isoler plus souvent dans vos suites pour étudier. C'est pourquoi vous travaillerez qu'à mi-temps au début.

– Mais à quel moment as-tu eu le temps de penser à tout ça Luc, comment fais-tu ?

– Si je le savais, je te répondrais Ruth. Sans doute que ce sont les circonstances qui font que mon cerveau est en ébullition constante. Mais c'est ainsi.

–   J'aimerai que tu restes encore parler des heures avec moi.

–   Pas ce soir chérie, je dois passer partout, ce qui signifie que je ne vais guère dormir avant six heures. Mais promis, dès que je me réveille, je viendrais te voir. Cela te convient ?

–   Je n'ai jamais été aussi heureuse. Ma mère sera contente de moi si je réussis.

Elle s'approcha, et l'embrassa, du rituel baiser d'appartenance à la FAMILLY. Il lui rendit son baiser, en lui serrant les mains, puis en se retirant, il ajouta simplement

–   Vous êtes toutes de merveilleuses personnes, alors regardez devant et gardez la tête haute. Dors bien.

Il se retourna, et quitta la suite de Ruth pour se rendre dans la suite réservée à Ephie. Élise était avec elle, assise au bureau salon, elles échangeaient ensemble calmement, mais Luc la sentait un peu triste pendant qu'il approchait.

–   Bonsoir Ephie, il y a quelque chose qui te chagrine, ne dis pas non je le vois et je le sens. Élise, tu peux aller voir Ruth, s'il te plaît, on se retrouve tout à l'heure dans la suite de Mélanie, je finis avec les Girls.

–   Oui Luc, à tout à l'heure.

–   Merci mon cœur. Il prit Ephie dans ses bras, puis lui leva le menton avec l'index, et la regarda dans les yeux en ajoutant : « Dis-moi ce qui ne va pas »

Il vit une larme perler, puis s'échapper du coin de ses yeux et couler sur ses joues.

– Luc, ce ne sont pas des larmes de peine tu sais. Mais en ce moment même, je pense à ma mère, et à ma sœur. J'ai tout ici, elles n'ont rien, là, dehors.

– Mais Ephie, allons, ce n'est que l'histoire de quelques jours. Et puis là, ici même, tu disposes d'un téléphone et d'une ligne directe, tu peux appeler et recevoir des appels. C'est fini, tu n'es plus enfermée. Bientôt, tu entreras ici comme chez toi, sans aucune restriction.

– Luc, ma sœur, elle, elle n'est pas là. Elle me manque.

– Viens avec moi. Allez, viens. Tu me fais confiance n'est-ce pas ?

Il la prit par la main, et lui montra quelque chose dont elle ne pouvait se douter.

Arrivé face à la cloison, le long de la baie vitrée donnant sur la verrière, un petit bouton était dissimulé derrière le rideau.

Il demanda à Ephie de l'actionner.

Comme par enchantement, la cloison s'effaça devant eux, et découvrait le salon de l'autre suite qui était inoccupée.

Ils traversèrent alors ce petit salon pour se rendre dans la chambre de la suite, et Luc alluma la lumière.

Sur le lit, un petit boîtier rouge en forme de cœur était délicatement posé sur le lit, et juste derrière, une enveloppe sur laquelle était inscrit à l'encre rouge : Cathy.

Ephie se retourna vers Luc, avec un regard qui marquait l'étonnement. Puis elle jeta un regard circulaire, et vit un pot argenté à l'intérieur duquel reposait une bouteille de champagne, enfoncée dans des glaçons, un énorme bouquet de roses rouges.

Il la guida dans le dressing qui jouxtait la salle de bains, et lui montra qu'il était plein de cartons Dior, Louboutin, Chanel, qui n'avaient pas été ouverts, et des portants sur lesquels pendaient des housses identiques à celles qu'Ephie avait vues dans l'après avec les filles.

Elle ne comprenait pas. Elle hochait la tête, ne sachant que dire.

Alors Luc la ramena dans sa suite, et ferma la cloison.

- Ephie, j'ai rappelé ta maman avant d'agir, je souhaitais son accord. Ta sœur va arriver tout à l'heure. J'ai envoyé un chauffeur la chercher. Ta maman doit régler quelques détails mais sera là mercredi. Alors arrête de pleurer. Tu vas pouvoir dormir avec ta sœur. Maintenant, ouvres ton cadeau.

- Mais Luc, comment as-tu fait ça ? C'est incroyable, ma sœur ! Elle sera là ! Et le champagne et tout ! C'est pour elle ? Tu es fou Luc, ou magicien, je ne sais pas, mais ses études, elles sont foutues ses études ?

- Non Ephie, rien n'est foutue. Dès lundi, Cathy étudiera d'ici, comme toi, Ruth et Eva. Nous réglerons tout ça lundi. D'accord ?

- Ma sœur Cathy, tu l'as fait venir en pleine nuit.

- Il le fallait bien, pour qu'un homme se tienne debout, il lui faut ses deux jambes. Et toi, ça fait trop longtemps que tu n'en n'as qu'une. Cette suite dans cette aile, est la seule qui communique avec la suite suivante. C'est un secret qu'il ne faudra pas révéler. C'est pourquoi je te l'ai affectée. Tu pourras dormir avec ta sœur ou étudier avec elle autant que tu le voudras.

– Merci Luc, vraiment merci, jamais je n'aurai imaginé cela possible en si peu de temps.

– Je ne suis pas magicien va, mais l'important est que tu recouvres tes esprits rapidement. Si Cathy te voit dans cet état, elle ne sera pas contente. Alors on va faire vite si tu veux bien. Le rituel de la FAMILLY est votre marque de reconnaissance, et j'ai encore Eva et les suites des DG à faire, chérie, ouvres ton cadeau, et tu te prépareras à accueillir ta sœur, comme se doit une REUTHER de le faire.

– Oui Luc acquiesça-t-elle en déliant le ruban entourant l'écrin rouge.

Quand elle ouvrit l'écrin et que la bague d'alliance lui fut dévoilée, elle se remit à pleurer. Le rouge éclatant de ce cœur en rubis bordé de diamants la bouleversa encore plus.

Luc pouvait comprendre que ce trop-plein d'émotion puisse la mettre dans cet état, et la sensibilité de la jeune Ephie l'affectait.

Alors, il l'embrassa sur la joue, et se retourna pour la laisser se remettre.

Ephie, le regarda s'éloigner en enfonçant ses pas dans l'épaisse moquette, et avant qu'il ne franchisse la porte d'entrée, elle se précipita vers lui, risquant de le mettre à terre, et enveloppa de sa bouche celle de son protecteur, ne désirant plus la lâcher, ce qui était parfaitement contraire au protocole.

Luc la laissa faire un long instant, puis retira son visage de cette fougueuse étreinte, il la regarda sévèrement, lui déposa un baiser sur la joue, et sortit de la suite presque en colère, mais il se reprit très vite. Il commençait d'être vraiment fatigué, mais il devait impérativement finir sa tournée, au moins chez les grils.

Il entra dans la suite réservée à Eva, et la belle blonde sortait de la douche dans le plus simple appareil, une serviette entourait sa poitrine.

Luc ne pouvait que constater les formes parfaites qu'elle lui présentait, et souhaitait présenter ses excuses et repartir, mais c'est elle même qui présenta les siennes en lui disant qu'elle était fatiguée.

– Eva, je n'avais pas l'intention de troubler ta tranquillité, je venais sceller avec toi comme le prévoit le serment de la FAMILLY, l'alliance et l'appartenance à REUTHER.

– Je sais Luc, et nous allons le faire, comme nous nous sommes toutes engagées. Je veux juste rajouter une chose, c'est que mon amour est fort et sincère, et que l'avenir que tu m'offres, je ne l'attendais pas de cette maison que j'ai autant détestée. Si par cette alliance, ta propre force me guide et me grandit, c'est plus qu'une alliance que je te devrais. Je vais ouvrir ce cadeau, le premier cadeau que je reçois depuis trois ans. Je sais que je pleurerai quand tu seras parti mais je vais me retenir, parce que je veux rester digne et forte devant toi.

Elle ouvrit l'écrin, sortit le rubis éclatant, l'admira avant de le passer à son doigt. Elle l'admirait, mais déjà une larme perlait.

Luc n'attendit pas qu'elle fonde en larme, il approcha ses lèvres, les posa délicatement sur les siennes, et elle s'abandonna totalement à ce baiser qu'elle désirait plus que tout.

Il retira son visage, lui exprima sa gratitude, la remercia de la confiance qu'elle plaçait en lui, lui expliqua les études et le travail, tout comme il l'avait fait pour Ruth, et lui demanda si elle pouvait aller voir Ephie quelques instants, et la rassurer quant aux suites de son attitude qui ne prêterait pas à conséquence.

Puis il l'embrassa sur la joue, sentant les seins ronds de la jeune femme effleurer sa peau, et se retira en fermant délicatement la porte.

Il sentit qu'il ne pouvait pas aller plus loin alors il rouvrit la porte, avança jusqu'au canapé du salon, et demanda à Eva d'appeler les REUTHER FAMILLY les unes après les autres, et de faire venir Élise et Céline immédiatement dans la suite, mais il ne put terminer sa phrase, il s'effondra sur le canapé du salon.

Quelques deux ou trois minutes plus tard, Céline poussait la porte de la suite, trousse de secours en main, et accourait au chevet de Luc pour constater qu'il dormait, inconscient et épuisé. Elle prit soin de bien l'ausculter, veillant à ne pas se tromper dans son diagnostic, chercha dans sa trousse, et sortit une seringue qu'elle remplit d'un médicament transparent sorti d'un petit flacon, et l'injecta en intrant-veineuse doucement, en relâchant progressivement la pression de l'élastique qu'elle avait préalablement noué au bras gauche de Luc.

- Il ne faut pas qu'il bouge d'ici Eva, je suis désolée, car tu ne vas pas pouvoir dormir, mais il faut le veiller en permanence. S'il se réveille, alors il ne doit pas se lever seul. Il tomberait instantanément.

- Mais Céline, je te promets, je ne lui ai rien fait, je ne sais pas ce qui s'est passé, mais je ne lui ai rien fait.

- Eva, tu te calmes, je sais que tu ne lui as rien fait. Il est tout simplement épuisé. Mais il doit avoir un autre problème, et il faudra probablement qu'il fasse des analyses. Là, s'il venait à se relever seul, il risquerait de faire une crise cardiaque, c'est pour ça que je lui ai fait une piqûre.

- Mais elles vont toutes m'accuser Céline.

— Allons, réfléchis Eva, de quoi veux-tu qu'on t'accuse, Elise est avec Ruth, et tu n'es responsable de rien, si ce n'est d'être nue comme la plupart des filles dans leurs suites. Regarde, je n'ai pris que ma blouse pour venir, tu vois bien que tu n'as aucune responsabilité dans ce qui vient d'arriver à Luc. Et je peux te dire une chose, c'est que je m'attendais à ce que ça arrive un jour ou l'autre. Il est en surmenage depuis l'attentat au Palace. Et si tu ajoutes à ça nos appétits sexuels, tu obtiens ce genre de résultat. Nous sommes bien plus coupables que tu ne l'es tu sais. J'aurai dû lui interdire les jeux sexuels, je ne l'ai pas fait. Et tu sais un peu comment il est, il n'en fait qu'à sa tête. Mais ne t'inquiète pas, dans deux jours, il sera mieux. Allez, je vais voir Elise.

Eva resta assise par terre, au côté de Luc, lui tenant la main, et c'est dans cette position que Ruth et Ephie les trouvèrent, ce dimanche 15 février.

Lorsque Cathy fut conduite au second étage par le chauffeur, les retrouvailles avec Ephie se firent dans une clameur de joie, au point que Ruth s'imposant chef de file, leur demanda de bien vouloir aller dans la suite à Ephie.

— Nous nous verrons plus tard, et vous faites trop de bruit ici

La REUTHER FAMILLY s'était immédiatement mise sur le pied de guerre et la Team Manager était au complet.

Céline composa un numéro de téléphone sur le combiné de la suite d'Eva, et s'entretint avec un cardiologue de Paris, le diagnostic était sans appel.

— Céline, ton patron dort combien d'heures par nuit depuis une semaine ? Ne cherche pas la cause de son mal, il est tout simplement épuisé. Tu dois le mettre au repos impératif. Dormir, manger, boire, se détendre en piscine, et c'est tout. Dans trois jours, il sera à nouveau sur pieds, tu lui donnes simplement une injection vitaminée B12 par jour, au réveil.

Sois régulière quant aux horaires. Et qu'il mange à horaire fixe. Cette vie irrégulière a complétement désorganisé son organisme. Vous devez le raisonner. Il devra passer un électro cardiogramme rapidement, et faire des tests d'efforts. Il faut que tu sois plus sévère avec lui. Tu me dis qu'il récupère vite, mais ce n'est pas une machine. Alors enferme le s'il le faut, mais il doit absolument se reposer.

Les FAMILLY GIRLS avaient accouru à la course dès qu'Eva les avaient prévenues.

Alors les REUTHER FAMILLY s'étaient retirées, estimant que les Girls sauraient parfaitement assurer leur rôle, tandis que la Team Manager prendrait en charge les affaires courantes.

Margot appela alors le directeur général de REUTHER PHARMA en lui expliquant qu'il y avait urgence absolue à faire porter le nécessaire pour le rétablissement du patron.

A huit heures, un colis spécial était déposé au poste de garde de la première enceinte, et à huit heures vingt, la première injection intrant-veineuse était prodiguée par Céline.

Le rôle de garde-malade fut assuré à merveille par les Girls qui se relayèrent deux à deux, et quand Luc ouvrit enfin les yeux, il était en costume sur le canapé, Ephie et Cathy chuchotaient, assises à même la moquette, se comptant sans doute le passé de leur vie.

Elles étaient belles à voir, leur longue chevelure châtain bouclée enveloppait leurs épaules, dans leur tailleur parme, jupe et veston, sous lesquels on distinguait un top de soie fine recouvrant leurs seins qui n'avaient pas été bridés par le moindre soutien gorges.

Élise leur avait téléphoné et communiqué la tenue du jour, et elles avaient appliqué les consignes à la lettre.

Il les regardait sans mot dire, et ne ressentait aucune envie de poser un pied au sol.

Lorsque Cathy lui sourit, il répondit lui aussi par un sourire, sans ouvrir la bouche.

Alors les deux girls se levèrent et lui proposèrent de rejoindre avec leur aide, la salle de bain.

Ephie avait préparer un bain chaud, et ajusta la température de l'eau pendant que Cathy, resta quelques minutes seule auprès de Luc, lui souriant tout en le dévisageant.

– Bonjour Monsieur REUTHER. Vous m'avez l'air bien affaibli. Vous savez, il faut aussi savoir s'arrêter et dormir. Maintenant, nous allons nous occuper de vous, et vous ne repartirez d'ici que debout sur vos pieds.

– Tu es Ephie ou Cathy, lui répondit-il avec une voix enrouée.

– Moi, je suis Cathy. Je sais que ce n'est pas le moment, mais je veux vous dire merci.

Elle se leva, et l'embrassa sur la joue. Ephie arriva à son tour, et d'un coup d'œil à sa sœur, elles le prirent sous les bras qu'elles entourèrent autour de leur cou, chacune d'un côté, pour le conduire à la salle de bains.

– Laissez-vous faire, vous n'êtes pas en état de résister.

Elles éclatèrent de rire, et commencèrent à défaire la cravate pour Ephie, la veste pour Cathy, les boutons de manchettes en diamant pour Ephie, la montre pour Cathy, et elles riaient, se jetaient des regards complices, en enchaînant les mouvements pour le déshabiller complétement.

Il ne pouvait résister, et était condamner à se laisser faire, ses forces l'avaient abandonné, mais son esprit toujours aussi vif voyait bien qu'il avait manqué un épisode.

Ce n'était pas sa salle de bain, ce n'était pas Élise, et il ne comprenait pas pourquoi il avait dormi ici.

Il n'eut pas non plus le temps de comprendre, quand elles le firent descendre dans le bain.

Ephie sortit de la salle de bain, et appela Élise en lui demandant s'il fallait prendre le bain avec Luc.

–   Il est réveillé ? Si vous n'êtes pas sûr qu'il reste en position, je préfère que vous l'assistiez, ces grandes baignoires rondes, c'est agréable, mais ce n'est pas fait pour un malade qui ne tient pas debout. S'il nous demande, dîtes lui simplement que nous avons les choses en main et que pour l'instant tout va bien. Retenez-le là-haut, on ne veut pas de lui dans nos pattes.

–   Bien Élise, alors je crois qu'on va faire comme tu le dis. Parce qu'il n'a guère de force, et même dans l'eau, il ne réagit pas beaucoup.

–   Je te fais confiance Ephie, débrouille-toi pour qu'il retrouve rapidement ses esprits. Pour l'énergie, ça ira beaucoup mieux demain. Je viendrais vous remplacer dans l'après-midi.

Ephie raccrocha le combiné, et revint dans la salle de bain alors que Cathy était en mauvaise posture.

Elle retenait Luc par le bras, dont le corps glissait sur le côté en s'éloignant dangereusement du bord de la grande baignoire circulaire.

Ephie se dévêtit en un quart de seconde et traversant la baignoire pour relever Luc.

Puis elle vit un signe à Cathy qui emprunta le même chemin pour se placer de l'autre côté de Luc.

Ainsi soutenu, il se laissa laver par les filles, qui trouvaient ça forcément rigolo.

Tête en l'air, elles avaient oublié de sortir serviettes et peignoir, et se retrouvaient elles même un peu décontenancée par la situation.

Non pas que d'être nue avec lui ne leur posa un problème, mais ni l'une ni l'autre ne pouvait sortir de la baignoire sans risquer de mettre l'autre dans l'impossibilité de remettre Luc en position sûre.

Elles durent attendre que Ruth et Eva fassent enfin leur apparition, et évidemment, ce fut d'abord le fou rire, puis les quolibets, et la joyeuse troupe, décida qu'il fallait profiter de l'occasion, elles se retrouvèrent toutes les quatre dans la grande baignoire, s'amusant comme des écervelées, riant à ne plus en reprendre leur souffle, tandis que leur patron, restait immobile, toujours incapable d'assurer le moindre mouvement lui permettant de se remettre debout.

Au bout d'une bonne demi-heure, Ruth considéra qu'il était temps de sortir de là, et elle quitta la première la baignoire, suivie par Ephie.

Elles se séchèrent, et enfilèrent un peignoir.

Cathy et Eva firent glisser Luc tant bien que mal jusqu'aux marches qui permettaient de quitter la baignoire, mais elles ne furent pas trop de trois, pour sortir le corps nu du bain.

Cathy attrapa une serviette et commença à sécher le corps de Luc.

Lorsque toutes les girls, furent couvertes, il semblait que Luc essayait de se mettre debout en s'appuyant sur les bords du lavabo. Et à force de tentatives répétés, il finit par se retrouver enfin debout.

La tête lui tournait un peu, mais très lentement, il sentait la circulation de son sang revenir dans ses membres inférieurs.

Il fixa le miroir, et regardait les portants encombrés par les tailleurs des filles, et ses propres habits jonchant le sol de la salle de bains.

Il se tourna en gardant une main en appui sur le lavabo.

    — Les girls, dit-il, est ce que ça fait longtemps que je suis ici ?

    — Eh bien répondit Eva, mon cher Luc, il faut croire que tu t'es plu chez moi, puisqu'on a passé la nuit ensemble !

    — Comment, que dis-tu là ? Est-ce une farce ou un complot ?

    — Non Luc reprit Ruth, tu as passé la nuit sur le canapé. Tu t'es effondré, et tu es malade. Tu es sous notre garde. Interdiction de bouger. Tu as compris ?

    — Les filles, je ne peux pas rester dans cette suite, il faut me reconduire chez moi.

- Impossible, le grand salon est devenu le QG des REUTHER FAMILLY, tu ne rentreras chez toi que quand tu seras guéri. Ajouta Ephie.

- Mais enfin qui est le patron ici, vous ou moi ?

- C'est toi, tant que tu as toutes tes capacités, mais là, on voit bien que tu ne les as pas, précisa Cathy, qui semble-t-il avait déjà une petite longueur d'avance sur les réactions de l'anatomie masculine. Je te dirai quand tu seras prêt à retravailler.

- Je ne vais pas rester à poil devant vous quand même.

- Et pourquoi pas, le spectacle n'est pas si désagréable que ça reprit Ruth.

- Je vous préviens, ça ne se passera pas comme ça, n'abusez pas de ma patience.

- Non non, dit-Eva, c'est nous qui allons devoir être patiente.

Elles riaient des sous-entendus qu'elles s'accordaient, et toutes les barrières qui les avaient retenues jusqu'alors s'étaient envolées. Les girls n'avaient semble-t-il fait qu'appliquer les consignes qu'elles avaient reçues.

Ruth décida, en meneuse qu'elle était, que Luc ne devait pas rester dans cette suite. Non pas que cette dernière ne soit pas confortable, mais disait-elle :

- Il doit pouvoir bénéficier de son espace végétal, alors transportons-le chez moi. C'est plus grand, et je sais qu'il y sera bien pour recouvrer rapidement sa vivacité.

Elle lui enfila un peignoir, et elles le soutinrent pour sortir sur la terrasse surplombant ainsi le grand bassin sous verrière, Ruth en éclaireur, elles se rendirent toutes jusqu'à la dernière suite.

La REUTHER FAMILY en grande réunion dans le grand salon, vit la scène qui se déroulait sur la terrasse du second étage, et elles s'approchèrent de la porte fenêtre pour observer le spectacle.

– Cette petite Ruth est très habile. Elle les mène comme elle veut. Cette fille-là a beaucoup d'avenir parmi nous les filles, je vous le dis. S'exclama Margot.

– Il est entre de bonnes mains, reprit Elise. Cette fille sait exactement ce qu'il faut à Luc. Je dirai presque qu'ils sont pareils l'un et l'autre. Ce doit être pour ça qu'ils s'entendent si bien.

– Bon les filles, allez, on se remet au travail, dit Charlotte. Il faut qu'on avance. La boutique doit tourner quand même.

Ruth fit entrer le groupe par le pignon du bâtiment, et tel que Luc le lui avait demandé, elle ouvrit la baie vitrée qui donnait sur la cascade et sur le jardin tropical.

Il lui sourit, avançant à petits pas prudents, tout en regardant devant lui, ce spectacle qui lui plaisait tant.

Une fois à l'intérieur, elles l'installèrent dans l'un des fauteuils en cuir du salon, mais Ruth renvoya les girls dans leur suite, en demandant à Eva de voir Élise, pour lui demander des habits pour Luc.

Ensuite, elle fouilla dans son dressing et sortit un lecteur de CD et mit une musique planante, qui, dit-elle à Luc, allait le reposer.

Elle lui proposa de tourner le fauteuil face à la cascade, et lui demanda s'il avait faim.

Luc la regardait s'affairer, tourner à droite, à gauche, entrer et sortir, et en la voyant sans cesse bouger ainsi, il se sentait diminué, impuissant, cloué sur ce fauteuil, sans pouvoir s'en extraire.

Il ne voulait pas être un poids qu'on allait ainsi trimballer au gré de leurs envies, et devait prendre conscience qu'il lui suffisait simplement d'attendre que les vitamines qu'on lui injecterait fassent leur effet.

Ruth appela Mike Klein aux cuisines.

- Mike, peux-tu trouver dans ta cuisine, des fruits du genre orange, Kiwi, des avocats, enfin des trucs avec des vitamines, qui sont faciles à digérer et préparer en urgence, une vraie salade de fruits comme tu sais les faire. Tu sais, celles qui nous redonnaient le moral quand nous n'étions pas bien avec nos.... Enfin je ne te fais pas de dessin, tu as compris hein. C'est pour le Boss, et tu me fais envoyer ça au second de l'aile gauche, du côté du jardin tropical.

- Mais oui Ruth, je vais faire un truc bien, et dans deux heures, il sera sur pieds.

- On tu es un ange. Fais vite.

Elle raccrocha tandis qu'Eva entrait lui rapporter son tailleur et son top.

- Ruth, ça ne te dérange pas si on te laisse seule, nous on va aller voir les filles pour voir si elles ont besoin de nous. On sera chez Élise, je crois qu'elles sont en réunion de crise avec un type qui est arrivé ce matin.

- Allez-y, je vais bien m'occuper de Luc, soyez sans crainte. Et puis, ici, il est bien, je le sais.

- On te tient au courant d'accord ?

- Oui, tu m'appelles, comme ça je pourrais dire à Luc ce qui se passe.

Eva partie, Ruth tomba le peignoir, et se présenta à Luc libre et libérée.

- Tu es très jolie Ruth. Merci de t'intéresser à moi ainsi. J'aime cet endroit. Il est mon refuge alors que je n'y ai jamais mis les pieds aussi longtemps. Mais c'est comme dans mon bureau, juste un peu plus haut.

- Je sais que tu l'aimes, et j'ai quelque chose pour toi, je ne pouvais pas le dire devant les autres, parce que c'est un truc qui était caché là, comme si la personne qui l'a déposé ici savait que tu y viendrais.

- Ah bon, tu sais chérie, je n'ai pas les idées bien claires. Tu sauras garder la langue dans ta poche sur cet objet ?

- Luc, ce n'est pas un objet. Attends je reviens.

Elle courut dans sa chambre, et revint avec une enveloppe qu'elle lui tendit.

- Non, Ruth, ouvres la, et approches toi, tu vas me la lire, assieds-toi sur mes genoux.

- Je suis nue Luc, ça ne te dérange pas ?

- Non, comment pourrais-je être dérangé, ici, mon staff est et demeure libre, entièrement libre, et dans ce salon, nous avons l'impression d'être dans le jardin d'Éden, aux premières heures de la création.

- Je ne la connais pas cette Éden ? C'est qui ?

Il ne put retenir un rire, et cela lui faisait du bien.

- Tu as trouvé ça où au juste Ruth

- Tu vas me fâcher ?

- Je ne pense pas, je t'ai recrutée pour tes qualités de fouineuse, donc j'imagine que tu as tout remué dans cette suite.

- Oui, exactement, et je sais maintenant pourquoi cette suite est comme ça.

- Ah bon, alors tu me raconteras une autre fois.

Elle vint poser ses jolies fesses sur les genoux de Luc, et décacheta l'enveloppe, d'où elle tira plusieurs feuillets qu'elle déplia.

- J'ai déjà regardé Luc, et je peux te dire par cœur mais je vais te lire cette lettre :

Mon cher fils,

A l'instant même où tu liras cette lettre, c'est que tu auras intégré cette vaste demeure et que nous serons tous réunis.

Tu découvriras ici, toute l'histoire de notre famille.

Ta mère, ta sœur et moi même, nous y serons quand tu prendras la direction des opérations de REUTHER INTERNATIONAL GROUP. Je n'ai jamais souhaité construire une si grande entreprise, et j'en ai confié la

86

charge à des hommes dont c'est le métier. Ils ont naturellement fait ce que le profit attend d'eux.

Mais cette énorme machine est en train de devenir un monstre qui ne brille que pour leurs propres intérêts.

Ce n'est pas mon souhait. Les minerais précieux et les pierres qui ont été ma passion toute ma vie, m'ont amené loin de notre patrie, et parfois, je le regrette encore.

Je sais que ta jeunesse fera vivre cette maison, et que ce lendemain que j'attends avec impatience, sera ton propre futur.

Ici, dans les murs, dans les bureaux, dans les bibliothèques, ou les jardins, tu auras les réponses aux questions que tu te poses encore.

Saches que tu devras trouver la voie du succès, ton propre succès, et elle démarre ici.

Je joins en annexe, des documents très importants concernant l'Amérique du Sud.

Prends connaissance de ces informations, elles sont d'ordres politiques, mais te donneront peut-être la solution que je n'ai pas encore trouvée.

Je repars au Zaïre où des problèmes commencent à devenir pesant, et où notre propriété à Kinshasa m'attends.

A très bientôt mon fils, tout du moins je l'espère. Il me tarde tant de t'avoir près de moi.

Ton père

Eliott REUTHER

– Voilà Luc, c'était dans le tiroir du bureau, et collé au fond.

– Je n'ai pas l'esprit très ouvert aujourd'hui, mais je crois que ta mission va bientôt commencer. C'est tout au moins ce que prétend cette lettre. Le souci, c'est qu'elle n'est pas datée. Autant dire que les informations que nous pourrions trouver seront peut-être passées de date.

– Luc, chercher et trouver, ça je sais faire, ensuite exploiter les informations, là je risque de ne pas être très utile.

– Nous verrons petit cœur.

L'on frappa à la porte de la suite, et Ruth passa son peignoir pour aller ouvrir la porte.

Une femme apportait un plateau, avec une énorme salade de fruits, du café et des tasses, quelques biscuits, du sucre roux, des carrés de chocolat, du lait, des croissants, et autres viennoiseries qu'elle déposa sur la table basse du salon.

- Merci Maria, remercia Ruth

- Vous faut-il autre chose ? Madame m'a dit de prendre, les habits d'hier, et de les faire porter au pressing.

- C'est une bonne idée, mais Maria, tu fais très attention à ces vêtements, ce sont tous des sur mesures de chez Dior. Sais-tu que vous allez recevoir des nouvelles tenues de service ?

- Non Ruth, mais c'est une bonne chose, j'en ai un peu marre d'être toujours en noir et blanc avec ce ridicule faux chapeau sur la tête.

- C'est bientôt fini tout ça. Tu as aimé la réception d'hier soir Maria ?

- Ah oui, c'était vraiment bien, on a même pu parler avec Monsieur et Madame. Et vous les filles, vous étiez belles comme on n'a jamais vu par ici. Et les dames avec leurs longues robes fendues, les broderies côté droit et les broches en diamants, mon Dieu, tout le monde les admirait. Même les membres de la famille royale sont venus et sont restés très discrets Mais le prince a beaucoup apprécié la présentation des bijoux par la nouvelle, tu sais, la belle blonde aux yeux verts.

Luc qui n'avait pas bougé, se retourna, et sourit à la femme d'une quarantaine d'années qui fut surprise de trouver ici son patron en peignoir.

- Excusez-moi Monsieur, je ne savais pas que vous étiez ici. Je suis vraiment navrée

- Navrée de quoi ? De voir un homme dans la suite qu'occupe Ruth, ou navrée de voir votre patron ici ? Lui répondit-il en souriant.

- Je n'ai rien vu Monsieur, c'est promis.

Et elle tourna ses yeux ronds et vifs vers Ruth, d'un air de reproche.

Ruth se mit à rire, comprenant le désarroi de la femme de chambre, et surtout l'interprétation de la scène qu'elle avait découverte devant elle.

Elle la raccompagna à la porte et lui fit un petit clin d'œil, juste pour la taquiner encore un peu plus.

Puis elle invita Luc à se restaurer convenablement. Il était midi et demi passé, et il fallait que le malade se soigne.

Luc, amusé par Ruth en permanence, allait de mieux en mieux, pas au point de reprendre la direction des opérations du groupe, mais l'on sentait qu'il reprenait de la vivacité au fur et à mesure que le temps passait.

Après ce repas végétarien, il prit un café que Ruth lui retira des mains.

- Désolé mon chéri, mais pas question de te laisser prendre un café. Là, nous allons sortir, et tu vas marcher avec moi dans le jardin tout en bas, et ensuite, tu te coucheras tout simplement, et tu dormiras. Quand je te réveillerai, tu seras presque en pleine forme, mais surtout, tu ne dis rien sur ma méthode. Je n'aime pas du tout qu'on t'injecte des vitamines. C'est chimique ça,

- J'aurai quand même bien pris un café moi ! Lui répondit-il.

- Et non, et on va sortir par-là, tu vois, je t'emmène derrière la cascade.

- Tu connais le secret de la cascade ? Personne n'est jamais allé là-bas. C'est par hasard que j'ai su qu'il y avait dit-on une grotte.

- Tu verras, mais tu le gardes pour toi, je m'y suis déjà cachée, à cause du vieux. Il faisait son tour et je faisais bronzette sans soutien gorges sur la plage, dans le recoin là-bas. Il m'a surprise, et je sais bien ce qu'il voulait, alors j'ai couru jusqu'à la cascade, les nénés à l'air, et je n'ai pas fait attention, j'ai cru rentrer dans un arbre derrière, mais je ne t'en dis pas plus. Allez, on y va.

Elle ouvrit un peu la baie vitrée, et Luc se leva sans difficulté.

Elle l'accompagna jusqu'à l'ascenseur en prenant son bras et en le plaçant autour de son cou, et ils se retrouvèrent en un rien de temps au rez-de-chaussée, juste à proximité de son bureau. Instinctivement, il allait emprunter la porte menant à l'accueil, mais elle le prit par la main, et ils s'éclipsèrent en direction de la cascade qu'ils contournèrent.

Elle l'entraînait ainsi à petits pas, pieds nus, sur un sentier menant sur la gauche, qui s'enfonçait en sous-bois d'une végétation exotique luxuriante, où des lianes descendaient des grands arbres, et où le sol était jonché d'humus odorant.

Le sentier était délimité par des bordures de fleurs parfaitement dégagées, qui de temps à autre, disparaissaient pour laisser un accès en sous-bois, comme pour inviter à sortir du chemin balisé pour s'enfoncer vers l'inconnu.

Ruth connaissait parfaitement les lieux, et durant sa captivité, l'on peut penser qu'elle avait souvent trouvé ici, la forme d'évasion nécessaire à son équilibre.

Ils s'éloignèrent ainsi, se tenant la main, les ceintures des peignoirs avaient fini par se dénouer, et sous cette verrière climatisée, ils ne ressentaient aucune piqûre du froid qui sévissait toujours au grand air.

Elle le ramena doucement vers l'arrière de la cascade quand ils eurent atteint la limite de cet immense jardin d'hiver, et empruntèrent alors un autre sentier tapissé de mousses qui s'enfonçait sous leurs pieds et reprenaient progressivement leurs formes après leur passage.

Elle riait, quand Luc posait doucement le pied sur ce tapis qui laissait une impression très spéciale tant l'on avait l'impression de pouvoir disparaître sous la surface.

Alors elle lui expliqua que ce sentier avait été réalisé avec de la tourbe que l'on était allé chercher dans le marais poitevin en France, c'est du moins disait-elle, les jardiniers qui lui avaient livré cette information, et en dessous cette couche, une humidité permanente était maintenue.

Au-dessus, l'on avait pris soin de rassembler des mousses en larges plaques, suffisamment épaisses et résistantes, pour rendre à ce chemin, la plus fidèle impression des véritables tourbières, avec toutefois, l'odeur en moins.

Ils arrivèrent ensuite à un mur de lianes, véritables cordes naturelles provenant tout droit de la forêt équatoriale, et avaient été transportées sur les arbres que l'on avait transplantés directement sur place.

Ce n'est que par la suite que l'on avait ajouté cette fabuleuse cascade en rochers, culminant à plus de douze mètres que l'on avait ensuite percée côté piscine, en utilisant une forme de grotte d'où jaillissait l'eau de l'autre côté, qui retombait dix mètres plus bas, dans un grand bassin entouré de rocher pour trois quarts, et finissant par verser directement dans le grand bassin de la piscine.

Elle écarta les lianes, et après quelques pas, ils étaient arrivés sous la cascade.

Le bruit de la chute d'eau couvrait entièrement leur voix, et ils ne s'entendaient pas.

Dans cette magie du contraste du bruit et du silence, la lumière n'apparaissait que par la chute d'eau, et il faisait forcément un peu plus frais sous cet amas de rochers empilés, alors instinctivement, ils se rapprochèrent l'un de l'autre.

Plus ils approchaient de la chute, plus ils se rassuraient l'un et l'autre, car Luc n'avait aucune idée de la hauteur de cette première grotte.

Elle lui glissa à l'oreille en criant presque, qu'ils étaient ici à six mètres de hauteur par rapport au niveau de la piscine, mais que maintenant était la chose extraordinaire.

Par un genre d'escalier tournant qui avait l'air naturel, ils allaient dans les entrailles de la pierre, en descendant marche après marche, et le bruit assourdissant s'estompait alors pour devenir complétement absent.

Ils débouchèrent sur une salle illuminée par son plafond, à la grande surprise de Luc, et dans la voûte, avaient été noyé des gemmes brutes, sans doute peu exploitables pour en faire des bijoux, mais taillés assez grossièrement, juste pour imiter la découverte d'une mine de diamants. C'était féerique, et la curieuse petite Ruth entraîna Luc encore plus profond en quittant l'endroit après l'avoir traversé, et ils descendirent encore d'un étage plus bas, pour retrouver le bruit assourdissant de la chute d'eau, que l'on pouvait atteindre par un couloir serré.

Mais elle contourna le couloir, et à tâtons, le guida vers le clou de son exploration.

Face à eux, se dressait au centre du passage, une stalagmite géante, laissant deux couloirs de part et d 'autre, n'offrant que le passage d'une seule personne par côté, qui se retrouvaient ainsi de l'autre côté, réunies par la forme des parois qui rétrécissaient le passage.

Et la chose la plus extraordinaire, c'est que sans se rendre compte, ils étaient arrivés au niveau du bassin où la chute d'eau venait s'échouer, et pouvait ainsi s'installer en retrait, parfaitement invisible de l'extérieur, et de toute personne entrant à la nage en provenance de la piscine.

Ceux qui croiraient ainsi se cacher ou s'échapper de la piscine, et viendraient se réfugier derrière la cascade ne pouvait absolument pas, du fait de l'effet d'optique qu'offrait cette stalagmite géante, voir qu'en fait, la grotte était plus profonde qu'il n'y paraissait

Luc admira la vue, et derrière ce rideau d'eau agitée, toutes les images devenaient troubles et menaient à l'évasion, laissant à chacun le soin d'organiser ses rêves. Les rayons du soleil faisaient naître des milliers de petits éclats lumineux au plafond de la grotte, qui s'éteignaient les uns après les autres, au fur et à mesure que le soleil déclinait par l'ouest. Les rayons aussi faibles soient-ils, voyaient leur intensité décuplée par l'effet loupe de la cascade, qu'ils traversaient sans aucune résistance.

Il s'approcha de Ruth, la fixa, et elle l'embrassa sans retenue.

Elle sentit très rapidement qu'il avait retrouvé de la vigueur, le membre durci du pénis qui frottait sur son bas ventre en était un témoin saisissant.

Elle le caressa longuement, le sentait gonfler plus encore sous ses doigts, admirant le gland turgescent qui luisait, et faisant non de la tête, elle replia les pans de son peignoir et de celui de Luc, refit les nœuds des ceintures, et lui dit :

- Je ne t'ai pas sur-vitaminé pour te voir gaspiller ici ton énergie. Je ne te repousse pas Luc, mais je te préserve pour que le moment venu, tu aies toute ta vigueur rien que pour moi.

Il la regarda en riant, et sans mot dire, lui caressa les seins dont les mamelons gonflaient comme pour s'offrir, il sentait la poitrine de Ruth se gonfler, et sa respiration s'accélérer, elle se laissait faire en fermant les yeux. Elle aimait ces caresses tendres et douces, mais elle se raisonna, et retira doucement les mains de Luc, puis décida qu'il était temps de le faire ressortir de cet endroit magique.

Elle le fit se glisser, le dos contre la paroi sur le côté gauche de la cascade, jusqu'à se retrouver sur le sentier qui les mèneraient jusqu'aux baies vitrées donnant sur le parc naturel au-delà de la verrière.

Ruth riait encore quand elle l'entraîna sur le chemin du retour à sa suite et qu'ils reprirent l'ascenseur.

Il était temps pour Luc, selon les souhaits de Ruth, d'aller se reposer, et elle ne lui laissa pas le choix.

Elle le conduisit directement dans sa chambre, elle retira un pan de la couette, dénoua le peignoir de Luc, et lui imposa de s'allonger.

Dès qu'il fut allongé, elle rabattit la couette sur lui, fit descendre les rideaux des baies vitrées plongeant ainsi la chambre dans la pénombre, et quitta la chambre.

Dans son salon, elle rangea quelques affaires, et prit un café. Elle déposa son peignoir, et resta nue, en regardant la télévision.

Nathaly et Mélanie vinrent lui rendre une visite, et elle s'excusa auprès d'elles de la tenue dans laquelle elle les recevait. Mais les filles rirent, lui précisant qu'elle était chez elle, et qu'elles auraient dû s'annoncer avant d'entrer. Puis elles se rapprochèrent d'elle, et s'installèrent de chaque côté. Ruth leur proposa un café qu'elles refusèrent.

Mélanie la félicita pour la présentation qu'elle avait faite dans la soirée, en lui précisant qu'elle ferait probablement l'objet d'une page dans l'un des magazines de luxe des prochains jours.

Nathaly quant à elle, admirait la suite qu'occupait Ruth, et regardait le jardin tropical qu'elle pouvait surplomber, découvrant ainsi des endroits que l'on ne voyait pas lorsqu'on était au niveau du sol.

Luc s'endormit, et resta ainsi longtemps avant qu'elle ne décide de le réveiller

— Comment va le boss ? demanda Mélanie.

— Là, il dort, nous avons fait une promenade, et maintenant, il doit se reposer. Je le réveillerai dans deux heures. Il ne faut pas venir l'ennuyer avec les affaires. Pour l'instant, il doit récupérer et se vider totalement la tête.

— Je devais juste lui donner les chiffres de la soirée d'hier. Mais s'il dort, ce n'est pas grave. Je vais préparer les ordres de fabrication pour Paris, et Jeudi, je ferai en sorte que l'on commence à tailler les pierres.

— Et toi Nathaly, tu fais quoi en ce moment ?

— Pour l'instant, je ne peux rien faire, je n'ai pas les codes des comptes privés, alors je ne peux rien vérifier.

— Je lui en parle quand il se réveillera. Mais pas question qu'il soit dérangé par la Team Manager aujourd'hui. Peut-être qu'il sera mieux demain matin, mais ce n'est pas certain.

Mélanie avait posé une main sur la cuisse de Ruth, et la laissait courir de haut en bas, la menant du genou à l'aine, montant et redescendant inlassablement.

Ruth ne pouvait rester très longtemps insensible à ces caresses appuyées. Elle voulait résister, mais n'y parvenait pas. Elles étaient si douces, si tendres, qu'elles glissaient lentement en elle, envahissant peu à peu tout son corps, lui donnant parfois des frissons qu'elle ne pouvait contrôler.

Sa tête glissa en arrière, son souffle devenait court, sa poitrine se soulevait, faisant monter ses seins dont les arrogants mamelons gonflés se dressaient aux yeux des deux filles qui prenaient un malin plaisir à augmenter l'excitation de Ruth.

Nathaly se mit à participer activement aux caresses de ce corps qui n'en pouvait déjà plus de se retenir.

Elle glissa d'abord une main sur le pubis de Ruth, enfouissant ses doigts dans les poils en les tirant par petites touffes. L'endroit était doux, et chaque tension des poils faisait monter le bassin de Ruth et Mélanie glissa petit à petit vers l'intérieur de la cuisse, montant jusqu'aux grandes lèvres humides qui s'ouvraient légèrement. Nathaly entreprit la même manœuvre sur l'autre cuisse, et arrivée à la hauteur du genou, invitait Ruth à écarter les cuisses par une légère pression tirant vers l'extérieur. Ostensiblement sans qu'elle ne puisse résister, les cuisses s'ouvraient, découvrant entièrement la vulve gonflée, prête à exploser de plaisir. La respiration de Ruth s'accélérait, et elle balançait la tête de gauche à droite, regardant l'une et l'autre des filles, et elle murmura alors :

- Je suis vierge les filles, je n'en peux plus, je ne peux plus me retenir.

- Laisse-toi aller Ruth, laisse-toi venir à nous, lui chuchota Mélanie.

- Viens, vas y viens chérie, tu es prête, tu as envie, viens lui intima Nathaly.

Elles poursuivaient leurs caresses qui se croisaient, montaient jusqu'aux seins que les mains enveloppaient tour à tour, et Nathaly prit alors le sexe entier en le recouvrant de sa bouche, glissant sa bouche d'abord sur l'extérieur des grandes lèvres, puis de sa langue, elle les ouvrit entièrement, appuyant sa langue dans la fente dégoulinante qui ne résistait plus. Mélanie engloba de sa bouche, le téton gauche de Ruth, le mordilla légèrement, le pinça entre sens dents et l'aspirant, au point que Ruth se mit d'abord à gémir, puis n'y tenant plus, elle agita son bassin de haut en bas, offrant la totalité des zones érogènes aux filles qui la prenaient d'assaut. Nathaly la pénétra avec ses doigts, et les agita en elle, de plus en plus vite, acceptant la cyprine qui coulait en un flux continue sur les doigts.

C'est à cet instant que Ruth remarqua les yeux malicieux de Nathaly.

Nathaly ne s'arrêta pas, et sentant monter à son paroxysme le plaisir de Ruth, elle lui ordonna à voix basse :

- Allez viens, vas-y, laisse ton corps se libérer, vas-y chérie, jouis, donne ton orgasme.

Elle alternait alors les doigts, la langue, et prolongeait ses caresses jusque sur l'anus de Ruth qui n'en pouvait plus :

- Oui les filles oui, allez-y, encore, oui encore, ah oui, je n'en peux plus oui...

Les contractions répétées de Ruth la firent frissonner, et elle lâcha totalement prise en un instant, inondant le visage de Nathaly, tandis que Mélanie prenait alors la possession de la bouche de Ruth qui se laissait totalement conquérir, ne pouvant plus résister à cet acharnement qui lui donnait du plaisir. Elle termina dans un râle retenu, sous les caresses soutenues des filles, qui se déshabillèrent entièrement, en se collant à elle. Alors elle comprit qu'elles souhaitaient ensemble partager leur propre désir, et elle se mit en devoir de leur redonner ce qu'elle venait de recevoir d'elles. Le jeu sexuel durant, jusqu'à l'épuisement des corps. Elles finirent par s'endormir ensemble un moment, enchevêtrées les unes avec les autres, et Ruth trouva le téton d'un sein de Mélanie comme tétine pour s'endormir comme un bébé.

En dormant, elle tétait, et Mélanie appréciait, laissant faire sans rien dire. Ruth était devenue son bébé, et elle aimait ça. Alors elle ne lui retira pas, et de temps à autre, elle sentait la bouche de Ruth s'agiter et téter, avec douceur, sans faire mal, rassurée par cette chair qui restait dans sa bouche, comme le sein d'une mère protectrice.

Il était 16 H 30 quand elles se réveillèrent et s'engouffraient toutes les trois dans la douche. Ruth riait, toujours sous le charme des filles.

Luc avait sombré dans un rêve où se mélangeait femmes et diamants ne sachant plus qu'elles étaient les vraies valeurs, et dans son rêve, Ruth apparaissait en tenue d'Eve, pointait un endroit avec son index levé au bout de son bras tendu vers les étoiles, montrant une intense lumière, et quant à son tour il levait les yeux, lui ne voyait plus que le néant sombre et profond. Il restait immobile, comme prisonnier, ne sachant comment se libérer, et la peur commençait à l'envahir et à le dominer.

Dans son rêve Il se réveillait, et Ruth était à ses côtés, mais il ne voyait pas Elise, il entendait seulement sa voix nasillarde qui résonnait.

Ruth caressait son torse depuis un moment, quand il ouvrit les yeux.

> – Tu as bien dormi ?

> – Je rêvais à toi Ruth, tu étais nue comme ça, et tu me montrais quelque chose que je ne pouvais voir. Tu me montrais, mais quand je regardais, je ne voyais rien. J'entendais Elise, mais je ne pouvais pas la voir.

> – Oui, je sais, mais ça, c'est parce qu'on est allé où tu sais. Cet endroit il est magique et maudit. Il attire et il peut détruire.
>
> Je pense que ça a un rapport avec la lettre de ton père et les tracés qui sont dans l'enveloppe. Mais ce n'est pas le moment de parler de ça.

> – J'aimerai aller au bureau Ruth

> – Ah non, interdiction formelle de travailler. Mélanie et Nathaly sont venues, pour les chiffres m'a dit Mélanie. Mais nous verrons ça plus tard.

> – Mais enfin, la Team est au travail et moi je suis là.

> – Ah tu crois ça que la Team est au travail. Et bien regardes, par la baie.

Elle actionna le bouton qui levait les rideaux roulants, et Luc put constater que la Team Manager et les girls avaient décidé de profiter de la piscine.

On entendait leurs rires monter et les éclats de l'eau qu'elles battaient des pieds et des mains.

- On va les rejoindre ?

- Tu veux vraiment aller à la piscine ? Un jour ordinaire, je t'aurai dit oui, mais là, je suis contrainte de te dire non. Tu iras demain matin, pour quelques exercices avant le petit déjeuner.

- Mais je vais rejoindre mes appartements ce soir.

- Non plus, tu dormiras ici. Nous te connaissons, tu vas vouloir satisfaire les FAMILLY et tu vas laisser ton énergie. Donc c'est non. Tu es condamné à devoir me supporter.

- Alors toi, va à la piscine Ruth, va te détendre un peu.

- C'est ça, prends-moi pour un neuneu. Et dès que je serai en bas, tu en profiteras pour t'échapper. Je suis affectée à ta surveillance, alors laisses moi m'occuper de toi correctement, et après, je vérifierai moi même ton niveau d'énergie.

- Mais enfin Ruth, je suis ton patron.

- Non, là ici, tu es mon patient. Et mes méthodes pour te soigner te feront plus de bien que ces vitamines en piqûre.

- Puis-je au moins passer des vêtements.

- Regardes tu as des vêtements de sport, enfile le jogging, ça suffit, je vais moi aussi passer quelque chose. Tu dois en avoir marre de voir mes nichons.

- Rassure-toi, ils sont très agréables à regarder

— Je n'en doute pas, mais je les réserve pour quand ton énergie sera revenue. Là tu vas manger ce qu'il y a sur le plateau. Et tu restes tranquille. Je vais sur la terrasse faire coucou aux filles.

Elle sortit et fit un coucou aux filles qui s'ébattaient dans l'eau, la vague les soulevait et l'on aurait dit, vu du haut, des petites barques qui se laissaient entraîner à la dérive.

Elle demanda à Céline de monter pour ausculter Luc, en envoya un baiser de la main aux filles. Elise leva alors le pouce en l'air, comme pour lui dire qu'elle était excellente, et Ruth rougit, comme gênée, comprenant que Mélanie et Nathaly avaient parlé de leurs ébats.

C'est vrai qu'elle s'était livrée à elles sans retenue, et qu'elle avait eu un réel plaisir à le faire. Rien que d'y penser laissait encore courir un frisson sur sa peau. Cette découverte du plaisir intense qu'elle ne connaissait pas, l'avait presque changée. Elle se sentait maintenant plus femme.

Céline monta, regarda Luc, lui demanda quelques exercices simples, et remarqua qu'il avait une nouvelle fois récupéré à grande vitesse. Mais elle se tut, adressant juste un petit clin d'œil à Ruth. Puis en ressortant, elle ajouta en chuchotant à l'oreille de Ruth :

— Garde-le comme ça au moins jusqu'à demain matin. Et ce soir, il faut l'envoyer au lit après le repas et une petite marche digestive. Si tu veux, tu peux l'emmener à la piscine, mais pas plus d'un quart d'heure. Il a le souffle un peu court. Et demain, dans la mesure du possible, il faut qu'il reste encore un peu tranquille.

— Ne t'inquiète pas Céline, avec moi, il ne va pas faire ce qu'il va vouloir. Je ne sais pas pourquoi, mais il semble que j'ai beaucoup d'influence sur lui.

102

– Nous savons pour cet après-midi, et nous sommes contentes pour toi ma chérie. Ne sois surtout pas gênée avec ça. C'est aussi ça la REUTHER FAMILY, des filles lesbiennes et un peu bi. On te l'a dit, mais tu ne pouvais pas savoir exactement jusqu'où cela allait dans nos rapports les unes avec les autres.

– Maintenant, je le sais Céline, et je n'imaginais pas que cela puisse être aussi intense.

– Mélanie nous a dit que tu t'étais endormie comme un bébé en lui tétant le sein. Tu sais qu'elle a beaucoup aimé que tu te réfugies tout contre elle, elle t'a regardée dormir, avec le téton dans la bouche que tu suçais parfois. Tu es attachante Ruth, belle et attachante.

Céline lui glissa un baiser sur les lèvres avant de redescendre avec les autres filles qui étaient sorties de l'eau, et s'étendaient sur des transats placés sur le bord de la piscine.

Mélanie avait reçu quelques épreuves des photos faites dans la soirée, et elle les partageait avec les filles qui commentaient ainsi les différentes images. Elles donnaient un avis, et Mélanie classaient les photos unes à unes.

Sans doute que le futur book de présentation des bijoux REUTHER serait bientôt soumis à Luc avant qu'il ne fasse l'objet d'une édition. Il fallait faire vite, car Mélanie devait prendre ses fonctions le jeudi à Paris, et elle devrait vite trouver un éditeur qui lui préparerait le book et les flyers qui seraient alors distribués dans les agences de France, avant d'inonder les capitales de tous les pays.

Le crépuscule arrivait tandis que le soleil s'estompait derrière les grands arbres de la forêt. Luc était resté allongé, échangeant quelques phrases avec Ruth, et avait replongé dans un sommeil plus léger. La télévision était allumée, et il écoutait sagement les conseils que Ruth lui prodiguait.

A 19 H 00, elle demanda aux filles de venir chez elle pour dîner, et confirma à l'office qu'il fallait servir dans sa suite. Elle précisa à Mike qu'il serait bien de renouveler le plateau du boss le lendemain, mais que pour ce soir, il fallait absolument éviter qu'il ait des vitamines qui l'empêcherait de trouver le sommeil rapidement. Elle lui demanda de lui préparer des sucres lents, juste pour qu'il ait l'estomac rempli sans excès.

Le dîner fut servi comme demandé, et le joyeux groupe s'abstint de faire allusion au travail. Elles se contentèrent de plaisanterie, narguant parfois Ruth sur son expérience vécue l'après-midi, et les filles rirent ensemble encore longtemps.

L'interdiction formelle de parler des affaires fut respectée, et chacun profitait du repos promis par Luc.

Margot entraîna Ruth à part, et lui demanda ce qu'elle avait fait à Luc, il avait l'air beaucoup mieux.

Ruth répondit simplement que c'était un secret de famille que sa mère lui avait souvent donné.

- Écoutes Ruth, tu peux bien me le dire ce secret

- Mais non je ne peux pas, sinon, ce ne sera plus un secret.

- A midi les filles avaient des peines à le faire tenir droit dans la baignoire, et toi tu le prends avec toi l'après-midi, et le soir même il pète le feu

- Mais Margot, il n'est pas encore guéri. Il reste ici demain toute la journée. Mon secret n'a pas encore agi en totalité. Nous avons des exercices pour lui demain matin avant le petit déjeuner.

104

– Tu en as parlé à Céline de ta méthode ?

– Ah ça non, elle, c'est piqûre ou cachets, mais ce n'est pas de ça dont il a besoin Luc. D'ailleurs, elle a ausculté Luc, et elle m'a dit de continuer. Moi je sais ce qui lui convient. Et quand il rentrera dans ses appartements, mardi en début d'après-midi, il sera parfaitement guéri.

– Mais ça, c'est à Céline d'en juger, tu ne crois pas ?

– Margot, pour l'instant, Céline, il ne faut pas trop qu'elle approche Luc. Il n'est pas trop content de la voir et il ne lui a pas adressé le moindre mot. Mais je me demande s'il ne joue pas un jeu avec elle. A mi-journée demain, je pense que ça ira. Mais l'intrant-veineuse ce soir, inutile, en revanche, celle pour calmer sa douleur aux côtes, ça il faudra qu'elle lui fasse. Je vais le lui demander directement.

– Bon, écoute, après tout Élise te l'a confié, alors fais de ton mieux.

– Merci, mais s'il te plaît aides moi, et appuies-moi si l'on te demande quelque chose. Je ne voudrais pas avoir tout le monde sur le dos.

– C'est promis Ruth, elles m'écouteront moi. Mais pour l'instant, tu n'as personne sur le dos. Ne va pas te mettre de mauvaises idées en tête. On voit bien que tu en pinces pour Luc tu sais. Mais ne va pas croire qu'il y a la moindre jalousie de notre part. Nous sommes lesbiennes, et nous l'assumons très bien quand nous sommes ici, entre nous.

Le dîner plateau avait été léger, et l'important pour chacun était de se reposer.

La Team manager devait se rendre au siège le lendemain avec les Girls, et toutes seraient sollicitées pour la matinée.

Cela ne plaisait pas trop à Ruth de devoir laisser Luc seul, mais elle se devait à ses obligations, et lui-même n'aurait pas accepter qu'elle puisse s'y soustraire.

Élise avait rejoint Luc, et ils s'étaient isolés sur la terrasse Ouest donnant sur la forêt.

- Luc, je sais que tu te sens inutile, mais tu dois rester tranquille. Je te promets que l'on ne prendra pas de décision avec Margot, sans t'avoir consulté.

- Chérie, ce n'est pas ça qui m'inquiète, mais je ne comprends pas ce qui m'est arrivé. Je ne me souviens pas être tombé sur le canapé chez Eva.

- Tu es fatigué Luc. Te rends tu vraiment compte du rythme de vie que tu as eu depuis notre départ de l'Allier ? Ce n'est pas avec un rythme pareil que tu pourras assurer la Direction du groupe. Fais confiance à tes collaboratrices.

- Demain, je ne pourrais même pas aller au siège. Tu parles d'une entrée en matière !

- Margot est parfaitement compétente pour assurer l'intérim et ça ne va pas durer très longtemps. Laisse-nous faire, n'interviens pas, et nous avons établi le programme. Elle va te le soumettre.

- Je le sais, mais je vis comme un échec le fait de ne pas être au front.

- Tu es bien ici, et je sais que Ruth s'occupe bien de toi. Elle te fait rire, et nous vous avons aperçu quand elle est sortie avec toi pour une balade dans le parc.

– Vous n'aviez pas envie de savoir où elle me conduisait ?

– Bien sûr que si, mais j'ai demandé à toutes de rester et de laisser faire, et nous avons décidé de profiter de la piscine. D'autant que nous étions toutes dans le plus simple appareil, et chacune de nous a pu avoir ses instants, où nous avons partagé des points de vue sans qu'il ne soit question de travail et de responsabilité. Nous nous sommes aperçus que nous étions toutes complémentaires tu sais.

– Je t'ai laissée toute seule, isolée, alors que j'aurais tant aimé que nous puissions enfin être tous les deux.

– Luc, arrêtes de culpabiliser. Tu as trop tiré sur la corde, je n'osais pas te le dire mon chéri, mais il y a un moment où tu dois décrocher et laisser ceux que tu paies faire le boulot.

– Elles doivent me considérer comme un faible, et risquent de remettre en cause ma légitimité à la tête de ce monstre qu'est REUTHER INTERNATIONAL.

– Je ne le crois pas. Et le QG de campagne est chez nous Luc, j'ai demandé à Margot de prendre ton bureau dans la bibliothèque en attendant que tu reprennes la direction. Ainsi, nous avons pu être toutes les deux pour donner des consignes.

– Je souhaiterai que vous aménagiez les bureaux ici pour chacune des Directions et que vous prévoyiez également l'installation des Girls telles qu'elles ont reçu leurs affectations.

– Luc, si tu nous laissais un peu de temps, nous serions plus efficaces. Alors tu vas rester avec Ruth ce soir, et tu vas cesser de réfléchir. Nous sommes toutes ici pour ça.

107

Margot va venir te parler du programme de demain. Il ne s'agit pas de te faire prendre la moindre décision, et le schéma que tu as défini sera suivi. Mais avant cela, tu sais que Jacques est arrivé ?

– Excuse-moi mon cœur, mais j'avais oublié.

– Ce n'est pas grave. Nous serons peut-être de retour pour le déjeuner demain, mais il est de toute façon prévu de faire revenir Ruth à midi. Vous déjeunerez tous les trois avec Jacques. Ensuite, Sara et Eva vont également revenir pour suivre l'opération « Épervier ».

– Et pour les autres filles ?

– J'appelle Margot, elle va te dire. A moins que tu ne préfères rentrer pour en parler en groupe ?

– Ce serait mieux tu ne crois pas ?

– Comme tu veux, viens, tu me manques, mais tu dois te soigner. Allez embrasses moi.

Ils se confondirent dans une longue étreinte, en s'embrassant fougueusement. Élise avait le visage marqué, et elle aussi semblait fatiguée.

Cela n'échappait pas à Luc, mais le lui faire remarquer équivaudrait mettre à bas tous les efforts qu'ils faisaient l'un et l'autre, pour rester debout contre vents et marées pour tenir la barre du navire traversant les tempêtes successives.

Lui portait la charge parce qu'il s'agissait de son nom, mais elle subissait tout autant parce qu'elle était sa compagne de vie.

Après de longues minutes, ils rejoignirent le groupe, se tenant par la main, et Ruth sortit de nulle part, commença à les flasher avec son appareil photo reflex.

- Mais d'où sors-tu toi s'esclaffa Eva ?

- Tu sais bien, je fouine moi.

- Où as-tu trouvé cet appareil Ruth demanda Margot.

- Bah ici pardi !

- Il y a des photos sur la pellicule ? Reprit Éléonore

- Comment veux-tu que je le sache ? Je ne sais même pas comment ça fonctionne. Lança Ruth en riant.

- Ruth, laisses cet appareil, il y a peut-être des clichés qui pourraient intéresser Luc là-dessus reprit Sara. Ne prends plus de photos.

Luc et Élise franchissaient la baie vitrée au même instant. Ruth venait de comprendre qu'elle devait reposer l'appareil. Elle s'exécuta dans l'instant. Sans un mot, Luc lui laissa entendre qu'ils analyseraient cette découverte ensemble, par un regard appuyé insistant. Puis il prit la parole devant le groupe de femmes.

- Je suis désolé de vous avoir abandonnées aujourd'hui. Mais certaines se sont au moins consolées en m'ayant à leur côté, n'est-ce pas les girls ?

Pour détendre l'atmosphère, Il s'exclama :

- Je nomme Ruth fouineuse officielle. Et puisque Ruth la fouineuse a trouvé un appareil photographique, il doit forcément exister un laboratoire ici, dans la maison. Alors Ruth, à toi de trouver…

Elle se mit à quatre pattes en faisant mine de renifler la moquette, comme un chien l'aurait fait.

Les filles se mirent à rire tandis que les FAMILLY réfléchissaient déjà. Luc reprit la parole quelques instants

–   Les filles, sans entrer dans les détails, vous avez un programme pour votre visite au siège demain ?

–   Luc si tu le veux bien, nous avons établi un petit topo, répliqua Margot, j'allais t'en parler, mais puisque tu m'as coupé l'herbe sous le pied, je vais te le présenter.

En premier lieu, les Girls nous accompagneront demain matin. Nous devons être au siège à 9 H 00.

Une petite réunion de 15 minutes avec le personnel où Élise présentera la Team Manager au complet.

Visite des locaux pour l'ensemble jusqu'à 9 H 45

A 10 H 00 prise en main des équipes pour chaque Direction de zone. Et installation des espaces de travail pour chacune. Je crois que nous avons suffisamment d'espace pour placer toutes les directions de zone au même niveau.

Pendant ce temps, Élise et moi, nous installerons nos propres espaces, mais je pense que nous allons travailler dans le même open-space, ce sera plus pratique pour le PDG.

A 10 H 30, on voit Suzana et on s'organise pour son départ au Brésil Jeudi prochain. Mais tu seras revenu aux affaires

A 11 H 00 Éléonore recevra les candidats au poste d'expert en géologie. Nous les recevrons ensuite à la DG Élise et moi.

A 11 H 30 les girls reviennent ici, ainsi que Sara.

Sara et Eva s'installeront dans leur bureau pour suivre l'opération en cours, Ruth viendra s'occuper de toi et déjeunera avec toi.

Cathy et Ephie se rendront au PC Sécurité, et apprendrons la gestion de toute la sécurité du site avec le Chef de la sécurité. Elles doivent être en mesure de proposer des améliorations et des solutions de simplification des systèmes pour le personnel.

A 12 H 30 L'ensemble de la DG ira déjeuner en ville.

A 13 H 30 Élise fera le ménage dans la distribution des rôles dans chaque service. Elle sera en relation avec nous toutes pour recueillir nos avis. C'est elle la patronne, ne l'oublions pas.

A partir de 15 h 30, nous irons choisir les tenues complètes de travail pour le personnel du siège.

Retour prévu ici à 18 H 00.

Luc avait écouté avec attention le programme annoncé, et suggéra quelques modifications.

— Ce programme est chargé. Peut-être l'est-il un peu trop d'ailleurs. Les Girls qui ne connaissent pas encore leurs fonctions et risquent d'être un peu perturbées. Je propose déjà de les faire reconduire ici à dix heures trente. Et que toutes la Direction générale soit installée au dernier étage, qu'elle soit réunie dans le même open-space, avec leurs attachées. Ce qui fait si je ne me trompe, neuf bureau en comptant celui de Céline et l'espace réservé à Mélanie pour ses visites occasionnelles.

Ensuite, les deux DG et moi, seront dans le même bureau. Il est entendu que nos déplacements séparés ou communs, nous amèneront à des absences pour

111

lesquelles les intérims seront assurés par les DG de zone qui seront présentes.

Pour ce qui concerne les changements de postes des collaborateurs, Élise et Margot, vous établirez la liste et je les recevrais un par un quand nous aurons repris la main au Brésil. Il faudra à mon avis décaler d'une semaine.

Pas d'affolement demain, observez, vérifiez et préparez les contrats de nos girls. Pas de vagues pour l'instant. Nous ne sommes pas à une semaine près. Les changements effectifs ne prendront effets que début Mars.

– Bien Luc, alors on va changer le programme et nous reviendrons plus tôt. Cathy et Ephie resteront avec nous jusqu'à notre retour.

– Oui, inutile de leur encombrer l'esprit avec la sécurité. Vous partirez demain matin avec Dany et trois agents comme protection rapprochée. Je vous promets de rester tranquille. Mélanie et Nathaly resteront avec moi, nous devons éplucher les journaux et les impacts de nos actions, et préparer les campagnes publicitaires dans l'hexagone, avant de les dupliquer à l'international.

Nathaly viendra me chercher ici à neuf heures et l'on travaillera tranquille tous les deux. Nous en profiterons pour voir Jacques VERDIER avec Mélanie vers neuf heures trente.

Tous les membres de la Team manager approuvèrent le plan, et chacune regagna ses appartements, il était 21 H 30.

Céline avait préparé ses injections, et Luc lui précisa qu'il ne souhaitait que l'injection de tranquillisant pour ses côtes. Ruth lui fit un signe de tête pour acquiescer.

Céline n'insista pas, les regards de la REUTHER FAMILLY lui avait laisser entendre qu'il ne valait mieux pas qu'elle se fasse remarquer.

Elle prit soin de changer le pansement de Luc, et lui fit toutefois remarquer qu'il fallait vraiment éviter le bain.

Ruth intervint en précisant qu'il n'y avait pas eu d'autres solutions pour le remettre sur pieds le matin même.

Céline l'invita discrètement à venir la rejoindre sur la terrasse côté piscine et Ruth la suivit.

– Tu sais Ruth, sois prudente cette nuit, sa plaie est encore fragile, alors au moindre problème, tu m'appelles d'accord. Je préfère être réveillée pour rien, plutôt que son état s'aggrave.

– Ne t'inquiète pas, je ne veux pas lui faire le moindre mal. Mais il est bien ici, et quand il verra le jour se lever, il sera gai et joyeux. Moi, je sais ce qu'il lui faut vraiment en ce moment et je vais le lui donner.

– Il m'en veut n'est-ce pas ? Je le sens.

– Oui, il t'en veut, mais demain, il aura oublié, parce qu'il n'est pas dans sa nature de ressentir de la rancune. Dans quelques jours, il sera tout neuf. Laissez le ici, jusqu'à ce qu'il décide de retourner dans ses appartements. Et tu verras que dans quelques jours, il sera encore plus battant.

– Tu l'aimes ? Interrogea Céline en fixant les yeux de Ruth.

– Qui ne l'aime pas ici ? Dis-moi ! Mais il ne s'agit pas de ça en ce moment. Rends-toi compte, ce gars-là, il est entouré de femmes qui sont absorbées par un job qui leur tourne dans la tête toute la journée. Elles sont

113

comme des horloges, elles font tic-tac dans la tête de Luc, et dès qu'une seule dénote, il l'entend comme un bruit suspect.

Lui, il a les jobs de chacune d'entre vous à penser et ordonner.

Ici, le boulot devient accessoire, et il regarde dehors, il se retrouve ailleurs. Et je joue un peu avec lui, je bouge, je suis habillée ou pas, et il ne sait jamais comment il va me voir ni où. Alors il passe son temps à me chercher.

C'est un solitaire au fond. Il nous aime toutes, et ce qu'il lui manque, c'est le calme de sa campagne, la nature insolite, les oiseaux qui chantent, le soleil qui brille, l'air qui fouette son visage.

C'est le genre de mec qui endosse un costume le matin, et le rôle qui va avec comme il le fait si bien quand il est dans son rôle de Président en sautant d'un sujet à l'autre.

Mais il faut qu'il puisse le poser le soir ce costume ! Avoir un coin à lui, où il peut se vider la tête. Et pour le moment, c'est impossible.

— Je comprends, tu sais ! Il n'a pas été ménagé depuis sa prise de fonctions. Et il ne s'est pas ménagé lui-même. Nous, on a suivi.

— Toi, tu aurais dû t'apercevoir qu'il ne tiendrait pas, et je pense que c'est plus ça qu'il te reproche que le fait que tu te sois interposée.

— Tu crois qu'il est facile à manier toi ? Il veut être soigné, mais il ne respecte rien.

— C'est vrai, mais sans doute n'as-tu pas la manière. Moi je vais te le rendre efficace, doux et compatissant. S'il te

114

plaît, ne me jugez pas si naïve. Je vois bien vos regards, je lis vos pensées.

Ce n'est pas grave, je sais ce que c'est de me retrouver toute seule dans mon coin. Ce que j'ai vécu ici, aucune de vous ne l'a vécu. Pour me protéger, je me suis fait un royaume, et il est là autour de moi, tu ne me verras jamais me mettre en colère, parce que je sais exactement où aller me cacher pour pleurer toute seule. Ça m'est souvent, très souvent arrivé. Mais ça m'a rendu plus forte.

— Nous savons quelle a été ta condition ici. Et les filles nous ont raconté tout le soutien que tu leur as apporté dans les moments difficiles.

— Non, vous ne pouvez pas le savoir ! C'est bien pire que ce que vous pouvez imaginer. A tel point que l'on vous paraît un peu idiote toutes les trois. On le sait et on le sent. Mais ce garçon-là, je ne l'idéalise pas tu sais, il est juste un homme. Je ne le regarde plus en patron moi. Je le vois comme mon pote, mon frère, mon père, mon amant, mon ami, et je ne me sens pas diminuée parce que je n'ai pas votre niveau d'études. Je me sens un peu fragile parce que je suis vierge, voilà, et que vous toutes, vous avez déjà connu des hommes. Moi, je suis inexpérimentée, donc je ne suis pas femme comme vous l'êtes.

— Mais Ruth, personne ne te dévalorise ici tu sais. Ta virginité n'est pas un seul instant l'objet de nos regards. Tu as autre chose en toi qu'aucune de nous n'a. Si Luc a voulu que vous soyez toutes dans son staff, c'est qu'il a de bonnes raisons pour cela. Personne ne remet en cause ses décisions. Nous savons toutes qu'il a raison.

- Vous nous avez expliqué l'amour libre, le désir, le plaisir, les attitudes, les savoir être et le savoir paraître, le savoir vivre et tout, mais tout cela, tu ne peux le faire que si tu es bien dans ta peau. Vous allez trop vite avec nous. Je te le dis, et vous risquez de tout perdre à cause de ça.

- Je ne comprends pas, nous essayons juste de vous aider.

- Laissez-nous vivre. Oui nous sommes des têtes en l'air ! Mais on n'est pas des va-t'en guerre. Ce matin, nous étions quatre avec Luc à poil, et nous n'avons eu ni honte ni peur. Nous étions nous-mêmes. Nous sommes des gamines devant la devanture d'une pâtisserie où nous passons tous les jours, mais dont on nous refuse l'accès. Et aujourd'hui, on nous ouvre les portes. Que crois-tu qu'il puisse se passer ? Nous avons faim de tout. Et surtout de la vie.

- Que devons-nous faire alors ?

- Laissez-nous faire nos expériences et nos erreurs. Ouvrez un peu la cage pour que l'on sorte.

- Vous souhaitez sortir en ville, aller boire un verre dans un bar, aller en boîte de nuit ?

- La boîte de nuit ? Non. Mais mettez de la musique dans votre vie, et lâchez un peu la vapeur. Ne laissez pas cet endroit devenir une nouvelle cocotte-minute en abrutissant les gens qui y travaillent ! Déjà vous redonnerez le sourire à ceux qui l'ont perdu.

- C'est une idée lumineuse, j'en conviens répondit Céline. Mais pourquoi me parles tu de cela, c'est à toi qu'appartient cette idée.

– C'est vrai. Mais je ne suis qu'une Girl. Je n'ai pas à me prononcer ou à fournir des idées pour améliorer le quotidien. Vous êtes les décisionnaires non ?

– Ah je crois là que tu fais fausse route ! Quand tu penses quelque chose, c'est à toi que revient le privilège de le proposer et de le défendre devant tous. La REUTHER FAMILY n'est qu'un simple rideau que chacune doit ouvrir. Nous sommes toutes différentes, et l'une ne peut ni ne doit disposer d'une autorité suprême. Je sais qu'on ne m'écoute pas en ce moment. Crois bien que ça me peine. Et moi aussi parfois, j'ai envie de repartir d'où je viens. J'aimerai avoir des amies, mais ce que m'a demandé Luc ne me permet pas d'avoir des amies pour l'instant. Vous les Girls, on vous laisse le privilège de votre jeunesse, et vous devez profiter de cela.

– Pourquoi cette différence de nom de groupe. C'est bien vous qui l'avez proposée cette différenciation non ?

– Oui, tu as raison, mais tout simplement parce que jusqu'à ce jour, en tenant compte de ce que vous avez vécu ici, nous pensions que vous assister pendant quelques temps était nécessaire, pour vous permettre de vous intégrer doucement.

– Alors tu penses que nous avons une chance de pouvoir donner notre avis au conseil ?

– Non seulement je le pense, mais vous le devez ! Luc appuie toute sa politique de management sur l'avis des femmes qui l'entourent. Il est chez toi en ce moment, et ton avis compte tu sais ! Nous savons toute qu'il n'est ni un Dieu, ni même l'un de ses Saints. Il n'est jamais insensible aux corps et aux cœurs des femmes. Et il ne joue jamais sur les sentiments qu'il respecte. Ce sont les

REUTHER FAMILY qui se sont imposées à lui, et pas l'inverse. Elles peuvent disparaître aussi rapidement qu'elles sont apparues. Nous savons que ce serait le plus grand cataclysme qui pourrait lui arriver. Voilà pourquoi nous avons défini un code morale inviolable.

— Rien ne me sera reprochée alors si je m'occupe de lui tel que je le fais ?

— Non, rien. Les intérêts de toutes les filles sont entre tes mains, et plus vite il reviendra aux affaires, plus vite nous aurons en main les desseins qu'il nous a confiés. Pour ma part, je retrouverai ainsi pleinement le rôle qu'il m'a confié, et non pas celui qu'il me fait jouer et que je déteste. Ce que tu vois en ce moment n'est pas la vérité absolue. Luc est un stratège. Il compose avec les forces dont il dispose et complète son armée. Nous sommes toutes ses soldats, et vous êtes de nouvelles recrues.

Quand il n'est pas opérationnel, le navire est un peu à la dérive, car il y a une foule de choses que nous ne maîtrisons pas.

Sa signature par exemple, nécessaire et indispensable pour avaliser les projets, lancer des études, organiser des chaînes de management.

Margot prend les choses en mains sur du court terme, mais rien n'est encore prêt pour succéder au Boss.

S'il lui arrivait malheur, c'est l'effondrement complet du groupe et il ne resterait que sa fortune personnelle qui est très importante. Mais elle ne nécessite pas que nous soyons ici. Elise n'aurait plus rien. Ils ne sont pas mariés. Luc se lance partout, et les brèches sont partout. Alors il répartit les rôles, et tente de faire flotter le navire dont la coque est percée. S'il faiblit, inexorablement le navire s'enfonce. Imagine ce que peut être la position de Nathaly ! Après avoir participé à la tentative d'enlèvement du couple, elle se retrouve avec deux casquettes incompatibles. Elle le sait, et ne dit rien pour l'instant. Elle n'est ni dedans, ni dehors. Elle ne dispose d'absolument rien pour travailler. Ce n'est pas sympa de l'amener ici dans de telles conditions. Et pourtant, Luc semble ignorer qu'elle est là, comme si elle devait passer un temps dans le purgatoire pour expier ses fautes. Si demain matin les choses ne changent pas, elle va démissionner, et celle qu'il a présenté comme son Top Model, retournera sur le marché du travail avec une expérience négative. Tu comprends que ton rôle est prépondérant ? Il t'écoute, et il aime être avec toi, alors tu dois agir.

- Alors tu penses que ce serait la fin ?

- Oui, car les objectifs de toutes les actions de Luc, c'est de céder à Élise et Margot, une forme de régence en cas de nécessité, voire de succession si jamais il n'a pas d'enfant. Chacune des femmes disposera alors d'une pérennité d'action dans son domaine. Cela demande une énorme préparation, et il n'a actuellement pas le temps de régler ça. Toutes celles qui intègrent le groupe à ce niveau, sont dépositaires de l'avenir du groupe REUTHER. Ce n'est pas à moi de t'expliquer tout ça, et je ne peux pas t'affranchir sur ce qu'est mon rôle actuel et mon rôle futur. Je suis un soldat à part dans l'organisation que Luc met en place.

- Nous les girls, tu crois sincèrement qu'il nous a intégrées dans ses projets tout comme vous l'êtes ?

- Tu sais quoi, ta tête est pleine de questions, et tu as la chance d'être auprès de celui qui te donnera les réponses. Mais nous allons toutes repartir tranquilles

119

d'ici. Et je vais faire savoir à toutes que Luc est entre de bonnes mains.

– Tu ne m'en veux pas ?

– De quoi voudrais tu que je t'en veuille. Moi je crois que tu as tout compris, et que Luc sait une foule de choses qu'il ignorait avant de te connaître. Tu es une Girl formidable, et tu sais quoi ? Je suis convaincue que vous entrerez toutes dans la REUTHER FAMILY très bientôt, quand le calme sera revenu dans la Maison REUTHER INTERNATIONAL GROUP. Mais je te demande de garder pour toi tout ce que je viens de te dire. Tu comprendras plus tard, mais je n'ai pas le droit de t'en dire plus.

– Merci Céline, je vais me charger de notre amoureux alors !!! Moi je t'aime Céline, même si tu travailles dans l'ombre, je sais quelle a été ta souffrance, et tu ne te plains pas pourtant.

– Ruth, je suis infirmière, mon rôle est de soigner les maux. Ici, dans le groupe REUTHER, les maux ne nécessitent pas toujours des moyens médicamenteux, et ma pharmacie est parfois très éloignée des produits de laboratoire. Je suis comme vous toutes, je dois apprendre ce que le docteur Luc préconise…

Elle se mit à rire en plissant les yeux, ce rire qui faisait craquer n'importe qui s'accompagnait d'un regard traversant le maigre écartement de ses paupières lorsqu'elle riait. Céline la serra dans ses bras en la regardant fixement. Une larme s'échappait de ses yeux, et Ruth prit le soin de la sécher d'un doux geste du pouce.

- Ne sois pas triste Céline, j'ai compris la torture qui est tienne. Jouer un rôle en contre nature lorsque l'on n'est pas artiste, ce n'est pas facile. Mais rassure-toi, tu le fais très bien. Je ne sais pas ce que Luc attend de toi, mais s'il n'en parle pas, c'est sans doute que l'heure des explications n'est pas arrivée.

-   Merci Ruth, tes paroles me font chaud au cœur. Je me sens si seule en ce moment !

-   Tu n'es pas seule Céline, tes confidences m'associent à toi, et tu me trouveras à tes côtés le moment venu.

Ruth qui semblait gamine, n'en était pas une, et les blessures internes que lui avait infligées sa condition de prisonnière, étaient toujours profondes et sensibles.

Elle les masquait par ce rire franc, sans retenue, qu'elle partageait en cet instant avec Céline, devenant ainsi sa complice, allégeant un peu le fardeau qui pesait lourd sur les épaules de sa nouvelle confidente.

Par ses attitudes de garçon manqué, il y a bien longtemps qu'elle avait fi des leçons de morale, et des obligations constantes qui ne concernaient que les filles.

La seule pudeur qu'elle gardait encore, était celle de ses sentiments.

Pour le reste, comme toute femme, elle aimait s'admirer devant les grands miroirs, elle aimait prendre soin de son corps, elle aimerait alors forcément toutes les belles choses qu'on mettrait désormais à sa disposition.

Elle reconnaissait facilement que le devoir de représentation était celui qui lui faisait le plus peur, et qu'elle était mal assurée quand elle portait des talons hauts et des robes longues serrées, qui moulaient son corps en soulignant ses formes.

Pourtant, il faudrait en passer par là pour les photographes et les journalistes. Probablement que dans certains endroits du monde, il faudrait être encore plus glamour que partout ailleurs.

Elle rêvait, les yeux rivés au-delà de la verrière, essayant de distinguer les milliers d'étoiles qui étaient là-haut, mais qu'elle ne pouvait voir, car les lumières de couleur à l'intérieur de la verrière, empêchaient les étoiles de venir jusqu'à elle.

La REUTHER FAMILY fut le premier groupe à venir lui dire bonsoir, et Élise resta longuement auprès d'elle en la serrant dans ses bras.

- Tu verras Ruth, tu vas réussir ce soir, là où nous aurions toutes échouées. Je sais que Luc sera demain encore plus fort, et encore plus merveilleux. Vous avez quelque chose en commun, rends-le-nous vite.

- Tu n'es pas jalouse Élise ?

- Non chérie, et je serai peut-être toute proche de vous, si tu le souhaites.

- C'est vrai ? Tu voudrais revenir dans ma suite ?

- Cette fois, c'est à toi que revient le privilège de faire le choix, car il n'y a que toi qui sais vraiment comment il se sent.

- Tu sais Élise, je ne veux pas que ta nuit soit faite de solitude. Alors je voudrais que tu sois là, mais dans le plus grand secret.

- J'ai compris chérie, je serai là, c'est promis. Je ne vais pas te laisser seule, tu as déjà tant donné aujourd'hui. Viens ici que je t'embrasse.

Élise approcha ses lèvres, et prit la bouche de Ruth, qui se laissa faire, s'abandonnant totalement.

Elles n'étaient plus que toutes les deux sur la terrasse. Ruth souriait, Élise lui caressait les épaules, et la main de Ruth se laissa aller sur la taille fine d'Élise. Instant de communion et de partage, elles se comprenaient, se respectaient, et Ruth avait une terrible envie d'apprendre avec sa patronne, ce que procurait l'amour d'une femme avec une femme et un homme. Elle avait trop peur d'être seule avec Luc pour oser quoique ce soit.

Elles rentrèrent dans le salon après avoir fait le tour du pignon en se tenant par la main, et l'on voyait poindre l'excitation de leurs mamelons sous les sweat-shirts à capuche qu'elles portaient.

Céline avait fini les soins, et sortait de la chambre où Luc était resté allongé. Elle comprit tout de suite, qu'elle se devait de rester discrète en voyant les deux jeunes femmes entrer, et s'éclipsa sans faire de bruit, de la suite que Luc nommerait plus tard, la suite tropicale.

- Élise, tu me promets de revenir plus tard hein ?

- Oui Ruth, avant minuit je serai là.

- Prends quelques affaires avec toi, tu vas rester avec moi. J'ai peur...

- Oui chérie, soignes mon mari, je te laisse le découvrir seule. Laisse ton instinct te guider. Sois simplement prudente, sa blessure au thorax est toujours douloureuse et il est possible qu'il dorme très mal. A plus tard Ruth, et gardes toujours ce sourire que nous aimons tant.

Elle l'embrassa, puis sortit par le balcon pour rejoindre le troisième étage par l'extérieur.

123

Au passage, elle s'arrêta chez Cathy et Ephie. Elle entra au moment même où Eva faisait également son apparition, en petite nuisette de soie.

- Tu vois qu'elles te vont ces petites tenues sexy Eva. Tu hésitais à les prendre, mais tu es ravissante ! Dit Élise en entrant.

- Bonsoir Élise, répondirent les jumelles.

Joueuses, elles étaient presque nues sur le lit, et attrapèrent Élise pour la jeter auprès d'elles.

- Tu nous mates Élise, mais toi tu es vêtue des pieds à la tête, attends, tu vas voir.

Elles entreprirent de la chatouiller, puis Eva se joignit à elles et elles arrachèrent les vêtements d'Élise en rien de temps qu'il n'en fallut pour le dire. Les quatre filles jouèrent un long moment entres elles, riant si fort que le son se propageait jusque sous la verrière.

Il n'en fallut pas plus pour que l'ensemble de la REUTHER FAMILY se retrouve sur les balcons. Ne pouvant laisser la soirée se prolonger sans elles, ce fut une vraie course entre toutes, jusqu'à la suite des jumelles qui virent les deux suites contiguës devenir un terrain de jeu.

La piscine qui leur tendait les bras fut rapidement investie, et elles commencèrent un balai continue de jeux et de gages, tous plus osés les uns que les autres.

Au début, il ne s'agissait que d'échange de baisers sur différents endroits du corps.

Éléonore, instaurée en arbitre, distribuait allègrement aux filles, les gages prédéfinis, échappant elle-même à ces derniers.

Les jumelles eurent tôt fait d'en décider autrement, et il ne leur fallut qu'un simple regard pour attirer vers le fond la pauvre Éléonore, sans qu'elle ne puisse seulement réagir.

Comme des dauphins, les deux filles la remontèrent en la tenant par la taille et la projetèrent si haut qu'elle ne put retenir un cri aigu, quand elle s'aperçut qu'elle allait rejoindre la surface de l'eau sans aucun support.

Les éclaboussures arrosaient tout le petit groupe, et ce fut Sara qui proposa d'aller prendre un verre chez elle.

Toutes les « Eve » suivirent la proposition, et la joyeuse troupe termina la soirée, légèrement éméchée.

Élise était restée prudente, mais avait quand même testé quelques savants cocktails concoctés par Sara, et l'on peut dire qu'elle était plutôt guillerette en remontant jusqu'à ses appartements du troisième.

Comme par enchantement, cette soirée-là, les girls furent invitées à rester avec les filles du staff. Margot jeta son dévolu sur Eva et Sara, tandis qu'Éléonore et Charlotte choisirent de prendre Ephie et Nathaly, Mélanie et Céline entraînèrent Cathy avec elles.

En cause entendue, il fallait rompre les différences et elles avaient bien l'intention de faire tomber les masques.

Dans les suites, les jeux amoureux se succédèrent et la découverte du plaisir des sens fut pour Ephie et Eva, d'une intensité telle qu'elles usèrent toutes les candidates au plaisir.

Cathy avait déjà cette pratique acquise. Elle savait prendre le temps de donner et recevoir à la fois.

Ces instants partagés entre toutes, se terminèrent tard dans la nuit. Les filles finirent par s'endormirent ensemble, les corps nus serrés les uns contre les autres.

CHAPITRE XXXI

Dans la suite « tropicale », Luc dormait déjà depuis longtemps quand Ruth vint s'allonger près de lui.

Ce corps nu, elle l'avait pour elle seule, mais elle se sentait maladroite, et surtout mal assurée.

Elle l'effleurait à peine, provoquant des chatouilles qui gênaient Luc, le faisant sursauter, et n'engageant pas la poursuite du plaisir qu'elle attendait.

La nuit était déjà bien avancée lorsque Élise entra dans la suite. Elle pénétra en silence dans la chambre, se glissa sous la couette, et se colla à Ruth, lui prit la main, et guida ses caresses, appuyant parfois sur des parties plus sensibles, plus érogènes, tout en parcourant le corps de Luc endormi.

Il ne bougeait pas, ne se réveillait pas. Elle avait donc tout loisir de chuchoter à Ruth divers conseils sur le comment et le pourquoi diriger ses mains vers tel ou tel endroit. Elle se tourna et fit réaliser les mêmes caresses sur son propre corps, en expliquant quelles étaient les sensations qu'elle ressentait.

Elle pratiqua ensuite sur le corps de Ruth, exactement la même chose, et lui demanda de définir elle-même ce qui attisait le feu en elle, et ce qui semblait ne pas avoir d'effet.

Après s'être longuement étudiées, Ruth avait enfin compris le mécanisme du plaisir, et se laissa aller avec Élise.

La devise était devenue « fais-moi ce que tu aimerais que je te fasse ». Elle les entraîna ainsi communément vers le plaisir intense et la volupté.

Les gestes, les positions maintes fois répétées, avaient assurés Ruth d'une expérience complète. Elle n'avait plus peur. Ses craintes avaient disparu.

Après leurs longs ébats, Élise resta avec elle, précisant que Luc était sous l'effet des tranquillisants et qu'il ne serait absolument pas réceptif. Mais elle promit à Ruth qu'au réveil, si Luc allait mieux, elle serait là pour la conseiller et l'aider à passer ce cap particulier de sa première fois.

Elles s'endormirent dans les bras l'une de l'autre. Ruth avait saisi dans sa bouche le mamelon du sein droit d'Élise, et cette sensation nouvelle pour Élise d'être un peu la mère protectrice, ne la lâcha pas une seule seconde de toute la nuit.

Le lundi 16 février au petit matin, elle fut la première réveillée. Ruth était toujours suspendue à son sein, qu'elle avait téter toute la nuit. Le mamelon rougi et gonflé était devenu hyper sensible, et lui faisait un peu mal.

Elle le retira doucement de la bouche de Ruth, et une fois le corps un peu remonté vers la tête du lit, elle fit relever le rideau très légèrement. Les rayons du soleil s'infiltraient dans la chambre, découvrant les corps endormis étendus sur le grand lit.

Elle se dégagea des jambes de Ruth, et partit dans la salle de bain, où elle prit une douche, en massant son mamelon droit pour lui rendre son aspect originel.

Lorsqu'elle revint dans la chambre, Ruth avait les yeux grands ouverts, un peu ahurie de ce qui s'était passé dans la nuit.

Elle sourit à Élise qui lui chuchota de venir dans la salle de bain.

Ruth accourut, et Élise retourna sous la douche avec elle, la savonnant, tout en lui expliquant ce qu'elle estimait devoir lui apprendre.

Ces mains qui parcouraient son corps, Ruth les appréciait de plus en plus, et ne se lassait pas d'onduler son bassin.

Lorsque Élise la considéra prête, elle la sécha, et l'accompagna jusqu'au lit où Luc avait commencé à se réveiller.

Ruth eut vite compris ce qu'elle devait faire, et Luc bien réveillé, voyant sa femme et Ruth si présentes et si pressantes, se laissa porter par le désir.

Lorsque Ruth vint chevaucher Luc, Élise la caressa longuement, avant que le pénis dressé qu'elle voulait en elle ne force l'étroit passage qu'elle offrait.

Ruth poussa un cri, puis un autre et sa respiration se bloqua un instant, mais la frénésie du désir était si fort qu'elle oscilla par de rapides mouvements du bassin, orientant le membre dressé qui la perforait. Élise continuait de l'accompagner, de la rassurer, de la guider, et elle laissa échapper un long cri aigu quand son orgasme arriva.

Il venait de loin, du plus profond de son être, et libérait d'un coup, toutes les frustrations qu'elle avait eu à subir.

Enfin, elle était une femme comme les autres.

Des larmes coulèrent sur ses joues, son enfance disparaissait derrière elles.

Élise approcha sa tête prés de son oreille, et lui chuchota des mots réconfortants.

Luc savait qu'il n'était que l'instrument, et pour rien au monde il n'aurait voulu rompre la complicité réelle qu'avaient réunie ces deux femmes.

Ruth ne se dégageait pas, elle restait figée à califourchon sur Luc, et il la regardait en souriant.

Il passa la main sur sa joue, puis la laissa descendre sur ses seins. Ruth sentait son corps s'apaiser peu à peu. Elle tournait son regard vers l'un, puis l'autre, un léger sourire se figeait au coin de ses lèvres, et ses yeux brillaient en exprimant tous les sentiments qu'elle portait en elle.

La scène dura longtemps. Élise laissait l'autre main de Luc la caresser.

Il tourna la tête vers elle, et lui parla tout bas, pour que personne ne puisse entendre. Elle lisait sur les lèvres de son mari, les mots d'amour qu'il exprimait en silence.

Elle embrassa Luc, puis, en caressant Ruth dont les larmes coulaient toujours, elle la dégagea doucement, l'embrassa à son tour, et l'accompagna à la salle de bain une seconde fois.

Ruth observait Élise avec beaucoup d'amour dans les yeux, et Élise n'y était pas insensible. Mais il était temps pour elles de se presser.

– Élise, tu ne regrettes pas ?

– Chérie, j'étais là, je t'ai aimée, vraiment je t'ai aimée, et j'espère que tu m'as aimée aussi. Tu es une femme mon cœur. Une merveilleuse femme ! Nous aurons tant encore à découvrir ensemble. Alors non, je ne peux rien regretter.

– J'ai eu si peur, peur de décevoir, peur d'avoir mal, ou tout simplement de ne pas savoir faire.

– Ruth, tu as tout fait très bien, et j'ai senti que tu aimais ça. Ce qui est tout à fait normal. Tu as été patiente, et tu as libéré ton corps. Désormais, il t'appartient, tu n'es plus ignorante, et ton sexe fait partie de ton corps. Il n'est pas qu'un moyen de faire des bébés. Il te sert aussi à avoir et à donner du plaisir.

– Tu penses que les girls ont dormi seules cette nuit ?

– Je ne crois pas, quand je les ai quittées elles étaient entre les mains des filles, et tout le monde avait l'air de bien s'amuser. J'ai bien failli oublier de venir, chérie !

– Ah bon, j'aurai fait comment moi alors ?

– Oh, nul doute que tu aurais trouvé. Mais ton expérience n'aurait peut-être pas été aussi réussie ! Qu'en penses-tu ?

– Merci Élise, je t'aime tu sais, et Luc aussi je l'aime.

– Oui, et tout ça c'est ma faute. Je te raconterai un jour pourquoi je te dis cela.

– J'imagine que tu ne pensais pas à ça quand tu as rencontré Luc.

– Luc, c'est lui qui n'était pas prêt ! Tu sais, j'ai tout fait pour le mettre dans mon lit, et pour que jamais il n'en reparte. Il avait déjà connaissance d'un certain nombre de choses concernant son père, et surtout, il savait qu'il devait lui succéder. Il ne voulait pas s'engager dans une relation, car il savait qu'il serait obligé de partir.

– Mais alors, comment as tu fais ?

– J'ai fait déménager toutes ses affaires chez moi. J'ai convaincu ses copains de faire ça dans son dos. Je l'ai connu le matin, et le soir même, il était chez moi. Si tu avais vu la tête de ma mère quand elle l'a appris le lendemain matin !

– Je ne sais pas ce que dira ma mère moi ?

– Elle ne dira rien, car c'est un sujet tabou. Être bi sexuel, ça n'existe que dans les livres. Aimer autant les hommes que les femmes, la société n'est pas encore prête à cela. Alors aucune de nous n'en parle. Nous le vivons parce que Luc a accepté cela pour moi.

Je ne me connaissais pas ce penchant lesbienne.

C'est quand j'ai vu Margot pour la première fois que le déclic est venu. Je n'ai pas su résister, et nous en avons parlé à Luc tout de suite.

– Il a accepté ça comme ça ? Sans aucune réticence ?

– Oui ! Il a l'esprit très ouvert, et il m'aime. Alors il a dit qu'il ne pouvait pas empêcher les gens qui l'entourent, d'avoir des expressions corporelles différentes, et que pour sa part, il avait besoin des personnes qu'ils choisissaient pour leurs capacités et leurs compétences dans leur travail, et non pour leurs orientations sexuelles.

– Il est vraiment exceptionnel quand même ! Mais quand il fait l'amour à une autre femme, tu n'es pas jalouse ?

– Te dire que je m'en moque serait te mentir, car nous sommes un vrai couple. Mais nous avons le sentiment de renforcer la cohésion du staff, en respectant les pulsions des unes et des autres, et cela fait partie de notre vie privée à toutes. Comment pourrais-je être jalouse de ce que j'ai moi-même provoqué ? Je suis amoureuse de mon mari, et il est amoureux de moi. Nous sommes liés pour toujours, c'est la seule chose dont nous sommes convaincus l'un et l'autre.

– Alors on ne dit rien là-dessus ?

– Si bien sûr ! Mais entre nous les femmes. Nous abordons cela librement, mais jamais devant Luc. Jamais nous ne l'interrogeons sur sa vie sexuelle. Elle existe dans notre groupe, et cela reste dans notre groupe. Mais j'ai un homme en or. Il me dit tout, et je sais par avance s'il a envie d'une personne ou d'une autre. Parfois, c'est chez nous que nous pratiquons, ce n'est pas un problème tant qu'une fille ne vient pas tenter de détruire notre couple.

– Je peux recommencer avec lui sans demander ?

– Si tu dois demander, c'est à lui qu'il faut t'adresser. Tu es de sa famille maintenant, et je t'accueillerai chez nous quand tu le souhaiteras. Ne sois pas gênée. Je t'ai accompagnée, tu me plais, et j'espère que tu seras toujours heureuse de venir dormir chez nous.

– Tu es heureuse pour moi ?

– Je suis heureuse tout court, Ruth. L'important est de bien se sentir dans sa peau. Si cette condition te convient, alors bienvenue. Mais chérie, il est temps de t'occuper de mon mari, et de préparer ton remède miracle. Déjà, je peux te dire qu'il a fait des merveilles, je pense que tu l'as senti en toi tout à l'heure !

– Oh ça oui, mais j'ai honte de parler de ça, surtout que tu es sa femme.

– Tu veux que je te dise Ruth ! Nous sommes toutes les femmes de REUTHER. Mais je suis la seule de IMBERT. Allez, bouges ton petit cul maintenant, nous risquons d'être en retard.

Luc appela les deux filles qui accoururent à son chevet.

133

- Les filles, merci, je me sens revivre. Mais j'imagine que je dois rester ici. Toutefois, j'aimerai bien profiter de tout mon staff avant le départ.

- Attends Luc, j'arrange ça, dit Ruth. Et elle fonça sur le téléphone pour appeler Margot et Emma, pour qu'elles sonnent le rassemblement.

Élise resta un instant seul avec Luc. Il la prit dans ses bras, et elle se blottit tout contre lui.

- Tu sais mon cœur, je ne m'attendais pas à ta visite ce matin.

- J'ai passé ma nuit ici Luc, avec Ruth, et je trouve qu'elle s'est très bien comportée. Elle avait si peur.

- Tu sais que je ne l'aurai pas touchée, elle avait l'air si ennuyée vis à vis de toi.

- Je l'ai vue hier soir, on a longuement parlé ensemble, et elle m'a demandée de venir, et de rester avec elle. Maintenant, c'est une femme, et je pense que tu seras content d'elle, parce qu'elle a quelque chose qui te ressemble un peu.

- Ah oui, je suis d'accord. Ce mystère qu'elle porte en elle, et cette envie de rêver, ici, c'est notre évasion commune. J'adore quand elle m'entraîne par les petits sentiers du parc.

- Tu sais qu'elle se sent à l'aise dans son genre bi ?

- Non, je ne savais pas, et c'est pour cela que je ne tenterai rien avec les filles, car si elles ne sont pas bi, ça poserait des problèmes à l'entente entre vous toutes. Et j'ai besoin de toutes pour réaliser notre projet.

134

– Je sais Luc ! Pour l'instant, tu ne t'es pas trompé. Elles ont toutes passées la nuit dans les suites des DG, alors je crois que la REUTHER FAMILY, il va falloir l'agrandir.

– Tu es seule juge de cela Élise. Je ne veux plus intervenir à ce niveau. Vois avec les autres filles, mais continues de t'imposer. J'ai entendu quand tu disais qu'elles étaient toutes des REUTHER et que tu étais la seule qui partageais le nom de IMBERT.

– On va bientôt officialiser ça ?

– Tu veux dire nous marier ?

– Oui mon amour, c'est le seul moyen de garantir la succession du groupe.

– Je sais, mais je n'ai pas envie d'un enfant maintenant. C'est trop tôt pour nous, c'est trop tôt pour le groupe, et ta charge actuelle va augmenter, tu le sais.

– Je comprends, mais promets-moi que tu y songeras.

– C'est bien mon intention. Mais découvrons les secrets du renard, il me le demande dans une lettre qu'il a laissé ici, dans la suite tropicale. Tu aimes ce nom, pour la suite ?

– Oui, c'est de circonstance, quand on voit cette salle de bains, cette chambre et ce salon, qui donnent tous sur le magnifique parc et le bassin, et puis cette cascade.

– Tu as de l'amour pour Ruth, chérie ?

– Tu as deviné ? Oui j'ai énormément d'amour pour cette fille, peut-être plus encore que pour Margot, et pourtant Margot est presque ma sœur.

135

– Je vais tout faire pour que Ruth apprenne très vite les langues étrangères, et qu'elle bénéficie des meilleurs professeurs, pour obtenir ces diplômes qu'elle aurait tant aimés obtenir. Je voudrais qu'elle réussisse, et elle en a les capacités. Les autres aussi d'ailleurs.

– Je suis d'accord Chéri. Met tout l'argent qu'il faut pour ces filles. Elles sont quatre, ce n'est pas une charge mais un investissement.

– Alors prépare une fête avec musique à gogo, champagne, et fiesta. Tu les intégreras dans votre groupe, et tu fais les choses bien n'est-ce pas !

– Si tu es sûr de ce que tu fais, moi je n'ai pas d'objection. Je sais que Ruth est parfaite. Je me renseigne auprès des filles, et si tout c'est bien passé pour elles, alors je n'aurai aucun mal à obtenir leur accord.

– Banco, ça fait un peu famille nombreuse, mais je compte sur vous pour vous débrouiller avec les affectations futures.

Je verrai à reconsidérer leur poste quand tout sera plus clair. L'important est que nous ayons verrouillé tous les postes clés de la Direction Générale, pour qu'au siège, chacun comprenne qu'il n'est pas nécessaire de vouloir écraser les autres pour espérer un titre.

Donnez leurs des postes où elles vont pouvoir évoluer techniquement et pratiquement, pour prendre rapidement de la hauteur au sein du groupe. Et là je parle d'affaires internationales.

– Oui mon boss adoré. Je me charge de ça, et je leur dirais tout en privé. Je sais que tu aimes ça, les conversations privées. Curieux va.

Il sortit du lit et se dirigea dans la salle de bain, Ruth était toujours à l'intérieur. Elle l'accueillit avec un grand sourire en lui tendant une brosse à dents.

– Si c'est pour le petit bisou, ce ne sera pas avant que tu n'aies utilisé ça. Tu as une haleine de phoque ce matin mon chéri.

– Waouh, quel accueil ! Je suis content que tu sois en forme Ruth, et grâce à ta potion magique, je me sens déjà beaucoup mieux.

– Ouais ! Mais il te faut recommencer ce matin. Les filles arrivent. Alors il serait bien que tu sois présentable. Si elle te voit dans cette tenue, je ne pourrais plus rien pour toi. Et puis je voulais te dire merci.

– Merci ? Mais pour quoi donc chantre Dieu ? C'est à moi de te remercier. J'ai découvert une fille formidable qui refuse l'à peu près, qui apprend et suit les conseils. Une personne qui s'implique et s'applique dans ce qu'elle fait.

Je vais te donner l'occasion de t'impliquer encore plus. Tu reprendras tes études bientôt. Choisis bien vers quoi tu veux te diriger, car toute ta vie va en dépendre.

– Mais Luc ! Tu sais déjà ce que je veux ! Mais moi, je ne sais pas comment on y arrive.

– Oui, je sais ! Mais j'aimerai que tu le dises en te regardant dans la glace. Et que tu fasses cela chaque fois que tu passeras devant un miroir. Alors dis le, vas-y, je suis ton seul témoin.

– Je veux diriger un secteur du groupe. Je suis capable.

– Très bien, et quel secteur serait dans tes capacités ?

–   Le recherche et le développement de l'écologie.

–   Bravo ! Voilà un secteur qui se développera. Alors tu chercheras comment arriver à comprendre ce qu'est l'écologie, en partant de la base. Tu étudieras les sciences, et tu te spécialiseras.

    Je te préviens, à moins de bac plus 5 et un projet réalisé dans sa totalité, avec des résultats tangibles qui feront lois, pas de budget !

    REUTHER INTERNATIONAL GROUP a peut-être d'autres besoins, et j'espère que tu accepteras de prendre à bras le corps les postes qui te seront proposés, sans que cela ne t'affecte.

–   Alors je prends le pari, et ça va te coûter un bras quand j'aurai réussi. Répondit-elle en riant.

    Merci mon chéri d'amour. Je vais faire péter la baraque. Et s'il faut occuper un autre poste, je ferai de mon mieux. Ajouta-t-elle.

–   Je te le souhaite, si tu peux faire avancer les idées des gens, nous répondrons ainsi aux enjeux du futur. Mais gardons la tête sur les épaules. La vraie priorité, c'est de sortir de ce merdier dans lequel nous avons été placés malgré nous, et de redevenir conquérant. Après, ça ira mieux, du moins je l'espère. C'est pour cela que j'ai besoin de vous toutes. Et pour les girls, je vous demande de travailler en alternance, études et travail. Et de toutes les façons, il impératif que vous soyez en nom sur tous les postes. A plusieurs, on réfléchit mieux que seul.

–   Dépêche-toi Luc, elles vont arriver. Allez, fais-moi un bisou d'amour.

Elle lui sauta au cou, et quand elle le relâcha, il entra dans la douche.

- – Élise ? C'est quelle tenue aujourd'hui dis-moi ? Demanda Ruth en sortant de la salle de bain.

- – Le tailleur framboise, le chemisier crème, l'écharpe assortie, les bas chairs, et les chaussures assorties au tailleur.

- – Merci Chérie, je t'aime.

- – Moi aussi Ruth, et j'entends les filles qui arrivent.

- – Je mets un soutien gorges Élise ?

- – Oui, pour le bureau, toujours, sinon, tu te sentiras toujours un peu nue devant tes subordonnés.

- – Ok, j'ai compris. Ils peuvent tous rêver, mais juste rêver.

Élise se mit à rire. Cette Ruth avait toujours le mot qui menait au sourire ! Alors comment ne pas être de bonne humeur ?

Ce fut Maria qui se chargea d'amener le petit déjeuner.

Elle poussait devant elle un chariot à trois niveaux, et laissa le chariot en l'état, se disant que vouloir étaler tout ce qu'il y avait aurait été inutile. Car les filles ne tenaient pas en place, et elle ne voulait pas avoir à courir derrière chacune avec une cafetière dans une main et une tasse dans l'autre pour les servir.

Ruth la remercia, en lui disant qu'elles allaient se débrouiller, et que de toute façon, il fallait laisser le chariot ici, car Luc avait des rations très spécifiques à prendre au cours de la matinée.

C'est Ephie qui poussa la première la porte de la « suite tropicale ».

Elle regarda Ruth, et en un instant lui sauta au cou.

> – Alors, Ruth, raconte-nous !

Cathy, Eva, et les autres se mirent autour d'elle, et Ruth leur dit simplement :

> – Vous savez, tous les magiciens ont des tours dans leur sac, et on ne trouve jamais comment ils font.

> – Oui, mais alors racontes nous ?

> – C'était magique ! Je ne peux pas vous en dire plus. Demandez à Elise ! Et elle éclata de rire.

Les filles resteraient sur leur faim. Élise, à son tour, salua tout le monde, et s'approcha de Margot, qui lui fit cette confidence :

> – Elles sont magiques, toujours prêtes, toujours attentionnées, ce grain de folie qui nous a quitté, elles l'ont toutes. Ça s'est bien passé avec Ruth ?

> – Tu n'imagines même pas. Vraiment, elle est adorable. Et comme tu le dis, elle a cet humour particulier qui fait que tu ne peux pas lui résister. Tu penses comme moi ?

> – A ton avis, ce sont nos perles ? Elles feront sensation, et les journaux de luxe vont se les arracher dans les défilés. J'en ai parlé à Mélanie, et elle envisage de leur faire faire un shooting en grande tenue avant la fin d'année. Tu penses que JP Gauthier pourrait nous faire une signature là-dessus, sur un bijou nouvelle collection ?

> – Écoutes, avec le fric qu'on lui a laissé, et de plus, il faut qu'il nous refasse cinq exemplaires de la panoplie pour les filles, je pense qu'on peut lui demander ce service. Je l'appellerai dans la journée.

– Alors on leur annonce quand ?

– Ça aussi, si tu veux bien, je m'en occupe. Luc veut une fête pour ça, et tu sais ce que ça veut dire ! Il faut vite leur trouver les bijoux de bienvenue.

– Alors ça, donne-le à Mélanie ! Elle a démontré qu'elle savait très bien gérer ça, et je suppose qu'elle va descendre au coffre avec Luc pour voir ça. Elle est incroyable, tu as vu comment elle sait gérer les défilés, et comment elle sait mettre les collections en valeur. Moi j'ai été épatée quand elle a laissé le soin à Luc de décrire les caches-tétons en diamant. Il fallait oser non ? L'homme le plus riche du monde qui décrit des caches-tétons ?

– Je n'avais entendu parler de ces machins-là. Et quand j'ai vu que Mélanie les accrochait sur les mamelons de Sara, franchement j'étais éberluée. Tu as une idée du montant des commandes qu'elle a prises samedi soir ? Je n'ose pas te dire le chiffre global, tu ne vas pas t'en relever.

Plus d'un million et demi de dollars ! Et à Paris, elle a obtenu plus encore à la réception au Palace. Elle n'a encore rien dit à Luc, mais elle ne sait pas comment ils vont pouvoir produire, bien qu'elle ait prévenu les clients que les délais seraient longs.

– Oui ! Elle m'en a touché deux mots, et je sais qu'il va falloir produire en trois exemplaires chaque modèle, pour lancer la compagnie d'assurances REUTHER. Mais on en reparlera quand Luc sera sur pieds, et que toutes ces affaires de complot seront réglées.

Elles papotaient toutes ensemble, et ces tenues identiques parfaitement ajustées en faisaient les plus belles filles du monde. Quand Luc apparut à son tour, il portait un pantalon sport Lacoste, et le polo blanc assorti, dont il avait relevé les manches à mi avant-bras, laissant paraître la Rolex que sa femme lui avait offert, et le bracelet or ciselé où était inscrit son Prénom.

Il portait sur l'annulaire de la main droite la chevalière portant ses initiales LIR, dessinées par incrustation de Diamants et Rubis.

Il mit les mains en protection, et demanda aux files de rester un peu tranquille, en ajoutant :

    –   Les filles, vous savez que je vous aime, mais de grâce, laissez-moi prendre mon petit déjeuner, sinon Ruth va me gronder. Alors les bisous, ce sera pour après.

Elles se mirent à rire une nouvelle fois, tandis qu'il passait vers chacune d'elles, posant un baiser sur leurs fronts en guise de bonjour matinal.

Il complimenta leurs tenues, remarquant au passage que seules Élise et Margot portaient un tailleur parme et un chemisier crème en soie satiné, marquant ainsi leur position hiérarchique, avec leur broche Rubis et Diamant accrochée sur le haut du sein gauche.

Les jambes des filles, gainées dans des bas mi cuisses, couleur chair luisant ne lui plaisaient pas, et il demanda qu'elles en changent.

    –   Cette couleur ne met pas en valeur le galbe de vos mollets. Je n'aime pas !

    –   Luc ! s'opposa Élise, en ce qui concerne le choix de nos vêtements, tu voudras bien nous laisser libres. Tu n'as pas à donner un avis.

        Nous allons toutes au siège ce matin, que tu le veuilles ou non. Alors tu laisses les affaires de femmes aux femmes, et tu restes tranquille. Nous nous retrouverons plus tard.

Allez les filles ! on laisse ce vieux bougon ruminer dans son coin. Il se calmera tout seul.

Elles se levèrent, et dans les rires et les chuchotements, elles s'éloignèrent par le couloir longeant l'ouest, et sortirent au dehors où les chauffeurs les attendaient.

Luc se retrouvait seul dans la suite tropicale, avec Mélanie et Nathaly, attendant que le Boss ait émergé du monde dans lequel il s'était subitement plongé.

Enfin, après un long moment de silence, il se tourna vers elles.

— Mélanie ma chérie, je ne sais plus où l'on en est là. VERDIER ? Je ne l'ai pas vu depuis son arrivée. Qui l'a accueilli ?

— C'est Céline, et il n'était vraiment pas bien. Alors il a demandé qu'on le laisse un peu seul. Et c'est ce que l'on a fait.

— Bien, j'espère qu'il est remis. Tu feras porter le coffre France dans la suite « invité ». Je prendrai le boulot demain matin de bonne heure.

— Luc, je n'ai pas accès aux coffres des dossiers moi, ce n'est pas …

Il ne lui laissa pas le temps de terminer sa phrase, le loup du grand-duché avait déjà refait surface, et il n'avait pas le temps d'écouter les jérémiades.

— Arrêtes Mélanie ! Tu vas dans la bibliothèque de mon bureau, je vais te donner les codes d'ouverture du coffre, et tu ramèneras chez Verdier le coffre France.

143

Fais-toi aider par Peter ou Dany, c'est trop lourd pour toi. Au passage, tu préviens Jacques que je suis chez lui dans quinze minutes, ça ira ?

   – Très bien Luc ! Mais tu vas te faire enguirlander si les filles apprennent que tu t'es remis au boulot.

   – Je sais, mais je ne regarderai ça que demain. Je veux juste que vous prépariez les choses importantes avec VERDIER. Pour ce qui le concerne, il faut que son dossier soit réglé. J'ai trop besoin de Jacques pour le laisser dans la panade. Et puis Nathaly va me seconder. Mais pas avant demain, nous sommes lundi, et dès que tu as du temps libre, viens me rejoindre. Là je vais faire un tour.

   – Bien, alors je vous laisse tous les deux, ne fais pas l'imbécile ! Tu nous mettrais toutes dans l'embarras.

   – Je le sais, mais j'ai passé une excellente nuit. Les filles ont été très gentilles, et tu me connais un peu, je me sens bien, ça se voit non ?

   – Oui Luc, ce qui se voit surtout, c'est que tu es un peu à cran, et nous préférons quand tu souris. Ce n'est pas bon de vouloir prendre des décisions sur le vif.

   – Viens ici, pose tes fesses à côté de moi et laisse-moi te décontracter.

   – D'ailleurs, Céline doit passer tout à l'heure quand les girls reviendront.

   – Ah dis-moi justement comment ça s'est passé avec elles hier ?

– Alors là je vais te dire, nous avons passé toutes une excellente journée. Ces filles aiment rire, et il faut dire qu'elles en ont besoin. On a un peu abusé des alcools, juste pour rester guillerettes.

Elles nous ont tiré jusqu'à la piscine, évidemment sans maillot, toutes à poil, nous ont fait faire des jeux, et après, on a toutes finies dans les suites sans aucun tabou.

Ce matin, on avait un peu la tête dans le sac, mais dès le réveil, elles étaient déjà suffisamment complices pour nous asperger de flotte glacée.

En bref, elles mettent de la gaieté partout où elles passent.

– Alors tu as un avis plutôt positif ?

– Pour ma part, il faut même aller plus loin. Je crois qu'elles ont un rôle important à jouer dans la communication et la publicité. Aussi, j'aimerai bien que tu réfléchisses à ça.

– Pourquoi pas ? Mais je voudrais qu'elles reprennent leurs études. Il est indispensable qu'elles atteignent votre niveau.

– Je suis d'accord, et la meilleure formation, c'est d'être en immersion totale. Aussi, tu dois les emmener en voyage, et les obliger à communiquer. Elles aimeront tu verras.

– Je n'ai aucune idée arrêtée là-dessus, si ce n'est que les DG de zone ont d'autres choses à faire que de les former ou de partir en voyage !

– Oui je suis consciente de cela, mais si les girls sont managées par leur DG, elles apprendront plus vite.

Je pense que ce serait un véritable complément à leur formation.

— Banco, tu m'as convaincu, alors je te suis alors sur leur implication dans les affaires. On leur laisse un peu de temps ?

— Non, dès que tu es prêt, tu les impliques. Et au bout de quelques temps, tu fais en sorte qu'elles remplacent les DG dans des déplacements non prioritaires.

— J'ai peur que ce soit un peu trop rapide, mais bon, on essaiera.

— Je file à la suite présidentielle, donnes moi les codes.

— Tiens, voilà les clés, ensuite, le numéro du coffre France, c'est 1085 FR 02

— Bien, à plus tard.

Mélanie quitta la suite tropicale, tandis que Luc partait faire une promenade dans le parc avec Nathaly.

Il y avait tant de choses à faire ici et dans le groupe, qu'il se demandait où devaient être les vraies priorités.

Il prit naturellement la main de Nathaly, et la jolie blonde aux yeux verts eut un frisson en sentant ce contact chaud autour de ses doigts. Elle approcha inconsciemment son épaule près de celle de Luc, jusqu'à la coller entièrement. Il la regarda en continuant de discourir, et s'arrêta tout au bout du grand bassin, là-bas où la plage descendait en pente douce, du côté de l'aile droite.

Luc se déshabilla totalement et gagna le bassin en descendant par la douce pente de la plage. Il se retourna vers Nathaly et l'invita à le rejoindre. Elle hésitait, alors Luc sortit de l'eau par le côté droit du bassin, près de la cabine du sauna, au niveau du solarium, et revint vers elle. Il s'agenouilla et entreprit de la mettre nue.

Elle souriait, laissant faire, et en fait, n'avait pas envie d'interrompre cet instant.

Luc de redressa, la renversa sur ses bras, et la transporta jusqu'au solarium, puis il s'approcha du bassin, et sauta dans l'eau avec Nathaly dans les bras.

Il la lâcha en sentant la douleur de sa côte cassée le rappelant à l'ordre, et grimaça un peu tout en rassurant Nathaly.

– J'aurai bien fait quelques brasses, mais ce ne sera pas pour aujourd'hui. Mais toi profites en, tu as le bassin pour toi toute seule.

– D'accord, mais quand vous serez complétement remis, on ira au plongeoir.

– Si tu veux, mais il te faudra attendre encore pas mal de temps. Tu aimes plonger ?

– Disons que j'ai une petite expérience dans ce domaine, j'ai été championne universitaire aux huit mètres, il n'y a pas si longtemps.

– Ah ! Une tête bien faite dans un corps sain. J'ai quand même de la chance, je suis entouré de championnes.

– Ah bon ?

– Oui, Emma fait du sport auto sur circuit, Sara a été championne du Bénélux, sur 400 mètres en athlétisme, et les autres je ne me souviens plus trop.

Nathaly s'éloignait, faisant face à la vague et plongeant au dernier moment, profitant du ressac pour se faire transporter vers le bassin des 5 mètres de fond.

Elle disparut longuement sous la surface de l'eau, et réapparut en remontant à la surface aux pieds de Luc qui sentit le corps remonter tout contre lui.

Il ne pouvait pas nager jusqu'au rivage de l'aile gauche, la douleur reprenait dès qu'il tentait la moindre brasse.

> – Voulez-vous que je vous ramène aux cabines Luc ? Attends, je vais vous aider, laissez-vous aller.

Elle passa derrière lui, et l'allongea doucement en maintenant sa tête sur son sein gauche, et en nageant avec une facilité déconcertante, elle le ramena jusqu'au bord de la piscine, tout près des cabines.

Elle sortit de l'eau, courut rechercher les habits restés sur la plage, revint vers Luc et l'aida à sortir de l'eau.

Elle se dirigea aux cabines, et sortit des peignoirs, en tendit un à Luc.

> – Allez Luc, on va chez moi pour se sécher correctement, il faut que je me rhabille correctement. Je ne vais pas me promener nue toute la matinée, quand même ?

> – Je te suis. Tu es vraiment très bien faite tu sais ! Alors nue, ce n'est pas un problème pour moi, au contraire.

> – Vous n'êtes pas mal non plus, pour un mec !

> – Comment ça pour un mec ? Tu sous-entends que les mecs sont mal foutus ?

> – Je plaisante Luc. Non je vous trouve mignon.

148

Elle interrompu son discours, et chacun d'eux resta ainsi silencieux pendant de longues secondes.

– Nathaly ? Tu es silencieuse, et ça me dérange. Je n'ai pas été très intelligent et t'amenant ici, sans même d'écouter ce que tu pouvais avoir à dire.

– Je suis vivante, c'est déjà ça non ?

– Non ! Tu t'enfermes derrière cette idée que je t'ai fait une fleur. Mais je vois très bien que tu n'es pas à l'aise dans cette situation de demi-coupable et demi-victime.

– Oui, c'est embarrassant, surtout vis-à-vis de toutes les filles, et encore plus devant vous Luc.

– On va essayer d'arranger les choses si tu le veux bien. D'abord, tu me tutoies. Ensuite je vais te confier tous mes comptes bancaires. C'est important que tu regardes tout ça de très près. Il y a des mouvements d'argent et je ne sais pas trop à quoi ils correspondent, parce que je n'ai pas le temps de m'en préoccuper.

– Luc, c'est à votre épouse de regarder ça, pas à moi qui ne suis qu'une étrangère !

– Nathaly, tu n'es plus une étrangère ! Tu vas entrer dans la REUTHER FAMILY. Tu es aussi importante dans mon dispositif de direction, que toutes les autres filles réunies. Et tu vas arrêter ce vouvoiement avec moi. Ensuite, ce matin, tu vas aller au PC sécurité, je vais donner des ordres, et tu seras la seule à disposer de l'ensemble des accès qui me sont réservés. Tu seras mes yeux et mes oreilles partout, et je te rappelle que tu es ma secrétaire particulière pour toute la demeure REUTHER. Ensuite, j'ai une autre tâche importante à te confier. C'est la Direction Générale de REUTHER IMMOBILIER dont je

149

suis le PDG. C'est un patrimoine qui avoisine 650 millions de dollars. Et il va augmenter sensiblement, car nous avons besoin de plus d'espace pour les projets que j'ai en tête.

– Attendez Luc, vous voulez me confier un poste de Directrice Générale, alors que vous ne me connaissez pas et que j'ai participé à la tentative de votre enlèvement ?

– Nathaly, ce que tu as fait hier ne m'intéresse pas du tout. Ce qui m'intéresse, c'est ce que tu seras capable de faire pour demain. J'ai réfléchi, et une fille telle que toi qui se laisse embringuer dans une histoire juste pour du fric, c'est qu'elle n'est pas à l'aise dans son monde. Dis-moi tout simplement la vérité, nous gagnerons un temps précieux. Tu es plus à l'aise avec les filles qu'avec les mecs n'est-ce pas ?

– On peut dire que tu es direct toi alors !

– Toute ma ligne de Direction Générale est occupée par des lesbiennes et des bi. Tu sais, celles qu'on appelle les « gouines » à l'extérieur de cette enceinte. Et l'on vous regarde que sous cet angle, ce qui vous place au ban de la société en vous montrant du doigt.

– Luc, depuis que j'ai eu mes 14 ans, j'ai été isolée des autres à cause de ça. Je m'y suis habituée.

– Non Nathaly, on ne peut pas s'habituer, on fait avec, et l'on ne vit pas. Je le sais, parce que depuis mes onze ans, je n'ai plus de famille. Alors crois bien que je sais de quoi je parle. C'est Elise qui m'a sorti de mon isolement. Et je ne la remercierai jamais assez.

Tu as toi aussi quelque chose en toi qui est indispensable au groupe que je dirige. On va le faire émerger ensemble. Te rends-tu compte que tu étais hôtesse de l'air à temps partiel chez REUTHER AIR LINE ?

—   Oui, je le sais d'autant plus que j'avais également un salaire à temps partiel... Et ce n'est pas facile quand on fait des études.

—   Justement, où en es-tu dans ton cursus universitaire ?

—   J'avais commencé un master en droits des affaires. Mais j'ai dû arrêter, pas assez de moyens pour payer les études.

—   Bonne nouvelle, tu vas reprendre ce cursus, et tu le mèneras jusqu'au bout, tout en travaillant pour moi. Tu m'as dit avoir un logement à Luxembourg ?

—   Oui, un petit appartement pas très loin de l'hôtel Bourgogne, vous savez, le siège du parlement.

—   Il t'appartient ?

—   Non, je l'ai en location.

—   Tu as le permis de conduire ?

—   Oui, mais je n'ai pas de voiture.

—   Tu pourras acheter une voiture, celle que tu veux, je m'en moque. Et je vais de toute façon mettre à ta disposition un chauffeur et un body-Guard. Il faut juste que je récupère tout mon effectif. Note ce que je dis, et rappelé-le-moi si nécessaire. Donc je récapitule, Etudes, Véhicule personnel et professionnel avec Chauffeur, Body-Guard, appartement ici dans la suite au-dessus de mon bureau, accès à tout ce qui m'est réservé, DG REUTHER

IMMOBILIER, Secrétaire Particulière privée, accès à mes comptes et gestion des flux.

Est-ce que tu te retrouves dans tout ça ?

– Luc, je ne doute pas que tu souhaites bien faire pour m'intégrer, mais est-ce bien raisonnable ?

– Nathaly, nous sommes face à un groupe qui est dans la démesure, tu ne peux imaginer à quel point c'est énorme, et je n'y arriverai jamais seul. Je ne veux pas d'homme aux postes clés. Et moi vivant, il n'y en aura pas. Les femmes peuvent être perfides, tranchantes, méchantes, encore plus que ne le sont les hommes, elles sont donc toutes indiquées pour inspirer la confiance et la défiance à la fois. Mais dans le groupe, aucune n'a la main à elle seule.

– Tu pourrais faire pareil avec des hommes Luc.

– Sans doute, mais je n'en veux pas aux postes clés, et partout je vais nommer des femmes. Elles pourront avoir des secrétaires hommes si ça leur chante, mais dans mes assemblées, ce seront en grande majorité, des femmes que j'aurai face à moi, et des lesbiennes des bi ou des hétéros. Je vais montrer au monde que l'on peut diriger et gérer avec des personnes de couleur et de genre différent.

– Luc, tu vas aller au-devant de gros problèmes en agissant à contre-courant. La société n'est pas prête à ça. Nous sommes sujettes à tous les quolibets, et aux agressions dans la rue. Nous sommes contraintes d'avoir nos clubs privés, nous ne pouvons pas fréquenter n'importe quel bar, la plupart des lieux publics deviennent des dangers pour nous.

– Tu vas réfléchir à créer un club ici même. Un club pour les fortunés, et on va se débrouiller pour l'ouvrir plus large, et tu sais pourquoi ça va marcher, parce que vous les filles vous allez le gérer de A à Z

– Luc, tu veux aller trop vite. Tu joues sur plusieurs tableaux, et tu cours après le temps. Tu jongles avec les millions de dollars en voulant régler toutes les blessures que la société créée. Mais ton argent ne changera pas les états d'esprit tu sais. Je ne veux pas que tu m'achètes, et encore moins que tu m'achèves.

– Nathaly, si j'avais une baguette magique, nous irions encore plus vite. Accepte les responsabilités dont je viens de parler en plus de ton boulot de Top Model qui représentera environ une semaine par mois ?

– Il faut que je réfléchisse Luc. Comment peux-tu avoir en moi, une confiance aussi aveugle, après ce que je viens de faire ?

– Nathaly, arrête de culpabiliser pour ça ! Je suis mon instinct, il ne m'a encore jamais trompé. Alors tu veux réfléchir ? Très bien, pas de problème ! Tu as dix secondes pour faire ton choix ! Ça suffit largement pour prendre une décision de la sorte. Après si tu réfléchis trop, tu vas reculer, et retomber là où tu étais. Je ne le souhaite pas, et toi non plus.

– Tu me fais peur Luc. Un mec comme toi, ça fait peur, tu peux l'admettre ça ?

– Je l'admets Nathaly, mais pour autant, tu dois aussi me comprendre. Ici, nous sommes dans le même bateau et j'en suis le capitaine. Si je ne fais rien, il va sombrer, et tous ceux qui ont eu à souffrir de la tempête souffriront, sauf moi, parce que j'ai une fortune personnelle à disposition, dont je ne connais pas l'ampleur. Ça m'est insupportable, je n'en dors plus, mon couple va mourir si je laisse tout tomber, et vous serez toutes et tous à la rue. Vous ferez l'objet de tous les procès, tandis que je m'exilerai loin du monde, dans des propriétés dont j'ignore l'existence. Je n'ai rien fait pour avoir tout ça, et pourtant, ça existe. C'est à ma portée, et je suis seul pour en profiter. Il suffit que je signe un papier, et tout disparaît, tout s'envole. Accepte de gérer mon empire, accepte car tu vaux mieux que les magouilles qui sont toutes autour de moi. La team manager va reposer sur tes épaules, et tu ne seras pas seule. Mais il faut un commencement, un début, un premier maillon.

–   Oh Luc ! Où vas-tu me conduire ?

–   Tu ne manqueras plus jamais de rien, c'est certain, mais tout comme je le suis, tu seras attachée à jamais à toute cette merde que je dois diriger. Je ne t'offre pas la liberté tu sais, mais plutôt des chaînes aux poignets et aux chevilles, tout comme je les porte en laissant croire à ceux qui ne savent pas, que nous sommes libres. Tu ne seras jamais une employée comme les autres, plus jamais tu ne pourras disposer de ton temps, et tout comme moi, tu devras sans cesse composer pour sauver l'empire. En vérité, cette proposition est une condamnation, et crois bien que je n'en suis pas fier. Ce dont je suis certain, c'est que si tu ne m'aides pas à gérer ce qui m'appartient en nom propre, ce sera la fin annoncée du groupe REUTHER.

–   Luc, tu veux me faire confiance après ma trahison ? C'est inédit, comment puis-je accepter de te croire et accepter de telles fonctions ? Tu as une femme ! Elise peut faire le job non ?

154

– Elise est ma femme, mais elle n'est pas mon double. Elle est ma complémentarité. Toi, tu es mon double, tu sais être stratège, et avancer les pions quand il le faut, quand il y a nécessité. Pour preuve, tu as choisi de te mettre en danger pour payer des dettes. Ce n'était pas la bonne méthode, tu le savais, mais tu l'as fait. Tu aimes le risque, et dans mes affaires personnelles, tu te doutes bien que le risque est permanent quand on brasse des milliards. Tu peux, et tu vas m'aider, parce que ni toi ni moi n'avons d'autres choix.

– Sous-entends-tu que je vais avoir carte blanche ?

– C'est évident Nathaly, ma fortune personnelle est impliquée dans toutes les activités du groupe REUTHER INTERNATIONAL. Le groupe n'existe que par ma fortune, je suis le seul actionnaire. Je m'occupe du groupe, et tu t'occupes de mes finances. Toutes les décisions financières qui impliquent ma fortune vont obligatoirement passer dans tes mains. Tu vas découvrir des choses que j'ignore, et ton implication sera telle que toute la team manager sera à ton écoute, car tu représenteras la fortune REUTHER. Je n'ai pas de temps pour ça. Je suis un homme de technique, pas un financier. Et tu sais très bien que toute décision implique du fric en permanence. Alors oui, tu auras carte blanche.

– Luc, toutes ces confidences de ta part sont bien trop pour ma seule personne. Mais tu les as faites, alors je vais accepter ta proposition. Promets-moi que si je ne suis pas à la hauteur, tu n'hésiteras pas à me rendre ma liberté.

– Voilà ce que j'attendais. Tu viens de comprendre que toutes les femmes ont le pouvoir de décider. Ce qui signifie que tu composeras toi-même ton Staff. Je n'ai

155

rien à te promettre, tu viens d'obtenir ta liberté. Je n'aurai pas à me séparer de toi, parce que tu es mon assurance, désormais, tu es ma carte bancaire. Alors passons aux choses sérieuses. As-tu des dettes ou des en-cours qui t'enquiquinent ?

– Comme tout le monde Luc.

– Bien, tu vas régler toutes tes dettes et fermez ton compte bancaire courant, et tu ouvriras un compte en Suisse, chez REUTHER FINANCES sur lequel tu effectueras un virement de mon compte personnel au tien, d'un montant de 200000 Dollars. Cette somme sera ta garantie bancaire.

REUTHER IMMOBILIER te versera un salaire de 45000 dollars annuel, REUTHER EVENEMENTIEL INTERNATIONAL te versera une somme identique pour tes représentations de Top Model. REUTHER INTERNATIONAL GROUP te versera un salaire de 30000 Dollars pour la gestion de mes comptes privés. Tes frais seront pris en charge en totalité par chacune des sociétés pour lesquelles tu travailles. Sauf erreur de ma part, tu percevras donc chaque année, 120000 Dollars annuel, au même titre que les DG de zone. Tu intégreras le comité de direction dès aujourd'hui. Tu es désormais mes yeux et mes oreilles, dans tous les secteurs d'activités, y compris la communication. Tu assureras la formation de Eva au poste de Top Model, et tu lui apprendras ce que tu sais faire naturellement. Et je vais demander que l'on t'intègre à la REUTHER FAMILY dès aujourd'hui. Je ne veux pas avoir à contrôler ton travail. Aussi, tout ce qui te revient, tu le prélèveras directement sur les comptes en banques pour lesquels tu disposeras d'un libre accès. Appelle Elise, et informe la de mes décisions. Ai-je été assez clair ?

- C'est énorme Luc, tu es fou, un vrai fou

- Oui et ce n'est pas fini, tu vas voir, on va aller très vite, et comme ça je serai déchargé d'un certain nombre de choses. Tu fais installer ton bureau dans le mien juste sous ton appartement. D'ailleurs j'espère qu'il te plait. Ainsi ça devient aussi le tien définitivement. Il y a une place prévue à l'accueil, ainsi, tu pourras séparer les fonctions, et t'isoler pour les affaires de REUTHER IMMOBILIER. Et l'on va commencer tout de suite.

- Luc, tu viens de me donner les clés de ta maison et je ne le mérite pas.

- Tu es moi, et je suis convaincu de ce que je fais, alors au boulot, et ne te pose pas de question, ce que tu vas découvrir, je ne le connais pas, mais c'est ton boulot et tu n'auras pas de répit tant la tâche est immense. Nous allons faire du très bon travail ensemble.

Il appela le chef de la sécurité et lui demanda de le rejoindre sous la verrière.

L'homme arriva cinq minutes plus tard, et se présenta devant le bureau de Luc.

- Monsieur REUTHER vous m'avez demandé ?

- Oui Monsieur BERN, j'ai besoin de vous et de vos avis.

  En premier lieu, je vous présente Nathaly qui sera votre N+1 et la Directrice Générale de REUTHER IMMOBILIER dont vous dépendez. Vous lui fournirez tous les codes d'accès à tous les niveaux. C'est elle qui gérera les petites choses que je vais vous demandez. Elle doit pouvoir entrer et sortir comme bon lui semble sur un simple claquement de doigt.

157

– Si je peux vous aider ce sera avec plaisir.

– Monsieur BERN, vous connaissez tous les recoins de cette bâtisse, ce qui n'est pas mon cas. Il y a paraît-il, plusieurs sous-sols. Serait-il possible que nous puissions les visiter, et que vous m'expliquiez un peu à quoi ils servent ?

– Mais évidemment, nous les visiterons ensemble, il faudra simplement que je connaisse la date et l'heure, car tout est sous contrôle vous le savez bien. Je peux cependant vous donner quelques informations sur l'utilité des différents niveaux.

– Ce serait bien. Cet après-midi, sauriez-vous m'accorder de votre temps ?

– Vous aimeriez visiter cet après-midi ?

– Oui, mais je ne serai pas seul, est-ce un problème ?

– Non, du tout, je vais désactiver les contrôles d'accès et je vous accompagnerai. Au niveau – 1 ce sont des parkings sous l'aile gauche, des caves et réserves sous l'aile droite et différents blocs sous le bâtiment principal.

Au niveau -2 vous avez de grandes salles sous le bâtiment principale et l'aile droite, et des locaux techniques, avec la centrale électrique autonome, les groupes de filtrations de la verrière, des chambres froides, un magasin général, des locaux pour le matériel des parcs et jardins, un atelier d'entretien réparation.

Sous l'aile gauche, une partie archive, des accès véhicules, et des salles.

Au niveau -3 soit environ à huit mètres sous la surface naturelle, il y a des bunkers de survie, et la salle des

158

coffres. Mais également un tunnel de sortie en cas d'extrême urgence. Il est parfaitement protégé, et permet une évacuation rapide. Mais pour tout vous dire, ce niveau-là est réservé. Aucun des agents de sécurité ne peut y entrer. Seul le maître de maison possède la clé d'accès.

– Bien Monsieur BERNY, j'ai déjà une meilleure vue de ce que j'ai sous les pieds. Notez, s'il vous plaît les noms suivants : Elise BROCHET - Margot HOFFMANN - Eléonore TILL - Sara SCHROEDER - Charlotte WEBER - Emma SCHMITT - Mélanie JOURDAN - Céline MOUGIN - Nathaly MOREAU - Ruth WAGNER - Ephie et Cathy BERNY - Eva SION et les prénoms suivants - HANS - PATRICK – PETER - DANY

– C'est noté.

– Vous ferez réaliser des passes pour toutes ces personnes. Elles devront pouvoir naviguer absolument partout et pouvoir ouvrir toutes les portes, quel que soit l'endroit quelle que soit l'heure. Maintenez un contrôle d'empreintes pour chacun. Si cela pose un problème technique, faites changer le système.

– Bien, nous allons étudier cela et je vous rendrais compte.

– Merci Monsieur BERN, je savais que je pouvais compter sur vous. Vous voudrez bien régler les formalités pour Nathaly, elle est désormais mon équivalent sur toute la propriété, et je ne veux aucun problème de la part de vos services. Elle a toute ma confiance.

Et pendant que j'y pense, pour le personnel, je veux une entrée simplifiée, alors je vous propose d'étudier la réalisation d'une ouverture à badge et empreintes sur le côté droit du mur d'enceinte et nouvel accès dans le second mur avec badge et contrôle d'empreintes, cela suffira. Avec un parking entres les deux murs, puis une navette rapide sur rails qui viendrait par l'aile droite sans détériorer les jardins existants, je ne veux pas la voir, elle doit être cachée.

Faites venir un architecte. Ce problème doit être réglé dans un mois soit pour le 15 mars. Nathaly suivra tout ça de près.

–   Ce délai est court Monsieur REUTHER je crains que cela ne soit pas possible.

–   Monsieur BERN, mettez tout de suite du personnel là-dessus. Nous sommes le 16 février, le 15 mars, le personnel doit pouvoir atteindre la propriété sans avoir à perdre une heure de son temps en contrôle. Vous avez les caméras le badgeage, et le contrôle d'empreintes alors arrêtons de les emmerder en plus avec ces contrôles annexes. Je compte sur vous.

–   Je vais essayer Monsieur REUTHER

–   Non BERN, je ne vous demande pas d'essayer, ne vous programmer pas dans l'échec, et dîtes simplement que vous allez le faire. Si vous voulez je vous fais un dessin.

–   Ça ira Monsieur REUTHER, on va se débrouiller.

–   Commencez par l'enceinte intérieure ainsi, la sécurité sera toujours active.

–   Oui Monsieur REUTHER

–   Et n'oubliez pas, ces travaux doivent être fait en deçà des jardins et non visibles. Vous m'amènerez les plans dès la fin de cette semaine. Allez au boulot. Voilà un problème de réglé. Nathaly va vous accompagner, et vous lui donnez toutes les coordonnées des personnes auxquelles elle aura à faire. Pour les dossiers du personnel interne et externe à la propriété, vous les faites déposer à mon bureau, et vous lui fournirez également une carte d'accès prioritaire pour les deux serrures, vous savez, celles des deux portes intérieures double capitonnage. Je ne ferme jamais les deux, mais je préfère qu'elle ait à sa disposition la libre circulation.

– Bien, alors je vous laisse Monsieur REUTHER, et je vous tiens au courant.

– Non, vous ne m'emmerdez pas avec ça, c'est à Nathaly que vous rendez compte. C'est elle la patronne.

– Très bien, excusez-moi Monsieur REUTHER, il faut que l'on s'habitue.

Luc attira Nathaly contre lui, et l'embrassa tendrement, en la serrant dans ses bras.

– Nathaly, j'espère que je n'ai pas été trop méchant, tu es la seule à qui j'ai donné une gifle, et je n'arrive pas encore à me le pardonner.

– Ecoute Luc, je ne sais même pas comment te dire merci pour tout ce que tu viens de faire en dix minutes. Mais je trouverai un moyen pour qu'on oublie cette mésaventure. Ai-je le droit de téléphoner à mes parents Luc ? Ils doivent vraiment être inquiets. Ça fait deux jours qu'ils n'ont pas eu de mes nouvelles, et j'aurai dû aller les voir hier.

– Nathaly, ici, pour toi comme pour tout autre, tu disposes de ton temps, de ton argent, des équipements, autant que tu le veux. Une seule chose, ne me trahi jamais.

161

Bienvenue dans ma famille. Ah, pendant que tu y seras, tu établiras le tableau de l'organigramme de la Direction générale. Les quatre girls vont bientôt être affectées. Toi, tu placeras ton nom sur la même ligne que les Directrices de zone mais en ligne directe avec moi. Tu n'as qu'un seul et unique patron, et pas de chance, car c'est moi.

BERN quitta Luc en hochant la tête, suivi de Nathaly avec laquelle il engagea une discussion :

- Alors Madame MOREAU, vous prenez la direction générale de la SCI REUTHER d'après ce que j'ai compris

- Oui, et je vais avoir besoin de vous pour tout ce qui concerne cette immense demeure.

- Ah mais il n'y a pas que la demeure vous savez. Je pense que vous rencontrerez Maurice aussi. Lui il gère toute la propriété extérieure. C'est vraiment immense vous savez.

- Dîtes, Luc est venu ici avant samedi ?

- Ah non, c'est la première fois, mais c'est un garçon exigeant et efficace. Il faut arriver à le suivre vous savez, il est à fond tout le temps. Et depuis l'arrivée des Body-Guard, on a été obligé d'ouvrir les bâtiments de logement qui sont entre les deux enceintes. Et il paraît qu'il va en arriver d'autres.

- Luc ne m'a rien dit sur ce sujet, mais je lui poserai la question. Est que les Body-Guard sont bien installés ?

- Ah oui, ils ont tous un T2 confortable. Mais ça fait beaucoup de monde entres les deux enceintes, et ils ont un accès prioritaire. Moi je n'ai jamais vu ça, on a été

162

obligé de leur fournir des voitures électriques dernier modèle parce que dès qu'ils sont appelés, il faut qu'ils soient sur les lieux dans les dix minutes maximum.

- Ici, la sécurité des cadres est stratégique. Vous aimez travailler avec les filles ?

- Ah elles ne sont pas dérangeantes vous savez, maintenant au moins, la maison vit. Vous savez, quand le patron a nommé les jeunes filles à la direction générale, nous étions contents, parce qu'elles en n'ont bavé ici. Elles étaient gamines quand elles sont arrivées, et on a trouvé étonnant au PC qu'on ne nous les présente même pas. Moi j'aurai bien voulu les faire sortir ! Mais impossible, j'ai demandé plusieurs fois ! C'était toujours non. Parfois, la petite Ruth, elle venait se cacher ici. Un jour, elle pleurait quand je suis arrivé à mon poste. Elle avait passé la nuit dehors, à moitié nue. Je n'ai jamais pu savoir ce qui s'était passé.

- C'est horrible ce que vous me dîtes là Monsieur BERN.

- Oui, alors quelquefois, on les laissait faire ce dont elles avaient envie. On les voyait sur les caméras, mais on ne disait rien et on effaçait les bandes.

- C'est un grand bien que Luc ait décidé de s'installer ici, n'est-ce pas ?

- Ah oui, et puis il y a du mouvement, la vie reprend ici. C'est un peu compliqué à gérer parfois, mais maintenant que vous êtes là, on va pouvoir regarder d'un peu plus près pour les salaires des employés, n'est-ce pas ?

- Luc vous l'a dit, vous devez d'abord m'amener les dossiers du personnel. Laissez-moi le temps de m'installer à mon poste, et d'analyser les choses. Je vous

163

ferai savoir quand il sera temps d'aborder les choses. Fixons en premier lieu, les priorités que souhaitent Luc.

Ils arrivaient à son bureau au PC Sécurité, et il leva immédiatement le combiné du téléphone, convoqua le responsable des jardins, et un architecte paysagé, pour engager les travaux en urgence. La société de sécurité fut également conviée pour assurer les liaisons câblées des nouveaux systèmes à mettre en place, et la modification des serrures pour que les personnes dont il détenait la liste puissent disposées des accès libres par clé et empreintes. Le tout devait être relié au système central d'enregistrement des entrées sortie avec caméra de surveillance.

Nathaly prenait des notes, donnait son avis sur toutes les réticences qui se présentaient, tenant parfois tête à tous ces hommes qui tentaient d'augmenter ostensiblement la note des travaux.

Lorsqu'elle eut en main toutes les données, elle réclama les devis écrits, afin de les analyser dans le détail.

Chacun s'accordait à dire que ces nouveaux équipements allaient coûter une fortune, mais il n'était pas question d'argent, et il faudrait tenir les délais.

C'est elle seule qui prit la décision finale, après avoir négocié âprement chaque poste de dépenses.

L'on se lança alors dans ces travaux titanesques, et ceux qui jusqu'alors avaient bénéficiés d'une paix royale, se retrouvaient sous pression, avec obligation de résultats et délai à tenir.

Tout fut mis en œuvre, et dès la fin de semaine, des engins de chantier commençaient à tracer le chemin que suivrait la navette rapide sur rails, qui conduiraient les personnels jusqu'à la résidence, où ils étaient appelés à travailler.

En quelques jours, se dessinait derrière les grands arbres, et hors de vue du maître de maison poster au troisième étage, dans ses appartements privés, le nouvel accès des salariés, et l'on testait déjà les nouveaux badges sur des boîtiers provisoires.

La navette électrique sur rail auto-guidée, mettait moins de six minutes pour effectuer un aller et par certains endroits, il avait été nécessaire de creuser de courts tunnels afin de préserver le passage des grands animaux.

Une station avait été créé vers le mur d'enceinte intérieure, et un parking à son extérieur permettait le stationnement des véhicules du personnel.

Depuis le chemin d'accès à la propriété vers l'entrée principale, une voie de circulation sur la droite, contournait l'enceinte extérieure jusqu'à un portail coulissant dont l'ouverture automatique, était commandée par un badge et contrôle d'empreintes digitales deux doigts.

Il restait aux jardiniers d'arborer toute cette infrastructure, pour la noyer dans l'environnement naturel de la forêt.

Ils allaient tenir les délais, et la zone de silence serait respectée, telle que le grand patron l'avait souhaitée.

Il était bien le digne héritier de son père, il n'y avait aucun doute ! Tout comme lui, le respect de la faune et la flore sauvage qui entourait toute la propriété, ne devait jamais être oublié lors des travaux. Il fallait toujours limiter l'impact que pouvaient avoir les bruits des engins qui déblayaient, chargeaient, ou découpaient branches et arbres, et REUTHER imposait que l'on utilise l'énergie électrique à son maximum.

Nathaly fit merveille. Confortablement installée dans le premier bureau d'accueil qu'elle avait, comme demandé par Luc, investit pour ces affaires propres, elle dictait et organisait toutes les

165

modifications et améliorations qui dépendaient de REUTHER IMMOBILIER.

En moins d'un mois, les modifications demandées avaient été réalisées.

Elle restait un peu effacée dans les autres secteurs d'activités où elle était indirectement impliquée, mais avait pris en main la gestion de la fortune de Luc REUTHER, et commencé plusieurs enquêtes sur les virements réguliers, qu'elle découvrait en épluchant les comptes de Luc.

Lorsque Luc avait téléphoné à Elise pour lui indiquer ce qu'il souhaitait, et les décisions qu'il venait de prendre pour Nathaly, Elise lui avait simplement répondu :

- Ah enfin, tu te décides à déléguer un peu de tes activités. Il était temps, j'espère que tu ne t'es pas remis au travail ?

- Non, juste quelques détails, mais il est dix heures, je viens de terminer avec Nathaly, et je vais rejoindre Mélanie pour voir Jacques.

- Très bien, mais restes calme s'il te plait. Si j'apprends que tu es reparti la tête dans le guidon, je te préviens que je demanderai à Céline de t'immobiliser.

- Oui mon amour, allez, je te laisse travailler. Je vais aller me promener cet après-midi, j'ai besoin de réfléchir. Alors je te laisse gérer la journée, je n'ai plus envie de parler travail. Et ce soir, je rentre chez-nous Elise, tu ne seras pas seule. Fais passer le mot aux filles, qu'on nous laisse tranquille. A plus tard chérie.

Nathaly eut tôt fait de créer de véritables liens d'amitiés avec les agents de la sécurité qui devenaient ses employés, et à ce titre, elle sut les rassurer sur les travaux et sur l'ensemble du fonctionnement de REUTHER IMMOBILIER.

Elle téléphona à toutes les antennes réparties dans bon nombre de capitales étrangères, en s'exprimant dans un anglais parfait, et réclama au siège, l'ensemble des pièces comptables se rapportant à la SCI.

C'est là qu'elle se rendit compte vraiment, comment se comportait la société des hommes dirigeants.

Son correspondant, un certain John ROUSSIN, très imbu de sa personne, exigea d'avoir une confirmation du poste de Nathaly, et Margot fut obligée d'intervenir vertement en menaçant ROUSSIN de licenciement. Le ton monta et Margot le fit venir dans son bureau à peine aménagé.

– Monsieur ROUSSIN, vous contestez votre hiérarchie, et en la matière, il s'agit de la Directrice Générale de la SCI REUTHER IMMOBILIER. Il va falloir vous adapter rapidement, car Luc REUTHER ne va pas admettre longtemps ce genre de comportement au sein du siège. Et ce que je vous dis là, est valable pour tous ceux qui travaillent ici. Sachez que vous n'êtes pas indispensable au fonctionnement de cette structure.

– Madame, vous-même ne représentiez pas grand-chose il y a deux semaines à peine ! REUTHER a su aussi fonctionner sans vous ! Nous avons toujours su répondre aux situations que nous avons rencontré.

– Alors Monsieur ROUSSIN, vous n'aurez aucun mal à expliquer à votre Directrice Générale Nathaly MOREAU, ce que sont devenus les budgets d'entretien des bâtiments du siège social !

167

- Nous les avons réaffectés à d'autres bâtiments qui en avaient le plus besoin.

- Je n'en doute pas ! Manipuler les chiffres, ici, tout le monde sait faire ! Le souci, c'est que les sociétés pour lesquelles vous avez réaffecté les budgets, n'ont pu produire aucune trace comptable des travaux réalisés. Pourtant, il faut des devis et des factures non ?

- Madame, je ne suis pas chargé de tout contrôler moi !

- Quand on se dit gestionnaire, on doit tout contrôler, et plusieurs fois ! Il ne suffit pas de faire des demandes de réaffectations. Demain, Nathaly viendra ici s'expliquer avec vous. Quant à moi, je vais voir avec Elise BROCHET REUTHER, la position que prend le Groupe sur votre avenir dans notre société.

- Madame, puisque c'est comme ça qu'on doit vous appeler maintenant, vous ne pourrez pas changer la face du monde parce que vous avez grimpé les échelons. Votre coup de piston, on sait d'où vous le tenez.

Elise venait d'entrer dans le bureau, mais ROUSSIN ne s'en inquiétait pas du tout et poursuivait son discours.

- Nous savons tous ce qui s'est passé à Paris ! Et ça ne m'étonne pas qu'aucun homme n'ait été promotionné à la Direction Générale. Nous n'avons pas les mêmes atouts que les vôtres ! On voit très bien que la promotion canapé existe toujours.

- Pardon, Monsieur ROUSSIN ? ai-je bien entendu votre propos ?

- Interrogez tous les hommes d'ici ! Ils vous diront ce qu'ils en pensent, et vous verrez !

168

Elise prenant au vol les accusations de ROUSSIN, intervint à son tour immédiatement.

– Monsieur, vous ne savez pas qui je suis, mais je vais vous le dire. Elise BROCHET REUTHER, votre Directrice Générale. Vous venez de prononcer des accusations d'une extrême gravité. Ce qui, à votre poste, est inacceptable. Alors vous retirez ces propos tout de suite !

– Madame, il paraît que j'ai une Directrice Générale, qui brille d'ailleurs par son absence. Alors je n'ai pas de leçon de savoir vivre à recevoir de vous ou de Madame HOFFMANN

– C'est ce que nous allons voir. Donnez-moi une minute.

Elise décrocha le téléphone et appela immédiatement Nathaly.

– Nathaly, nous avons un problème avec l'un de tes collaborateurs. Il s'agit d'un dénommé ROUSSIN John.

– La personne qui refuse d'être placée sous mon autorité directe ? C'est bien d'elle dont il s'agit ?

– Exactement. Et il serait bien que tu viennes tout de suite au siège.

– Très bien, alors le temps de me préparer et j'arrive.

Elle descendit dans le bureau de Luc pour l'avertir qu'elle devait partir en urgence au siège, en lui expliquant succinctement la situation, et Luc lui répondit instantanément :

– Je ne veux surtout pas savoir ce qui se passe. Il y a des degrés de gravité dans les fautes que l'on peut commettre. Alors un conseil, si tu sais que tu n'auras jamais besoin de ses connaissances et que la faute est lourde, vire-le dans les conditions légales. Et tu le mets à

169

pied immédiatement. Ne te laisse jamais dépasser par les événements.

- Luc, as-tu un chauffeur pour moi ? Je monte passer quelque chose de plus présentable que mon short.

- Je donne un coup de téléphone, va te changer, et il sera devant la porte dans cinq minutes.

- Merci, Luc.

- Non, pas merci, tu préviendras les deux personnes de la sécurité qu'elles sont désormais à ta disposition. La limousine aussi bien entendu.

Elle lui sauta au cou, sans qu'il ne comprenne pourquoi, et elle l'embrassa.

Six minutes après, Luc l'attendait sur le perron de la résidence, et le Body-Guard tenait ouverte la portière arrière de la limousine noire aux verres teintés.

Il fallut une vingtaine de minutes pour atteindre le siège social de REUTHER INTERNATIONAL GROUP.

Nathaly se présenta à l'accueil ou il y avait bien longtemps que le sourire avait déserté les lieux, et l'on prévint Margot de l'arrivée de Nathaly.

La femme de l'accueil précisa alors d'une voix monocorde et peu engageante :

- Margot HOFFMANN, 3ème Gauche.

- Merci de votre amabilité, Madame. Répondit Nathaly d'un ton ironique.

Le body-Guard qui l'accompagnait lui lança un petit sourire en coin, comme pour lui dire « tu as raison, c'est une vieille peau ».

170

Elise vint accueillir Nathaly qui ne connaissait pas les lieux, en lui expliquant où elles en étaient avec ROUSSIN.

Lorsqu'elle ouvrit la porte du bureau des DG, elle fit un signe de tête à Margot qui se leva et vint l'embrasser sur la joue, en lui faisant signe de prendre sa place sur le fauteuil qu'elle avait occupé.

—   Monsieur ROUSSIN, Nathaly MOREAU, votre N+1. Si j'en crois mes collègues, cela fait la seconde fois que vous opposez des arguments quand on vous demande tout simplement d'exécuter un ordre. Est-ce bien cela ?

—   Je ne m'oppose pas, je dis les choses.

—   Humm, vous dites les choses ! Et en plus clair, si vous étiez à la place de Elise, Margot, ou moi-même, accepteriez-vous que l'on vous « dise les choses » Monsieur ROUSSIN ?

—   Moi ce n'est pas pareil, je suis un homme vous comprenez, on me respecte.

—   Votre sous-entendu signifie que nous ne sommes pas respectables ni les unes ni les autres ?

—   Je me comprends, je sais ce que je veux dire.

—   Monsieur ROUSSIN, vous considérez donc normal que dans les toilettes hommes de la ville, il puisse y avoir une dame pipi, n'est-ce pas ?

—   C'est comme ça, qu'est-ce que j'y peux moi ?

—   Vous, mais comme tous les autres de votre espèce, vous devriez en mesure d'aller prendre la place de cette dame.

—   Avec mon niveau, vous n'y pensez quand même pas.

171

- Votre niveau ? de quel niveau parlez-vous ? De vos études, ou de votre QI ? ou même de celui de votre respect ?

- Madame, venez-en aux faits.

- Oui j'y viens. Vous ne respectez pas les décisions de Monsieur REUTHER, vous ne respectez pas les décisions de vos DG, vous ne respectez pas les femmes qui travaillent ici. En plus clair, vous avez un comportement misogyne qui ne correspond pas à l'image de REUTHER IMMOBILIER. Je vous rappelle que vous êtes rattaché à mon autorité pleine et entière.

- Je conteste totalement dépendre de vous, et j'en parlerai personnellement à Monsieur REUTHER en personne.

- Je crois que vous n'en aurez pas l'occasion. Vous avez eu des propos déplacés, insultants à l'égard de vos supérieurs, vous êtes mis à pied à partir de maintenant, jusqu'à décision à intervenir. Je peux déjà vous dire que vous recevrez votre lettre de convocation à un entretien préalable à votre licenciement pour faute lourde, qu'une plainte sera déposée contre vous pour propos dégradant et diffamatoire, et qu'une autre plainte de REUTHER IMMOBIIER sera également déposée, pour votre participation à des abus de bien sociaux, concernant des réaffectations de budget à des sociétés du groupe, dont vous n'êtes pas en mesure d'apporter le moindre justificatif de contrôle d'utilisation.

- Vous n'avez pas le droit de faire ça ! Et pour le reste, il vous faudra apporter des preuves Madame.

- Ne vous inquiétez pas pour cela, nous les avons les preuves. Demandez à Elise qu'est devenu Monsieur

LANGSTRUM. Vous qui vous croyez supérieur, vous avez douté des capacités des femmes ? Allez ! Vous nous remettez tout de suite vos cartes d'accès, et tout matériel appartenant à REUTHER. Et bon vent.

- Ça ne se passera pas comme ça. Vous allez voir.

- Au revoir Monsieur ROUSSIN, vous n'êtes pas indispensable. Et souvenez-vous, c'est la dame pipi qui vous vire, celle que vous ne voyez jamais.

Elle se leva, et pria ROUSSIN de quitter immédiatement les lieux.

- Eh bien Nathaly, quel aplomb ! Nous l'aurions fait de toute façon, mais on a considéré Margot et moi, qu'il était de ton rôle de prendre les dispositions.

- Vous avez bien fait. J'en ai parlé Luc, et il m'a dit que si je pouvais me passer de ses compétences, je n'avais pas à hésiter. Ça, c'est fait, maintenant, savez-vous qui le secondait ?

- Attends, on va le savoir. Reprit Margot

Elle leva le combiné, composa le numéro de l'accueil :

- Margot HOFFMANN. Madame, pouvez-vous me dire qui seconde Monsieur ROUSSIN ? Bien, demandez-lui de monter dans mon bureau.

Margot raccrocha le combiné, et reprit la conversation.

- C'est une secrétaire comptable du premier. Sylvaine MARTIN. Elle monte.

Sylvaine sortit de l'ascenseur, et elle n'était pas très à l'aise de se retrouver convoquée par la Direction Générale. Les filles sentirent très vite qu'elle avait peur. Jolie brune aux yeux verts, elle avançait d'un pas mal assuré, en direction du bureau des DG, sans vraiment savoir ce qu'on lui voulait.

Elle frappa la porte vitrée, et Elise vint lui ouvrir, en lui demandant de s'asseoir devant le bureau.

Margot lui tendit la main, ainsi qu'Elise, suivit de Nathaly en se levant.

- Vous vous appelez Sylvaine MARTIN et vous occupiez le poste d'adjointe à Monsieur ROUSSIN c'est bien cela ? Demanda Nathaly.

- Non, pas adjointe, mais secrétaire comptable.

- Vous aviez en charge REUTHER IMMOBILIER ?

- Oui, nous sommes trois au siège. Et nous répartissons les budgets de fonctionnement et les investissements.

- Qui d'autre est avec vous pour effectuer ce travail

- Il y a une autre fille, Birgit STRAUSS. Et ensuite, ce sont les directions locales qui gèrent eux-mêmes les répartitions des budgets qui leurs sont accordés.

- Qui effectuent les contrôles d'utilisation ?

- Monsieur ROUSSIN lui-même.

- Si je vous demande d'assurer ces tâches, vous le pourriez facilement ?

- Oui, c'est facile, mais cela demande que les devis et les factures soient également transmises ici. Et que l'on puisse effectuer des contrôles physiques, c'est-à-dire des états des lieux, avant et après travaux.

174

– Oui, cela me paraît évident. Aimeriez-vous ce genre d'activité ?

– Cela pourrait-être intéressant, mais REUTHER IMMOBILIER, c'est immense. Des propriétés, il y en a partout, jusqu'en Chine même. Alors pour contrôler tout, en partant du siège, nous ne sommes pas assez nombreux.

– Combien de personnes seriez-vous susceptibles de gérer pour ce travail ? Sachant que nous n'allons pas mettre un effectif à rallonge en permanence. Donc quel serait l'effectif permanent nécessaire ? A votre avis ?

– Ici, il faut une personne aux demandes de répartition, une personne aux contrôles devis, une personne aux contrôles des facturations, et une personne qui supervise, avec un pouvoir de signature limitée.

– Oui, la signature finale, c'est mon rôle et celui du PDG.

– Oui, auparavant, c'était Monsieur VERDIER qui gérait ça. Monsieur ROUSSIN avait un pouvoir limité aux travaux d'entretien, mais Monsieur VERDIER faisait confiance.

– Et vous, aviez-vous confiance en Monsieur ROUSSIN ?

– Au début oui, mais après quelques mois, il devenait de plus en plus difficile à supporter. D'abord, il avait les mains baladeuses, c'est pour ça que je ne mets plus de jupe pour venir travailler. Et puis ensuite, il nous faisait travailler tard, et il refusait de nous faire payer les heures supplémentaires.

– D'après-vous, la santé financière de REUTHER IMMOBILIER est saine ?

- Je ne sais pas. Au niveau de la trésorerie, oui, mais les mouvements d'actifs sont parfois un peu bizarres.

- Vous avez des précisions sur ces mouvements d'actifs ?

- Oui, quand on affecte 100 milles dollars de rénovation d'un bâtiment, on s'attend à voir autant de facturation. L'objectif est que ce qui n'a pas été utilisé, reviennent en compte général pour servir à une autre affectation. Mais bien souvent, on reçoit une facture de 60 milles dollars, et un bon de travaux annexes. Alors on nous dit d'attendre la fin des travaux. Mais on ne voit jamais le bon de fin de travaux. Et en fin d'année, on ne sait pas combien on doit réaffecter ou même s'il reste des sommes non utilisées. Nous enregistrons au bilan, un report à nouveau, et ça s'arrête là. Mais l'argent a disparu, et personne ne dit rien.

- Quand vous dîtes : « personne » ! Quels noms mettez-vous derrière ce « personne » ?

- Je n'ose pas dire, mais si HAUSSMAN signe les autorisations de travaux, j'imagine qu'il contrôle puisqu'il fait le contrôle de gestion du groupe. Donc le commissaire aux comptes doit bien valider les reports à nouveaux, et l'année suivante, il doit bien les faire apparaître au bilan. Sinon, c'est une ligne comptable qui ne ferme jamais. On ne peut la fermer que par la facture complémentaire, ou par la réaffectation des budgets non utilisés. Et dans ce cas, l'argent doit revenir au compte qui a généré le budget c'est-à-dire à REUTHER IMMOBILIER investissements.

- Oui, si cette affectation dépend de la ligne investissement. Pensez-vous que ces valeurs puissent alimenter un autre compte REUTHER ?

– Ah non, impossible d'alimenter un compte REUTHER qui n'est pas celui de l'origine des fonds. Même pour REUTHER INTERNATIONAL GROUP, ils ne peuvent pas recevoir de mouvements de fonds, autres que ceux des opérations de services facturés aux filiales.

– Mais REUTHER IMMOBILIER est une filiale de REUTHER GROUP.

– Non, c'est une société immobilière, et elle facture à REUTHER GROUP et aux filiales, toutes les locations et tous les services. Elle est indépendante du groupe. La SCI appartient à Monsieur REUTHER. Les comptes de résultats et les excédents d'exploitations reviennent de droits à Monsieur REUTHER. Donc quand les budgets d'entretien et de rénovation sont accordés par lui ou son représentant, s'ils restent des fonds, mais qu'on ne les retrouve pas, c'est qu'on vole directement Monsieur REUTHER.

– Oui, c'est bien ce qu'il m'avait semblé voir en regardant les chiffres. Et ces « anomalies » vous avez pu en voir beaucoup ?

– Au début, oui, parce qu'on recevait tous les courriers, mais comme je vous l'ai dit, au bout de quelques mois, nous n'avions dans les mains que le minimum pour répartir les budgets.

– Ça ressemble à un complot bien organisé d'après vous ?

– Ça je ne saurai dire, mais il y a forcément des explications qu'il faudrait creuser. A mon poste, comme à celui de Birgit, ça fait bien longtemps qu'on nous a fermé l'accès aux documents.

177

- Merci de vos explications Sylvaine. Seriez-vous prête à évoluer au sein de REUTHER IMMOBILIER ?

- J'ai un niveau d'expert-comptable, comme Birgit, mais ici, on n'a pas d'évolution possible. Quand il y a un poste qui se libère, ce sont toujours les hommes qui ont le poste. Nous étions là avant Monsieur ROUSSIN. Et nous étions en poste à la comptabilité du groupe. On nous a muté au service de REUTHER IMMOBILIER, mais on n'a pas eu le moindre dollar d'augmentation. Enfin, tout est comme ça ici.

- Et bien ça change, vous voyez bien qui vous avez face à vous ! Pourquoi ça ne changerait pas aussi pour vous ? Nous allons nous revoir, je vous l'assure. Vous nous laissez le temps de la réflexion ?

- Vous êtes la nouvelle Directrice Générale ! Il faut bien que vous preniez les choses en main ! Ça demande forcément un peu de temps.

- Vous savez Sylvaine, du temps, ici, nous n'en avons pas, parce qu'il y a urgence et nous sommes les infirmières d'un système à bout de souffle. Nous sommes toutes ici, pour remettre de l'ordre dans les affaires. Nous aurons besoin de tous ceux qui aiment leur travail. Et nous nous passerons de tous ceux et celles qui n'ont pas les qualités requises, et la mentalité pour rester ici. Je vous ferai savoir la date de note prochain rendez-vous. Un peu de patience. Pour l'heure, vous bloquez l'ensemble des affectations de budget, et vous reprenez tous les comptes du dernier bilan, vous établissez un rapport détaillé des valeurs utilisées et restantes, et vous préparez un courrier à chaque société du groupe pour la restitution immédiate des valeurs qui restent non soldées avec tous les documents et justificatifs des dépenses

178

arrêtées au 31 décembre. Précisez que toutes les factures seront contrôlées auprès des émetteurs, et que toute fraude ou tentative de fraude fera l'objet d'une action en justice. Les responsables seront licenciés sur le champ sans indemnités, et ce, quels que soient les montants concernés.

Vous en avez pour combien de temps pour rédiger tout ça ?

— Birgit peut m'aider ?

— Elle doit vous aider. J'aurai besoin des documents à signer pour vendredi ? Vous pensez que vous pourrez tenir ce délai ?

— Pour les plus gros comptes, oui, parce que les lignes comptables sont bien identifiées. Pour les autres, ce sera un peu plus long.

— Ce genre de contrôle, vous pouvez remonter combien d'année en arrière ?

— Sur cinq années, mais ce sera long.

— Vous estimez ce que j'appelle la fraude à quelle proportion des budgets crédités ?

— Entre 20 et 30%, d'après les connaissances des anciens dossiers.

— Alors vous pouvez me faire une estimation rapide sur les dix années écoulées

— Oui, vous aurez ça demain si vous voulez ! Birgit est championne là-dedans !

— Avant que vous ne partiez, quel est votre salaire annuel ?

- Aujourd'hui, nous avons un salaire de 1600 dollar par mois.

Nathaly regarda Margot et Elise, et elles ne firent qu'un signe de tête.

- Connaissez-vous le salaire de Monsieur ROUSSIN ?

- Oui, nous avions postulé ce poste. Lui il touche 3500 dollars par mois, et il est cadre. Il a des avantages.

- Bien, pour ce mois, vous percevrez 3000 dollars en prime exceptionnelle, le temps que nous ayons statué. Et s'il vous plait, remettez des jupes, je suis certaine que vous êtes mignonne en tailleur bien coupé. Vous demandez à Birgit de monter ou vous l'informez vous-même ?

- Je vais le lui dire, elle va être contente. Et pour le travail, ne vous inquiétez pas Madame, nous allons nous y mettre tout de suite. Donc vous avez dit on bloque toutes les demandes de budget depuis le premier janvier ?

- Oui, si vous recevez des plaintes, vous dîtes à vos interlocuteurs de m'envoyer un courrier motivé. Faites circuler cette information à l'accueil, et que l'on ne vous dérange pas jusqu'à nouvel ordre.

- Bien Madame.

- Madame comme vous dîtes, elle s'appelle Nathaly. Cela devrait être plus simple entre nous vous ne croyez pas ?

- Oui, alors très bien Nathaly. Je vous joins directement à votre bureau de la demeure REUTHER ?

- Oui, voici ma ligne directe. Merci encore à vous Sylvaine.

180

Sylvaine tendit la main à Nathaly, mais celle-ci se leva, contourna le bureau, et vint tout simplement l'embrasser. Elise et Margot lui emboîtèrent le pas.

Lorsque Sylvaine fut partie, Elise se tourna vers Nathaly, et lui dit :

— Nathaly, tu as été surprenante ! Comment as-tu fait pour deviner qu'il y avait quelque chose de louche ?

— Il n'y a rien de compliqué. Luc m'a donné les grandes lignes sur REUTHER IMMOBILIER. Mais le compte n'y est pas. Et j'ai vu ça quand j'ai reçu les détails des mouvements sur le compte de Luc. Ses revenus baissent chaque année pour cette ligne-là. Généralement, quand tu fais des travaux, à moyens termes, tes loyers augmentent pour compenser les investissements que tu as faits. Là, non seulement on investit, mais les loyers n'augmentent pas. Toutes les propriétés ont été acquises en paiement cash, il n'y a pas de remboursement d'emprunt. Or, Eliott n'était pas un dépensier ni sa femme. On le voit en regardant le niveau de vie sur leur compte courant. Le siège a été acquis dans les années 1970 et quand je regarde juste la ligne location du siège social, je constate une très légère augmentation du loyer, elle est si peu sensible, qu'à aujourd'hui, le siège social paie un loyer largement inférieur à ce qui devrait être, ce qui signifie que Luc REUTHER lui offre la différence manquante. Et ce n'est pas la seule anomalie. Donc incidemment, REUTHER GROUPE et toutes ses filiales occupant des sites appartement à la SCI, volent directement leur patron. Voilà où l'on en est. Si c'était sa seule ressource, il perdrait tous les ans de l'argent. C'est indolore, parce qu'il perçoit d'autres ressources. Mais ça fait plusieurs millions. Il parle d'un capital immobilier de 650 millions de dollar Elise.

– Oui c'est ce qu'il a en tête.

– C'est faux. Son capital immobilier est de plus 2 milliards au cours actuel. Il dit aussi que le chiffre d'affaires est de 450 millions.

– Oui, il nous a toujours dit ça également.

– Là aussi c'est faux. Compte tenu des réajustements qu'il faudra faire sur l'ensemble des loyers, y compris chez REUTHER PHARMA dont les laboratoires sont immenses, le chiffre d'affaire devrait normalement être réévalué de plus de 40 %, soit un manque à gagner réel de 630 millions.

Si tu ajoutes toutes les magouilles de détournement des budgets de rénovation, il manque dans la caisse presque 1 milliard de dollars. Et on va le savoir très vite.

– Tu vas informer Luc de ça ?

– Non, pas tant que je n'aurai pas tous les éléments. Mais Luc est entouré d'escrocs de tous les côtés. Alors les filles, moi je dis qu'il faut absolument qu'on construise un centre d'affaire international, et qu'on vende se nid à rats. Je suis certaine que quand vous aurez fait le tour de toutes les activités, vous allez trouver des niches partout.

– Comment faire pour continuer de travailler sans éveiller les soupçons, et financer une opération de construction ici ? Demanda Margot.

– Margot ! Nous n'aurons pas de problème de financements, mais cela ne peut pas être géré d'ici. Tout comme le groupe, vous ne devez plus venir le gérer d'ici. Il faut une présence tutélaire tous les jours, mais il faut virer tous les cadres. Ils sont tous dans le coup. Et ça fait des années que ça dure.

– Ça va coûter une blinde de virer tout le monde ! Et ça va nous coûter combien en procédure ? Car j'imagine qu'à chaque fois il faudra engager des poursuites pour abus de biens sociaux et faux en écritures.

– Je sais, mais c'est l'unique solution pour sortir blanchi. Imagine si l'on vient mettre le nez dans les affaires et que l'on s'aperçoive que Luc REUTHER encaisse des loyers qui ne correspondent pas au prix légal, il sera accusé de malversation financière, et devra payer à l'état les différences de taxes foncières du bâti et du non bâti, qui n'ont pas pu être encaissées sur les dix années passées. Et ça, dans chacun des états où une propriété existe. Dans certains états, il sera purement et simplement spolié de ses biens. Ses comptes peuvent être mis sous scellés, tous ses biens confisqués à n'importe quel moment. Ce qui signifie que les sociétés REUTHER deviendraient des biens d'état. Le premier état qui lance l'attaque est celui qui ramassera tout le lot.

– Non, tu penses qu'un état irait jusque-là ?

– Luc a des différents notoires avec les pays européens. Si la France par exemple passe à l'attaque la première, elle devient propriétaire de tous les biens de Luc, donc de REUTHER INTERNATIONAL. Ils vont tout démanteler. Plus de dettes de cautionnement d'emprunts, plusieurs milliards en liquidité, les stocks minerais précieux et pierres, la propriété. Ils vendent tout en le laissant libre mais sans un seul dollar, où ils vendent tout, ne prennent que ce qui les intéresse, et enferme Luc et Elise pour malversation financières. C'est cinq ans de prison au minimum.

183

– On a combien de temps devant nous pour rectifier le tir ?

– Très peu de temps. Ceux qui maîtrisent la traîtrise, ont cette arme levée. Ils n'attendent qu'une petite erreur pour l'abattre. C'est un atout majeur. Là, il n'y a pas de poker menteur. C'est directement au niveau des services fiscaux des états qu'il faudra traiter.

– Tu as un plan de bataille ?

– Toute seule, non. Mais je vais faire estimer toutes les propriétés en valeur et en prix de location. Je pense pouvoir obtenir ça en trois semaines pour la totalité, mais pour l'Europe et les States, je peux avoir ça ce soir. J'ai besoin de vous piquer quatre filles en plus des deux petites Sylvaine et Birgit.

– Pourquoi veux-tu des filles.

– Tu n'as pas écouté tout à l'heure ? Les filles sont toutes bloquées ici, aucune évolution possible. Alors avec ce que j'ai entre les mains, je vais les payer en multipliant par quatre leur salaire actuel. Je n'ai aucun problème pour le faire. 60000 Dollars annuel, multiplié par 6, ce n'est que 360 milles dollars pour en récupérer 10 fois plus. Il me faut du personnel immédiatement. Le service de ROUSSIN est désormais sous ma responsabilité. Vous risquez vous-même de suivre exactement le même chemin que Luc dans les accusations, et vous pouvez vous attendre d'un instant à l'autre à devoir répondre devant les tribunaux. Alors je vais traiter la totalité des structures pour qu'on sorte de ce merdier.

– Oui, vu sous cet angle. Quel est l'objectif et surtout l'impact financier pour REUTHER INTERNATIONAL GROUP.

184

– Vous allez le quantifier. Faites sortir toutes les lignes comptables des loyers pour les dix dernières années, car on n'ira pas au-delà de dix ans, parce que les Etats se contentent souvent de cette durée pour faire leurs contrôles. Ensuite, prenez pour chaque année, l'indice d'augmentation des loyers, le prix au m² des locaux commerciaux, multipliez par la surface occupée. Et faites la différence année après année. Additionnez le tout, ajoutez un coefficient de préjudice de 10% par an. C'est ce que REUTHER GROUP devra payer. Il en sera de même pour toutes les sociétés du groupe qui sont hébergées par REUTHER. Après, c'est notre soupe interne. Mais pour piéger ceux qui ont joué, il faut les chiffres et les données de calculs, et réparer immédiatement les erreurs dans les pays les plus acharnés, ceux qui préparent leur vilain coup.

– Ça fout en l'air tout notre plan de bataille, tout ce que l'on venait de mettre en place tombe à l'eau. Dit Elise, tombant sur le fauteuil, démoralisée.

– Margot, tu veux travailler avec des escrocs ? Moi pas. Et toi Elise, tu es la femme de Luc, il faut réagir. Ça ne vous touche pas directement bien sûr, vous serez toujours aussi riche, puisque vos comptes sont au Luxembourg, au Panama, et en Suisse. Mais c'est le moyen pour faire tomber REUTHER, ils ont ça dans les mains, et c'est une bombe. Le moindre faux pas, et ils balancent ça sur les places boursières, ou dans les pattes de la justice, et c'est bingo. Imaginez que ça sorte aux US, pour les locaux de NEW YORK, ou ceux de FLORIDE ou de SAN FRANCISCO. Luc se fera laminer, et eux réclameront des milliards. Tu étoufferas l'affaire par la négociation, mais tu devras payer deux ou trois fois le coût réel de l'erreur.

185

– Bon, quelles sont les places où ça craint le plus. Dis-nous, et on rectifie avec des arriérés négociés, lança Margot.

– Les états unis, la France, l'Allemagne, L'Angleterre, le Japon, Taïwan, l'Australie, sont les principaux pays où tu peux craindre. Si tu règles ça en moins de dix jours, on peut vite établir un accord, et payer les taxes en prenant les devants auprès des services fiscaux. Le fait que Luc dénonce lui-même les erreurs, il sera dédouané, et les services fiscaux lui feront des facilités de paiement. Si on dénonce avant le 1er Mars, c'est gagné.

– Bon, alors tu nous conseilles de faire le tri des personnes qu'on met sur le coup, et de les rallier à notre cause ? Demanda Margot.

– Oui, et il faut régler ça maintenant, dès aujourd'hui. Rappelle Birgit et Sylvaine, elles devraient pouvoir nous indiquer la quinzaine de filles capables de retourner la situation.

– Alors on fait ça ensemble, toutes les trois ? interrogea Elise

– Sauf si tu nous dis de ne pas le faire ! répondit Nathaly

– Il ne s'agit pas de ça, mais on fait ça dans le dos de Luc ?

– Elise, sur l'échelle des risques, toi la DG de la zone Nord, tu as la plus grosse part de risques de faire épingler REUTHER INTERNATIONAL GROUP par le fisc de 5 pays. C'est sur toi que le probe retombera après Luc. Alors ? On fait quoi ?

– Banco. Je rappelle les deux filles.

Sylvaine et Birgit acceptèrent de participer au sauvetage sous le sceau du secret, et donnèrent le nom de dix personnes qu'elles pensaient sûres et fiables.

Les DG réaffectèrent alors l'effectif au sein du même bureau, sous l'autorité de Sylvaine et Birgit qui réservaient leur temps à éplucher tout ce qui concernait REUTHER IMMOBILIER.

Les premières données permettant de faire les estimations fiscales tombaient dans l'après-midi, tandis que les télex partaient tous azimuts pour réclamer les données comptables concernant les budgets d'investissements au titre des rénovations ou améliorations des bâtiments ou locaux. Les arriérés dus au titre des loyers commençaient à s'étoffer.

Margot et Elise était au cœur de l'action avec les filles, et firent descendre Emma et Eléonore pour compléter l'équipe.

Il était 17 heures quand Charlotte, Sara, et les quatre filles entrèrent dans le bureau. Toutes les filles étaient à pied d'œuvre. Alors il leur fallait une pause-café. La soirée risquait d'être longue et elles devaient en terminer avec les Etats Unis ce soir, car c'était bien là que venait le danger le plus évident.

Ce fut l'occasion pour le groupe de filles de faire connaissance. Les 23 filles reprirent ensemble toutes les analyses financières. Les archives sortaient rapidement, livrant leurs données bilan, puis étaient remises en place au fur et à mesure. Margot, Nathaly, Elise, Eléonore s'étaient dispatché les calculs. Deux s'occupaient de réajuster les loyers années après années, deux autres comparaient les sommes portées aux bilans annuels et effectuaient la différence. Pour chaque société, chaque bâtiment, les chiffres faisaient l'objet d'un report. Sara et Charlotte calculaient la fiscalité due à chaque Etat.

A 17 h 30, elles décidèrent de libérer tout le personnel. Elles avaient terminé le gros morceau que représentaient les Etats Unis, la France et l'Angleterre.

Faire taire les Etats Unis était une priorité absolue. Tomber dans les mains des gouvernements fédéraux et de leurs législations compliquées aurait été pire que tout.

Les 23 filles qui composaient l'équipe de choc, se félicitaient de leur efficacité en se congratulant les unes et les autres. Il n'y avait plus en cet instant, de barrière hiérarchique qui les séparait. Dans leurs regards, se lisait la joie du travail accompli, comme au temps de lavandières qui, à genoux sur la pierre du lavoir, battaient le linge, en chantant pour se donner du courage.

Nathaly fut la première à dire un petit mot de remerciement.

- Les filles, six d'entre vous vont venir bientôt travailler avec moi pour la SCI. Deux sont déjà sur ma liste et seront mes numéros deux. Mais une chose est certaine, je suis fière de vous toutes. Nous avons encore un effort à fournir pour rassembler suffisamment d'éléments chiffrés et sauver la tête de Luc REUTHER et de son épouse Elise, ainsi que celle de Margot. Je ne doute pas que nous ayons pu régler cette histoire avant la fin de semaine si nous continuons sur cette lancée. Alors merci à toutes. Nous sommes les plus fortes, soyez persuadées que vous avez toutes un rôle d'avenir à jouer ici. Margot et Elise seront d'accord avec moi. Ce sont elles qui sont aux manettes, alors soutenez les, comme vous venez de le faire cet après-midi. Et pour vous remercier toutes, REUHER IMMOBILIER vous invitera toutes dîner quand cette affaire sera close.

- Merci Nathaly, reprit Sylvaine. Les filles, ce que j'aimerai dire, c'est que nous, nous sommes très fières d'avoir travaillé avec vous toutes. Je suppose que ça vous change aussi de ce grand bureau de la comptabilité où vous planchez chacune dans votre coin. Alors réfléchissez un peu à votre nouvelle organisation, nos patronnes sont là, c'est le moment de changer.

– Merci Sylvaine, dit Elise, je pense qu'il y a des choses à revoir, effectivement, mais pas tout en même temps s'il vous plait. Nous reparlerons effectivement de l'organisation du siège, mais seulement quand votre patron aura investi les lieux. Sachez simplement, que ce que vous nous avez montrées ici aujourd'hui, ne semble n'être qu'une infime partie de vos capacités réelles. Vous pouvez faire de grandes choses, et nous vous donnerons l'occasion et les moyens de le montrer.

Merci à toutes, maintenant que chacun rentre chez soi. Pour votre information, pour les services que vous venez de rendre, et pour ceux que vous allez nous rendre encore, je vous attribue à toutes, une prime exceptionnelle de 3000 dollars, en attendant que nous ayons pris position quant à vos futures affectations.

Les filles applaudirent, elles embrassèrent leurs patronnes qui étaient toutes là, et quittèrent le bureau avec un coin de ciel bleu dans le cœur.

La REUTHER FAMILY quitta elle aussi le siège pour rentrer à la résidence, où Luc s'était vraiment tenu tranquille.

Aucune des filles ne vint lui dire quoique ce soit sur l'affaire des loyers, et sur les problèmes de fiscalité qui s'y rattachaient, pas plus que sur les détournements de fonds des budgets alloués aux rénovation et entretiens des bâtiments de la SCI REUTHER IMMOBILIER. Le sujet viendrait bien assez tôt sur la table des discussions du Comité Exécutif.

Elles avaient fini toutes par comprendre que leurs rôles n'étaient pas des façades, et qu'elles se devaient d'agir, et de réponde si nécessaire, collectivement aux problèmes, pour décharger Luc de la lourde charge qu'il portait jusqu'alors seul.

Le soir, Luc demanda qu'on lui serve le dîner dans ses appartements, et il put ainsi retrouver le calme qui lui manquait tant.

Dans cette vie nouvelle de gestion permanente, Elise et lui, avaient du mal à définir ce que devenait leur futur. Il fallait absolument qu'ils arrivent à trouver un rythme qu'ils seraient à même de suivre tous les deux, en marchant du même pas.

Ils discutèrent longtemps et tard le soir, allongés l'un contre l'autre, ponctuant leurs phrases par de fréquents baisers. Luc n'avait cessé de tenir la main d'Elise, dessinant avec son ongle dans la paume de la main d'Elise, des cœurs à n'en plus finir.

Céline était montée un instant refaire le pansement de Luc, et elle était plutôt satisfaite de voir que la plaie ne présentait plus que quelques rougeurs interrompues par les marques du fil de suture, qu'elle devrait bientôt retirer.

Elise s'était endormi profondément, alors Luc lui demanda de rester, et invita Margot à les rejoindre.

Ils passèrent ainsi la nuit dans l'appartement privé du loup du grand-Duché, collés les uns aux autres, comme des louves auprès du chef de meute.

Ruth s'était réfugiée chez Nathaly pour échanger avec elle. Elles étaient devenues très proches, et l'amitié était venue naturellement les envelopper. La suite de Ruth, plus spacieuse et plus haute, avait alors été choisie pour terminer la soirée, et elles avaient pris un dernier verre avant d'aller dormir chacune chez elles. Et puis Ruth avait eu un remord de l'avoir laisser partir, alors elle était descendue pour se réfugier dans le lit de Nathaly. Elle était fatiguée, mais ne put s'empêcher de prendre dans sa bouche, un téton de Nathaly, et de s'endormir en le tétant. Nathaly ne le retira pas, et l'enveloppa de son bras, quand Charlotte arriva à son tour. Elle se glissa à côté de Ruth, et la caressa longuement. Elle sentait ce jeune corps se laissant complétement aller dans son sommeil. Charotte prit beaucoup de plaisir à entendre les gémissements de Ruth que Nathaly accentuait par de tendres baisers et des attouchements précis. Ruth, sur le dos, se laissait ouvrir et fouiller, entendant à peine les voix qui lui chuchotaient ce qu'elle devait faire. Elles lui demandaient si elle aimait ce qu'elle ressentait, et elle laissait simplement exprimer sa réponse par des gémissement et une respiration rapide. Quand elle se tourna, elle engloba de sa bouche un mamelon qui était à sa portée, et de fut Charlotte qui sentit la langue de Ruth téter goulûment son sein droit. Elles finirent par sombrer dans un profond sommeil. Ruth ne lâcha pas une seule minute, ce téton qu'elle avait en bouche.

Eva avait invité Mélanie. Elles s'appréciaient beaucoup toutes les deux, et leur credo, la mode et les bijoux, leur permettait d'imaginer les futures présentations qu'elles auraient à conduire. Eva avait informé Mélanie des problèmes rencontrés, et lui avait donner les chiffres que DIAMONDS France devrait rembourser à REUTHER IMMOBILIER, ainsi que le montant des rappels fiscaux que la structure France devrait rembourser au trésor public. Elle lui expliqua quelle devrait jouer sur sa nouvelle nomination et sur la volonté de ne pas accepter d'erreur sous sa nouvelle direction. Et puis elle lui rappela que Luc avait menacé l'état Français, et qu'il fallait absolument jouer très finement, pour ne pas handicaper les futures négociations entre Luc et le ministère des finances. Elle expliqua aussi que les agences régionales étaient concernées et qu'elle devait récupérer elle aussi, la quote-part des loyers qu'elle n'avait pas encaisser pendant les dix années précédentes.

Eva s'endormit auprès de Mélanie, Sara vint faire un petit tour, et décida de rester avec elles.

Emma et Eléonore étaient allées retrouver Cathy qui dormait avec sa sœur. Elles se tassèrent un peu dans le grand lit, et s'endormir toutes les quatre.

CHAPITRE XXXII

Mardi 17 février, le réveil dans les appartements fut assez joyeux. Elise en particulier, était détendue lorsqu'elle se réveilla. Elle vit alors que Margot et Céline étaient là, alors que Luc était déjà parti.

Ruth se réveilla avec le sein de charlotte dans la bouche, et en se tournant, vit Nathaly. Alors elle se mit à la caresser intimement. Ses pulsions étaient là, il fallait qu'elle les libère. Nathaly se laissa aller sous les caresses, mais ses cris de plaisir réveillèrent Charlotte, et les jeux sexuels reprirent comme la veille. Ruth passa de l'une à l'autre, mais sous les mains des deux autres, c'est elle qui lâcha prise la première et ses cris résonnèrent dans toute la suite.

Le petit déjeuner servit au bord de la piscine par Maria, fut vite avalé, et la REUTHER FAMILY se rendit directement au siège, poursuivre ce qu'elle avait entamé en urgence la veille. Les limousines attendaient leurs passagères et les body-Guard tirés à quatre épingles, debout aux pieds des portières échangeaient quelques mots anodins avant de prendre la route blanche qui les mèneraient à l'extérieur de la propriété.

Ce mardi sentait la poudre.

Quelque chose d'indéfinissable rôdait dans l'air, et une certaine nervosité régnait dans les rangs des filles. Leur nuit avait pourtant été excellente, toutes s'étaient regroupées par besoin de se sentir protégées les unes par les autres.

Nathaly les rejoindrait un peu plus tard, devant rendre compte à Luc d'un certain nombre d'observations qu'elle avait faite au siège la veille.

193

Personne n'y trouvait à redire. Céline n'irait pas non plus au siège.

Sur le perron, elles étaient toutes les deux pour accompagner les dix filles qui allaient prendre la route pour Luxembourg.

Ruth et Cathy étaient en grande conversation et choisirent de partir les premières, sonnant ainsi le départ des sept limousines jusqu'à la Grande Rue, base opérationnelle de REUTHER INTERNATIONAL GROUP.

Elles portaient toutes ce matin, un jupe tailleur fuchsia orné d'une petite broche particulière en Rubis et Diamant, qu'avait fait réaliser Mélanie en urgence, et sur laquelle la disposition des pierres représentait le sigle du groupe RIG. Juste dessous, une plaque en or indiquait le prénom de chacune, agrémentée d'un diamant incrusté à chaque extrémité.

Des yeux à la bouche, le maquillage était identique, avec le même rouge à lèvres, et le même tour d'œil, le même mascara, et le même parfum.

Les attachés cases rouges et les sacs à main identifiés à leur prénom par une plaque or jaune sculptée sur le fermoir, tenus en bandoulière constituaient leurs outils personnels.

Leurs chaussures à talon haut de dix centimètres ornés d'un liserai or en diagonale qui restait un incontournable de leur différence, et chose nouvelle ce matin, une petite chaîne fine à la cheville, qui comportait treize rubis, venaient compléter la tenue du jour.

Ravissantes mais le visage un peu fermé par on ne sait quelles pensées, elles avaient débattu longuement à la table commune, avant de décider de leurs activités du matin.

Elise avait demandé que l'on quitte la résidence avant même que Luc ne revienne donner ses consignes, en précisant que leur travail du jour ne devait pas être connu de Luc avant complète terminaison.

- Vous comprendrez aisément les filles, que si Luc apprend maintenant ces nouvelles difficultés et les risques qui pèsent sur sa tête et la mienne ainsi que sur celle de Margot, il va devenir fou. Nous devons impérativement garder nos travaux secrets, et mettre en place les solutions. Pour cela, Emma et Eléonore contacteront ce matin même leurs connaissances aux Etats Unis, afin que les services fiscaux soient informés de l'erreur fiscale, et des montants que nous allons leur verser. Il faut donc établir dès notre arrivée, ces détails, et leur envoyer immédiatement nos propositions écrites après avoir reçu leur accord. Là, ce ne peut être que Margot qui traite cette affaire ou moi.

- Elise, tu as raison, mais à nous deux, quel est le montant du pouvoir de signature ?

- Sauf erreur de ma part, nous devons disposer chacune de 500 milles dollars, soient en commun, un million.

- J'espère que nous n'atteindrons pas ce montant pour les Etats unis. Répondit Emma. Mais je vais voir si une négociation est possible. Parfois, ils sont moins pointilleux sur les contrôles, ça dépend des Etats eux-mêmes. J'ai un contact là-bas. Il travaille pour l'état de New York, je vais l'appeler.

- Emma, fais ton maximum, parce que perdre de l'argent n'est pas grave, nous n'avons pas de problème de trésorerie, mais perdre la face après une semaine de direction, là, je ne crois qu'aucune de nous ne sera en mesure de le supporter. Répondit Margot.

— Arrêtons de voir les choses en noir reprit Ruth. On vient de découvrir une « erreur » monumentale oui, mais nous allons la dénoncer directement, et régler la note immédiatement. Alors il n'y a pas lieu d'avoir peur des suites. Ceux qui devront avoir peur, ce sont ceux qui comptaient utiliser ça contre REUTHER et donc contre Luc. Alors on va au boulot, on fait ce qu'il y a à faire, nous les girls, on va travailler avec Sylvaine et Birgit, et toutes filles qui étaient là hier. On a compris ce qu'il fallait trouver et ce qu'il fallait faire. Vous, vous traitez les contacts pour chaque Etats concernés au States.

— Tu as raison, il faut que nous arrivions au siège sans stress. Inutile de mettre trop la pression aux filles, elles sont super efficaces, il suffit qu'elles soient en confiance. Alors Ruth, tu fais ce qu'il faut, avec Cathy pour mettre à l'aise tout le monde. Décida Elise.

Emma et Eléonore, vous avez carte blanche pour ouvrir les débats aux Etats Unis. Emma, tu devras t'attaquer à REUTHER PHARMA et là, tu y vas sur la pointe des pieds. On ne sort qu'une vérification, mais on n'attaque surtout pas le morceau. Il faut juste avoir des données. Charlotte prendra le relais quand ce sera nécessaire.

Sara, tu prendras en charge la responsabilité des pays de la zone Sud. Il y a moins à faire, et peut être même rien à faire. Mais tu couvres nos arrières.

Charlotte, tu drives le groupe de recherche avec les filles de REUTHER IMMOBILIER.

Toi Margot, tu te charges des activités courantes du siège.

Moi je vais prendre en compte les relations HAUSSMAN avec VERDIER, discrètement.

196

Eva, Ephie, Ruth et Cathy, vous animez le groupe de recherche.

Toi Cathy, au fur et à mesure des états financiers, tu te mets en rapport avec PRUNIER, il faut qu'il revérifie avec les données fiscales du groupe, pour s'assurer que l'on ne paie pas deux fois les mêmes choses. Et tu lui demandes d'ouvrir des lignes de comptes pour chaque Etats où il y a eu anomalie. Ainsi, on trouvera plus facilement à l'avenir.

Maintenant les filles, si le schéma vous convient, on y va.

Chacune des filles restaient pensives, elles avaient peur de mal faire, mais ne rien faire aurait été une catastrophe de plus dans la découverte des entrailles du monstre REUTHER INTERNATIONAL GROUP.

Les limousines partirent avec à l'intérieur, des cerveaux qui surchauffaient.

Elles prenaient les choses en main, et Luc ne savait rien sur cette nouvelle affaire.

Alors elles n'étaient pas à l'aise avec ça, tout en sachant que si elles se trompaient, elles mettraient le groupe en danger. C'était la première fois qu'elles prenaient vraiment conscience de l'importance de leur rôle, et il y avait de quoi être apeuré.

Luc venait de rejoindre la suite invité au premier étage, quand Mélanie arrivait également, et c'est ensemble qu'après avoir frappé, ils pénétrèrent dans l'entrée.

Jacques VERDIER les accueillit d'un ton bonhomme, leur souhaitant un bonjour peu engageant.

Luc lui mit la main sur l'épaule en ajoutant :

—   Jacques, je suis heureux de te savoir ici, je suis désolé de n'avoir pu t'accueillir comme tu le méritais, mais j'étais souffrant, et dans l'impossibilité de me mouvoir sans risque. Et hier, je devais attendre de récupérer complétement. Je pense que tu as vu Mélanie et j'espère que vous avez avancé sur certains dossiers épineux.

—   Je sais Luc, Élise m'a tenu informé. Mais j'avais du travail, tu le sais bien. J'ai remis un peu d'ordre dans les dossiers du Ghana et de l'Angola. Tu sais que l'Angola n'a pas de bon rapport avec MOBUTU. Alors il faudra que tu connaisses ton dossier sur le bout des doigts.

—   Oui, justement Jacques, j'ai insisté pour que tu viennes ici parce que ta sécurité à Paris ne sera pas assurée tant que toute cette affaire ne sera pas démêlée. J'imagine que Margot t'a déjà mis au courant des derniers événements. J'ai regretté que tu ne sois pas avec moi lors de mon rendez-vous au Grand-Duché, Jacques SANTER a été un homme d'écoute et de dialogue franc et cordiale.

—   Parlons clair Luc, je suis dans une merde noire. J'ai été mis en minorité dans ma propre boîte, tu le sais. Et j'ai réussi à convaincre deux des associés de me revendre leurs parts.

—   Ce qui te redonne le pouvoir ?

—   Non, justement, il me manque une part pour obtenir la minorité de blocage.

—   Oui, ça c'est vraiment con. Donc tu bloqué à 24%. Ce qui signifie que ce n'est pas la bonne méthode, et tu n'es donc plus le patron de HAUSSMAN.

198

– Je le crains Luc, j'ai bien une autre idée, mais il faut jouer serrer.

– Je t'écoute ! Sois assuré que tu ne perdras pas la gestion de mes affaires. Alors toutes les idées sont bonnes à entendre.

– Imaginons que je me retire du cabinet HAUSSMANN, et que dans le même temps, je crée un autre cabinet. Si tu me confies la gestion de REUTHER GROUP, je peux poursuivre au moins cette partie-là.

– C'est une idée que l'on a déjà abordée Jacques, mais c'est trop gros, HAUSSMAN connaît tous les détails de nos affaires, et ce sont les avocats associés qui ont bossés pour toi. Autant dire que toutes nos affaires vont être balancées sur la place publique. Je ne peux pas rester prisonnier d'une vipère.

– Je me doutais que tu ne serais pas d'accord. Alors je n'ai pas de solution.

– Ce que je souhaite, c'est affaiblir la position dominante de Madame VERDIER HAUSSMANN, car c'est bien de ça dont il s'agit, n'est-ce pas ?

– J'aurai dû te le dire plus tôt, mais c'est effectivement ça.

– Alors donnes moi les coordonnées de ceux qui ont bénéficié de ton appui pour entrer au conseil d'administration. Je vais les appeler, ou plus exactement Mélanie va les appeler.

– Mais leur dire quoi ?

– Elle va jouer la taupe, en disant qu'elle a appris que le Groupe REUTHER INTERNATIONAL reprenait toute la gestion de ses affaires en mains propres, et que j'avais l'intention de virer HAUSSMANN du circuit. Elle proposera aux actionnaires de racheter leur part avant qu'elles ne chutent en valeur, ou de nous rejoindre, peu importe la méthode. Si REUTHER se retire, je ne donne pas cher de HAUSSMAN.

– Tu crois qu'ils vont gober ça.

– Ils ne vont pas le gober, ils vont l'avaler. On représente combien chez HAUSSMANN en termes de chiffres ? 40% ?

– Oui, selon les actes réalisés c'est à peu de choses près ça.

– Jacques, il faut que tu sois d'accord, je ne veux pas d'entourloupe. Si j'ai ton accord, Mélanie va faire un point presse dans le Lëtzebuerger et les Échos et diffuser l'information tout de suite.

Tu vas voir, tout de suite tous les gros clients HAUSSMAN vont avoir peur et retirer leurs billes. Tu nous donnes la liste et les coordonnées, et je te les récupère. Mon staff va faire ça aux petits oignons, et à 14 Heures, 15 au plus tard, tu téléphones à chacun des avocats en qui tu as toute confiance et tu les embauches immédiatement.

– Je n'ai pas les finances pour ça Luc, et ça sent trop le coup fourré.

– Ici, au Luxembourg ? Tu rigoles, je ne crains rien, d'autant que je n'apparais pas. REUTHER FINANCES en Suisse, va garantir ton prêt à la banque de Luxembourg. Tu peux virer combien tout de suite ?

- Mes fonds propres, environ trois millions.

- Admettons. Tu as besoin de combien pour assurer le fonctionnement ? Combien de collaborateurs, quelles infrastructures ? Frais variables enfin tout. As-tu amené ton dernier bilan ?

- J'ai ça oui, comme tu m'avais demandé, mais faire chuter HAUSSMAN j'ai un peu de mal à l'envisager.

- Tu veux garder ta femme ? Franchement, tu vas continuer à te laisser déposséder de ton boulot pour qu'elle continue à jouer la belle ? Si c'est une femme qu'il te faut, mes girls vont te la trouver, au Luxembourg aussi il y a des femmes tu sais. Tu n'as qu'à demander. Tu as tout juste la cinquantaine, tu n'es pas mal foutu, je suis certain que tu mérites mieux.

- Je ne sais pas, tu vas trop vite Luc.

- Jusqu'à présent ça ne nous a pas mal réussi d'aller vite, tu ne crois pas ?

Luc regarda Mélanie, et lui demanda son avis.

- Monsieur VERDIER, je ne suis pas dans vos secrets de famille, mais là, je crois sincèrement que si vous faites tomber la réputation du cabinet HAUSSMAN, vous redorerez votre robe d'avocat d'affaires.

    Et mieux, si vous nous donnez les noms et coordonnées des personnels que vous voulez conserver, et les noms de ceux qui sont au conseil, non seulement on va gagner ensemble, mais on va détruire ceux qui sont de trop sur le marché.

–   Bon Jacques, tu as entendu Mélanie. Et elle ne sait pas grande chose de tes affaires. Alors donnes-moi ton accord, laisses nous faire, et occupes toi de nos affaires courantes.

    Margot est au siège, demandes lui ce dont tu as besoin.

    A la fin de la journée, Mélanie aura tous les éléments, et demain matin, le nom de ta société sera enregistré au Luxembourg.

VERDIER se prit la tête dans les mains, tout en répétant :

–   Je ne peux pas faire ça, ce n'est pas correct, non ce n'est pas correct

Alors Luc éleva le ton et ne lui laissa plus le choix.

–   Écoute-moi bien Jacques, tu sais que je ne vais pas me répéter. Mais si tu veux tout perdre, tu me dis non.

    Parce que dans cinq minutes, entends bien, cinq, soit la presse est informée que HAUSSMAN est rachetée, soit elle est informée que HAUSSMAN est l'instigatrice des tentatives d'assassinat de « l'héritier du renard du diamant » et que REUTHER retire la gestion de ses comptes.

    Mais une putain qui essaie de m'assassiner à plusieurs reprises, je ne vais pas me gêner pour la détruire.

    Si toi tu cautionnes ça, alors tant pis, mais tu devras te défendre tout seul.

    A l'heure qu'il est, j'ai déjà des hommes sur place, et dans une heure, j'aurai en main toutes les preuves.

Tu es un bon gars, mais désolé, comme meneur d'hommes, tu ne vaux rien. Que des choses comme ça se passent dans ton dos, ce n'est pas normal, tu es trop faible et trop crédule.

J'attends ta réponse.

Viens Mélanie, si dans cinq minutes on n'a pas sa réponse, on lancera l'opération « chasse ».

Tu rappelles Les filles, réunion dans mon bureau en bas, à 11 H 30 et tout le monde sur le pied de guerre. Toutes ces conneries, ça m'épuise.

Il se leva, et quitta la suite invitée sans refermer la porte derrière lui.

Mélanie le suivait en courant presque, bloc en main.

- Tu as fait mettre le dossier dans mon bureau ?

- Oui, Peter est là-bas.

- Bien, alors tu notes, trouver un jeune avocat du barreau ici, et le convoquer à 14 heures sans faute - Appeler la presse dans dix minutes - Rappeler les clients HAUSSMANN un par un, les girls se chargeront de ça, tu les driveras.

  Ouvrir la société d'avocats conseils, vois ça avec Nathaly dès qu'elle sera dans son bureau.

  Contacter les fumiers de chez Haussmann et racheter les actions par la nouvelle société, qu'Eléonore et Emma se chargent de traiter en direct.

Recruter tous les avocats du cabinet HAUSSMANN qui ont traité nos affaires, ça tu peux donner ça à Ruth et Ephie.

Appeler PRUNIER en SUISSE qu'il débloque une ligne de crédit pour couvrir un prêt sur la banque de Luxembourg. Qu'il fonctionne au secret, inutile de mettre ça à l'ordre du jour du conseil d'attributions des prêts, tu donnes ça à Cathy.

D'ailleurs la direction de ce conseil, donnez là à Éléonore et à Cathy, tu fais entériner ça par Élise et Margot pour avis.

Tu as tout noté Mélanie ?

– Oui Luc, tu veux que je commence par quoi ?

– Le staff au grand complet. Si VERDIER ne donne pas son accord, on fonce. Rappelle-le, par acquis de conscience, et s'il ne bouge pas, on sera obligé de le virer.

En pareil cas, que Margot et Élise prépare des demandes en indemnisations pour non-respect de contrat. On fera les comptes plus tard.

D'une manière ou d'une autre, HAUSSMAN LEGAL doit être rayée de la carte.

Le nouveau cabinet reprendra les affaires, et je peux te dire Mélanie, que ça va saigner.

– Luc, que l'on prévoit tout, je suis d'accord, mais donnes encore une chance à Jacques VERDIER de voir ses intérêts.

– Mélanie, il essaie de gagner du temps, il pense avoir de l'influence par sa réputation d'avocat d'affaires et il compte là-dessus pour sauver sa femme et son équipe d'escrocs. Il ne veut pas perdre la face, et il accepterait tout à fait que je sois entre six planches si ça pouvait l'arranger. Il est allé trop loin, il a joué, et il continue, mais il a déjà perdu. Je veux que l'on récupère tous nos dossiers.

Trouve-moi un avocat d'affaires, et passe-le-moi dans mon bureau.

Et ça, c'est urgent et c'est un ordre. Allez bisous, je file m'enfermer dans mon bureau.

Mélanie secoua la tête, elle venait de comprendre que par amour pour sa femme, Jacques VERDIER préférerait laisser son client et le trahir, plutôt que de se sauver lui-même.

Le comité de direction et le conseil exécutif allait trancher, c'était maintenant certain, et VERDIER, l'ami du renard des diamants, allait probablement terminer au creux d'un fossé, une ou deux balles dans la peau, abattu sans réticence, par ceux qu'il avait soutenus.

Luc était ignorant de ce qui se déroulait au siège.

Partir au combat en menant deux fronts, cela risquait vraiment de devenir compliqué.

VERDIER avait réveillé le loup du grand-duché, ce dernier allait lancer son attaque, et plus personne ne pourrait l'arrêter.

Alors Mélanie décida de tenter une dernière manœuvre.

Elle retourna dans la suite « invité », entra sans frapper, et se planta devant Jacques VERDIER qui analysait des documents posés devant lui.

– Jacques, vous savez ce qui est en train de se passer en ce moment même. Ne dîtes pas non, vous êtes en train de le rendre fou, et il n'est pas le gentil garçon qui s'en laisse compter, ne croyez pas l'avoir attendri.

Alors bougez votre cul, appelez-le, et donnez-lui quitus tout de suite.

– Mélanie, faire ça, c'est trahir ma femme.

– Et ne pas le faire, c'est accepter la prison, ou la mort. Croyez-vous que votre femme puisse vous soutenir quand vous serez devant vos juges ?

Elle ne bougera pas le petit doigt, si vous ne le savez pas, nous, la REUTHER FAMILY nous le savons toutes. Il vous reste une minute, si vous la dépasser, ce sera trop tard et il ne vous pardonnera jamais votre perfidie. De plus, le comité de direction a découvert toutes les anomalies fiscales de REUTHER IMMOBILIER. En ce moment même, elles sont toutes à pied d'œuvre pour régler ce nouveau problème. Sans compter les détournements de budgets de rénovation et entretien du parc immobilier, orchestré au niveau de chaque direction de société, et le vol direct d'Eliott REUTHER sur ses fonds propres. Vous voyez où ça mène tout ça ?

Alors à un moment, il faut choisir son camp. De toute façon, pour vous, la partie est perdue.

BOUGEZ MERDE.

Ces derniers mots eurent l'effet escompté, et VERDIER leva le combiné, composa le numéro de Luc, et lança un simple OUI, puis il raccrocha.

Mélanie reprit la main dans l'instant.

206

- Quand je vous demande de bouger, ce n'est pas uniquement avec un simple oui.

  Vous allez venir avec moi, et vous allez aider au règlement des problèmes que vous avez créés par votre laxisme.

  Et là, ce n'est pas la gamine qui vous parle, c'est une directrice générale de la communication du groupe, alors vous avez intérêt à suivre mes consignes.

- Oh maintenant, plus rien n'a vraiment d'importance vous savez ! Répliqua VERDIER.

- C'est bien ce qu'on va voir. Vous parlez pour vous, mais ici, on choisit son camp. Vous êtes dans la tanière du Loup, si vous ne savez pas comment ça fonctionne, vous allez le comprendre très vite. Donnez-moi votre badge s'il vous plaît.

Il sortit de son veston le badge l'autorisant à circuler librement dans la propriété, et le tendit à Mélanie.

- Monsieur VERDIER, avec regret, je me vois dans l'obligation de vous interdire les accès aux appartements et suites privées, y compris à celle-ci.

  De même, pendant votre séjour ici, vous ne pourrez-vous déplacer que sur autorisation et devrez être accompagné par un agent de sécurité qui va vous être affecté.

  Vous voudrez bien remettre à Élise BROCHET REUTHER, votre lettre de démission, et organiser le rapatriement de tous documents qui seraient en votre possession, chez vous, dans vos bureaux, et en tout autre endroit dont vous pourriez avoir connaissance.

Dès maintenant vous êtes dessaisi de votre rôle de conseil et d'administrateur au sein du groupe REUTHER.

Votre responsabilité étant engagée dans les diverses tentatives d'assassinat, par négligence de votre autorité, REUTHER INTERNATIONAL GROUP se réserve le droit de vous poursuivre en justice pour ces faits, et à ce titre, vous assigner collectivement et individuellement devant les juridictions et tribunaux compétents du Luxembourg, où REUTHER INTERNATIONAL GROUP à son siège social comme le prévoit ses statuts.

Une demande en dommages et intérêt, sauf négociations, sera déposée par chacune des sociétés du groupe ayant eu à souffrir de votre implication, et y seront inclus, tous les frais supportés par REUTHER GROUP se rapportant à cette affaire. Les montants des préjudices subis directement et indirectement sont actuellement en études, auxquels seront ajoutés les préjudices publicitaires et commerciaux, ainsi et les préjudices moraux et tout actes ayant eu pour effet de ternir l'image de REUTHER GROUP et de toute société du groupe, ainsi que de chaque membre du groupe.

– Mais c'est une mise en accusation que vous me faites là Mélanie. Je n'ai pas trempé dans ces affaires !

– Jacques, indirectement, vous les avez cautionnées par votre responsabilité de PDG, et en laissant votre femme prendre la direction générale de votre organisation. Vous êtes fini Jacques, et Luc voulait vous l'annoncer en personne.

Vous avez placé votre aura à sauver votre tête, plutôt que de perdre en superbe et sauver votre groupe ! Vous n'êtes déjà plus que l'ombre de vous-même.

– Alors j'ai tout perdu ?

– Oui, pour l'instant vous pouvez le considérer ainsi. Nous étions prêts à vous tendre la main, mais vos hésitations sont trop nombreuses pour que l'on vous laisse à la tête de nos affaires. Nous allons récupérer toute votre équipe et mettre Madame votre épouse sur la paille. Elle peut d'ores et déjà vendre sa propriété de Saint-Cloud, et votre yacht à Cannes.

Mélanie appela le PC Sécurité, et demanda que l'on envoie deux agents pour placer Jacques VERDIER, dans un appartement juste après celui qu'occupait Mélanie, qu'on en coupe la ligne téléphonique, et que l'on interdise à Jacques de sortir tant sur le côté intérieur que sur le côté extérieur. Ainsi, il ne pourrait plus avoir de lien avec l'extérieur, jusqu'à ce qu'une nouvelle décision n'intervienne.

Dany arriva quelques minutes après accompagné de deux agents de sécurité, et ils reçurent l'ordre impératif de surveiller VERDIER, sans le quitter d'une semelle. Il serait ainsi sous bonne garde, jusqu'à ce que Luc en décide autrement.

Elle traversa l'aile gauche et se rendit directement dans sa suite pour s'installer à son bureau.

Là, elle leva une nouvelle fois le téléphone et contacta le siège et lorsque Margot décrocha le combiné, elle lui annonça qu'elles devaient toutes revenir en urgence, en précisant qu'un conseil de direction et une réunion du comité exécutif était prévus vers 11 H 30.

– Mélanie, tu sais très bien ce que l'on est en train de faire ! On ne peut pas tout abandonner comme ça.

- Margot, nomme une responsable pour poursuivre. Nathaly verra comment traiter à distance. Mais le Boss veut tout le monde ici à 11 H 30.

- Ecoutes, je vais voir où l'on en est. Nous devons clore le dossier USA avant de venir. Mais bordel, quelle merde ce groupe. On va toutes péter les plombs si ça continue.

- Margot, les lamentations ne sauvent jamais personne d'accord ? Alors tu te reprends, vous avez du monde au siège. Fais ce qu'il faut, et rappliquez ici avant qu'il ne devienne fou. Là, je peux te dire qu'il a sorti les crocs, et je ne l'ai jamais imaginé dans cet état. J'espère que la nuit a été excellente, parce que la prochaine nuit risque fort de nous réserver des surprises.

- Bien, il a besoin de nous, alors on va se débrouiller ici.

Margot échangea avec Elise, et elles décidèrent de confier à Sylvaine et Birgit la direction des opérations, avec pour consigne, de transmettre directement à Nathaly, toutes les informations. Si nécessaire, Nathaly monterait dans ses appartements pour poursuivre le travail.

Elles avaient bien avancé, mais il fallait aller au bout. Il n'était pas question de laisser cette épée de DAMOCLES planer au-dessus de leurs têtes.

Combatives comme des louves affamées, elles ne seraient pas les victimes désignées de leurs détracteurs.

Les services fiscaux des états avaient tous bien fonctionnés. En laissant une dette fiscale se cumuler, ils pouvaient prétendre, le moment venu, faire valoir une dissimulation de biens, et une sous valorisation du patrimoine immobilier, créant ainsi volontairement un abus à des fins d'enrichissement personnel, et faire tomber la tête des responsables de REUTHER INTERNATIONAL GROUP et sa situation de monopole.

Bien entendu, tous les services secrets des mêmes états avaient forcément au fond d'un tiroir, le rapport détaillé des faits, et ils le sortiraient le moment venu, quand Luc IMBERT REUTHER négocierait les dommages et intérêts qu'il réclamerait aux états qui avaient participé à l'assassinat de sa famille.

Il fallait absolument faire tomber cette machination, couper l'herbe sous le pied des services secrets, en payant les retards aux services fiscaux qui sont toujours avides d'argent à récupérer, et ce, quel que soit le pays et sa couleur politique.

Margot présenta l'affaire au « groupe de recherche », et Sylvaine, redynamisée par l'entente qui régnait dans le groupe de recherche monté de toute pièce, demanda de compléter son équipe de quatre filles supplémentaires dont deux spécialisés en fiscalité des entreprises.

Elise donna son accord, et à 9 h 30, seize filles, sous la responsabilité de Sylvaine, œuvraient pour aligner les chiffres et faire les bilans fiscaux de chaque société du groupe, en fonctions de chaque pays concerné.

Les REUTHER FAMILY les aidaient, et l'effervescence régnait dans la grande pièce qu'elles avaient aménagée pour travailler.

Autour d'elles, les autres employés ne savaient trop que penser, et Margot s'appliqua à remettre au travail, ceux qui levaient le nez un peu trop souvent, pour tenter de savoir quelle mouche piquait les Directrices Générales.

La salle de travail fut mise au secret, avec des règles strictes les impliquant toutes. Et pourtant, l'ambiance était excellente, et les filles riaient, ce qui dénotait fortement avec les précédentes journées.

De son côté, Mélanie avait commencé à ordonner les priorités qu'avaient fixées Luc.

Elle appela l'ordre des avocats à Paris, et demanda la liste des majors de promotion des cinq dernières années.

Elle fit de même en Suisse, et au Luxembourg.

On lui envoya par télex, les noms des majors et retint six candidats qu'elle appela sur le champ.

Au Luxembourg, un dénommé Curt SCHMIDZ pouvait peut-être devenir l'homme de la situation, mais Mélanie voulait absolument proposer un trio à Luc, pour ne plus laisser la gestion à une seule main.

Elle poursuivit ses investigations et trouva un Français, Laurent DUPONT, et une suissesse Erika DIESBACH.

Tout alla très vite, elle contacta les directions des journaux spécialisés Lëtzebuerger et les Échos en précisant que le groupe REUTHER aurait des déclarations à faire au cours de la journée.

Puis elle contacta la banque de Luxembourg, et s'entretint avec le directeur un long moment sans trop dévoiler le projet qui se préparait. Elle souhaitait savoir si l'on pouvait accorder un prêt à une société nouvelle cautionnée par REUHTER FINANCES.

Le directeur expliqua que si REUTHER FINANCES couvrait, c'est que l'affaire avait été étudiée et qu'en pareil cas, il suffirait d'une signature comme simple formalité.

Les filles poussèrent la porte d'entrée à 11 H 15, Élise et Margot en tête, soucieuses et inquiètes à la fois.

Elles traversèrent la grande salle, prirent le grand escalier et se rendirent directement jusqu'aux appartements de Mélanie, au premier étage.

La situation fut succinctement expliquée par Mélanie.

Ruth se précipita avec Céline jusqu'au bureau de Luc. Elles entrèrent sans frapper, Luc était en liaison téléphonique, mais elles restèrent tout de même.

Dans le même temps, Nathaly arrivait du PC sécurité, avec des dossiers concernant la demeure, et elle entra à son tour directement dans le bureau de Luc, le traversa pour se rendre à son propre bureau qu'elle aménagea rapidement après avoir déposé les dossiers qui lui chargeaient les bras.

Elle refit son apparition dans le bureau de Luc, dans lequel elle avait fait installer un bureau arrondi et un fauteuil tel que lui avait demandé Luc. Le service entretien était en train de relier la ligne téléphonique, et déballait un poste en vérifiant que la ligne était opérationnelle.

Lorsque Luc raccrocha, il regarda les filles, l'air interrogateur et soucieux.

– Luc, osa Céline, nous t'avions demandé de ne pas reprendre les activités aujourd'hui. Tu avais promis, et nous voilà maintenant en pleine effervescence. Tu sais que tu as des risques pour ta santé, mais tu as l'air de t'en fiche pas mal. Alors je te le répète, calme-toi, Tu as autour de toi suffisamment de personnes pour suppléer à tes fonctions. Si tu rechutes, ce sera à coup sûr l'hôpital.

– Tu sais Luc, Céline à raison, et aucune de nous ne tient vraiment à passer notre temps à ton chevet. Alors tu vas pour un fois nous écouter. Ajouta Nathaly.

– Les filles, c'est maintenant ou jamais, nous sommes Mardi si je ne m'abuse. Les choses ont changé très vite. Je ne sais pas laquelle a reçu Jacques VERDIER, mais elle aurait dû m'avertir de son état.

–   Oh écoute Luc, ça suffit à la fin, coupa net Ruth. Si je ne t'avais pas aidé lundi, tu serais encore alité aujourd'hui, d'accord ? Alors tu arrêtes ce cinéma de chercher qui a fait quoi. Tu étais ici, s'il y avait quelque chose qui ne te convenait pas, tu avais tout loisir de le dire ouvertement. Qui a fait quoi hier, on s'en moque. Nous avons exécuté tes ordres, et rien que tes ordres, mais il faudrait quand même commencer par ordonner tes idées dans ta tête.

–   Ruth, les choses n'avancent pas toujours dans le sens que l'on souhaite, je comprends ce que tu dis, mais je suis obligé d'intervenir rapidement. Il faut que toutes vous soyez sur le branle-bas de combat.

–   Très bien, nous sommes là. Et Nathaly, l'as-tu mise au courant ? Je suis sûre que non. Comme à ton habitude, tu veux que tout le staff soit présent, mais tu ne dis rien à celles qui sont présentes autour de toi. Tu changes d'attitude, et là, nous pourrons aider. Tu entends bien ce que je te dis, parce que jouer avec nos nerfs, ça suffit. Tu vas finir par perdre et la tête, et ta femme.

–   Que dis-tu là Ruth, Elise à un souci ?

–   Il serait grand temps que tu la ménages, comme d'autres ici. Maintenant, nous t'écoutons, nous sommes trois ici, tu peux vider ton sac.

A cet instant, le téléphone sonnait, et Ruth bondit sur le combiné.

–   Oui, ici Ruth WAGNER, ah c'est toi Elise. Je viens de mettre les points sur les i à Luc. Content ou pas, ça, c'est fait.

–   Il est dans quel état ?

— Il est penaud, mais on arrive. Et j'espère qu'il a bien compris mon message.

Elle raccrocha, et Luc expliqua en quelques mots, la situation aux trois filles, qui écoutèrent dans le plus grand silence.

L'urgence bousculait l'agenda, et là, il fallait intégrer toute l'équipe, car le temps allait forcément être un ennemi puisque Luc les avait faits toutes revenir.

Elles retournèrent toutes les trois jusqu'à la suite de Mélanie, et s'installèrent près d'une porte fenêtre donnant sur la façade. Ruth fit un simple compte rendu à Elise, qui prit la parole simplement.

— Bon, les filles, nous n'avons pas le temps de discuter et d'émettre des conditions. Il semble que le Boss a besoin de nous, et quand je dis, nous, c'est l'ensemble des filles. Alors pour faire très court avant le conseil exécutif et le comité de direction, je propose que les girls et Nathaly qui vient d'être propulsée à a tête de REUTHER IMMOBILIER et au secrétariat privé de Luc, soient toutes définitivement intégrées à la REUTHER FAMILY. Y a-t-il une opposition ?

Très bien, merci les filles, un bisou REUTHER et nous Margot, on va directement en conseil exécutif. Nathaly, tu nous accompagnes.

C'est à la course qu'elles se précipitèrent jusqu'au bureau du Président.

Il était assis dans son fauteuil rouge, le dos tourné à la porte d'entrée, regardant par la grande baie vitrée, et il tourna lentement face au bureau. Elles vinrent l'embrasser et s'installèrent face à lui.

Il expliqua la situation.

215

- VERDIER n'a pas eu les couilles pour virer sa femme. J'ai décidé d'exterminer HAUSSMAN LEGAL et de reprendre tous les meilleurs avocats de sa troupe.

Je lui avais proposé de l'aider à racheter les parts, mais il s'est mis à hésiter. A cet instant, j'ai compris qu'il savait que sa femme dirigeait en sous-marin HAUSSMAN LEGAL et qu'elle avait mis en place son propre réseau. Lui n'y a vu que du feu, et il s'est fait viré de la présidence. Je n'ai plus le choix. Vous allez organiser tout ça, Ruth m'a fait comprendre que je n'étais pas en état d'assurer ça, et Céline m'a bien fait comprendre que si je rechutai, ce serait directement à l'hôpital que je finirai.

Lucie HAUSSMAN croyait manger du REUTHER GROUP à son menu et continuer son manège en essayant de vous donner des leçons de savoir être à Paris, et bien c'est du Luxembourg qu'elle va en prendre une. Et les arrêtes du poisson que je vais lui servir, lui resteront en travers de la gorge.

- Luc qu'attends tu de nous ? Demanda Margot, il faudrait ménager Elise, elle a la tête comme une casserole. Alors ne la charge pas trop en ce moment.

- Margot et Élise, vous demandez au siège, de faire un bilan des coûts qu'ont engendrer les magouilles HAUSSMAN LEGAL, et là, on fait payer le prix fort.

C'est toi Margot qui appellera la rombière chez elle, et tu as carte blanche, elle peut d'ores et déjà tout vendre, et on veut tout : L'immobilier et les locaux du 87 Boulevard HAUSSMAN, la maison de Saint Cloud, Le yacht et son anneau, les propriétés au Sénégal, les affaires de A à Z.

Toi Élise, si possible, tu recevras des candidats avocats à 14 heures, l'objectif est de recruter des avocats qui vont monter un cabinet pour gérer nos affaires et reprendre toute la clientèle d'HAUSSMAN

Margot, quand tu auras en main la pute à VERDIER, tu dois la convaincre d'annoncer à la presse qu'elle a décidé de vendre toutes ses parts à la société d'avocats d'affaires que l'on va créer, sous couvert des avocats qu'on va cerner tout à l'heure.

VERDIER sous notre contrôle, fera la même annonce à partir de mon bureau.

Ils ne peuvent plus se la jouer. Ne laissez aucune marge de manœuvre et verrouillez tout.

Sara lancera l'opération « chasse » directement d'ici. Le commando sera chez VERDIER à Saint-Cloud au moment même où tu l'appelleras, et la presse économique sera lancée là-bas dès que le fer sera chaud, il ne restera qu'à le battre.

Ici, les girls prendront leur téléphone dans les bureaux, et contacteront tous les clients de HAUSSMAN pour qu'ils transfèrent leurs contrats à notre nouvelle société.

Cathy, vous la nommez immédiatement à la tête de REUTHER FINANCES, et elle s'assurera que PRUNIER exécute nos ordres.

REUTHER ne doit jamais apparaître en nom sur tout ce qui va être lancé.

Voilà en gros le topo. Vous avez saisi la finalité ?

— Mais Jacques VERDIER là-dedans ? demanda Elise.

— C'est un suiveur, pas un pistard, il s'est fait rouler dans la farine, et ça, dans mon groupe, c'est inadmissible. C'était à lui de reprendre les choses en main.

Il a préféré choisir le cul de sa femme, alors on va lui rendre en petits morceaux.

Ton objectif Margot, ne le perds pas de vu, c'est qu'elle veuille négocier sa sortie. Et si elle n'abdique pas, alors on utilisera nos forces et ses faiblesses.

Auquel cas, elle devra venir dans la tanière du Loup, elle a envoyé ses chiens, moi je lui envoie ma meute.

Vous êtes ma meute. Élise et toi vous êtes les dominantes, mais les morsures, ce sont mes girls, et ça va mordre sérieux. Quand elle partira d'ici, elle sera à poil.

— Bon, quel nom pour la société d'avocat ? Demanda Elise.

— Ce sera le nom de l'un des candidats.

L'opération commencera dès que l'on aura le nom de l'heureux élu.

— Très bien, et comment seras-tu sûr de tes nouveaux avocats ? Pour ma part, j'utiliserai le nom de famille de l'une des girls. Si tu veux maîtriser quelque chose, tu dois avoir un œil dans la place. Répondit Margot.

— Admettons, mais on le décidera au dernier moment. Il faut que ce soit la plus perfide des girls qui tienne ce rôle, et on va prendre nos adversaires par les sentiments, soyons un peu rusés.

Elles sont jeunes, et on les laissera se débrouiller avec les grands comptes, et si l'une sort du lot, elle donnera son nom au nouveau cabinet.

Cependant, ce seront les ex HAUSSMAN qui continueront de gérer nos affaires, et là, il faut que l'une des DG prenne ça en charge.

Margot, avec ton équipe, tu prendras en charge leur suivi, et Mélanie sur place à Paris, exercera une surveillance des activités. On lui enverra de l'aide.

Tu organiseras une réunion ici, genre assemblée générale, ils doivent être à peu près 60 ou 70. Tu feras le tri, si des gars ne sont pas sûrs, tu les vires. Les autres devront venir ici Vendredi sans exception.

Tu leur demandes d'envoyer une copie de leur contrat ici dès maintenant. Ils seront reconduits à l'identique, sauf pour les derniers entrés chez HAUSSMAN où tu augmenteras un peu leurs salaires.

Nous les regarderons ensemble et nous déciderons de ce que l'on fait. Ah oui, trouves moi le chiffre d'affaires de HAUSSMAN LEGAL et les résultats des dix dernières années.

Fais-moi un ratio. On n'attrape pas les mouches avec du vinaigre. Reconvertis tout en dollar, que l'on ne s'embrouille pas les pinceaux avec cette connerie de Franc qui n'est pas une valeur stable.

Toi Élise, à partir d'ici, tu auras la main mise sur toute l'activité du consortium, et la direction des opérations.

Tu verras avec tes filles, comment tu t'organises. Tu as carte blanche. Libère-toi un peu, et concentres toi sur les chiffres. Comme ça tu ne seras pas trop dérangée.

219

Nathaly sera à ta disposition, elle travaillera de mon bureau. Si vous avez besoin de vous isoler, pour une raison ou une autre, vous montez au premier, juste au-dessus, j'ai demandé qu'on t'installe un bureau de travail chez toi, Nathaly. Normalement tu as tout.

Quand tout sera sur pied, Margot te transférera le bébé, parce qu'on va devoir partir en Afrique mettre les points sur les i à MOBUTU. Mais tout ça, c'est pour après.

Et pour information on va rouvrir nos concessions en Angola. On va avoir besoin de se couvrir financièrement pour faire pression sur MOBUTU, alors on prend tout ce que l'on peut. Il changera d'avis quand il verra qu'on peut parfaitement se passer de lui.

Que Charlotte prenne ce dossier en main, et qu'elle trouve le personnel sur place, et mute en même temps des techniciens, des géologues, des ingénieurs des mines sur place. Elle prend momentanément l'intérim de REUTHER DIAMONDS INDUSTRIE MINIERES. Elle a carte blanche.

Il faut qu'Éléonore supervise Cathy, mais surtout qu'elle n'apparaisse pas dans le circuit. Donc, juste du conseil. Cathy doit prendre de la hauteur tout de suite si elle veut être écoutée.

Sara continue de superviser l'opération Épervier, et reste en contact avec Hans.

Eva sera utile pour contacter les clients de HAUSSMAN.

Céline va s'occuper de VERDIER. Vous lui dîtes que je veux la voir en privé.

Si j'ai oublié quelqu'un ou quelque chose, faites-en Sorte de vous partager équitablement le travail et mettez nos collaborateurs à l'ouvrage au siège.

J'en ai terminé. Vous avez des remarques ?

- Oui Luc, nous avons adopté les girls et Nathaly dans la REUTHER FAMILY parce qu'il y avait urgence annonça Élise.

- Formidable, nous voilà presque au complet pour affronter l'avenir. Vous régler les détails pognons et avantages, et n'hésitez pas à vous faire aider, elles vont vite grandir, il n'y a plus le choix. Pour Nathaly, je pense Elise que tu as eu l'information. Mais les contrats, ce n'est pas urgent. Tout le monde est ici, donc en sécurité, et sans besoin particulier.

Les filles, je compte sur vous ? Vous me suivez ou je vais dans le mur ?

- Écoutes Luc, tu as analysé la situation et fais des choix, nous sommes tes bras, et tes jambes. Pour ce qui me concerne, je te suis répondit Elise

- Et toi Margot ?

- Comme tu ne doutes de rien, et que ça me plaît, je te suis. Mais toi, tu restes tranquille. On te tiendra informer.

L'alliance fut scellée par le baiser REUTHER FAMILY et les deux Directrices Générales ordonnèrent la réunion exceptionnelle du comité de direction.

Luc choisit de se retirer, et de confier la présidence à Margot assistée de Nathaly.

Il allait partir quand Mélanie l'arrêta juste avant qu'il ne franchisse la porte donnant sur la verrière. Il voyait les nouvelles toutes émoustillées de faire partie de la FAMILY, mais ne leur adressa pas la parole. Il ne voulait influencer aucune, par ce qu'allait leur apprendre le comité de Direction.

— Luc il faut que je te parle, dit Mélanie.

— Et bien parle, je t'écoute !

— Luc, si l'on ne veut pas avoir à nouveau des problèmes dans le contrôle de gestion, je pense que l'on doit mettre trois personnes à la tête du cabinet.

— Vois ça avec Élise, c'est elle qui se charge de recevoir les candidats. Moi je vais dormir. Je serai présent à mon bureau à 14 heures. Je veux déjeuner avec les girls tranquilles à treize heures.

— Bien, je fais passer le mot.

— Merci, tu me les envois dès la fin du comité de direction. Précise à Margot qu'elles ont une voix consultative pour ce comité. C'est trop tôt pour elles, d'avoir à se prononcer sur des décisions aussi graves. Pour Nathaly, faites comme vous le pensez. Mais c'est la DG de REUTHER IMMOBILIER, alors vu ce que j'ai prévu, il me semble que prendre son avis est important pour l'impliquer dans nos affaires.

Ruth saura où me trouver Allez, bon travail, et n'oublies pas d'être raccord avec les filles avant de lancer l'opération communication, bisous.

Et il s'éloigna en prenant le chemin longeant la cascade, puis disparut derrière la végétation.

Il se logea près de la cascade, assis en tailleur à même le sol, et se plongea dans ses pensées.

En se retirant volontairement du comité, il voulait ainsi laisser la pleine mesure des responsabilités de chacune s'exercer.

La foule d'informations qu'il avait données devait à son sens suffire à ordonner chacune d'entre elles, et il allait pouvoir juger de l'efficacité de sa meute.

Puisque la méthode douce semblait inutile dans ce monde cruel des affaires, tous ceux qui espéraient prendre leur part de viande sur la bête blessée allaient souffrir et se faire mordre à leur tour.

Les chasseurs allaient devenir des proies, et le loup n'abandonne jamais la sienne, Ils auraient dû le savoir.

Quant à la perfide Madame VERDIER HAUSSMAN qui avait lancé sa première attaque contre Élise à Paris, elle qui l'espérait veuve avant même d'être mariée, elle allait s'en mordre les doigts.

Toutes ses manigances allaient se retourner contre elle et son château. Mais que peut un château face à un empire ?

L'envieuse allait bientôt se prosterner devant Élise pour obtenir le pardon.

Elle lui lécherait les pieds, mais cela ne suffirait pas.

Elle verrait son héritage partir en fumée, elle qui avait tant souhaité prendre la place de l'héritier, elle ne serait même pas sa servante.

La haute société parisienne ne tarderait pas à la fuir très vite.

Cette haute société se réfugierait à l'agence REUTHER pour redorer son propre blason, en tentant de faire reluire ses lettres de noblesse par l'acquisition de nouvelles pièces luxe, qu'elle trouverait sur les flyers mise à disposition sous plis cachetés, envoyés à l'adresse exacte où chaque membre résidait.

Tout ça, c'était déjà en cours. Rien ne serait laissé au hasard. Le monde continuerait de tourner comme si de rien n'était, malgré la chute inéluctable d'une sommité jusqu'alors reconnue.

Ainsi devait tourner la vie de tout ce « beau monde » qui faisait autant envie que pitié. De vrais amis, ces gens-là n'en n'avaient point, mais semblaient toujours faire comme s'ils étaient des « importants ».

Ecœurants et médiocres, tel était ce qui les caractérisaient quand ils touchaient le fond.

La haute bourgeoisie reviendrait bientôt aux pieds de l'héritier, et à chaque minute qui passerait, elle paierait quelques centaines de dollars de plus pour faire assurer ses bijoux.

Parce que c'était comme ça que REUTHER l'avait décidé, et parce qu'ils seraient tous assez cons, pour boire ces paroles, comme on va à l'eucharistie.

C'était le prochain objectif, la prochaine étape, et l'argent des VERDIER trouverait là une utilité pour lancer l'assaut.

Il financerait le projet, mais de plus, les résultats reviendraient en partie à la Fondation REUTHER.

Manière intelligente pour défiscaliser les profits, en réinjectant l'argent dans une économie circulaire.

REUTHER, la multinationale indépendante, qu'on voulait faire rentrer dans le rang des « bien-pensants », jamais ils n'arriveraient à leurs fins.

De tout ce qui allait rentrer en mauvais argent, la totalité ressortirait en argent utile et propre. L'argent qu'ils allaient tous devoir lui verser, ces valeurs dont ils avaient spolié le groupe pendant des années, cet argent sale et nauséabond qu'ils avaient tous utilisé à des fins de domination, REUTHER allait le transformer, et avec leur accord à tous, en argent vertueux, mais à titre privé.

Ils n'auraient alors que les miettes et leurs mouchoirs pour verser en larme, la contribution de leurs institutions plus pourries les unes que les autres qui dominaient le monde.

D'autant qu'il n'en coûterait pas un seul dollar au groupe.

Ainsi, l'on aurait réglé l'affaire de l'héritier.

Il resterait alors l'affaire du Brésil, et là, RAVALLENI allait payer très cher sa traîtrise.

Mais sur ce continent lointain, où la vie importe peu, il était presque certain que le Big Boss serait seul.

Luc pensait que l'idée de RAVALLENI était de l'enlever, et de le remettre aux FARCS en Colombie.

Avec ce groupe de révolutionnaires, RAVANELLI était presque certain de gagner la partie.

Et cette histoire de l'ambassadeur de Colombie qui souhaitait une visite dans son pays, mais sans garantir de protection, c'était forcément du pipeau.

Le loup organisait déjà son stratagème, et espérait pouvoir convaincre le Président João Figueiredo, en lui disant tout simplement la vérité. Cela nécessitait une grande préparation et d'avoir ouvert suffisamment de sites en Afrique pour lui laisser entendre que REUTHER n'était pas dans le besoin, et qu'il pouvait facilement se passer du Brésil pour faire ses affaires.

Il faudrait retirer en urgence toutes les foreuses de moyens et gros calibres, et les transporter directement sur le continent Africains, dans les zones calmes et sécurisées. Ne pas se tromper, et ne pas déposer du matériel sur le territoire d'un pays au bord de l'explosion. Et dieu sait qu'en Afrique, prévoir les guerres était un exercice compliqué.

La logistique à mettre en œuvre allait bien durer un mois et demi, et la remise en place des équipements prendrait à elle seule un bon mois. Autant dire que le premier semestre de l'année, risquait d'être un peu catastrophique en termes de chiffre d'affaires.

Il serait vite compensé par la hausse du prix du métal jaune, d'autant que pour l'heure, REUTHER venait de fermer la vanne de ses ventes, plombant ainsi toutes les bourses du monde suspendues au principe de l'offre et la demande.

Ce monopole lui assurait de pouvoir rester maître absolu de la situation, et c'est aussi cela que combattaient tous les états, car les finances publiques s'affichaient toujours en dollars équivalent or et demandaient toujours plus de moyens, par une course effrénée du toujours plus.

Seuls ou unis, les états ne pouvaient plus rien faire contre lui. Ils l'avaient attaqué, les uns et les autres, sur son terrain, et c'est sur son terrain que le loup les attendait patiemment.

Quand l'affaire REUTHER FINANCES aurait trouvé sa fin, et qu'il aurait présenté la facture aux états impliqués dans l'attaque de MOBUTU, même le secrétaire général de l'ONU et celui du FMI ne pourraient plus rien faire.

Luc l'avait bien signifié à MITTERAND, en lui précisant qu'il ne réclamerait pas les intérêts des cautions aux pays Européens.

Il savait que cela ne serait pas nécessaire d'arriver à cette extrémité, car il lui suffisait de fermer les vannes d'approvisionnement des matières précieuses, pour que l'affolement boursier qui allait suivre, les obligent tous à redevenir doux comme des agneaux.

Ils viendraient lui manger dans la main pour qu'il réapprovisionne les marchés.

Alors en ces instants de grande solitude, le bruit de la cascade apaisait sa souffrance.

Il n'aimait pas ce jeu que les affaires lui imposaient.

Et dire que son père n'avait eu aucun de ces soucis, c'était presque invraisemblable qu'il ait pu amasser une telle fortune en restant dans la droite ligne.

Il y avait donc forcément d'autres protagonistes qui étaient mêlés aux affaires.

Rien ne vaut que l'on ôte la vie à un homme avait dit Céline, elle avait bien sûr raison, et c'est la voie de la raison qui guidait les angles d'attaques du loup.

Avec sa meute, il suivait pendant des jours, le cheminement de sa proie, et l'attaquait quand elle s'y attendait le moins.

La meute pouvait courir pendant des heures, sans presser le mouvement, et Luc avaient des louves dont les crocs acérés feraient rendre âme à tout être qui s'égarerait hors du chemin tracé.

Et puis une autre idée lui traversait la tête et encombrait son esprit, il fallait qu'il s'en débarrasse au plus vite.

La vie dans cette demeure, devait s'animer, et ne pas être uniquement dédié au travail. Il fallait absolument que le siège devienne rapidement le centre des affaires, et que la reprise en main soit rapide, soudaine, et fasse des vagues.

Puisque ces jours devaient être des vacances et qu'elles n'en étaient pas, autant aller jusqu'au bout.

Il allait gagner sans problème cette première bataille, mais cela ne changerait rien des vieilles habitudes du siège social qui conserverait sa monotonie.

Il faudrait qu'il aille lui-même imposer, par son empreinte, l'organisation nouvelle, et il savait que certains quitteraient le navire.

Les retenir ?

A quoi bon, quand on ne se sent pas bien à un endroit, il vaut mieux le quitter. Il ferait donc ce qu'il y aurait à faire.

Et en premier lieu, afin de rassurer, il faudrait réunir tout le personnel du siège ici, dans son antre.

Et là il fallait une vraie infrastructure. Il n'était pas nécessaire de faire une présentation du savoir-faire REUTHER, car ces gens-là n'achèteraient pas un seul petit carat d'or et de diamant chez lui, non pas par manque de moyen, mais la valeur du franc luxembourgeois sur les marchés, ne présentait aucun intérêt, et il n'était guère possible de faire des profits dans un territoire aussi petit. Seules les banques y trouvaient leurs comptes, par la défiscalisation des capitaux étrangers.

Faire aménager les sous-sols, peut-être, mais il faudrait alors le rentabiliser. REUTHER IMMOBILIER n'était pas une entreprise de philanthropie. Elle avait des bâtiments à entretenir et à modifier. Il fallait des liquidités et Nathaly n'allait pas être au chômage tout de suite, c'en était certain.

Les investissements lourds devraient être fait pour rapporter à terme, et là, il ne pouvait en être autrement.

Son comité de direction, toutes ses paires d'yeux qui ne brillaient que pour lui, devaient y trouver un certain intérêt et un certain confort.

De plus, il faudrait que le lieu soit également un tremplin pour une cause.

La direction des affaires sociales devrait être consultée, mais à l'état de projet, il en exposerait les grandes lignes aux dernières arrivées, et elles seraient chargées de le mettre en œuvre.

C'est ainsi que Ruth l'avait rejoint dans ce petit coin de nature, les yeux toujours aussi rieurs posés sur lui, scrutant le moindre signe pouvant trahir sa présence.

La jeune louve, certainement la plus aguerrie au combat malgré son jeune âge, avait cet avantage indéniable que de savoir cerner le chef de meute, et mise à part Elise, elle pouvait se targuer d'être la seule à pouvoir l'approcher sans crainte qu'il ne l'écorche ou l'égratigne.

CHAPITRE XXXIII

Là, près de la cascade, elle se tenait debout devant lui, et lui offrait la vue sur ses jambes écartées.

Elle riait, en lui tendant les mains.

- Mon chéri, je suis là, et tu n'as pas été très sage ce matin. Alors on va aller déjeuner tous ensemble, ensuite je t'accompagne où tu voudras.

- N'as-tu pas du travail cet après-midi ?

- Si bien sûr, mais je dois aussi veiller sur toi.

- Alors je vais te dire, ce soir, nous serons tous les deux et uniquement tous les deux, parce que j'ai plein de choses à te dire. Mais en fait, tu me rejoindras à l'extérieur. Nous allons sortir et aller en ville rien que toi et moi.

- On ne dit rien à personne ?

- Non, on ne dit rien à personne. Allons manger. Récupère les clés du siège, puisque tu sais comment c'est, tu me montreras tout ça, ensuite, on ira dîner en tête à tête. Et nous découvrions Luxembourg by night

- Tu ne devrais pas faire ça, tu es encore trop faible. La journée va être longue. Et j'ai un débriefe à 18 heures.

- Alors on remet ça, mais je te vois ce soir. A moins que tu ne préfères venir dans mes appartements ?

- Si Élise le veut bien pourquoi pas.

Ils marchèrent main dans la main et Luc demanda où le repas devait être servi.

Ruth arrêta sa marche et Luc l'embrassa, parce qu'il en avait envie, tout simplement disait-il.

Elle se laissa envoûter, et ferma les yeux, il sentait son corps collé au sien, et sa chaleur l'envahir.

L'étreinte aurait durée encore et encore si la Rolex n'avait pas rappelé à l'ordre, les deux amants.

Ruth le reprit par la main et le conduisit sur la terrasse de la piscine où elle avait servi son patron lors de son tout premier repas à son domicile.

La REUTER FAMILY était au complet, et Luc se douta que le comité de direction avait des propositions stratégiques à faire.

Élise se leva et rejoignit son mari pour l'installer à ses côtés.

- Luc, le comité de direction pense que tu dois recevoir les avocats toi-même. Tu es la seule autorité qu'ils écouteront.

- Vous souhaitez entendre ma réponse, alors donnez-moi les noms des candidats.

- Vas-y Mélanie. Dis-lui ! reprit Margot

- Bien, alors j'ai retenu un Major de la promotion 1980 à la faculté de droit de Paris. Actuellement en poste auprès du tribunal de grandes instances de Paris, il souhaite évoluer dans le privé, il s'appelle Laurent DUPONT il a son franc parlé. Inconvénient, il sent le macho de première.

  J'ai également retenu un Luxembourgeois, Curt SCHMIDZ Major de promotion en droit international, spécialisé dans la haute finance publique, il est en poste à la commission européenne, c'est un teigneux qui ne lâche rien, il a 30 ans, un peu imbu de sa personne, n'a pas l'air lui non plus d'accepter les femmes dans son domaine.

Et enfin, une femme Suisse Erika DIESBACH diplômée de L'UNIGE, major de promotion en droit international, elle a 28 ans, elle travaille pour une banque, et a du caractère, est sensible aux valeurs du groupe en faveur de l'égalité des sexes, les défis ne lui font semble-t-il pas peur. Elle a défendu les intérêts de sa banque dans une affaire d'argent blanchi par un grand groupe américain. Elle a gagné.

– Merci Mélanie, mais ces gens-là ne sont pas disponibles aujourd'hui.

– Justement, nous voulions te demander de repousser les recrutements.

– Et si je fais ça, toute la stratégie tombe à l'eau.

– Non, nous avons pensé que tu accepterais de donner la direction à une femme. Ainsi, elle peut d'ores et déjà prendre en main sa position, il suffit qu'elle se rende chez REUTHER FINANCES et que tu l'imposes à PRUNIER.

– Allons les filles un peu de bon sens, qui dirige les affaires de REUTHER FINANCES, c'est bien Éléonore et Cathy, alors démerdez vous les filles. Ce n'est pas en Suisse que je veux un cabinet d'affaires, mais ici, à Luxembourg. Et personne ne partira dans ce nid de vipères qu'est devenue la Suisse.

Si cette fille est le miracle que j'attends, vous la contactez, vous voyez ces prétentions, et vous la convoquez. Si une seule d'entre vous ne sent pas cette fille, alors elle n'entrera pas dans le cercle privé, ni même dans aucun cercle REUTHER. Que ce soit bien clair, c'est terminé de se faire avoir par des sociétés que l'on paie à prix d'or, ou par des employés indélicats. Si l'on ne trouve pas, on s'engage à former chez nous, ici même. La citadelle est ici, et nulle part ailleurs. Alors prenez acte de ça, lâchez nos jeunes sur le front, et prenons acte.

Élise arrêtera sa décision quand les candidats seront là. Et il n'est pas interdit d'avoir des candidatures internes. Si l'une d'entre vous postule, je prends acte immédiatement, sinon, démerdez-vous.

— Et les garçons ? Nous on ne se sent pas de recevoir un mec en entretien.

— Si vous avez des candidatures, vous devez les recevoir, et leur montrer une bonne fois qui dirige, et ensuite, vous les cassez.

Ils doivent comprendre que je n'en ai rien à foutre de leurs super pouvoirs. Ici, c'est vous qui commandez. Vous les faites poireauter. Laissez-les se mettre la pression tout seul, et vous porterez l'estocade en les nommant attachés de direction quand vous aurez connaissance de leurs prétentions.

Leurs missions, faire grandir le fichier clients et assurer le suivi des dossiers qui leur seront confiés. Intéressez-les aux résultats de leur propre affaires. Tous ce qui concernera l'actif de VERDIER, sera gérer par la nana. Sauf REUTHER.

— Tu vas jouer avec ces types ?

— Non ! Seulement leur confier une mission. Si ça ne marche pas, on les vire c'est tout. Et Élise saura parfaitement gérer ça.

234

– Bon, alors on se débrouille c'est ça ?

– Oui, je ne veux pas avoir à me répéter. Vous êtes belles, grandes et toutes majeures, je vous aime toutes, je vous fais confiance. Si vous vous trompez, on rectifiera.

– Pour le nom du cabinet, si la nana est assez compatissante, on pourrait l'inclure.

– Oui pourquoi pas ? Mais je veux la maîtrise totale, alors Ruth sera PDG de la société, et le candidat désigné sera Numéro deux. C'est quoi ton nom de famille Ruth ?

– WAGNER

– Appelons ce cabinet Ruth WAGNER BUSINESS LAWYERS. On lui donnera peut-être la place de numéro deux, mais en théorie seulement. Pour l'instant, restons sur WAGNER. Si ça marche, je me chargerai de le lui faire comprendre.

Margot m'assistera quand elle sera là. Ah, juste une chose, trouvez-lui un bureau n'importe où mais pas ici, officiellement, elle n'a rien à voir avec le groupe REUTHER et nous sommes juste un client comme un autre dans son fichier.

Nous allons disposer d'une armada de 70 avocats à Paris, payés par une société du Luxembourg, mais avec des contrats très particuliers.

Ai-je été clair ?

– Oui, je vais passer le bébé à Éléonore alors ? Demanda Margot

– Non, laisses ça pour Mélanie en premier contact. Ruth prendra la suite, elle va s'en sortir. Et puis un esprit nouveau sur ce genre de sujet, c'est préférable. Cathy appellera la première. Il faut que ça ait l'air vrai.

- A moi Luc ? Mais j'ai tout juste passé mes vingt ans, interrogea Cathy.

- Oui et alors ? Tu es à la direction générale de REUTHER FINANCES, et tu n'es pas seule, chérie ! Tu n'es pas dans une cave, à l'emballage des billets.

Et tu vas appeler pour ton client, le cabinet WAGNER BUSINESS LAWYERS et en précisant que le poste est associé au capital. Alors tu vas bouger ton petit cul, et quand tu auras agi, tu viendras me faire un compte rendu en privé. Mais utilise la ruse du renard. Ruth prendra le relais quand le poisson sera presque sur l'appât.

Cathy, ton vrai défi, c'est de prendre la main sur PRUNIER, et sur REUTHER FINANCES, ensuite tu ordonnes. Restes toi-même ! Et quand on te raconte du blabla, éloignes le combiné de ton oreille, reste toujours sur ta ligne de conduite. Tu tiens la barre et tu ne la lâches pas. On s'occupera de nos traders après.

- Bon alors je vais essayer, Luc.

- Non, CATHY, tu vas réussir ! Utilise ce que l'on te dira pour convaincre, laisse croire à tes interlocuteurs que les idées viennent d'eux-mêmes. Du genre, « je vous remercie de vous intéresser d'aussi près à notre société ».

- Je me débrouille alors, et si je réussis Luc, je veux une récompense. Répliqua Cathy en riant.

- Pas de chantage, répondit Luc en portant un regard sévère sur la jeune fille. Ta récompense, tu viens de l'avoir, C'est la Direction Générale de REUTHER FINANCES que tu partages momentanément avec Éléonore. N'oubliez pas de modifier vos contrats.

Quant à toi Ruth, c'est maintenant que l'on va vraiment savoir ce que tu as dans le ventre. Tu seras en première ligne. Je veux un rapport toutes les heures, que vous transmettez à Nathaly. Elle sera à mon bureau tout l'après-midi.

Mettez-vous à l'aise avant de repartir au boulot. Prenez une demi-heure pour aller barboter, mais il faut que vous soyez parfaitement détendue pour arriver entière au bout de cette opération. Je vais respecter les consignes de Céline. Et d'ailleurs, chérie, il faut que je te voie. Dit-il en regardant Céline dans les yeux. Tu as une mission spéciale à assurer. On en parle tous les deux après le déjeuner.

On peut manger maintenant ?

– Mais Luc, tu ne m'as jamais dit que je serai PDG. Reprit Ruth.

– Ne sois pas inquiète Ruth. Pour l'instant, joues un rôle. Celui ou celle qui obtiendra le poste prépondérant ne verra qu'Élise, pour tout ce qui concerne son contrat si nous obtenons un accord. Si nous n'avons pas sa signature, on fera autrement. Là, on a juste besoin de sa signature aujourd'hui, pour avoir les feux au vert. Vous avez compris, juste une signature, c'est l'objectif, alors une simple autorisation d'utiliser la mention « pour ordre » suffit.

La déclaration d'existence du cabinet sera validée demain. Trouvez des bureaux boîte aux lettres. Et vous faites toutes partie de l'équipe pour aider Cathy et Ruth, juste le temps d'absorber VERDIER HAUSSMAN.

Après, je ferai rentrer VERDIER pas la petite porte et sous conditions. On lui annoncera ce soir pour qu'il ne se suicide pas d'ici là. Je plaisante bien sûr et j'imagine Mélanie qu'il est sous étroite surveillance ?

– Oui, il n'a plus de ligne téléphonique, et n'est pas joignable.

– Allez, on mange et faites-lui porter à manger.

Les filles tombaient des nues, on allait jouer une pièce de théâtre à ciel ouvert, et la moindre erreur pourrait être fatale au groupe REUTHER, et cela n'avait pas l'air de perturber Luc.

Elles étaient toutes ahuries par la capacité de raisonnement de leur boss, la facilité avec laquelle il avait mis ses pions en place, et l'énergie qu'il insufflait dans ses prises de paroles.

Lui mangeait, l'esprit déjà reparti vers d'autres horizons, et la REUTHER FAMILY s'interrogeait vraiment, se demandant si un jour le loup mettrait un point final à ce scénario.

Le repas semblait trop silencieux pour Ruth, alors elle se mit à rire, en plaisantant sur sa nouvelle nomination.

– Luc met une colombe dans le nid d'un aigle, et il pense que les pigeons vont avoir peur.

– Eva ajouta, il paraît même que le loup à peur des colombes !!!

– Il va te plumer un de ces jours Eva, reprit Cathy.

– Ah mais je ne dirai pas non, j'attends juste qu'il soit en forme.

– Ce jour-là, je ne vous raconte pas l'orgie les filles, on est nombreuses sur le coup ajouta Ephie.

– Mais bientôt les filles, vous serez en représentation partout dans le monde. Et le loup ne sera pas là ! ajouta Margot.

– Si je puis me permettre les filles, peut être que vous apprécierez de me laisser un peu mon mari ? S'esclaffa Élise. Je vous l'ai amené, mais n'en abusez pas, sans quoi avec quoi ferai-je un héritier ?

– Chérie, mon amour, finissons de manger. Ce soir, je dors à la maison.

– Oui, tu as raison, chez nous on sera bien.

Les filles comprirent tout de suite que le couple avait besoin de se retrouver, et qu'elles devaient s'effacer.

Ruth, placée à côté de Luc, faisait un peu la moue, mais Luc avait laissé glisser sa main sa cuisse et lui faisait comprendre qu'elle passerait la nuit avec eux, en remontant la main au-dessus de son bas. Elle sentait cette main glisser de plus en plus loin, de plus en plus haut. Irrésistiblement, ses cuisses s'écartaient, l'envie montait en elle.

Luc arrêta là ses suggestions, laissant ainsi retomber cette émotion rassurante.

– Gourmande hein, tu as trop apprécié toi ! Lui chuchota-t-il à l'oreille.

– Oui, j'ai aimé, et je veux recommencer. Murmura-t-elle

– Elle va dormir avec nous Élise, tu veux bien ?

239

- Luc c'est déjà une cause entendue tu le sais bien. Je l'adore.

- Luc ! finit les messes basses. Tu nous offres le café ? Demanda Margot.

- Oui, où voulez-vous qu'on le prenne ?

- Chez vous dans le grand salon au troisième ! lança Eva

- D'accord. Ruth, tu veux bien faire le nécessaire, vous montez, et ensuite je vous laisse bosser, moi je vais dormir.

- Tu ne seras même pas au bureau ? S'étonna Emma.

- Non ! Je dois dormir, et vous avez vos feuilles de route. Nathaly est une grande fille non ? Et puis le seul moyen de vous habituer à travailler de concert, c'est de vous laisser votre autonomie. C'est un exercice très spécial aujourd'hui, puisque je vous confie la réussite d'une OPA sans sortir le moindre dollar. Ça ne s'est encore jamais fait dans les affaires de hautes finances. Vous disposez de tous les moyens nécessaires pour que l'opération réussisse. Je ne serai présent que pour donner le coup de grâce. Ephie viendra me réveiller si nécessaire.

Ephie était aux anges de savoir qu'elle allait enfin avoir un peu d'intimité avec Luc.

Il se leva, et monta directement dans sa suite, et s'assura que le repas de VERDIER avait été servi dans sa suite.

Mike vint le saluer, et Luc lui dit au passage, « il faudra qu'on se voie »

Puis il s'engouffra dans l'ascenseur de service, et disparut dans les étages.

Les filles commençaient à piailler, élaborant chacune ce qu'elles avaient à faire l'après-midi, et affinaient déjà les priorités qu'elles devaient organiser dès la reprise.

Elles convinrent qu'il valait mieux ne pas trop traîner pour reprendre, et Élise s'éclipsa à son tour pour rejoindre son mari.

Petit à petit, la table se vida, laissant place à Ann et Maria pour la fin de leur service.

Margot entra dans l'appartement privé du couple juste derrière Élise, elles se dirigèrent directement dans le grand salon, où Luc s'était endormit.

Elles vinrent de chaque côté, et l'embrassèrent tendrement avant de s'éclipser en fermant la porte, puis allèrent dans la bibliothèque, où elles laissèrent la porte ouverte.

Les filles entrèrent, et Élise leur précisa que Luc s'était endormi, aussi, il valait mieux le laisser se reposer.

Chacune consciente des tâches qui l'attendaient, la Team Manager au complet devint alors songeuse, ne réalisant pas toujours l'importance de bien enchaîner les actions.

La plus à plaindre était Mélanie qui devrait enchaîner les interviews auprès du media luxembourgeois et du media français, sans éveiller le moindre soupçon. La plus petite erreur de langage risquait de mettre la presse sur le qui-vive et de transformer en fiasco, le plan qu'avait élaboré Luc.

Sara quant à elle, devait vite appeler Hans et organiser l'opération au domicile de Madame VERDIER HAUSSMAN, attendre la fin de la négociation pour assurer qu'elle présente l'affaire aux médias qui ne manqueraient pas de se tenir devant sa porte, alors que Jacques réaliserait la même chose au Luxembourg.

A 14 heures, toutes les filles étaient en place. Elles avaient changé de tenue, arborant des mini shorts et un chemisier tout simple, en toute décontraction, les seins nus se devinaient sous le tissu. Elles avaient également rafraîchi leur parfum, et parfait leurs lèvres d'un rouge discret luisant.

C'était un régal pour les yeux que d'observer ces treize filles toutes différentes, et toutes parfaites, d'admirer leurs sourires, leurs yeux, et leurs plastiques naturelles qui auraient fait tourner la tête de tous les hommes. Leur point commun, était leur genre, celui que l'on leur reprochait au dehors. Alors ici, elles étaient libres, et ne subissaient aucune remarque désobligeante. Elles se savaient être dans une enceinte protégée, où rien ni personne ne pouvait ou n'aurait osé les atteindre par des propos homophobes ou racistes. Sara et Emma avaient toutes les deux souvent eu à déplorer ce genre de comportement par le passé.

Ici, elles avaient trouvé la sérénité nécessaire à l'exercice de leurs fonctions, et avaient pris de l'assurance. Elles se sentaient choyées et aimées par tous, et elles avaient pu remarquer combien les gens les regardaient d'un autre œil, depuis les trois soirées de présentation REUTHER où elles s'étaient produites. Ceux qui avaient osé les attaquer sur leurs origines avaient vite compris qu'il valait mieux s'abstenir d'aborder maladroitement ce sujet, car la foudre de la meute s'abattait immédiatement sur eux.

Les tenues sexy, les rapports humains, la vie en collectivité, le partage total, la sérénité, tout ce qui leur était ici proposé, convenait à rendre le plein épanouissement des esprits, des corps et des cœurs. Aucune n'avait de question matérielle à se poser. Lorsqu'elles se couchaient le soir venu, aucune obligation ne venait alors troubler leur repos.

Ici, on se disait absolument tout entre filles, et rien ne transpirait au dehors. On ne se jugeait pas sur les tenues, la manière de se maquiller, ou le prix de ce que l'on portait, parce que l'on avait créé au sein de la FAMILY, ce fameux code inviolable qui prônait l'égalité pleine et entière.

Aucune ne revendiquait, parce qu'elles avaient absolument tout, et le luxe, la richesse, la différence de classe sociale n'existaient pas. Petite, moyenne ou plus grande, toutes étaient pareillement considérées, et leur Boss ne se sentait pas oppressé par elles.

Il était leur patron oui, mais en même temps leur égal.

Elles n'avaient pas de nœuds au ventre quand elles arrivaient à leur travail. Aujourd'hui, il venait de leur donner leur pleine autonomie avec seule obligation de fonctionner ensemble pour aller dans une seule direction : La réussite de l'opération qu'il avait montée.

Cathy contacta REUTHER FINANCES et demanda PRUNIER.

L'on commença par lui dire qu'il n'était pas joignable, qu'il fallait essayer plus tard. La jeune femme ne baissa pas les bras. Et lorsqu'elle comprit qu'elle n'aurait pas gain de cause en restant docile, elle osa et son audace paya.

– Bonjour, Cathy BERNY REUTHER à l'appareil, Directrice générale de la banque REUTHER FINANCES, je viens prendre rendez-vous avec le conseiller PRUNIER, dépêchez madame, mon temps est précieux.

– Bien madame la Directrice, nous n'étions pas au courant. Excusez-nous.

– Vous me faites perdre mon temps, passez-moi PRUNIER, inutile de m'annoncer je me présenterai toute seule.

Elle venait de passer le premier rideau, celui du simple standard, mais le secrétariat particulier de PRUNIER allait forcément être plus réticent.

243

- Cathy BERNY REUTHER, bonjour, passez-moi PRUNIER pour le Président.

- Votre contact était prévu Madame ?

- Je vous laisse 5 secondes pour me transférer, après ça, considérez-vous comme virée.

- Je vais voir s'il est disponible Madame

- Ce n'est pas ce que je vous ai demandé, passé le moi.

- Madame je suis désolée mais il n'est pas disponible pour le moment.

- Très bien, alors faites vos valises, vous êtes virée.

- Pardon, ai-je mal compris ?

- Non, vous recevrez votre lettre de notification dans deux jours. Et j'aurai un malin plaisir en la signant.

- Mais madame, il y a des lois, vous ne pouvez pas m'exclure ainsi. Je ne fais que mon travail.

- Mais que croyez-vous, que vous êtes indispensable à notre banque Madame. PRUNIER n'a pas besoin de secrétaire particulière. Si je vous appelle directement du siège du groupe, et que je demande PRUNIER, c'est tout simplement que je n'ai pas besoin de vous.

- Je vais faire sonner, mais je doute qu'il accepte votre appel.

- Alors rappelez lui ses engagements à Paris envers le Président. Il comprendra peut-être.

- Bien Madame je vais voir dans son bureau.

Cathy trouvait le jeu amusant, mais elle commençait à perdre patience, et lorsque PRUNIER décrocha son combiné, il eut à peine le temps de dire bonjour que la jeune louve montra les crocs.

- PRUNIER, Cathy BERNY REUTHER votre Directrice Générale, c'est quoi cette attitude ? Monsieur n'a pas le temps ? Monsieur est en rendez-vous et je ne sais quoi encore. Il semblait que le Président vous avait fait une fleur à Paris, mais moi je ne vais certainement pas être aussi cool.

- Mais Madame, qui êtes-vous ?

- Comment ça qui suis-je ? Je suis votre nouvelle patronne et l'on a des choses à voir ensemble n'est-ce pas ! La ligne de crédit pour couvrir un prêt sur la banque du Luxembourg où en êtes-vous ?

- Il faut une autorisation du Président pour de pareil montant.

- Oui et alors ?

- Le Président de REUTHER FINANCES, c'est ce que prévoient les statuts.

- Ah oui, et à votre avis c'est qui ce président ?

- C'est Monsieur ANSEN Madame.

- Écoutez bien ce que je vais vous dire, parce que je ne le répéterai pas. ANSEN a été démis de ses fonctions il y a une semaine, alors ne me dîtes pas qu'il est encore dans nos locaux.

- Madame, il préside toujours je vous l'assure.

245

– Vous en avez parlé au Président REUTHER ?

– Non, on dit qu'il a été enlevé, alors tout le monde a repris sa place ici.

– Très bien, je vous rappelle ! Surtout, restez dans votre bureau et ne me faites pas attendre. Vous ne prenez aucune initiative, et vous n'informez personne de notre conversation. Je vous tiendrai pour responsable si jamais il y a la moindre fuite PRUNIER !

Cathy raccrocha, affolée fonça voir Margot, qui demanda immédiatement à Sara si REUTHER avait un commando en Suisse.

– J'appelle Hans, tu veux que je lance le filet ? Demanda Sara

– Oui, ils sont tous à la banque. Il faut absolument les immobiliser immédiatement. Chaque seconde qui passe augmente les risques de fuite.

Sans plus attendre, Sara lança son ordre à Eva :

– Eva, appelle Hans, et dis-lui que l'épervier doit partir en chasse à la banque REUTHER, 3 Pigeons à neutraliser. Qu'il trouve du personnel sur place sans attendre. Il faut tous les avoir en même. Sinon ce sera la cata.

Moins de dix minutes après, l'épervier envoyait un commando de douze agents à la banque REUTHER FINANCES à Genève, équipés du costume des agents REUTHER Bank.

C'est dans la salle du conseil que Messieurs ANSEN, RIEZEN et LEROY furent appréhendés, menottés et mis en fourgon, pour une destination inconnue.

Leurs protestations véhémentes ne purent rien y changer. La traversée des locaux de la banque par ceux qui se prétendaient toujours en poste, devant tout le personnel ahuri, encadrés par des agents d'imposante carrure, ne laissa personne insensible, et les murmures se poursuivirent longtemps, se propageant dans tout l'immeuble du centre de Genève. Personne ne su où les trois administrateurs étaient conduits, et chacun s'interrogeait alors sur son propre devenir au sein de la banque privée REUTHER.

Ils se retrouvèrent prisonniers dans les chambres d'un hôtel miteux situé en périphérie de Genève, isolés les uns des autres, surveillés chacun par quatre malabars en costume cravate, qui, quoi qu'on leur demande, restaient silencieux.

Au-delà de leur taille et de leur carrure, leur arme automatique dont l'étui placée sous leur veston, déformait légèrement la coupe et le tombant, assurait à elle seule que le temps de la rigolade et des atermoiements était définitivement passé.

Le Président ANSEN tout comme sa troupe, venaient de comprendre que le fils du renard avait changé sa stratégie, et qu'ils étaient désormais définitivement tous pris dans sa nasse.

Alors qu'ils avaient eu tout loisir de fuir pendant le week-end, pour se retrouver riches et libres, coulant des jours heureux sous les cocotiers d'un pays lambda d'où l'on n'extrade pas les riches et puissants, ils allaient se retrouver, dans le meilleur des cas, devant un tribunal Suisse, têtes basses comme trois imbéciles, totalement dépouillés de leurs biens mal-acquis, à devoir expliquer dans le détail, toutes les magouilles qu'ils avaient mises en place durant leurs mandats successifs.

Cette chambre minable qui leur servait de prison provisoire, où le téléphone avait disparu, n'avait rien à voir avec les prestigieuses suites des palaces où ils avaient leurs habitudes.

Leurs gardiens n'avaient pas non plus l'air de se préoccuper le moins du monde de leurs conforts, et les considéraient plus comme des colis que comme des hommes.

Des trois hommes, s'était bien lui, ANSEN qui semblait le plus affecté.

RIESEN lui, était plutôt un fataliste, dominant quand sa position le lui permettait, il acceptait aisément les règles du jeu. Il aurait pu s'en tirer, mais « l'héritier » en avait décidé autrement, alors tant pis. Il n'était pas homme à s'apitoyer sur son sort, et depuis longtemps, il avait fait fi de ce genre de considération. Il s'était fait prendre ! Alors vaille que vaille.

LEROY, un inutile profiteur, un suiveur, toujours à la traîne des autres, avait vraiment la trouille.

Ces quatre gars, là, juste derrière la porte, qui entraient sans frapper au moindre bruit, et à tout instant, ils avaient sans doute des ordres stricts. Ces pistolets qu'ils tenaient en main dès qu'ils ouvraient la porte, ce n'était pas pour faire de la figuration.

Lui, le trouillard de service, celui dont l'avis ne comptait jamais au conseil de direction de REUTHER FINANCES, le suiveur permanent, il doutait qu'on les remette entre les mains de la justice.

Ç'aurait été pure folie que de faire cela.

Quel serait le crédit d'un riche et puissant, que de laisser étaler au grand jour, devant des publics novices et ignorants, et des jurés médusés, toutes les ficelles utilisées pour transformer un simple billet de banque en une considérable fortune, sans bouger le cul de derrière son bureau ?

Pour lui et ses partenaires de jeu, c'en était déjà fini, c'était une évidence.

« L'héritier » allait inéluctablement mettre ses nouveaux pions en place, reprendre en main et à sa manière, les rênes du système, et gouverner en maître absolu, l'énorme machine de guerre qu'il aurait entre ses seules mains.

Leroy jubilait quand même, en se disant que le naïf et parvenu fils d'Eliott, allait découvrir ce monde très secret et très fermer de la haute finance bancaire.

Il tomberait de très haut, quand il comprendrait que seuls deux choix s'offriraient à lui :

- Poursuivre en fermant sa gueule

- Ou tout balancer, et faire effondrer toute l'économie mondiale par un simple claquement de doigts.

LEROY, c'était ça son œuvre, et même VERDIER n'avait pu s'y opposer, tant l'affaire était lucrative.

Ceux qui l'avaient un instant pris pour un pantin, avaient vite eu fait de déchanter, quand ils voulurent l'écarter du conseil.

Si son avis comptait peu, en revanche, son intelligence et la stratégie qu'il avait mise en place pour faire fructifier les résultats des ventes de diamants ensanglantés du Zaïre, et de l'or meurtrière de l'Angola, aucun des autres n'aurait oser la tenter.

En cautionnant contre gages, des emprunts colossaux nécessaires aux états pour assurer les paies de leurs fonctionnaires, il avait en quelques mois, fait rentrer plus d'argent dans les caisses de REUTHER FINANCES, qu'il n'était possible d'extraire des gemmes et minerais du sol africain par Eliott REUTHER.

Sa grande audace, avait été de cautionner les emprunts des 5 états européens aptes à honorer leurs dettes, et à faire rembourser les intérêts d'emprunts, pendant le développement économique des trente glorieuses.

Il avait pris le train en marche en 1965, et tout était possible à ce moment-là. Les contrôles des banques étaient inexistants ou peu investis, et sans avoir dans les coffres de quoi couvrir une seule des cautions, il avait osé le coup de maître, en proposant à tous, une formule intéressante, qui faisait entrer les intérêts des cautions tous les mois chez REUTHER FINANCES, en ne sortant pas un seul dollar des coffres.

Pour un seul dollar, la banque percevait 5 fois les intérêts. Et c'est ce qui avait ainsi permis à Eliott REUTHER, sans même qu'il ne le sache lui-même, de démultiplier en dix années, une fortune considérable.

Chaque mois, les états empruntaient aux banques, et payaient des intérêts sur les montants des cautions que REUTHER FINANCES accordait, alors que la banque privée ne sortait jamais un seul dollar de ses coffres. Elle se contentait d'encaisser. Et pendant des années, des intérêts réels sur des sommes fictives entraient dans les coffres de REUTHER FINANCES qui les investissaient sans retenue, dans le monde des affaires les plus juteuses. Les retours sur investissements étaient tels, qu'années après années, l'argent fictif était devenu réel, consolidant la toute puissance de la banque privée dans le cercle restreint des affaires.

LEROY comme les autres en avaient largement profité, mais Eliott avait mis un coup d'arrêt dès qu'il avait eu conscience qu'ainsi, il alimentait le marché mondial des armes de guerre, générant entre autres, le conflit armé entre l'Angola et le Zaïre en 1977, le privant ainsi de pouvoir exercer sa passion, la géologie, en toute tranquillité.

Lors du conseil d'administration du 10 mars 1977 portant sur le bilan 1976, le PDG Eliott REUTHER s'était déplacé exceptionnellement en Suisse, pour remettre de l'ordre dans la maison. Il avait alors déclaré :

« On ne creuse pas un puits d'or ou de diamants dans un champ de mines !

Messieurs, si REUTHER FINANCES, sert à poser ces mines, là où son personnel est à pied d'œuvre, ça revient à dire que REUTHER tue lui-même ses employés.

Je ne veux pas être responsable d'un génocide, et là, c'en est un.

Alors vous avez un an pour retirer toutes nos valeurs de ces marchés. VERDIER viendra mettre de l'ordre dans cette affaire ».

Cette décision avait mis un coup d'arrêt à ces spéculations, mais la multiplication des profits était déjà faite, et le moyen de développer les ressources était acquis.

Eliott ne pouvait maîtriser les pratiques bancaires, réservées à des élites de la haute finance, qui employaient un jargon compliqué pour somme toute, dire des choses simples : « profit à tout prix. »

LEROY en ces instants d'isolement, sous bonne garde, allait sans doute disparaître, mais il avait la satisfaction du devoir accompli et pouvait revendiquer d'avoir assuré la bonne santé financière de REUTHER FINANCES sans avoir à rougir devant ses pairs.

Bernard MADOFF avait fait bien pire, et LEROY s'était lui-même opposé à lui, en refusant catégoriquement de replonger dans des affaires spéculatives, par suite de la décision irrévocable de son président Eliott REUTHER, qui avait fait modifier les statuts de la banque, en interdisant d'avancer pour qui que ce soit, l'argent qui n'existait pas en espèces sonnantes et trébuchantes dans les coffres de sa banque.

251

Ce sont donc sur ces bases là qu'il avait fallu poursuivre, et le limier du diamant avait abondé ses comptes rapidement, par toutes les découvertes de nouveaux filons à travers le monde. Mais surtout par la parfaite maîtrise du marché. Seul indépendant du secteur, il était surtout un découvreur de fortune, persuadé qu'il aidait les peuples résidants.

Ce fut VERDIER qui osa le premier faire faire des investissements dans la recherche de laboratoire. D'abord parce que le cumul des richesses devenait trop important, et surtout pour s'offrir le luxe dont il rêvait lui-même.

Du point de vue de l'économie mondiale, c'était une riche idée, du point de vue humain, c'était un long débat qui se terminait toujours par cette phrase devenue courante :

« Nous faisons travailler du monde, et l'on gagne en paix sociale »

N'était-ce pas ce qui importait le plus dans les milieux politiques : « La sacro-sainte paix sociale ? »

En pleine période de reconstruction, toutes les « démocratie » du monde ne voyaient que par la surconsommation.

REUTHER INTERNATIONAL GROUP n'était donc pas considéré comme un danger pour l'économie mondiale, mais pour un exemple de réussite économique et sociale.

ANSEN, RIESEN, et BADEL, avaient voté contre l'idée, parce qu'ils ne voyaient à cette époque-là, que l'argent immédiat, et non pas comme un outil, mais comme une arme qui donnait le pouvoir, tandis que LEROY avait pour une fois, maintenu son vote en faveur du projet.

Mais en fait, leur accord n'avait que peu d'importance, puisque VERDIER représentait le seul décisionnaire final :

– Le Président Eliott REUTHER.

LEROY avait constaté les pertes des premières années, mais il avait pu anticiper et mettre des fonds de réserve à disposition, et cette manœuvre osée, avait une nouvelle fois portée ses fruits.

En quelques années, et en cet instant même, le moindre dollar investi en rapportait dix, dont la moitié était placé en fonds de réserves, tandis que l'autre alimentait tant les gestionnaires que le principal actionnaire.

En misant sur une main d'œuvre chinoise payée 0.27 dollar par heure, contre 3.6 dollars aux Etats Unis, ou presque 4.34 dollars (26 Francs) en France, il n'y avait vraiment pas lieu de s'inquiéter pour les dix années à venir.

Les filiales REUTHER PHARMA installées sur le sol chinois pouvaient encore recruter largement sur un rapport de 15 pour 1 sans perdre le moindre dollar, et miser sur un retour sur investissement très rapide.

Les marchés de l'électronique, et de leurs micros-composants multicouches fleurissaient tous les jours.

La demande était telle, que REUTHER PHARMA qui engrangeait les profits, démultipliait ses recherches dans tous les domaines et fabriquait bien plus que des gélules et des pilules à avaler.

REUTHER FINANCES devenait chaque jour plus riche, et les sociétés de REUTHER INTERNATIONAL GROUP n'avaient vraiment pas à craindre des nouvelles directives qu'elles recevraient sans doute de la part de « l'héritier ».

« Dommage, se disait LEROY, que je n'ai eu l'occasion de le rencontrer, cet homme-ci est certainement un visionnaire, et ANSEN un vrai con que d'avoir voulu le pigeonner pour quelques millions de plus alors qu'on avait déjà tout. »

253

Ainsi perdu dans ses pensées, la peur au ventre, les heures de détention de LEROY semblaient passer plus vite, et il restait détendu.

Il demanda des feuilles de papier et un crayon, et sur le coin de la petite table, s'attela à rédiger une longue lettre.

Il décrivit avec précision, toutes les étapes de son œuvre au sein de REUTHER FINANCES, du premier jour de son arrivée, à l'instant qu'il était en train de vivre. Pages après pages qu'il prenait soin de numéroter, il rédigea le parcours qui avait été le sien, et lorsqu'il eut terminé, il plia le paquet de feuilles manuscrites en deux, appela ses geôliers, et leur remit le document qu'ils devraient faire parvenir à l'héritier quand le moment serait venu.

Le body-Guard avait alors glissé le paquet de feuilles dans sa poche, en précisant qu'il se chargerait de transmettre quand il en recevrait l'ordre.

Cathy rappela aussitôt PRUNIER, qui ne la fit pas attendre.

- Allô, Monsieur PRUNIER, alors, cette ligne de crédit, vous l'ouvrez ?

- Mais pour la signature ?

- Votre signature précédée des initiales PO suffira. Et si quelqu'un refuse, dîtes lui qu'il est viré, la patronne c'est moi, et je suis chez le Président du groupe, alors on se dépêche, j'ai besoin d'un exemplaire du contrat par télex avant 16 heures, vous le mettrez au nom de la société RUTH WAGNER.

- Vous êtes certaine Madame que je n'aurai pas d'ennui ?

254

- Si ! vous allez en avoir si vous continuez votre double jeu. Je vais en informer le président dès ce soir. Vos attitudes et vos atermoiements sont inadmissibles, et avant que je ne raccroche, notez ma ligne directe et donnez-moi la vôtre.

Cathy avait gagné cette fois ci, et ce fut un coup de chance que ces imbéciles d'administrateurs véreux aient cru à l'enlèvement de Luc.

De son côté, Mélanie recontactait l'avocate Suisse Erika DIESBASK en remplacement de Cathy, trop occupée à régler les affaires avec PRUNIER. Elle lui parla longuement en lui expliquant que la Présidente d'un gros cabinet d'avocats souhaitait s'attacher ses services et lui proposait un poste d'administratrice dans son cabinet, que c'était une amie de longue date et qu'on avait besoin de sa signature dans l'heure.

Pour la convaincre, elle allait la mettre en relation directe avec la Présidente Ruth WAGNER.

Ruth qui prenait tout pour un jeu, s'installa confortablement dans son fauteuil, et quand le téléphone sonna à son bureau, elle assura tout de suite ses nouvelles fonctions.

- Bonjour Madame DIESBACH, nous avons beaucoup entendu parler de vous avec votre dernière affaire. Nous avons besoin de vous ici.

- Je suis en poste Madame la Présidente, et vous comprendrez que je puisse réserver ma réponse. Répondit Erika.

- Bien sûr que je comprends, nous sommes tous toujours très préoccupés par nos intérêts. Mais ce que je vous propose, on ne le fait qu'une seule fois. Savez-vous combien de personnes nous employons ? Pour vous dire, nous sommes les plus gros concurrents de HAUSSMAN LEGAL, vous avez entendu parler non ?

– Oui qui ne connaît pas ?

– Si je vous propose un rôle important dans notre groupe, vous allez refuser ? Sachez que nous avons deux jeunes qui montent, mais ils ont l'inconvénient d'avoir la tête un peu trop près du bonnet. Je ne puis les prendre en numéro deux voyez-vous. Si le poste vous intéresse, envoyez-nous votre accord par télex, je suis chez mon amie Mélanie JOURDAN, je suis certaine que vous la connaissez.

– Ça ne me dit rien Madame WAGNER.

– Mais si, écoutez, envoyez-moi votre accord, et voyons-nous demain. Prenez un vol pour Luxembourg. On ira vous chercher à l'aéroport si cela vous arrange.

– Eh bien je ne sais pas encore.

– Erika, vous permettez que je vous appelle par votre prénom, quel est votre prix ? Allez, jouez franc jeu. On vous donne combien à Genève ?

– 80000 dollars annuels.

– Bien, alors c'est acquis et vous serez intéressée aux résultats de vos affaires. Ça vous convient ? Vous hésitez encore, quels sont vos bonus ?

– Je n'ai pas de bonus Madame la Présidente.

– Alors je vous accord 10000 dollars annuels et un bonus sur vos résultats propres, et disons 0,1% sur le résultat du groupe, après déductions des frais et charges.

- Madame ce n'est plus une question de prix, mais une question de confort. Et j'ai vraiment besoin de réfléchir.

- Je comprends, mais je n'ai pas de temps à perdre. Alors envoyez-nous votre accord, et vous réfléchirez dans l'avion demain. On vous réserve un billet dès ce soir. Bonne soirée, et n'oubliez pas, envoyez-moi votre accord.

Ruth raccrocha le combiné sans attendre la réponse. Mélanie, étonnée, lui demanda si elle avait marché et Ruth répondit en riant :

- Mélanie, cette fille-là, il faut qu'elle demande à papa et maman si elle peut quitter la Suisse et ensuite qu'elle aille voir papy et mamy. Nous, tout ce dont nous avons besoin, c'est un accord sur un bout de papier. Qu'elle vienne ou pas, on s'en fou complétement.

- Mais Ruth, tu ne peux pas décider de ça toute seule.

- Et pourquoi ? Je suis la PDG non ?

- Tu t'emballes Ruth, ce genre de décision appartient à Luc seul.

- Non, cette décision appartient au PDG, et pour l'heure, c'est moi qui occupe le poste. Tu verras, cette nana, elle va nous envoyer son CV, ses prétentions, et son accord. Pour 20000 dollars de plus que ce qu'elle touche et un bonus, mais ce sera trop tard.

- Ça aussi tu aurais dû en parler à Luc.

- Laisse tomber, Luc il dort, et là, on ne joue plus, si on ne prend pas les devants, l'opération sera un échec. Je suis certaine de mon coup. Et je vais te dire Mélanie, cette nana, jamais elle ne travaillera dans mon cabinet.

– Bon, j'espère que tu as le nez creux.

– Oui, et je vais appeler les gros clients HAUSSMAN, tu vas voir, les contrats et les promesses signées elles seront sur le bureau de Luc avant 17 heures.

– Tu es bien sûr de toi.

– Si je ne suis pas sûr de moi, ce n'est pas la peine d'appeler. Tu vas voire tiens. Donne-moi le numéro du plus gros client HAUSSMAN après REUTHER.

– Admettons, BOUYGUES, tiens ! ça me paraît bien. Allez montres nous ce que tu sais faire !

Ruth composa le numéro en France, et elle dut attendre un long moment avant que d'entendre une voix bourrue annoncer un premier bonjour.

– Monsieur Martin BOUYGUES ? Ruth WAGNER, vous ne vous souvenez pas, mais nous nous sommes rencontrés il y a peu.

– Oui peut-être ! Ce nom ne me dit rien.

– Je comprends, dans ces dîners mondains, l'on voit tellement de monde. Mais parlons peu et bien Monsieur BOUYGUES, avez-vous entendu les dernières nouvelles ?

– A quel sujet Madame ?

– Au sujet de HAUSSMAN LEGAL. HAUSSMAN LEGAL nous a parlé de la gestion de vos comptes Monsieur BOUYGUES, il court un bruit sur la place comme quoi

258

vous souhaitez confier la gestion de vos comptes sociétés à un autre cabinet ?

- Il n'a jamais été question de changer de prestataire Madame ??? (Martin BOUYGUES n'avait pas retenu le nom de son interlocutrice)

- Madame Ruth WAGNER PDG du groupe d'avocats d'affaires WAGNER BUSINESS LAWYERS au Luxembourg, nous sommes très introduits dans les hautes sphères des off-shore. Très réputé aussi, vous avez HAUSSMAN LEGAL qui nous précède, mais actuellement, beaucoup de leurs clients nous interrogent, sur demande de Monsieur VERDIER. Il aurait quelques soucis actuellement, et ne voudrait pas que ses clients se trouvent placés en de mauvaises mains. C'est pourquoi je vous appelle. L'on vient de signer avec VALEO et PHILIPPS. THOMSON et VINCI nous consultent en ce moment même. Vous êtes sûr qu'il n'y a pas un problème chez HAUSSMAN en France ?

- Madame WAGNER, je ne suis pas au courant, mais le doute m'habite, et peut être m'éviterez-vous quelques désagréments futurs. Vous feriez un effort ?

- Nous pourrions vous garantir nos prestations au même tarif si cela vous convient ?

- Et pour mes intérêts propres ?

- Un compte au Luxembourg via Genève et un off-shore au panama si vos liquidités le permettent ?

- Madame WAGNER vous êtes pragmatique, j'ai envie de vous faire confiance, alors je vous envoie mon accord.

– Très bien Monsieur BOUYGUES, vous verrez, vous ne le regretterez pas. Voici notre numéro de télex. Je suis certaine que je vous sauve la mise, et vous me remercierez. Tiens, il y a une petite chose qui monte à Paris sur les champs, ce sont les fameux bijoux REUTHER, vous en avez entendu parler ?

– Ah oui, eux ils sont très forts. Je ne connais pas personnellement Monsieur REUTHER, mais l'on peut dire qu'il a su monter dans le train. La presse ne parle que de l'héritier ici à Paris.

– Oui, il paraît, nous avons quelques échos et nous sommes fiers de l'avoir parmi nous vous savez. Et j'ai assisté personnellement à la présentation de ses collections privées, je puis vous assurer que votre épouse serait en extase devant ce savoir-faire exceptionnel.

– Ah vous étiez à Paris dernièrement alors. Peut-être nous sommes nous croisés chez Maxim's ?

– C'est possible, nous y étions en simple visite le jour où l'héritier présentait son comité de direction. Impressionnant n'est-ce pas ?

– Oui, inattendu surtout. Je crois que cette boîte à l'art de maîtriser sa communication.

– Voyez, si vous avez envie de me faire un cadeau, lors de notre prochaine entrevue, n'hésitez pas, je suis très diamants, et un REUTHER me conviendrait parfaitement.

– Ma chère dame, ce sera un plaisir pour moi. Nous partons sur de très bonnes bases.

– Monsieur BOUYGUES, je vous laisse, on m'appelle sur une autre ligne. A très bientôt cher ami.

Sara qui venait d'entrer dans le bureau, restait muette, scotchée par l'aplomb de Ruth qui n'avait jamais laisser la maîtrise de la conversation lui échapper. Mélanie regardait Ruth, abasourdie par la scène à laquelle elle venait d'assister.

– Chérie, on fait une pause, parce que là, tu m'as épatée. Ce client-là pèse 15 % du compte clients chez HAUSSMAN.

Ruth ne répondit pas, et Sara posa la main sur son épaule, après avoir avancé d'un pas.

– Ruth, Martin BOUYGUES et l'un des hommes d'affaires les plus importants de France. Ces affaires à l'international sont en développement constant. Et toi, tu lui parle comme à l'ami de longue date, sans aucune retenue, sans aucun filet. Es-tu devenue folle ?

– Mais de quoi avez-vous donc peur toutes les deux ? Qu'imaginez-vous ? Répondit Ruth. Dans les affaires comme dans la vie, il vaut mieux être le boucher plutôt que le veau non ?

– Chérie, ça a marché une fois avec Matin BOUYGUES, mais ne crois pas que cette attitude, tu pourras la maintenir à chaque contact.

– Vous voulez parier toutes les deux ? Reprit Ruth. Ce BOUYGUES dont vous avez autant de considération, non seulement il va venir chez nous, mais de plus, il va dépenser bien plus pour ouvrir ses comptes, et je vais lui en faire dépenser chez REUTHER DIAMONDS PARIS

— Je suis stupéfaite de voir avec quelle assurance tu dis ça. Répondit Sara. Mais je pense que tu es trop « rentre dedans ».

Ruth quitta son bureau et alla voir comment se passait les choses avec Ephie. Elle semblait avoir pris un peu d'assurance et poursuivait la liste que lui avait remise Margot. Elle prenait en compte tous les comptes inférieurs à 5 % du chiffre d'affaire de HAUSSMAN et jouait sur une information indiscrète laissant entendre que le cabinet HAUSSMAN semblait avoir quelques ennuis structurels qui l'obligeraient à changer de stratégie. Appuyant ses propos par le fait qu'il y aurait probablement du nouveau en fin de journée, le cabinet luxembourgeois avait été contacté pour leur venir en aide.

Peu à peu, les télex tombaient sur la machine, et la liste des accords potentiels s'allongeait.

En deux heures, c'était près de 75 % des clients HAUSSMAN qui avaient donné un accord de principe.

Ruth demanda à Ephie de rejoindre Luc à sa suite, et qu'elle lui fasse un compte rendu succinct.

Élise supervisait l'ensemble tandis que Margot lançait son attaque en appelant tous les responsables de bureau de chez HAUSSMAN LEGAL.

Elle ne peina guère à les décider en apportant quelques détails sur l'implication de Madame VERDIER dans des actions litigieuses, et en jouant sur le fait que si l'affaire s'ébruitait, aucun d'entre eux ne pourraient plus jamais exercer dans les affaires financières.

Les experts comptables, les avocats hautement qualifiés en droits des affaires comprirent très vite l'urgence de la situation, et les dossiers REUTHER GROUP n'eurent aucun mal à changer de main.

Les contrats de travail du groupe HAUSSMAN arrivaient un à un, Élise les épluchait, notant les montants des appointements de chaque collaborateur, dont elle fit une synthèse. Emma aidait à la tâche, en vérifiant chaque document reçu, faisant confirmer au siège que les individus nommés avaient bien eu à travailler pour le groupe REUTHER.

La masse salariale de 65 collaborateurs fut affichée et la moyenne des salaires oscillait entre 30 et 35000 dollars annuels par collaborateurs.

Elle estima que proposer 36000 dollars à chacun était sans doute une solution et elle proposa par télex, un contrat type à ajuster lors de la signature, en laissant son numéro de téléphone pour qu'on la rappelle.

Le standard de la résidence avec ses dix lignes surchauffait. L'agent de sécurité jonglait avec les touches, et finissait par perdre la tête, ne sachant plus qui il annonçait. Jamais la résidence n'avait connu une telle effervescence.

Ephie était arrivée dans la suite du Président, et se dirigea au salon, mais Luc n'y était plus.

Elle se dirigea dans le grand bureau, et là non plus, il n'était pas présent. Elle fonça dans l'appartement privé, et elle le trouva réveillé, en costume et cravate bleu marine, épingle diamant agrafée sur la chemise en soie blanche, boutons de manchette diamant luisant aux extrémités des manches, Rolex au poignet gauche et bracelet ciselé or et diamants sur le poignet droit.

– Tu es en retard petite Ephie, lui lança-t-il avec un sourire moqueur.

263

- C'est que la liste était longue. Nous en sommes à 75 % de promesses. Et Élise a envoyé la proposition de contrats à 65 collaborateurs de chez HAUSSMANN.

- Laisses les chiffres quelques minutes, tu veux bien et approches toi.

- Luc, nous n'avons pas fini, c'est fastidieux, et il y a une chose, chez REUTHER FINANCES, Cathy a dû virer des secrétaires.

- Oui, malheureusement, ça arrive.

- C'est aussi parce que Sara à fait intervenir le commando. Les administrateurs que tu avais démis de leur fonction avaient repris la main, et PRUNIER, je crois que c'est le nom qu'elle m'a donné, ne voulait pas ouvrir la ligne de crédit, car il fallait la signature du Président. Enfin ça, elle a fini par réussir, mais l'accord n'est pas arrivé.

- Tu me dis qu'on a mis la main sur les administrateurs de REUTHER FINANCES ?

- Oui, ils sont tous au secret dans un hôtel, sous bonne garde.

- Vous avez contacté les porteurs de lettres ? Il faut les avertir immédiatement, les lettres doivent être remises aujourd'hui sans faute. Qui s'en est chargé ?

- Je ne sais pas Luc.

Ephie s'était approché de Luc, et il la sentait affolée, dans son minishort et son petit chemisier noué sous les seins, laissant visible son ventre et son nombril. Elle laissait entrevoir la naissance de ses seins, avec ce bouton volontairement défait qui n'avait pas échappé à Luc.

Il la prit par la taille, et déposa un léger baiser sur ses lèvres, en lui disant de se calmer, que toutes avaient bien travailler, mais qu'il lui revenait maintenant, de prendre les choses en main.

Elle finit par se détendre, et Luc lui proposa un café juste en bons amis, afin de l'apaiser.

Elle prit la main de Luc et la posa sur son sein gauche, et il sentait son cœur battre à tout va, de plus en plus fort, de plus en plus vite.

— Écoute Ephie, il y a un temps pour l'amour, un temps pour le travail. Nous sommes au combat, et tant que la bataille ne sera pas gagnée, nous devons rester tous concentrer.

Tu vas aller chercher Jacques VERDIER et demander que l'agent de sécurité vous accompagne jusqu'à mon bureau. Tu dis en même temps à Céline de prendre l'air, je la verrai plus tard. Demande-lui de se rendre dans le jardin tropical, côté Est, au bout de la plage. Je la rejoindrai là-bas.

— Bon ! Tu me repousses, c'est ça ?

— Je ne te repousse pas ! Là, je ne suis pas Luc, je suis le PDG de REUTHER INTERNATIONAL GROUP. J'espère que tu comprends la différence. Il le faut, la distinction doit se faire dans ta tête.

— Mais moi...

— Toi comme toutes, vous êtes la FAMILLY et ma Team Manager, ne l'oublie jamais. Mais je ne suis ni un pantin, ni votre jouet. Et encore moins pendant le travail.

— Je ne te plais pas, c'est ça ?

– Ephie, la patience est une vertu que tu dois apprendre. Tout vient à point à qui sait attendre son heure. Et ton heure n'est pas encore venue.

Laisse-nous gérer ça avec Élise. Tu ne voudrais pas tout de même que je sois l'homme qui est toujours disponible. Alors rassures toi, quand Élise me le demandera, nous serons là pour toi. Mais ne me forces pas la main.

– Oh Luc, pourquoi ça tombe sur moi, dis-moi pourquoi je n'ai pas de chance ?

– Allons, il ne s'agit pas de chance Ephie, et encore moins de vouloir te faire le moindre mal. Mais j'ai d'autres préoccupations, et Luc n'est pas une machine à faire l'amour.

Je t'aime tout autant que les autres, et tu le comprendras bientôt. Mais regardes Ephie ! Ta sœur Cathy est ici, ta mère arrive demain, ta vie a déjà beaucoup changée.

Bientôt tu auras de nouvelles attributions et tu devras alterner travail et études. Tu es devenue membre à part entière de la REUTHER FAMILLY et ce sont des filles telles que toi qui te l'ont proposé. Tu es toujours libre. Tu peux toujours décider de ton avenir, et de ce que tu veux faire, de rester ou de partir vivre d'autres aventures. Les portes du futur te sont ouvertes.

Moi, ce n'est pas mon cas. Je suis l'héritier. Tu comprends ce que ça veut dire ?

Je ne m'appartiens plus !

Ce qui dépend de moi, je dois l'assumer ou accepter de le perdre. Et en ce moment, j'ai décidé d'assumer ma charge.

Si tu es ici, ce n'est pas un hasard, mais parce qu'au fond de toi, il y a quelque chose dont j'ai besoin pour mener ma mission à terme.

Allez, rassures toi, tu es une fille formidable, mais tu dois apprendre à gérer tes émotions.

— Tu m'en veux Luc ?

— Qui ? Moi ? Oh bien sûr que non je ne t'en veux pas.

Tu m'as bien fait comprendre tes désirs, ils sont humains, mais ce n'est pas le bon moment pour moi, et encore moins pour toi.

Ce serait une catastrophe, et tu ne mérites que le meilleur, le pire, tu l'as déjà eu.

— J'espère que tu ne m'oublieras pas.

— Ephy, reprit Luc avec sévérité. Plus jamais tu ne dis une chose pareille devant moi. Tu n'es pas une petite fille, tu es dans la FAMILLY, sois en digne.

Maintenant, au boulot, et détends toi, je ne veux pas te voir dans cet état devant tes sœurs.

— Oui Luc, je suis désolée, excuse-moi.

Elle se jeta à son cou, il la laissa faire. Elle remit sa cravate en place, lui prit la main et ils quittèrent l'appartement.

Luc lui fit un baiser sur la main, et ils sortirent par la terrasse centrale sous la verrière. Ephie quittait l'ascenseur qui avait stoppé au premier étage pour rejoindre la suite du premier étage aile Ouest.

Luc descendit jusqu'au rez-de-chaussée, et longea le grand bassin en direction du jardin tropical, pour rejoindre l'accès intérieur des bureaux.

Il alla tout au bout de la plage, et attendit Céline, tout en fumant une cigarette.

Le mètre cinquante-cinq de Céline fit son apparition, avec ce dandinement nonchalant du bassin. Elle longea la plage les pieds dans l'eau, et approcha de Luc avec un air un peu désabusé.

– Ça va Luc, tu es reposé ?

– Oui merci petite Céline. C'est difficile n'est-ce pas ?

– Oui, difficile de jouer un rôle à contre-courant de qui l'on est réellement.

– Tu vas tenir le coup ma chérie ? Encore quelques heures et le cauchemar sera terminé. Je pense que tu es la seule à pouvoir tenir ce rôle. Tu as à faire à un grand blessé, intérieurement, il est détruit.

– Oui, il a du mal à rester en place, et il faut dire que pour l'instant, il n'y a rien de positif. Je crois que tu vas en prendre plein la tronche quand il sortira de là.

– Je suis prêt. Il est à ma merci, et rien ne peut m'arriver. Il lâchera prise avant moi. Mais je ne suis pas fier de la méthode. Et te mettre ainsi en porte à faux, ce sera dur, très dur, tu ne mérites pas ça. Mais tu es la seule à avoir le caractère pour ça.

– C'est la suite qui me fait le plus peur. Le regard des filles, et tout le reste.

– On va gérer ça ensemble ma chérie. Ce n'est pas le moment de flancher. Viens dans mes bras. On a affronté

268

le péril ensemble, alors ce n'est pas ça qui va nous arrêter, tu ne crois pas ?

Elle se blottissait tout contre lui, et il l'entourait de ses bras pour la rassurer. Elle tremblait, et il la sentait prête à lâcher prise.

—   Céline, quand chacun aura pris la réelle mesure du rôle que tu joues actuellement, tu seras libérée et moi aussi. Tu sais que c'est l'unique moyen pour qu'on puisse repartir en conquérant. Il n'y a plus que ça qui nous arrête. Je ne peux rien dire, et tu le sais, nous avons les rôles principaux, et personne ne doit savoir. Ce serait une catastrophe.

—   Je le sais Luc, peut-on aller prendre un café tous les deux à l'office ? J'ai besoin de te sentir avec moi en ce moment.

—   Oui nous allons passer par derrière côté service. Je sais que tu as besoin de moi, mais garde bien à l'esprit que mes pensées vont t'accompagner jusqu'au bout de la mission. Et en ce moment, toutes, vous avez besoin de me sentir présent. Tu es la plus forte de toute, car ce genre de cas, tu l'as déjà géré. Tu es actuellement la pièce maîtresse du dispositif. Tu es la clé de voûte, et si ça ne s'emboîte pas correctement ce soir, tout s'écroule. Sois forte chérie, ne me lâche pas. Quelque-soit ce que tu entendras, quelque soient les réactions, reste digne et droite, il n'y a pas de coupable en toi, je te l'ai dit. La pièce qui se joue aujourd'hui, est un grand début. Elle est dramatique, forte en émotion et se joue en un seul acte.

Ils avaient gagné l'office, où Mike les attendait.

—   Ça va patron, on dirait que vous êtes bien chagrin tous les deux.

- Vous pouvez le dire Mike, nous sommes dans une phase difficile, alors vous nous servez deux cafés serrés. Céline va nous quitter quelques temps, mais vous faites comme si de rien n'était. Et j'en suis très affecté. Elle aussi bien entendu. Mais il le faut.

- Elle va dîner ce soir ?

- Je pense oui, si elle le souhaite.

- Ça va Mademoiselle Céline ? Si je peux faire quelque chose pour vous réconforter ?

- Mike, vous ne pouvez rien faire, j'appartiens en totalité à la REUTHER FAMILY, je vous demande de ne rien faire qui pourrait nuire à la famille. C'est juste que je dois subir une épreuve difficile, comme on dit souvent, un mauvais cap, et j'ai besoin de Luc comme jamais je n'ai eu besoin de personne.

- Allez Mademoiselle, consolez-vous, ici, vous trouverez du réconfort partout. Venez plus souvent. Monsieur Luc ne veut pas qu'on ferme les portes de l'office. Alors venez vous faire la main à des petites recettes simples qui vous combleront les papilles. Je serai très heureux de votre présence vous savez.

- Mike, ne portez pas votre dévolu sur moi, je vous le demande. Je ne suis pas insensible vous savez, mais je ne peux pas répondre à vos sollicitations.

- Céline reprit Luc, je parlerai à Mike quand il sera temps. Toi, reste celle que tu dois être. Promets-moi de tenir encore un peu.

- Oui Luc, mais il me faudra du temps pour récupérer, après tout ça.

— Tu voudrais venir en vacances avec nous ?

— Je ne sais pas encore Luc.

— J'en parlerai le moment venu avec ma femme. Mais pour l'instant, on retourne là où l'on nous attend. Va te changer. Elles sont toutes en minishort, et chemisier, buste libre.

— J'ai le temps de prendre un bain ou de me baigner dans la piscine ?

— Oui, prends le temps qu'il te faut, mais fais-le dans l'une des criques ou vers la cascade. Il ne faut pas qu'on te voit. Viens avec moi, je vais t'aider à te déshabiller.

— Nue ?

— Oui, ça te délassera, on a encore des heures difficiles à passer. Ce soir, tu regarderas mon pansement, parce que c'est horrible, ça me démange terrible et je ne peux pas me toucher à cause de la côte qui me fait souffrir.

— Je te donnerai une pommade. Bon, allez mon chéri, on y va ?

— Oui.

Ils reprirent le chemin inverse, et Luc lui montra un endroit en courbe dans la piscine, où la vague venait frapper le bord, soulevant une lame d'eau qui roulait ensuite en direction du centre du bassin, pour s'entrechoquer avec la nouvelle vague qui arrivait. C'était un tempo régulier qui allait et venait, formant un ressac permanent qui brassait l'eau du grand bassin.

Du rez-de-chaussée, on ne voyait pas cet endroit placé en retrait de l'aile droite.

Sur le bord, un espace solarium était découvert, et il suffisait de s'allonger pour prendre très vite de belles couleurs. Une cabine de sauna était installée sous la végétation, et une douche italienne contiguë, disposait de tous les accessoires pour ressortir en pleine forme.

Luc dégrafa doucement le veston de tailleur, et la jupe courte, fit glisser le chemisier sur les épaules de Céline, lui enleva son soutien gorges en prenant soin de caresser doucement les seins, descendit le string qu'elle portait et embrassa son pubis. Puis il se releva, l'embrassa tendrement, lui prit la main, et la fit glisser dans l'eau avant que la vague ne l'engloutisse puis la transporte jusqu'à l'axe longitudinal du bassin ! elle fut happée par la vague et ramenée jusqu'au bord.

Elle sortit le buste de l'eau, et il lui glissa à l'oreille :

–   Prends le temps qu'il te faut, tu as vu le sauna, il te suffit d'entrer et il se réglera tout seul, ajoute simplement un peu d'eau de temps en temps. Et pour le solarium, pas plus de dix minutes, les lampes sont neuves et fortes. Je t'aime petite Céline, on va s'en sortir.

Il glissa un nouveau baiser sur ses lèvres, et reprit instantanément son air sombre.

Elle comprit qu'il venait de rentrer dans son rôle, et qu'à partir de cet instant, allait se jouer la partie la plus difficile qu'ils aient eu à affronter.

Elle s'éloigna en nageant, prenant autant de plaisir qu'elle pouvait, laissant les cris des oiseaux s'imprimer dans sa tête, en vidant le reste de crainte qui restait.

Luc arrivait à l'entrée de son bureau, et ça fourmillait de partout, il sentait la tension à son comble. Il prit une grande inspiration en faisant un coucou à Céline qui nageait vers la crique de la cascade. Elle lui répondit par un sourire, et plongea sous le déversoir, cachée par le rideau d'eau qui tombait du haut de ce rocher bizarre.

Margot s'était installée dans le bureau contigu à celui du PDG, et avait déjà commencer les hostilités avec Madame VERDIER. Le ton était monté très vite entre les deux femmes. Lucie VERDIER HAUSSMAN, avait une très haute opinion de sa personne et elle le faisait savoir autant par les mots que par le ton qu'elle employait.

Luc lui fit un signe de la main en passant, et longea chaque bureau où les filles s'affairaient, leur adressant à chacune un sourire.

Il entra dans celui où Élise avait jeté son dévolu.

Le plateau du bureau était encombré d'une multitude de papiers et télex. Elise se débattait avec les chiffres qui lui parvenaient, calculette en main, pour établir un semblant de projet financier qui déterminerait le montant des budgets qu'il faudrait financer pour absorber HAUSSMAN.

Luc contourna le bureau et se plaça derrière elle, il lui caressa la nuque, et l'embrassa langoureusement quand elle eût tourné la tête vers lui.

    —   Alors mon amour, tu t'en sors ?

    —   Tu es tout beau mon cœur, tu as retrouvé la forme ?

    —   Il faudra encore me tenir à l'écart pendant quelques temps, mais ça va.

    —   Parlons chiffres si tu veux bien !

Elle lui donna un à un les postes de dépenses, frais fixes, frais variables, masse salariale, déplacements divers et commerciaux, représentations, et enfin, le total estimé soit un budget annuel de 8 millions de dollars pour un chiffres d'affaires récupérés de 10 millions et un résultat net de 1,3 millions qui pourrait évoluer rapidement si l'on comptait sur les affaires des nouveaux entrants non estimés.

- Qui a appelé Erika DIESBACK ?

- C'est Ruth qui s'est chargée de ça. Elle dit que ce n'est pas le bon cheval, mais on attend toujours son accord. Peut-être qu'il est arrivé, je ne suis pas retourné au télex.

- Je vais voir Ruth tout de suite. Toi, tu arrêtes quand tu veux chérie, il nous faut juste un petit topo, pour savoir où nous allons.

Il quitta précipitamment Élise pour se rendre deux bureaux plus loin, où Ruth poursuivait l'appel des clients HAUSSMAN.

Elle était en ligne et se débattait avec l'un d'entre eux.

Luc l'observa, et se contenta d'écouter attentivement sa jeune recrue à la tête du futur cabinet d'avocats, après avoir appuyé sur le bouton main libre du téléphone.

- Vous savez cher Monsieur, il y a des situations où prendre la bonne décision est difficile. Pour nous également, rendre ce service à Jacques VERDIER nous est apparu nécessaire.

- Madame, j'ai du mal à comprendre pourquoi Monsieur VERDIER ne nous a pas appelé directement. Votre appel est si soudain.

- Cher Monsieur, Jacques est ami de longue date, et je crois que s'il ne vous a pas appelé, c'est un peu par respect. Imaginez dans quel état d'émotion l'on peut être quand on a pignon sur rue, et que votre principal actionnaire vous lâche.

- J'imagine très bien Madame, mais nous avions cru comprendre que Monsieur VERDIER dirigeait en pleine main son affaire.

- Il a eu la faiblesse de le croire aussi. Depuis autant d'années, il n'avait jamais imaginé que la famille HAUSSMAN oserait un coup pareil. Mais nous pouvons le sauver. Son travail à vos profits n'a jamais été remis en cause, et je crois savoir que vous étiez plutôt satisfait, notamment en matière fiscale. Votre pays n'est pas très souple n'est-ce pas. Il suffirait de peu pour que tout soit mis à mal.

- Madame, je vois que vous connaissez bien votre affaire. Nous avons envisagé quelques idées avec Monsieur VERDIER et ébauché des hypothèses. Votre société est au Luxembourg n'est-ce pas ?

- C'est cela même, et nous sommes je dois le dire, assez réputés sur la scène internationale. Je vais vous faire une confidence, mais vous gardez ça pour vous, Le groupe REUTHER, vous savez, le Loup du Grand-Duché, il souhaite me rencontrer rapidement. Mais vous n'avez rien entendu n'est-ce pas.

- Vous dites que l'héritier, le géant REUTHER vous a tendu une perche ? Mais dites voir, pour que ces gens-là s'intéresse à vous, c'est que votre crédit est vraiment très fort.

- Ça, je ne sais pas ? Mais vous qui avez vos infrastructures un peu partout, vous le connaissez mieux que moi. Nous, au Luxembourg, nous ne connaissions que son prédécesseur, et encore, très peu. Pour ma part, je n'en avais jamais entendu parler avant qu'il envahisse nos espaces publicitaires sur tous les journaux et magazines spécialisés. Ça, pour l'arrivée de l'héritier, on aura eu notre compte.

- Madame, nous pesons bien peu par rapport à lui. Mais notre compte de résultat reste tout de même honorable.

- Monsieur, il me serait agréable de vous compter parmi nos prochains clients. Je ne connais pas les conditions de votre contrat, mais nous pourrions certainement trouver un accord, et qui sait, vous procurer quelques avantages. J'ai des idées là-dessus, mais nous en reparlerons lors de notre prochaine entrevue.

- Mais certainement, il n'y a que les montagnes qui ne se rencontrent pas.

- Bien, alors envoyez moi votre accord, pour la bonne forme, et je pourrais alors caler un rendez-vous sur mon agenda.

  Allez, ne perdons plus de temps, nos avocats rencontreront votre expert disons Mardi prochain à Toulouse, si cela vous convient.

- Je note Madame, mais qu'ils appellent avant leur arrivée. Je fais le nécessaire de mon côté.

- A très bientôt très cher, nous aimons tous les deux semble-t-il, que les affaires se règlent au plus vite. Bonne fin de journée Monsieur FABRE.

Ruth raccrocha, épuisée et cria en riant et en levant les bras au ciel :

- Bingo, le groupe des laboratoires FABRE est pour nous.

Jacques VERDIER passait justement dans le couloir et ne put qu'entendre le cri de victoire de la jeune femme. Il hocha la tête, et poursuivit jusqu'au bureau du PDG, accompagné par Ephie et l'agent de sécurité.

Luc ne prêta pas attention à Jacques VERDIER, il voulait avant tout féliciter Ruth pour qui il avait des attentions sans aucune équivoque.

- Je suis fière de toi Ruth, tu le sais ?

- Je fais de mon mieux, et je suis assez satisfaite. Tu trouves que je joue bien mon rôle de PDG ?

- Tu es une formidable actrice, je l'avoue, mais j'espère que tu ne joueras pas un rôle avec moi. Parle-moi de cette Erika DIESBACH, tu l'as eu en ligne n'est-ce pas ?

- Oui, c'est une mijaurée, elle hésite, elle est toujours dans le « je ne sais pas », une fille qui passe son temps dans « l'excuse ». Tu vois ou pas ?

- Tu veux dire que l'on n'a pas son accord ?

- Ah si, on a son accord, il est là, mais ne compte pas sur cette fille pour prendre la tête de quoique ce soit. Diriger, ce n'est vraiment pas son truc.

- A ce point ? Bon, alors on monte le dossier, je vais le dire à Élise, et tu lui portes le télex. Ensuite tu me rejoins dans mon bureau. On a un VERDIER à remettre en selle.

- Tu vas lui donner la direction du cabinet ?

- Impossible chérie, mais il nous faut un associé réel, et Jacques doit retrouver une position dominante auprès de la clientèle. Mais pour le compte REUTHER, c'est toi seule qui en hérite. Je serai là, Jacques aussi, et ton

277

Comité de direction que nous mettrons en place comprendra un chargé d'affaires REUTHER, un chargé d'affaires des clients lambda, Jacques VERDIER en consultant, toi, Élise, Margot et moi.

- Tu veux dire que je vais diriger réellement le cabinet ?

- Je veux dire que tu vas protéger la FAMILLY et le groupe oui. Tu as officiellement le rôle de PDG, donc tu vas diriger. Tu aimerais faire du droit ?

- Si je fais du droit, je ne pourrais pas faire de l'écologie.

- Je pense que tu le peux, mais ça va te donner beaucoup de travail, car je comptais aussi sur toi pour d'autres choses ici. Mais on en reparlera. Je te laisse, à tout de suite.

Il quitta le bureau pour cette fois ci, avoir une franche explication avec Jacques VERDIER.

Il ne le salua pas quand il s'installa derrière son bureau, mais le pria de s'asseoir face à lui d'égal à égal.

- Jacques, ta mollesse m'a vraiment déçu, et te mettre à l'isolement n'a pas été pour moi, quelque chose de facile. Mais je sais très bien que si je n'avais pas fait cela, tu aurais appelé ta femme et ton bureau.

- Je suis désolé d'être aussi faible Luc, mais je peux t'assurer n'avoir jamais trempé dans toute cette histoire.

- Je l'espère. Pour autant, tu es le patron en titre et en responsabilité chez HAUSSMAN LEGAL. Et en cela, tu es coupable, tu le sais très bien.

Mélanie t'a fait la liste de ce que l'on pourrait te reprocher. Je t'en veux, mais pas au point d'ignorer tous les services que tu as rendu au renard comme au loup.

– J'ai cru comprendre que tu avais lancé ta meute contre HAUSSMAN ?

– Oui, que voulais tu que je fasse d'autre ? On a même bouclé les ex-administrateurs chez REUTHER FINANCES qui avaient repris du service après l'information de mon enlèvement.

Alors peux-tu m'expliquer comment est-ce possible que des salauds qu'on a mis dehors, puissent encore exercer après leur éviction ? Je t'écoute.

– Tu les as virés certes, mais hors cadre réglementaire. Les statuts des sociétés précises que seul un conseil d'administration peut exclure un membre dans des conditions de fautes ou manquement aux devoirs de sa charge, et sur proposition du président ou de son représentant nommément déclaré.

REUTHER FINANCES n'échappe pas à cette règle, et quand j'ai confié le dossier à mon bras droit, il a agi directement sans convoquer un conseil d'administration.

Ils sont donc officiellement toujours en poste.

– Jacques, tu savais ça ? Dis-moi, tu le savais ?

– Je n'y ai pas songé Luc, n'oublies pas, je devais te sauver, m'occuper de tout organiser, je n'ai pas dormi pendant plusieurs jours tout ça pour me voir remercié.

– Ne te plains pas, tu m'as mis dans la merde, alors arrêtes tout de suite tes jérémiades. Tu es ni plus ni moins en train de me dire qu'il faut que je convoque un conseil d'administration où je possède la totalité des parts, et que j'aille me jeter dans la gueule du loup à Genève pour mettre fins aux hostilités.

Et tu me dis ça maintenant ?

— Je suis désolé, tu ne peux pas te soustraire à cet exercice. C'est la loi des sociétés selon leurs statuts. Si je m'y étais rendu moi-même, je n'aurais pas pu mettre en place ton évasion au nez et à a barbe de ceux qui te recherchaient.

Ruth venait d'entrer dans le bureau avec Cathy.

— Jacques, regardes, ouvres les yeux, tu veux que la nouvelle directrice générale de REUTHER FINANCES, je l'envoie là-bas pour régler une connerie qui fait partie de ton business ?

C'est bien ça que tu me demandes ? Mettre en péril la vie d'une fille de 21 ans, face à des salopards, pour leur dire officiellement qu'ils sont virés ?

Et évidemment, ta femme sait tout ça n'est-ce pas ?

— L'on dit que les loups ne se mangent pas entre eux Luc. Alors il faudra bien qu'elle apprenne à affronter la réalité de ce monde que toi-même tu sembles ignorer. Il n'y a jamais une seule couleur dans les affaires. Quand tu auras admis cela, tu auras déjà bien avancé.

— Alors écoutes bien, ouvres bien tes oreilles. Quand je vais lever ce téléphone, HAUSSMAN LEGAL sera mort.

Tu ne représenteras plus rien, et le seul qui sera à tes côtés, il est face à toi. Tu les as cumulées les erreurs, ces derniers temps Jacques.

Mais je vais te faire une proposition, tu nous as mis dans la merde, tu vas nous en sortir.

- Si je n'ai plus de collaborateurs, ce n'est plus la peine, il y a trop longtemps que j'ai quitté la robe d'avocat pour me consacrer aux affaires. Tu vas encore faire une erreur de stratégie Luc !

Ruth s'autorisa à lui répondre immédiatement et Luc la laissa faire.

- Écoutez moi bien Maître VERDIER, je suis Ruth WAGNER, et je viens de recruter 65 de vos collaborateurs. Vous avez suffisamment emmerdé le monde avec votre vie privée. Vous admettez avoir fait des erreurs. C'est une chose positive. Mais ça ne suffit pas.

  Il y a urgence, et vous allez nous aider. Je vous informe aussi que nous avons atteint 85 % de votre clientèle et que désormais, à la date de signature près, vous n'avez plus aucun client.

  Le scandale de votre chute n'est qu'une question de minutes. On peut encore éviter ça, décidez votre femme à abandonner ses parts immédiatement, elle est assez forte pour comprendre les mots justes et de toutes les façons, elle dira ce que nous l'autoriserons à dire. Pour elle, il n'y a plus de HAUSSMAN LEGAL. Elle peut appeler ses anciens collaborateurs, ils sont déjà en fonction chez WAGNER, et tout ça, sous son nez, dans ses bâtiments.

  Quant à vos parts, elles sont déjà ici, vous comprenez ce que je suis en train de vous proposer ? Vos 24% sont intacts. Nous sommes disposés à vous les laisser.

Un deal tout simple, la totalité des biens de votre cabinet, y compris les biens immobiliers, contre un poste ici pour vous, et l'immunité pour votre épouse.

Bien entendu, elle devra payer et assurer en son nom propre tous les préjudices subis par REUTHER INTERNATIONAL GROUP, ou alors nous irons en justice.

— Madame, je ne sais en quel nom vous vous présentez à moi, mais je ne crois pas un seul instant que vous avez qualité pour traiter cette affaire.

Luc s'interposa tout de suite.

— Jacques, Ruth est la Présidente de WAGNER BUSINESS LAWYERS. Un cabinet d'avocats d'affaires ici, au Luxembourg. Elle a lancé une OPA directe, et ses arguments ont suffi. Que croyais-tu ? Que nous allions battre en retraite et se laisser faire ?

Elle détient en une seule main, la totalité des actions de sa société. Tu pourrais disposer de 24% de quelque chose, ou tu peux aussi ne plus rien avoir du tout. Bien entendu, ces 24% ne sont valables que sur la partie REUTHER GROUP. Donc 24% sur 40 % du CA. Bref, c'est mieux que 0% de rien du tout

Et c'est elle qui a recruté tous tes juristes, avocats et experts. Elle peut en un claquement de doigts, sortir toutes les affaires que ta femme a pigeonné avec l'aide de son associé conseil. Alors tu baisses d'un ton, et tu écoutes.

Vas-y termine Ruth.

- Bien, Monsieur VERDIER, je vous tends la main, on étouffe toute l'affaire ensemble, tous les deux, et vous travaillez pour nous, vous serez chargés de suivre les affaires REUTHER que vous connaissez bien.

  Vous aurez un statut de conseil auprès du conseil d'administration, et un statut de conseil auprès de REUTHER INTERNATIONAL GROUP.

  Ainsi, mise à part votre fierté, vous ne perdrez pas au change.

- Voilà Jacques, tu peux dire non, et je te certifie que vous moisirez en prison, ou tu peux accepter, même si bien sûr, nous allons ruiner ta femme jusqu'à son dernier bijou.

Jacques secouait la tête, en signe de désespoir, puis s'interrogea longuement, avant de reprendre la parole. Son front laissait poindre des gouttelettes de sueur qui perlaient, il les épongea, et après une longue respiration, puis finit par répondre à Ruth.

- Madame, votre expérience m'apparaît bien faible pour diriger une telle entreprise, mais vous compensez avec un aplomb assuré.

- Abrégez votre discours, lui répondit-elle, nous avons du pain sur la planche, alors oui ou non, c'est tout ce que j'attends, mes louvetons ont faim.

- Je vais accepter, mais

- Il n'y a aucun « mais » Monsieur VERDIER, vous avez la vie et l'argent, c'est assez, aucune autre exigence ne sera tolérée et ça vaut pour tous.

- Alors je n'ai qu'à me soumettre Madame

– Oui, se soumettre ou se démettre. Il n'y a qu'un jeu et une seule balle et plusieurs candidats à la victoire. Celui qui a la balle dans le barillet sauve la peau qui il veut. Vous n'êtes en possession ni de l'arme, ni de la balle.

– Très bien, vous m'amènerez votre contrat.

– Le contrat sera prêt quand votre part de marché sera réalisée. Si le groupe REUTHER ne sort pas vivant et entier de cette affaire, il n'y a plus de contrat qui tienne, et je suis en possession de l'arme et de la balle. Luc, c'est à toi, nous on s'en va.

– Non les filles restez, ça va être très instructif. Ephie, ouvres la porte du bureau de Margot, et demande à Nathaly de venir.

Dis également à Mélanie de faire l'annonce au journal Lëtzebuerger et qu'elle passe la ligne ici, Jacques confirmera.

Ephie traversa la pièce et ouvrit en grand le bureau où Margot s'affairait, puis elle rejoignit Mélanie. Au passage, elle fit un signe à toutes les filles de se tenir prêtes, les hostilités allaient commencer.

– Jacques, tu annonces ton retrait de HAUSSMAN LEGAL et la cession de tes parts au cabinet WAGNER BUSINESS LAWYERS au Luxembourg et tu invoques des raisons personnelles, c'est clair ?

– Oui, sauvons ce qui peut l'être encore.

– Cathy, dit à Sara de lancer l'épervier sur la cible.

Elle courut jusqu'au bout du couloir, et Sara appela dans l'instant même Hans à Paris.

Déjà en alerte, Hans donna l'ordre à ses gars de pénétrer dans la maison VERDIER à Saint-Cloud, et quatre hommes investirent les lieux, sans bruit, cagoulés, ils n'eurent aucun mal à localiser leur cible.

Les armes au poing, le silencieux fixé au canon, ils trouvèrent Madame VERDIER installée sur son canapé, en grande discussion avec un homme à la quarantaine passée.

Ils immobilisèrent le couple, et quand le téléphone sonna, ils ordonnèrent à Madame VERDIER de bien vouloir répondre.

Elle décrocha le combiné, apeurée et frisant l'hystérie, mais réussit à conserver un peu de sa prestance.

Luc entendit alors cette voix chevrotante d'une personne qui semblait paralysée par la peur.

> – Madame VERDIER, allô ! Madame VERDIER ?

> – Oui, bonjour Monsieur.

Face à elle, un homme de très forte corpulence se tenait debout. Il portait une cagoule en laine sur la tête, et un équipement militaire genre treillis, tenait en main un pistolet automatique muni d'un silencieux. Il répétait sans cesse :

> – Madame, on ne vous veut aucun mal, respectez à la lettre ce qui vous sera demandé. Qui est le Monsieur à vos côtés ?

> – C'est mon associé.

> – Très bien Madame. Vous Monsieur, rapprochez-vous ici, près du téléphone.

> – Allô Madame VERDIER ? M'entendez-vous ?

L'homme en tenue militaire appuya sur le bouton main libre et posa le combiné sur la table gigogne où l'appareil reposait.

— Voilà Messieurs dames, vous pouvez maintenant répondre, allez dépêchez-vous, on ne va pas y passer la nuit

Le canon du pistolet s'agitait sous leur nez, et l'on voyait bien que l'heure n'était pas à la plaisanterie.

— Madame VERDIER, m'entendez-vous ?

— Oui bonjour, à qui ai-je l'honneur ?

— Vous êtes en relation avec un homme auquel vous devez des comptes Madame. Vous êtes bien l'associé majoritaire du groupe HAUSSMAN LEGAL à PARIS ? Madame, je me vois contraint de vous poursuivre en justice voyez-vous.

— De quoi, mais Monsieur qu'ai-je à voir avec votre histoire.

— Oh madame, épargnez-moi vos salades. Nous détenons ici même un individu que vous connaissez très bien, puisqu'il s'agit de votre mari. Vous vous rappelez que vous avez un mari ? Ah et puis j'ai cru entendre que vous n'étiez pas seule actuellement. Serait-ce Monsieur LEBARDOT qui vous visitait ?

— Mais comment savez-vous ?

— Madame, et vous Monsieur LEBARDOT, vous êtes accusés de tentative d'assassinat, tentatives d'enlèvement, escroqueries multiples, détournement de fonds, abus de biens sociaux, abus de confiance, et je laisse les broutilles de côté.

– Mais enfin Monsieur, qui êtes-vous ? Vous rendez vous comptes de la portée de vos accusations ?

– Madame, Monsieur, je me présente, Luc IMBERT REUTHER, Héritier de REUTHER INTERNATIONAL GROUP. Nous vous avons reçu au Royal Monceau Madame VERDIER, ne vous souvenez vous pas ? Je suis très déçu que vous ne m'ayez pas reconnu. D'autant que ce soir-là, vous ne vous êtes guère privée de donner des leçons à mon épouse, sur son rôle dans les affaires.

Je suis d'autant plus déçu Madame, qu'à l'instant même où vous osiez prodiguer vos conseils, vous fomentiez déjà mon assassinat.

– Comment pouvez-vous affirmer de telles ignominies Monsieur REUTHER ?

– Madame, c'est inutile de tenter de nier. Vous aviez l'air si à l'aise dans votre discours lors de ce dîner, que ce comportement a attiré chez moi, une certaine méfiance, et je ne me suis hélas pas trompé. Vous et votre associé, Monsieur LEBARDOT, avez recruté un commando pour m'enlever samedi dernier lors de mon voyage pour Luxembourg.

– Monsieur REUTHER, je ne vous permets pas de porter de telles accusations.

– Il n'y a madame VERDIER ou plutôt Madame HAUSSMAN, personne à ce jour qui aurait osé tenter cet enlèvement via un aller simple pour la Colombie. Mais votre connaissance du monde des affaires vous a vraiment mal guidé.

Monsieur LEBARDOT, nous avons des témoins probants qui certifient avoir été recrutés par vous. Monsieur

FRANOIS par exemple, qui attend désespérément la somme que vous lui avez promis. Je crois qu'il n'est pas très content après vous. Je ne serai pas étonné qu'il cherche à vous revoir bientôt. Et je n'ai pas eu besoin de le payer, moi.

Et puis, vous nous expliquerez aussi vos notes de frais au nom de REUTHER INTERNATIONAL GROUP. Il y a des démarches qui vous auraient été confiées à titre personnel part le PDG du groupe après son décès. Ne trouvez-vous pas cela étrange ? Quelles tâches aurait-il pu vous confier, Monsieur LEBARDOT, qui auraient nécessitées des séjours de plusieurs semaines aux Bahamas, à Saint Martin, à Cuba, en Colombie et au Brésil ? Et des réservations en chambre double ?

La dernière en date est une réservation pour les Seychelles pour deux personnes, dont le départ serait semble-t-il prévu pour dans deux semaines.

– Bon arrêtez ça suffit qu'est-ce que vous voulez à la fin.

– Ce que je veux, je l'ai pris Madame VERDIER, le cabinet HAUSSMAN LEGAL n'existe plus. Vous n'avez plus rien, donc, nous allons vous offrir la possibilité de vivre libre, mais vous êtes redevable envers le groupe REUTHER de sommes considérables que nous souhaitons recouvrir.

– Mais je ne dispose pas de valeur Monsieur, clama LEBARDOT

– Vous, si, Monsieur LEBARDOT, vous en avez quelques-unes, et notamment cette ravissante demeure sur les hauteurs de Ramatuelle, et votre bateau amarré au port de Saint-Tropez. Vous allez transférer immédiatement les actes de propriété et en faire cession à REUTHER

INTERNATIONAL GROUP. Nous parlerons ensuite des indemnités de préjudices que vous devrez assumer.

Quant à Madame VERDIER, elle va nous céder la totalité des parts de la société HAUSSMAN, sa propriété de Saint-Cloud, ainsi que tous ses autres biens, le yacht, la propriété au Sénégal, le chalet sur les hauteurs de Courchevel, et nous restituer la totalité des bijoux qu'elle a acquis et qui proviennent de notre agence de Paris.

Par ailleurs, elle devra également assurer le paiement intégral des indemnités pour les préjudices qu'elle a causé à REUTHER GROUP.

Allez jusqu'à la fenêtre, je vous en prie, allez, vous voyez un certain nombre de journalistes présents devant votre domicile. Ils sont en attente d'une déclaration concernant la cession de HAUSSMAN LEGAL à la société WAGNER BUSINESS LAWYERS. Nous vous conseillons vivement d'annoncer vous-même Madame VERDIER, que vous avez décidé avec votre mari, la cession de HAUSSMAN LEGAL. Monsieur VERDIER vient de l'annoncer à la presse luxembourgeoise il y a dix minutes à peine. Et il prépare son intervention pour le journal « Les Echos ».

– Mais Monsieur, il n'en est pas question. Ce n'est pas un bijoutier qui va mener les débats de justice. Un simple dessinateur industriel et des diamants qu'il a hérité, pfff, Monsieur REUTHER, vous êtes loin du compte, les HAUSSMAN ne sont pas n'importe qui.

– Vous avez raison, la famille HAUSSMAN n'est pas n'importe qui, toutefois, elle ne vous soutiendra certainement pas quand elle apprendra le rôle que vous avez joué dans les affaires de REUTHER INTERNATIONAL GROUP. Vous êtes actuellement la

PDG du cabinet HAUSSMAN LEGAL, votre responsabilité est donc engagée, et la France est un pays qui adore s'offrir la tête des plus nantis. Votre histoire est remplie de panier d'osier dans lesquels on faisait tomber les têtes.

Alors je crois que vous n'avez guère le choix Madame, si vous refusez, nous dénoncerons nous même vos implications dans les faits graves que nous avons cités, en apportant l'ensemble des preuves qui sont en notre possession.

Imaginez un peu ce « simple dessinateur industriel » qui va rouler toute la famille HAUSSMAN dans les marasmes d'un scandale financier retentissant, par la simple faute de l'un des leurs, c'est-à-dire vous-même Madame Lucie HAUSSMAN VERDIER Présidente de fait du cabinet, depuis qu'elle a la majorité des actions du groupe. C'est-à-dire depuis la création.

– Mais Monsieur REUTHER, c'est à mon mari qu'il faut demander des comptes, pas à moi. C'est lui qui traitait les affaires.

– Oui, bonne remarque. Mais vous étiez à la tête du groupe, que vous le vouliez ou non, il agissait sous votre autorité. Vous êtes donc juridiquement responsable des actes qu'il a pu commettre.

– Je réfute cette accusation. Mes avocats retrouveront les vôtres dans un tribunal Monsieur REUHTER.

– Vos avocats ? Lesquels ? LEBARDOT ? vous n'avez plus que celui-là. Quant à vos clients, vous n'en avez plus. Tous les transferts de comptes ont été effectués, vous n'avez plus aucun chiffre d'affaires à présenter. Votre crédit auprès des clients n'existe plus. Quant à vos avoirs financiers, ils seront bloqués dès que ma plainte sera déposée ici, au Luxembourg. Et je vous signale que votre compte en Suisse chez REUTHER FINANCES a été bloqué cet après-midi. Vous pouvez vérifier si cela vous chante. Il ne vous reste que la négociation pour vous en sortir, et vous allez négocier à ma manière, et de suite.

Vous connaissez la musique Madame, la famille HAUSSMAN ne pourra pas étouffer cette affaire, parce qu'elle ne dispose pas des moyens financiers suffisants pour cela, alors que « le petit dessinateur industriel » lui, il dispose de cent fois plus, et il pourra quand il lui chantera, ouvrir la porte pour que le petit oiseau apporte sa nouvelle sur les marchés financiers. Ainsi, non content de vous avoir fait chutée, Madame, ce sera l'ensemble des HAUSSMAN qui seront également impliqués dans le scandale. Il aura suffi que vous ayez avancé quelques fonds à l'un des membres de votre famille, pour que toute la famille se retrouve en plein centre d'un scandale. Alors madame, entre la honte et l'honneur, la barrière semble bien mince ?

Madame VERDIER, Monsieur LEBARDOT, vous avez joué, mais vous avez perdu.

Aussi, je vous laisse exactement dix secondes pour aller parler à la presse.

Les hommes qui sont près de vous n'hésiteront pas un seul instant à appuyer sur la détente si vous dérivez du moindre mot que vous devez prononcer.

Passé ce délai, il sera trop tard, et l'on prendra votre disparition pour une querelle de couple informel qui a mal tournée. Peut-être y perdrez-vous la vie.

Et si vous survivez, certains de vos anciens clients ne souhaitent pas trop être mêlés à vos magouilles Madame. Nous avons pensé à tout, il vous est impossible de passer entre les mailles de nos filets.

Alors décidez-vous, il ne reste plus que cinq secondes.

— Que faut-il que je fasse ?

La fière Madame VERDIER, avait blêmi, et la blancheur de son visage démontrait qu'elle était bien incapable de prendre la moindre initiative. Alors Luc passa le téléphone à Jacques VERDIER ;

— Écoutes Lucie, c'est Jacques, tu es allée trop loin, fais ce que l'on te demande. De toute façon, tu m'as trompé avec cet arriviste de LEBARDOT, et entre nous, ce ne sera plus jamais pareil. Alors ça suffit, tout ce que tu possèdes ne suffira pas à honorer ta dette. Mais au moins, tu éviteras le scandale et le déshonneur. Fais cette annonce à la presse, et ensuite, j'enverrai chercher tes actes de propriétés.

Quant à LEBARDOT, demandes lui s'il va te prendre en charge puisque tu étais si bien avec lui. Vous aviez de grands projets n'est-ce pas, et bien bonne chance pour les réaliser.

— Jacques, tu ne peux pas m'abandonner.

— Si je le peux ! Et je le fais sans regret. Maintenant tu vas annoncer la cession de HAUSMAN LEGAL à WAGNER BUSINESS LAWYERS.

Luc attendait calmement que la conversation se termine, et Margot prit la parole.

–   Madame VERDIER, Margot HOFFMAN en ligne, je vous ai préparer un petit texte, il est très court. Prenez-le en note.

Après avoir longtemps servit la noble cause de la justice en assurant la défense et la représentation des plus illustres et de leurs sociétés, le cabinet HAUSMAN LEGAL a décidé lors de son dernier conseil d'administration, de céder ses actifs et affaires ainsi que ces propriétés d'exercices et de fonctions, au cabinet d'affaires WAGNER BUSINESS LAWYERS sise Grande Rue, au Luxembourg. Nous remercions tous ceux qui nous ont confié la défense de leurs intérêts.

–   LABARDOT, vous avez noté ?

–   Oui, Madame, nous n'avons pas le choix.

–   Mais si vous avez le choix, la prison ou la Liberté sous conditions.

Les agents avaient déposé leurs treillis, et se présentaient sur le pas de porte de Madame LUCIE VERDIER HAUSSMAN, et l'accompagnèrent jusqu'au portillon où elle lut le communiqué.

Les flashes crépitèrent, elle donna l'impression de sourire, et rentra dans sa demeure.

Margot rappela les agents sur place, leur donnant des ordres très précis qu'ils devraient encore exécuter avant leur retour à Luxembourg.

Luc remercia toutes les filles, les unes après les autres, puis confia à Jacques :

–   Le seul individu ici qui n'a rien perdu, c'est toi Jacques. Ton honneur est sauf, tu vas peut-être récupérer ta maison à Saint-Cloud, et ton bureau à Paris. Alors tu nous permettras de te laisser payer l'addition du

293

restaurant que tu nous offriras quand tu t'installeras à ton bureau chez WAGNER BUSINESS LAWYERS. Et pour bien te rappeler que tu aurais pu te retrouver en prison avec ta femme et ton associé, tu garderas désormais à l'esprit que tu es l'employé du groupe WAGNER, tu auras sur le dos la Présidente Directrice Générale Ruth WAGNER.

— Luc ? Tu vas lui donner la signature ? A cette gamine de 20 ans ?

— Oui, elle aura ma signature. Et je pense que la REUTHER FAMILLY approuvera ma décision, puisque cette signature sera triple. Le groupe REUTHER ne donnera plus jamais en une seule main ce qui est géré et généré par plusieurs.

— Tu compliques les choses alors ? Répliqua Jacques.

— Le loup ne se fait jamais mordre deux fois par les mêmes chiens. Retiens ça Jacques. Dès jeudi, Mélanie rentre Paris, et Élise et moi, nous allons nous échapper tous les deux pendant quelques jours. Toi, tu seras confiné ici, avec la charge de remettre en ordre les affaires du groupe, et d'établir tous les documents nécessaires à tous les changements qui ont eu lieu ces derniers jours. Tu seras sous bonne garde. Au moindre faux pas, à la moindre erreur, tu n'auras plus l'occasion de voir le soleil se lever. Margot, Eléonore, Emma, et Charlotte auront carte blanche, et les Body-Guard assureront l'exécution des ordres qui leurs seront donnés.

Lorsqu'il termina son récit, Margot venait de clore les différents sujets dont elle s'occupait, et Sara venait de demander à Patrick et Hans de rentrer tous les deux à la résidence.

Le téléphone retentit dans le bureau de Luc. Il décrocha :

- Luc IMBERT REUTHER, je vous écoute.

- Monsieur REUTHER, ici c'est PRUNIER, dîtes c'est vrai que HAUSSMAN LEGAL a cédé son cabinet ?

- Oui PRUNIER pourquoi me demandez-vous ça ?

- Parce qu'il y a une folle qui m'a appelée cet après-midi, prétendant être la directrice générale de la banque, et comme vous ne m'aviez pas contacté, j'ai pensé que c'était un coup monté, vous voyez ?

- Oui PRUNIER, vous avez bien fait de m'avertir, ne quittez pas, je vais vous passer quelqu'un. Luc mit la main sur le micro, tiens Cathy, c'est pour toi.

- Oui, bonsoir PRUNIER, c'est Cathy BERNY REUTHER, vous avez un problème ? Vous m'avez traitée de folle ?

- Mais c'est vous, alors c'est vrai, c'est vous le Boss excusez-moi Madame ?

- Et oui PRUNIER ! pas de chance hein ? Merci pour cet après-midi, nous avons pu travailler grâce à vous. Et n'oubliez pas à l'avenir, évitez d'ennuyer Luc REUTHER avec vos enfantillages. C'est à moi que vous avez à faire. Bonne soirée

Elle raccrocha d'un coup sec, et ils se mirent à rire tous ensemble, décompressant ainsi de cet après-midi de feu, ou chacune avait démontré toute la puissante de la meute.

Les filles voulaient toutes se poser, quand Éléonore arriva du siège où elle devait récupérer toutes les informations concernant HAUSSMAN LEGAL, et ce n'était pas une mince affaire. Elle avait également en main, le dossier fiscal de REUTHER IMMOBILIER, et cela n'échappa à l'œil vif de Luc.

– Eléonore, peux-tu me dire pourquoi tu te balades avec le dossier REUTHER IMMOBILIER ? Ce n'est pas ta charge que je sache !

– C'est Nathaly qui me l'a demandé, et je vais lui déposer.

– Nathaly, pourquoi ne m'as-tu pas averti que tu voulais ce dossier ?

– Luc, les choses vont être très claires. Tu m'as nommée Directrice Générale. J'ai besoin de ce dossier, je le prends. Tu auras les tenants et aboutissants lors de l'assemblée générale ordinaire. C'est comme ça, et si cela ne te convient pas, alors gère tes affaires tout seul.

– Eh ! Ne monte pas sur tes grands chevaux. J'ai posé une question, c'est tout.

– Alors je vais te dire les choses très clairement. Tu prônes l'autonomie de fonctionnement dans les échelles de responsabilités ? Alors laisses les gens faire leur boulot, et va à la pêche ou compter les cailloux des chemins qui mènent ici. Toutes les sociétés REUTHER ont des statuts qui définissent les modes de fonctionnement. Si tu veux avoir la main mise sur tout, tu modifies les statuts.

– Mais pourquoi tu t'énerves Nathaly ? Il n'y a pas de quoi enfin.

– Si Luc, il y a de quoi. Toutes les filles sont sur les dents depuis hier, alors maintenant que tu as pratiquement réglé tes comptes avec tes premiers opposants, je vais te dire la vérité.

– Non s'interposa Eléonore, ne fais pas ça. Ce n'est pas le bon moment.

– Eléonore, il n'y aura jamais de bon moment. Tu entends, jamais. Appelle qui tu veux, fais ce que tu veux, mais REUTHER IMMOBILIER c'est mon affaire pleine et entière. Et on vient de le sauver d'un coup de grâce. Il en reste encore sept à régler.

– Mais vous allez vous expliquer toutes les deux ? Ce genre de discours, gardez-le pour vous, mais ici, vous êtes dans mon bureau.

– Oui, et dans le mien aussi. C'est bien ce que tu voulais ?

– Oui, mais où est le problème entre vous deux-là ?

– Il n'y a pas de problème entre-nous, d'accord. Mais de gros problèmes au sein du groupe REUTHER. J'ai découvert hier après-midi, que toute la chaîne de commandement du groupe était corrompue. Il faut virer tous les cadres, tant au siège, que dans toutes les sociétés de premiers rangs du groupe et dans tous les secteurs d'activités.

– Oula, attends ! Tu veux dire que je dois remplacer toutes les lignes cadres partout.

– Oui, toutes les lignes cadres supérieurs qui ont accès aux budgets et aux dépenses.

– Jacques, tu savais quelque chose là-dessus ? Sois direct et franc, maintenant, ça n'a plus d'importance.

– Non Luc, pour la partie gestion et contrôle des comptes, nous n'allions pas aussi loin dans les détails. Il y des services compta dans chaque société.

– Monsieur VERDIER, vous mentez. Arrêtez une bonne fois pour toute de nous prendre pour des connes. Le

297

contrôle des comptes et les bilans, c'était bien vous merde à la fin ?

— Calmez-vous s'il vous plait, vous n'allez pas tout me mettre sur le dos ?

— Admettons que vous ayez laisser filer pendant quelques temps, je veux bien. Mais comment expliquez-vous qu'il n'y ait jamais eu de réajustement de loyers au profit de REUTHER IMMOBILIER pendant plus de 15 ans ? Comment expliquez-vous que les budgets de rénovation et entretien des bâtiments qui restaient en report à nouveau sur les bilans, ne soient jamais soldés par les factures et pièces comptables prouvant leur utilisation ? Pourtant, ils ont tous disparu comme par enchantement, et les trop perçus ne sont jamais revenus dans les caisses de REUTHER IMMOBILIER. Mieux encore, comment se fait-il que les déclarations annuelles des patrimoines immobiliers et fonciers qui font l'objet de taxes fiscales, n'apparaissent dans aucun compte de résultats, sous-entendant ainsi que ces mêmes taxes sont dues pour les dix dernières années ?

Monsieur VERDIER, vous avez certainement beaucoup de prestances et vous jouissez probablement d'un très bon crédit auprès de toutes les hautes instances, mais pour moi, vous n'êtes qu'un escroc comme tous les autres. Et je ne vous respecte pas.

Vous savez ce que je sous-entends par mes accusations ? Et bien je sous-entends que vous avez piégé tout l'héritage de Luc REUTHER, et que si je n'avais pas réagi, le groupe REUTHER aurait été accusé dans les jours qui viennent, de fraudes fiscales, de détournement de fonds, de dissimulation de pièces comptables et fiscales, et que Luc et Elise seraient sous les verrous et probablement Margot.

D'ailleurs, vous qui étiez aux commandes à la place d'Eliott REUTHER, pourquoi avez-vous interdit l'évolution professionnelle de toutes les femmes du siège en les cantonnant à des tâches subalternes, les plaçant sous l'autorité d'hommes à votre botte qui se sont enrichis sur les comptes personnels de Eliott REUTHER, et maintenant sur ceux de Luc.

Avez-vous une petite idée du montant du préjudice financier ?

Vous alliez réussir votre coup, car Luc a aujourd'hui sur le dos, tous les services secrets des états où REUTHER a des intérêts. Ils n'attendaient qu'un faux pas pour venir fouiller la comptabilité du groupe, et le faire tomber.

Vous faire la fleur de démêler les affaires du groupe aujourd'hui, moi je le dis tout de go, je vote contre. Nous avons toutes les compétences en interne, et je ne vois pas pourquoi nous continuerions à verser des profits à des agences qui nous plombent nos bilans.

Luc, pour information, nous venons de négocier avec le fisc américain, pour un montant de 480 milles dollars, représentant une partie des arriérés fiscaux que REUTHER leur devait.

Nous venons également de négocier avec le fisc français, le paiement de 240 milles dollars, pour les arriérés dus. Et là, c'est définitif. Te voilà tranquille pour la France.

Ces deux nations ne viendront pas te nuire pour tes futures négociations avec les ministères.

Tu dois savoir que la DGSE attendait que tu fasses la demande en indemnisation pour pouvoir te coincer.

Aujourd'hui, voilà où nous en sommes. Alors continue si ça te chante, de travailler avec des types pareils, mais si c'est le cas, moi je démissionne.

- Jacques, reprit Luc après un long silence, tout ce que vient de dire Nathaly est vrai ?

- Je n'en sais rien moi. Je n'ai pas recruté 65 avocats d'affaires pour avoir à m'occuper de tout, voyons, REUTHER est beaucoup trop gros pour un seul homme.

- Jacques, j'en ai vraiment marre de toi. Tu les as pris pour des connes ? Mais tu sors d'où toi ? Allez, sortez-le de là, je ne veux plus le voir. Qu'on l'enferme jusqu'au dîner. Là, il parlera, devant tout le monde.

Nathaly, tu convoques tout le monde chez toi immédiatement.

Eléonore, épuisée par les fastidieuses recherches manuelles dans des piles de dossiers, avait renseigné Margot au fur et à mesure des demandes, et Nathaly au fur et à mesure des découvertes faites par le groupe à Sylvaine et Birgit. Les groupes d'attachées n'avaient pas été à la noce toute l'après-midi.

L'établissement de la liste recensant toutes les anomalies réelles ou supposées était maintenant établie, et il allait falloir entrer dans le détail pour établir concrètement les préjudices financiers subis par le groupe.

Luc accueillit Éléonore avec un profond respect et après l'avoir félicitée, il l'embrassa, en la serrant fort dans ses bras. Il se tourna alors vers Charlotte, dont le travail dans l'ombre était également à mettre en avant.

Elle avait fortement assisté Élise et passé aux cribles les contrats des employés HAUSSMAN pour en tirer un contrat type, pendant que la meute s'appliquait à refermer la nasse sur Lucie VERDIER qui n'en revenait toujours pas.

C'est à cet instant que l'on repensa à ANSEN, RIESEN et LEROY.

BADEL était toujours retenu en France, qu'allait-on faire des trois autres ?

Il y avait déjà cette histoire de conseil d'administration à régler, et l'on ne pouvait pas les relâcher dans la nature.

L'affaire du Brésil n'était pas encore réglée, et Suzana n'arriverait que demain à BRASILIA.

RAVANELLI lui aussi était en vadrouille, et le plus dangereux, c'était lui. Son implication avec les FARC était démontrée.

Éléonore était tombée par hasard sur une note qui l'avait interpellée.

Elle indiquait que l'avion partirait de Milan via MARRAKECH et que le transfert aurait lieu à MEDELLIN, le reste du trajet serait connu et déterminé là-bas.

La note portait l'entête de REUTHER DIVISION MINIERE, et elle avait dû être égarée par hasard, car l'on pouvait lire un numéro de téléphone en regardant les traces laissées sur le papier, lorsqu'on place une feuille sur un autre.

Il fallait arrêter Suzana en urgence, elle risquait de servir d'otage dès qu'elle mettrait les pieds au Brésil, il était certain que RAVANELLI la ferait enlever et livrer aux FARC à Medellín.

Il fallait vite retracer le vol et la stopper à une escale, soit Francfort, soit Rio. Il n'irait pas à Rio la chercher puisqu'il lui suffisait d'attendre à BRASILIA.

Aussitôt, les quatre DG de zone se mirent en action, il fallait absolument l'arrêter.

Le départ de Luxembourg était prévu à 18 H 55, l'on pouvait déjà essayer de ne pas la laisser partir.

Dany et Éléonore partir en urgence en espérant l'arrêter avant qu'elle ne soit en salle d'embarquement.

S'ils arrivaient à temps, il était convenu de la ramener à la Résidence.

Luc demanda à Cathy, Élise et Ruth de venir dans son bureau et la porte capitonnée se referma derrière elles.

Le discours fut bref et solennel.

> – Les filles, l'on vient de m'informer de la situation découverte par Nathaly. Je vous ai placées toutes les trois devant des situations extrêmement difficiles et je n'aurai pas dû le faire. Mais je ne reviendrais pas en arrière. Aussi, indépendamment des liens qui peuvent nous unir les uns aux autres, vous avez démontré vote efficacité, et devant cela, je ne peux que m'incliner. Vous allez monter chez Nathaly, et je vais faire une annonce. Car là, l'ogre REUTHER est en train de m'abattre. Vous êtes toutes les trois confirmées dans vos fonctions de Présidente déléguées.
>
> Montez, j'arrive tout de suite.

Il resta encore un long moment seul dans son bureau, avant de rejoindre tout son staff qui se demandait qu'elles seraient ses décisions.

Lorsqu'il prit l'escalier montant chez Nathaly, il s'arrêtait à chaque marche, regardait le jardin tropical, et pensait à son père. Ces cinq filles qu'avait recruté Eliott devaient certainement avoir une fonction bien précise qu'il n'avait pas eu le temps de mettre en place. Eliott espérait quelque chose, et c'est lui, Luc, qui venait de leur permettre de trouver ce qu'Eliott cherchait.

Ce monopole sur les marchés dérangeait et il avait été décidé en très haut lieu, d'abattre le groupe en lui coupant la tête. MITTERAND était forcément au courant quand Luc l'avait rencontré. Il pensait tenir la botte secrète en main, mais une fois de plus, la meute l'avait doublé sur le poteau, et le gouvernement français n'avait plus rien dans ses dossiers secrets. Avec un peu de chance, l'information du règlement de la dette fiscale ne remonterait pas jusqu'à MITTERAND, et lorsqu'il donnerait ordre à ses sbires d'agir, Luc sortirait devant ses détracteurs, la petite note du fisc français, qui détruirait tous les arguments, et ensuite sa demande de règlement des préjudices subis. Elle serait salée, il n'avait plus aucune raison de se priver et leur ferait payer chèrement leur perfidie.

Lorsqu'il ouvrit la porte de la suite, les treize filles étaient là, suspendues à ses lèvres, et il ne savait pas par où commencer ce qu'il voulait leur dire.

Il regarda longuement le groupe, s'attarda plus longuement sur Nathaly, et commença son propos :

– Mes louves, mes amies, mes femmes, ma Team Manager, ma famille, grâce à l'ensemble de vos compétences, nous avons gagné une bataille. Mais ce que vous m'avez appris tout à l'heure dépasse l'entendement. Rien ne me fait plus mal que de m'avouer vaincu. Mais là, aucun de nos body-Guard ne nous suivra si nous entamons le combat de front.

Il faut démultiplier nos forces. Nos vraies forces sont ici, dans le nombre et les compétences. Vous voyez bien que les choses sont mouvantes à chaque seconde, et je n'en peux plus. C'est trop lourd pour moi.

Aussi, pour toutes celles qui sont en poste, j'ajoute une responsabilité de plus, pour me décharger de ce que je ne peux plus faire tout seul.

Le comité exécutif a besoin de renfort, car nous sommes tous devenus des cibles. Désormais, nos bureaux permanents seront ici, dans l'enceinte de la demeure. S'il faut modifier, on fera modifier. Vous avez toutes travaillé sans moi, et vous avez bien fait. Toutes les DG et PDG, sont nommées dès ce soir, Présidente Délégué du groupe REUTHER INTERNATIONAL.

Cette décision implique un pouvoir de signature directe soumis à l'aval de deux autres signatures.

Elise, Margot, sont nommées Vice-Présidentes et numéro deux du groupe.

Nathaly, Eléonore, Charlotte, Emma, Sara, Mélanie, Céline, Cathy, sont nommées Présidentes Déléguées et Membres du comité directeur exécutif

Eva, Ephy, sont nommées Membres du comité exécutif. Elles seront nommées Présidente Déléguées dès leur affectation dans les nouvelles structures REUTHER ASSURANCES et REUTHER EVENEMENTIELS.

Ruth Conseil juridique et financier, Présidente directrice générale WAGNER BUSINESS LAWYERS Membre du comité Directeur exécutif avec voix consultative.

Le conseil d'administration sera complété par les personnes que vous désignerez dans chacune de vos unités, à raison de deux personnes pour chacune de vos responsabilités pleines pour les DG de zone, soient huit personnes.

La SCI sera représentée par la DG et deux personnes

REUTHER FINANCES par la DG et deux personnes

REUTHER DIAMONDS et AGENCES Commerciales par la DG France et deux personnes

REUTHER ASSURANCES par la DG et deux personnes

REUHTER EVENEMENTIEL par la DG et deux personnes

REUTHER PHARMA par la DG et deux personnes

REUTHER EXTRACTION MINIERES – REUTHER DIVISION INDUSTRIELLE OUTILS DIAMANTS – REUTHER MACHINES OPTIQUES – REUTHER DIVISION MECANIQUES DE HAUTES PRECISION – REUTHER TRANSPORT ET LOGISTIQUES – REUTHER TECHNIQUES DE L'INFORMATION – REUTHER COMPOSANTS – REUTHER DIVISION FINANCIERES, et toutes les divisions annexes de premier et second niveau seront représentées par les DG de zone, et moi-même.

Le Groupe sera dirigé par le comité exécutif.

Les sociétés seront pilotées par ceux que nous désignerons, et pour ce faire, je souhaite que vous fassiez les propositions qui vous apparaîtront les plus judicieuses.

Voilà, j'en ai terminé, je crois en vous et en vos capacités.

Pour ma part, je représenterai l'ensemble du groupe, en qualité d'actionnaire unique et je vous réunirai ultérieurement pour répartir 20 % des actions du groupe entres vous toutes.

Constituez au plus vite vos conseils de direction pour vos activités au sein des sociétés qui vous ont été confiées.

Le conseil de direction du groupe regroupera l'ensemble des décisionnaires soient 13 membres et le PDG, ainsi que les membres que vous aurez nommés.

Nous nous engageons tous bien entendu, à confier le contrôle de gestion de toutes les sociétés à WAGNER BUSINESS LAWYERS.

Les DG régleront les questions de contrôles internes de leurs services, par les services des autres secteurs.

Nous allons réfléchir à de nouvelles dispositions pour l'avenir.

Toutes vos remarques ou propositions seront les bienvenues, vos doléances seront traitées à notre retour de vacances.

Il s'arrêta net dans son exposé, l'enregistreur tournait toujours, et Emma s'approcha pour stopper l'appareil.

Les filles restaient médusées, Luc semblait abandonner purement et simplement, et jeter l'éponge. Il confiait la totalité du groupe à ces novices, les laissant démontrer pour longtemps, leurs compétences, bien sûrs, mais elles avaient l'impression qu'il les lâchait sans filets.

Elise fut la première à réagir en tentant de le secouer.

— Luc, que t'arrive-t-il ? Où veux-tu que nous allions ? Dans quelle direction ? C'est quoi cette soudaine comédie de réorganisation ? Tu nous laisses sans capitaine alors ?

— Ecoutes Luc, reprit Margot, C'est une fuite en avant que tu nous fais ! Nous refusons les postes que tu nous confies. Et pour ma part, je n'irai pas au combat si tu n'es pas à nos côtés. Le seul intérêt que je trouvai à mon travail, c'était de tout mettre en œuvre pour aller dans la direction que tu nous indiquais. Pour moi, c'est non, je ne veux pas du poste que tu m'imposes.

— Luc, on ne se connaît pas, je suis la dernière arrivée, je n'ai fait que le travail que tu m'as confié, et rien ne justifie que tu abandonnes tes fonctions, annonça Nathaly.

— Moi, dit Ruth, j'ai 20 ans, j'ai cinq années de droits à faire, et peut-être plus, alors devoir me retrouver toute seule devant 70 personnes pour ordonner le travail, tu m'excuseras Luc, mais c'est de la folie meurtrière. Alors si c'est comme ça, je démissionne et je retourne aux cuisines.

— Stop ! J'en ai assez entendu pour ce soir. Que vous le vouliez ou non, sur le papier, ce sera tel que j'ai décidé. Ma tête est mise sur le billot, et il n'y a que vous qui pouvez me sortir de là. Je n'abandonne rien du tout, je m'efface. Les objectifs sont là, vous les connaissez, et vous avez encore du pain sur la planche. Alors vous ferez ce qui a été commencé. Moi, je vais réfléchir. Nathaly m'a ouvert les yeux sur un pan de la bâtisse qui risquait de s'effondrer parce qu'elle ne repose que sur mes épaules. Et c'est pour l'heure, ma pomme que l'on met dans le viseur. Je vous laisse le temps de faire tout le travail nécessaire dans l'ombre pour mieux attaquer après. Nous devons brouiller les pistes. Je ne crois pas

VERDIER coupable directement de ce qui se passe dans le groupe. Je n'y crois pas et je pense qu'il s'est fait manipuler, et qu'on a agi dans son dos. Evidemment que techniquement il se retrouve coupable, mais c'est un coupable trop bien choisi. Il y a une volonté politique, une volonté économique, et des volontés privées qui jouent avec nos nerfs. J'ai raison quand je dis qu'il faut donner du pouvoir aux femmes. Avec qui avez-vous pu être efficace et démontrer la cabale fiscale ? Qui étaient avec vous pour démontrer les faits ?

- Tu as raison, Sylvaine et Birgit ont su fédérer les filles et tout a pu s'enchaîner très vite. Précisa Nathaly.

- Bien, et ça tu as pu l'avoir en faisant quoi juste avant ?

- En virant ROUSSIN.

- Elise, comment as-tu gérer l'agence de Paris ?

- En virant LANGSTRUM

- Donc que va-t-il se passer Nathaly, au siège en ce qui concerne les affaires de REUTHER IMMOBILIER.

- J'avais l'intention de nommer Sylvaine à la tête des services et de lui adjoindre Birgit.

- Et pourquoi veux-tu faire ça ?

- Parce qu'elles connaissent très bien leur boulot, et qu'elles fédèrent des personnes de qualité autour d'elles.

- Elise, pourquoi as-tu nommer Mélanie à l'agence de Paris ?

- Parce qu'elle avait le bon profil pour animer cette équipe.

– Et pourquoi lui ai-je demandé de prendre la direction de la communication du groupe ?

– Parce qu'elle reste calme et pondérer en toute circonstance.

– Alors vous avez les solutions pour redresser les services. Si je ne vous donne pas le pouvoir de le faire, que va-t-il se passer ?

– Ils feront comme ROUSSIN et contesteront nos décisions. Ajouta Elise.

– Très bien, on avance enfin. Tout ce que je vous demande, c'est de prendre ces postes, et de faire ce que vous savez faire. Je suis le PDG du groupe, et je vais rester debout pour assurer cette fonction d'accord. Mais je ne serai plus en première ligne à l'intérieur de mes sociétés. Je veux que chaque mois, vous organisiez ici, une réunion des chefs de bureau.

– Ici, mais où veux-tu qu'on mette tout le monde ?

– Nathaly nous avons des sous-sols, tu iras voir quel espace tu as besoin. Et nous ferons aménager une salle multifonction.

Pour ce qui vous concerne, mise à part Ruth chez WAGNER BUSINESS LAWYERS vous êtes toutes en danger quand vous vous rendez au siège. Aussi, vous ne pourrez-vous rendre au siège que par groupe de trois, avec une escorte doublée.

On ne va pas vous attaquer au Luxembourg, c'est ce que vous pensez ?

Ils frapperont là où ils le voudront, et quand ils le voudront. Tu l'as dit Nathaly, nous avons les services secrets sur le dos.

En séparant les directions du groupe, en étoffant nos directions par des personnes qui savent exactement ce qu'elles doivent faire et surtout éviter de faire, vous donnez chacune, une petite chance, au groupe de résister.

Jamais des services étrangers n'oseront frapper toutes les directions, ce qu'ils veulent, c'est la tête. Et la tête, c'est l'héritier.

Dès que les opérations de « propreté » que vous avez commencées seront terminées, je puis vous assurer que nous allons leur faire mordre la poussière.

Et nous allons donner le premier coup de semonce, dès que le dernier état aura perçu son dû fiscal. Et à mon sens, avec l'équipe que vous avez constituée, demain soir au plus tard, l'affaire sera entendue.

Alors le premier coup sera porté, et il va faire très mal. Margot, tu assureras l'intérim, Dimanche soir à minuit, tu fermeras tous les approvisionnements en or des banques d'états, et tu ouvriras les vannes de livraisons de micro-diamants chimique au prix de 11500 dollars le carat, tu sais, ceux que nous n'utilisons pas actuellement Tu lâcheras 300000 Carats soient 0.5 % de nos stocks actuels sur les marchés de Londres et d'Anvers. On obtiendra ainsi 3.5 milliards de dollars de trésorerie supplémentaire.

Nous allons faire grimper le prix de l'once d'or, et chuter le prix du diamant chimique, en fermant une vanne d'un côté, et en inondant le marché de l'autre.

Tu verras avec ton équipe à maintenir le cap jusqu'à ce que la valeur de l'once d'or atteigne 450 dollars. Ensuite, tu vendras à ce prix, 20 % de notre stock aux banques européennes, soient environ 120 tonnes ou l'équivalent de 1,736 Milliards de dollars.

Tu referas l'opération jusqu'à ce que le prix redescende à 400 Dollars l'once. Elles n'ont pas le choix, et sont obligées de garantir leur avoir en or.

Ensuite du refermeras la vanne quand le cours de l'or aura rechuté. Mais ça va prendre plusieurs mois. Pendant ce temps, nous aurons non seulement empoché toutes les plus-values, mais nos mines auront reconstitué nos stocks, et REUTHER sera encore plus riche. Lorsque l'or va commencer à baisser sur les marchés, les banques vont revendre leur stock, et nous serons les seuls à pouvoir les racheter.

48 heures après avoir fait chuter le cours des pierres précieuses, et fait monter le prix de l'or, nous aurons empoché ce qu'ils nous ont fait perdre par l'assassinat de mon père.

Et le meilleur est à venir.

Pour obtenir des liquidités, ils vont devoir vendre leur or. REUTHER FINANCES ne garantira pas les futurs emprunts des états européens, tant que les dettes ne seront pas apurées. Ils vont devoir nous restituer en totalité leurs réserves d'or au prix le plus bas, en dommages des préjudices, mais ils devront piocher dans leurs fonds de réserve, car le prix de l'once aura diminué et nous leur demanderons en Dollar or. Ils seront contraints de nous livrer plus d'or que nous leur aurons vendu, et non seulement nous aurons reconstituer nos stocks, mais ils auront augmenté en volume. Et le clou de l'opération, c'est qu'ils viendront tous pleurer pour que REUTHER FINANCES garantisse à nouveau leurs emprunts d'état. Voilà mon plan, et vous allez le mener à sa pleine réussite.

Dès à présent, vous ne devrez jamais vous séparer de vos body-Guard, même pendant le travail.

Seules les présences indispensables au siège seront autorisées. Vous convoquerez vos cheffes de bureau ici. Aucun homme ne sera nommé chef de bureau. Tous ceux qui sont en place seront mutés à des tâches subalternes sans pouvoir ni action sur les éléments comptables stratégiques.

Mettez-les à aligner des chiffres ou à pondre des statistiques, mais je n'en veux pas un seul ici dans la résidence.

Margot et Elise, ne doivent jamais être exposée en même temps. Aussi, leurs sorties jusqu'au siège doivent être organisées.

Les girls ne doivent pas être mise en danger. Donc pas de présence inutile au siège non plus.

Mélanie et Céline, pas de présence au siège.

Ces mesures doivent être appliquées jusqu'à nouvel ordre. Si nous voulons gagner, nous devons être en mesure de nous protéger.

Nathaly, je te verrai en privé avant de partir en vacances, ça risque de durer longtemps, aussi réserves moi un créneau de ton agenda avant dimanche.

J'en ai terminé.

— Alors ce n'est que provisoire ces fonctions ?

— Non, pas du tout, mais nous sommes une famille, et rien ne peut se faire dans cette famille, sans l'accord de tous. Vous le savez bien. Il s'agit simplement de laisser croire que toutes les choses sont bien structurées, et que vouloir une tête ne résoudra rien. En divisant nos responsabilités, nous laissons ainsi croire qu'il n'y a pas un commandement suprême, mais une chaîne de commandement. Abattre la tête ne sert à rien s'il y en a a 13 derrière qui font le boulot.

— Une nouvelle fois Luc, nous allons te suivre, mais si tu nous lâches, alors là, c'est moi qui t'abattrais direct ! lança d'un œil sévère Ruth.

— Tu vois Elise, je te l'avais dit, la plus perfide de toutes, c'est la fouineuse.

Mélanie, tu prendras tes fonctions dès demain à Paris, retour jeudi soir.

Vous organiserez la réception des personnels de WAGNER au siège.

Pas d'entrée ici pour ceux qui ne font pas partie de la famille.

J'en ai fini, je suis fatigué, il me reste une affaire sur les bras, mais ça ne vous concerne pas.

On aura une réunion un peu plus tard, je vous laisse le temps de méditer, il y a une partie que l'on doit gérer ensemble.

313

CHAPITRE XXXIV

Chez GPM, le retour de Claude REGENT avec les nouvelles informations qu'il avait obtenues, devait annoncer une aire nouvelle, mais les conditions n'étaient pas arrêtées, et la négociation devrait se poursuivre.

Ce n'est que le vendredi matin, que l'on s'inquiéta de l'absence de Luc IMBERT, et d'Élise BROCHET.

Il fallait bien trouver une explication, et la seule qui se tenait, était de confirmer la véritable histoire de l'héritier.

Le directeur lui-même avait été surpris de l'absence de son dessinateur, mais en revanche, le dossier des modifications de carrosserie des machines, avait fait sa réapparition, et siégeait en bonne place sur le bureau vide de Luc.

Ses crayons, sa boîte de compas, ses stylos-encre de chine, son grattoir, tous ses équipements personnels étaient à leur place, tels qu'ils les avaient laissés le vendredi précédent.

Ses collègues avaient tenté, à plusieurs reprises, de l'appeler chez Élise. Mais le téléphone sonnait dans le vide, et restait sans réponse.

Danièle dut elle-même s'abstenir de répondre, et bien qu'Élise lui eût dit que tout allait bien, elle ne voyait toujours pas d'un bon œil sa liaison avec ce REUTHER, dont la vie semblait bien compliquée pour sa fille, née dans cette province oubliée du monde.

Et puis ces trois types abattus aux portes de l'appartement de sa fille, ça laissait quand même songeur.

Si le SRPJ avait laissé tomber, ce n'était pas le cas des services de la sûreté du territoire.

L'on avait l'impression que l'usine elle-même, recelait des secrets d'état, tellement il déambulait des costumes cravates plus ou moins ajustés, qui recueillaient des informations anodines, mais qui leur semblaient toujours intéressantes.

Quant au personnel, la grève générale avait eu raison des groupes les plus extrêmes, et il avait enfin admis que la bataille était perdue.

Claude REGENT avait donc réuni les rescapés ce vendredi, pour amorcer une base de dialogue, afin de rapporter à PARIS, une ouverture que Jacques VERDIER avait lui-même envisagée.

Mais les accords avaient volé en éclats dès la parution d'un simple magazine, sur la table d'un salon de coiffure féminin.

En première page, malgré le luxe qu'elle affichait, Élise et son légendaire sourire était resté dans la mémoire collective.

Dans le magazine people, elle trônait au milieu des autres filles, en reine d'un soir chez Maxim's.

Danièle avait été aussitôt appelée, et l'on traînait par les mots, sa fille dans la boue, parce qu'elle portait une robe qui lui cachait à peine les seins, et que les diamants qu'elle vantait ne pouvaient être que de la pacotille, faites pour attirer les bobos parisiens.

Elle avait forcément couché pour arriver à retenir l'attention des photographes, et bien que Danièle ait eu en avant-première connaissance de cette soirée, les commentaires qu'elle devait entendre autour d'elle, devenaient de plus en plus insupportables.

L'on ne parlait pas de Luc IMBERT REUTHER, mais de l'héritier, et de son épouse, Élise BROCHET REUTHER.

Alors les gens de la campagne eux, ils interprétaient ce monde-là avec une idée bien précise.

« Ce n'était que des héritiers qui n'avaient rien à faire qu'à craquer le fric de leurs parents. Ils ne savaient pas ce qu'était le travail, et pour eux, le fric était facile. »

Il était donc impossible de vouloir expliquer, que sa fille n'avait jamais souhaiter cela, puisqu'elle se vautrait dans le luxe et devait dépenser sans compter.

Claude avait eu ce lundi-là, avant de revenir à Paris, à calmer les esprits, et à éviter le sujet IMBERT.

C'était déjà peine perdu, en première page de LA MONTAGNE on titrait « L'héritier REUTHER et sa femme Élise BROCHET, victime d'un enlèvement » et dans l'article, on précisait que « lors du voyage d'un vol en jet privé via le Luxembourg, l'avion avait été détourné de sa route »

Mais personne n'avait montré la moindre émotion ou la moindre compassion pour Danièle, oh non, l'on avait simplement traduit que lorsque l'on montre autant de richesses sur des magazines, ça ne pouvait faire que des envieux.

Et la discussion s'éternisait en oubliant que c'était l'une des leurs qui subissait autant les affres de sa nouvelle vie, que les commentaires de ses anciens collègues.

Mais c'était hors de portée de leurs esprits maléfiques, et ils préféraient tous de loin, la rumeur et son amplitude, à la vérité et son raccourci.

Aussi, tenter de parler de financements de projets et de caution bancaire si un projet viable sortait du chapeau, c'était parler hébreux à des chinois. Tous étaient bien trop absorbés à commenter l'actualité qu'ils découvraient sur ces magazines, pour perdre la moindre seconde à écouter Claude REGENT.

Claude, en désespoir de cause, avait laisser tomber, et réserverait cette question à la direction générale, si un vrai plan de reprise existait.

Luc avait l'air d'y croire. Par sa nouvelle position, il pouvait influer, mais où était-il maintenant ?

Puisqu'on le disait disparu, l'on revenait au point de départ.

Alors Claude était monté à Paris, dans son petit hôtel de banlieue payé par le syndicat.

Il prendrait le métro pour se rendre au siège du groupe GPM, où, désabusé, il assisterait sans un mot, au démantèlement des usines du groupe, impuissant, puisque seul.

Il était là, dans cette minuscule chambre d'hôtel, assis sur une chaise devant une planchette de bois peinte en gris servant de bureau, et ressassait ses notes, sans vraiment avoir encore envie de combattre.

Il se demandait même, si ce n'était pas d'avoir aidé Luc dans sa progression depuis cinq années, qui avait modifié son caractère combatif, et l'aurait ainsi attendri. Si le syndicat apprenait qu'il avait aidé au sauvetage de « l'héritier » de l'une des plus grandes fortunes de la planète, c'en serait alors fini de lui.

La pilule ne passerait pas, et il serait lui aussi broyé par la machine médiatique.

Mais quand même, tous ses rendez-vous secrets, tous ses documents qu'il avait traînés avec lui, en fin de compte ça lui manquait.

Lorsqu'il alluma la télévision vers 19 heures, sur l'antenne régionale de la 3 le journaliste annonçait un scoop, dans son éditorial.

« HAUSSMAN LEGAL cède devant WAGNER BUSINESS LAWYERS »

« Le Président Jacques VERDIER vient d'annoncer depuis le Luxembourg, la cession de son groupe au cabinet d'avocats d'affaires luxembourgeois WAGNER.

Cette nouvelle a été confirmée par l'actionnaire principale Madame Lucie VERDIER HAUSSMAN depuis son domicile de Saint-Cloud en fin d'après-midi. »

Claude eut l'impression que le ciel lui tombait sur la tête.

Il avait reposé ses espoirs sur l'importance de ce cabinet, mais s'il n'existait plus, lui, REGENT, n'était plus ni suffisamment fort, ni suffisamment crédible, et sa parole de syndicaliste n'allait pas peser lourd dans la balance des choix.

Il jetait l'éponge au centre du ring, le combat était inutile, et perdre la face n'était désormais qu'une question d'heures.

Le téléphone sonna, Il était 19 H 15.

> – Chambre 19, Monsieur REGENT, un appel de l'étranger pour vous.

> – Merci.

Claude entendit le clic de transfert d'appel

> – Allô Claude ici Luc IMBERT.

> – Mon Dieu, tu es vivant ?

> – Allons Claude, un Dieu dans ton langage, tu me surprendras toujours mon vieux Rouge. Comment vas-tu ?

> – C'est à toi qu'il faut demander ça ! Tu as été relâché ?

319

– Oh ! ce sont des histoires de journalistes ça. Mais nous allons très bien Élise et moi. Nous sommes à la résidence REUTHER au Luxembourg, il faudra que tu viennes un de ces jours.

Dis-moi, Élise et Jacques VERDIER sont ici dans mon bureau, c'est bien demain que tu as la réunion qui tranchera définitivement l'histoire de GPM.

– Oui, et je suis mal en point avec ça. A Moulins, on vous a assassiné Élise et toi, et sa mère ne sait plus où se cacher.

– Ah bon, et pourquoi ça ?

– Tu sais, vous avez fait la une avec la présentation de la collection REUTHER au palace, et votre dîner chez Maxim's.

– Oui c'était fait pour. Ce sont les affaires Claude, et ça ne finit jamais ça. Le monde tourne ainsi.

– Oui, mais les journalistes eux, ne font pas dans la dentelle. Il paraît selon la rumeur, qu'Élise a montré ses seins au tout Paris, imagines chez nous l'impact que ça a eu.

– Claude, j'ose espérer que tu n'as pas cru à ces conneries là. Mais laisse courir, tant que l'on parle de nous, les diamants se vendent. Et ça, c'est mon business. Je ne t'appelai pas pour ça. On vient de statuer ici avec la Présidente de REUTHER FINANCES et avec la Présidente de WAGNER. Tu sais, ceux qui ont racheté HAUSSMAN LEGAL. Déjà, une bonne nouvelle, VERDIER reste dans l'affaire comme conseil. Et secundo, dès que tu connaîtras le montant des besoins bancaires, tu appelles VERDIER. Si c'est demain, tu appelles en PCV au numéro que je te donnerai.

C'est Ruth WAGNER elle-même qui suivra ton affaire avec VERDIER. Tu verras, elle est charmante.

– Mais tu veux faire quoi au juste ? Tu ne rachètes pas ?

– Non Claude, et tu sais très bien pourquoi.

Mon groupe ne travaille que sur les affaires à croissance à deux chiffres. Je ne peux pas me mouiller dans des sociétés à un demi-point de croissance. Mais on va soutenir le projet, comme je te l'ai dit en cautionnant les banques qui accorderont leurs crédits à ce projet.

– Et c'est REUHTER FINANCES qui va couvrir ?

– Non, ce sera WAGNER qui enregistrera les documents officiels, de cautionnement des prêts bancaires.

Mais laisses nous gérer ça. Toi, tu peux annoncer à BERGSTHAT, que tu as des éléments et qu'il doit se mettre en rapport avec VERDIER. Ils ont déjà discuté tous les deux.

Mais il nous faut des chiffres, parce que je joue gros et si ça ne marche pas, c'est une de mes sociétés qui va couler. Et ce ne sera pas 500 emplois à la clé, mais 5000. Nous avons décidé de geler les investissements de deux de nos sociétés pour couvrir les emprunts de votre futur boîte. Mais je suis limité à un certain montant.

– Je ne comprends pas tout ton micmac et les rapports que tu fais entres tes boîtes et le destin de GPM, mais je retiens que je te dois des chiffres.

– C'est cela, tu as le rapport d'audit de VERDIER, nous ici nous n'avons plus rien. Mais Jeudi, VERDIER sera dans son bureau ici, et Mélanie que tu ne connais pas, se porteras caution de ma parole, c'est elle qui est Directrice générale de la communication et de la publicité du groupe.

Jacques traduira tes données, mais on ne veut pas tout cautionner tu comprends.

– A quel niveau tu penses nous aider ?

– Claude, tout le montage de l'opération va monopoliser au moins trois mecs de chez WAGNER BUSINESS LAWYERS, et Jacques VERDIER en conseil et rédaction. Ne me demande pas plus.

– Je reste alors sur ce dont on a parlé jeudi matin ?

– Oui, et uniquement sur cette ligne. Mais tu dois mettre la pression à BERGSTHAT et à sa troupe. Il faut qu'il lâche du fric et des affaires, pour que le projet soit viable. Vous avez toutes les machines à Moulins, il suffit de prendre en sous-traitance, le travail restant à faire, et ça permettra à la nouvelle structure de démarrer et de faire du chiffre et de la trésorerie en attendant mieux.

VERDIER vous expliquera ça, et s'il le faut, il ira à Moulins pour le dire.

Mais je préférerai que ces trucs là, vous les voyiez avec ceux qui sont dans le projet. Je te mets en relation avec Cathy BERNY qui est la Présidente de REUTHER FINANCES. Ne quitte pas.

Luc tendit le combiné à Cathy en appuyant sur le bouton main libre pour entendre la conversation.

– Bonjour Monsieur REGENT, Cathy BERNY, oui, je vous explique en deux mots. Nous avons été fragilisés dernièrement par des malversations et des attaques frontales, et sans entrer dans les détails, nous ne cautionnons pas les entreprises, mais uniquement les emprunts qu'elles font auprès des banques. Votre situation n'entre pas dans le cadre de nos actions. Nous avons trouvé un compromis avec Ruth WAGNER, et par le truchement de son cabinet, une partie des prêts de votre nouvelle structure pourra trouver une garantie bancaire. Ai-je été claire Monsieur REGENT ?

– Oui je crois avoir compris, mais moi je ne vais pas rentrer dans les détails de ces opérations, je vais juste proposer vous savez.

– Je vais vous passer Ruth WAGNER.

Le combiné changea une nouvelle fois de main.

– Monsieur REGENT, Ruth WAGNER, bonjour. Pour faire court et simple, vous annoncer que WAGNER BUSINESS LAWYERS se propose de couvrir une partie des prêts nécessaires à la réalisation du projet que nous a décrit Luc. Il est normal que les intéressés mouillent aussi le maillot. Nous accompagnerons le montage du dossier avec Jacques VERDIER, à qui je confierai cette charge. Mais il y a une contrepartie, WAGNER veut une place au conseil de surveillance. Alors quand les choses seront définies, n'oubliez pas de rappeler aux actionnaires que nous pouvons faire, mais sans cette contrepartie, je ne pourrais vous garantir le contrôle de gestion et l'appui de nos experts. Vous comprenez que je sois également contrainte, par les affaires du groupe que je dirige. Jacques VERDIER n'est pas gratuit.

– Je comprends fort bien Madame WAGNER, Mais je ne suis pas le décideur.

– Faites au mieux pour faire connaître notre position. Et si besoin, que l'on m'appelle directement quand vous serez en réunion. Bonne soirée Monsieur REGENT.

– Claude, c'est Luc à nouveau. Tu vois que les affaires se traitent quelle que soit l'heure. WAGNER ne perd jamais le nord. Veux-tu dire quelques mots à Élise, moi il faut que je file.

– Merci Luc, tu m'as redonné le moral. Oui si je peux parler à Élise, ça me ferait plaisir.

Élise prit le combiné et entama une longue conversation avec Claude, lui contant les événements passés, tandis que Luc, Cathy et Ruth s'éloignaient dans le jardin tropical.

Il leur fallait prendre l'air, cette folle journée avait été révélatrice de tant de choses, qu'ils devaient les uns et les autres, digérer tout ce qu'ils avaient appris.

– Ruth, tu peux m'expliquer cette idée spontanée d'ajouter des exigences à l'aide que nous pourrions apporter à MGP ?

– Mais enfin chéri, tu es naïf à ce point-là ? Si tu donnes sans contrepartie, tu vas tout faire capoter. Réfléchis, nous sommes dans les affaires, la philanthropie, ça n'existe pas. C'est toujours donnant donnant. Si tu arrives la bouche en cœur pour ouvrir ton porte-monnaie, tu auras énormément d'amis, mais ils ne te seront d'aucune utilité. Et tu perdras ta crédibilité. Tu me donnes une société à diriger, si elle ne fait aucun chiffre d'affaires, elle n'existe pas. Et sur quoi faisons-nous du chiffre ? Sur des gestions de comptes.

– Ce n'est pas un reproche Ruth, simplement c'est surprenant que tu abordes ce sujet directement sans approche.

– Luc, ceux qui vont avoir à décider le feront, s'ils sentent une volonté de réussite, derrière ce projet qu'on ne maîtrise pas, puisqu'on n'en connaît aucun détail.

– Ce n'est pas faux ajouta Cathy. Et je rejoins Ruth dans sa démarche. REUTHER FINANCES n'ouvrira une ligne de cautionnement que si elle a également quelque chose à y gagner. WAGNER BUSINESS LAWYERS va devoir assurer les frais d'immobilisation de la caution d'emprunt. Ce ne sera pas élevé, mais tout de même, sur 5 ou 10 millions de dollars, c'est la valeur d'un ou deux salaires annuels.

– Oui, et ça, si WAGNER ne rentre pas la valeur de ses frais, en frais de gestion, c'est comme si elle faisait un cadeau identique à une boîte qui n'a aucune existence. VERDIER, il va bien falloir le payer, et les collaborateurs qui assureront une partie du suivi, ils ne seront pas gratuits non plus.

– Bon ça va les filles, vous avez raison, ne vous y mettez pas toutes les deux pour argumenter. En clair, je suis content de pouvoir compter sur vous.

– Merci de le reconnaître ! Lança Cathy avec un regard en coin en direction de Ruth.

– Cathy, il faut que tu organises une AG extraordinaire à Genève dans les délais légaux, donc arranges toi pour le faire à mon retour.

– Tu pars Luc, demandèrent les filles ?

325

- Oui ! Élise doit aller voir sa mère, et nous allons partir quelques jours.

- Ruth de ton côté, tu te trouves un bureau à Luxembourg, mais en vérité juste une « boîte aux lettres ». Tu installeras ton véritable bureau ici. On fera une location à WAGNER BUSINESS LAWYERS.

- Tu vas me faire payer une location ici, et une autre à Luxembourg ?

- Oui, la SCI REUTHER ne peut pas se permettre d'assurer l'entretien d'une telle demeure, sans recevoir des contreparties. Déjà, je t'offre un cadre de travail et le mobilier, alors un loyer ne me paraît pas usurpé.

- Est-ce que toutes les sociétés du groupe abondent un loyer ici ?

- Oui chérie ! Toutes sans exception. Tout comme elles abondent une cote part de loyer du siège social. Leurs sont également facturer, le travail du siège et les services rendus.

- C'est dingue ça, je vais payer un loyer à mon amant.

- Et moi c'est pire, je vais payer des services à mon amant, que je ne verrai pratiquement jamais.

- Ah bon Cathy ! S'étonna Luc, tu comptes rester en Suisse tout le temps ?

- Bah je ne sais pas comment tu vois la chose Luc ?

- Pareille, tu as un bureau au siège, un bureau à la résidence, et c'est d'ici que partes les décisions. On ne va sur place que quelques jours par an.

- Ah bon ! Si tu le dis, tu dois avoir raison.

- Les filles, on paie des centaines de mecs et de nanas pour faire un job. Mais entre faire soi-même et laisser un peu d'autonomie à ceux qu'on paie, mon choix est vite fait.

  Si vous êtes toujours au centre des affaires, vous n'aurez que des suiveurs. A l'inverse, si vous souhaitez le bien être de ceux qui travaillent pour vous, il faut leur laisser de l'autonomie. Sous surveillance c'est vrai, mais quand même de l'autonomie et de la responsabilité. Vous connaissez le management participatif ?

- Jamais entendu parler moi ! Répondit Cathy

- C'est ce que j'applique avec toutes ici. Vous êtes associées aux décisions, et vous vous organisez seules pour les faire appliquer ou les appliquer vous-mêmes. Et vous voyez que ça marche. Au départ, je ne vous aurai jamais confié des directions générales. Mais sur un malentendu, vous avez joué toutes les deux votre carte à fond, et vous m'avez convaincu. Vous voilà maintenant importante pour le groupe. Et ça à l'air de vous plaire non ? Est-ce que je me trompe ?

- Non. C'est vrai ! Il faut être réactive, montrer de l'autorité, savoir s'imposer quand c'est nécessaire, et savoir paraître. Répondit Cathy

- Ah Ruth, avant que je n'oublie, tu verras avec Jacques comment on réalise les convocations aux assemblées générales des sociétés, qu'elles soient ordinaires ou extraordinaires, avec les conditions légales. Il te faudra probablement une secrétaire au siège. Tu tâcheras de voir avec ton attachée DG et avec Élise, tu peux éventuellement lui en parler ce soir au débriefe.

327

– Et moi ? reprit Cathy

– Toi Cathy, ton mignon petit cul est sous ma responsabilité directe.

– Ah ! Il te plaît mon petit cul ?

– Il faudrait être très difficile, pour ne pas vouloir l'explorer. Répondit Luc en riant. Vous savez les filles je n'ai absolument aucune pudeur et aucun sujet tabou. Il faudra vous y habituer.

– Dis Luc ! On fait quoi avec ANSEN RIESEN et LEROY ? Ils nous bloquent quatre agents de sécurité par poste, ce qui fait un total de 12 par jour, et ça commence à coûter cher de les entretenir.

– Tu vas préparer des lettres de fin de contrat pour faute lourde. Et nous les contresignerons demain matin. On fera partir un courrier spécial d'ici. Les courriers leur seront remis en main propre, bien qu'ils aient eux, les mains très sales. Tu indiqueras les motifs précis de leur éviction, ainsi que l'interdiction formelle, de se présenter à la banque ou dans n'importe quelle société du groupe, et une mise en demeure de se présenter à l'assemblée générale extraordinaire, à la date qui leur sera communiquée par convocation.

Dans le même temps Mélanie va préparer les mises en accusations et VERDIER contactera les juridictions compétentes.

– Et pour LEBARDOT et Lucie VERDIER HAUSSMANN ?

– A votre avis, vous croyez que je vais les laisser libre ?

– J'ai un doute, je ne crois pas en ta promesse. Dit Ruth. Ce serait un peu trop simple et surtout tu n'aurais aucune chance de récupérer les préjudices. Il va nous falloir au moins un mois, avant d'en connaître une estimation plus précise.

– Ruth, tu as tout compris, c'est aussi une tâche que tu vas devoir mener dans le dos de VERDIER. N'aies confiance en personne, tu entends, personne.

– Et en toi, on peut avoir confiance ? demanda Cathy

– Je ne sais pas chérie, c'est à toi de sentir si je suis sincère ou si je mens. Ils ont fait de moi un loup, et vous faites parties de ma meute. Mais un jour un loup plus fort sera sur ma route. Alors il vous faudra choisir lequel vous voudrez honorer.

– Je n'ai qu'un cœur et qu'un corps, alors j'ai déjà choisi. Lança Ruth.

– Ruth, tu dis cela parce qu'il n'y a pas de concurrent. Mais un jour, un autre se présentera, et là, tu auras à choisir.

– Non Luc, toi, on t'aime, mais sinon, nous on est plutôt bien entres filles. Se faire pénétrer par des dizaines de mecs, pour en trouver un qui nous fera chier toute la vie pour avoir un gosse, ou qui passera ses week-ends avec des potes à lui, non, très peu pour nous. Reprit Cathy.

– Ah bon, vous avez vraiment choisi votre genre alors ?

– Tu en doutes ?

– Je ne veux jamais avoir à trancher ce sujet-là. Reprit Luc. Je l'ai dit, et je ne change pas d'avis.

329

Moi je ne peux pas me couper en morceau, et je n'ai qu'un véritable amour dans mon cœur, c'est Élise. Si elle me quittait, j'abandonnerais tout ce que j'ai pour la reconquérir. Et vous, je vous aime, je vous aime vraiment, et vous perdre me serait fatal, mais jamais je ne retiendrai une femme contre son gré. J'ai 25 ans, et comme bougies, j'ai eu les emmerdements, les risques, et l'énorme responsabilité de faire vivre REUTHER INTERNATIONAL GROUP, cette énorme machine endormie que je dois réveiller.

Alors qu'elles que soient les critiques, je baiserai toutes les filles de mon staff, seules ou ensembles, et tant que durera un amour sincère entre nous.

Vous, vous n'êtes pas mes femmes, mais c'est tout comme, et vous êtes libres. Et sauf désirs ou souhaits de ma femme, je ne fermerai pas la porte de nos appartements privés, parce que c'est un choix de vie.

Ce qui se passe dans nos vies privées ne doit pas être accessibles à nos détracteurs, à nos ennemis, ou même à nos amis qui sont extérieurs à ce groupe.

Je ne cherche surtout pas à vous garder pour moi ou avec moi. Mais ici je suis chez moi, et ceux qui y entrent librement, ne peuvent m'imposer, la présence chez moi d'un autre.

La vie privée existe, et vous y avez droit, mais pas ici, pas chez moi. J'offre suffisamment à chacune pour vouloir rester maître dans ma maison. Des suites comme celle dont vous disposez, coûtent chaque jour qui passe, 500 dollars. Pour autant, elles ne coûtent rien à celles qui les occupent. Et moi vivant, cela restera ainsi.

Mais elles sont réservées à un modèle dont le genre n'est pour l'heure, guère accepté à l'extérieur. Je suis hétéro sexuel, et j'ai l'esprit assez large pour accepter des lesbiennes et bi sexuelles.

Je ne leur impose rien si ce n'est qu'elles ne peuvent avoir dans cette maison, une vie privée autre que celle de cette maison. Elles peuvent le faire, mais ailleurs, et sortent du groupe, c'est ça la liberté, et ça fait partie d'un choix qui est propre à chacun.

— Luc ! Répondit Ruth, ce que tu nous dis, nous le savions bien avant que tu arrives. Et pour ma part, je n'ai pas envie que l'on me regarde au dehors comme une pestiférée, parce que j'aime les femmes, j'aime la liberté, je ne suis pas faite pour faire des enfants, je ne saurai pas donner à un enfant, l'amour qu'il mérite, et je n'en ai pas envie.

Je revendique le droit d'être et de vivre comme toute autre, en ayant l'envie de mon patron, et l'envie de sa femme. Je suis Ruth WAGNER REUTHER, et c'est mon choix.

— Bien dit Ruth ! Ajouta Cathy, moi et ma sœur nous sommes jumelles, et j'ai vécu dehors pendant qu'elle était enfermée et privée ici. Au grand damne de notre mère, nous n'avons jamais été amoureuses des garçons, non pas que nous ne voulions pas découvrir ce qu'était un homme, mais nous avons toujours refusé les liaisons amoureuses, dans le sens où tu vas te marier et être en couple, avec un mec entres les cuisses tous les soirs, jusqu'au moment où tu es enceinte, et que l'on te persuade que ça va être formidable. Nous, notre père est parti quelques mois après notre naissance, et l'on a eu beau nous dire que tous les hommes n'étaient pas

331

pareils, on a des yeux, et on voit aussi la réalité, s'il ne se barre pas quand tu as vingt ans, il se barre à quarante ou cinquante ans.

Et si tu as fait plusieurs enfants, soit tu te démerdes, soit on te les enlève. Ma mère n'a eu qu'un homme dans sa vie, et ensuite, la galère. Demain, tout ça sera derrière nous, mais Ephie et Moi, on a choisi, et c'est dans ce groupe que l'on veut vivre. Si jamais on avait un gosse, on saura qui est le père, et on sait qu'il sera toujours là, si nous on est toujours là. Un jour on sera moins belle, il sera moi beau, mais son cœur, il restera toujours aussi beau. Cet homme, il est le père, le fils, le frère et l'amant, sans contrainte, on ne le lui demande pas.

Et tu vois Luc, peu nous importe ce que l'on pense de nous.

Nous avons une vie, en d'autres temps, l'on aurait trouvé cela normal, mais ceux qui veulent tout régenter tout réglementer, ne le font jamais pour eux, mais toujours contre les autres.

— Franchement les filles, répondit Luc, j'adore ces instants de franchise et de discussion à bâton rompu. Elles sont pour moi une source de connaissance des femmes, et je me rends compte chaque jour, combien vous comptez toutes pour moi. Vous ne pouvez pas imaginer à quel point j'aime vos formes, et j'aime encore plus vos esprits.

Cathy, Merci de m'avoir éclairé sur tes propres sentiments et tes points de vue. Cette promenade avec vous, c'est un véritable bonheur. J'aurai bien fait l'amour, là avec vous, mais sachons nous donner l'envie de se faire désirer.

Et votre calendrier sexuel n'est pas forcément le même que le mien. C'est d'ailleurs ce qui fait le charme de vous avoir toutes ici. Car je ne le connais pas, et vous seules le maîtrisez.

— C'est vrai ce que tu dis Luc, reprit Cathy, quand je suis rentrée en fac, y a un mec qui voulait faire l'amour avec moi absolument. Bon j'ai cédé pour avoir la paix, mais ce n'était pas ma bonne période, il n'a rien compris et finalement, il a eu une morte dans son lit.

— Cathy, merci de te raconter aussi facilement, mais retiens qu'ici, Luc ne parlera jamais de ses ébats avec nous et ne comparera jamais non plus les performances des unes et des autres. C'est sa manière de nous respecter. Tu comprends j'espère !

— Ruth, non seulement je comprends mais je cautionne, je n'aimerai pas qu'il vienne te dire « j'ai fait l'amour à Cathy, putain merde quelle bombe... »

— Bon les filles, on rit bien, on dit des choses intéressantes, mais Cathy, tu es dans notre jardin exotique, il te faut choisir un endroit à toi, où je serai le seul à venir te retrouver quand tu auras un coup de moins bien. Alors dès que tu le pourras, tu viendras et tu m'inviteras quand tu l'auras trouvé. Voilà, je voulais juste te dire que ce parc, c'est aussi le tien.

— Luc, veux tu m'embrasser. Demanda Cathy

— Si c'est un service que je dois te rendre, oui je vais le faire, viens !

Il l'embrassa d'abord en amie, puis en amourette, et enfin en femme, et elle aurait mangé ses lèvres et avalé sa langue si elle avait pu la détacher de sa bouche. Ruth s'approcha alors, et elle embrassa Cathy, amoureuse, tendre et câline à la fois.

Luc laissa là les filles pour regagner ses appartements, tout en leur précisant qu'ils les attendaient dans la bibliothèque pour le débriefe dans quelques minutes.

Il s'arrêta à l'appartement où Jacques avait enfin retrouvé sa liberté.

Jacques était confortablement installé dans l'un des six fauteuils du salon, et consultait un dossier qu'il conservait précieusement avec lui sur lequel était inscrit en lettre capitales REUTHER GROUP.

Il n'eût pas le temps de le mettre à l'abri du regard perçant de Luc, et de suite s'installa un malaise entes les deux hommes.

Luc n'était pas du genre à garder en lui, la moindre question qui l'aurait perturbée des jours durant.

Il s'approcha, les sourcils froncés, et posa directement la question à Jacques en lui arrachant le dossier des mains.

– Avant que je n'ouvre moi-même ce roman, peux-tu m'expliquer ce qu'il contient ?

– Ne va pas t'imaginer des choses Luc, ce genre de dossier, nous en ouvrons un pour chaque client.

– Mais oui, un dossier administratif qui contient les actes et les factures, les commandes, oui tout ce qui permet de gérer une affaire. Mais ça Jacques, lui dit-il en agitant le dossier devant lui, ce n'est pas un dossier administratif, ça ressemble plus à un dossier d'enquête privée.

– Mais non, c'est un historique, un bréviaire si tu préfères, ne vas pas imaginer ce qui n'est pas.

- Que devrais-je imaginer selon toi ? Tu allais planquer ces documents n'est-ce pas ? ça signifie que le contenu est confidentiel. J'ai quand même du mal à comprendre que tu oses venir chez moi avec un pareil dossier ? Alors dis-moi ce qu'il contient.

- Écoutes Luc, toi même tu as des dossiers sur tes affaires, et je n'y mets pas le nez.

- Arrête s'il te plaît, j'ai les dossiers que tu m'as remis, et les notes personnelles que j'ai ajoutées dans certains d'entre eux pour lesquels nous avons bossé ensemble. Et ces dossiers ne sont pas en libre circulation même chez moi. Tu sais Jacques, à force de jouer au con avec moi, il va t'arriver des problèmes. Tu me connais très mal. Tu m'as certainement pris pour un juvénile sorti de l'œuf, l'agneau docile paissant paisiblement dans la prairie, mais c'est fini tout ça.

  J'ai pris conscience de toutes les magouilles et les saloperies qui ont été faites au nom de REUTHER dans lesquelles toi et ton équipe vous avez trempées. Ne t'imagine pas un seul instant que tu as obtenu un blanc-seing et que je t'ai absous de tes fautes.

- Mais Luc, les affaires restent les affaires. Le monde n'est pas aussi vertueux que tu l'imagines. Réveille-toi mon garçon. Ta position dans le monde des affaires est respectée, elle est même enviée, mais autour de toi, ce sont des requins qui visent le rang que tu occupes. Et ce sera ainsi tant que le groupe REUTHER fera partie du top 100.

- Bien sûr, mais il n'y aura pas de taupe dans mon jardin tu entends, et si tu veux jouer aux devinettes, saches que tu n'es plus rien Jacques, tu n'es plus qu'un pion qui n'aura de crédit pour les autres que parce que tu travailleras pour moi, et uniquement pour moi. Si tu t'écartes de ton rôle, je t'écraserai comme une merde. Je n'aurai aucun remord à le faire.

– Tu peux me parler comme tu veux, et employer les termes que tu veux, tu ne changeras pas le cours des choses. Tu es tout seul Luc, et ton staff de nanas n'aura jamais l'envergure pour résister face à ce qui les attends.

– Ah oui, j'oubliais que tu étais un expert en management. D'ailleurs, c'est ta propre épouse qui t'a baisé la gueule, en ne travaillant même pas dans ta boîte. Mes nanas comme tu dis, elles t'ont quand même pris à ton propre piège. Tu crois être arrivé au bout de ta galère ?

– Moi, tant que je peux faire ce que je sais faire, je n'attends pas grand-chose.

– Bien Jacques, je sais maintenant à quoi m'en tenir. Je t'ai laissé une chance mais je m'aperçois à regret, que tu persistes à me prendre pour un con. Tu ne veux toujours pas me dire ce que contient ton dossier secret ?

– Ouvre-le, tu l'as dans les mains, je le connais par cœur.

– Pourquoi le caches tu ? S'il ne comporte que des informations sans importances ?

– Luc, cette discussion m'ennuie, je n'ai peut-être pas su m'entourer chez moi, mais partir au combat sans armée, c'est comme si tu voulais attraper une baleine avec un hameçon. Ton équipe n'est pas prête.

– Je te l'accorde, aucun de nous n'est prêt. Nous allons commettre des erreurs et nous les assumerons. Tu peux me reprocher de ne pas avoir versé le premier sang.

– A ta place, j'aurai payé des contrats, et tout le monde aurait compris.

– Oui, la bonne vieille méthode du sourire derrière un flingue, pendant plus de vingt ans, tu as employé cette méthode, tout en faisant bonne figure et sans sourciller. Mais tu n'as jamais été en première ligne ! C'était plus facile de te cacher derrière REUTHER.

Ce groupe, c'est toi qui l'as voulu, pas mon père. Et en perdre le contrôle, ça te déchirait le cœur. Quand tu m'as contacté, du moins tes avocats, tu sais, ceux que tu envoyais gare du nord pour prendre ton enveloppe que le gamin de quinze ans que j'étais apportait sans même savoir de quoi il retournait, tu as cru que je ne reprendrai pas les affaires. C'était une aubaine, il suffisait que tu me mettes dans ta poche et le tour était joué. Je ne suis pas dupe, ne le crois pas. Quand j'ai demandé qu'on te prévienne parce que tu risquais ta vie à Paris, tu as imaginé m'avoir piégé, et tu es venu ici, tu t'es confortablement installé dans cette suite comme à ton habitude, tu as pris tes aises. Il y a une chose que tu as oublié, et c'est l'une de tes erreurs, c'est qu'ici, tu n'es rien. Tu ne peux rien demander, rien exiger, j'ai viré ceux qui te servaient de relais. Et tu as oublié de venir me voir dès ton arrivée. Faute énorme de ta part, je voulais vous séparer ton épouse et toi, vous le couple diabolique qui veniez ici même, lancer vos opérations. Ta putain venait se servir directement dans les coffres du troisième sous-sol, sous couvert du machiavélique majordome qui interdisait l'accès à tout le monde.

– Pourquoi serai-je venu saluer un pantin dont je n'ai besoin que du nom. Tu es naïf Luc, mais les choses vont t'échapper très vite, et ton staff, tes minettes, ta REUTHER FAMILLY, elle va te sauter à la gorge.

337

— Oui comme ta femme l'a fait avec toi n'est-ce pas ?

— Ne parle pas de ma femme, elle au moins, elle a fait le job. Toi, tu n'es pas assez endurci pour faire peur.

— Tu crois ça ? Tu crois sincèrement que tu vas rentrer un jour à Paris ? Tu crois que tu vivras assez longtemps pour aller te pavaner sur les champs ?

— Ta faiblesse de cœur, c'est ça qui te perdra.

— Jacques, j'ai assez de fortune pour vivre mille ans. Mais toi, qu'as-tu ? Où se trouve ta fortune personnelle ? Connais-tu l'histoire du cochon gras ?

Un jour un porcelet est amené dans une ferme. La fermière s'en occupe bien, elle le caresse tous les jours en lui donnant un biberon de son propre lait.

Chaque jour, le cochon grossit, et on lui donne alors un espace plus grand, il peut même sortir au dehors et fouiller le sol avec son groin.

Dès qu'il voit la fermière, il accourt, et elle lui lance par-dessus le mur, des épluchures de fruits ou de légumes. Il adore ça, les épluchures. Il grossit vite, il prend même un peu d'embonpoint, il est heureux le petit cochon, il est content.

Mais un soir, alors qu'il est rentré se coucher dans l'écurie, l'on a fermé les portes derrière lui. Il a regardé la fermière d'un air interrogateur, mais elle n'a pas jeté le moindre regard sur lui. Il s'est endormi calmement, comme à son habitude.

Au petit matin, au jour à peine levée, il a entendu le verrou grincer, la porte s'est ouverte, et trois bons hommes ont noué une corde à chacune de ses pattes arrière.

Le petit cochon devenu gros presque énorme ne comprenait toujours pas.

Les hommes l'ont tiré au dehors, il a vu la fermière sur le côté qui tenait une grande bassine, et puis plus rien.

On venait de le tuer pour le manger.

Sais-tu où tu es là Jacques ?

— Je sais, je suis chez toi Luc.

— Non jacques, tu es dans l'écurie Jacques, comme le petit cochon devenu énorme.

— Tu ne vas pas faire ça Luc.

— Moi ? Non voyons, je suis la fermière moi. Je t'engraisse encore un peu, juste le temps que les choses se tassent.

— Luc, tu es un bon garçon, ne te mouilles pas là-dedans, gardes les mains blanches.

— Jacques, tu feras ça très bien tout seul, tu verras. Ah oui, tu sais que tu ne peux pas t'échapper n'est-ce pas. Tes accès sécurité ont été bloqués, et la garde résidentielle a reçu des ordres. Nous dînons dans une demi-heure Jacques, tu te joindras à nous, ne refuses pas, j'y tiens.

Mon staff a besoin de savoir quel merveilleux homme tu es. J'emmène ton bréviaire, et merci de me l'avoir si généreusement offert.

Luc quitta Jacques VERDIER et monta au troisième étage où les filles l'attendaient, installées dans la bibliothèque, lui laissant place libre à son bureau.

339

Elles bavardaient et échangeaient librement sur les nominations, les nouvelles fonctions, et l'organisation qu'il allait falloir à nouveau revoir, quand Luc pénétrait dans la pièce et la traversait d'un pas décidé.

— Bonsoir à toutes, je sais que vous êtes toutes fatiguées, alors on va essayer de faire vite.

Pendant que j'y pense, Eva, Ephie et Ruth, vous descendrez au dîner, avec vos tenues de service, vous savez, ces vieux trucs noirs mal coupé qui vous déguisent en Cosette. Juste le temps d'une petite expérience, et vous vous changerez après. Vous aurez juste à servir l'apéritif. Alors surtout aucun maquillage. Comme avant quoi.

On reprend vite fait le cours de la journée. Éléonore, as-tu pu avoir un entretien avec notre expert en géologie ?

— Luc, pour faire très vite, j'ai demandé qu'il vienne demain matin au siège pour que nous le recevions ensemble. Il s'appelle Éric PETIJEAN, il a un doctorat en géologie, et poursuit une thèse dans le domaine des minerais précieux.

— Bien Merci mais il faudra décaler le rendez-vous. Laisse-moi son numéro je tâcherai de l'appeler. Charlotte, on ne s'est pas beaucoup vu, et du coup je ne sais plus où tu en étais.

— J'ai aidé Élise et Eva, je n'ai guère de choses à dire, la synthèse sera faite par Élise.

— Viens sur mes genoux, j'ai besoin d'un contact féminin maintenant.

Charlotte, bien que surprise, vint immédiatement s'installer sur les genoux de Luc, qui laissa ses mains se balader sur le corps chaud de la belle Charlotte. Elle avait passé un bras derrière le cou de Luc et lui caressait la joue

– Cathy, et bien je sais déjà, mais pour vous toutes, vous avez compris que le Staff s'étoffait, et qu'au siège, vous alliez devoir réorganiser vos services. Alors on parlera demain de ça, et nous allons tous au siège demain. Qui veut faire la synthèse, je propose que Margot nous dise où nous en sommes en termes d'action de terrain, et Élise pour les questions financières

– Luc, les filles, aujourd'hui on a fait du ménage. L'affaire VERDIER, c'est presque bouclé. Je me rendrais à Paris avec Élise pour signer les actes de cession.

L'affaire de la banque, une bonne partie a été réglée, il nous reste les administrateurs sur les bras. Il faut que l'on sache ce qu'on fait d'eux. Pour ma part, la justice, je n'y crois pas. Et s'ils s'en sortent, on les retrouvera sur le terrain. C'est mon avis, il faudra qu'on en parle, mais vite, à 500 Dollars par jour par agent de sécurité, moi je n'ai pas envie de dépenser une fortune pour des fumiers. Élise nous en parlera dans son compte de finances.

Le cabinet WAGNER, tout a été enregistré il ne reste que l'autorisation d'exercer. Le financement est assuré, et je crois qu'on arrive à 85 % de la clientèle acquise. Restera à confirmer avec les accords signés. Il faut que l'on prévoie un service juridique au siège et l'installation de la direction également ?

Ça chamboule pas mal nos plans, mais toutes les directrices de zone doivent accompagner la direction de WAGNER c'est à dire Ruth.

Le BRESIL : on a pu arrêter Suzana. Elle est rentrée chez elle. En revanche, on la voit impérativement demain et on lui présentera l'expert s'il est accepté bien entendu.

La Colombie, on ne bouge surtout pas. Il faut qu'on laisse RAVALLENI se découvrir.

La RDC, demain Sara entrera en contact avec la Présidence, il nous faut un rendez-vous avec les conseillers mais surtout pas avec le sanguinaire.

En Angola, les recrutements sont en cours. Il nous faudra les autorisations d'exploitations des concessions, et notamment celui de la « mine maudite » si l'on arrive à la localiser. On sécurisera la zone avant d'opérer.

Ah oui, j'allais oublier, le bilan d'acceptation des collaborateurs HAUSSMAN qui basculeraient chez WAGNER. Ils sont au nombre de 65.

Nous avons réussi à récupérer tous ceux qui ont travaillé pour REUTHER GROUP, ce qui représente 55 personnes, les autres étaient affectées à la gestion des autres clients. Nous avons aussi recruté toutes les secrétaires qui ont pu avoir accès au dossier REUTHER ce qui ajoute 10 personnes dont la secrétaire à VERDIER.

L'enseigne HAUSSMAN LEGAL sera démontée demain matin, et il faudra créer l'enseigne WAGNER.

Ruth sous couvert de l'accord de Luc et du comité exécutif, je te présenterai un garçon du siège qui sera muté chez WAGNER. C'est à lui que tu confieras les suivis. On loue une boîte aux lettres en ville, il se chargera de relever les courriers. Et on te loue un bureau de PDG au siège. Ton équipe sur place sera nommée demain par Luc. Ça va augmenter tes charges, mais tu ne seras pas seule ? Et ce sera jusqu'à ce que tu puisses valider un doctorat en droit international. Pas d'inquiétude, nous sommes suffisamment nombreuses pour t'assister. C'est toi qui iras à PARIS la semaine prochaine pour te présenter à ton équipe. Tu ne feras qu'un aller-retour. On mettra une taupe là-bas. Il aura la fonction de secrétaire général.

Cathy, idem. Ton siège de PDG sera au siège, et loué à REUHTER IMMOBILIER. Sara te présentera aussi un garçon du pôle financier. C'est lui qui assurera les suivis jusqu'à ton doctorat en économie et en droit des affaires.

Eva et Ephie, vos nominations interviendront dans quelques jours, le temps qu'on se mettent en place. Alors ne vous sentez surtout pas dévalorisées, pensez que dans le groupe, les choses vont vite bougez.

Attachez-vous toutes à vos études, on vous laissera tranquille, mais vous aiderez certainement vos DG dans des missions un peu complexes. Voilà Luc, où nous en sommes.

– Merci Margot pour ce tour d'horizon. Élise, tu nous fais un point financier ?

– Oui, alors ce sera très vite fait. Ligne de crédit WAGNER, on a demandé 8 Millions pour s'affranchir de WAGNER

L'opération Épervier nous coûte à l'instant 100.000 Dollars entres les frais de location chez AVIS FLEET les frais de restauration et d'hôtellerie, les recrutements d'agents de surveillance des lieux stratégiques, les communications internationales, bref, chaque jour la note augmente de 25000 Dollars.

WAGNER n'est pas une dépense puisque l'on augmente notre capital immobilier, et l'on récupère un chiffre d'affaires qui pourrait dépasser les 10 millions cette année. L'immeuble sur les Champs Elysée est estimé à 2 millions de dollars. Les travaux pour le transformer sont eux estimés à 0.5 millions, pour rester parfaitement cohérent avec l'architecture du lieu. On aura les impositions des architectes des bâtiments de France sur le dos. Alors j'ai prévu un peu plus large. La villa de Saint Cloud est estimée à 300 milles Dollars. Le yacht de VERDIER est estimé à 800000 Dollars, je vous passe les détails pour le patrimoine au Sénégal. La maison de LEBARDOT à Ramatuelle est estimée à 0.5 million de Dollars. Nous récupérons environ 3.5 millions de patrimoine immobilier, et une affaire qui tourne autour des 10 millions, pour un emprunt court terme de 8 millions. Nous allons injecter à titre privé 3 millions dans le capital de WAGNER sous le nom de Ruth, et nous ajouterons une avance en compte courant de 1 million, ce qui permettra le versement des salaires pendant les trois premiers mois. La masse salariale devrait se situer à environ 2.5 Millions par an. Nathaly effectuera cette opération dès que le compte courant du cabinet WAGNER sera ouvert. Ruth tu devras te rendre à la banque signer les papiers.

REUTHER FINANCES va vers une économie substantielle puisque quatre administrateurs ne coûtent plus rien, et nous assurerons nous même l'administration à partir du siège au travers du poste de PDG confiée à Cathy. Leurs émoluments s'élevaient à 800000 Dollars annuel, et pratiquement 300000 Dollars en avantage divers. De plus, le gel de leurs avoirs en comptes REUTHER FINANCES devraient générer un retour de financement à terme de 8 Millions de Dollars. Les

344

indemnités de préjudice ne pourront alors se traduire que par leurs patrimoines immobiliers. Il est estimé à 1 million par tête. Soient 4 millions récupérés. Pour ce qui est de leurs opérations de transferts sur les comptes panaméens, Charlotte est sur une piste intéressante, mais on n'a pas encore déchiffré toutes les sociétés écrans qui étaient utilisées. Là si on arrive à trouver les codes, et à mon avis, Cathy les trouvera en faisant pression sur PRUNIER, nous devrions pouvoir faire effectuer tous les transferts de fonds sur REUTHER FINANCES, d'ici un mois à un mois et demi.

Pour le recrutement de DIESBACH, moi je pense qu'il faut l'annuler. Nous n'avons pas à nous prostituer, et à faire des ponts d'or à de potentiels candidats. Nous avons ici même, la capacité à répondre, si nous nous répartissons les tâches... Quant au nom du cabinet, je souhaiterai que l'on ne conserve que WAGNER BUSINESS LAWYERS.

Questions dépenses courantes, REUTHER IMMOBILIER a commandé des travaux ici même. D'un point de vue groupe, cela n'est pas important. De mon point de vue personnelle, Luc, tu aurais pu me prévenir. Voilà où nous en sommes.

— Bien Merci Élise. Alors pour la dernière remarque Élise, j'ai ordonné la simplification des démarches d'entrée pour le personnel extérieur. Je m'y étais engager et je ne suis pas revenu en arrière. Et j'ajoute que c'est REUTHER IMMOBILIER qui assure le financement des travaux dans sa totalité, et que la Directrice Générale est Nathaly. Elle suit toutes ses affaires là.

Elise, c'est une bonne idée de prendre le contrôle de WAGNER en ouvrant le capital avec 3 millions. J'aimerai que ce capital reste en compte bloqué. Le million d'avance de trésorerie, c'est bien. Pour le reste, il faut considérer que nous avons gagné en une seule journée, hors toutes autres produits financiers et production propre, plus de 20 millions de dollars. Ce qui se présente sous forme de patrimoine immobilier qui viennent enrichir REUTHER IMMOBILIER, et de produits financiers générés par des suppressions de postes, et des retours de banque liés aux comptes des fraudeurs. J'ajoute à cela que nous continuerons à payer WAGNER au tarif de l'an passé, en excluant les bonus qui étaient versés en fonction de nos comptes de résultats groupe, ce qui représente une vraie économie. D'où l'aide financière que nous apportons à titre privé à Ruth.

Encore un point pour lequel je n'ai encore rien décidé. J'envisage de faire modifier les sous-sols.

Nous avons un espace immense sous nos pieds, qui n'est pas rentabilisé.

Aussi, je réfléchis à créer un club de nuit où la jet set viendra s'encanailler.

Mais un club sélect. Pourquoi je dis ça, tout simplement parce que nous avons du personnel, nous avons un organisme de sécurité, nous avons l'espace en niveau -2 et notre groupe doit faire de la publicité tout en s'amusant.

Il nous manque un héliport, et deux hélicos.

Vous réfléchirez à ça, et nous ferons un bilan.

Merci, je pense que les deux directrices générales ont bien les choses en main, continuez toutes. Ruth, Eva et Ephie, vous restez, les autres vous êtes libres.

Les filles quittèrent la bibliothèque, exceptées les trois nommées et Élise.

Il gardait Charlotte sur les genoux, et lui caressait le sein gauche, en maintenant sa main droite sur la cuisse nue, remontant de temps à autre à l'intérieur de sa cuisse. Elise s'approcha également pour embrasser Luc et effleura le sein droit de Charlotte, qui commençait à perdre le contrôle de la situation.

- Les filles, je vous ai demandé de rendosser vos habits de vieilles bigotes pour une chose très précise. Ce que je vais dire ici, ne doit jamais en sortir. Donc vous ferez le service de l'apéritif en tournant bien autour de Jacques VERDIER. Mais surtout prenez une douche au Dop, et pas de parfum de luxe, non, du basique comment avant. Ensuite, après le premier passage, vous allez vous changer, vous revenez sexy belles et pimpantes avec le maximum de séduction. Élise et moi, on vous passera les mains au cul et franchement détendus.

  Quand nous passerons à table, Ruth se placera entre moi et Élise, Eva tu te placeras de l'autre côté d'Élise, et toi Ephie, à côté de moi.

  Portez des vêtements au plus courts, on va volontairement vous exciter. C'est dégueulasse je sais, mais c'est pour la bonne cause. Si vous avez des réticences à jouir à table, ne venez pas.

  Vous avez des questions ?

- Non Luc, on va se changer.

- Oui mais revenez uniquement par les cuisines quand Élise ira vous chercher.

Ma chérie, reprit-il en se tournant vers Élise, encourages les, car on joue très gros tout à l'heure.

Allez les filles, à tout à l'heure.

Élise, ne pars pas. Il faut que je te parle.

Lorsque les trois filles eurent quitté les lieux, Luc embrassa sa femme et la serrant contre lui, tout en maintenant Charlotte avec eux. Il dégrafa le minishort de Charlotte, qui n'y tenait plus, elle avait senti le sexe de Luc se durcir depuis un moment, et Elise avait ouvert la braguette de Luc pour sortir son membre à l'air libre. Le gland turgescent pointait droit vers le ciel, Elise le masturbait, alors charlotte glissa à genou et l'enveloppa de sa bouche. Luc se laissa aller au plaisir en embrassant sa femme, tandis que Charlotte alla jusqu'au final explosif de Luc, et avala sans aucun retrait, le liquide épais et chaud s'écoulant en petit jets, du membre viril qui restait tendu.

- Mon amour, tiens, regardes ce qui nous tombe sur la tête, dit-il en désignant le dossier de VERDIER portant le nom de REUTHER.

- C'est quoi ça ? demanda Élise

- C'est toute l'œuvre de VERDIER. Et pire, il avait toutes ses entrées ici. C'est lui qui a mis en place le majordome et le chef de cuisine. Sa femme se servait directement dans les coffres du troisième sous-sol.

- Non, Luc, tu veux dire que cette putain dirigeait d'ici toutes les magouilles.

- Oui, et tu vas comprendre tout à l'heure. VERDIER n'a absolument pas remarqué que les filles étaient ni plus ni moins que les serveuses qu'il faisait enfermer quand il venait ici avec sa femme. Mais crois-tu que Ruth la fouineuse ne va pas le reconnaître ?

— Tu penses que Ruth va se souvenir ?

— Ruth n'a pas eu le loisir de vraiment le regarder. Mais en le servant, s'il est venu ici et qu'elles n'ont pas fait le service, elle va forcément avoir trouvé la parade et sera allée fouiner.

Mais ça c'est juste une info, ma chérie.

Ce que je voulais te dire, c'est qu'il va y avoir du sang qui va couler. On ne peut pas se permettre de laisser en vie ceux qui ne demande qu'à recommencer. Tous ceux qui ont trempé dans les magouilles vont devoir disparaître.

Quant aux promesses que j'ai faites, ce ne sont que des mots. VERDIER ne quittera jamais la propriété vivant.

— Tu vas le tuer ?

— Non, il se tuera lui-même.

D'abord parce que nous allons poursuivre sa femme en justice, ainsi que LEBARDOT. Ils se suicideront, ne pouvant supporter de devoir affronter la justice. VERDIER lui, se suicidera de désespoir. ANSEN RIEZEN LEROY, mourront dans un banal accident de la route ou que sais-je. BADEN sera retrouvé pendu dans sa cellule. RAVALLENI sera descendu lors d'un règlement de compte entres les trafiquants et la police en Colombie.

— Luc, tu vas te salir les mains avec ça.

— Non, tout le monde des médias nous annonce en victimes, et pense que nous ne sommes que des agneaux. Alors nous ne sommes que des agneaux, n'est-ce-pas ?

Tous ceux qui tomberont ont le déshonneur attaché à leurs basques. Il faut que tout soit prêt pour demain, y compris nos agendas.

Toutes ces personnes devront avoir reçu leur convocation devant les tribunaux et leur convocation devant les conseils d'administration des sociétés pour lesquelles elles étaient en poste.

— Tu veux dire qu'officiellement, elles auront en main les documents qui démontrent leurs implications dans une machination contre REUTHER GROUP ?

— Oui. Tu as compris. Il faudra envoyer des huissiers remettre les documents en main propres, et la distribution doit être faite mercredi impérativement.

— Mais un suicide dans la propriété Luc, je n'aime pas ça.

— Je sais, mais comment pourrais-tu expliquer que VERDIER soit ici, si nous le virons avant ?

— Il faut donc que WAGNER prépare tous les dépôts de plaintes et qu'officiellement toutes ces personnes aient reçue leur citation à comparaître devant les juges d'instruction ou la police.

— Oui, Elise, et vous devrez vous assurer de ça avant que la première goutte de sang ne tombe au sol.

— Moi aussi ? demanda-t-elle.

— Non justement. Toi, tu ne dois absolument pas tremper dans cette affaire.

Mais je dois en parler à Margot en privé. Elle a la poigne pour gérer ça, et Éléonore se fera un plaisir de l'assister. Comme ça nous mouille tous, je tiens à ce que le comité exécutif et le conseil de direction dispose d'un avis.

– Elles garderont le silence là-dessus ? Tu crois que tu peux prendre ce risque ?

– Elles ont toutes quelque chose à reprocher à ces gens-là qui n'ont pas cru en elles. Et VERDIER a eu des propos méprisant sur vous toutes. Il ne croit pas dans le pouvoir des femmes que vous êtes.

Alors tant pis, je ne veux pas de bâtard dans ma meute.

Donc j'espère que tu vas me suivre, mais je ne vais pas dépenser du fric pour le plaisir, nous payons des protections rapprochées, il faut qu'on les utilise.

– Et après, ce sera fini ? Il n'y aura plus ce genre de chasse ?

– Et après, mon amour, tout commence. Et ce sera une succession d'affaires. Puisque le monde tourne ainsi, et que l'on a voulu voir quel était le pouvoir de l'héritier du renard du diamant, tous subiront la morsure déchirante du loup et de sa meute.

Dès la semaine prochaine, nous ferons fermer le compte de MOBUTU et transférerons ses avoirs en fonds de réserves REUTHER FINANCES.

Nous allons le mettre à genoux, et c'est lui qui demandera grâce, crois-moi. C'est le sanguinaire qui lèvera le premier son téléphone rouge.

Sans l'argent des droits de concessions, et sans le compte qu'il détient chez nous, ce n'est qu'un chiffonnier.

351

Quand la poussière de la piste aura suffisamment desséché ses poumons et absorbé sa salive, il viendra à la source. Et là, la meute l'attendra. Ce n'est pas la communauté internationale qui viendra à son aide, parce qu'il n'a plus aucun crédit.

Nous appuierons la Suisse pour qu'elle renvoie MAZA au ZAÏRE les chiens se battront entre eux. FÜRGLER n'attend que ça, se débarrasser d'un encombrant qui est là au frais de la princesse. On va l'aider un peu, sans qu'il n'y paraisse rien, pas une seule ligne de crédit ne portera une quelconque mention de notre implication.

Nous aussi, nous allons nous servir du chaos pour traiter nos affaires. Nous lancerons les projets qui seront financés par les états eux-mêmes, ils nous doivent tant !!!

— Chéri ne te mets pas du sang sur les mains.

— Ma chérie, je n'utilise pas les armes qui tuent, je n'utilise que les hommes qui les portent contre d'autres hommes qui les portent aussi.

— De toutes les façons, ils sont déjà tous morts, alors reste en dehors de ça Luc, reprit Charlotte

— Charlotte, tu rêves quand tu dis cela. Il leur suffit d'un coup de téléphone et ils changent la face de l'histoire. Regarde, eux aussi croyaient avoir gagné la partie, et ils ne pensaient nullement que je serai encore vivant pour leur faire payer leurs forfaits.

— Tu crois qu'ils vont se laisser faire comme ça ? Tu es devenu dingue Luc, ajouta Charlotte.

– Non chérie, je ne suis pas dingue. Le même jour, à la même heure, ils tomberont, et crois moi, je n'ai aucun remord.

Je veux juste que ça ne traîne pas. Aucun d'eux ne se doute de cela. Je veux qu'ils aient tous en mémoire, l'image d'Eliott REUTHER tombant sous les balles des meurtriers qu'ils ont commandités, où couverts par leur silence. Et c'est le cas de Jacques VERDIER. Tu vas lire ce dossier de A à Z sans tenir compte de tes sentiments. Juste les faits, et rien que les faits, et tu en feras une synthèse.

Vous êtes les deux seules au courant de l'existence de ce dossier. Je veux pouvoir compter sur vous.

– Je le ferai chéri, mais si je trouve la moindre chose qui plaiderait en faveur des accusés, je te demanderais alors d'en tenir compte. Répondit Elise sur un ton grave.

– J'étudierai ta demande, mais je refuse de te promettre de revoir la sentence, d'autant qu'elle ne m'appartient plus

– Allez, sortons d'ici, l'atmosphère est trop pesante ce soir, dit Charlotte

– Tu as raison, allons-nous amuser.

Ils quittèrent ensemble le bureau de la bibliothèque, main dans la main, et se réfugièrent un instant dans leurs appartements privés.

Tous les trois désiraient plus que tout, oublier cette macabre conversation. Mais chaque meuble, chaque bibelot, leur rappelait sans cesse le souvenir de ce père, de ce beau père, de ce patron, qu'aucun d'eux ne connaîtraient.

Élise proposa à Luc une douche, et un bain relaxant.

Charlotte quitta l'appartement pour rejoindre sa suite, les vêtements à la main, et traversa la terrasse pour descendre un étage en dessous.

Lorsque Luc et Elise se dévêtirent, ce fut comme s'ils se découvraient pour la toute première fois. Élise jouait la timide, et Luc masquait ses furtifs regards en direction de ce corps qu'il aimait tant.

Pour autant, il n'y eut à cet instant, nul étreinte, nul geste, nulle envie.

L'heure était trop emplie de gravité, il leur fallait du temps, pour évacuer de leurs esprits, les mots et les phrases qui avaient été prononcés.

Dans la grande baignoire où ils se faisaient face, les jets massant avaient été poussés au maximum de leur puissance.

Peu à peu, le corps de Luc s'était approché de celui d'Élise, et la jeune femme redécouvrait par petits gestes simple, le corps de son mari.

Ni l'un ni l'autre ne cherchèrent à faire l'amour, seul ce contact leur était nécessaire. Tout ce temps de la journée, à se donner à leur travail qui semblait pourtant aux yeux des autres, n'être qu'un passe-temps inutile, parce que donner une direction à suivre ne ressemble qu'à un jeu, aurait dû forcer le respect.

Mais c'était le contraire qu'ils constataient.

Jacques VERDIER devait bien rire dans son coin, sûr qu'il était de détenir les cartes du destin de Luc et de sa femme.

Ce VERDIER qui doutait ouvertement de la puissance dont REUTHER disposait, persuadé que le groupe REUTHER c'était son œuvre, avait comme les ANSEN, RIESEN, LEROY et

BADEN, oublié en chemin, qu'on ne construit pas sa réussite en écrasant les autres.

S'il leurs avait été faciles de travailler dans l'ombre du renard, faisant grandir indéfiniment son capital et ses intérêts, ils avaient néanmoins volontairement tu leurs erreurs, leurs échecs, leurs errements, et pire encore, effacé de leur mémoire, les meurtres, les fausses écritures, les abus de biens sociaux sur lesquels ils avaient fondé leurs propres richesses.

Tous avaient pressé le citron de REUTHER INTERNATIONAL GROUP, toujours plus gourmands, toujours plus riches, alors que le renard s'éreintait avec ces hommes noirs, à creuser toujours plus loin, toujours plus profond, pour découvrir les plus belles gemmes du monde, les plus chères aussi.

L'idée des multitudes de sociétés était venue de ANSEN.

Habitué depuis longtemps à créer et faire vivre des sociétés écrans, il avait parcouru le monde des paradis fiscaux, dès qu'il avait appris que Eliott REUTHER était Luxembourgeois.

Le réputé géologue, avait, il est vrai, déjà amassé une confortable fortune en découvrant l'or de l'Angola.

L'idée de faire fructifier ses intérêts, l'avait séduite, mais il aurait été bien incapable de gérer la moindre entreprise sans y laisser sa fortune.

Aussi ANSEN avait contacté HAUSSMAN LEGAL, et VERDIER avait tout bonnement accepté de gérer les affaires propres de REUTHER.

La confiance s'était installée, REUTHER avait exigé que les termes de ses contrats soient suivis à la lettre. L'amitié était née entre Eliott REUTHER et Jacques VERDIER.

Ce dernier, sans enfant, bien que son désir d'en avoir un jour soit resté intact, avait accepté de devenir le tuteur de Luc, si jamais il arrivait quelque chose à Eliott, sous-entendu, un explosif mal réglé ou un puits qui s'effondre sur lui, quand il serait au fond d'une mine, quelque part en Afrique.

Eliott, très mauvais communiquant, racontait absolument tout à VERDIER, et cette confiance était au fil des ans, devenue mutuelle.

Les problèmes de couple chez les VERDIER, Eliott les connaissait, et c'est ainsi qu'il avait fini par confier sa maison à Jacques VERDIER.

Cette maison où Eliott n'avait en fait mis les pieds que pendant sa construction, et pour quelques visites rares, aurait dû devenir son lieu de villégiature pour une retraite méritée, quand son fils Luc reprendrait les affaires. Eliott et sa famille, ils ne l'avaient jamais habitée.

VERDIER lui, s'était investi en maître de maison, ses fréquentes visites secrètes, obligeaient le majordome et le chef cuisinier, à organiser le black-out total.

La ribambelle d'employés se retrouvait confinée dans les appartements, ou bien se voyait tout simplement privée du droit de franchir l'enceinte extérieure, interdisant au personnel extérieur de se rendre à son travail.

Lorsque dans un premier temps, Luc s'était rendu compte de la fourberie des administrateurs de REUTHER FINANCES, et qu'il en avait parlé immédiatement à VERDIER, ce dernier s'était rangé tout de suite du côté du plus fort.

Et le plus fort du moment, parce que le plus riche, c'était Luc.

VERDIER ne risquait rien, lui qui avait les coudées franches, et avait obtenu un poste d'administrateur au comité exécutif de

REUTHER INTERNATIONAL GROUP, pouvait se targuer de maîtriser l'héritier, qui ne connaissait rien aux affaires.

Ainsi considéré intouchable, VERDIER crut qu'il s'imposerait obligatoirement comme maître à penser du groupe.

Pour que tout soit bien clair, il n'avait pas hésité un instant, à lâcher ces camarades en leur envoyant une simple lettre, leur annonçant leur éviction du comité de direction de la banque d'affaires.

Quand Luc et Élise avait été rapatriés à Paris sous la protection de l'ambassade, VERDIER avait vu là, l'opportunité de se valoriser auprès du nouveau grand patron.

Mais il n'avait pas encore compris que l'héritier prendrait la totalité des responsabilités qui lui revenaient de droit.

Disposant encore d'un pouvoir au sein du comité exécutif, VERDIER croyait rester assez influent, pour poursuivre ses actions plus ou moins licites, et pensait gérer le compte REUTHER, en enrichissant son propre groupe par les missions réelles ou supposées comme telles, qu'il continuerait de facturer à REUTHER.

Là encore, il n'avait pas imaginé que rentrerait au comité exécutif, des personnes nouvelles, avec lesquelles il avait travaillé, et par conséquent, ayant forcément des connaissances particulières sur certains contrats qu'elles auraient à gérer.

Tant qu'il agissait en fondé de pouvoir du patron, il n'avait rien à craindre, mais devoir laisser le poste aux profits de ces filles, c'était se jeter dans la gueule du loup.

Ce sont elles qui allaient donner les ordres, et sur un certain nombre de comptes clés, comme tout bon directeur, elles allaient d'abord éplucher les antériorités, et découvrir les origines des comptes panaméens. Elles finiraient forcément par donner l'alerte, et lèveraient le voile sur les ramifications qui alimentaient les comptes, et surtout sur ces sociétés écrans qui abondaient les comptes, par des facturations sur des travaux et des prestations inexistantes.

De l'argent papiers, qui transitait par les valises diplomatiques en provenance d'Afrique, transporté par des ministres et des chefs de cabinet, remis directement aux destinataires sur les tarmacs des aéroports, planqué dans des sacs de voyage, ou des attachés cases sentant encore le cuir neuf.

L'autre facteur déterminant, fut de sa propre erreur, quand il confia un rôle d'administrateur à son collaborateur le plus imminent, LEBARDOT, en lui offrant 50 % de ses propres parts, dans le capital de HAUSSMAN LEGAL.

Cet ami, très apprécié de son épouse, ayant ses entrées dans sa propre maison de Saint-Cloud, VERDIER n'avait pas imaginer que Lucie en tomberait amoureuse, et que dès lors, LEBARDOT ferait tout, pour exclure son patron du conseil d'administration de HAUSSMAN LEGAL, en espérant lui-même occuper la place.

Puis il y eut l'annonce par Luc, de son nouveau comité exécutif, où deux femmes venaient suppléer à l'éviction de VERDIER, le remettant ainsi à disposition de HAUSSMAN LEGAL alors qu'il était fortement poussé vers la porte, par le couple LEBARDOT HAUSSMAN.

En dernier lieu, lorsqu'il dut remettre les clés de la résidence REUTHER au propriétaire légitime, et qu'il dut également lui donner les informations de sécurité du site, il comprit que son règne sans partage était fini.

A cet instant, il aurait avoué la vérité à Luc, ce dernier aurait tout fait pour le sauver.

Et d'ailleurs, Luc lui avait ouvert la porte plusieurs fois, et dès que le doute s'était installé, l'héritier n'avait pas manqué de l'avertir.

Mais trop préoccupé par l'histoire de fesses existant entre sa femme et son collaborateur LEBARDOT, VERDIER n'écoutait pas. Il ne se révoltait même pas quand LEBARDOT avait ordonné l'exécution de Luc devant le Royal Monceau, alors qu'il savait fort bien que cet attentat eût été fomenté par son adjoint, convaincu que le rôle d''administrateur de VERDIER était maintenu.

La discussion qu'il avait eu quelques jours plutôt avec LEBARDOT, avait été franche et clair, et VERDIER lui avait dit qu'ils allaient conserver le compte REUTHER, et préserver l'essentiel qui assurait près de 40 % du chiffres d'affaires de HAUSSMAN LEGAL, en tenant compte de toutes les surfacturations, que le cabinet présentait en toute illégitimité.

Mais en perdant son poste d'administrateur, il perdait le contrôle des comptes, et ne pourrait plus ordonner des facturations de prestations non réalisées.

C'est cette éviction qui faisait tomber le château de cartes qu'il avait échafaudé au cours des années.

Au début, ce n'était en valeur, que le montant des frais de ses vacances dans les îles du pacifique.

Mais Lucie HAUSSMANN devenait de plus en plus gourmande, et ses fastes devenaient de plus en plus chères, alors par amour, il n'hésitait plus à la couvrir de bijoux, de robes, et tout ce qu'elle demandait, elle l'obtenait. Le yacht de 83 pieds fabriqué sur mesure par BSC Colzani avait englouti plus d'un million de dollars qu'il avait fallu masquer du contrôle des comptes, en affectant la dépense à une société filiale de REUTHER PHARMA, sur une ligne du budget recherche et développement.

Le groupe REUTHER payait de plus en plus cher des services de bases, dont HAUSSMAN LEGAL assurait seul le contrôle des comptes, et l'approbation des bilans.

Jouissant d'une totale liberté, HAUSSMAN LEGAL pouvait ainsi en toute impunité, s'octroyer de plus en plus hautes rémunérations, sans que personne n'y trouve à redire.

L'héritier voulait reprendre le contrôle, et remettre l'église au centre du village, il découvrirait tôt ou tard, les anomalies comptables, et demanderait forcément des comptes, comme il l'avait fait avec REUTHER FINANCES.

L'éliminé au plus vite aurait permis de conserver la main, et VERDIER n'avait émis aucun veto sur le plan de LEBARDOT.

Lorsque Luc fut directement attaqué, et touché par cette balle au Palace, il eut tôt fait de comprendre que quelque chose n'allait pas.

Il n'y avait que VERDIER qui avait connaissance de l'agenda de Luc, il n'y avait donc que lui qui pouvait avertir de ses déplacements. Une faute d'inattention suffisait, pour que les conspirateurs soient informés, ce qui est une faute en soi, mais pas un élément à charge démontrant une totale implication.

D'ailleurs, Luc ne reçut VERDIER que tard le soir de l'attentat, et entre temps, il avait nommé son nouveau comité exécutif, et ainsi était née la REUTHER FAMILY, cette fameuse équipe féminine, qui avait ses lois, ses codes, et contre laquelle personne ne pouvait rien.

Dès qu'on attaquait Luc, la REUTHER FAMILY faisait front, et leur unité était telle, qu'elles étaient capables de mobiliser une armée.

En faire abattre une, pour faite taire les autres, c'eut été chose facile, mais plus le temps passait, et plus Luc en faisait intégrer de nouvelles. Cette démultiplication des pouvoirs, répartis en autant de ramifications, devenait inattaquable. Et vouloir tenter la moindre action à l'intérieur de la demeure, il ne fallait même pas y penser. Une armée s'y serait cassée les dents. Du ciel au sol, tout était strictement contrôler, aucun espace libre ne permettait de détacher des commandos, sans qu'ils ne se fassent prendre, dès qu'ils auraient posé le pied sur le sol.

Et maintenant, faire tomber la tête du loup ne pourrait plus rien changer. Elles maîtrisaient tout. Chacune savait désormais quoi et comment faire. Et si jamais l'on arrivait à abattre Luc, elles n'avaient qu'à suivre ses consignes, et la tête des politiques tomberait sur le billot, l'économie européenne s'effondrerait par l'exigences des intérêts des cautions d'emprunts d'état, elles fermeraient de suite les vannes des approvisionnement en or et minerais précieux, les bourses du monde entier s'affoleraient, l'argent circulant des riches serait immédiatement boqué sur leurs comptes bancaires, et tout le château de carte de l'économie mondiale serait à bas.

Les hommes s'entre-tueraient, les femmes pleureraient, les enfants traîneraient dans les rues, abandonnés de tous, et s'en serait terminé de ce monde capitaliste, qui joue avec les peuples du monde entier, les pliant à sa botte, par un simple billet de banque de la couleur de l'espoir, le sacro-saint Dollar vert.

VERDIER avait compris que la morsure des louves, serait bien plus douloureuse que celle du loup, et que s'il disparaissait, elles organiseraient le massacre total, sans aucune complaisance, avec ce principe de vote égalitaire au sein de leur famille.

Désormais, VERDIER n'avait plus la main. Le strapontin que lui offrait Luc en qualité de conseiller financier auprès du comité exécutif, ne pouvait rendre à HAUSSMAN LEGAL le prestige et la grandeur dont elle jouissait auparavant, sur les marchés internationaux.

De plus, HAUSSMAN LEGAL n'avait pas été invité à la fête chez Maxim's, et Madame Lucie VERDIER HAUSSMANN en avait été très affectée, alors qu'elle venait de décider de virer son mari du cabinet, puisqu'il n'avait pas réussi à conserver les acquis.

Et puis, il y eut cette tentative absurde, de détourner l'avion de Luc, lors de sa venue au Luxembourg.

Là, VERDIER s'était violemment opposé à LEBARDOT et Lucie. Rapatrier le couple à MEDELIN pour le remettre en pleine jungle à des révolutionnaires, c'était complétement utopique.

Faire voyager deux futurs otages des FARC, par vol régulier MILAN BRASILIA, était un de ces plans foireux que l'homme d'affaire ne pouvait pas supporter.

Il s'était d'office retiré du jeu tout seul, en ouvrant grand la porte à LEBARDOT, pour revendiquer auprès de Lucie, le poste de président chez HAUSSMAN LEGAL.

La présentation de la collection Eliott REUTHER au Royal Monceau, où là encore, les VERDIER n'avait pas été invités, avait décidé LEBARDOT à agir, et VERDIER ne pouvait l'ignorer, ou du moins, il ne pouvait pas ne pas se douter, que le couple diabolique tenterait quelque chose.

Ramasser le fruit d'un hold-up tout en éliminant l'héritier, avant que les actes et les contrats ne soient signés, était là un coup de maître dont HAUSSMAN LEGAL ne pouvait se priver.

Mais l'aide de ANSEN et RIESEN était indispensable, pour écouler la marchandise, et remplir les comptes dans une banque Suisse, qui permettraient ensuite d'aller s'installer loin, très loin, pour y couler des jours heureux.

Alors, on avait mis dans le coup ces administrateurs véreux, qui connaissaient la musique depuis longtemps, et les filières qui permettraient de revendre sous le manteau, les joyaux dérobés.

Pour faciliter la tâche, HAUSSMAN LEGAL avait réintégré les administrateurs à leurs postes, en leur glissant tout simplement que leur éviction n'ayant pas été faite dans les règles, ils avaient parfaitement le droit de reprendre leur poste.

Ce qui ouvrait ainsi la possibilité d'autoriser les transactions clients, où HAUSSMAN LEGAL serait forcément l'un d'entre eux, et inscrit en grands comptes privés.

Si Luc n'avait pas connaissance des détails, il n'en détenait pas moins la vérité, et la tâche serait immense, pour réparer toutes les brèches du système qui avaient été démontrées.

Heureux avec ses louves, il avait toutes les cartes en main, il ne lui manquait qu'une seule confirmation, et il allait l'avoir ce soir, autour d'un simple verre, juste avant de montrer à son adversaire, que vivre avec le plaisir, était la seule chose qui vaille vraiment le coup.

Ce soir, le loup allait définitivement écraser ces chiens perdus, et conserver son territoire.

CHAPITRE XXXVI

Élise décida de sortir la mini-jupe, et le simple chemisier bleu que lui avait un jour offert sa mère. Aucun sous vêtement ne viendrait restreindre la liberté de sa sexualité.

Elle fit passer le mot, et toutes les jeunes femmes se présentèrent sur la terrasse de la piscine, autour d'une jolie table fleurie de jonquilles, large et confortable, où le cristal et la porcelaine avaient été soigneusement alignés.

Un petit chariot de boissons avait été disposé à proximité, quand Luc frappa dans ses mains.

Trois serveuses arrivèrent, et prenant grand soin de figer leur sourire. Elles passèrent vers chaque convive leur proposer un apéritif de leur choix.

VERDIER, debout, dressait sa stature, un sourire au coin des lèvres, semblant déjà heureux de voir disparaître à court terme, toute cette assemblée de novices, qui n'avait selon lui, pas les épaules et l'envergure, pour tenir un empire, tel que celui de REUTHER INTERNATIONAL GROUP.

Luc s'amusait de le voir faire, ne regardant pas une seule fois celles qui le servait.

A un moment, Ruth passa derrière Luc en lui chuchotant que ce type-là, il venait à la résidence.

Luc se retourna, lui mit une tape sur les fesses, et lui fit un signe de garder le silence. Puis il ajouta, « allez-vous changer, il n'a rien remarqué ».

Dix minutes plus tard, Ephie, Eva et Ruth avaient parfaitement imité Élise, et se tenaient debout, alors que Luc leur servait un verre et présentait les amuses bouches que Mike avait généreusement préparés.

Les discussions allaient bon train, et Luc échangea avec VERDIER le plus courtoisement qu'il le pouvait.

– Dis-moi Jacques, tu ne connais pas les merveilles de ce jardin tropical je suppose. Il faudra qu'on te le fasse visiter.

– Avec ton père Luc, nous n'avions guère de temps à consacrer à cela.

– Ah oui, suis-je bête comment connaîtrais-tu la beauté de cette demeure, tu n'y es jamais venu.

– Si une fois, mais les travaux étaient encore en cours.

– Tu as vu les fondations alors ?

– En partie, oui, il y avait des engins partout, il fallait avoir les bottes aux pieds ici.

– Et la dernière fois c'était quand ? Je te demande ça parce que dans les appartements privés, nous n'avons rien retrouvé qui appartenait à mon père. Et j'avoue que j'espérai un mot, une œuvre, ou que sais-je encore.

– Mais le majordome doit savoir où sont les affaires de ton père.

– Quel majordome ? Il n'y a aucun majordome ici. Vous entendez ça les filles, Jacques prétend qu'il y a un majordome. Quelqu'un a vu un majordome ?

Les filles éclatèrent de rire, ajoutant à leur rire des gestes de négation explicite et sans aucune équivoque.

- Luc, si je te dis qu'il y a un majordome, c'est que je sais ce que je dis !

- Jacques, nous sommes 13 ici à te dire qu'il n'y a pas de majordome, pourquoi voudrais-tu qu'on te mente ?

- Enfin Luc, il y a un majordome ! et un chef de cuisine étoilé ! si je te le dis, c'est que je le sais !

- Un chef étoilé ? Mais pourquoi faire enfin ? Ici j'ai deux cuisiniers oui, mais aucun n'a reçu d'étoile ! ils viennent de l'école hôtelière de Luxembourg.

- Mais enfin Luc, ne me prends pas pour un fou ! Je sais qui j'ai embauché quand même.

- Pardon ? Que viens-tu de dire là ? Tu as embauché ?

- Enfin j'ai vu les contrats quoi… Tu sais bien comment ça se passe n'est-ce pas ?

- Oui, bien sûr, mais je suis con, qu'est-ce que je suis con hein !!! Mais je ne vois ni chef de cuisine étoilé, ni majordome Jacques !

- Où sont les serveuses, elles vont te le dire elles.

- Les serveuses ? Quelles serveuses Jacques ? Tu vois des serveuses ici ?

- Mais elles étaient ici tout à l'heure enfin je ne suis pas fou !

- Jacques, vois-tu des serveuses ici ? La seule que nous ayons est Maria. Maria, venez ici Maria.

Maria arriva rapidement, et Luc demanda :

- Dîtes Maria, y a-t-il un majordome ici ?

– Non Monsieur.

– Et y a-t-il un chef de cuisine étoilé ici ?

– Non Monsieur.

– Dernière question et après vous pourrez servir. Y a-t-il trois serveuses ici ?

– Non Monsieur, je fais le service tout seule !

– Merci Maria, vous pouvez commencer le service quand vous êtes prête.

– Alors là, je ne comprends rien. Tout à l'heure, il y avait trois serveuses j'en suis sûr. Reprit VERDIER

– Et tu les connaissais ces serveuses ?

– Ah bah oui enfin ! la dernière fois que j'ai vu ton père, elles nous ont servi à table !

– Jacques, non seulement tu es un escroc, mais en plus tu es un menteur. Il y avait bien trois serveuses, un majordome et un chef étoilé. Mais ça, c'était avant. Les serveuses, tu ne les as pas connues quand tu as vu mon père il y a trois ans, mais attends ! Ruth, peux-tu me dire quand ce Monsieur est venu ici la dernière fois ?

Luc avait la main sur la cuisse de Ruth et Élise également sur l'autre cuisse. Les mains montaient ostensiblement sur le haut des cuisses de Ruth qui commençait à ne plus pouvoir retenir son envie de les écarter. Luc et Élise se regardaient, et continuaient à monter doucement leurs mains qui venaient d'atteindre l'aine de Ruth de chaque côté.

– Ce monsieur était ici il y a trois semaines. Et il discutait avec le majordome et le chef. Nous nous avions ordre de ne pas sortir de nos appartements. En cuisine, Mike et Mikaël avaient été mis en congés.

— Voilà Jacques, dois-je poursuivre cette conversation ? Reprit Luc.

— Vous ne sortirez jamais vivant d'ici, vous le savez je présume. Lança VERDIER les yeux plein de rage.

— Oui, nous savons que nous sommes attendus, et nous n'avons pas peur. Ici, chacun connaît son rôle. Partout dans le monde, dans chaque société du groupe, il y a un membre du comité de direction qui a été nommé. Demain, Jacques, au siège social, tous les cadres incompétents seront licenciés. Et j'irai chercher dans la rue s'il le faut, ceux qui les remplaceront.

Élise venait d'ouvrir la fente de Ruth et commençait à insister tandis qu'autour de la table, toutes les filles avaient entrepris la même action.

Peu à peu, Ruth Ephie Eva Cathy Margot Charlotte Céline Mélanie Emma Sara Éléonore se caressaient et se laissaient caresser, et l'excitation était montée progressivement.

Seuls Luc et Jacques se regardaient dans les yeux, aucun ne voulant lâcher l'emprise de son regard sur l'autre.

Luc avait fini par sentir sous ses doigts, les clitoris de Ephie et Ruth et s'agitait pour les faire rouler sous ses doigts agiles.

Les cuisses des filles avaient pratiquement atteint le grand écart et leur souffle saccadé devenait plus rapide, elles arrivaient presque à la limite de pouvoir retenir leur orgasme et leur cyprine ne répandait sur le siège qu'elles occupaient.

C'est l'instant que choisit Luc pour glisser sous la table, et lécher leur sexe tour à tour, jusqu'à ce qu'elles libèrent dans un gémissement groupé, leurs orgasmes qui les secouaient sur leur chaise.

VERDIER se retrouvait tout seul sur sa chaise, écœuré, outré de devoir supporter les plaisirs des sens que tous affichaient.

Luc releva la tête, regarda à nouveau VERDIER.

- Jacques, la REUTHER FAMILY vient de se prononcer sur ton cas.

- Quoi, vous délibérez en faisant une partouze devant moi.

- On ne délibère pas Jacques, on vient juste te faire savoir que tu n'existes pas, tu n'es qu'un mauvais rêve, et que tu es le seul qui dormira mal cette nuit.

Les filles avaient terminé ces préliminaires qui scelleraient cette nuit encore, leur victoire sur le mal, au grand damne de VERDIER, escroc déchu, cocu, et déjà mort.

Maria sortait alors avec le chariot d'entrées qu'elle présentait à chacun pour le choix toujours conséquent que Mike proposait à leurs palais.

Et comme il se devait, ce fut à VERDIER qu'on réserva l'honneur d'être le premier servi.

Avec ces images de luxures lui trottaient encore dans la tête, mais doté d'un excellent appétit, il n'aurait pour rien au monde délaisser les plaisirs de la table.

Luc ne cessait de le regarder, de l'observer, et sans même le haïr, il lui rappela le dernier repas du christ et le baiser de Judas en ajoutant :

- Jacques VERDIER avocat, te souviens-tu de ton serment prononcé en 1960 devant le doyen du barreau de la cour

370

d'appel de Paris ? Te souviens-tu encore des mots que tu as prononcés, en jurant devant les hommes, le bras tendu sur la bible.

« *Je jure, comme avocat, d'exercer mes fonctions avec dignité, conscience, indépendance, probité et humanité »*

Sont-ce bien ces mots que tu as prononcé devant tes pairs ?

— Oui, et alors ? dit-il entres deux bouchées, d'autres que moi, avant et après ont été parjures, et ils vivent très bien avec ça !

— Jacques, il est heureux que tu n'aies point engendré d'un fils. Car il m'aurait-été difficile de lui annoncer tes fautes et celles de sa mère.

— Il aurait vécu lui aussi avec, il n'aurait été ni le premier ni le dernier. Et puis Luc, j'ai été ton tuteur légal pendant toutes ces années, tu es un peu mon fils !

— Non VERDIER ! Je ne suis ni de près, ni de loin ton fils. Et quant à ton tutorat, que peux-tu dire de ma vie ? Quand t'es-tu manifesté ? Avoueras-tu que c'est toi qui m'as envoyé en France, m'éloignant ainsi de cette demeure ? Avoueras-tu aussi que l'argent versé pour moi, tu l'as empochée, tout comme tu as grugé ton propre ami Eliott REUTHER, qui t'a donné bien plus qu'il n'aurait dû ? N'est-ce pas toi qui a couvert les œuvres de REUTHER FINANCES, qui ont engendrées le monstre industriel et financier qu'est devenu ce groupe ?

— Luc, tout ça, c'est déjà du passé. Toi et tes lesbiennes, vous allez repartir comme vous êtes venus. Une main

371

devant et une main derrière, pour cacher ce qui restera de votre dignité.

— Ce qui m'étonnera toujours, mais pas pour très longtemps encore, c'est l'assurance que tu montres dans tes propos. Je m'y étais préparé Jacques. Quant à mon staff, ma Team manager, cette équipe que tu dénigres à tout va, parce qu'elle t'a remplacé, elle est plus rebelle que tu ne l'imagines.

Une seule minute entre leurs mains, et ton corps ne sera plus qu'un amas graisseux sans un centimètre carré de peau. Tu n'imagines pas ce peuvent faire les femmes quand on les pousse à bout.

— Tes donzelles, ? A la tête de REUTHER INTERNATIONAL GROUP ? Tu rêves les yeux ouverts mon pauvre ami, tu es aussi naïf que ton père ! Aussi tendre que le beurre, aussi rêveur que le brave poète qui récite ses vers, en crevant de faim sur le pavé de Montmartre. Tu vois, ce n'est pas ici ta place, c'est à KATMANDOU.

— Tu doutes encore de leurs capacités de leurs compétences, de leur mordant, de leur envie, tu doutes qu'elles soient femmes, au sens noble du terme et non au sens réduit où tu les places, les deux pieds devant l'évier, à faire la vaisselle ! Tu doutes qu'elles soient toutes mères, sœurs, tantes et femmes à la fois. Et c'est ça qui va te perdre. Parce qu'à chaque fois que tu attaques la meute, elle se multiplie, devient plus forte, et prend le contrôle d'un pan de REUTHER GROUP.

Vas-y Jacques, attaques une seule fois, et tu verras combien de morsures te seront données.

Elles étaient deux, puis six, puis huit, et maintenant elles sont douze, comme les douze apôtres, Jacques. La treizième est celle qui soigne et réconforte, elle est celle qui entre dans la cellule du condamné juste avant sa mise à mort, et elle essaie d'adoucir la dernière fraction de seconde de vie, avant qu'elle ne disparaisse.

Toi VERDIER, tu doutes de leur puissance ? Alors qu'il n'en a fallu qu'une seule pour te renverser ! Ta propre femme t'a baisé bien comme il faut, dans ta propre maison, sous ton propre toit. Elle t'a entraîné si bas, que tu vas en crever. Tu oses venir ici, en donneur de leçons ?

— Je n'ai peur de rien ni de personne Luc, tout ce que j'ai fait, c'est faire grandir REUTHER, ce n'est pas condamnable ça.

— Je ne t'ai pas condamné Jacques, je t'ai protégé contre toi-même. Mais quand tu dis que tu n'as pas peur, ce n'est pas ce que j'ai cru déceler en te voyant te planquer derrière les salons confortables du Royal Monceau, quand les balles ont sifflé.

Toi, l'idéal témoin qui aurait brillé devant les journalistes que tu avais pris soin de convoquer, pour assister à la mise à mort de l'héritier, que vous aviez programmée, toi, ta femme et LEBARDOT.

Tu attendais comme Judas attendait la garde romaine, le bon moment pour faire ce qu'il devait faire.

Mais Judas lui, il s'est pendu ! Il a eu ce courage qu'un gros porc comme toi n'auras jamais. Ton problème, ton erreur, c'est que LEBARDOT est un simple amateur. Il a lancé sa troupe de rigolos une demi-heure trop tôt, et les jeux étaient déjà faits quand les journalistes sont arrivés.

373

Alors pas une seule photo de Luc REUTHER au sol. Echec, et Matt. La seule image qu'ils ont eue, est celle de l'héritier assis devant eux, parlant normalement, avec une chemise tâchée de sang, oui, mais vivant ! Même la bataille médiatique ta femme et toi, vous l'avez perdue. Aujourd'hui, elle a réussi à perdre le peu qui lui restait, au profit d'une jeune femme de vingt ans, qui est devenue PDG d'un cabinet d'affaires qui n'existait pas il y a deux heures. Admets la défaite, admets que tu n'es pas de taille à lutter. Je ne demande qu'à entendre ton repentir. Je n'ai aucune appétence pour le sang des hommes Jacques !

— Luc, tu me les brise menus. Tu brodes, tu exprimes, fort bien d'ailleurs, et tes muses s'en amusent, mais au fond, tu n'es qu'un tendre. Je reste convaincu que tu vas m'accorder une dernière chance, comme tu l'as fait pour Lucie, et pour LEBARDOT. Tu vois, je n'arrive pas à être inquiet. Tu me gardes ici, c'est bien pour quelque chose n'est-ce pas ?

— Tu as raison, Jacques, je vais te livrer à tes bourreaux. Tu sais, celles que tu faisais enfermer à chacune de tes visites, celles que tu réduisais à des souillons en les fringant comme Cosette chez les TENARDIER.

— Je n'ai jamais fait cela moi tu délires Luc !

— Je délire moi ? Je délire ? Lève les yeux Jacques et regarde autour de nous, regardes, Ephie BERNY, Ruth WAGNER et Eva SION, tu ne les reconnais pas ces filles ?

Par ta faute et ton recrutement absurde de vieux narcissique paumé, tu as recruté un Majordome détraqué qui les as enfermées ici pendant trois ans et un chef étoilé qui tyrannisait son équipe, alors qu'à part toi, qui y avait-il d'autre à servir ?

Tu t'es rendu coupable de complicité de séquestration arbitraire, de complicité de tentative d'intimidation et de tentative de viol sur ces filles.

Toi, le grand avocat qui brillait par ton talent d'hommes d'affaires avisé, et par tes connaissances hors pair des législations et des droits internationaux, tu as fauté plus souvent que n'importe quel avocat jouant de son titre de Maître pour paraître plutôt que d'être.

— Je ne suis pas responsable.

— Oui, c'est sans doute ce que tu diras devant ton juge d'instruction Luxembourgeois lorsque l'une de ses filles ou les trois, qui sait, ou l'un de leur parent, viendra déposer plainte pour détournement de mineures et séquestration.

Elles avaient dix-sept ans, Jacques, dix-sept ans !

C'est facile de remettre les fautes toujours sur les autres n'est-ce pas ? REUTHER FINANCES ce n'était pas toi ? ANSEN et les autres, ce n'est pas toi non plus qui les as installés ?

REUTHER DIAMONDS PARIS et les détournements de fonds versés au titre de l'entretien et de la rénovation du patrimoine bâti ? ce n'était pas toi ? LANGSTRUM ce n'est pas toi qui as convaincu Eliott de le mettre en place ?

La mise au placard des 5 expertes en droits et finances, telles que Margot, Emma, Eléonore, Charlotte et Sara ? Ce n'est pas toi ? La sixième n'est pas restée, parce qu'elle a compris que sous cette tutelle, elle ne pourrait jamais exercer correctement son métier, sous le joug d'un despote.

REUTHER DIVISION MINIERE ce n'était pas toi qui validais les comptes de débits, pour l'implantation du matériel de forage au Brésil, pour des montants exorbitants sans justificatif et sans aucun contrôle ?

REUTHER INTERNATIONAL GROUP ce n'était pas toi non plus, qui dirigeait d'une main de fer, la fuite des capitaux et l'argent douteux sur, les comptes des paradis fiscaux ?

Et l'affaire de REUTHER IMMOBILIER à qui appartient cette demeure, ce n'est toujours pas toi qui as absorbé le siège social pour avoir la main mise complète sur tout l'actif circulant du groupe ?

La fraude fiscale de grande ampleur sur le foncier bâti et non bâti, ce n'est pas toi non plus ?

En fait, rien n'est de ta responsabilité Jacques ! Ce sont toujours les autres n'est-ce pas, les autres qui n'ont pas fait leur travail, ou les autres qui ont travaillé dans ton dos, ou les autres qui ont pris l'initiative !

Ton excuse est toujours la même, mais si tu savais que tu n'avais pas la capacité à gérer, pourquoi as-tu accepté le pouvoir de signature que mon père t'a donné ?

Explique-moi ce que HAUSSMAN LEGAL fait ici ?

Dans tous les comptes de ces sociétés, Jacques VERDIER utilise un pouvoir de signature, et envoie des factures, pour lesquelles il signe lui-même les chèques de paiement, les ordres de virement, et fait même les bilans annuels, le contrôle et la certification des comptes, la validation des comptes de résultats, et l'affectation des résultats, ainsi que les dépôts légaux de modifications de statuts et le PV d'assemblée générale annuelle de toute ces structures.

Mais ce n'est sans doute pas toi non plus !

Tu me prends pour un lapin de trois semaines Jacques ou quoi ?

– Mais j'ai des pouvoirs légaux.

– Oui Jacques, des pouvoirs pour gérer, mais pas pour se déresponsabiliser, pas pour voler, pas pour agir dans l'illégalité, pas pour s'en mettre plein les poches.

Tu ne peux légalement exercer une fonction de Président de groupe par délégation du Président en exercice, et en même temps assurer la gestion des comptes du même groupe dont tu assures la Présidence et gère l'actif.

Il y a conflits d'intérêts évidents, et pour un avocat de ta trempe, ça aurait dû te sauter aux yeux. L'or et le diamant t'ont tourné la tête.

– Personne n'en est mort que je sache !

– Comment oses-tu dire ça ? Encore un parjure Jacques, le 26 novembre dernier, à Kinshasa la famille REUTHER a été assassinée, père mère et fille, par la faute des guignols de REUTHER FINANCES.

En voilà hélas trois.

Et si tu dis encore une fois que tu n'y es pour rien, je te découpe en morceau, parce qu'à force, ça devient lassant.

377

Le vendredi 6 février, trois ouvriers de l'usine GPM du centre de la France ont été sauvagement assassinés après avoir été torturés par un commando MOBUTU pour des informations dont ils n'avaient aucune connaissance.

En voilà encore trois de plus.

Le mardi 10 février Un homme est mort des suites de ses blessures lors d'une tentative d'assassinat de LUC IMBERT REUTHER au moyen d'un véhicule dont on n'a même pas cherché à retrouver le chauffeur, dans le centre de la France le dimanche 8 février. Et pour cause, la DGSE a tout fait pour étouffer l'affaire.

Encore un de plus.

Le Mercredi 11 février 3 hommes du commando ANSEN and CO piloté par MAZA, ont perdu la vie lors d'une fusillade toujours dans le centre France.

Encore trois.

Et tu prétends ne pas avoir de sang sur les mains ? Comment peux-tu raisonner aussi simplement ? Dis-moi, car j'ai du mal à comprendre. Tu es au centre même de l'affaire, mais tu nies avoir ta part de responsabilité ?

Jacques, as-tu seulement conscience que la liste va s'allonger ?

Tu es en partie responsable de ça, et bientôt BADEL, ANSEN, RIESEN, LEROY, VERDIER Jacques, VERDIER Lucie, LEBARDOT, RAVALLENI et d'autres vont subir les affres de la vengeance, et je ne serai pas responsable, parce que je n'ai jamais eu la rancune attachée à mes basques.

378

C'est ça l'œuvre de ta vie. La voilà énumérée en quelques phrases. Ah ! tu vas me sortir la grandeur du groupe REUTHER comme argument de dédouanement, mais même les pharaons meurent un jour.

Alors c'est cela ton aura ? Elle est là ta fierté ?

– Tu penses sincèrement ce que tu dis Luc ? Les ANSEN et consorts, jamais tu ne les attraperas, et il n'y a qu'eux qui connaissent les fondements des affaires. Toi, tu n'es qu'une petite merde qu'ils écraseront comme de rien.

– Oui ! une petite merde qui pue, et qui va tous vous empester pendant encore longtemps. Tu n'écoutes pas quand on te parle. Je t'ai dit que tous les administrateurs de REUTHER FINANCES étaient entre nos mains, tout comme tu l'es en ce moment toi-même. Je pourrais t'écraser, te faire disparaître, que personne ne te réclamerait. Ils sont tous hors d'état de nuire. Tout comme toi.

Maintenant que tu viens d'avouer par tes négations devant toutes ses témoins présentes, sais-tu ce que mes conseillers en droits me disent ?

Elles me disent toutes la même chose : « Que tu dois aller devant la justice ».

Moi je dis que tu n'auras pas les couilles de te présenter devant tes juges. Et il en est de même pour ta femme, et son gigolo, tout comme tes compères de Suisse. Et puis, tu as tellement piégé la route et savonné les planches que je n'ai aucun intérêt à vous placer tous devant un juge. Il finirait par m'imputer vos magouilles.

– Tu bluffes n'est-ce pas ? tu parles, mais tu es incapable de la moindre chose.

– Et bien, nous verrons si c'est du bluffe. Margot, Mélanie, Emma, Sara et Éléonore, vous avez les aveux des implications de VERDIER dans toutes les affaires. Tout est bien enregistré sur vos appareils ?

Donnez-lui vos avis, et les motifs des dépôts de plainte qui seront émis par chacune des sociétés que vous dirigez. Et puis vous aiderez Cathy pour REUTHER FINANCES.

Prenez tout le temps qui sera nécessaire, notre invité sera accompagné pendant son séjour ici par Peter et Dany. Et il va durer très longtemps son séjour.

Évidemment, qu'on le maintienne dans cet appartement du premier étage en milieu de bâtiment. Même s'il sautait du premier, il ne se casserait que les jambes, laissons-lui ce plaisir d'avoir mal.

– Luc, les charges que tu veux retenir contre lui, on les classe de la plus lourde à la plus légère ? Demanda Margot.

– Faites pour le mieux mes louves, je vous rappelle à toutes fins utiles, que le groupe HAUSSMAN LEGAL a procédé à la validation des comptes de l'ensemble des sociétés du groupe que son président dirigeait, et qu'il est accusé par Luc IMBERT REUTHER d'abus de confiance, d'abus de biens sociaux, de falsification des documents comptables, en vue de validation de bilan frauduleux, de détournement de fonds à des fins de profits personnels, de faux en écritures, d'usurpation d'identité et de signature, ces chefs d'accusation sont avérés dans toutes les sociétés gérées par le groupe HAUSSMAN LEGAL, y compris dans nos agences américaines, et c'est là que ça devient intéressant n'est-ce pas, parce qu'aux Etats Unis, on peut négocier.

Il est aussi à retenir l'accusation de vol caractérisé dans la résidence REUTHER au profit de son épouse Lucie VERDIER HAUSSMAN, de tentative d'assassinat et d'association de malfaiteurs dans le but de commettre un assassinat du couple REUTHER Eliott et de leur fille Manon, puis de mêmes faits sur le couple BROCHER IMBERT REUTHER et Céline MOUGIN, et enfin la suite, vous la connaissez puisque notre invité à eu la gentillesse de nous l'avouer, n'est-ce pas mes donzelles, mes lesbiennes, enfin pour les qualificatifs demandez à notre ami, il en a plein les tiroirs, et évidemment, vous pouvez à titre personnel comme collectif, ajouter vos plaintes en diffamation, discrimination, etc. devant la haute cours s'il le faut.

On ne fait pas ça maintenant, on a assez travaillé et pour emmerder Monsieur VERDIER je vais aller baiser mes donzelles. Faites raccompagner VERDIER dans l'appartement simple du premier, celui au centre, et vous faites enlever tout signe extérieur de richesse.

–   Luc, je peux lui donner une paire de gifles ? demanda Éléonore

–   Écoutes ma chérie, tu vas t'abîmer les mains ou te casser un ongle sur cette pourriture. Alors calme ta joie, il aura tout le temps d'expier pendant sa longue retraite ici, avant que je me lasse de ce pantin ridicule, et que je l'envoie dormir dans son dernier cachot.

VERDIER à cet instant, comprit que Luc n'avait pas l'intention de respecter les promesses qu'il lui avait faites. Son jeu d'influence ne fonctionnait plus, et il voyait son rêve de puissance s'éloigner à jamais.

Lui qui avait passé sa vie à gérer les affaires de son vieil ami Eliott, lui qui avait participé au développement du groupe, jusqu'à en faire un monstre financier pouvant à lui seul, bouleverser en un seul acte, toute l'économie mondiale et le sacro-saint ordre mondial qu'il défendait, se retrouvait sans puissance et sans gloire.

Lui qui avait élaboré la redistribution des richesses des sous-sols africains, en créant une multitude de sociétés écran. Se servant des avantages de tous les paradis fiscaux dont le monde disposait, et créant des comptes multiples, cachés aux yeux du monde par de simples « boîtes aux lettres », des sociétés fictives par lesquelles transitaient des sommes colossales, servant à influer directement ou indirectement sur des décisions d'hommes d'état, n'avait désormais plus la main.

Nul doute dans son esprit, que Luc allait découvrir toutes les ficelles que le groupe HAUSSMAN LEGAL avait utiliser pour s'approprier les biens d'Eliott REUTHER.

Sans moyen de communication, privé de liberté, VERDIER n'avait plus la main sur ses propres affaires, et il ne pouvait, tant qu'il resterait ici, à Luxembourg, dans la résidence REUTHER, actionner les leviers qui ruineraient la dynastie REUTHER que le fils Luc était en train de créer.

Toutes ces femmes nommées à la direction générale du groupe étaient loin d'être des idiotes, il le savait, c'est lui qui avait insisté pour qu'elles entrent au siège sans passer par la direction des ressources humaines. Ainsi, Eliott ne s'était pas méfié un seul instant de l'ami de toujours. Il venait de lui donner tout le crédit nécessaire pour asseoir son autorité sur le groupe.

Margot HOFFMAN par exemple, nonobstant de connaître parfaitement les rouages de la haute finance, portait en elle toutes les caractéristiques nécessaires à la direction des opérations bancaires et savait se jouer de l'impact des marchés financiers, en maîtrisant parfaitement les investissements.

Quand les laboratoires ROUSSEL UCLAF ont été racheté par le groupe pharmaceutique HOESCHT en 1979, REUTHER FINANCES avait couvert la transaction, et dans le même temps, assuré le financement de son tout premier laboratoire de recherche pharmaceutique en Chine. C'était simple, il suffisait de faire traîner la transaction suffisamment longtemps, pour que REUTHER PHARMA sorte de la terre asiatique.

HOESCHT allait avoir besoin de temps pour relancer la machine à produire, alors REUTHER PHARMA lui proposerait ses services aux prix européens, ferait fabriquer en Chine au prix du marché chinois, commencerait à développer la recherche fondamentale dans plusieurs secteurs technologiques nouveaux, et se lancerait alors dans une industrie à l'échelle du monde, en le dominant peu à, en détenant le monopole des fabrications les plus rentables.

Lorsqu'il avait fallu couvrir les pertes de la holding REUTHER PHARMA, REUTHER FINANCES avait abondé directement sous couvert de résultats futurs dits « retour à meilleure fortune »

Margot HOFFMAN fut la première à s'interroger sur le niveau des pertes financières qu'engendrait ce laboratoire, mais elle comprit aussi très vite que ce laboratoire prétendu chinois était un investissement sur le très long terme et que compte tenu de la rapidité de la croissance économique de cet immense pays, et des besoins réels de ce nouveau marché, garder sous empreinte chinoise ce laboratoire, et relancer les investissements autant que nécessaires, ferait de la holding REUTHER PHARMA une puissance financière mondialement reconnue. Quand RHONE

POULENC et SANOFI avait encore du mal à tenir, REUTHER PHARMA enregistrait déjà des bénéfices records.

Le petit laboratoire du début allait devenir un monstre industriel dont l'effectif humain bon marché ne cessait de grandir au fil des ans, et quand Margot HOFFMAN eut entre les mains, les analyses financières transmises pas HAUSSMAN LEGAL, elle n'hésita pas un seul instant à doubler les lignes budgétaires accordées par REUTHER FINANCES pour soutenir l'effort dans la recherche scientifique, et les progrès furent fulgurants.

REUTHER FINANCES couvrait les pertes, mais à termes, deviendrait propriétaire sur le territoire chinois, de l'une des plus grosses entreprises au monde, de la recherche scientifique, pharmaceutique, agronomique, virologique, épidémiologique, médico nucléaire, vétérinaire, écologique, électronique des composants, et dans tous les domaines où la science aurait son mot à dire, sans jamais apparaître en nom, la banque privée agirait dans l'ombre, sur la distribution internationale des produits issus des résultats de ses Laboratoires.

La holding REUTHER PHARMA ne verrait jamais paraître son nom sur un désherbant, un médicament, un engrais, ou une molécule quelconque ou une carte électronique.

Elle empocherait simplement son retour sur investissement, en gérant à distance, des usines de production intensives réparties dans le monde, qu'elle aurait simplement financées.

Des sociétés fictives, simples boîtes aux lettres, immatriculées dans les paradis fiscaux où le secret bancaire est élevé au rang de sacerdoce, permettraient de multiplier les participations de REUTHER en une gigantesque toile d'araignée, dont chaque fil serait tiré directement par REUTHER PHARMA, et REUTHER FINANCES.

Pour cela, il suffisait qu'elles entrent toutes dans le capital des laboratoires chinois. REUTHER PHARMA n'avait alors qu'à nommer un administrateur unique qui assurait en une seule main, toutes les voix de ces actionnaires multiples lors des conseils d'administrations et des assemblées générales d'actionnaires.

Toutes les structures du groupe étaient ainsi, source de rapports, la valeur investit n'avait plus d'importance, ce qui était devenu important, c'était d'être le premier présent dans tous les domaines prometteurs et porteurs à termes, de nouvelles sources de revenus, et de faire fructifier à outrance et jusqu'à en vomir, l'argent pour l'argent.

Si sur le papier, REUTHER INTERNATIONAL GROUP était le maître absolu de plus de trois cents sociétés, dans la réalité, la toile était bien plus gigantesque, et dans la plus petite de ses structures cachées, un représentant de REUTHER était présent, parfois pour une centaine de dollars annuel et une signature. Et l'inconnu devenait ainsi le gérant d'une société où il ne mettrait jamais les pieds, parce que simple boîte aux lettres, qui elle-même appartiendrait en partie à une autre société de même type ayant des actions dans plusieurs petites société de même type, et de fil en aiguille, il suffisait d'aller au panama, et de donner une aumône annuelle à ces centaines de petits porteurs, pour obtenir leur signature donnant pouvoir de les représenter en assemblées générales, et le tour était joué.

Acheté et vendre les moyens et les hommes était monnaie courante dans l'activité de VERDIER, il était le seul aux commandes du monstre, et également le seul à ordonner l'endroit où devaient être versé les sommes et produits des ventes ou des achats. Des millions de dollars transitaient ainsi à chaque bilan de ces sociétés fictives qui n'avaient pour seule activité, que de servir de faire valoir pour transférer impunément, les résultats incommensurables qu'enregistrait REUTHER PHARMA, sur des comptes panaméens ouverts au nom d'Eliott REUTHER.

Ensuite, c'était un jeu d'enfant. Le pouvoir de signature arraché à Eliott donnait à VERDIER toute légitimité pour redistribuer l'argent là où cela lui semblait bon. Les administrateurs de REUTHER FINANCES pouvaient piocher dans la caisse, puisque VERDIER alimentait facilement les trous financiers en abondant les comptes de l'argent issue de REUTHER PHARMA.

Margot HOFFMAN avait remarqué ces mouvements permanents de changement de mains, mais elle ne disposait alors d'aucun document qui lui aurait permis de remonter tout le fil de ces affaires. Dans l'imbroglio des participations, des financements transversaux, et des mouvements achats ventes, il lui était impossible de retrouver quoique ce soit.

Elle était contrainte de supprimer ou d'ajouter, dans les bilans de la HOLDING REUTHER INTERNATIONAL GROUP, une simple ligne comptable qui justifiait les mouvements financiers en résultats comme en pertes éventuelles.

Margot était perspicace, mais tant que VERDIER représentait le grand patron, c'est lui seul qui tirait les ficelles, et rien ne pouvait arriver.

Il en était de même pour les quatre autres filles, et chacune d'entre elle s'appliquait à répondre aux demandes qui lui étaient adressées.

VERDIER avait espéré rendre Luc dépendant de lui, mais ses amis de REUTHER FINANCES devenaient de plus en plus gourmands, et piochaient trop dans la caisse de REUTHER EXTRACTION MINIERES pour qu'un jour où l'autre, la situation ne soit pas découverte par ces cinq filles, expertes en sciences économiques.

Elles auraient fini par alerter Eliott, le passionné de géologie, qui aurait alors demandé des comptes.

Il valait mieux pour tous, qu'Eliott disparaisse, et que VERDIER passe pour le sauveur de l'héritier, et le manœuvre pour conserver sa place de leader.

Hélas, le trublion LEBARDOT était venu chambouler tout l'échiquier, en séduisant Lucie HAUSSMAN, et en obtenant 25% des parts de HAUSSMAN LEGAL comme récompense à ses travaux sur le compte REUTHER, et surtout, au détriment de ce dernier. Ce grain de sable ne faisait pas parti de la stratégie, et tout allait forcément s'écrouler.

Ce couple machiavélique voulait absolument prendre d'assaut le groupe HAUSSMAN LEGAL, et ainsi mettre un terme définitif à la puissance de VERDIER. Il n'était pas de taille, car VERDIER était maître chez REUTHER tant qu'Eliott était vivant.

Ils espéraient tous les deux l'effondrement de REUTHER INTERNATIONAL GROUP, et aucun n'avait imaginer toutes les ramifications qui dépendaient uniquement de VERDIER.

En associant leur plan à REUTHER FINANCES, ils avaient commis une erreur monumentale. Car la troupe à ANSEN ne visait que de devenir les décideurs que REUTHER FINANCES pour agir sur REUTHER EXTRACTION MINIERES. Pour le reste, ce n'était qu'une banque comme une autre, un simple coffre-fort, que les sociétés d'affaires abondaient de leurs profits, en devenant des clients privilégiés, mais en vérité, uniquement en nom car dans les faits, tout appartenait à REUTHER, seul et unique actionnaire.

Sans héritier connu, les sociétés n'avaient plus aucune chance de survie, car les administrateurs auraient changé les règles établies, et auraient facturé plus de services, et supprimé le principe des abondements participatifs. Il n'y aurait eu plus aucun avantage à rester chez REUTHER FINANCES pour emprunter à taux réduits.

Si leur plan avait fonctionné, le scandale aurait provoqué un choc dans les milieux politiques, en générant un effondrement économique tel, qu'il aurait été difficile de sauver toutes les vraies entreprises qui dépendaient de REUTHER GROUP.

Garder la main mise était une nécessité absolue, et faire taire LEBARDOT et Lucie HAUSSMAN en les impliquant, était la meilleure des solutions du moment.

VERDIER devait s'engager en ce sens, et il l'avait fait.

Un nouveau minuscule grain de sable était arrivé par la suite. Bien que VERDIER ait pris soin d'éloigner le fils REUTHER du monde des affaires, en le bridant dans des études techniques en France, et en le condamnant à devenir un simple employé chez MGP où un avenir l'attendrait certainement, ce dernier conserverait des droits sur l'héritage inaliénable de son père, que l'avocat se devrait de lui communiquer le moment venu.

Ce moment arriva plus tôt que prévu.

Les administrateurs de REUTHER FINANCES avaient œuvré dans l'ombre, pour qu'Eliott se retrouve en position délicate face à MOBUTU. RIESEN avait savonné la planche des négociations en entretenant MAZA, principal opposant du président en place, et les autres avaient suivi ANSEN, leur président, quand il avait décidé de spolier MOBUTU des commissions dues au titre des autorisations d'exploitation des concessions.

C'était une opération simple, mais efficace. La colère du sanguinaire allait s'abattre sur la famille REUTHER sans délai de prévenance, persuadé qu'Eliott était responsable des faits.

La suite, on la connaît déjà. Assassinat de la famille, tentative d'assassinat sur l'héritier qui échoue, sauvetage in extremis par le tuteur légal, protection par l'ambassade du Luxembourg, et arrivée triomphale de l'héritier sur l'échiquier de REUTHER

388

INTERNATIONAL GROUP, en passant par PARIS où il annonce en claironnant, qu'il reprend l'ensemble du groupe a son compte.

Oh ! Il aurait pu se contenter d'une partie du groupe, mais non, il veut tout, et tout de suite. VERDIER n'a aucun moyen légal de s'y opposer, et sa seule planche de salut, est de conserver un poste d'administrateur au comité exécutif du groupe. Poste qu'il n'obtiendra pas, car l'héritier est bien décidé à avoir les mains libres pour agir au sein des sociétés du groupe international. C'est une machine à apprendre, ordonner et agir, et son pouvoir de réflexion est tel qu'il comprend très vite comment fonctionne son héritage. Sa première décision, c'est de mettre de l'ordre dans ses affaires, et par conséquent, de nommer ses propres collaborateurs. Et VERDIER n'en fait pas partie. Il ne sera qu'un simple conseiller, chargé du contrôle des comptes. Les rêves s'envolent, et l'espoir de puissance avec, car les outils ont changé de mains et sont désormais à disposition de l'héritier.

L'héritier et son hypersensibilité entraient en jeu au moment même où il avait prononcé les deux mots que sont : *justice et sociale*, fort de ces cinq années à côtoyer le syndicaliste communiste Claude REGENT, délégué syndicale influant, devenu sa personne de confiance, qui servait de facteur entre VERDIER et lui.

VERDIER n'avait jamais fait de ces deux mots, son cheval de bataille. Et peu lui importait que des chercheurs chinois meurent pendant qu'ils effectuaient des recherches sur des virus ou des maladies.

Peu lui importait de savoir qu'en RDC les mines de diamants de la forêt équatoriale, engendraient chaque jour, des drames par explosifs, ou des amputations, qui se terminaient par des gangrènes et des morts, entraînant aussi la destruction de familles entières.

Peu lui importait également les impacts écologiques, liés à la déforestation. La remise en état des sols par des plantations locales n'était pas son souci majeur, et il y avait bien longtemps que les fonds de réserves prévus pour réparer l'impact écologique, causé par l'exploitation des mines, avaient été absorbés, pour combler les premières pertes des laboratoires de REUTHER PHARMA, sans jamais n'avoir été reconstitués.

Lui dirigeait des finances, et pour le reste, vaille que vaille, Dieu ferait le nécessaire.

Cet héritier si sympathique, dont VERDIER avait fait si peu de cas pendant toutes ces années, ce couple si peu au fait des affaires, il le maîtriserait, c'en était certain.

Il ouvrirait grand les coffres de la fortune paternel, les laisserait jouir de l'immensité des biens patrimoniaux, et ce couple-là venu tout droit d'une petite usine de province, ne viendrait pas s'emmerder à gérer les « petites affaires » qu'on avait engendrées par le passé.

Il en oublierait peu à peu les circonstances tragiques de la disparition, du père, de la mère et de la sœur, se la coulerait douce aux Seychelles, aux Marquises, à Saint-Martin, ou ailleurs, feraient de beaux enfants, qui eux aussi à leur tour, profiteraient encore longtemps de la fortune de Papy Eliott.

Mais ce scénario ne se réaliserait jamais.

Quand Luc IMBERT REUTHER, tout juste arrivé à Paris, avait annoncé qu'il reprenait en main la totalité des activités de REUTHER INTERNATIONAL GROUP, le torchon commençait déjà à avoir un peu chaud.

Quand il avait également recruté Margot HOFFMAN, la flamme se rapprochait dangereusement. Mais elle ne serait que l'attachée du Président.

Quand il la nommait numéro deux du groupe, les premières fibres du torchon commençaient à noircir.

Lorsqu'il compléta son staff par les quatre autres filles spécialisées en sciences économiques, et adoubées par VERDIER pour leurs compétences, une minuscule flamme paraissait sur le torchon.

Mais lorsque Luc annonçait que VERDIER, le grand maître à penser de REUTHER INTERNATIONAL GROUP ne siégerait plus au comité exécutif du groupe, et ne serait plus administrateur mais seulement conseil auprès du comité, alors, le torchon s'était enflammé, et la maison entière risquait de brûler.

Ceux-là mêmes à qui il reprochait d'avoir tenté l'assassinat de l'héritier, il en avait désormais besoin, pour mettre au point une véritable opération de survie de sa propre personne.

Il avait cru que ce couple était docile et inoffensif, et oublier une règle immuable et majeure du management : Ce que tu ne sais pas faire, fait le faire par ceux qui savent.

En recrutant au sein de son staff et aux postes stratégiques les experts que lui, VERDIER, avait contribué à faire embaucher pour son compte, Luc IMBERT REUTHER, avait également blessé à mort, le colosse aux pieds d'argile qu'était HAUSSMAN LEGAL.

Il aurait pu s'arrêter là, mais le renardeau transformé en loup, avait dépassé les limites de l'imaginable, en décidant d'achever la bête qui avait envahi son territoire.

Ces cinq louves fortes de leur expérience, l'avait aidé en un coup de maître, et l'inattendue sixième louve, cette Nathaly, n'avait mis qu'une seule demi-journée pour mettre à jour les anomalies fiscales et surtout, l'affaire des loyers, qui par leur sous estimations, venaient tout simplement spolier le compte personnel d'Eliott REUTHER.

C'était là, la faute de trop que l'héritier n'accepterait jamais. La note, il faudrait la payer, et en première ligne, VERDIER, le représentant d'Eliott dans toutes les hautes sphères, qui avait laissé faire une telle abomination sans jamais agir. Impardonnable, et impardonnée, tous les coupables seraient châtiés. C'était déjà une cause entendue pour l'héritier.

Puisque c'est ainsi que marchaient les affaires, et qu'il ne pourrait en être autrement, il avait absorbé en un après-midi à peine, la totalité de la clientèle de HAUSSMAN, en lui subtilisant sous son nez, les affaires mais également les petites mains qui faisaient que le monde tournait, et qui permettrait au groupe de poursuivre sa marche en avant. Tout le patrimoine mobilier et immobilier de HAUSSMAN venait de changer de main, avec l'accord public, s'il vous plaît, des anciens propriétaires, l'annonçant devant les caméras de télévision.

Dans le même temps, cerise sur le gâteau, la plus jeune des louves venait de s'offrir en esclavage, le plus imminent juriste et homme d'affaires qu'elle tenait à sa botte, l'illustre Jacques VERDIER, comme avocat conseil.

Alors oui, cet héritier-là, il pouvait désormais porter fièrement son surnom de *« Loup du Grand-Duché »*.

Il avait, pour son premier coup d'essai, réaliser un coup de maître sur la scène internationale des affaires économiques.

Personne ne pourrait lui enlever cette audace et cette réussite.

S'il réussissait à convaincre les plus puissantes administrations fiscales du monde de sa bonne foi, en leur versant les arriérés avec une mise à jour scrupuleuse des comptes, et en assainissant tous les comptes des sociétés, plus personne ne pourrait l'arrêter.

Il lui restait en main, deux cartes maîtresses :

« Le cautionnement des emprunts d'état, qu'il ne manquerait pas d'agiter comme une menace, et la maîtrise totale des marchés de minerais précieux et rares et de pierres précieuses dont il avait le monopole ».

Si l'on ajoute à son crédit, la réussite pharaonique du développement de REUTHER PHARMA, avec son monopole sur les composants électroniques multicouches, et ses implications dans tous les domaines de la recherche, l'héritier était devenu un intouchable autant qu'un incontournable dans le monde des affaires.

Ces pensées qui occupaient son esprit malgré ses tentatives d'intimidation au cours du repas, VERDIER les ressassaient en boucle, maudissant celui qui avait engendré une telle bête.

Lui perdait l'essentiel de son œuvre, et le loup gagnait sur tous les tableaux avec en prime, un prisonnier repenti, qui purgerait sa peine en transmettant tout son savoir.

Dès demain, tous les hommes en place qui avaient renseigné VERDIER verraient leur limogeage présenté, et leur remplacement immédiat par des louves, parce qu'il en serait ainsi, c'en était certain.

Jamais dans le monde des affaires on aurait vu telle révolution.

L'idée même d'adjoindre le nom de REUTHER au nom de ces femmes en faisait des intouchables, et le milieu des affaires allait payer la lourde note, que le loup préparait en grand secret.

VERDIER avait du mal à accepter les choses en l'état, il se serait battu jusqu'au bout pour casser cette chaîne de commandement féminine, qui relevait avec efficacité et rapidité, les défis qu'on lui confiait.

Il avait bien vu et entendu avec quel aplomb la gamine avait renversé la situation avec FABRE, le grand Patron des laboratoires du même nom.

De l'avis de VERDIER, la plus vorace de toute était cette Ruth WAGNER, elle apprenait dix fois plus vite que n'importe lesquelles des autres, et elle aurait tôt fait de remettre de l'ordre dans l'équipe qu'elle allait diriger.

Quant à cette Nathaly, elle avait l'œil de l'aigle, et rien ne pourrait échapper à ses analyses. Nommée à la tête de la SCI REUTHER IMMOBILIER, chargée des comptes personnels du couple REUTHER, elle allait découvrir tous les fils de la toile tissée par VERDIER pour spolier Eliott, et remettre dans l'ordre des choses, la totalité de la comptabilité du couple. C'en était certain, elle allait arriver en un temps record, à déculpabiliser le couple REUTHER sur tous les fronts, il deviendrait alors inattaquable, et elle ferait tomber tous les coupables.

A elles deux seulement, hors du cadre de REUTHER INTERNATIONAL GROUP, elles allaient tout découvrir, et récupérer des fortunes cachées, offrant sur un plateau d'or et d'argent à leurs patrons, la première position sur le podium des grandes fortunes.

Non, désormais, ni VERDIER ni même un candidat plus fort encore ne pourrait jamais détrôner le loup de sa tanière. Il avait trop bien installé sa Team Manager et sa chaîne de commandement, pour que son empire s'éclate.

Même s'il avait conservé son poste, il n'aurait eu qu'un simple accoudoir en guise de fauteuil. Il était inutile de vouloir lutter encore, contre la machine de guerre qu'il avait contre lui.

Allez, il valait mieux s'avouer vaincu, et au moins aider une dernière fois le loup, en s'occupant de faciliter le sauvetage de MGP et en répondant favorablement aux attentes du loup et de sa meute, pour gérer le monstre REUTHER INTERNATIONAL GROUP.

VERDIER n'ouvrit la bouche devant les convives installés, que pour préciser qu'il poursuivrait les engagements qu'il avait pris, même si Luc s'était parjuré.

- Luc, j'ai joué comme tu l'as dit, j'ai perdu, comme tu l'as dit aussi. Mais je ne me servirai pas de mes connaissances pour te nuire. Je n'ai pas le désir de vengeance, il ne m'anime pas envers toi.

- Tu ne manques pas d'air toi ? Je ne me venge pas Jacques, j'utilise simplement les méthodes, abjectes j'en conviens, que vous avez tous utilisées contre moi. Ceux qui ont fait couler le sang saigneront à leur tour.

  Quant à toi, je ne te toucherai pas, et si tu veux encore nous être utile, tu le peux. Je ne te le demande même pas, ce sera ton propre choix, et tu sais pourquoi. Je ne suis pas à l'origine du monstre REUTHER INTERNATIONAL, et mon père non plus. Il a subi ta loi, je suis contraint de faire avec. Alors ce qui est en place continuera, parce que je ne puis faire autrement, je l'ai compris, et toutes mes louves l'ont compris aussi. Mais la meute va s'agrandir, et ce n'est pas une douzaine qu'elles seront, mais cent, mille et plus encore s'il le faut. Plus jamais un seul homme ne présidera seul, les destinées de REUTHER. Je serai toujours le seul à la tête, parce que seul actionnaire pour l'immédiat. Mais demain, elles seront un millier à gérer chacune une partie.

- Luc, laisses moi encore le temps de vous conseiller tous, car comme tu le dis, c'est un monstre que tu as entre les mains. Une puissance financière considérable qui ne saute pas aux yeux, mais qui n'obéit à aucune règle. Tu as réussi à fédérer tous mes experts et avocats conseils autour de ton nouveau cabinet, et je sais que tu as besoin de mon nom pour l'ouvrir dès demain. Autorise-moi à t'aider, la petite est jeune, et je peux la former, tu y gagneras en temps, et tes affaires seront en ordres. Je sais parfaitement que j'aurai à subir plusieurs niveaux de contrôle, et je l'accepte. Mais je ne t'implore pas, je veux que tu sois vraiment efficace comme je l'ai été. J'ai trop vu mes intérêts, c'est vrai, mais j'ai tellement fait pour que ce groupe naisse et vive que j'aimerai qu'après moi, il poursuive sa route encore longtemps

— Écoutes Jacques, je t'ai tendue combien de fois la main ? Combien de fois ai-je espéré que tu me dises la vérité ? Et combien de fois es-tu resté dans ton mutisme ? J'ai pris une décision, et il n'y a maintenant que deux instances qui peuvent plaider pour toi. Je n'ai plus aucune confiance en toi. Ne m'implore pas s'il te plait. Tu es vivant et en sécurité. Ce ne sera pas le cas pour tous les autres, qui se sont fait payer par REUTHER pour le trahir. Tu le sais fort bien, je suis très attaché aux respects des décisions collégiales. Alors je te propose une dernière chance, mais n'attends pas de moi la décision finale.

— Je t'écoute Luc, si cela peut aider à la survie de REUTHER comme groupe international, et lui donner le coup de pouce dont il a besoin, je t'écoute.

— Tu n'as pas compris Jacques. Le groupe n'a pas besoin de toi, mais certaines de mes louves peut être. Donc, tu vas choisir ici, ton avocat, en face je désigne un juge d'instruction. Le tribunal, tu l'as devant toi. Je ne participerai à rien, tu entends bien. Tu seras confronté au conseil d'administration de REUTHER INTERNATIONAL qui décidera en première instance. La décision que prendra le conseil, tu pourras en faire appel si elle ne te convient pas, de même que je pourrais en faire appel. En seconde instance s'il y a lieu, tu seras confronté au conseil exécutif, puisque tu en a été membre. Et pour te rassurer, je ne siégerai pas. Leur décision sera définitive.

— C'est un cheminement possible, mais ces deux conseils sont juges et parties à la fois Luc, et je suis dans la gueule du loup, à ta merci. Où se trouve l'impartialité de la justice là ?

— Tu as en partie raison Jacques, et je te retourne à tes précédentes fonctions, tu étais juge et partie et tu l'as encensé, alors il en sera de même pour ces instances. Avec une légère différence, parce ce qu'elles ne sont pas les personnes que tu imagines Jacques. Elles ne vont pas t'entendre dans le cadre de leur fonction chez REUTHER GROUP mais en tant que femmes lesbiennes, bi, homosexuelles. Et je pense que quand tu auras assimilé cela, tu comprendras qu'il n'y a pas de meilleure justice que leurs décisions.

Elles qui ont tant eu à souffrir au dehors de la critique permanente de leur genre. Elles sont avant tout des victimes du système des hommes et instauré par eux. Elles le subissent, alors qui mieux qu'elles ne sauraient juger tes actes ?

— Et tu penses qu'elles sont capables de faire vraiment la différence, entre leur appartenance à un groupe que tu diriges, et l'acceptation de la version d'un justiciable qui a fauté.

— Elles sont capables de bien plus que tu n'imagines.

- Passez en conseil devant celles que tu appelles tes louves, tu penses que j'ai une chance ?

- Je l'espère pour toi, parce qu'il n'y a pas de meilleures mères qu'elles. Et au fond, tu n'es qu'un enfant. La pâtisserie était trop appétissante, et tu en as trop mangé. Réfléchis, demain il fera jour, et tu nous informeras demain. Je retire simplement des débats, deux jeunes louves qui viennent d'entrer en fonction et qui pourraient à mon sens, ne pas servir tes intérêts, donc Ruth et Cathy ne feront pas parties du conseil. Et pour le bon équilibre du comité de direction, je donnerai un pouvoir à Céline, qui est ce qu'il y a de mieux en défense des intérêts du plus faible. Mon épouse étant trop impliquée quant à elle, choisira de donner son pouvoir à qui elle voudra.

  Je pense vraiment que c'est équitable.

- Admettons que j'accepte ta proposition, quand se tiendront les audiences,

- Les audiences ? Mais j'espère bien qu'il n'y en aura qu'une. Mon juge d'instruction sera Mélanie. Qui sera ton avocat ?

- Je me représenterai tout seul.

- Jacques, non, il te faut un avocat. Alors décide ou je t'en commets un d'office.

- Alors choisis toi-même.

- Ce sera Céline.

- Très bien, où se dérouleront les auditions ?

- Mélanie se chargera de cela. Mais nous sommes bien d'accord, il s'agit seulement de savoir si oui ou non, nous t'accordons un crédit sur l'avenir. Il n'y a aucune condition d'obtention d'une charge officielle. Si on part sur ce point-là, tu défendras tes connaissances du système dans la transparence, et Mélanie t'opposera les connaissances du groupe. Si au bout de cela, il y a un avantage pour nous, la décision tombera de source. Si le conseil ne voit que des inconvénients, tu partiras.

  A aucun moment il ne sera question de la partie judiciaire, nous ne sommes pas compétents. Il s'agit de définir et d'éclaircir au mieux, quels sont nos intérêts.

- C'est une idée qui me convient.

- Bien, comme cette proposition vient de moi, je dois la faire entériner par mes louves. Si elles acceptent, nous te donneront réponse demain.

Le chef Mike venait de déposer en personne, un superbe gâteau d'anniversaire et se dirigea directement vers Céline.

Il avait un petit paquet dans les mains, et sans se démonter le moins du mode, il lui prit la main, et l'embrassa sur les joues en lui souhaitant un joyeux anniversaire.

Tous les convives furent alors surpris, car ce n'était pas du tout sa date anniversaire.

Mais Mike persistait dans son entreprise, et bien qu'étonnés, les convives riaient.

Quand Luc l'informa que Céline n'était pas née ce jour ci et qu'il avait inversé les chiffres.

Sa date anniversaire était le 6 décembre soit le 06/12 et non pas le 16/02 ;

Le jeune cuisinier était confus, et Luc le rassura, en disant à Céline de bien vouloir présenter ses excuses à ce malheureux garçon qui voulait si bien faire pour la séduire.

Et il ajouta sans en rire :

    – Céline ma chère, tu lui dois quelque chose, et j'espère que tu seras à la hauteur de ce qu'il attend.

    – Voyons, Luc ici, devant tout le monde ?

    – Et pourquoi pas, il est amoureux, alors je ne sais pas ce que tu lui as fait, mais tu n'as guère d'autre choix. Je n'admettrai pas que tu lui brises le cœur.

Il éclata de rire, les filles applaudissaient en criant :

    – Cé line un bisou, Cé line un bisou.

Alors elle se leva, et bien que le jeune homme s'en trouva gêné, elle l'embrassa, forçant sa bouche à s'ouvrir, et à accepter ce qu'elle lui donna.

Elle y mit tant de cœur, que Mike était devenu rouge, et qu'il ne savait que dire.

Pour autant, il reprit son service en restant très professionnel, et quand il repartit dans sa cuisine, Céline le suivit.

Luc comprit qu'elle ne passerait pas la nuit seule, et connaissant parfaitement les actions stupides qu'elle pouvait faire, il la suivit et la rattrapa juste entres deux portes.

    – Céline, tu connais les règles n'est-ce pas ? Tu as parfaitement le droit d'avoir une histoire avec ce garçon, et tu sais que personne ne s'y opposera. Mais jamais au sein de la résidence, c'est clair n'est-ce pas ?

– Mais oui Luc, je le sais ça, et il n'y aura rien entre lui et moi, je l'ai déjà dit je crois.

– Nous te connaissons trop bien justement, et tes discernements ne sont pas toujours à la hauteur de ce que l'on attend ici.

– Luc, je ne sais rien de ce garçon. Si ton intervention fait parti de ma mission, dis-le-moi.

– Oui, chérie, c'est le prélude à ta mission et les paroles que je vais prononcer en font également parties. Alors apprends ce que tu veux savoir. Si tu dois sortir, fais-le, si tu dois l'aimer, aimes le, si tu dois faire ta vie avec lui, fais-le. Mais ni dans le bâtiment principal ni dans les jardins, ni dans l'aile gauche. Que ce soit très clair. Ces infrastructures sont les domiciles privés de REUTHER FAMILY. Alors amuses toi bien, et prends garde à toi.

Il l'embrassa sur la joue comme un grand frère, tout en modifiant son regard pour le rendre sévère et réprobateur, puis regagna sa place à table.

Élise se leva et porta son verre en le montrant vide, et Ruth courut en cuisine demander une bouteille de champagne pour accompagner le gâteau.

Elle surprit Céline et Mike enlacés mais n'y prêta aucune attention et s'adressa à Mickaël, le second cuisinier, qui s'empressa à son tour d'aller en cave chercher la précieuse boisson.

Quand elle revint, Luc avait fait raccompagner VERDIER dans le second appartement du premier étage de l'aile gauche.

Ruth vint directement s'installer sur les genoux de Luc, tandis qu'Élise changeait de place pour être aux côtés de son mari.

401

Elles se sourirent toutes les deux discrètement, et tout en regardant l'assemblée restée sagement à table, Luc, crut nécessaire de préciser ses pensées.

- La REUTHER FAMILY c'est agrandi, ce qui est une bonne chose pour le groupe. Cela risque toutefois de poser quelques soucis pour l'intimité de chacune d'entre vous. Je pense que chacun doit pouvoir disposer d'un véritable espace privé, et réunir la famille chez moi, ou chez Margot, ne m'apparaît pas une solution viable sur le long terme.

- Je le pense également ajouta Margot. En effet, un lieu commun qui serait destiné à l'entre-soi, utilisant tout l'espace pour en faire une pièce confortable, agréable, propice à la réflexion, tout en conservant l'aspect convivial qui nous caractérise, j'aimerai assez.

- J'approuverai sans hésiter. De plus, si je ne me trompe, tu parles de la suite « invité ». Et sa position entre le bâtiment principal et l'aile gauche, est idéale pour rassembler tout le monde. Précisa Charlotte.

- Je vous l'accorde, et il reste néanmoins l'appartement privé qui est tout de même relativement complet. La chambre est confortable, et comporte un coin bureau. Alors je propose qu'on réaménage cet espace, qu'on donne une entrée sur la chambre pour les besoins éventuels, mais que l'on condamne et isole la grande surface en espace privé réservé à la FAMILY.

- Les filles, nous voilà à nouveau en recherche de mobilier. Répliqua Élise. Nous avons vu entre deux portes avec le responsable des services entretiens. Eva avait raison, et le mobilier neuf se trouve dans les appartements du Majordome. J'ai demandé qu'on fasse emménager ton bureau avec ce mobilier. Tu verras, ça te plaira. Quant à la partie salon, là aussi, tu trouveras pas mal de changement, mais tu ne pourras accéder à ton bureau qu'après dix heures demain matin. Alors grâce matinée demain, pour le Big Boss et pour moi.

— Élise, veux-tu que l'on s'occupe de la salle commune FAMILY ? J'aimerai bien mettre mon grain de sel sur la décoration clama Sara.

— Les filles, on vous laisse carte blanche, tu en penses quoi Luc ?

— Je vous demande uniquement de bien envisager tous les aménagements possibles, il faut que cette pièce puisse être transformée en moins de dix minutes en salle de projection, en salle de conférence, en espace de travail, en espace de réunion, et que l'accès à la chambre soit possible avec nos clés de sécurité et uniquement si la chambre n'est pas occupée. Mais je ne suis pas contre d'autres idées. Nous n'avons pas visité les sous-sols, alors ce n'est pas la place qui manque. Essayez d'imaginer le lieu avec de la vie, il y en a déjà, mais il en faut plus, je vous rappelle tout de même que rien que dans l'enceinte intérieure, nous disposons de presque 50 hectares et l'espace sous verrière est impressionnant. Il est d'environ 15000 m² et j'aimerai le conserver intact, et surtout qu'il reste du domaine privé. J'émets des hypothèses, mais nous étudierons toutes les propositions bien entendu. Nous ne sommes pas à l'urgence. Dans un premier temps, aménagez la grande partie de la suite « invité » pour que nous nous y sentions chez nous.

— Moi, je pense, dit Éléonore, que notre espace commun doit rester dans le domaine privé, et tout ce qui concerne le travail ne doit plus nous atteindre dans nos espaces privés. Sans ça, on va faire une surdose de boulot, et on ne prendra plus de temps pour nous. Dans dix ans, nous serons tellement usées que nous n'aurons plus qu'à nous exiler à l'autre bout du monde.

- C'est une remarque pertinente Éléonore. Je cautionne et je retiens au moment de choisir. Répondit Luc.

- Moi, dit Emma, je dirai qu'il faut effectivement bien séparer les choses. On ne peut pas tout voir en même temps. Et si je devais m'intéresser à l'espace loisir, je commencerai par récupérer l'espace Gymnase que je déplacerai en sous-sol. Il serait ainsi plus grand et mieux équipé, et je garderai juste les cabines et sanitaires pour la piscine. Quant à l'espace gymnase, j'en ferai des bureaux ou un open-space.

- Tu vois Emma, pendant que tu parlais, je pensais à la même chose. Nos deux DG n'ont pas de bureaux ici, vraiment adaptés à leurs fonctions. La surface du gymnase serait presque idéale et entres les deux, elles pourraient avec une partie commune pour elles. Lança Mélanie.

- Formidable ! j'aime quand les idées circulent comme ça ajouta Luc. Et on pourra leur donner un accès direct sur le jardin tropical. Ça me plaît ça.

- Avant d'envisager autant de modifications, il serait bien que nous en ayons terminé avec les modifications en cours. Et les budgets de REUTHER IMMOBILIER ne sont pas encore définis. Ajouta NATHALY.

Il faudrait que nous pensions aussi au personnel et j'aimerai qu'on ajoute un toboggan aquatique sur l'aile droite. Mais pas aux cinq mètres, il faut penser aux gosses si jamais ils en ont avant nous.

- Oh Luc, imagines que chacune d'entre nous te fasse un gosse, lança Sara

- Et pourquoi pas, répliqua Luc en riant, mais surtout pas en ce moment, ne déconnez pas avec ça.

- Tu les adopterais tous Luc ? demanda innocemment Charlotte.

- Ce serait mieux non ? Et en admettant que vous tombiez enceinte chacune un mois de l'année, les unes après les autres, j'aurai une équipe de football en une seule année. Mais bon, on va attendre un peu vous ne croyez pas ?

- Et imagines que l'on ait toutes des jumeaux, 24 gosses d'un coup, je ne te vois pas les prendre tous sur les genoux pour donner les biberons mon chéri, rajouta Élise en riant.

- Et si on a que des filles, tu vois un peu le chantier à partir de leur adolescence ? Que des chieuses autour de nous ! Répliqua Margot.

- Et bien les filles, je vous certifie que vous serez contentes d'avoir votre bureau au siège, parce qu'ici, si elles sont comme vous, je pense que je partirai souvent à l'étranger. Répondit Luc en riant.

- En parlant du siège justement, reprit Nathaly, j'aurai des propositions à te faire quand tu reviendras de vacances.

Mais quelle était donc cette idée de lui faire des enfants ? Y avait-il en elles ce vrai désir ou était-ce simplement la dérive de la discussion qui venait de mettre ce sujet sur la table ?

Luc ne voulait surtout pas approfondir cette question maintenant, elles étaient suffisamment malines pour tenter de lui tirer une réponse, et quelque part, elles avaient déjà un début de réponse. Il avait parlé trop vite mais si cela devait un jour être, pourquoi aurait-il tourné brides ? Il ne souhaitait simplement que taire le sujet pour le moment. Il reviendrait assez tôt sur la table, il le savait déjà.

Il embrassa Élise, tandis que Ruth restait accrochée comme une sangsue à son cou, les filles autour de la table commencèrent à se lever tour à tour, et le groupe parti faire une petite promenade dans le jardin tropical.

CHAPITRE XXXVII

Luc souhaitait s'isoler avec Élise et Ruth, et faire une promenade de l'autre côté, en façade, dans les jardins et leurs allées bordées de buis, où se dessinaient des formes quelconques, et où trônaient des statues de bronze et de marbre, fidèles reproductions des figures illustres.

Le Penseur de RODIN faisait face à la demeure, et il détrônait tous les autres, car il atteignait les trois mètres de hauteur et était placé dans l'axe de la demeure en son plein centre.

Autour de lui, d'autres statues grandeur nature, étaient disposées en arc de cercle, semblant attendre que le penseur leur livre le fond de sa pensée.

L'on ne sait qui avait eu cette idée que de placer cette énorme statue ici, mais elle semblait tellement correspondre à l'esprit de cette maison depuis que Luc l'avait investie, que tout compte fait, Luc s'en était approprié un peu l'image.

Ils avaient tous les trois enfilé un manteau, car à cette époque de l'année, le froid de la nuit tombante avait vite fait de vous terrasser, et la différence de température avec le jardin tropical était saisissante.

Sous l'immense verrière l'on maintenait une température minimum constante de 21 degrés, alors qu'au dehors, il n'était pas rare que la température descendre à la limite du gel.

Bien que le climat fusse dit plutôt tempéré chaud, il valait mieux se préserver d'un éventuel coup de froid qui aurait cloué au lit l'un d'eux trois.

Ils restaient à admirer les statues, et Luc laissait son imagination divaguer, tout en regardant de temps à autre les étoiles dans le

407

ciel clair. La lune éclairait de ses rayons l'immense jardin, et se tournant vers la droite, il montra à Élise et Ruth, le lacet blanc qui sillonnait le flanc de la colline dans lequel l'on avait volontairement tracé l'accès à la résidence.

Cette demeure valait au moins 25 ou 30 millions de dollars, autant dire qu'elle était invendable, et que ce patrimoine devait au moins coûter en entretien annuel, près d'un demi-million.

Inutile d'envisager pouvoir un jour s'en séparer.

- Luc, demanda Élise, crois-tu que nous aurons toujours les moyens d'entretenir un tel lieu ?

- Chérie, je n'en sais absolument rien, mais la chance que nous avons, c'est ce patrimoine immobilier géré par notre SCI REUTHER IMMOBILIER. La plupart de nos biens dans ce domaine, génère un chiffre d'affaire global de dix millions de dollars. Les résultats d'exploitation sont toujours en positifs et ne descendent jamais en dessous de 10 %.

- Mon amour, je ne comprends pas bien. La demeure appartient à REUTHER IMMOBILIER, alors elle n'est pas à nous ?

- Si ! Elle est à nous puisque nous sommes REUTHER IMMOBILIER. Elle est versée au capital de la SCI. Et elle est notre appartement de fonction. Chaque société du groupe paie un loyer pour les locaux qu'elle occupe. Chaque fois que la SCI achète un bien, bureau ou appartement quelque part, elle demande un loyer à ses occupants, société ou particulier. Donc elle rentre du chiffre d'affaires.

- Oui mais nous, quand nous travaillons ici, nous payons un loyer ?

– Non, ce sont les avantages liés à nos fonctions.

En revanche, toutes les sociétés du groupe paient les services du siège social et nos propres services. C'est une quote-part de dépenses inscrites au bilan, qui est proportionnelle aux chiffres d'affaires propres des sociétés du groupe. Cette ligne de dépenses comprend le loyer, les charges diverses, et la gestion.

– Donc si nous comprenons bien, toutes les dépenses faites par le siège social ici, sont payées par les sociétés qui dépendent du groupe. Ajouta Ruth.

– Oui Ruth, c'est pour cela que chaque décision compte. Par exemple, WAGNER BUSINESS LAWYERS va payer un loyer à la SCI REUTHER IMMOBILIER mais ce sera sa seule relation officielle avec le groupe. REUTHER FINANCES paie un loyer, et les services du siège social, parce que nous mettons Éléonore et Cathy aux postes importants, et que ce nos décisions qui sont appliquées (enfin qui seront appliquées parce que pour l'instant, ils ne sont plus autorisés qu'à gérer les affaires courantes)

– Comment sont définis les prix des services du siège en fait ? Demanda Élise

– On globalise l'ensemble de la masse salariale, le coût des investissements, les frais généraux, les frais commerciaux, les assurances, les consommables, les divers obligations et impositions, les fonds de réserve obligatoire, les frais de représentation, les bonus versés aux dirigeants et les avantages dont ils disposent, bref, toutes sortes de lignes comptables. Ensuite on divise ce total par le nombre de sociétés de premier rang et au prorata du chiffre d'affaires propre qu'elle réalise. Plus leur CA est important, plus leur redevance est élevée. Ce sont les sociétés qui dépendent directement des ordres du PDG du groupe. Et l'on obtient la quote-part que verseront ces sociétés. Mais ce n'est pas fini, nous gérons également des sociétés de second rang, qui sont généralement des sous-filiales travaillant pour les sociétés de premier rang.

Nous reprenons le chiffre équivalent à la masse salariale du siège et le refacturons aux sous-filiales proportionnellement à leur propre chiffre d'affaires annuel.

– Alors on facture deux fois ? Reprit Ruth

– Nous facturons les services autant de fois qu'ils sont utilisés. Prenons l'exemple de toutes les divisions REUTHER présentent dans le monde. Elles sont des structures de premier rang, mais elles ont des antennes dans les grandes villes. Mélanie dirige la division France. Son chiffre d'affaires propres atteint les 1 millions de dollars. Elle dirige en même temps les divisions de MARSEILLE LYON MONTPELLIER TOULOUSE BORDEAUX NANTES et LILLE. Ces structures génèrent un chiffre d'affaires 0,5 millions de dollars. Ce qui va donc représenter un Chiffres d'affaires global pour la Division France, de 3,5 millions auquel on ajoute le million de l'agence de Paris soit une valeur de 4,5 millions de dollars. La quote-part de Mélanie sera donc basée sur le CA global soit sur une valeur de 4,5 millions. Mais Mélanie est payée par le siège, et fait bénéficier de son savoir les 8 divisions France. La quote-part des sous divisions, va donc devoir supporter une partie de la masse salariale du siège et toujours au prorata de leur propre chiffre.

– C'est compliqué non ? Demanda Élise

– Pas vraiment, il y a une logique, si REUTHER n'était pas là, certaines sociétés disparaîtraient. Quand on globalise, et que l'on redistribue, tout est plus clair. Il faudrait un tableau pour mieux expliquer, mais imaginons que le chiffre d'affaires est réalisé par une seule société, elle aurait à supporter l'ensemble des frais de son siège sociale. Nous sommes d'accord ?

– Oui, comme toute société.

– Alors compliquons la tâche. La même société réalise le même chiffre d'affaire globalisé, mais une partie de son chiffre provient d'une société filiale qu'elle a créée. Le siège fait donc payer à la société mère, la totalité des frais puisqu'elle est de premier rang, mais fait également payer à la filiale, une quote-part de ses services, basée uniquement sur la masse salariale, à cette société, au prorata de l'influence de son propre chiffre d'affaires. Si elle influe de 50 % sur le CA de sa maison mère, elle paiera 50 % de la masse salariale du siège.

– Donc plus il y a de sociétés de second ou de troisième rang, moins leur redevance est élevée. Reprit Élise

– C'est un raccourci, mais c'est effectivement ça. Ce qui augmente le profit, c'est la facturation des services, pas les services en eux-mêmes.

– Mais alors, cet argent qui rentre, il est redistribué comment. Demanda Élise.

– Tout dépend des besoins. Mais ce n'est pas la seule source de revenus. Les résultats des sociétés déterminent également la quote-part de ce qu'elles versent en abondement à REUTHER FINANCES.

- Alors tout ce fric qui rentre, une fois les infrastructures et les salaires payés au siège, constitue ta fortune personnelle ? Demanda Ruth

- En théorie oui, mais en pratique non. Le siège réinvestit chaque année dans les sociétés du groupe. Et par conséquent, ouvre des lignes de crédits, comme nous l'avons fait pour WAGNER BUSINESS LAWYERS. Bien que la formule soit un peu différente dans ton cas Ruth, puisque notre retour sur investissement, c'est tout simplement de n'avoir que des factures reçues payées en remboursement de la dette contractée. Sachant que nous tiendrons ça en compte très sérieusement de manière à ne pas mettre WAGNER dans la zone rouge, mais en résultats à l'équilibre. La partie qui revient à Luc REUTHER est un pourcentage annuel sur les résultats. Et il est vrai que je peux décider de m'attribuer la totalité des résultats de mon groupe.

- C'est déjà arrivé ça ? Demanda Ruth

- Probablement, dans la mesure où au début, mon père n'avait que REUTHER DIAMONDS et puis après REUTHER DIVISION EXTRACTION MINIERES. Et sa fortune personnelle, elle n'a pas pu exister autrement.

- Mais pour que ça devienne un empire aussi vaste, que s'est-il passé au juste ? Questionna Élise.

- Ma chérie, il suffit de mettre des hommes d'affaires à la tête et des financiers, et très vite, ces gens-là investissent ton argent dans les affaires les plus juteuses. Tant que tu les maîtrises, ça va. Mais si tu les perds de vue, alors ils sont capables de tout. Là, le groupe a eu une croissance à deux chiffres, à une vitesse incroyable, et le développement des marchés asiatiques qui arrive est déjà une opportunité que VERDIER n'a pas manquée. On a perdu énormément au début, mais l'on a déjà récupéré notre mise et dans quelques années, le monde entier achètera en Chine. REUTHER n'apparaît jamais en titre sur le marché chinois, mais aujourd'hui, ses sociétés au nom compliqué rapportent des millions de dollars. Les laboratoires qui sont financés par REUTHER ont permis de découvrir de nouvelles molécules et de les isoler. Les brevets et droits revendus se chiffrent à des millions de dollars, et au travers de sociétés écran, les fonds arrivent sur les comptes panaméens, ici et en suisse ou ailleurs.

A chaque fois, REUTHER touche de l'argent sur ces affaires. Et quand je vous dis REUTHER, je parle de moi. Je peux rester toute la journée couché, l'argent arrive tout seul.

– Mais où est notre combat alors ? Demanda Élise.

– Mais mon amour, notre combat reste et demeure intacte, ne pas enrichir des escrocs que tu connais maintenant, et ne pas exploiter les gens qui font le travail tel que l'a fait VERDIER avec les affaires chinoises.

Un chercheur en Chine coût sept fois moins cher qu'un chercheur américain ou français. VERDIER a signé des accords avec MAO il y a longtemps, et il les a prolongés avec Deng Xiaoping pour que ça ne change pas le système chinois. Alors imagines, VERDIER a multiplié le financement des laboratoires par 3, et chaque année, les champs d'explorations ont été multipliés par deux. REUTHER est devenu le numéro un mondial de la recherche scientifique, mais il ne s'appelle par REUTHER sur la façade des labos, pas plus que sur les boîtes de médicaments.

Nos labos maîtrisent aussi bien le médicament que l'électronique, c'est une machine qui va broyer toute l'économie mondiale. Pour devenir autonome, REUTHER PHARMA a développé ses propres entreprises d'emballage, ses propres usines de fabrication de machines pour réaliser les médicaments, ses propres entreprises logistiques pour transporter et livrer ses produits, et ça, dans tous ses domaines d'actions. Tu imagines l'ampleur de son influence ?

Le seul moyen d'arrêter le massacre, ce n'est pas d'arrêter de financer, mais d'augmenter petit à petit les salaires. Et c'est ce que je veux faire, mais pour l'instant, l'économie chinoise n'est pas ouverte, alors il faut juste continuer comme ça. Ramasser ce qui peut l'être, et attendre.

— Tu veux dire qu'en augmentant gentiment le niveau de vie des gens là-bas, tu arriveras à réguler les marchés, parce qu'il sera moins intéressant de fabriquer là-bas ? Demanda Élise.

— Dans dix ou vingt ans, si on laisse tout faire, ici même au Luxembourg, 8 produits sur 10 proviendront de Chine. Ils sont 1,5 milliards d'ouvriers techniciens ingénieurs et tout corps de métier.

— Mais nous ne pouvons pas lutter ? répondit Ruth

— Non, nous ne pourrons pas lutter, puisque nous sommes dans le système. Alors on va entamer une lente mutation. Nos mines ne serviront à rien, quand le marché sera ailleurs. Et en raflant le fichier des clients à HAUSSMAN LEGAL, en le transférant ici, chez WAGNER, nous avons en main la source d'informations qui nous manquait, mais que détenait VERDIER.

– Admettons, mais on fait quoi ? Demanda Ruth.

– Ruth, quand tu accroches FABRE à ton tableau, tu accroches aussi ses orientations et ses chiffres à l'export. Quand tu accèdes à BOUYGUES, tu accèdes aussi aux grandes infrastructures et par conséquent à ses comptes d'export. Si demain, tu obtiens les comptes des grands groupes, tu obtiens aussi vers quoi ils tendent et où ils vont.

– Ce qui veut dire que nous allons nous lancer dans d'autres domaines ajouta Élise.

– Oui, transport de fret, aériens maritimes et routiers, développement de nouveaux services, réseaux de distributions, nouvelles technologies, techniques de communication, publicité, luxe bien entendu, grâce à WAGNER BUSINESS LAWYERS et aux informations grands comptes.

– Mais REUTHER va perdre son nom là-dedans alors mon chéri.

– Non, nous restons ancrés dans notre corps de métiers, mais ce sont des filiales qui ne portent pas notre nom qui vont changer. Et puis notre garantie bancaire que les banques et les états nous demandent, et puis notre future compagnie d'assurance Luxe.

– Luc, c'est tentaculaire ajouta Élise.

– Oui mon cœur, mais REUTHER l'est déjà et le monde tourne ainsi, et je n'y peux rien du tout. En nous maintenant dans la course, et en étant les premiers dans certains secteurs stratégiques, nous pourrons œuvrer dans nos projets de justice sociale parce que nous en aurons les moyens.

– Mais nous le ferons qu'à notre niveau, pour notre cœur de métier. Nous ne pourrons jamais assumer seul toute la misère de la planète. Et en face, ce sont ceux qui nous devancent dans le top 100 qui vont chercher à nous détruire.

– Alors il ne nous reste qu'à nous enrichir ? répondit Ruth.

– En quelque sorte oui, si tu veux donner il te faut des moyens, Ruth, tu ne peux pas traverser un océan sur un navire qui prend l'eau. Nous avons cette opportunité, il faut qu'elle vous guide dans toutes vos futures décisions de conseil. Et toi Ruth, ton rôle sera déterminant dans les choix que nous aurons à faire. C'est pour ça que je veux que tu réussisses tes études en sciences économiques et en droit des affaires.

– J'ai compris Luc, et je vais réussir.

– Il te faudra de l'aide, et nous ma chérie, nous allons continuer de faire des shows à l'américaine pour REUTHER DIAMONDS INTERNATIONAL CORPORATION. Nous avons en sous-sol, les pièces brutes les plus convoitées au monde, et un jour, on fera une grande vente chez Christie's.

Elise, tu parlais de ceux qui nous devancent dans le top 100, ce que je vais dire restera entre nous trois. Il faut que vous ayez conscience qu'en réalité, personne ne nous devance dans ce classement. Il est juste nécessaire et indispensable que ceux qui sont officiellement classés devant nous, continuent de croire qu'ils sont devant. Il suffirait d'un seul geste de ma part, et ils se retrouveraient loin, très loin derrière nous. Si je ne le fais pas, c'est pour éloigner les vautours et les pique-assiettes.

– Comment peux-tu prétendre être le premier ? Les chiffres ne mentent pas eux !

– Tu as raison, ils ne mentent pas, mais les hommes qui les présentent, eux mentent. Et REUTHER doit mentir, parce que nous sommes en Europe, et parce que faire état des chiffres réels seraient se tirer une balle dans le pied. Alors nous ne publions pas tous les résultats de notre holding. Certaines de nos sociétés basées à l'étranger, n'ont pas obligation de publier leurs résultats. C'est là que nous affectons tous nos résultats qui nous assurent de ne pas entrer dans le top dix.

– Faisons vite, réglons les affaires courantes, et éloignons-nous de cette agitation qui nous prend la tête. Ajouta Élise.

– Oui mon amour, mais maintenant, nous connaissons tous nos feuilles de route. Et elles commenceront quand toi et moi nous reviendrons aux affaires.

– Alors vous allez nous laisser toutes seules ? Demanda Ruth

– Les DG oui, elles savent ce qu'elles ont à faire. Mais vous 4 non, mais tu dois tenir ta langue Ruth.

– On part avec vous ?

– Oui Ruth, Élise va s'occuper de ça, et la semaine prochaine, on partira deux semaines.

– Deux semaines ? Nous ne sommes jamais parties en vacances nous.

– Je sais, et on vous les doit ces vacances. Et de plus, en rentrant, vous allez vous plonger dans le travail et les

417

études. Lui confirma Élise. Et puis tu sais Ruth, je suis vraiment heureuse que tu viennes avec nous. Je sais que le petit groupe va beaucoup s'amuser avec toi.

— Oh Élise, c'est formidable, je vais voir la mer, je vais voir de vrai cocotier, et puis le soleil, les lunettes, les maillots de bains, les parasols, le sable chaud. WAOUH, je suis si heureuse !

— Mais tu vas pouvoir tenir ta langue jusqu'à ce que Élise l'annonce aux filles ? Demanda Luc en riant.

— Bah je vais essayer, tu veux l'annoncer quand Élise ?

— Je ne sais pas, mais je crois bien qu'on va te séquestrer chez nous jusqu'à ce que je me décide.

— Ah ça je veux bien, j'aime bien être avec vous.

— On ne me demande pas mon avis alors ? Interrogea Luc

— Mon amour, je crois que tu as aussi des visites à faire avant tout ça, il faut assurer ton service après-vente lui glissa Élise en riant.

— Ah oui, ce n'est pas faux. Tu me diras, allons-nous changer quelque chose pendant nos vacances ? Lui lança-t-il ?

— Oui, pendant une semaine, tu ne seras qu'à moi, elles auront suffisamment à découvrir sans nous. Mais après, nous les reprendrons en main. Elles sont trop mignonnes, enfin tu verras. Répondit-elle.

Ruth était partie en avant, elle sautait, dansait, telle une gamine qui venait d'obtenir une glace qu'elle attendait depuis longtemps. Luc et Élise s'amusaient de la regarder faire, elle jouait à cache-

cache, en s'éclipsant derrière des bosquets et les surprenait quand ils s'embrassaient en les chatouillant discrètement.

Ils rejoignirent la suite privée du troisième étage, amoureux, main dans la main, et Luc se laissa aller dès qu'il pénétra dans l'appartement privé.

La femme de chambre avait pris grand soin de la suite, et elle avait déposé dans un vase, des bouquets de curcuma, d'oiseau de paradis, de frangipanier, de jasmin de Madagascar, de tiaré, de fleur de vanille, de rose de porcelaine, et s'était appliquée à mettre en valeur le mobilier en décorant ainsi le salon et son grand bureau, la chambre et ses espaces de loisirs, et jusqu'à la salle de bains ou le tiaré régnait en trônant majestueusement sur une étagère de marbre au pourtour d'or.

Les appartements privés du couple avaient vraiment fière allure, et Élise appela le service pour les remercier de leur gentillesse et de l'attention qu'ils avaient envers eux.

On lui répondit que toutes les suites avaient fait l'objet d'un soin particulier, parce que tout le monde était content d'eux, et que tous les services voulaient les remercier, eux les patrons, et leur équipe, parce qu'ils étaient tous attentionnés et ne faisaient jamais de remarques désagréables sur les personnels de services.

Élise répondit à son tour, de sa voix la plus douce, qu'elle souhaitait de la joie dans sa maison, et que chacun devait pouvoir travailler dans une bonne ambiance.

–   Mettez de la musique disait-elle, ne vous laissez pas abattre par le travail. Danser, riez, il faut que les murs en tremblent si cela vous rend heureux

Alors, quand on ouvrait les grandes portes-fenêtres donnant sous la verrière, l'on entendait l'aile droite du bâtiment s'animer de musique, et parfois comme ce soir, un mélomane se laissant aller à des vocalises assez sonnantes.

Élise laissa là ces compliments, et se déshabilla, et entra dans la salle de bains.

Elle fut immédiatement suivie par Ruth, tandis que Luc restait seul et s'installait dans le grand canapé de cuir banc, devant la télévision.

Il pressa les boutons de la télécommande pour afficher la chaîne d'informations, et resta attentif tout en feuilletant les magazines que Margot avait pris soin de lui remettre.

Sur l'un d'entre eux, le journaliste abordait une nouvelle fois la soirée du Royal Monceau, en reprenant les propos d'Élise, avec de gros plans sur les bijoux que portaient les FAMILY ce soir-là.

Il vantait la prestigieuse collection qui avait été présentée, et le service d'ordre discret mais efficace mis en place par l'héritier.

De même, il racontait le peu qu'il savait de l'attentat perpétré sur Luc REUTHER.

Luc interrompit sa lecture, quand le journaliste abordait justement les affaires REUTHER.

« Le célèbre cabinet d'avocats d'affaires français **HAUSSMAN LEGAL** *vient de céder la totalité de ses actions à un cabinet luxembourgeois. En effet, alors que les marchés demeurent stables malgré quelques baisses des valeurs boursières, le cabinet* **WAGNER BUSINESS LAWYERS** *a pris le contrôle du cabinet HAUSSMAN LEGAL a-t-on appris de l'AFP. Madame Lucie HAUSSMAN annonçait cette décision, tandis que Jacques VERDIER annonçait cette nouvelle surprenante à notre confrère de Radio Luxembourg. Il s'agirait selon* **Jacques VERDIER** *de convenance personnelle.* **HAUSSMAN LEGAL** *traitait notamment les affaires de grands groupes Français d'envergure*

internationale comme **BOUYGUES** et **LES LABORATOIRES FABRE** mais également celle du groupe luxembourgeois **REUTHER INTERNATIONAL GROUP**, qui a fait la une de l'actualité encore le samedi 14 février dernier, où l'enlèvement du couple et d'une collaboratrice avait été annoncé à tort par les médias locaux du Luxembourg.

Samedi soir, les Luxembourgeois étaient invités à la résidence REUTHER où l'héritier démontrait qu'il était bien vivant à la tête de son groupe. **Luc IMBERT REUTHER** et son épouse, **Élise BROCHET REUTHER**, présentaient à cette occasion à plus de 400 invités des hautes familles du Luxembourg, des collections de bijoux imaginées **par Eliott REUTHER** dont l'assassinat en RDC fin novembre dernier a été dévoilé récemment, lors de la passation de pouvoir organisé par le groupe **HAUSSMAN LEGAL à PARIS**, en direct **du Palace parisien, le Royal Monceau**. **Luc IMBERT REUTHER** avait alors présenté les joyaux de sa collection de diamants et pierres rares, qui accompagnaient les ravissantes tenues de hautes coutures concoctées par **Jean Paul GAUTHIER** que l'ensemble de la nouvelle Direction Générale récemment nommée arborait. Nul va sans dire que les commentaires de la presse vont bons trains, et nous en saurons certainement plus dans les jours prochains. »

– Chérie, tu as lu les magazines aujourd'hui ? demanda-t-il à Élise.

– Tu ne nous as guère laisser le temps, tu sais.

– Ce n'est pas faux, il faut qu'on règle ça, qui pourrait nous faire un point presse chaque matin ?

– Écoutes Luc, nous sommes dans le bain avec Ruth, la journée est finie d'accord ?

– Excuses moi chérie, je suis incorrigible. J'arrête. Il faut vraiment que je me discipline. Vivement les vacances.

421

–   Tu prends une douche et tu nous rejoins, ou bien tu vas rester dans ton coin en attendant que l'on sorte ?

–   J'ai compris mon cœur, j'arrive. Tu te débrouilles avec mon pansement ?

–   Je vais m'en occuper Luc répondit Ruth.

Il entra dans la chambre, et la traversa pour aller dans la salle de bains. Les deux filles étaient dans le bain et se prélassaient sous les jets massant qui faisaient bouillonner la surface de l'eau.

Luc se déshabilla et rentra sous la douche où il fit longuement couler l'eau sur son corps, le pansement glissa de lui-même sur le sol de la douche. Luc regarda la plaie, elle semblait bien être refermée, et seuls les points de suture réguliers marquaient les huit centimètres que la balle avait ouvert.

Il fit très attention à ne pas trop frotter sur la plaie, et malgré l'invitation des filles à venir les rejoindre, il refusa, considérant que le niveau d'eau dans la baignoire risquait de ramollir la plaie, et il ne tenait vraiment pas à être une fois de plus arrêter dans ses activités.

Elles libérèrent de l'eau, pour faire descendre le niveau, et diminuèrent la puissance des jets massant, et il finit par descendre dans le bain en prenant grand soin de ne pas glisser.

Il s'assit sur l'assise en calant son dos sur les jets, après les avoir orientés, et ferma les yeux, pour tenter de libérer son esprit, du flot d'idées qui continuaient de l'occuper.

Peu à peu, il se délassa, les filles sages comme des images le laissaient récupérer sans un mot et sans un geste.

Après une dizaine de minutes, Élise s'approcha de lui, et lui caressa la poitrine, puis la joue, et colla ses lèvres aux siennes. Il se laissa envoûter par le voluptueux baiser que sa femme lui donnait, sans résistance, en s'abandonnant totalement au plaisir qu'elle lui procurait.

Ruth observait la scène, s'appliquait à enregistrer chaque mouvement, chaque geste, retenant la position des mains, l'inclinaison de la tête, jugeant que l'intensité de la pression des lèvres, essayant d'assimiler les mouvements de langues qui se nouaient et se déliaient, entrant dans la bouche de l'autre et inversant alternativement le mouvement.

Elle n'en perdait pas une miette. Il montait en elle un désir soudain, une chaleur intense qui brûlait, provocante, instantanée, augmentant sensiblement son rythme cardiaque.

Elle avait l'impression que son cœur allait sortir de sa cage thoracique, elle sentait ses mamelons se gonfler, ses seins durcir, elle les regardait, les admirait, les effleurait de la paume de ses mains, descendait jusqu'à son bas ventre où elle avait des sensations inexplicables par des mots, mais elle ressentait avec délectation ces dernières.

Lorsqu'Élise retira sa bouche de celle de Luc qui gardait les yeux fermés, Ruth s'approcha à son tour, et prit le relais. Elle donnait son baiser avec application, imitait à perfection ce qu'elle venait d'observer, ni plus vite, ni moins vite, ni plus fort, ni moins fort. A tel point que Luc ne s'était aperçu de rien, il ne faisait plus aucune différence entre les deux baisers.

Lorsqu'il ouvrit les yeux, les filles avaient quitté le bain. Une fois séchée, elles étaient allées ensemble fumer une cigarette sur la terrasse intérieure, la musique jouait dans l'aile droite, et il semblait que les employés fêtaient quelque chose.

—   Élise, tu penses que je fais bien les choses ?

—   Ruth chérie, je peux te dire quelque chose de très intime ?

423

—   Si tu penses que tu dois me le dire, fais-le, je ne voudrais pas te causer des ennuis.

—   Ruth, ça n'aurait jamais dû être aussi fort mais voilà, je ne peux plus me passer de toi. Et ça m'embête vraiment de te le dire, mais je crois que Luc est également fou amoureux de toi. Ni lui ni moi n'avions prévu ça,

—   Élise, moi je n'ai pas le droit de dire ça, je dois rester en dehors de votre couple, mais ça me fait mal de pas y être en permanence. Tu vois ?

—   Je comprends. Ce que je ne comprends pas, c'est pourquoi ça nous arrive à Luc et à moi. On s'était promis que ces relations de lesbiennes et bi, ne nous affecteraient pas dans la REUTHER FAMILY. Et voilà que je suis la première à succomber. Luc n'a rien à voir là-dedans.

—   Élise, si tous les deux vous voulez de moi, et qu'à aucun moment cela ne vous porte préjudice, si vos sentiments sont assez profonds à l'un comme à l'autre, et l'un envers l'autre comme envers moi, alors je t'avouerai ce que je ressens pour vous. Mais une fois que je l'aurai dit, une fois que j'aurai avoué mes sentiments les plus sincères et les plus profonds, nous ne pourrons plus jamais reculer, parce que ça deviendra trop difficile.

—   Je ne voudrais pas troubler votre conversation, et je vous avoue que je suis très ennuyé les filles. J'ai peur de moi-même. Mais je ne peux pas lutter contre ça.

La voix grave de Luc venait de résonner sous la verrière, juste derrière elles, et surprises elles se retournèrent vers lui.

—   Luc, tu as écouté ce que nous disions ? Demanda Élise un peu gênée.

– Non, pas du tout, tu vois, je suis là devant vous, j'essaie de me raisonner, mais je n'y arrive pas.

– Que t'arrive-t-il Luc, nous sommes ici toutes les deux, et nous aussi nous avons un problème à résoudre. Il est de taille Et nous ne savons pas comment te le dire. Reprit Élise.

– Toi Ruth, qui est la plus jeune de nous trois, tu peux peut-être dire les choses avec la franchise qui te caractérise ? Demanda Luc.

– Élise, tu m'autorises à parler librement ? Dis-moi, parce que sinon, on va passer une nuit cauchemardesque. Implora Ruth.

– Oui Ruth, de toute manière, les uns comme les autres si l'on ne se dit pas les choses, ça ira de plus en plus mal.

– Alors je me lance. Luc, il s'agit de toi, d'Élise, et de moi. Personne n'a voulu ça, mais c'est arrivé, et on doit régler ça maintenant. Élise t'aime, elle est ta femme, Élise m'aime, mais je ne suis pas sa femme, tu aimes Élise, elle est ta femme, mais tu m'aimes aussi, et je ne suis pas ta femme, et moi je vous aime tous les deux, mais je ne suis ni la femme de l'un, ni la femme de l'autre, et nous n'avons pas de solution. Personne ne veut que ça se termine, et personne ne veut prendre la place de l'autre. C'est un problème insoluble.

– Merci Ruth, tu as tout dit. Alors, soit nous acceptons ce fait, et nous formons un trio, soit nous le refusons et nous foutons tout en l'air. Je suis Luc IMBET REUTHER, et tout mon héritage ne me fera jamais choisir entre vous deux. Je ne veux pas choisir, je vous aime toutes les deux, et toutes les deux pareil.

Élise et Ruth pleuraient, et n'arrivaient pas à définir leur position. Alors Luc reprit la parole, parce qu'il fallait clore ce sujet.

– Je sais que dans les actes, ce n'est pas légal, mais comme je ne peux pas choisir, je n'ai que cette solution à vous soumettre. Seriez-vous d'accord pour être dans les faits, mes véritables épouses ? Ce qui ne changerait rien à la FAMILY pour les relations lesbiennes ou bi, mais qui changerait pour nous, par des relations complices permanentes. Et je n'ai que ça à proposer. Je ne vous perdrai ni l'une ni l'autre, parce que vous serez toujours mes piliers, et que mon amour est trop grand pour vous, pour que j'en abandonne une en cours de route, au profit de l'autre qui ne serait pas heureuse sans la première.

Elles vinrent dans le même élan, se blottir dans ses bras, soulagée l'une et l'autre.

Il ajouta dans un soupir :

– J'en suis au point de ne pas savoir laquelle me touche ou m'embrasse, vous avez toutes les deux la même approche de mon corps, les mêmes gestes doux, et l'on dirait des jumelles, tellement les sensations me sont identiques. Comment pourrais-je me passer de vous ? Si ce n'est pas la réponse que vous attendiez, j'en suis désolé, vraiment, mais pourtant, c'est la seule que je vous ferai.

– Luc, mon Luc ! dit Élise, tu aurais dit autre chose que j'en serai malheureuse, tu es mon mari et le mari de Ruth. C'est un fait que nous n'avons fait que constater. Je ne peux t'en vouloir, parce que Ruth est ma compagne et je l'aime autant que je t'aime.

– Élise et Luc, moi je ne sais pas dire, je n'ai pas les mots, mais je désirai tant être ta femme Luc, que mon vœu est exaucé, quant à toi Élise, si je ne t'ai pas près de moi, je me sens trop seule, j'ai besoin de toi, de te sentir avec moi, et quand tu poses ton regard ou ta main sur moi, je suis rassurée, et je peux lever des montagnes rien que pour te montrer que je t'aime.

— Alors signons entre nous ce pacte, il est un secret qui fait partie de nous, et pour le reste, ne changeons rien. Il ne m'apparaît pas nécessaire que la REUTHER FAMILY soit informée de cela. Cela reste notre secret d'alcôve, notre vie privée, et je veux vous avoir toutes les deux avec moi, au plus près de moi, chaque jour et chaque nuit. Même si nos obligations nous imposeront la charte de la REUTHER FAMILY que je respecte.

— Tu es un être exceptionnel Luc, lui répondit Élise

— Oui vraiment exceptionnel Chéri, ajouta Ruth.

— Alors on va dormir, et ne pleurez pas, s'il vous plaît. Maintenant mes amours, j'espère que dans l'avenir, vous serez les deux premières mamans de ma dynastie.

— C'est vrai Luc, tu veux nous faire des enfants ? Répliquèrent les deux filles.

— Oui, je suis sérieux mais pas maintenant. Laissons-nous du temps pour profiter de notre vie. Et ensuite, vous me ferez des beaux enfants, et vous ferez des mamans formidables.

Luc les fit entrer dans l'appartement, il ouvrit une bouteille de champagne sortie tout droit du réfrigérateur équipant son bureau, et versa trois coupes. Ils trinquèrent en entrechoquant les coupes et burent lentement le breuvage qui laissait échapper ses petites bulles de gaz. Elles remontaient en lignes difformes du fond du verre, jusqu'à la surface, avant d'éclabousser les bords des

427

coupes, en minuscules gouttelettes de liquide qui finissaient par s'écouler, et revenir d'où elles étaient venues.

Ils se serrèrent dans les bras les uns des autres, conscients d'avoir franchis une nouvelle étape sur le chemin commun de leur destinée, puisqu'au fond, ils n'avaient pas réussi à la désunir en séparant leurs routes.

Il était 23 H 00, et il fallait récupérer avant que d'affronter un lendemain incertain, que seul le plus fort et le plus perfide gagnerait.

La fatigue et les jeux sexuels avait fini par avoir raison des deux filles qui s'étaient endormis profondément l'une contre l'autre, laissant un répit à Luc qui fut réveillé de bonne heure, ce mercredi 18 février.

Il partit rejoindre les jumelles, et se glissa dans le lit des filles qui avaient choisi de partager le lit d'Ephie.

Elles partagèrent le même homme, se laissant porter par leurs instincts, et Luc apprécia sincèrement leurs attentions à son égard.

La plus assidue fut Cathy, plus aguerrie, plus expérimentée que sa sœur, et surtout plus hétéro que lesbienne.

L'on ressentait très bien ce besoin de soumission chez Cathy, et elle n'avait aucune retenue en l'exprimant par les gestes et par la voix.

Son corps tout entier se livrait, était assidue, habile, et les caresses que sa sœur lui prodiguait ne faisaient qu'accentuer son désir. Elle encourageait Luc à toujours lui donner plus, et toujours aller plus loin dans l'exploration de ce corps, qui ondulait sous les coups de rein que Luc lui affligeait sans retenue, s'abandonnait enfin dans des cris de plaisirs, quand l'orgasme puissant, laissait jaillir de son corps, le liquide visqueux qui les inondait. Les contractions du périnée rythmés et contrôlés, provoquaient chez Luc, l'envie de poursuivre encore ses actions, mais le plaisir a une fin, et il dut lui aussi se libérer brutalement par une éjaculation profonde, de sa semence qu'il ne pouvait retenir plus longtemps.

Ephie plus raffinée, plus longue à se livrer, avait un besoin de préliminaires très longtemps appuyés.

Elle appréciait les caresses répétées, les effleurements suggestifs, par les doigts, la bouche, la paume des mains, et offrait toutes les parties de son corps sans en oublier une seule. De la tête aux pieds, Luc et Cathy durent s'employer longtemps à décider son corps.

Elle avait des seins fermes, et deux pointes de mamelon qu'il fallut lui aspirer, et maintenir longuement en bouche, pour les rendre au maximum de leur volume où ils devenaient alors des zones érogènes qu'elle livrait sans retenue.

C'est à ce moment-là que Luc décida de la pénétrer. Son endroit serré semblait refuser l'acte qu'elle désirait pourtant voir s'affranchir de toute opposition.

Luc décida de rompre cette résistance, et d'un violent coup de rein, le membre viril perça l'orifice sous un violent cri qu'Ephie ne put retenir.

Là, après cet instant, elle se libéra, ondula son bassin sous les conseils de sa sœur qui continuait de la caresser, imperturbable, explorant tous les orifices sans retenue, qu'Ephie offraient de bonne grâce.

Luc compris qu'il devait aller encore plus loin, et présenta son membre au second orifice, elle l'accepta le laissa l'envahir, la gorge nouée laissant échapper des cris de plaisir intense. Elle remuait, s'ouvrait, et le pénis durci la pénétrait passant de l'un à l'autre des orifices ouverts, provoquant chez Ephie, un abandon total.

Elle libéra par deux fois des orgasmes explosifs, arrosant de petits jets de cyprine les corps qui était au-dessus d'elle, elle en avait perdu totalement le contrôle de son corps et de son esprit, balançant la tête de gauche à droite, cherchant une bouche, une langue à avaler, à sucer, comme un réconfort ou une récompense.

Elle réclama dans sa bouche, ce membre gonflé prêt à exploser en elle, en l'engloutit entièrement au fond de sa gorge, actionnant de sa langue, l'endroit qui allait libérer le sperme épais qu'elle allait avaler sans aucune retenue.

Lorsque le calme revint, elle était comblée, fatiguée, souriante, et enfin devenue femme à part entière.

Cathy déposa un baiser sur les lèvres de sa sœur, qui fit de même sur les lèvres de Luc.

Ce dernier, étendu sur le dos, s'endormit ainsi tandis que les filles se levèrent pour rejoindre la salle de bains.

Elles parlèrent beaucoup, chantèrent de leurs voix discrètes que Luc entendait en bruit de fond.

Peu à peu, le temps s'est écoulé, il a passé, laissant Luc seul dans ce lit souillé, recroquevillé en chien de fusil, endormi poings fermés.

L'heure ne compte plus, il ne la voit pas, et sa Team Manager sait ce qu'elle doit faire quand le maître dort.

Les deux filles sortirent de la suite sans bruit, et allèrent directement au troisième, frappèrent et pénétrèrent dans les appartements privés où Ruth et Élise avaient fini de se préparer.

Après le baiser de la REUTHER FAMILY, elles échangèrent ensemble, et Élise demanda aux filles où était Luc.

- Il dort dans ma chambre, répondit Ephie

- Alors laissons le dormir. Avez-vous passé une bonne nuit ?

- Un excellent réveil répondirent-elles ensemble. Et vous ?

- Oui mais un peu court, nous nous sommes endormies tardivement. Dis-moi Ephie, ça s'est bien passé ce matin ? Il me semble avoir entendu Luc partir, mais je me suis rendormie, et Ruth dormait si bien, que je n'ai pas osé bouger.

- Tu sais Élise, pour moi c'était la première fois. Et je voulais vraiment savoir ce que c'était. Je n'avais qu'une vague idée par les livres, mais c'était encore mieux que ce que j'imaginais. Livrait Ephie à voix timide.

- Je l'imagine, pour que Luc dorme encore, vous avez dû l'épuiser, ajouta Ruth en souriant.

- Et toi Cathy, tu le trouves comment mon mari, demanda Élise.

- Je dois reconnaître qu'il a de la ressource, et Cathy éclata de rire.

Elles se mirent à rire toutes ensemble, avant de descendre au bord de la piscine pour déjeuner.

En descendant, elles trouvèrent Sara et Charlotte, puis au premier étage Emma, Éléonore et Mélanie.

Lorsqu'elles arrivèrent sur la terrasse du rez-de-chaussée, Margot était attablée, et parcourait un magazine.

— Bonjour à toutes lança-t-elle à la cantonade, vous avez toutes bien dormi j'espère. Nous avons du pain sur la planche ce matin. Luc n'est pas avec vous ?

— Il dort, alors on a décidé de le laisser tranquille. Répondit Ephie.

— Eva n'est pas là ? Remarqua Élise.

— Pas encore réveillée sans doute. Ce n'est pas grave. Reprit Margot. Je ne voudrais pas m'imposer à vous, mais vous avez compris toutes, que nous avions entre les mains, la position de Jacques VERDIER. N'attendons pas trop pour donner une réponse à Luc.

— Tu as raison Margot, et pour ma part, épouse de Luc, je pense qu'il a une idée derrière la tête. S'il ne m'en a pas parlé, c'est que nous devons mettre de côté nos positions dans la société, pour analyser le cas VERDIER en tant que femmes responsables. Il veut un conseil, une sorte de petite voix qui lui apportera une ébauche de réponse.

— Quelle est ta position quant à la tenue d'un tel conseil de femmes Élise ? Reprit Margot.

— VERDIER a des connaissances sur le groupe que nous-mêmes n'avons pas. Je crois VERDIER quand il dit qu'il peut nous aider. D'autant que WAGNER BUSINESS LAWYER est une structure inopérante, tant que la réunion de vendredi ne se sera pas tenue. Pour autant, il nous faut un avocat pour authentifier les actes de

432

cession. De plus, pour former Ruth, les études ne suffiront pas. Et vous savez combien Luc tient à ce que toute la Team Manager obtienne la reconnaissance des fonctions par les diplômes. Alors je dirai que nous devons prendre en compte nos besoins de connaissances avant de juger l'homme VERDIER. Il a tout fait pour que le groupe soit à ce niveau. L'écarter, c'est prendre le risque de voir s'effondrer des pans entiers de cette gigantesque affaire.

– Ton opinion se défend. Répondit Éléonore. Mais à contrario, ce mec a quand même souhaité la mort de l'héritier.

– Oui, mais il l'a aussi sauvé en le ramenant à Paris, rétorqua Élise.

– Pour l'avoir sous la main et tenter de mieux le tuer, répliqua Éléonore.

– Si l'on base notre verdict uniquement sur ça, alors on le dégage, ça je suis bien d'accord, mais si l'on prend en considération les intérêts du groupe qui vont bien au-delà de Luc, il n'y a non pas des circonstances atténuantes, mais un mode stratégique à prendre en compte, et pas des moindres, rétorqua Charlotte.

– J'ai déjà donné mon opinion là-dessus hier prononça Nathaly. Il est ici, en sécurité, et c'est un citron qui sera facile à presser.

– Mais pendant combien de temps va-t-il rester ici ? Dit Elise. Je veux bien qu'on utilise le savoir de Jacques, mais je ne veux pas de lui dans notre demeure. Il n'est pas le bienvenu.

– Elise, tant que l'on n'a pas tout remis à plat et pris à bras le corps, l'ensemble du groupe, on ne peut pas le relâcher. Il jouerait de son réseau d'influence pour tout faire capoter. Reprit Margot. Cet homme est une anguille. J'admets qu'il n'a pas fait tout ce dont on l'accuse, mais il n'a mis aucun moyen en place pour l'éviter, et il s'en est parfaitement accommodé, ce qui est pire que tout.

– Il savait que tous ceux qui travaillaient avec REUTHER IMMOBILIER, trichaient sur l'utilisation des fonds budgétaires, et ramassaient la mise en fin d'année. C'est quelque chose sur lequel tu ne peux pas passer à côté. Alors c'est toujours facile de dire « ce n'est pas moi, ce sont les autres », mais quand tu tolères un truc pareil sur plus de 15 ans, et que le patrimoine augmente tous les ans, tu dois bien quand même voir qu'il manque du fric dans la caisse ! Si tu ne le vois pas, tu changes de métier, ou alors, c'est que tu en croques autant que les autres. Ajouta Charlotte.

– Nous devons donner un avis les filles, et rendre la position de Jacques VERDIER assez confortable, pour obtenir ce que nous voulons. Mais je le répète, je ne veux pas de ce mec-là dans notre maison. Il est trop malin, même s'il a effectivement sauvé le loup, il n'en reste pas moins un prédateur. C'est un trouillard, mais un trouillard dangereux pour nous toutes. Dit Emma.

– Moi je propose qu'il soit transféré dans l'aile droite, à proximité des body-Guard de commandement, Hans et Patrick. Proposa Ruth. Je n'aime pas du tout qu'il puisse bénéficier des avantages d'une suite, et qu'il utilise les mêmes locaux que nous.

– C'est une idée à retenir sur le court terme. Mais ensuite, il quitte la maison. Il nous insulte, dès que les affaires

434

tournent mal pour lui, et je ne suis pas convaincue du tout qu'il veuille rester ici pour transmettre, mais au contraire pour obtenir de l'information. Pourquoi n'a-t-il jamais été inquiété par le fisc français ou fédéral aux States en 15 ans ? Vous ne trouvez pas bizarre qu'il n'y a jamais eu un seul contrôle fiscal des activités de l'agence de Paris ? C'est quand même sur les champs Elysée qu'est le bâtiment. Précisa Sara.

— Oui, il y a encore bien des zones d'ombres, ajouta Charlotte.

— Mélanie, je crois que tu vas devoir te plonger dans les comptes de REUTHER DIAMONDS PARIS, et vite. Tu vas devoir te passer de ta comptable, si elle ne coopère pas. Elle sait peut-être des choses, alors cuisine là avant, et vire là si elle ne coopère pas. Et si tu as des scrupules, je lui annoncerai moi-même. Et ce n'est pas une demande, mais un ordre de ta DG d'accord ? Ordonna Elise.

Les échanges sur le sujet furent longs, et chacune exprima une opinion.

A un moment, elles virent le rideau de la suite où résidait Eva, se lever sur 40 cm, laissant poindre un peu de jour dans la suite. Mais la baie vitrée ne s'était pas ouverte.

Margot jeta un œil à sa montre. Il était huit heures.

— Allez les filles, chacune à vos bureaux. Je passerai vous voir dans dix minutes.

Elles quittèrent la table, et après quelques pas, regagnèrent leurs appartements, avant de ressortir et de se rendre au rez-de-chaussée par le jardin entourant la piscine.

Dans l'aile droite, les employés du premier avaient quitté leurs appartements, et dans certains on entendait de la musique.

     –   Plus fort la musique cria Ruth en riant.

Une tête puis deux sortirent des fenêtres, et après un signe de la main, une jeune fille employée récemment comme femme de chambre, demanda à Ruth :

     –   Tu me dis quand c'est assez fort Ruth ?

     –   Oui vas-y, monte le son, il faut que ça vive ici.

     –   J'avais peur de déranger Ruth.

     –   Vas y mets nous des trucs qui réveillent.

La jeune fille ne se fit pas prier, et la verrière prit vie, emportant les notes et les paroles tout au bout là-bas, 140 mètres plus loin. Ci et là, on voyait les têtes des jardiniers sortir de derrière des plantes ou des arbustes, surpris, mais joyeux.

Les oiseaux exotiques y allaient de leurs refrains, les perruches et les perroquets poussaient leurs cris, animant ainsi tout l'espace dans une charmante cacophonie.

La journée s'annonçait sous un bel auspice.

Luc avait fini par se réveiller il était 8 H 30, et après avoir pris une douche, il se dirigea directement dans la suite où Eva semblait avoir oublié l'heure.

Il la trouva dans le grand lit, toujours endormie.

Non pas que les horaires de travail aient été fixés, mais il apparaissait important, que chacun trouve un rythme à ses activités.

Eva endormie ? elle était peut-être malade, ou avait-elle-eu un coup de fatigue. Après tout, Luc lui-même en avait fait les frais. Mais il s'interrogeait quand même.

Il s'approcha du lit de la jeune femme, se pencha en avant et lui caressa gentiment la joue, laissa ses lèvres déposer un baiser tout en la regardant.

Elle ouvrit alors les yeux, surprise de le voir si près d'elle, et se tourna sur le dos.

Le drap glissa dans le mouvement, laissant apparaître la naissance de ses seins. Elle fixa Luc, esquissant un sourire et lui demanda quelle heure il était.

Il la renseigna, et se sentant en retard, elle releva d'un geste brusque son corps pour s'asseoir sur le lit.

Le drap descendit instantanément au niveau de sa taille, laissant apparaître des seins ronds et fermes, bien tenus, qu'elle ne cherchait même pas à cacher.

        –   Luc, je suis en retard, et toi aussi non ?

        –   Moi pas vraiment. Mes prochains rendez-vous sont à 14 H 00, et j'ai donné mes consignes hier, l'auras-tu oublié ?

        –   Oh je sais plus. Trop de choses à la fois. Restes là je reviens.

Elle sauta du lit et entra directement dans la salle de bain où Luc entendit l'eau couler. Ce fut bref, tout juste dix minutes pendant lesquelles Luc scrutait la suite, portant son regard sur l'organisation qu'Eva avait retenue pour ses appartements privés.

Elle avait déplacé le bureau, changer le canapé d'angle de place, réorienté la télévision, ajouté une radio, et un lecteur de CD ROM, déposé sur le bureau, le sous-main, le porte document, le pot à crayons, qui lui avaient été offerts pour sa rentrée dans le groupe. Une attachée case de cuir rouge faisait également parti de la panoplie et reposait sur un meuble classeur qu'elle avait placé contre le mur, à droite de son bureau.

Luc regardait tout cela depuis la porte de la chambre où il s'était appuyé contre le chambranle.

Il y avait le charmant bouquet de fleurs tropicales qui siégeait sur la table de salon.

Les fauteuils étaient disposés de biais face au bureau, et l'un d'eux avait hérité des magazines ramenés par Margot à son arrivée samedi après-midi, ouvert sur une photo couvrant la double page qui représentait les filles, portant la collection unique d'Eliott REUTHER.

Sans doute qu'Eva aurait porté encore mieux que quiconque, les prestigieux bijoux présentés ce vendredi soir au Royal Monceau.

Elle avait le parfait profil pour porter en présentation, la parure impériale que personne à part lui, n'avait encore découverte. La valeur inestimable de ces bijoux d'exception ne pouvait permettre d'être exhiber sans au préalable, avoir prévu d'une part une grande occasion, et d'autre part, une garde rapprochée extrêmement attentive, mais Luc voyait bien Eva porter la rivière de diamants, qu'aucune autre n'aurait portée avant elle.

Elle sortit de la salle de bain, accourut jusqu'à lui, l'embrassa fougueusement et lui chuchota à l'oreille

— Pas de chance Luc, ce ne sera pas cette semaine.

— Mais ce n'est pas grave, et si ça te rend agressive ou malade, restes tranquille ! Ce qui m'importe réellement, c'est de vous savoir toutes prêtes pour l'avenir. Car c'est ce que j'attends de vous toutes. Vous êtes les gardiennes du temple.

–   Non, ça va aller, c'est juste chiant. Et pour le reste, nous avons compris ce que tu attendais de nous, sois assuré de notre motivation, nous sommes prêtes.

Ces petites phrases murmurées tout bas, laissaient entrevoir toute la pudeur qu'elle avait, pour ce qui la concernait. Elle dénotait en cela, fortement des autres filles.

Luc lui proposa de venir prendre le petit déjeuner avec elle, pour qu'ils échangent un peu en mode privé, sur différents sujets plus généraux que les affaires du groupe.

Elle s'habilla rapidement, et Luc lui demanda comment elle savait qu'elle était la tenue du jour.

–   Luc, Margot et Élise font les choses bien. Elles établissent un genre de planning entres deux portes, se mettent d'accord, et nous font apporter les vêtements qu'elles ont choisis. Tiens viens voir dans le dressing, tu vas comprendre.

Il avança près de la salle de bain, et elle ouvrit les deux larges portes du dressing. C'était comme une pièce de 6 m², composée de penderies, rayonnages, tiroirs, miroirs géants qui pouvaient coulisser et être orientés, et sur l'un des côtés un mini salon de coiffure et de maquillage, et une penderie spéciale décomposée en sept parties. Chaque partie était identifiée d'un jour de la semaine. Les femmes de chambre qui se chargeaient également de l'entretien du linge, recevaient les consignes du jour. Les vêtements choisis par Margot et Élise, étaient disposées au plus tard la veille du jour où ils devaient être portés. Les tenues étaient systématiquement composées d'un tailleur et d'une robe, d'un pantalon et chemisier, d'une tenue plus sport, d'un jean, d'une robe de soirée, et d'une robe du soir. L'ensemble des chaussures correspondant avec chaque tenue et les accessoires étaient tous parfaitement identifiés. Les bijoux étaient également réglementaires, mais les filles avaient la possibilité d'y ajouter un ou deux bijoux qui leur avaient été offert, ou qu'elles préféraient.

Rien n'était laissé au hasard. Ce qui créait l'harmonie et l'uniformité de la Team manager.

- Vous êtes très organisées à ce que je vois. Il n'y a aucune place à l'improvisation.

- C'est vrai, mais il faut dire que sans cette organisation, nous serions un peu perdues. Là, on ne s'occupe que de notre corps. Et on a des exercices quotidiens à faire dans le dressing. On apprend de petites choses, du genre comment garder le sourire, là ce sont Ephie et Ruth qui donnent des conseils. Ou comment parler, là Margot et Mélanie nous apportent des petits conseils. Ou bien comment parler au bon moment, ça c'est du domaine de Sara et Charlotte. Et puis Éléonore nous enseigne comment donner une gifle à un homme qui tente d'approcher de trop près, et le regarder sévèrement, tout en gardant le sourire envers les autres. Et puis Emma qui nous apprend à déceler les documents importants sans chercher pendant des heures. Enfin tu vois, une foule de petites choses qui nous simplifient le quotidien. Et maintenant, Nathaly nous apprends l'art de bien présenter. Elle prend souvent des exemples de son expérience d'hôtesse de l'air. Rassurer, exprimer, conseiller, servir.

- Je vois, je ne savais pas que tout cela se déroulait sous mon toit. Mais pour les vêtements, comment font-elles, vous n'avez pas toutes, tous les vêtements définis ?

– Très simple, Élise détient la liste de toutes nos mensurations. Et elle a communiqué cette liste chez tous les couturiers de la ville et à Paris. Elle a également dans son bureau, des livrets de toutes les créations pour chacun des couturiers. Une fois le choix arrêté, elle le communique aux maisons choisies, et le responsable de la lingerie va chercher les vêtements qui sont ensuite distribués dans les appartements.

– Bien, le système semble bien huilé. On ne sait jamais tout ce qui se passe dans sa propre maison. Et comment Élise sait-elle à qui donner ses consignes ?

– Secret de polichinelle ! Elle a instauré un principe. La première personne du personnel qu'elle voit, elle lui dit simplement, tenez, portez ça à la lingerie, ou à la cuisine, ou n'importe où. Elle donne son petit papier, et tout le personnel de maison sait exactement à qui transmettre. Comme ça, ils sont tous responsables et ne peuvent pas dire qu'ils ne savaient pas.

– Mais enfin qui a donné cette idée-là ?

– Bah Luc, c'est nous ! On a travaillé en bas, on sait comment ça se passait avant. Et je peux te dire que le vieux, il a souffert, on l'a fait courir partout. Il faut dire que l'on n'avait personne à servir à table, et on ne voulait pas le servir dans son appartement. Il était bien trop con pour qu'on se laisse avoir. Une fois, une seule, il avait fermé la porte après m'avoir fait appeler. Mais il était trop con, il avait fermé à clé côté Est, mais j'ai traversé à la course l'appartement, et je suis ressortie par le côté Ouest. Ensuite j'ai prévenue Ruth et Ephie. Il voulait surtout Ruth, mais tu la connais, elle fouinait partout, et elle eut vite fait de trouver une cachette. Elle le faisait courir jusqu'à l'autre bout du parc, l'agaçait, lui lançait des petits cailloux par-dessus les bosquets, et il finissait par abandonner. Il voulait qu'on lui cire ses chaussures tous les jours, et nous on n'a jamais été recrutées pour ça, alors un jour Ruth a collé pleins de petits cailloux blancs sur les chaussures et elle les a déposées et collées sur le tapis devant la porte du vieux. Elle a guetté sa sortie, et quand elle l'a vue elle s'est mise à courir comme une folle le long de la terrasse. Il a voulu enfiler les chaussures pour sortir et s'est cassé la figure, il a failli passer par-dessus la rambarde. Nous tu parles, on rigolait, on avait 17 ans et on n'avait rien à foutre de lui.

– Je vois que l'esprit de corps s'est réveillé très tôt en fait ?

– Tu sais, nous n'étions pas heureuses avec lui, mais ensemble, on avait moins peur. Souvent, on dormait toutes les trois. C'est Ephie qui était la moins bien, sa sœur jumelle Cathy lui manquait, et le vieux nous avaient coupé les lignes téléphoniques dès le jour où l'on est arrivée. Alors imagines, pas de télévision, pas de téléphone, pas de journaux, pas de radio, pas de musique. Nous passions des soirées à pleurer et à nous raconter nos vies d'avant, mais à un moment, on n'avait plus grand chose à se dire. Ruth nous racontait ses explorations et ses jeux de cache-cache avec le vieux ou les agents de sécurité. C'était ça nos distractions. A force, on a appris à vivre notre sexualité autrement, et on le supporte très bien.

– Oui je comprends bien les choses, et je suis heureux d'avoir pu vous sortir de cet enfer.

– Le jour où vous avez débarqué ici, avec Ruth, on avait décidé de tout dire devant tout le monde. Et puis, quand tu as viré le chef, il est remonté en gueulant à son appartement, et sa femme a fait les valises. Nous on ne savait pas encore ce qui s'était passé. Ruth est allée se cacher dans les cuisines, même si tu avais voulu, tu ne l'aurais pas trouvée. Et quand le vieux s'est à son tour fait viré, elle est remontée en courant nous le dire. Alors on s'est dit qu'il fallait attendre. Ephie ne voulait pas, elle voulait se cacher dans le coffre d'une limousine, et partir d'ici. Moi je ne savais pas trop, mais Ruth elle a dit « attendez les filles, ce couple-là, il n'est pas là par hasard, et si ça se trouve, c'est vraiment lui le patron, et il n'est pas vieux, on doit pouvoir l'approcher de plus près ». Quand tu as sonné, elle a dit Ephie de rester en arrière pour le cas où, elle a juste un peu flippé quand tu m'as demandé d'aller recruter du personnel. Parce que Ephie et Ruth, elles ont leur mère à aider, et elles se sont dit qu'elles étaient virées, et moi pas. Et moi, de mon côté, je me suis dit la même chose. Après tu connais la suite.

—   Tu vois Eva, c'est bien quand tu me parles comme ça. Déjà tu te libères de tes angoisses, et ensuite, moi j'en apprends un peu plus sur la vie de cette maison. J'ai encore plein de choses à changer, et si Dieu me prête vie, le personnel verra évoluer les choses. Jamais on ne restera en arrière des futurs outils de communication. Quand les gens ne peuvent plus ou ne savent plus communiquer, c'est là qu'ils deviennent dangereux, pour les autres comme pour eux-mêmes.

CHAPITRE XXXVIII

Le petit déjeuner avait été avalé, et il était 9 H 30 quand Luc demanda à Eva de retourner au travail.

Ce mercredi 18 février, la REUTHER FAMILY n'était pas près de l'oublier. Elles étaient toutes occupées à leurs tâches, et l'on entendait les sonneries des téléphones faire écho sous la verrière, entre deux ressacs de vagues du grand bassin qui allaient mourir tout au bout, là-bas sur la plage. Il ne manquait que les cris stridents des grands goëlands pour se croire en bord de mer.

Les grands arbres exotiques formaient petit à petit leur ombrage, en projetant des images irréelles d'ombres et de lumières, sur les espaces de fleurs qui embaumaient tout l'espace.

Au dehors de cet espace sous verrière, le climat était plus froid, et l'hiver marquait le pas. Il faisait beau, mais l'on ne peut dire qu'il faisait chaud, peut-être tout peine 12 degrés.

Tous avaient perdu la notion de l'hiver, et s'étaient acclimatés à la vie dans l'espace intérieur, où régnait en constance, une température de 21 à 23 degrés. Ainsi, les tenues de printemps été étaient en permanence de sortie, faisant rayonner les corps et les visages de tous les employés. En quelques jours à peine, la maison s'était métamorphosée.

L'on entendait ci et là, les jardiniers appliqués à leur ouvrage, siffloter et rire, les agents de sécurité faire leur ronde d'un air détaché, prenant le temps de vivre, sans avoir l'impression d'être au travail. Le groupe de femmes de chambre qui arrivait chaque matin par la navette, avait retrouvé lui aussi, la joie de participer à la vie de la demeure, et à l'heure de leur pause qu'elles allaient prendre dans l'office, l'on pouvait entendre une radio qui jouait sa litanie, et des éclats de rire à peine étouffés.

Il n'y avait de répit que lorsque Luc entrait spontanément dans les lieux en poussant les grandes portes battantes, qui permettaient la circulation des chariots de linges et d'équipements d'entretien.

Là, tous se taisaient, par crainte d'une remontrance qu'il ne faisait pourtant jamais. Ils baissaient tous les yeux, rivés sur la table où reposaient tous les ingrédients qui les restauraient.

Luc insistait pour que les personnels ne se dérangent pas pour lui, mais rien n'y faisait.

Alors aujourd'hui, il allait prendre un simple café avec le personnel invisible. Avec ceux et celles qui assuraient avec discrétion, autant la propreté et le bien-être de tous, que le service et la qualité des lieux. On allait bien voir si cela améliorerait leurs relations avec lui.

Il poussa les grandes portes, alors qu'il entendait leur rire, et dès que les femmes de chambres le virent dans l'embrasure, elles adoptèrent la position de l'autruche, tête dans le sable, silencieuses, statufiées par une immobilité incompréhensible.

> – Mesdemoiselles, tout d'abord bonjour, restez détendues, je ne vais pas vous manger ! Tiens, vous, poussez-vous s'il vous plait, et passez-moi la cafetière, vous allez bien m'offrir une tasse tout de même ! S'exclama Luc en adjoignant le geste à la parole, et en prenant place sur une chaise de bout de table.

La jeune fille brune à qui il venait de s'adresser resta immobile et tétanisée.

> – Comment vous appelez-vous ? Il serait temps que l'on fasse un peu mieux connaissance vous ne croyez-pas ?

446

Allez, qui veut bien commencer à se présenter ? J'imagine que vous savez toutes qui je suis non ?

– Moi je m'appelle Astride, j'ai 19 ans, et ici c'est mon premier emploi. C'est Madame Elise qui m'a reçu et m'a retenue pour le poste.

– Très bien Astride, je suis Luc, tout simplement. Et vous ? fit-il en montrant du doigt la jeune femme qui se trouvait à sa gauche.

– Moi je m'appelle Joséphine, j'ai 20 ans, je viens des quartiers nord de Luxembourg. C'est également Madame Elise qui m'a recrutée.

– Moi, je m'appelle Christiane, j'ai 25 ans, je suis également de Luxembourg.

– Moi je m'appelle Eloïse, j'ai 22 ans, je suis de Bridel

– Moi je m'appelle Lydie, j'ai 20 ans, je suis également de Bridel.

– Moi je m'appelle Sylvia, j'ai 20 ans, je suis aussi de Bridel.

– Moi je m'appelle Léane, j'ai 21 ans, je suis de Strassen.

– Et moi Monsieur REUTHER, je m'appelle Ludivine, j'ai 23 ans, et je viens de Beggen.

– Vous êtes toutes là ?

– Oui Monsieur REUTHER, nous avons toutes été recrutées lundi.

– Ah c'est tout nouveau ! Alors bienvenue dans ma maison. Dîtes moi, vous vous organisez comment pour passer partout ? C'est grand ici, vous y arrivez ?

– Nous tournons, Madame Elise ne veut pas que nous soyons affectées toujours aux mêmes endroits. Comme ça, a-t-elle dit, vous connaîtrez toute la maison.

– Qui se charge de nos appartements privés au troisième ?

– Ah pour vos appartements, c'est Maria qui les prend en charge, venait d'exprimer Christiane.

– Et pour les suites ?

– On se répartit les suites chacune notre tour. La voix de Sylvia venait de retentir, tout en gardant les yeux baissés.

– Nous ne vous donnons pas trop de travail ?

– Non, ça va dit Léane, vous savez, on fait toute la partie bureau avant que vous n'arriviez, et ensuite, au fur et à mesure que les dames quittent leurs appartements, on passe par deux pour faire ce qu'il faut pour que tout soit nickel.

– Ah très bien. Ça vous plait de travailler ici ?

– Oui, c'est super, on nous avait dit que c'était un mouroir, mais c'est faux, il y a toujours du mouvement et de l'imprévu. Et on s'occupe également de l'entretien des tenues, alors on n'a pas le temps de s'ennuyer. Et qu'est-ce qu'elles sont belles les tenues !

– Vous aimez votre travail alors ! S'il y a quelque chose qui ne va pas, il ne faut pas hésiter à venir me le dire. Vos salaires sont convenables ?

448

- Ah oui, nous sommes très bien payées vous savez, il n'y a guère d'endroit où l'on peut espérer autant !

- Alors j'en suis ravi pour vous. J'espère que vous n'êtes pas en train de me dire que je dois réduire vos salaires, ajouta Luc en riant.

- Dîtes, Monsieur REUTHER, vous allez rester longtemps ici ?

- C'est Eloïse, n'est-ce pas ? A dire vrai, ici, c'est ma maison maintenant ! Aussi, j'espère oui, que nous resterons longtemps. Bien que les affaires m'éloignent souvent. Mais c'est également la maison de tout le staff, et il y aura toujours quelqu'un ici. Vous aurez peut-être un peu moins de travail, quoique je ne sais pas encore dire. Certaines d'entre vous auront peut-être à nous suivre dans nos autres propriétés que je n'ai pas encore visitées.

- Vous en avez beaucoup des propriétés Monsieur REUTHER demanda Sylvia ?

- Beaucoup trop oui, au moins une dizaine par le monde. J'ai vu les actes de propriétés, mais je ne m'y suis pas encore rendu. Est-ce qu'Elise a désigné certaines à nous accompagner ?

- Pas encore, Monsieur REUTHER, elle a dit simplement que les choses bougeraient au fur et à mesure du temps. Mais nous n'en savons pas plus.

- Bien sûr, mais ce n'est que votre troisième journée. Vous habitez toutes à l'extérieur de la résidence, c'est ça ?

- Nous oui pour l'instant. Madame Elise a dit qu'elle devait d'abord voir l'occupation des appartements et faire refaire certains d'entre eux. Elle a dit qu'elle allait revoir les affectations, et diviser certains appartements qui sont trop grands pour une personne seule. Je crois que c'est au premier étage qu'elle veut faire des modifications.

– Je verrai alors avec elle. Maintenant les filles, j'aimerai que vous arrêtiez d'avoir peur quand j'arrive quelque part. C'est gênant pour moi d'inspirer la crainte. Vous voyez bien que je ne mors pas. Tenez, Sylvia, montez avec moi s'il vous plait, dit-il en se levant.

Et pour vous toutes, bonne journée.

– Bonne journée Monsieur REUTHER.

Il vida sa tasse de café, la reposa sur la table, se leva et, tandis qu'il se dirigeait vers la porte, les murmures des filles se firent entendre. Elles raillaient Sylvia, alors qu'il n'avait pas encore totalement quitté l'office, et il distinguait nettement quelques bribes de phrase.

– Tu lui as tapé dans l'œil Sylvia, quelle chance tu as, il est beau et sympa je trouve, dommage qu'il soit déjà pris…

Les portes battantes se refermèrent derrière eux, et il n'entendit plus rien, bien qu'il fût persuadé que les piaillements ne se fussent tus. Il monta dans ses appartements, accompagné de Sylvia, qui se trouvait un peu gênée d'être appelée devant ses collègues.

En entrant, il trouva quelques petits messages d'amour dissimulés un peu partout.

C'était touchant bien sûr, mais il se disait également que son espace privé ne devait pas ressembler à une boîte aux lettres.

Un peu d'ordre lui semblait le minimum à respecter.

- Vous êtes surprise de vous retrouver seule avec moi Sylvia ?

- Un peu impressionnée, il faut comprendre aussi, les magazines qui sont parus aujourd'hui, font grand étal de la soirée de samedi. Ce n'est pas courant d'être au service d'une célébrité.

- Approchez-vous, n'ayez pas peur, je veux que vous constatiez que je ne suis qu'un homme de chair et de sang, tout comme vous.

- Vous êtes mon patron quand même, alors je dois vous respecter.

- Avez-vous l'impression de ne pas me respecter en ce moment ?

- Non, pas du tout, mais à l'école hôtelière, on nous a tellement dit qu'il fallait avoir du respect pour les clients qu'on s'est habitué.

- Mais je ne suis pas votre client. Vous effectuez un travail pour lequel vous recevez une rémunération. Mais en face de vous, nous sommes exactement comme vous, et nous vivons pareil que vous. L'air que nous respirons est le même que le vôtre. Alors arrêtez de vous diminuer. Vous avez des fonctions nobles ici. Et si vous n'étiez pas là, ce serait le bordel partout. Regardez ici, les filles m'ont mis des petits mots partout. Et pourtant, l'une d'entre vous est venue faire le ménage. Non je vous assure, vous êtes toutes importantes.

- Monsieur REUTHER, on n'ose pas vous parler. C'est juste ça.

– De quoi ? Qu'est-ce qui vous en empêche ? Vous avez eu des consignes en ce sens ?

– Non, pas du tout, Monsieur REUTHER, simplement, déjà on ne vous voit pas beaucoup, et ensuite, il y a des choses qu'on n'ose pas vous dire.

– Ah ! Serait-ce si grave que ça pour qu'on ne m'informe pas ?

– Disons que ce sont des choses qui ne sont pas trop acceptées, et nous avions toutes des difficultés à trouver un travail à cause de ça !

– Alors là, vous m'intéressez, s'il y a des choses qui empêchent des jeunes de trouver un travail, pour ma part, je ne connais qu'une seule chose qui peut empêcher d'avoir un travail, et ce n'est que la compétence pour bien le faire. Et si j'en crois ce que je vois, vous avez toutes les compétences. Alors dîtes moi la vérité. Osez parlez, comme ça, je saurai ce qui vous fait peur.

– Euh, comment le dire sans choquer. Nous sommes différentes si vous voulez.

– Ah ! Moi je veux tout ce que vous voulez, mais soyez clair, il n'y a aucun sujet dont que l'on ne puisse jamais aborder avec moi.

– Et bien, on ne veut pas des garçons. Et Madame Elise a accepté de nous recruter, comme si cela n'avait pas d'importance. Alors on s'est toutes dit qu'il ne fallait pas que ça se sache. Voilà, je n'aurai pas dû vous le dire, mais j'ai fauté.

– Non, vous n'avez pas fauté. Vous êtes toutes d'un genre différent du mien, mais la majorité de mon staff est telle que vous l'êtes. Elles sont lesbiennes et bi. Vous le saviez ?

– Oui, parce que l'on a des yeux pour voir. Mais personne n'ose en parler.

– Maintenant, c'est officiel, vous êtes dans une collectivité particulière qui donne sa chance aux filles qui sont d'un genre différent. Et alors ? Y voyez-vous là une atteinte à votre dignité ?

– Non, pas du tout ! Mais alors vous n'êtes pas choqué Monsieur REUTHER ?

– Choqué ? Allons, moi je suis très heureux d'être entouré par des personnes féminines, charmantes, respectueuses, qui peuvent ainsi vivre en toute liberté sans subir la moindre remarque sur ce qu'elles sont. J'aime les femmes, et j'ai besoin de leurs compétences. Elles valent bien celles de certains hommes, si ce n'est dire tout simplement celles de tous les hommes de manière plus générale. Si je vous choque en disant cela, c'est que je me suis mal exprimé. Mais vous faites partie de la famille, car ici, celles qui travaillent font toutes parties de mon clan.

– On aimerait bien que ce soit vrai en logeant ici, mais je crois que ce ne sera pas possible. Il n'y a pas assez de place.

– Que dîtes vous là ? La place, ce n'est pas ce qui manque, mais c'est tout simplement une histoire de temps. Si Elise vous a dit qu'elle voulait modifier les appartements, elle doit avoir une idée en tête. Nous n'avons pas eu le temps de nous préoccuper de ça, c'est tout. J'imagine que Céline est déjà venue vous interroger n'est-ce pas ?

– Céline, c'est la toute petite, qui s'occupe du social ?

– Oui, c'est elle. Vous lui avez raconté ce que vous venez de me dire ?

– Bah non !

– D'accord, alors je m'occuperai de ça dans quelques temps. Soyez un peu patiente. Dîtes, cette mini-jupe et ce chemisier, ce sont vos nouvelles tenues ?

– Oui c'est la tenue du matin. Nous avons aussi la tenue de l'après-midi, et une tenue différente chaque jour, plus quatre tenues de Week-end. Madame Elise a dit que ce n'était pas parce qu'on faisait le ménage ici que l'on n'avait pas le droit d'être belle, et féminine, et elle a dit que ça aidait à garder le sourire.

– J'ai beaucoup appris aujourd'hui, sur ce qu'était ma maison. Vous aimez cette maison maintenant ?

– Ah oui, juste qu'on ne sait pas si on a le droit d'aller au gymnase, et dans la piscine. Ça fait envie parfois quand nous sommes en pause.

– Bon, une nouvelle fois je vais me répéter. Tout ce qu'il y a à disposition ici, est ouvert à tous ceux qui vivent ici. Alors il est vrai que vous rentrez chaque jour chez vous, parce que notre infrastructure n'est pas encore adaptée, mais pour autant, vous devez pouvoir bénéficier des mêmes avantages que les autres employés. Tous ceux qui vivent et travaillent à l'intérieur de la verrière, font partis des intimes de la maison. Donc si ça vous chante

454

de vous mettre à poil et de nager dans la piscine, et bien faites-le ! Ce n'est pas plus compliqué que cela. Est-ce que cette réponse vous convient ?

— Alors là, oui, vraiment vous êtes un chic type vous !

Luc se mit à rire, et s'approcha de Sylvia, en la fixant.

— C'est vous qui êtes formidable, vous êtes une vraie déléguée syndicale ! Je plaisante, mais je vous apprécie pour cette franchise. Vous voyez qu'il n'est pas difficile de me parler. Je souhaite que vous passiez le mot à toutes les filles. Bien entendu, nous n'acceptons aucune personne externe à venir encombrer ces espaces privés. Donc si votre contrat est respecté, ma parole le sera également.

— Dîtes Monsieur REUTHER, vous permettez que je vous embrasse pour vous remercier ?

— Je ne sais pas trop, faites comme vous le souhaitez.

Sylvia fit le pas qui la séparait de Luc, elle approcha son visage de la joue de Luc, et au dernier moment, elle tourna légèrement la tête pour embrasser les lèvres de Luc.

Surpris, il recula, le regard marquant son étonnement.

— Excusez-moi Monsieur REUTHER, mais vous avez dit qu'on pouvait, enfin, je suis désolée, je n'aurai pas dû faire ça.

— Allez, on ne va pas en faire toute une histoire. Je suis surpris, mais en même temps honoré de votre réaction Sylvia.

Il se rapprocha, et l'embrassa comme elle l'aurait souhaité. Elle sentait gonfler ses seins, et aurait aimé que l'instant dure plus longtemps encore. Son corps ondulait, en sentant la main de Luc descendre sur sa taille, lui effleurant les seins au passage.

Elle poussa sur la pointe de ses pieds pour insister encore plus. Luc comprenait ce qu'elle souhaitait, mais il ne voulait pas franchir une fois de plus ce pas. Elise avait volontairement recruté ces jeunes femmes, et il fallait absolument qu'il en parle avec elle.

L'étreinte de cette jeune femme démontrait que quelque chose se passait dans cette maison, quelque chose qu'il ignorait, et qu'aucune fille de la FAMILY n'avait laissé échapper.

– Monsieur REUTHER, je sais que vous êtes choqué de mon comportement, et si vous voulez que je quitte votre service, je le ferai.

– Sylvia, ne dîtes pas de connerie, j'ai vraiment autre chose à traiter que ce genre de détail humain. Ici, personne ne doit avoir à refreiner ses pulsions, parce que j'ai déclaré dès mon arrivée, que le jardin tropical et tout l'intérieur de la verrière était une zone de liberté. Je serai le premier idiot si j'attachai de l'importance aux conventions et aux obligations de ce type. Je vous l'ai dit, mon seul intérêt est que ma maison tourne bien. Et entre parenthèse, vous embrassez vraiment très bien. Je suis désolé de vous avoir émoustillée.

– C'était très agréable, et j'aurai aimé plus.

– Une autre fois Sylvia, laissez-moi le temps de m'habituer, car si vous avez toutes ce genre de comportement, je vais être contraints de partir d'ici. Créé entre vous, une convention et parlez de tout à mon épouse et à Céline. Nous avons quand même quelques règles. Et je suis le seul homme ici. A force de m'élever au rang de la suprématie absolue, vous allez faire de moi un pantin, et ça, jamais je ne le permettrai.

- Monsieur REUTHER, si vous voulez, je peux me taire sur cet incident.

- Sylvia, arrêtez, ce n'est pas un incident, c'est une pulsion, et je suis faible, parce que j'apprécie vraiment cela, j'ai ce défaut, et je ne sais pas repousser les femmes. Tout le monde le sait ici. Je ne veux pas que l'on en abuse, c'est tout.

- Monsieur REUTHER, soyez rassuré, vous n'êtes pas l'objet sexuel telles que nous le sommes quand un homme nous regarde. Aucune de nous ne vous voit sous cet aspect-là. Vous avez beaucoup de charme, et nous avons toutes un profond respect pour vous et ce que vous faites. Vous nous offrez la liberté qui nous manquait, et nous voulons la prendre à juste mesure. Et vous faite partie de notre liberté. Vous n'y pourrez rien, et nous non plus.

- Dit comme cela, je ne peux rien ajouté. J'ai le cœur trop grand pour toutes. Et je vais me retrouver prisonnier de mes propres défauts.

- Monsieur REUTHER, ce défaut-là, il faudrait que toute l'humanité l'ait en elle. Mais ceux qui l'ont, sont mis aux bans de la société. Et vous, vous nous construisez une société microscopique à l'échelle du monde, où la tolérance et l'amour règne. Qui pourrait condamner ça ?

- Toute la bonne société Sylvia, toute la bonne société qui me prend pour un gourou, parce que mes appétits sexuels sont ainsi, et parce que les femmes qui sont ici n'ont jamais été obligées par qui que ce soit, d'accepter cela. Mais vu de l'extérieur, cette manière d'être est hors

457

norme, donc hors la loi. Et pour tous ceux-là, je suis un paria, un ensorceleur, parce que je ne sais pas résister aux désirs des femmes qui sont ici.

– Elles ne vous demandent pas de résister vous savez.

– Quoi ? Vous me dîtes que si j'avais demandé à n'importe quelle autre fille de monter me parler, il se serait passé la même chose ?

– Je le crois oui, vous exercez sans le vouloir, une attirance que vous ne maîtrisez pas. Vous êtes comme ça, et rien ne vous changera. C'est pour ça que nous nous interrogeons toutes, pas une femme ici, n'osera vous dire le contraire. Nous ne baissions pas les yeux par crainte, oh non, mais pour ne pas vous stigmatiser comme nous avons pu l'être au dehors. Vous nous avez libérées, là est la vérité.

– Vous voulez dire que chaque fois que je m'approche d'une femme, elle éprouve du désir ?

– Pas exactement, mais vous transmettez quelque chose qu'on n'arrive pas à définir, et qui nous attire. Et c'est agréable de sentir ça.

– Jamais je ne suis senti aussi mal, là vraiment, je tombe des nues.

– Remettez-vous, cela ne doit pas vous affecter. Il y a tant d'hommes qui nous considèrent comme des sorcières. Vous êtes différents, acceptez-le comme nous acceptons d'être différentes. Et vivez heureux avec ça. Vous le méritez quand on lit ce qu'il y a dans les journaux qui parle de vous, et qu'ensuite on vous a devant soi, on voit toute la différence entre la réalité et la fiction de ceux qui caricaturent votre véritable portrait.

458

– Sylvia, je vais vous laisser retourner à votre travail, mais il est certain que l'on se reverra pour parler de tout ça, et merci pour votre franchise.

Sylvia, absolument pas démontée, s'approcha à nouveau et lui prit la bouche, sans retenue. Luc ne savait plus que faire. Il resta avec une main semblant vouloir la repousser, et l'autre masquée par la jupette, caressait la jolie cuisse ferme sans pouvoir la retenir. Le baiser dura longtemps, et Sylvia avançait son bassin pour accentuer la pression de la main qui montait à son endroit qu'elle n'hésita pas à frotter par des mouvements de rotation.

Elle finit par se détacher en le regardant fixement, l'embrassa sur la joue, et quitta l'appartement privé, toute guillerette, comme si de rien n'était.

Une fois seul, il eut un peu de mal à refaire surface. Il ne voulait pas apparaître au bureau ce matin, alors il appela la sécurité, et demanda qu'on l'emmène faire le tour de la propriété.

Il prit un blouson chaud et une écharpe, et quinze minutes après son appel, on lui mit entres les mains, un engin motorisé et un casque, une paire de gants, des lunettes, une paire de bottes.

Il regarda cet accoutrement avec étonnement.

– Qu'est-ce que tout ça ?

– Monsieur, je m'appelle CHARCOT, Maurice CHARCOT, et je suis votre garde-chasse. Je m'occupe de gérer la forêt. Je vais vous montrer vos limites de propriété, et surtout, comment se repérer. Parce qu'ici, ce n'est pas comme en plaine. Quand on est au milieu des grands arbres, ça devient vite compliqué.

– Mais cet engin-là ?

- Ah ça, c'est un Quad tout terrain. C'est bien parce que ça passe partout. Vous allez voir, ça se conduit très bien. Je vais vous montrer. Le vôtre, il est tout neuf, on a fait venir ça de l'Amérique. C'est le dernier sorti, il a 4 roues motrices. Et vous avez deux places

- Ah excusez mon ignorance, Maurice, je n'en avais jamais vu

- Ah ben M'sieur REUTHER, vous qui voyagez partout, c'est étonnant.

- Mais dîtes moi, Maurice, il ne me semble pas vous avoir vu à la soirée de samedi.

- C'est vrai, moi j'habite dans la forêt, si vous voulez, on ira prendre un café chez moi tout à l'heure Mais pour en revenir à la soirée, moi je ne passe pas les portiques de sécurité avec mon attirail. Et mon badge, ils ne me l'ont donné qu'hier.

- Ah bon, on m'avait pourtant assuré que tout le personnel était présent.

- Ils ont dû mal compter.

- Vous savez ce que l'on fera Maurice, et bien vous viendrez avec votre épouse dîner ici avec nous.

- On verra, parce que là, on arrive de fin de période de chasse, et j'ai beaucoup de contrôle à faire. Les paysans en limite de propriété, ils débordent sur vos terres, et les animaux sont dérangés.

- Ah bon, et vous faites quoi dans ces cas-là ?

- Eh bé je verbalise, pardi M'sieur REUTHER.

460

– Et c'est quoi l'attirail dont vous parliez qui empêche de passer les portiques ?

– Les carabines et les fusils, j'suis obligé de les avoir toujours avec moi. Il y a des braconniers la nuit, et là, faut être équipé, parce que ces gars-là, ils ne s'arrêtent pas, ils tirent à vue.

– Mais dîtes voir, vous faites un métier dangereux vous.

– Pour sûr M'sieur REUTHER, faut connaître les combines. C'est plus difficile que d'être agent de sécurité ici. Eux le temps qui fait dehors, ça ne les dérange pas, ils sont au chaud. Bon, j'voudrais pas abuser, mais faut qu'on démarre hein.

Maurice montra à Luc comment démarrer la machine, en lui expliquant que le quad qu'il lui confiait était très nerveux, et qu'il fallait qu'il fasse attention à ne pas trop pousser les vitesses.

Il monta sur sa machine et d'un signe de main, engagea Luc à le suivre.

L'homme était de petite taille, trapus, une tête ronde cheveux grisonnant sur les tempes, moustaches épaisses sous le nez, un peu rougeot de visage, les joues gonflées, des yeux verts rieurs, il devait aimer faire bombances, et devait supporter facilement son litre par jour.

Une fois assis sur le quad, sa bedaine cachait la moitié de ses cuisses, et pour autant, il semblait relativement agile.

Il enclencha une vitesse et embraya, et sa machine avança, tandis qu'il s'assurait que Luc maîtrisait ce nouveau jouet.

Après un tour dans les allées du jardin de façade, ils se dirigèrent côté ouest, en empruntant le chemin en direction de la colline, et tournèrent à droite, sur un chemin forestier.

Le chemin montait ainsi progressivement puis enjambait le premier mur d'enceinte en empruntant une passerelle en métal puis redescendait dans le no man's land que représentait l'espace entre les deux murs.

Une fois dans cet espace, il filait alors sur la gauche, derrière la colline, enjambait les sources alimentant les étangs, et contournaient la colline et la propriété jusqu'au poste de garde de l'entrée en principale. Luc au guidon de son engin commençait à prendre du plaisir, et parfois, avec une légère accélération il venait au niveau de Maurice qui levait le pouce en l'air tout en riant.

Au poste de garde, Luc posa son casque, en s'approchant du poste de badgeage, présenta sa carte magnétique, puis ses doigts au détecteur d'empreinte. Sur l'écran de contrôle, son portrait apparut, la porte coulissa, et il laissa derrière lui Maurice en poussant son engin sur une pointe de vitesse de deux cents mètres. Il fit demi-tour pour rejoindre son guide, et Maurice lui fit signe qu'ils allaient partir par la gauche pour commencer par les limites de propriété allant de Luxembourg à Bridel, côté Est de la propriété.

Ils empruntèrent un chemin en sous-bois, jusqu'à atteindre la route menant à Luxembourg et stoppèrent quelques instants pour jeter un regard alentour. Maurice expliqua alors que les prés qui longeaient le bois faisaient partis de la propriété et qu'ils étaient entretenus par un fermier recruté par REUTHER. La ferme de l'autre côté, celle qui est juste en allant sur la droite et qui est retranchée dans un angle de la forêt est également la propriété de REUTHER.

>   – Si vous ajoutez l'ensemble des terres cultivées, et la forêt, vous avez là une propriété de plus de huit cents hectares et on a dû vous parler de deux cents n'est-ce pas ?

— Oui, c'est exactement ça.

— Et bien parce que les deux cents hectares, c'est la rumeur qui a couru quand REUTHER IMMOBILIER a pris en charge la demeure, ainsi qu'un périmètre de sécurité dans lesquels il est interdit de se promener. C'est la réserve naturelle que voulait votre père. Là, dans la zone où l'on est, nous sommes à la limite de la réserve, vous voyez, nous sommes dans la réserve naturelle. Mais quand nous allons aller de l'autre côté de la grande ligne droite qui traverse la forêt, c'est la partie exploitation forestière, et chasse aux gros gibiers.

— Mais c'est immense n'est-ce pas Maurice ?

— Ah pour sûr, et parfois, dans la réserve naturelle on est obligé d'intervenir pour couper certains arbres malades ou morts. Là, dans cette réserve, le débardage n'est autorisé qu'avec les chevaux, on emprunte ceux de votre domaine. Et pour les coupes, les tronçonneuses sont interdites. Les seuls véhicules autorisés sont les quads électriques.

— C'est vraiment du sérieux en termes de respect de l'environnement alors !!!

— Vous pouvez le dire, M'sieur REUTHER, quand ils ont construit la demeure, les entreprises en ont vu des vertes et des pas mûres. Et surtout pour la partie sous terre. Monsieur votre père a insisté pour déplacer les arbres sans les couper, et de les replanter ailleurs. Ça a été pharaonique l'affaire !

Quant à la construction de la serre, alors là, ils ont dû mettre six mois pour la mettre au point. Pas question de faire des essais de fonctionnement sur place. Dès qu'elle a été montée, les plantations exotiques sont arrivées, et il a fallu qu'ils travaillent jour et nuit pendant trois jours à cent personnes pour assurer toutes les plantations dans les délais. Les architectes se sont arraché les cheveux quand votre père a dit, vous avez trois jours, car entres le transport en containers climatisés, le transport par route, et le temps de replanter, il ne restait que 24 heures pour être certain que les plants résisteraient.

– Mais vous étiez déjà au service de mon père Maurice ?

– Ah moi, j'ai toujours travaillé pour votre père. La propriété, il l'a achetée j'avais 15 ans, et mon père, il habitait dans la ferme du coin là-bas. Et c'est comme ça que je suis rentré au service de votre père. Il était jeune lui aussi, on devait avoir une dizaine d'année d'écart. C'était un brave gars. Quand il venait, c'est souvent qu'il passait plus de temps avec moi que dans la propriété. Il avait sa chambre à la ferme. Mais il aimait mieux venir dans ma cambuse. Il venait juste au « coffre » qu'il disait.

– Ah bon, et le reste du temps il était avec vous ?

– Oui, il donnait ses consignes, quand on allait aux champignons. Et je m'arrangeais après pour faire faire le travail.

– Vous étiez très proches alors ?

– On peut dire ça. Il parlait souvent de vous quand on buvait un coup de trop. Il disait « ptit Luc, quand il découvrira ça, il sera fier de son père ». Un jour, je lui ai demandé de vous faire venir ici. Et il a dit non, il voulait que cet endroit reste inviolé jusqu'à ce qu'il vous laisse gérer les affaires. Il est arrivé très souvent qu'il vienne en pleine nuit, pour aller au coffre qu'il disait. Fallait que personne ne sache. Alors on passait par l'entrée secrète.

–   L'entrée secrète ? Vous parlez du souterrain ?

–   Ah non, le souterrain, c'est un leurre, enfin presque, parce qu'il est trop long pour arriver aux sous-sols. Mais je vous le montrerai, parce qu'il m'a dit « Momo, c'est comme ça qu'il m'appelait, Momo, quand mon fils sera là, tu l'emmèneras au passage secret » Alors ça tombe bien, puisque vous êtes là. Et de tout façon, on aura plus le temps de faire tout le tour, faudrait au moins une journée. Mais on fera ça au printemps.

–   D'accord, alors Maurice, je vous suis.

Ils reprirent leur route, et foncèrent directement sur la ligne droit menant à Bridel, au travers de la forêt et dépassèrent la route blanche menant à la propriété. A deux cents mètres, ils pénétrèrent dans la forêt et laissèrent les quads à environ 300 mètres de la route invisibles de tout regard.

Maurice expliqua que les quads ne devaient pas descendre plus loin, car les capteurs de bruits disséminés dans l'espace naturel les auraient repérés.

–   Ici, cent cinquante mètres plus bas, tous les bruits sont analysés. La moindre chose suspecte, et je suis alerté, faut que je vienne voire disait Maurice.

–   Alors quand on marche, on nous entend ?

–   Oui, mais ce ne sont que des pas. Maintenant, silence absolu, on va arriver au passage secret.

Maurice marchait doucement, mais sans précaution particulière, comme un animal se serait déplacé dans le sous-bois, tranquille, certain de n'être point dérangé. Ils croisèrent une biche, et plus loin, un brocard, les oreilles et les yeux sur le qui-vive permanent, qui s'éloignèrent sans bruit.

Arrivé près de ce qui semblait être un ruisseau au débit ridicule, Maurice descendit dans le lit, de l'eau à mi bottes à peine et atteignit en quelques pas une zone sèche.

Il fit signe à Luc, en pointant son index vers le bas.

Doucement, il écarta les feuilles qui jonchaient le sol et dégagea une dalle béton qu'il tira sur le côté et fit signe à Luc de descendre par l'échelle de métal accrochée à la paroi verticale.

Luc s'engagea, et Maurice prit soin de recouvrir de feuilles la dalle avant de la remettre à sa place.

Il descendit un peu et dit à Luc.

    –   Allumez la lumière, sur votre droite vous allez voir un interrupteur lumineux.

Luc trouva rapidement le bouton qu'il actionna et poursuivit sa descente dans les entrailles du sous-sol de la forêt.

    –   Monsieur REUTHER vous avez bien votre badge avec vous hein ? Demanda Maurice.

    –   Oui toujours à mon cou.

    –   Parce que moi je ne pourrais pas aller jusqu'au bout avec vous. Y a une porte que je n'ai pas le droit de franchir, c'est celle du coffre.

    –   Et ça ne vous a jamais tenté Maurice ?

    –   Pour sûr que non, moi j'ai ma forêt, mes arbres et mes animaux, et les trucs qu'on cache vous savez, c'est comme les bombes, ça peut vite vous éclater à la gueule. Et puis on a toujours fonctionné comme ça avec M'sieur Eliott, et ça m'va très bien comme ça. Et puis avant que j'oublie, faut que je vous dise, faut toujours venir à deux ici, parce que les animaux, y z'ont quatre pattes. Donc quand on traverse la zone, si on est tout seul, les détecteurs déclenchent. C'est pour ça que votre père, il voulait que je sois avec lui.

—   Alors là chapeau, je n'y aurais pas pensé moi. Répondit Luc.

Cela faisait un moment qu'ils marchaient et le tunnel qu'ils empruntaient tournait en virage serré sur la gauche. Luc avançait d'un bon pas, quand la voix de Maurice le stoppa net.

—   Pas si vite, faut rentrer dans le mur de droite, il y a une voûte en trompe l'œil, mettez votre main sur le mur et vous allez la trouver.

Luc s'exécuta, et dans l'ombre créée par les lampes savamment disposées, créant une zone mal éclairée, il trouva le passage et s'y engouffra.

—   Moi je reste ici dans le passage, vous, allez au bout, et vous trouverez le bloc de badgeage.

—   Très bien, à tout de suite.

—   Et n'oubliez pas de rebadger quand vous sortirez.

—   D'accord merci Maurice.

Au bout d'une dizaine de mètres, une faible lumière s'alluma quand Luc passa sous un détecteur, et il vit une porte métallique devant lui. Sur le côté droit un plot de badgeage que lequel il présenta son badge, la lourde porte s'ouvrit donnant sur une grille à l'extrémité d'un couloir long de trois mètres, donnant sur une pièce immense.

Une lourde table métallique scellée au sol trônait au centre de la salle, et tout le long des murs, des coffres s'étalaient, portant tous un cadran de verrouillage. Luc ébahi, jeta un regard alentour, et trouva une enveloppe scratch déposée en évidence sur la table où son prénom était inscrit.

Il l'ouvrit et en sorti un écrit.

Mon cher fils,

Si tu as trouvé cet écrit, c'est que tu as enfin rencontré Maurice. C'est un homme généreux et fiable, jamais il ne te posera de question.

Ne dévoile jamais l'existence de cet endroit, ce serait te condamner à mort.

Trop d'envieux te mèneraient la vie impossible.

Le seul accès est le chemin que tu as emprunté avec Maurice.

Il a dû te dire que je venais souvent ici, et en effet, à l'insu de tous, je venais ici une fois par mois en moyenne. Je restais parfois une semaine complète chez Maurice. Si j'ai fait cela, c'était pour éviter à certains hommes d'acquérir des moyens d'avilir leur peuple en achetant des armes.

Tu as dû aussi découvrir le principe d'exploitation des concessions et comment sont rémunérés les droits aux pays d'extraction.

Si j'avais déclaré ces pierres, l'Afrique serait à feu et à sang. Les états Belges, Allemands Français Américain, Russe et d'autres encore n'auraient pas manquer d'alimenter des guérillas pour s'approprier ses richesses et devenir encore plus influents en zone Afrique.

En déclarant ces concessions moins rentables, et en subtilisant les joyaux qui sont ici, j'espère avoir éviter le pire dans ces pays où la misère est orchestrée.

Je ne suis pas fier de mes actes, car d'un autre côté, j'ai participé à l'appauvrissement des pays d'extraction.

Mais lorsque les enjeux politiques conduisent au surarmement et à des guerres fratricides, et que des états installent au pouvoir, des hommes despotes qui sont à leurs bottes, ce sont toujours les peuples qui paient l'addition.

Ces pierres précieuses n'ont aucune déclaration de provenance et ne sont donc pas certifiées. Le seul moyen de les utiliser réellement et de les faire tailler. Nos artisans Maîtres de taille de notre agence de Paris sont les seuls à pouvoir en faire usage, car leur discrétion est incluse dans leur contrat avec REUTHER DIAMONDS.

Si j'ai un conseil à te donner, au moment de ton choix, fais installer dans la demeure, un atelier de taille, et continue de travailler avec VAN CLEEF et ARPEL. Leurs signatures seront garant de la qualité des bijoux et ils ne te poseront pas de question. Eux, ils ne sont intéressés que par l'art de monter les bijoux.

Ces pierres, ne les vends qu'en élément montés, VAN CLEEF te conseillera pour ça.

Dans le document joint, il y a toutes les combinaisons des coffres que tu vois devant toi.

Comme tu le sais maintenant, je n'ai jamais été un homme d'argent, et encore moins un homme d'affaires ou de pouvoir.

Pour autant, je n'ai jamais été parfaitement droit, et dans les concessions que j'ai exploitées, j'ai pendant des années, retiré les plus belles de mes trouvailles.

Ici elles sont rassemblées et en sécurité. Ce sont les plus belles et surtout les plus chères pierres du monde.

Cette collection est exceptionnelle, et tu as vu dans les pièces de hautes joailleries, ce que l'on pouvait faire avec.

Je souhaite que tu en fasses le meilleur usage, à l'origine, je les destinais à ta sœur et à toi.

N'oublie jamais tes racines

Tendrement à toi.

Eliott REUTHER

« Le Renard du diamant »

Luc crut tomber à la renverse

Devant les aveux de son père, Luc restait pantois. Il relut plusieurs fois la lettre, avant de comprendre qui Eliott était vraiment.

Oui, un idéaliste et Luc avait hérité ça de lui, c'en était maintenant certain.

Plutôt que de voir ces pierres transformées en armes de guerre, il avait choisi de les subtiliser à la barbe des tyrans, et de les cacher ici, dans l'antre du loup.

Luc sortit la liste des codes, et en ouvrit un au hasard. Il trouva à l'intérieur, des sacs en velours noir, et en ouvrit un seul. Il contenait cinq pierres rouges, aux formes biscornues, présentant des aspérités rêches au toucher. Le profane qu'il était ne se serait même pas baissé pour les ramasser.

Il en mit une dans sa poche, referma le coffre, glissa la lettre et la liste dans sa poche intérieure de blouson et quitta le coffre.

En sortant il badgea, la lourde porte se ferma tandis que la grille redescendait.

Il s'assura que la porte blindée ne pouvait pas être réouverte manuellement, et rejoignit Maurice, qui l'attendait patiemment.

- Ah vous voilà M'sieur REUTHER. Vous avez vu ce que vous vouliez voir ?

- Oui Maurice, merci encore de votre gentillesse.

- Oh bah-moi vous savez, ma seule amie, c'est la nature, elle m'apporte tout ce dont j'ai besoin. Faudra qu'on refasse une sortie tous les deux hein, parce que j'vous aime bien vous savez. On pourrait aller aux champignons par exemple.

- Oh c'est gentil Maurice ce que vous me dîtes. On va rentrer, et on essaiera de caler une date. Je tiens à ce que vous connaissiez ma maison.

- Bah alors j'ferai un effort pour venir. Mais plutôt un midi, parce que le soir, je dois être à mon poste vous comprenez

- Très bien Maurice. Nous allons partir quinze jours, mais dès que je reviens, je vous promets que mon épouse vous appellera. Et dîtes moi, il mène où le tunnel après le virage ?

—   Bah à dire vrai M'sieur Luc, je m'suis jamais posé la question. Vous voulez qu'on pousse un peu plus loin ? Ça ne coûte rien, vu qu'on est déjà là !

—   Et bien allons-y, nous verrons bien !

Les deux hommes poursuivirent leur cheminement après le virage, suivant le tunnel éclairé, et au bout d'une vingtaine de mètres, se présentait un mur, c'était l'extrémité. Mais de chaque côté, une courte entrée débouchait sur une nouvelle porte blindée équipée d'un détecteur magnétique. Alors une nouvelle fois, en profond respect pour son ancien patron, Maurice resta en arrière.

—   Allez-y M'sieur Luc, moi j'bouge pas d'ici. Ce ne sont pas mes affaires ces trucs-là. Il hocha la tête

Luc inséra son badge, et une nouvelle fois, la porte s'ouvrit sur une grille puis une salle. Le détecteur de présence l'illumina et Luc découvrit alors des armoires blindées qui équipaient le pourtour de cette salle. Elle mesurait près de 15 mètres de longueur et 12 mètres de largeur. Du côté droit, sur l'une des portes de la première armoire, une enveloppe était également déposée portant la mention Luc IMBERT REUTHER.

Il la décacheta et lut le contenu :

Mon cher fils

Si tu as cette lettre entre les mains, c'est que tu es arrivé devant tous ces coffres forts fabriqués sur mesure par la maison John DEERE.

Ici sont entreposés des stocks de minerais précieux. J'ai toujours considéré que mettre toutes mes extractions au service de la collectivité représentait un danger pour l'humanité. Aussi, tout comme pour les gemmes les plus précieux, j'ai volontairement caché l'existence de ces contenus. L'accès à ce coffre est possible par la porte face à celle-ci, qui débouche sur le tunnel qui mène à la résidence. Mais personne ne dispose de cette information.

Le transport a eu lieu de nuit, avec les premiers véhicules électriques de la propriété.

Tu as la liste des codes de chacun des coffres qui sont tous numérotés. Au fond de la pièce sont les coffres de réserves d'or. Il y a deux fausses portes numérotées 11 et 111. Si elles étaient déverrouillées, l'espace entier serait alors mis en confinement total, et un gaz viendrait alors asphyxier les intrus.

Seule la porte numérotée 1111 présente un intérêt.

De chaque côté de la pièce tu as un dispositif de sécurité similaire. A droite porte 2222, à gauche 3333.

Tu comprendras pourquoi la pièce dans laquelle tu es actuellement est aussi grande.

Luc, tout ce qu'il y a ici est ton secret. C'est une garantie de pouvoir qu'il te faudra maîtriser.

N'aie pas peur de l'avenir, sois fort et ferme, je suis certain que tu sauras trouver les moyens pour poursuivre sans détruire l'humanité.

Courage.

Luc ouvrit la porte 3333, et elle grinça sur ses gonds, avant d'accepter de s'ouvrir.

A l'intérieur d'une pièce encore plus immense que la première, du sol au plafond, reposaient des palettes de lingots de frappés du R de REUTHER, et du sigle de l'Angola, précisant le lieu d'extraction, avec un numéro de coulée. Seul un passage central permettait d'évaluer la profondeur de la salle. Elle mesurait bien 12 mètres et autant d largeur.

Le plafond se situait à 4,5 mètres.

Dans un passage transversal se tenait un transpalette électrique qui était raccordé à un transformateur de courant.

Luc essaya d'évaluer la quantité d'or contenu dans ce coffre et il compta rapidement une ligne de palette.

Il y avait là 289.5 tonnes d'or par rangée, et douze rangées constituaient une réserve de 3474 tonnes d'or à 350 l'once 38 milliards de dollars. Si les trois salles étaient pleines, il y avait 96 milliards de dollars ici.

Une réserve pharaonique, qui pouvaient faire sauter toute la planète si elle était répandue à travers le monde. Voilà pourquoi Eliott régulait le marché. Tout cela entrait dans la tête de Luc, et il se demandait pourquoi son père avait amassé ici une telle fortune. C'était inimaginable, incroyable, insensé. Comment avait-il pu faire entrer toutes ces réserves venues d'Angola. 175 camions blindés ici, sans que cela n'éveille aucune convoitise et aucun soupçon ?

C'était ça, l'explication du tunnel donnant sur la route de Bridel. L'or maudit de l'Angola était ici. Il n'avait jamais fait la moindre utilisation de la quantité d'or, autre que pour créer les collections privées de bijoux et parures Eliott REUTHER.

Effaré, apeuré, Luc s'empressa de sortir de la pièce, et referma le coffre en urgence.

Les gens disaient que personne n'avait pu évaluer sa fortune, avec les éléments connus de son patrimoine, et les bilans vérifiables des activités de ses sociétés, mais là, ça dépassait l'entendement. Même s'il est vrai qu'au moment où ce métal jaune avait été collecté, il ne valait guère plus de 60 dollars l'once sur le marché, Eliott REUTHER était certainement l'homme le plus riche du monde, qui s'ignorait volontairement.

Lorsqu'il eut rejoint Maurice, Luc était pâle, abasourdi par ce qu'il venait de voir de ses yeux.

Maurice s'en aperçut tout de suite.

> – Ça ne va pas M'sieur Luc, vous avez l'air pas bien du tout.

> – Non ça va Maurice, c'est peut-être l'air qui est un peu confiné ici.

> – Ah non, ça c'est pas possible M'sieur Luc, le système de filtration est raccordé à celui de la grande serre. Non, vous avez peut-être pris froid en quad. Faut fermer le

blouson M'sieur Luc. Ça fait pas encore très chaud
dehors.

– Ça va aller Maurice, je vous assure. Nous rentrons s'il
   vous plait Maurice, ce sera mieux.

– Pas de problème M'sieur Luc. Vous êtes vraiment un bon
   gars. Oui vraiment.

En remontant par le tunnel étroit, Maurice expliqua à Luc que cet
ouvrage avait ajouté en prétextant que c'était pour faire des
réserves d'eau en provenance du ruisseau, et en fait, Eliott avait
simplement libéré un espace pour que l'eau passe dans un tuyau
et déverse un peu plus loin dans le lit naturel du cours d'eau. Elle
rejaillissait plus bas, en alimentant à nouveau le ruisseau, comme
une source l'aurait fait naturellement.

Le fameux tunnel conduisant à Bridel, il était côté gauche, et était
plus large et mieux éclairé. Un quad, une voiture ou un camion
blindé pouvait y circuler librement. Il y avait même des
emplacements de stationnement, permettant le croisement de
véhicules. Maurice disait :

– C'est du bel ouvrage, et ça a été fait sans arracher un
   seul arbre.

On sentait dans son propos, qu'il avait un lien tenace avec cette
nature sauvage, qui circulait et vivait dix mètres au-dessus de
leurs têtes, et pour laquelle il se battait chaque jour.

Lorsqu'ils chevauchèrent à nouveau leurs quads, Luc avait déjà
l'esprit ailleurs. Son père comptait sur lui, mais avec une telle
fortune, que fallait-il faire ?

Vraiment, il ne voyait pas comment stopper cette course effrénée
vers l'argent que chacun voulait acquérir. C'était de la pure folie !

Mais quel était donc le but d'Eliott, qui après avoir eu cette fortune entres les mains, avait laisser son fils de onze ans, seul, et était reparti creuser ailleurs par passion pour la géologie. Non, là, il ne s'agissait plus d'une passion, mais d'un acharnement à libérer les entrailles de la terre, de la moindre once de métal précieux pour la subtiliser à l'avidité de tous ! Il en avait fait son leitmotiv, c'en était certain.

Folie ? Goût du risque ?

Après l'avoir déterré, apporter au Luxembourg, au nez et à la barbe de tous, dans des coffres inviolables, près de 11000 Tonnes de minerai jaune, pour le réenterrer à nouveau, ce n'était pas concevable et il devait y avoir une explication.

Peut-être que l'Angola, voisin du Zaïre, aurait été saccagée par les troupes de MOBUTU si ce dernier avait appris la richesse du sous-sol ?

Il y avait bien une explication rationnelle, Eliott n'était pas avare, et pas envieux.

Alors la forteresse n'aurait-elle servit que de leurre, bien qu'elle renfermât en ses coffres, quelques milliards en pierres et or.

Perdu, les pensées se mélangeaient et s'embrouillaient.

Il repensait à Sylvia et toutes les autres.

Il était hanté par la honte de qui il était réellement, se disant qu'on finirait par le juger sans comprendre, et que dans l'idéal de la bonne société, on l'écarterait en le faisant passer pour un malade mental. On oublierait alors toutes l'histoire des hommes, ne laissant comme éclairage à ses juges, que le dictat des lois pour unique chemin de droiture. Ce serait le plus facile, et forcément le plus juste, puisque l'on avait édicté ces fameuses lois pour « le bien des hommes » et qu'elles devaient s'appliquer partout, élevées au rang de la suprématie universelle du pouvoir.

Enfin, quel pouvoir ? Il n'était pas beau à voir, vraiment, tous ses imbéciles qui se croyaient investis d'une tâche supérieure, n'agissaient en fait que pour eux-mêmes.

Il aurait suffi d'analyser leur patrimoine avant d'être arrivé à la législature suprême, et de l'analyser après, pour constater qu'ils n'avaient qu'utiliser ce poste supérieur, pour s'enrichir plus que de raison. Mais ça, c'était une autre histoire que personne ne voulait aborder.

Lui, il avait là les moyens de changer en partie la face du monde, et il savait qu'il n'en ferait rien.

Il apporterait certainement sa généreuse contribution à certains projets, mais il ne devait surtout pas dilapider ce trésor inestimable, et le maintenir à son plus haut niveau en permanence.

Le risque était vraiment trop grand. Il lui faudrait être encore plus rusé que le renard, et il devait encore apprendre comment pensaient ceux qui dirigent le monde, pour mieux les affaiblir avant de les achever. Ceux d'aujourd'hui ne seraient pas ceux de demain, et ceux qui gagneraient la place convoitée, seraient ceux qui auraient les moyens, et le bon discours, au bon moment. Cela faisait des décennies que les choses se passaient ainsi, et pour l'ordre mondial, c'est-à-dire le pouvoir des plus riches, en prédominance des plus pauvres, cela devait rester en l'état.

Luxembourg est un petit territoire, il ne résisterait pas au moindre conflit. Et bien que la demeure soit hyper sécurisée, le sang ne devait jamais couler dans sa maison.

Il agirait donc avec beaucoup de prudence, et selon les vœux de son père, il installerait un atelier de taille en dégrossit, permettant de valoriser une à deux fois par an, un tout petit volume de pierres qui seraient tirées du coffre, et noyées ensuite avec des pierres de prestiges, qui ne feraient que mettre en valeur les pierres principales de la collection.

VAN CLEEF et ARPEL viendraient en personne à la demeure, pour proposer toutes les options assurant l'authenticité des bijoux nouvellement créés, et Eva la belle blonde aux cheveux longs, deviendrait le support de présentation que les collectionneurs s'arracheraient à prix d'or, par une vente aux enchères où les plus riches du monde viendraient dépenser leur fortune.

Il voyait déjà la Team Manager faire chauffer à blanc une salle avide d'éclats et de couleurs autour du cou, sur la tête, autour des poignets, en bagues, en broche, en rivière, en piercing, en boucles d'oreilles, avec des mises à prix dépassant l'entendement, et des émirs, des rois, des princes, des chefs d'état, des barons de la finances et des affaires, se presser à la porte des salles réservées, pour surenchérir à tout va, pour les yeux d'une belle qui les quitterait quelques semaines ou quelques mois plus tard, lassées et blasées de courir le monde, pour une fortune jetée à ses pieds qu'elle ne méritait pas.

Ils voulaient tous paraître ? Alors il allait leur servir de quoi faire fureur dans les journaux, de quoi mettre leurs ouvriers et employés dans des colères noires, et de quoi abattre leur puissance sans partage.

Son groupe perdurerait bien au-delà, quand eux auraient subi leurs échecs.

Lui, REUTHER, il poursuivrait sa progression, non pas pour l'argent ou la gloire, mais pour affaiblir leur puissance, et rester le premier, avec ses idées, et la progression sociale de ses employés.

La meute des louves aux dents acérées pourrait mordre à belle dent quiconque se mettrait sur sa route, et l'on continuerait autour de lui à ne pas comprendre comment il ne sombrait pas.

Eliott n'était pas un homme d'affaires, mais il avait au moins le mérite de ne pas accorder à ces monstres, le moindre crédit.

Et ce qu'il réalisait n'avait qu'un sens, sauver des vies. C'est dans la grande bibliothèque qu'il faudrait aller chercher les réponses qui manquaient, il n'y avait plus que cet endroit qui n'avait pas encore révélé tous ses secrets.

Luc ne pourrait se prévaloir du même talent sur la scène géo politique, mais il ferait en sorte d'en sauver des vies, d'une manière plus visible, moins secrète, et plus médiatisée, en permettant ainsi de couvrir les premières pages des magazines, pour que les plus riches s'appauvrissent un peu plus.

A New York, Paris, Monaco, Andorre, Genève, Rio, Madrid, Berlin, Moscou, Dubaï, Pékin, Tokyo, Anvers, Londres, Bruxelles, Amsterdam, San Francisco,   Los Angeles, Mexico, Brasília, Miami, Las Vegas, Au Cap, ou à Sydney, il inonderait le monde de ses créations, par des multiples présentations, des publicités 4 x 3 sur des panneaux lumineux, il offrirait aux miss de tous pays, un petit solitaire, pour les concours Miss Univers, ou Miss Monde, et toutes les autres, et la télévision vanterait partout dans le monde le fournisseur REUTHER, elle ancrerait son nom dans tous les esprits et dans l'histoire.

La « REUTHER JEWELRY INSURERS » sous la coupe de Ephie BERNY et d'Eva SION pouvait désormais prendre vie. Chaque bijou vendu inclurait son contrat d'Assurances d'un an supposé gratuit, mais dont la redevance serait incluse dans le prix du bijou, tout petit ou très gros donc très cher, que l'on déclinerait en diverses versions telles qu'il l'avait déjà imaginé.

Les quads arrivaient à l'entrée du premier poste de garde et suivirent la procédure d'entrée. Les agents de sécurité saluèrent Luc avec un grand sourire, et Maurice raccompagna Luc jusqu'à l'entrée de la demeure.

- Souhaitez-vous entrer prendre quelque chose Maurice.

- Vous croyez M'sieur REUTHER ?

- Appelez-moi Luc, ce sera plus conviviale vous ne croyez pas Maurice ?

- Pour sûr M'sieur Luc. Et bien d'accord, je vais rentrer. Mais vous avez vu, on est crotté partout.

- Oui et bien on fera attention. On va faire comme à la campagne, on va poser les bottes à l'entrée.

- Ah oui, c'est vrai que vous avez été élevé à la campagne, votre père me l'avait dit, mais J'm'en souvenais plus.

- Quelle heure est-il Maurice ? je n'ai pas pris ma montre ce matin.

- Bah moi j'en porte jamais mais y doit-être attendez voir.

Maurice levait le nez au ciel, se tournant un peu au sud,

- Et ben c'est 11 H 45 pardi

- Et vous voyez ça où Maurice, vous regardez le ciel.

- Bof ce n'est pas difficile, c'est le soleil qui le dit. Faut juste se repérer par rapport à l'est. Bon j'dis pas que j'y vois toujours, mais j'ai une horloge aussi dans le ventre. Et là, c'est heure de l'apéro.

- Allons-y, venez Maurice, suivez-moi.

Lorsqu'ils traversèrent le grand hall d'accueil en demi-lune, Maurice n'en croyait pas ses yeux. Il se lissait la moustache et tournait les longs poils entres ses doigts, ébahi par le luxe affiché. Les dorures en or scintillaient, le lustre central étincelait, les poignées de porte en nacre surmonté d'un diamant incrusté à son extrémité, rendait le lieu magique.

- Ben dit donc, j'ai jamais vu un truc pareil de ma vie. Doit y en avoir pour cher de ça.

- Oh que oui Maurice, mais pour mon père, ce n'était qu'une passion, alors que pour d'autres, c'est un rêve de richesse et de paraître. Ici, on a l'impression qu'il voulait donner l'impression de la petitesse des choses que les hommes élèvent au rang de la réussite. Pour mon père, ce n'étaient que des cailloux polis.

- Et c'est tout pareil partout ?

- Oui, il faut s'habituer mais l'on s'y fait vite.

- Et ben ça, M'sieur Luc ça fait bizarre j'vous l'dis-moi.

- Allez entrons plus loin, nous n'allons pas boire sur le pas de la porte.

Il conduisit Maurice près de la piscine sous la verrière, et sonna en cuisine.

Là, Maurice s'extasia de tout. Le bassin, l'espace, le jardin tropical, les oiseaux, la cascade, la vague et son roulement sourd, la plage, et les espaces cachés, les jets d'eau en pluie, en douche, et cette végétation qui montait avec toutes les fleurs exotiques et leurs senteurs.

- M'sieur Luc vous êtes tout seul là-dedans ?

- Non mon brave Maurice, j'ai toute mon équipe qui travaille là-bas, dans les bureaux. Elles ne vont pas tarder d'arriver.

- Elles ? Y-a pas d'homme dans votre équipe M'sieur Luc ?

483

- Non, aucun homme dans ma Team manager, c'est un choix personnel.

- Et ça marche bien ?

- Je ne suis pas inquiet. Que voulez qu'un homme apprécie ici dans tout ce luxe. Il serait envieux de tout, alors qu'il n'y a que du verre, du béton, des portes, et un jardin.

- Ah bah oui, mais tout le monde ne peut pas avoir ça chez lui.

- C'est vrai, tout le monde ne dispose pas de huit cents hectares de terre et de forêt, et d'une demeure de plusieurs milliers de mètres carrés.

- Et vous êtes arrivés quand ici

- Samedi Maurice. Après ma visite au grand-duché.

- Ah vous avez vu son altesse alors ?

- Non Maurice, j'avais juste un rendez-vous avec Jacques SENTER. Bon je vous fais servir quoi Maurice.

- C'que vous avez sous la main M'sieur Luc, j'suis pas difficile vous savez.

- Je vois bien, alors un whisky trente ans d'âge, ça vous dit ?

- Trente ans d'âge, j'ai jamais bu un truc pareil. Ça doit être quequ'chose ça.

- Vous allez voir. Maria s'il vous plaît, deux whiskies sans glace avec les petites bouchées que fait si bien Mike.

- Bien Monsieur REUTHER répondit la serveuse.

Maurice continuait de s'extasier de l'environnement qu'il découvrait et du luxe qui étincelait, dès qu'il posait les yeux sur la moindre chose.

Luc souriait des exclamations que son garde-chasse, grand ami de son père poussait à chaque instant, quand les filles commencèrent à sortir de leur bureau, là-bas, à l'extrémité de l'aile gauche, par la porte en verre cachée par la végétation.

La première, en tête de cortège fut Élise. Elle vint directement en direction du bâtiment principal en longeant le grand bassin, cachée par la langue de végétation qui le longeait, et apparut derrière le plongeoir.

Elle embrassa Luc et salua Maurice.

– Bonjour Monsieur, je vous vois bien installé là. Élise, je suis la femme de Luc

– Ah bonjour Madame REUTHER. Maurice CHARCOT, le garde de chasse, enfin j'suis plutôt le garde forestier. Hein M'sieur Luc ?

– Oui, comme vous dîtes Maurice. Répondit Luc en se tournant vers Élise et en ajoutant : Tu sais Élise, Maurice était un très bon ami à mon père. Ils ont passé beaucoup de temps ensemble. Nous sommes partis tous les deux faire une petite balade en quad.

– Et c'est pour ça que tu es tout crotté ? Regarde, tu as de la boue dans tes cheveux, et ton pantalon est couvert d'éclaboussures. Tu n'es pas présentable ainsi.

– Ah ben ça M'dame REUTHER, pour sûr que ça change du bureau. Vous viendrez faire un tour avec nous un de ces jours. J'ai plein de choses à vous montrer de l'autre côté des murs.

- C'est une idée Maurice, mais j'imagine que nous n'avons pas assez de machines pour tous nous emmener.

- Bah M'dame, c'est rentré au moins six quads ces derniers temps. Alors y doivent ben être quéque part, vous ne croyez pas M'sieur Luc ? Faudra aller voir au sous-sol dans les ateliers d'entretien M'sieur Luc. Robert MARTIN, c'est l'chef, y vous dira lui.

- Vous avez raison Maurice, je ferai un tour en fin d'après-midi.

Maurice but son verre, le reposa en tapa le fond sur la table en se levant, comme le font les gens de la campagne pour signifier qu'ils vont partir, lissa sa moustache, et tendit la main à Élise et à Luc.

- M'sieur dame, je vous souhaite bien le bonjour. Et M'sieur Luc, faîtes-moi savoir quand vous voudrez qu'on fasse le grand tour. Je repars par où je suis venu ?

- Attendez Maurice, je vais vous accompagner lui dit Élise.

Ils s'éloignèrent en repassant par le côté office, en longeant ensuite la grande salle, pour se retrouver dans l'entrée où les bottes de Maurice l'attendaient.

Élise lui fit un signe de la main, tout en regardant d'un air pantois le quad de Luc stationné devant la façade. La machine était couverte de boue et ne trouvait guère de place avec le tableau que représentait les jardins.

Elle retourna voir Luc qui était en discussion avec les filles.

- Luc, c'est quoi cet engin dégueulasse que tu as laissé devant l'entrée ? Lui demanda-t-elle d'un air sévère.

— Hé chérie, du calme, ne vois-tu pas que je suis en discussion ?

— Excuses moi Luc, mais que tu partes en balade, je n'y vois aucun inconvénient. Mais premièrement, tu pourrais nous en avertir, et deuxièmement, tu m'enlèves cette merde de là, ce n'est pas sa place.

— Ce sera fait Élise, quand je saurais où se trouve l'endroit où il doit être stationné. J'attends Ruth, ma fouineuse doit certainement avoir une petite idée.

— D'accord, mais j'ai encore un dernier point à te faire remarquer, rétorqua Élise.

— Vas-y, libère ta colère, et on pourra ensuite passer à autre chose.

— Quand tu rentres crotté jusqu'aux oreilles, tu passes par les extérieurs et tu montes te laver et te changer. Et tu ne fais pas traverser la grande salle à ceux qui sont crottés comme toi, pas plus que tu ne les reçois ici, dans le jardin tropical. Je te le dis une fois, tu as bien entendu ?

— Ça pour t'avoir entendu, je pense que tout le monde l'a fait. Mais si tu connais suffisamment cette maison, tu m'indiques par où l'on peut entrer, et où l'on doit aller pour recevoir notre personnel. Et ensuite, tu n'entendras plus parler de rien. Inutile de s'énerver pour si peu de choses.

— Si, je m'énerve si je veux. Le personnel de maison n'est pas ici pour ramasser les merdes de chacun. Et je te demande de respecter leur travail. Ce n'est pas plus compliqué que cela.

—   Bien, maintenant que tu m'as fait ton petit numéro, tu te calmes. Chaque point que tu as soulevé est déjà rentré dans ma petite tête, mais le niveau des décibels que tu as produit me casse les oreilles. Alors je ne vais pas faire de scandale, mais tu viens avec moi, et l'on va s'expliquer en privé. Et ce n'est pas quand toi tu décides, mais maintenant.

Il la prit par la main, et ils montèrent dans l'ascenseur jusqu'à leur appartement privé.

Luc ne lâchait pas le poignet d'Élise, et bien qu'elle tentât à plusieurs reprises de s'en détacher, il maintenait ses doigts refermés et il était impossible qu'elle puisse les lui faire ouvrir.

—   Allez, viens, inutile de résister, tu as les nerfs à vifs, je peux l'accepter, mais je n'accepterai jamais, tu entends bien Élise, jamais, que tu me cries dans les oreilles devant la Team Manager.

—   Mais enfin Luc, tu as vu dans quel état tu as mis cette maison ?

—   Primo, ce n'est pas « cette maison », mais l'endroit où j'ai reçu l'ami de mon père. Et les amis, on ne les reçoit pas sur le palier. Secundo, quand on m'aura informé de tous les accès à « cette maison », alors je respecterai tes règles. Je te l'ai confiée cette maison, je le sais, mais tes esclandres devant tout le monde, je n'en veux pas, tu as compris.

—   Je suis désolée chéri, je n'aurai pas dû m'énerver.

—   Oui mais maintenant c'est trop tard, tu es passée pour une hystérique devant tous ceux que tu diriges. Tu connais pourtant la règle ici non ?

—   J'ai de bonnes raisons d'être énervée. Personne n'a pu nous dire où tu étais passé ce matin. Eva est arrivée une heure au moins après tout le monde, nous avons eu un tas de problèmes à régler, et le chef d'orchestre n'était pas là. Alors je ne sais plus comment faire moi.

Elle se mit à pleurer, et de profonds sanglots secouaient son corps.

Il la prit dans ses bras, essaya de la calmer, sécha ses larmes avec ses pouces, lui releva le menton, et l'amena à son bureau où il posa ses fesses dans un fauteuil en l'asseyant sur ses genoux.

—   Élise ma chérie, personne ne travaille ici pour subir. Il est absolument nécessaire que tu fasses la part des choses. Quand tu es dans tes fonctions au bureau, si tu as un ou plusieurs problèmes et que tu n'as pas les réponses appropriées, tu prends quelques notes, et tu les laisses tranquilles. Ça, c'est le premier point. Ensuite, je ne suis pas là, tu n'as pas à te sentir perdue. Et en dernier lieu, si tu as les nerfs à fleur de peau, tu appelles toutes les filles, et tu le leur dis, et tu rentres, point final.

—   Mais pourquoi ne m'as-tu pas dit que tu partais. Enfin mon amour, je me suis inquiétée toute la matinée moi.

—   C'est réconfortant de voir que tu t'inquiètes pour moi. Mais je ne veux pas que tu exhibes tes colères en public. Ça n'était jamais arrivé, et j'espère que ça n'arrivera plus.

—   Oui, je vais faire attention à prendre sur moi.

—   Non chérie, pas à prendre sur toi, mais à tempérer voir à t'échapper lorsque tu sens que ça monte trop fort en toi. Personne ne dira quelque chose si tu sors, il suffit de dire, je sors et point terminé. Tu n'es pas à l'usine ici, tu es chez toi.

– Je le ferai, excuses moi, je suis devenue trop exigeante.

– Oublions tout ça, tu te calmes, je vais à la douche et je me change. Toi viens te rafraîchir le visage, je ne veux pas que tu sois dans cet état devant la Team. Et tu vas te changer, cet après-midi, tu ne travailles pas et ça, ce n'est pas négociable.

– Mais Luc, j'ai plein de choses à faire, les filles ne vont pas s'en sortir enfin.

– Et si tu étais à l'hôpital, il faudrait bien qu'elles s'en sortent non ? Alors tu prends ton après-midi, tu vas te balader, tu sors en ville, tu fais n'importe quoi, mais je ne veux pas te voir dans nos pattes. Emmène Eva avec toi, et foutez-moi le camp.

– Bon, puisque je n'ai pas le choix, je vais craquer ton fric.

– Si tu veux, tant que tu ne me ramènes pas un éléphant dans un service de verres en cristal de bohème ! Fais ce que tu veux.

– Alors merci, je n'aurai pas dû me mettre en pareil état.

– Allez, tout ça c'est déjà du passé. J'ai du boulot cet après-midi.

Il l'embrassa, et fonça dans la salle de bain.

Autour de la table, les filles n'avaient pas commenté la scène, et au contraire, l'avaient volontairement occultée.

Ruth, un peu gênée, avait quand même agrémentée la tablée par quelques anecdotes qu'elle racontait avec force détail, quand elle

490

fouinait dans la maison, à l'insu de tous, et qu'elle retrouvait ensuite Ephie et Cathy.

Lorsque le couple REUTHER arriva, l'on fit comme si rien ne s'était passé, et le déjeuner fut servi. On ne parla pas de travail, et Luc expliqua son petit tour en quad, réveillant tout de suite l'amatrice de sport mécanique Emma, qui tenait absolument à profiter de ce genre d'engin.

On appela, Robert Martin au moment de servir le café.

L'homme grand brun aux yeux bleus se présenta à la table et on le pria de s'asseoir. Luc l'accueillit avec courtoisie.

– Monsieur Martin, merci de vous êtes dérangé pour nous. J'ai un grave problème à résoudre, et je pense que vous êtes l'homme de la situation.

– Merci à vous de m'inviter à prendre le café avec vous. C'est vrai que samedi, nous nous sommes vus en coup de vent, il y avait tant de monde. D'ailleurs, je voulais vous dire merci pour cette soirée.

– Ce n'était rien, et nous recommencerons, soyez en assurés Monsieur Martin. Mon problème, c'est que je n'ai aucune idée d'où sont vos ateliers, et les garages pour les quads. L'on m'a dit qu'il y en avait six, en plus de celui que j'ai laissé devant la façade, parce que je ne sais pas où il faut aller. Vous voudrez bien m'affranchir de cela ?

– Mais bien volontiers, et ne vous inquiétez pas pour votre machine, actuellement elle est au lavage. Nous avons une station en bas. Les ateliers sont au deuxième sous-sol de l'aile droite. Vous entrez par le premier sous-sol et vous longez le mur droit jusqu'au bout. Ensuite vous descendez au deuxième sous-sol, et vous suivez toujours le mur de droite. Et au bout, vous verrez, c'est indiqué

« service entretien » Les portes sont à ouverture automatique. Voilà c'est tout simple quand on connaît.

– Je crois avoir compris. Et on en sort comment de votre taupinière ?

– L'ascenseur de l'aile droite, en bout de bâtiment. Il descend jusqu'au niveau moins 3.

– Bien, dès que j'ai un moment, je descendrais vous voir. Donc il y a sept quads c'est bien cela.

– Non, il y en a dix, dont sept récents. Le dernier est le vôtre. Doit-on mettre les noms sur les engins ? Car on doit les immatriculer, vous comprenez.

– Nous en reparlons, je vous dirai ça rapidement. Et en quad électriques nous en avons combien ?

– Une quinzaine. Ils ne sont pas tous arrivés. Il en manque encore cinq. Ce sont de nouvelles versions plus autonomes.

– Les Mercedes elles sont aussi de votre côté.

– Non, ça c'est le garage qui les gère. C'est sous l'aile gauche, et toujours pareil, au bout du bâtiment.

– Il faudra vraiment que l'on visite plus longuement cette maison. Merci à vous Monsieur MARTIN, et souhaitez notre bonjour à tous, à vos ouvriers.

– Ce sera fait Monsieur REUTHER comptez sur moi. Dîtes, une petite chose, il paraît qu'on a le droit de mettre de la musique, est-ce vrai ?

– Allons Monsieur MARTIN, j'ose croire que vous n'en êtes pas resté aux consignes idiotes de ce vieux majordome que j'ai mis à la porte. Enfin bien sûr que vous pouvez.

– Ah bien des mercis à vous Monsieur REUTHER, ça va nous changer un peu. Dîtes, il faudrait qu'on tire des lignes d'antenne radio dans les sous-sols, parce qu'avec les blindages, on ne reçoit pas les signaux.

– Alors faites, et faites-le sur les trois niveaux.

– Quatre Monsieur REUTHER, il y a un moins quatre.

– Non, ce n'est pas vrai, j'hallucine,

– Bah oui, il couvre tout l'espace sous la piscine et les bâtiments. C'est là qu'ils ont coulé les plots de soutien de tout l'édifice. Il est couvert de pilier béton de 2 m X 2 m espacés de 8 mètres sur lesquels sont posées les poutres maîtresses.

– D'accord, en fait, ce sont les fondations que l'on a reliées entre elles.

– Oui, c'est ça. La surface est propre il faudrait juste faire un enduit de lissage. Il existe des produits en résine de couleur. On pourrait peut-être le faire faire ?

– Quelle serait la surface à couvrir ?

– Environ 2500 m² enfin je n'ai pas enlevé la surface des poteaux. Mais en gros c'est ça. 2350 m²

– Faites faire un devis en sol clair. C'est électrifié ? On peut mettre une liaison téléphonique ? A-t-on prévu des aérateurs ? Vérifiez tout ça, et faites faire les devis pour ce qu'il faut.

– Bon je vous laisse Monsieur REUTHER, bonne journée

Robert MARTIN quitta la table et regagna ses ateliers en longeant le côté droit de la piscine, disparaissant derrière la végétation du jardin tropical.

Luc se leva à son tour, et avant que les filles ne fassent la même chose, il leur donna ses consignes :

– Je reçois à partir de 15 H 00 la maman de Ruth, puis celle de Cathy et Ephie.

Élise et Eva sortent cet après-midi, si certaines ont besoin de repos, profitez-en. Et pour les autres, rendez-vous dans mon bureau à 14 H 30 pour faire un point.

Mélanie, je te vois en privé à 14 H 00 sauf si tu veux sortir. Ça marche pour tout le monde ?

– Oui, Luc reprit Margot. Les filles qui restent, dans mon bureau à 14 H 00 ?

Chacune se leva, il restait encore une vingtaine de minutes avant la reprise, et elles s'éparpillèrent dans le jardin tropical, en promenade digestive.

Luc regagna son bureau, et fit prévenir l'office qu'il attendait des visites, et qu'il faudrait le prévenir dès qu'elles seraient arrivées. Il appela la sécurité et Peter se présenta immédiatement à son bureau.

– Ah bonjour Peter, tout se passe bien ?

– Oui Monsieur, pas de souci, Monsieur VERDIER a eu son repas, et a pu déjeuner avec l'agent de sécurité.

– Bon Peter, cet après-midi, un petit changement de programme. Vous accompagnez Madame et Eva, elles sortent. Et peut-être d'autres. Faites le point avec Elise, et prenez un agent avec vous et une voiture suiveuse avec deux agents. Il me faut deux chauffeurs également, qu'ils se rendent à ces adresses, enfin vous avez compris, chacun à une adresse. Ils prennent soin des passagères et qu'elles prennent leurs affaires de premières nécessités.

— Bien, ce sera fait Monsieur REUTHER. A quelle heure souhaitez-vous leur retour ?

— A 15 Heures pour la première, et 15 h 15 pour la seconde. Au passage Peter, passez à l'office et qu'on prépare les appartements de l'aile droite qu'occupaient Ephie et Ruth. Dîtes leur de les fleurir.

— Avez-vous des nouvelles de Hans et Patrick ?

— Oui, Hans a récupéré les contrats des employés de chez HAUSSMAN LEGAL, et les titres de propriétés que vous aviez demandées, et il retrouve Patrick pour faire signer à Madame HAUSSMAN les certificats de cession. Si tout se passe bien, Ils rentrent tous ce soir.

CHAPITRE XXXIX

Luc s'installa dans son fauteuil, le mobilier avait été changé et, il ne le remarqua qu'à peine, déjà absorbé par ses pensées.

Il n'avait pas imaginé une seule fois que la succession aurait pu être un imbroglio qu'il faudrait sans cesse démêler. Il ne s'agissait pas de tirer une ficelle, pour que tout se mette en mouvement, non, mais bien plus que cela.

En affrontant ce monde nouveau, Élise et Luc n'avait aucune idée précise de son fonctionnement.

Ils avaient des idées bien arrêtées, sur ce qu'il devrait être, mais plus ils avançaient, plus ils en découvraient les aberrations.

S'habituer à imaginer en permanence la pertinence d'un choix ou d'une décision, en prenant soin de se placer à la place de l'ennemi, le concurrent, l'opposant, le financier, le politique, pour rester devant, être le premier, toujours en tête, et si ce n'était pas le cas, ne pas rester à la traîne, ne pas faire d'attentisme, ou ne pas dévier de la route, sentir quand le vent allait tourner, et faire demi-tour au bon moment pour redéfinir en un instant, la nouvelle route à suivre, ce serait désormais leur lot quotidien.

Diriger un groupe à l'étendue d'action aussi vaste, c'était comme être capitaine d'un immense voilier, naviguant sur les flots des océans du monde, sans jamais pouvoir se reposer dans une crique ou se mettre à l'abri dans un port.

Sans cesse il fallait avancer, modifier la voilure, tenir compte des courants, des vents, des orages ou des accalmies, avoir chaud, avoir froid, avoir faim et soif à la fois, réparer les brèches, et prendre soins des équipages, car la moindre mutinerie, ferait sombrer l'ensemble.

L'héritier devait avoir ça dans le sang, et son arrivée à la tête du groupe avait été annoncé aux quatre coins du monde.

Ce qui faisait rire et se moquer dans le monde où il venait d'entrer, c'était son inexpérience, et sa Team manager, celle qu'il avait mise en place.

De plus, non seulement elles étaient femmes, mais de surcroît lesbiennes, homosexuelles.

Fallait-il qu'il soit aussi fou pour laisser la gestion à des femmes ?

Voyons, elles n'avaient jamais mené les batailles du monde, que ce soit sur le pré, ou dans les grands salons. Comment pourraient-elles tenir la pression qu'ont habituellement les hommes rompus à l'exercice depuis plus d'un millénaire ?

La critique internationale ne manquait pas un seul moment de souligner cette énorme différence de management entre REUTHER INTERNATIONAL GROUP et toutes les sociétés des groupes internationaux qui avaient toujours les yeux rivés sur les indices boursiers.

Beaucoup s'interrogeaient encore sur ce choix, cette différence notoire, et se demandaient combien de temps tiendrait REUTHER.

Ils avaient sans nul doute oublier que REUTHER GROUP, cette machine de guerre économique, ne fonctionnait pas comme toutes les autres sociétés, qui subissaient la loi immuable des banques et des compagnies d'assurances, la loi du prix de l'argent qu'ils empruntaient pour tenter des coups de poker, jouant leurs capitaux à la bourse, elles ne détenaient en fait, qu'une partie de leurs entreprises, puisque les autres parts étaient distribuées à des actionnaires multiples, qui achetaient ou vendaient leurs actions au gré des envolées des marchés boursiers.

REUTHER GROUP n'avait pas ce besoin. Il s'autofinançait. Toutes ses filiales lui appartenaient, et sa propre banque ne prêtait jamais directement à ses clients, mais se contentait de prêter à des banques, ou de couvrir le cautionnement de clients triés sur le volet.

Aucun actionnaire à rétribuer, une rentrée financière constante lié à l'activité de géologie et aux extractions minières, une juste rétribution liée à la rentabilité des concessions, une multiplication du réseau de commercialisation dans le luxe, une installation dans les pays émergents en maîtrise parfaite des coûts en recherche et développement, une vente à prix d'or des brevets et recherches dans les nouvelles technologies, assuraient le cash-flow nécessaire à faire tourner la machine, et tout cela en économie circulaire, sans qu'aucun autre acteur financier n'entre dans le schéma, et ne puisse influer de près ou de loin sur le devenir du groupe.

Alors on se moquait sur les places internationales, mais on riait jaune lorsque les bilans de REUTHER étaient publiés par HAUSSMAN LEGAL.

La fortune du maître de maison, en fait, personne n'était véritablement capable de l'estimer, puisque tout lui appartenait, et qu'on était incapable de compter le nombre de ramification de ses zones d'influences.

De plus, cette capacité à faire à son gré, fluctuer les indices boursiers basés sur les métaux précieux, en les affolant à sa guise, faisaient beaucoup moins rire les investisseurs, qui voyaient leurs capitaux propres augmenter ou chuter, selon le bon vouloir de REUTHER.

Alors, l'arrivée du jeune REUTHER n'était pas vécue comme une excellente nouvelle. Il préparait forcément un coup, puisqu'il avait viré d'un coup de manche, tous les acteurs rôdés à l'épreuve, et soumis en bons soldats, qui dirigeaient les sociétés du groupe.

Élise et Luc, en jeunes novices, allaient commettre des erreurs, et le monde des affaires attendait avec impatience qu'elles arrivent. Mais en moins d'une semaine, ses rencontres avec les politiques, et la prise en main du groupe HAUSSMAN par une société luxembourgeoise, ajoutées à la tentative d'assassinat et aux présentations des collections, avaient jeté le trouble sur les intentions de REUTHER, et impacté toutes les places boursières, stoppant net tous les traders du monde, suspendus aux actions à venir.

Pas d'échange boursier revenait à dire que le monde de la finance était en panne sèche.

Son annonce de se retirer des mines de RDC était déjà vécu comme une récession économique à venir, et personne ne voulait risquer le moindre dollar sur des investissements plus que douteux en rentabilité.

En tenant compte des événements et des menaces qui pesaient sur le couple, pour la plupart des grands hommes d'affaires, ce groupe-là disparaîtrait dans les six mois, voire avant si jamais les REUTHER succombaient sous les balles.

Les vautours apparaîtraient bientôt au grand jour, mais avec la découverte de ce matin, Luc n'avait plus rien à craindre. Ces ennemis pouvaient l'attaquer, essayer de racheter des antennes REUTHER, tenter d'affaiblir les marchés par des politiques de prix trop bas, quelle que soit la méthode, ils échoueraient tous, laissant derrière eux des montagnes de dettes, pour lesquelles REUTHER FINANCES ne manquerait pas d'exiger les cautionnements qu'elle aurait engagés.

Sans pouvoir les honorer, les clients verraient alors leur capital mobilier, immobilier, et financier s'évaporer, et les comptes de REUTHER augmenter et grossir toujours. Il rachèterai pour le dollar symbolique, les concurrents qui s'étaient hasardés à l'affronter, remettrait de l'ordre dans la maison, et grandirait encore.

Perdu dans ses pensées profondes, il fut juste surpris de sentir les lèvres de Mélanie sur les siennes, et de voir Nathaly installée à son bureau, s'occupant du projet qu'il lui avait confiée.

Mélanie contourna le bureau, et s'installa face à lui, documents en main, à son écoute.

— Mélanie, je ne peux malheureusement pas tout te confier, mais ni voit pas là le moindre ombrage. Tu vas bientôt retrouver ton bureau à Paris, et tu vas devoir te déplacer dans les agences commerciales pour y remettre de l'ordre. J'aimerai que tu m'envoies prochainement ici, le meilleur de nos maîtres artisans tailleur.

Nous devons monter ici même, dans ces murs, un atelier spécial de taillage pour les diamants bruts d'Angola. Si je vais chercher à l'extérieur un type comme ça, ça se saura sur toutes les places spécialisées, et mon plan sera à l'eau.

Donc, ça doit rester confidentiel et interne. Il ne s'agit pas d'une question de budget, là-dessus, il aura carte blanche, mais il nous faut les machines.

Je présume qu'ils savent ce qu'il faut, et il faudra des consommables. Là aussi, ils savent ce qu'il faut. On va jouer double.

Les investissements d'ici, seront également livrés à Paris. Il va te falloir plus de place.

Aussi, REUTHER IMMOBILIER va racheter l'immeuble à Paris. Je me moque du prix, je veux expulser tous ceux qui occupent actuellement les étages, et j'aimerai que le premier étage et le rez-de-chaussée soient exclusivement réservé à ton nouvel espace de ventes.

Les autres étages, tu te débrouilles pour que les ateliers soient au troisième, et qu'en rez-de-chaussée, l'espace soit entièrement sécurisé, gardés, et surveillé H 24.

– Mais ça va foutre en l'air l'agence pendant des mois Luc !

– Non, le défi c'est que tu puisses poursuivre l'activité pendant les travaux. L'idéal, est que tu me ramènes ici, les plans de l'immeuble pour qu'on étudie le projet avec Nathaly et nos architectes.

Quand tu reviendras, ici, car je compte bien te voir ici tous les mois, tu viendras avec le Maître tailleur dans tes valises. Attention, choisis le bien, car il y va de l'avenir du groupe.

– Bon, je ferai ce que tu me demandes. Mais je ne comprends pas pourquoi tu veux absolument agrandir.

– Nous allons faire la même chose dans toutes les grandes capitales. Il faut que les enseignes REUTHER brillent en permanence et éclairent le monde. Mais tu comprendras très vite, ici, nous allons dégrossir les plus belles pierres du monde. Elles seront uniques. Elles seront notre publicité, et une partie sera réservée à des ventes privées.

Il faut de l'espace pour faire ça. Je ne veux pas que ces ventes obligent les pierres à voyager. C'est pourquoi nous les taillerons sur place, à l'endroit même de leurs ventes.

– Donc à Paris pour Paris, à New York pour New York et ainsi de suite ?

502

– Exactement. En termes de communication, ça va te donner un boulot monstre, mais on va y aller progressivement. Et Nathaly te rejoindra pour te donner un coup de main, ainsi que Céline si nécessaire et Eva pour les présentations. De toute façon, nous serons toujours tous présents pour le jour J.

– Imaginons que ce soit possible, tu risques de foutre en l'air REUTHER IMMOBLIER avec ça, et de tuer les agences les unes après les autres.

– Non, nous allons jouer notre affaire avec VAN CLEEF et ARPEL. Et non seulement nous allons dégrossir, mais eux serons là pour assurer finition et montage.

– Oui, mais ça ne suffira pas.

– Les ventes privées seront exceptionnelles je te l'assure. Mais pour les ventes agences, il faut faire en sorte que le monsieur tout le monde ait accès. Aussi, sur la base de nos modèles d'exception, nous travaillerons des pierres moins valorisées, et nous ferons de la copie de modèle pour le grand public. Là, nous avons suffisamment de ressources dans le monde pour assurer une exclusivité.

– Mais où sera la véritable plus-value ? Pour les amortissements comment les rentabiliser ?

– L'assurance, chérie ! Ce sont les contrats d'assurances qui vont influer. On inclut les contrats sur trois années. Sur un petit bijou ça ne représente rien, sur un bijou cher, ça devient plus cher, et sur des pièces d'exception alors là, on explose.

Cela étant, il suffit de faire des déclinaisons de contrats. Et pour le bijou grand public, c'est la quantité qui fera qu'on assurera les amortissements.

Les gemmes sont de moindre valeur, mais avec le nom REUTHER, accompagné de la griffe VAN CLEEF et ARPEL, que tu vas démultiplier à des millions d'exemplaires dans le monde entier, le prix d'extraction du carat va descendre ostensiblement.

Au lieu de coûter 250 Dollars, il ne coûtera que 25, ce ne sont pas les chiffres réels, mais par comparaison, c'est ce qui va se passer.

Tout le monde est persuadé que nous abandonnons l'extraction. Alors qu'au contraire, on va la démultiplier. Lorsque nous allons mettre sur le marché, des millions de pierres, Tous les cours de production vont chuter, et mettre à bas, les sociétés concurrentes. Il va y avoir un effondrement et des faillites, et nous rachèteront pour une bouchée de pain, les concessions de l'Est Africain.

Tous nos moyens de forage seront alors déjà sur le sol Africain, et nous taperons directement dans les veines et les filons, sans ouvrir d'immenses carrières. Il suffira de boucher les trous, et l'affaire sera entendu, puisque personne ne pourra racheter les concessions derrière nous. Je vais les mettre à genou, et après, quand ils auront compris la leçon, je leur céderai les miettes, pour qu'ils ne meurent pas totalement de faim.

– Et où vas-tu lancer la compagnie d'assurances ?

– A paris, au dernier étage de ton immeuble pour l'agence France. Le siège social sera ici et immatriculé ici et je mettrai du monde ici. Ce sera plus rassurant pour nos clients que la compagnie soit dans un paradis fiscal.

REUTHER IMMOBILIER percevra deux loyers.

504

– Acceptes-tu que l'on fasse une vraie étude avant de lancer le projet.

– Mais bien sûr, je ne vois pas comment faire autrement. Il n'y a qu'une chose sur laquelle je ne peux pas reculer, c'est le taillage de certains gemmes bruts ici. Je vais te montrer quelque chose. Tu le gardes pour toi.

Il sortit de sa poche de pantalon, le rubis brut qu'il avait dans sa poche et le posa sur le plateau du bureau.

– Regarde bien ça, Mélanie. Et dis-moi ce que tu en penses.

– Où as-tu trouvé ce caillou ? Je peux le regarder de plus près ?

– Oui, vas-y.

– Mais il est bizarre, il est tout granuleux. On dirait qu'il y a une couche superficielle.

– Oui, tu as raison, mais vois-tu, une fois coupé en deux et poli, il dévoilera tout son éclat, car ceci est un rubis brut qui doit peser aux alentours de 12 ou 15 carats. Une fois taillé, il devrait au moins atteindre les 4,5 carats par moitié soient environ 60000 Dollars. Mais une fois monté, s'il est bien utilisé, la pièce de joaillerie qui le portera peut lui faire atteindre 10 ou 20 fois sa valeur. S'il est entouré de diamants, tu vas voir le prix grimper à toute vitesse. Et s'il devient classé en pièce unique, à lui tout seul, il fera grimper les enchères à des montants jamais atteints.

– Mais d'où sors-tu ce caillou Luc.

– Secret, et confidentiel. Désolé, je te demande de garder le silence absolu là-dessus, et tu vas devoir te spécialiser rapidement. Il faut que tu deviennes experte incontestée. Je compte sur toi.

— Qui d'autre à part moi, connais cette pierre.

— Nathaly puisqu'elle est là, et toi. Pas même Élise. Elles n'auront connaissance de cette pierre que lorsque nous aurons écrit son histoire. Elle n'est pas répertoriée, et nous devrons la certifier. Elle entrera dans la collection d'Eliott que lorsqu'elle aura trouvé sa meilleure présentation, après sa taille. Pour l'instant, elle ne vaut rien. Je pourrais la jeter n'importe où avant qu'un expert ne la trouve. Il faut lui inventer une histoire, la vanter avant même qu'elle ne trouve une forme. Et son histoire sortira dès que nous aurons racheté les concessions en faillites.

— Mais tu me parlais des concessions en Angola. Il y a des rubis là-bas ?

— Non, en Angola ce sont les mines d'or et de diamants qui nous intéressent. Et je vais aller négocier au Ghana, parce qu'il nous faut de l'or. Et nous irons chercher les Rubis du Mozambique, nous avons toujours des concessions là-bas, je veux juste renégocier les redevances avec le Président Samora MACHEL.

Le brésil, je crains que l'on se soit fait avoir par l'ex-présidence, et Figueiredo ne va pas lâcher prise facilement. Si l'on veut être autonome, il nous faut de l'or.

L'Afrique de l'ouest nous assure des facilités de transports. Nous avons une bonne réserve d'avance, mais cela ne suffira pas. Il faut que nous produisions nous mêmes nos montures. Charge à VAN CLEEF de les adapter. Il sait faire, mais on doit industrialiser la méthode et être les premiers à le faire.

- Donc tu veux ouvrir une fonderie d'or et une fabrication de différentes chaînes et mailles au mètre ?

- Oui, nous allons transformer nos produits, et faire tourner quelques machines à la place des petites mains. Ensuite, les ateliers de joaillerie travailleront pour nous donner les modèles de supports dont ils ont besoins, et nous les fabriquerons à grande échelle.

  Nous ferons des ventes volumes, qui seront accessibles sur les marchés de consommateurs lambda, avec des pierres qui auront été transformées par le système de chauffe, qui permet d'éliminer les impuretés, tandis que les pièces pures ne seront utilisées que pour la présentation et la Haute joaillerie. Les prix vont monter, et nous couvrirons rapidement nos investissements.

- Mais tu veux vraiment attaquer le marché lambda ?

- Oui, avec des sous filiales franchisées.

- Donc sur la France, tu imagines une centaine de magasins de bijoux, qui ouvriront en même temps, et fourniront les mêmes produits ?

- Par exemple. L'important est que ceux qui veulent la forme d'un bijoux collection puissent l'avoir et qu'ils puissent choisir leur pierre principale et la couleur. Rubis, Diamant, Emeraude, Saphir, ce sont des gemmes que nous savons travailler. Ce qui va différer, ce sont les poids et donc les tailles des pierres.

- Bon, je vois, alors je me penche sur le sujet à Paris, et je vois VAN CLEEF et ARPEL. On traite comment avec eux ?

- Tu fais monter la mayonnaise, tu les attires, eux, ils n'ont pas besoin de nous, alors que nous, on ne peut pas s'en passer. Ils feront les bijoux d'exception, et on ouvrira avec eux, un laboratoire de fabrication pour les copies plus petites et avec des montages de série. On fera breveter tout ça.

- D'accord, je leur présente le paquet, mais je n'offre rien de ce qu'il y a dedans.

- Tu as compris, et quand ils seront prêts, je me déplacerai à Paris et on sortira le grand jeu. Mon père a toujours travaillé avec eux, mais il faut qu'ils comprennent que les goûts du public changent. Il faut renouveler leurs gammes et apurer les formes. Ils auront besoin de nos pierres pour ça. Et nous ne ferons que les leur prêter.

- Bon, et bien banco. Et pour la compagnie d'assurances ?

- Ça je m'en occupe. Mais tu comprendras plus tard. Là on va se donner six mois pour l'étude du projet, je veux simplement que tu ne l'enterres pas. Dernier point, tu te réserves un vol Paris Luxembourg pour la réunion des employés HAUSSMAN ici, et comme je te l'ai dit, tu reviens jeudi soir, on te laisse le Jet Jeudi.

Nous les attendrons pour le déjeuner mais ce ne sera pas ici. Je ne veux que la FAMILY ici, elle se complétera, deviendra plus grande s'il le faut, mais personne désormais ne sera accueilli ici. Les experts de WAGNER BUSINESS LAWYERS repartiront le soir même, avec leur feuille de route. Nous leur présenterons la Team manager et le PDG de WAGNER BUSINESS LAWYERS, et Ruth se chargera de préparer son discours. Toi tu resteras pour le week-end.

Une dernière chose, Mélanie, avez-vous revu Céline depuis hier midi ?

– Non, on ne sait pas où elle est.

– Bon, tu iras voir Mike, et tu lui demanderas. Si tu la vois, tu lui demanderas de venir me voir en fin de soirée ici.

– Mais pourquoi ne l'appelles-tu pas directement ?

– Parce que je vais me mettre en colère, et je ne le souhaite pas.

– Bien, alors je vais tenter de la joindre.

– Merci Mélanie. Excuse-moi, mais il est l'heure de recevoir la Team. Tu veux bien me rendre mon caillou ?

– Ah oui excuses moi.

Quelques minutes plus tard, les filles entraient dans le bureau de Luc.

– Mesdames installez-vous. Il demanda aux cuisines qu'on apporte le café, et s'adressant à Margot directement, il ajouta

– Margot, tu nous fais un tour d'horizon rapide ?

Elle crut bon de se lever, et il lui fit signe de se rasseoir.

– Restes cool Margot, un peu moins de cérémonial, nous sommes entre nous.

– Bien, comme tu veux Luc. Je vais faire ça point par point.

1. La décision d'entendre VERDIER est acceptée. Nous ferons ça ce soir. J'ai fait préparer le salon de la suite « invité ».

2. Les concessions et les actes de propriétés sont prêts à Paris. Les documents seront là vendredi.

3. La convocation du personnel HAUSSMAN pour vendredi est parvenue par télex, c'était le plus court. On a fait au mieux.

4. Les statuts de WAGNER BUSINESS LAWYERS sont prêts, il faut que tu les lises avant que Ruth ne les signe ainsi que VERDIER. On les modifiera après si VERDIER est exclu.

5. Les contrats modifiés pour les clients HAUSSMAN basculant chez WAGNER BUSINESS LAWYERS sont en cours au siège. Les collaborateurs travaillent au plus vite.

6. ELEONORE a convoqué Éric PETIJEAN au siège pour demain matin. Il sera là à 10 heures. Tu pourras le voir après Luc.

7. On a trouvé une « boîte aux lettres » pour WAGNER BUSINESS LAWYERS. C'est à proximité du siège.

8. Demain matin 8 H 30 tu as réunion avec le personnel au siège.

9. Charlotte va reprendre les affaires sur le Brésil, elle est mieux indiquée que Éléonore. Mais Éléonore et l'expert l'assisteront.

10. Sara va s'occuper de l'Afrique avec toi.

11. Élise étant absente, on n'a pas encore la solution pour les trois administrateurs détenus dans un hôtel à Genève. On attend tes consignes.

12. Affaire GPM, on a reçu le projet et leur budget. Tu regarderas, mais pour Cathy, on ne peut pas couvrir au-delà de 50 %. C'est trop risqué.

13. Les aménagements du siège tel que tu l'as demandé, sont en cours, mais ça empêche les gens de se concentrer sur leur travail. Et en toute franchise, c'est la merde, on n'a pas assez de place.

14. Ce sera Yan HANSEN qui suivra Ruth et ses affaires. On a rappelé DIESBACH pour lui dire qu'on ne voulait pas travailler avec des personnes qui hésitent.

15. Les contrats de Ruth et de Cathy sont prêts, ils seront sur ton bureau au siège.

16. Pour Eva et Ephie, on attend tes consignes.

17. Pour Nathaly, j'ai ses 3 contrats ici, il faut la signature de Mélanie pour REUTHER DIAMONDS, et pour les deux autres, ta signature.

Elle s'interrompit, le chariot de Maria arrivait dans le bureau, et Luc lui fit signe de le laisser là. Maria sourit et quitta la pièce.

–   Merci Margot. Vous avez bien travaillé. Suzana sera au siège demain ? Vous me caler un rendez-vous avec elle, et un avec Yan HANSEN. Ruth et Ephie, vous restez dans mon bureau. Cathy, tu m'expliques pourquoi le budget de GPM ne peut pas être couvert entièrement. Nathaly, tu veux bien prendre des notes de ce qui se dit ? Merci

–   Luc, ce n'est déjà pas la vocation de REUTHER FINANCES de couvrir des entreprises de cette taille. On parle de 120 Personnes tous actionnaires. Si ça ne fonctionne pas, on perd absolument tout.

- C'est un premier argument mais il n'est pas assez fort pour me convaincre. As-tu autre chose ?

- Oui, le budget lui-même. 8 millions de dollars soit 40 millions de francs sur 3 banques, je veux bien me fendre pour une banque, mais pas pour toutes les trois.

- Admettons, quels sont les risques ?

- Luc le secteur d'activité tout simplement. Cette industrie n'obtient que de faibles résultats à peu de choses près 5 % de résultats annuels. Et le coût des produits et matières premières subit des variations de 3,5 % par an, cette industrie est contrainte d'avoir des matières premières et jongle en permanence entres fournisseurs et clients. Ils ont toujours des retards, et jamais de trésorerie. Leur cash-flow est inexistant. Le moindre faux pas, et c'est encore une crise.

- Bon j'admets que ce n'est pas rentable. Donc tu t'engagerais sur une perte directe de combien ?

- Au maximum la moitié. Il n'y aura rien à récupérer. Je me vois mal assigner 120 actionnaires à payer une dette. 4 Millions de Dollars me semble correct.

- Bon, alors Cathy, tu vas faire un courrier à BERGSTHAT, et copie à Claude REGENT disant que REUTHER FINANCES s'engage à cautionner 50 % des valeurs des intérêts d'emprunts sur une seule banque si cette dernière accepte de couvrir le besoin financier à ce projet d'au moins 60 % des montants nécessaires.

- Ils vont refuser Luc. C'est pratiquement certain.

- Alors ils refuseront ! Ils seront contraints d'aller négocier avec les banques françaises, et ça donnera des arguments à REGENT pour leur mettre la pression. Mais nous n'irons pas enregistrer des pertes que l'on ne pourrait pas récupérer en mobilier ou immobilier. Qu'ils cherchent une solution complémentaire. En France, MITTERAND parle toujours, mais il ne respecte pas ses promesses c'est bien connu.

– Bon, alors je prépare ça.

– Non Cathy, tu as une position, je t'ai donné un avis, maintenant choisis ta solution de couvrir un emprunt sur une seule banque, ou le cautionnement des intérêts d'emprunts sur une banque finançant 60% du projet MGP.

Ma chérie, c'est toi qui diriges, alors tu prends tes responsabilités. Fais tes calculs, tu prépares ton projet, tu signes et tu envoies.

Ensuite tu appelles PRUNIER et tu lui imposes de suivre ce dossier et de te tenir informé.

Fais bosser ceux que l'on paie. Soit à ta place et montre qui tu es. En Suisse, non seulement ils parlent lentement, mais ils agissent pareillement. Alors bouges les. Il faut qu'ils apprennent que l'on ne plaisante plus.

Assieds-les sur de la dynamite, et tu verras qu'ils vont se bouger, ils ont beaux prétendre restez neutres, là maintenant, ils vont savoir pourquoi ils se lèvent le matin je te le garantis.

– Bien. Alors je vais faire tout de suite.

– Non plus, tu te donnes un peu de réflexion. On a parlé de ça hier soir, laisses la journée passer.

Demain il fera jour. Si tu réponds trop vite, ils vont jouer avec ton temps. Et Élise connaît Claude REGENT, si ça ne va pas, elle le lui dira. Pas de précipitation. Nous avons assez de nous préoccuper de nous. Ce dossier Cathy il est à toi, tu les remues pour avoir les réponses que tu attends, et tu le mènes à son terme. Mais prends le temps de faire tes analyses. Tu te débrouilles bien jusqu'à présent, et tu verras que PRUNIER va nous être très utile. Il a des compétences et c'est dommage qu'il se soit fait avoir, parce qu'il aurait pu être à ta place. Mais ce sera un excellent numéro deux.

– Luc pour le Brésil, tu comptes y aller quand ? Reprit Margot

– Que Charlotte voit ça pour fin mars avec Figueiredo.

Toi Sara, pour l'Angola, tu prends rendez-vous avec le Président João Lourenço à Luanda dans la seconde semaine de Mars, ensuite on ira à Kinshasa et on emmène Céline bousculer MOBUTU sur ces terres. Puis au Mozambique rencontrer MACHEL, et au retour, le Ghana, la Côte d'Ivoire, et peut- être le Nigeria.

Cathy, tu appelleras PRUNIER, je veux qu'il bloque tous les avoirs bancaires des quatre administrateurs, et le compte MOBUTU.

Il fait transférer toutes les valeurs sur le compte général de REUTHER FINANCES, et il se débrouille pour qu'aucune trace de ces mouvements n'apparaissent.

Secret bancaire oblige, on dépouille aussi MAZA.

Seul le compte des droits d'exploitation reste ouvert pour le trésor de RDC. On continue de verser les droits, mais plus aucune rétribution de commission à qui que ce soit. Tout doit revenir à notre banque centrale.

Emma, tu te chargeras de superviser REUTHER EST pour tout le groupe pendant mon absence. Tu mets tes collaborateurs au boulot, il nous faudra être informés de tout quand nous reviendrons, et surtout des mouvements dans les affaires des grands comptes de WAGNER.

Vous avez des questions ? Demanda-t-il d'un regard circulaire. Non ? Bien, alors vous fermez boutique à 16 H 00. Cathy tu me rejoindras ici dès que tu as terminé.

Merci à toutes.

Nathaly demanda alors la parole.

—   Oui Nathaly, il y a quelque chose qui te chagrine, je ne le vois à ton regard.

—   Oui Luc, tu veux bloquer MOBUTU. Ta stratégie est bonne, mais le moyen d'action l'est moins.

Si tu fermes le compte MOBUTU en Suisse, tu le places en victime. Et tu ne pourras rien négocier. Alors la meilleure stratégie, c'est de changer son compte REUTHER en banque de Genève.

La Suisse ne veut plus de cette affaire avec la RDC, elle a trop à y perdre. Le scandale REUTHER l'éclabousse.

FÜRGLER a dit dans un article du journal de Genève, qu'il allait mettre un terme à cette comédie de prendre son pays pour territoire de négociation des puissances étrangères, qui placent les dictateurs au centre de leur pourparlers.

Il a la trouille que REUTHER FINANCES déserte la Suisse. Si l'on balance une partie des avoirs de MOBUTU sur une banque Suisse, FÜRLGLER sera pris au piège, et MOBUTU aura bien ses avoirs, mais ce sera FÜRGLER qui le bloquera, et pas REUTHER.

- Viens ici Nathaly que je t'embrasse. Tu viens de me sauver la mise. Tu peux t'occuper de ça avec Cathy et PRUNIER ? Tu contactes FÜRGLER pour l'informer.

- Oui on peut faire ça d'ici, mais nous n'avons pas les codes téléphoniques des comptes.

- Appelez PRUNIER. Lui va les trouver, je le paie pour ça. Mélanie, Nathaly va s'occuper de te réserver le jet privé pour demain.

- Mais avant, Nathaly, tu remontes chez toi, j'arrive avec tes contrats.

Allez, au boulot.

Ruth et Ephie, allez faire un tour pendant que je vois Nathaly.

A tout de suite.

Il quitta son bureau, tout roulait comme il le souhaitait, et il semblait un peu moins stressé.

Arrivé à l'appartement au-dessus de son bureau, Nathaly lui offrit un café. Elle s'était installée sur son canapé, les tasses posées sur la table basse, et le stylo bille en main, prête à apposer sa signature au bas des documents que Luc lui présentait.

Il vint s'asseoir près d'elle, et elle parcourut rapidement le contrat proposé par REUTHER Groupe, et le compara avec celui de REUTHER IMMOBILIER, ils semblaient en tous points

516

identiques, à une petite phrase près. Celle qui concernait la signature des documents au nom du Président. REUTHER IMMOBILIER précisait une triple signature précisant, Elise, et Luc, ou un représentant mandaté, alors que REUTHER Groupe précisait, avec droit de signature sur présentation d'un pouvoir de mandatement. Luc lui expliqua qu'en cas de gros problèmes du genre la disparition des époux REUTHER, il faudrait à Margot pouvoir compter avec la FAMILY pour continuer d'assurer la gestion du groupe sans que personne n'y ait à redire. Donc les Directrices générales devaient toutes être en possession d'un document signé par Luc et Elise, qui ne servirait qu'en cas extrêmes. De ce fait là, elle allait avoir dans son bureau, ce pouvoir unique, qui permettrait de faire face.

Elle signa les deux contrats sans objection. Le troisième contrat était beaucoup plus détaillé, car il s'agissait des comptes privés, et tout était inscrit dans le moindre détail, avec des annexes spécifiant l'état des comptes, sur l'ensemble du système bancaire, avec les valeurs au moment de la signature du contrat.

Une phrase l'interpella. Elle lut à haute voix :

« L'ensemble des frais et annexes nécessaires à l'exercice de la fonction et toute action qu'elle nécessiterait, seront couverts en totalité par REUTHER Luc, et directement affectés aux lignes comptables s'y rapportant. Il s'agit notamment des frais vestimentaires, des moyens de locomotion aussi bien privé et hors fonction que ceux relevant de l'exercice défini dans le présent contrat, et tous les frais se rapportant aux déplacements du couple REUTHER ou de l'un des deux membres du couple REUTHER, d'ordre privé ou professionnel. »

– Mais Luc, ces déplacements sont aussi couverts par les deux autres contrats.

– Non, Nathaly, pas exactement. Si tu te déplaces pour nous, tu es dans ta fonction de gestionnaire. Si tu te déplace avec nous, dans le cadre purement professionnel de Top Model, c'est REUTHER DIAMONDS qui prend en charge, et si tu viens avec l'un de nous en tant que gestionnaire, il est possible qu'une partie de tes activités soit du domaine de REUTHER Groupe.

– Je ne cumule pas alors ?

– Ah non, ce serait de l'abus de bien social, pour toi comme pour moi. Ton rôle de gestionnaire, c'est également de gérer le temps que je passe pour chacune des sociétés du groupe, afin de leur imputer le quantième qui leur correspond. Voilà pourquoi je voulais te voir. Il faut que dans ta tête, tu fasses bien la différence entre toutes les ramifications du groupe. Ce sera important de le détailler dans les assemblées générales de chaque société. Et tu dois exiger la même chose des autres Directrices Générales, quel que soit le niveau de fonction qu'elles occupent.

– D'accord, et ça commence tout de suite j'imagine ?

– Non, regarde, tous les contrats ne sont officiels qu'à partir du premier mars, sauf pour Elise, Margot, et Mélanie.

– Donc je ne suis pas en fonction payée là ?

– Tu seras payée bien sûr, mais tu es en période probatoire. Car les choses peuvent encore changées. Je n'ai pas arrêté mes décisions définitivement. Il faut que chacune soit apte, à terme, de réaliser les tâches des autres, au pied levé. Je verrai comment les choses évoluent. Je n'ai pas encore vu les affaires de REUTHER

PHARMA dans leurs détails. C'est très important pour la suite de mes actions.

– Je peux te dire quelque chose Luc, quelque chose de personnel ?

– Oui, bien sûr, je t'écoute.

– Je sais que tu n'es pas un homme comme les autres, mais j'ai un peu honte de ce que je vais te dire. Mais j'ai commencé, je vais au bout. Depuis hier, j'ai envie de toi.

– Waouh, et bien je vais te dire une chose, depuis que tu as défilé samedi, j'ai aussi envie de toi, mais j'ai envie de toutes les filles. Je crois que je suis un grand malade. Je ne m'étais jamais rendu compte de cela, mais ce matin, je suis allé à l'office, et ça m'a ouvert les yeux. Elise a recruté que des filles lesbiennes ou bi, et je ne sais pas pourquoi. Mais l'une d'entre elles m'a parlé longuement, et je suis parti en quad avec Maurice, mon garde forestier. Là j'ai réfléchi, et je suis un faible devant les femmes. Je crois que ça va poser un problème à un moment donné. Parce que j'aime ma femme. Et je ne vois pas comment vous allez gérer cela.

– Luc, si je peux me permettre, tu n'as pas à le gérer. Si nous avions dû présenter la moindre jalousie les unes envers les autres, il y a longtemps que ce serait fait. Les femmes sont de vraies garces entre elles. Elles ne se font jamais de cadeau. Mais ici, avec le rejet qu'à la société de notre genre, pour vivre, nous n'avons pas eu le choix. Notre mental s'est dirigé naturellement vers le plus facile, et pour nous toutes ici, c'est de créer l'harmonie pour qu'à aucun moment, il n'y ait de clash qui vienne te nuire. Si ça pose des problèmes à l'une d'entre nous, nous en parlons entre nous.

Toi tu n'es pas en cause mais tu es notre cause commune. Ce qui est un peu paradoxal, c'est que nous soyons toutes amoureuses de toi sans aucune exception. Et moi, je me refusai à croire que ça m'arriverait.

Dès que tu approches l'une ou l'autre des femmes ici, nous avons toutes envie de tes caresses et de tes baisers. Je ne parle pas du baiser conventionnel, mais de celui qui te fait entrer en transe, tu vois. Et pourtant, tu ne fais rien pour ça. Tu es tactile, nous le savons, tu aimes le contact physique.

Alors on se demande si tu n'es pas une femme dans un corps d'homme.

— Non, je vis très bien ma condition d'homme, j'ai effectivement une sensibilité qui s'approche de celle des femmes. Mais je n'ai pas eu de mère, pas eu de père, pas eu de sœur, et encore moins des grands parents ou des tantes. En fin de compte, sans vous, je n'ai personne. Et j'aime faire l'amour jusqu'à l'épuisement. Je m'en veux terriblement d'être comme ça, mais je ne peux rien y faire. Donc, je pense que je suis un grand malade.

— Un malade parce que tu es différent Luc ? Alors non, ne te met pas des choses comme ça en tête. Tu n'es pas malade, tu es plus que nature. On lit en toi comme dans un livre ouvert et tu ne peux pas cacher tes sentiments à une femme.

— Nathaly, j'aimerai faire l'amour avec toi, mais il est 14 H 45, ça risque de faire court pour mon rendez-vous de 15 H 00, d'autant que j'ai tout décalé d'une journée à cause de mon coup de fatigue. Alors faire ça entre deux portes, ce n'est pas mon truc. J'aime prendre mon temps.

– Je comprends, et merci d'avoir été franc avec moi. D'autant que je n'ai jamais couché avec un homme.

– Vraiment ?

– C'est vrai, ils ne m'attirent pas. C'est pourquoi je suis étonnée d'être amoureuse de toi !

– Peut-être es-tu bi, qui sait ?

– Non, pas du tout Luc, je n'ai pas envie d'un autre.

– Bon, on ne se prend pas la tête, quand nous serons plus disponibles, nous verrons si tes sentiments sont toujours aussi présents. Moi je ne peux pas faire l'amour avec une personne qui ne m'aime pas. Donc sois assurée que tu n'es pas ici par hasard.

– Mets ta main entre mes cuisses Luc, j'ai juste envie de sentir ta main sur ma peau.

Il la laissa guider sa main et il sentait bien que sa respiration s'accélérait. Elle se contrôlait difficilement, et elle colla sa bouche à la sienne, nouant sa langue à la sienne, sans retenue.

Il la caressa ainsi quelques minutes, glissa sous les doigts sous le petit string fin, et sentit le pubis soyeux de la jolie blonde, sur lequel il s'attarda un peu, glissant jusque dans la fente qui s'ouvrait. Il retira sa main, la regarda, et lui dit :

– Je viendrais une nuit complète, seul et je resterai à te contempler, avant de te prendre comme tu le désireras.

– Merci Luc, je me sens rassurée sur moi-même. J'espère que tu ne m'en veux pas.

– Qui peut en vouloir à quelqu'un pour ses sentiments et ses envies. Allez, va te rafraîchir, on doit redescendre au bureau Nathaly, j'ai déjà deux épouses, je ne sais pas si une troisième sera une bonne chose.

– Je me sens prête Luc...

– Dis-moi Nathaly, où en est-on avec les problèmes fiscaux et les rattrapages de loyers que doivent toutes les sociétés du groupe REUTHER à la SCI REUTHER IMMOBILIER ?

– Alors bizarrement, la Belgique, et l'Allemagne ont abandonné leurs créances et nous avons la confirmation officielle. Nous avons éteint la France et nous avons reçu la confirmation du ministère, du virement qu'on leur a fait. Les Etats Unis, Emma a appelé, et ils ont accepté notre proposition de 130 Millions comme soldes, dont une partie sera considérée en avance sur les taxes foncières de cette année. Ce qui abaisse la note globale de 30 millions. Mais Emma a trouvé une parade, nous avons une demande du NEVADA, qui nous propose un pont d'or pour implanter une agence REUTHER DIAMONDS au sein d'un consortium. Ils nous offrent tout leur premier étage.

– En pleine propriété ?

– Je n'ai pas les détails, mais j'aurai les plans dans une quinzaine.

– On sera clean après ?

– Au niveau fiscal, oui. Il reste à faire payer toutes les sociétés qui occupent des locaux de la SCI.

– Combien tu comptes récupérer en réactualisation de loyers et en actualisation de leur fiscalité ?

- Pour les Etats Unis, 400 millions de fiscalité, et 90 millions de réactualisation. Pour la France, 25 millions de retard de loyer. La fiscalité a été régler par REUTHER DIAMONDS France.

  Pour l'Angleterre, nous avons moins grand, 2,25 millions. L'agence REUTHER DIAMONDS Angleterre prend en charge la fiscalité. Pour l'Allemagne, même topo et même valeur. Pour la Belgique, REUTHER DIAMONDS prend tout en charge et réglera 1,5 millions en avril. La mise à jour des autres filiales est en cours pour la partie retard de loyers. Il s'agit là des principales agences. Ensuite, il y a les retours de budgets de rénovation non utilisé. Là c'est un peu plus complexe. Je pense pouvoir boucler les dossiers d'ici à un mois. Il faudra probablement revoir le fonctionnement. Et assurer les paiements directement du siège, et ne plus confier des budgets aux filiales. Ainsi, nous maîtriserons complétement le sujet du point de vue financier.

- Bon, on peut considérer avoir récupéré 500 millions. Nous serons presque à l'équilibre des comptes alors ?

- Sur cette partie, tu vas rentrer 50 millions sur tes comptes personnels. Et pour les budgets, j'établis un état, mais REUTHER SCI devrait rentrer plus de 20 millions.

- Alors combien faut-il pour monter un nouveau centre d'affaires internationales à Luxembourg, sur 10 étages, le dernier serait le siège social de REUTHER GROUP, avec un ROOF GARDEN en toiture, type écologique, avec piscine et restaurant d'entreprise.

- Tu veux que je me renseigne de ça ?

- Oui, autant réinvestir, et j'envisage 80000 m². J'ai entendu dire que des terrains entre Luxembourg et Lindel

523

allaient être mis à disposition. En immobilisant 50 millions et 20 en fonds de réserves, on devrait pouvoir faire quelque chose.

– Là tu vois larges Luc, mais tu veux louer ces espaces ?

– Oui, nous gardons les trois étages pour REUTHER GROUP et les Présidentes et les DG et le Roof Garden. L'idée, c'est d'installer tous les sièges sociaux des sociétés de premiers et seconds rangs ici même, ainsi que WAGNER BUSINESS LAWYERS.

– Ça ce serait une riche idée. Mais tu estimes muter combien de personnes par siège sociale ?

– Je n'ai pas regardé. 2000 m² pour WAGNER BUSINESS LAWYERS, soit un quart d'étage, il restera 14000 m² pour les sièges sociaux des sociétés de premiers et seconds rangs. Et 8000 m² au dernier niveau pour REUTHER INTERNATIONAL GROUP et un espace bureaux des PDG sur le roof garden, et un restaurant d'entreprise avec terrasse sur le toit. Nous prendrons un prestataire externe pour le restaurant du Roof Garden.

– On monte un projet alors ? Demanda Nathaly.

– Mais oui, on ne va pas garder du fric pour ne rien en faire, autant aérer les esprits, et installer nos personnels dans des locaux derniers cri. Et si tu vois l'architecte, je veux des vitrages miroirs, et isolants avec des systèmes de rideaux intégrés. Tu verras avec le Groupe BOUYGUES. Enfin je veux quelque chose de moderne, y compris en ce qui concerne les énergies renouvelables et les isolations, du lumineux, et des terrasses sur les trois derniers étages, avec des accès par escaliers extérieurs, et des ascenseurs rapides en extérieurs qui donne sur des halls d'accueils généraux à chaque étage, il ne faut pas que les visiteurs aient à chercher leur chemin. Tu lances les études avec les architectes de renom, et une préemption sur les terrains. Tu vois ça avec Jacques SANTER. Et en parallèle, on va essayer de réaménager également le siège social actuel. REUTHER JEWELRY INSURERS sera installé dans le nouveau bâtiment, et il lui faudra à terme de la place. Nous louerons ou nous vendrons le bâtiment actuel qui n'est pas pratique. Je sais que tu aimes ça les nouveaux projets, alors tu as de quoi faire. Tu regarderas si je peux le financer en fonds propres ou avec la SCI. Si nous avons suffisamment de trésorerie de SCI, sans risquer quoique ce soit, tu fais le nécessaire pour les terrains.

— Génial Luc, je fais au mieux, mais on termine d'abord l'accès employés ici, et les aménagements ateliers de taille, et salle de conférence en sous-sol, ainsi que bureaux supplémentaires dans l'aile gauche, appartements dans l'aile droite, salle de gym en sous-sol, aménagement de la suite invitée en quartier résidentiel privé de la REUTHER FAMILY, et j'ai vu que le sous-sol de l'aile gauche était semi enterré et bénéficiait de fenêtre, alors j'imagine faire des bureaux ici. Et les ateliers de tailles en second sous-sol de l'aile gauche tout en sécurisant au niveau des accès.

— Nathaly, tu prends les avis des architectes, on ne doit pas détruire un seul brin d'herbe de la verrière, et pas un seul bruit pendant les travaux. Il faut garder l'écrin tel qu'il est.

— D'accord, je m'occupe de tout. Tu peux être tranquille, quand vous reviendrez de vacances, tu auras tous les projets sur la table.

— Oui, et pendant que j'y pense, vérifie qu'au premier étage de l'aile droite, s'il est possible de créer 14 appartements.

Ça fait beaucoup de choses à voir, mais j'essaie de penser au bien être de tout le monde ici. Si tu vois que ça va trop loin, tu m'arrêtes, parce que j'ai la tête comme une citrouille.

— Luc, je te le dis, il est temps d'arrêter pour aujourd'hui. Allez, va, tu es libre.

CHAPITRE XL

Chacune retourna à son bureau. Luc se leva, se servit un café au passage, et s'approcha d'Ephie et de Ruth.

– Bien, à nous. Vous feriez bien d'aller vous changer toutes les deux, vos mères ne vont pas vous reconnaître sinon. Et vous serez libre cet après-midi pour vos mamans.

– Tu ne veux pas que nous restions comme ça chéri ?

– C'est à vous de voir, je vous taquine. Ça va, vous avez bien travaillé ce matin ?

– Oui, on peut dire ça, le téléphone n'a pas arrêté, mais on s'en est bien sortie répondit Ruth.

– Est-ce que VERDIER vous a aidé Ruth ?

– Non, on ne l'a pas appelé. Élise a plein de dossiers à voir, Luc, je devrais peut-être aller regarder si je peux l'aider ? Demanda Ephie.

– Ah non, pas maintenant, dans dix minutes, il va y avoir ta mère ici, alors il serait bien qu'on vous laisse tranquilles tu ne crois pas ? Et puis il faut que tu l'installes chez elle, et pareil pour toi Ruth.

Elles étaient émues, bien qu'aucune ne voulait le montrer. Alors Luc leur demanda si elles voulaient quelque chose de particulier pour recevoir leurs mamans.

Le téléphone sonna avant qu'elles ne puissent répondre. Luc se dirigea vers son bureau la tasse à la main, souleva le combiné, et répondit simplement « j'arrive », puis raccrocha.

– Vous m'excusez les filles, je reviens.

Il quitta le bureau, allongea le pas pour aller jusqu'à la grande salle qu'il traversa, et entra dans le hall.

Il avança à la porte d'entrée, et ouvrit, les deux berlines noires étaient arrivées, et il descendit les marches pour accueillirent les occupantes.

- Bonjour Madame, Luc IMBERT REUTHER, très heureux de vous recevoir dans ma résidence.

- Christiane BERNY Monsieur, la maman de Cathy et Ephie.

- Enchanté Madame. Permettez-moi d'accueillir Madame WAGNER, la maman de Ruth je crois.

- Tout à fait Monsieur REUTHER, Ann WAGNER

- Bien, alors je vous propose de m'accompagner jusqu'à mon bureau où vous pourrez saluer vos filles comme il se doit. Je vous recevrai séparément ensuite, pour que nous discutions des propositions que j'ai à vous faire.

- Nous vous suivons jeune homme. Répondit Christiane BERNY d'un ton autoritaire.

Il les invita à entrer, et les accompagna jusqu'à la verrière, où ils les installèrent à la table, et demanda à l'office d'apporter des douceurs.

- Je vous laisse ici, vos filles vont arriver. Et ensuite, chacune votre tour, votre fille vous introduira dans mon bureau.

Il fila jusqu'à son bureau, et demanda aux deux filles de se rendre sur la terrasse près de l'office.

Il se refusa de regarder les retrouvailles, trop sensible pour supporter cela, et glissa juste à Ruth en lui tapotant les fesses,

- Tu viendras avec ta mère jusqu'ici mon cœur. Faites un petit tour mais ne tardez pas trop. Je t'aime.

- Oui je sais chéri, moi aussi je t'aime

Et elle l'embrassa en le serrant très fort dans ses bras.

Il fit un petit tour dans les bureaux, s'arrêta auprès de Margot, passa derrière elle et lui serra les seins avant de l'embrasser.

- Tu commençais à me manquer Luc. On n'a plus une minute à nous depuis que tu as repris les affaires.

- Je sais Margot, mais je t'ai toi, et tu te débrouilles bien. Sans toi je serai déjà enterré sous les montagnes de papiers.

- Tu sais, Luc, j'espère que tu viendras me voir avant de partir. J'ai besoin d'un peu de changement.

- Promis. Ce soir ou demain ?

- Humm Les deux ?

- Ah tu me fais du chantage ?

- Non, pas du tout. Allez glisses tes mains dans mon chemisier, laisses toi aller.

- Chérie, je n'ai pas le temps, j'ai du monde à recevoir.

- Allez prends juste deux minutes pour me mettre en appétit.

Il se laissa une fois de plus aller à la demande, tout en répétant « Je suis vraiment trop gentil ».

Il sentit les tétons gonflés qu'il roulait entre ses doigts, et la respiration de Margot qui accélérait, il l'embrassa pleine bouche, et se retira doucement en la regardant dans les yeux.

– Tu sais Margot, tu ferais certainement de très beaux enfants.

– Quoi ? Moi ? Arrête Luc, je ne suis pas prête à ça. Non non, ne pas pouvoir faire ce que je veux, ah non, ça, je ne veux pas en parler maintenant.

– Ah mais je n'ai pas dit que je voulais te faire des enfants, j'ai dit simplement qu'ils seraient très beaux.

– Oui oui ! Mais on te connaît nous, et l'on sait très bien que le jour où l'idée te prendra, on sera toutes enceintes en même temps.

– Mais que dis-tu là ? Tu le penses vraiment ?

– Oui, je le pense, et je suis convaincue même, que le groupe, ce n'est pas le plus important pour toi, mais c'est engendrer une dynastie REUTHER. Tu veux des petits REUTHER partout qui vont aller se cacher dans la forêt pour faire enrager leurs mères.

– Tu vois bien loin mon cœur, mais pourquoi pas. Je sais ce que c'est que de vivre seul.

– Justement, tu auras trouvé le bon système toi, un enfant par femme et toutes à tes pieds, au moins, les gosses ne seront pas malheureux.

– Les futures mères sont malheureuses actuellement ?

– Elles sont un peu seules certains soir chéri.

– Mais l'héritier est tout seul aussi, et il n'a jamais demandé que les choses soient ainsi.

– Oh mon cœur, c'est vrai que l'on ne t'a pas laissé beaucoup de choix possible. Mais j'espère que tu es heureux. J'ai remarqué que tu avais un faible pour Ruth.

– Oui, c'est vrai, je ne peux pas le cacher.

– Nous ne sommes pas jalouses, tu peux nous le dire, personne ici ne vous en voudra.

– On ne peut jamais tout dire Margot. Chacune de vous à sa place, et pas uniquement dans le boulot. C'est juste un peu compliqué à gérer.

– Oui, mais on va arranger ça, parce que pour toi, je dirai que ce n'est pas gérable. Nous avons toujours été extrêmement libres entres nous. Et toi, c'est vrai qu'on te promène un peu en laisse même si l'on ne s'en rend pas toujours compte.

– Je ne dirai pas ça, mais une femme qui veut quelque chose est rarement patiente. Je le constate tous les jours. Allez, il faut que je te laisse, merci à toi d'être là.

Il l'embrassa à nouveau, et revint dans son bureau.

Ruth venait d'en ouvrir la porte pour faire entrer sa mère.

– Installez-vous Madame WAGNER. Vous avez fait un petit tour avec Ruth ?

– Oui quelques pas, cette immense serre est magnifique.

– Cela vous plaît, vous m'en voyez ravi. Comme je vous l'ai annoncé au téléphone, si le cadre vous convient, vous pourriez accepter de travailler pour nous ?

531

- Ça me gêne Monsieur, vous avez déjà tellement fait pour ma fille.

- Ah non-Madame, ne dîtes pas cela. Cette maison vous a fait tellement de tort, à votre fille et à vous, que je ne puis acceptez vos propos. Je ne pourrais jamais réparer ce qui a été fait ici. Tout au plus, je peux peut-être plus simplement l'adoucir et tenter de vous le faire oubliez. Alors j'en viens au fait. J'ai besoin d'une personne pour gérer un certain nombre de choses ici, et aider au ménage et au service. N'ayez crainte, pas de grande réception, pas de courses avec des assiettes ou des plats, ici, il n'y a que la direction générale qui y vit. Je vous propose d'accepter ce poste. Nourrie, logée, habillée, payée, et vous disposerez des services de mes chauffeurs pour vos besoins personnels comme pour les besoins de la maison. Vous verrez avec mon épouse pour les détails, et vous gérerez le budget de l'office et de ce qui s'y rapporte. Vous partagerez ce poste avec Madame BERNY si elle l'accepte. Ainsi, vous disposerez l'une et l'autre de jours de repos. Vous vous arrangerez entre vous pour vos plannings, l'important, c'est que chaque jour, l'une d'entre vous soit au service. Vous gérerez également les congés du personnel de l'office, femmes de chambre, cuisiniers, femmes de ménage, blanchisseuses.

- Je n'ai jamais fait ça moi Monsieur REUTHER ?

- Si madame, toute votre vie vous l'avez fait, dans votre propre maison, pour le bien de votre fille. Je ne vous en demande pas plus.

- J'essaierai d'être à la hauteur.

- Dois-je comprendre que vous acceptez ?

– Oui, et je verrai ma fille souvent ?

– Attendez, une minute, je ne vous ai pas tout dit sur cette maison. Ici, Madame WAGNER, nous tenons particulièrement à la discrétion, et vous avez vu que notre système de sécurité est très élaboré.

– Oui, c'est presque de la paranoïa.

– Presque oui, ce que l'on vous demande, c'est de ne pas juger, de ne pas divulguer, de ne pas colporter tout ce que vous pourriez voir, entendre ou écouter. Et la dernière chose que vous devez savoir, c'est qu'ici, le groupe que je dirige n'est composé que de femmes homosexuelles lesbiennes ou bi-sexuelles.

– Oui, bah ça, on ne peut rien contre.

– Il ne suffit pas de le dire. Elles ont créé un groupe qu'elles ont nommé la REUTHER FAMILY et votre fille fait partie de ce groupe. Je dois vous affranchir également qu'elle est également mon épouse, au même titre qu'elle est l'épouse de ma femme. En fait nous formons un trio. Je sais qu'elle ne vous l'aurait pas dit, mais l'on vous a assez menti ici, pour que l'on vous doive la vérité aujourd'hui.

– C'est vrai Ruth ? Dis-moi c'est vrai ?

– Oui maman, c'est vrai, et je suis très heureuse comme ça. J'ai eu le choix maman, je te promets que personne ne m'a forcée. Je ne suis plus vierge, mais je l'ai choisie tu comprends maman ?

– Ma fille, je ne sais pas si je peux te comprendre, mais je peux l'accepter, parce que nous avons eu assez

533

d'épreuves toutes les deux pour qu'enfin la paix revienne sur nous.

– Merci maman, ne te tracasses pas, on va bien s'occuper de toi. Et attends, Luc ne t'a pas dit ton salaire.

– Ah oui, tenant compte de toutes vos obligations, vous percevrez un salaire annuel de 1,2 Millions de Francs UL ou 30000 Dollars annuel. D'autres part les frais liés à votre emménagement ici dans la résidence, seront pris en charges dans leur totalité par REUTHER IMMOBILIER. Ces conditions vous conviennent-elles ?

– C'est deux fois plus qu'on me donnait dans mes précédents emplois Monsieur. Alors oui, ça me convient. Et le chien de Ruth ?

– Vous l'amènerez dès ce soir. La seule règle concernant les animaux que sont les chiens et les chats, est qu'ils ne sont pas tolérés sous la verrière, et que leurs excréments doivent être ramassés et jetés dans des poubelles. Je vous précise que ce site est classé réserve naturelle, et qu'aucune divagation animal domestique ne peut être toléré en zone sauvage. C'est à dire à l'extérieur des enceintes.

– Oh ne vous inquiétez pas, il ne dérangera pas.

– Puis-je avoir votre prénom Madame.

– Oui bien sûr, je m'appelle Ann.

– Ann, vous pourrez prendre votre service dès que vous serez installée. Informez-nous simplement. Ah j'allais oublier. Avez-vous des retards dans le paiement de vos factures, ou des difficultés que nous pourrions aplanir immédiatement ?

534

- Ça me gêne de vous parler de ça Monsieur REUTHER.

- Je comprends, alors vous en parlez avec Ruth et nous ferons le nécessaire. Vous restez dès aujourd'hui, ou bien voulez-vous qu'on vous fasse raccompagner chez vous ?

- Il faudrait ramener le chien alors, je ne sais pas !

- Ruth, tu vas avec ta mère, et tu ramènes ton chien, vous en avez pour une heure à peine. Demandes à l'entretien de vous suivre avec une voiture et une cage. Tu sais bien que les berlines ne peuvent pas emmener les animaux.

- Oui mon chéri, on y va maman.

Elle sauta au cou de Luc et l'embrassa fougueusement. Au moins, Luc lui avait dit toute la vérité, et la mère aimante n'aurait rien fait qui puisse rendre sa fille mal à l'aise ou malheureuse.

Luc reçu ensuite Christiane BERNY.

Elle était rentrée seule dans le bureau de Luc, l'air décidé et le regard sévère.

Instantanément, Luc avait ré ouvert la porte derrière elle, en demandant à Ephie de rentrer, mais Christiane avait prononcé un non impératif. Luc fit un signe à Ephie d'attendre deux minutes.

- Bien Madame BERNY, il semble que votre attitude reflète un problème, alors je vous écoute. Et il s'installa à son bureau, le dos calé au dossier de son fauteuil.

- Ephie m'a tout dit. Je sais tout. Et ça ne va pas se passer comme ça. D'ailleurs, où est Cathy, nous rentrons toutes les trois dès ce soir et vous allez entendre parler de moi, je vous le garantis. Pauvre détraqué.

- Madame, je ne sais quelle mouche vous pique, mais il doit y avoir un malentendu. Ne vous ai-je pas parlé au téléphone ?

- Oui et alors ? Vous ne m'avez pas dit tout ce qui se passait dans cette maison, mais ce n'est pas parce que vous êtes riche que vous avez le droit de violer les filles que vous tenez enfermées ici. Et vous avez séquestré Ephie pendant trois années, alors on ne va pas en rester-là, c'est moi qui vous le dis.

- Vous avez une définition du viol qui vous est propre. Mais la vie dans cette maison madame, n'est faite d'aucune contrainte, d'aucune proposition indécente ou immorale qui ne soit respectivement consentie. Les personnes ici sont toutes majeures, et vous pourrez le vérifier si cela vous chante. Votre venue ici avait un but précis, mais vous mettez en doute la parole du maître de maison que je suis, et également la parole de vos deux filles. Alors je vais ouvrir la porte, Ephie va rentrer, que vous l'acceptiez ou non. Ici, vous êtes chez moi et je comptais vous aider. Il semblerait que vous ayez pris le soin d'en décider autrement. Je ne remettrai pas en cause votre choix. Mais nous allons tout de suite éclaircir cette affaire.

Il leva le téléphone,

- Cathy veux-tu venir immédiatement dans mon bureau, Merci

Il alla jusqu'à la porte et fit entrer Ephie.

- Assieds-toi Ephie, viens à côté de moi.

Cathy arriva à son tour embrassa sa mère qui ne lui rendit pas son baiser.

– Cathy, viens de l'autre côté. Alors, Madame, là je vous écoute. J'attends vos explications

– Je ne retirerai pas ce que j'ai dit.

– C'est votre droit, mais vous allez le repréciser devant vos filles. J'y tiens.

– Je ne suis pas votre employée, vous n'avez rien à me commander.

– Préférez-vous que je vous envoie mes avocats ? Ils sont à côté, je n'ai qu'un simple geste à faire.

– Vous ne me faites pas peur vous savez, vous êtes un pervers narcissique qui pense qu'on achète tout avec l'argent. Et vous avez fait de mes filles des objets sexuels.

– Cathy, appelles Margot, qu'elle prenne son dictaphone avec elle.

Cathy se leva, et tenta de calmer sa mère

– Mais maman, qu'est-ce qui te prend là ? Tu t'es entendu parler ? Où es-tu allée chercher des trucs pareils ? Ce n'est pas nouveau que nous soyons homosexuelles, en quoi cela a-t-il dérangé ta vie ? Tu avais rêvé d'un prince charmant à notre place. Mais aujourd'hui, tu ne vas pas choisir notre vie non ?

– Toi tais toi, tu n'es qu'une gamine comme ta sœur, et je suis votre mère, il ne faudrait pas l'oublier.

– Oui, on ne risque pas de l'oublier. Tu nous as assez fait comprendre qu'on avait gâcher ta vie reprit Cathy, mais ici, dans cette maison, tu ne viendras pas nous gâcher la nôtre une seconde fois. On n'a rien dit à Luc, on pensait

537

lui éviter ça, mais tu gâches toujours tout, partout où tu passes. Alors je vais te dire, Ephie était contente de te revoir, mais je crois qu'elle a compris quelle mère tu étais, et maintenant, on sait pourquoi notre père est parti. Alors non-maman, je te le dis droit dans les yeux, non, tu ne seras pas recrutée ici, tu n'y as pas ta place. Ephie était contente de te dire qu'elle était heureuse d'être devenue femme. Et toi, tu l'engueules, tu la détestes à ce point ma jumelle ? Tu la prends toujours pour une idiote ? Tu continues de la considérer comme ton esclave dépendante, alors que pendant trois années, tu lui a volé son salaire, sans même lui laisser le minimum pour acheter ses tampons hygiéniques ? Je te promets que tu ne resteras pas une minute de plus ici. Retourne à tes besognes de bas étages, puisqu'il n'y a que le fric qui t'intéresse.

–   Ça suffit, j'ai dit ça suffit, tu as 20 ans, alors un peu de respect répondit violemment Christiane Vous allez voir toutes les deux comment ça va se passer quand vous rentrerez à la maison.

–   Rentrer à la maison ? Mais pauvre idiote, notre maison, c'est ici, ne l'as-tu pas compris ? Tu n'as même pas pris le temps de visiter nos appartements privés que déjà tu critiques notre mode de vie ?

–   Madame BERNY, interrompit Luc, si vous ne pouvez pas vous calmer, je ne vais pas prendre de gant avec vous. Je ne connais effectivement pas l'histoire de vos filles. Mais Cathy s'exprime assez bien pour que je comprenne la mère que vous étiez, et celle que vous êtes devenue. Si vous le permettez je vais m'entretenir avec vos filles dans l'entrée.

Il se leva, et prit chacune des filles par une main en les entraînant vers l'entrée.

Ils franchirent les doubles portes capitonnées et Luc les regarda tour à tour, médusé par ce qui était sorti de la bouche de cette femme hystérique en colère.

- Je peux avoir une explication, laquelle de vous deux commence ? Dépêchons-nous, il me semble que vous me devez des explications ;

- Ne le prends pas mal Luc, commença Ephie. Moi je croyais qu'une mère savait écouter sa fille, et je ne pensais pas mal faire en lui parlant de l'amour libre, et le fait d'avoir fait l'amour avec les filles et avec toi. Mais elle m'a giflé, elle voulait me pousser dans la piscine, enfin bref elle est devenue folle. Franchement, je voulais la voir, et quand Cathy m'a dit comment elle avait été avec elle pendant ces trois années, je ne voulais pas y croire. Mais Cathy a été son souffre-douleur, le vilain petit canard sur laquelle elle se défoulait. Alors on voulait garder ça pour nous, Luc, parce que tu ne mérites pas de prendre sur toi tous les malheurs des autres. Et elle est venue ici pour obtenir du fric, c'est tout ce qu'elle veut.

- Ça, je m'en suis douté, mais avec des attitudes comme celles-ci, vous pensez bien que je ne vais pas l'aider d'un seul centime.

- Luc, tu nous en veux ?

- Écoutez mes chéries, je ne vous en veux pas au sens du terme, mais je ne pensai pas que vous me considériez comme un étranger. Ça me fait mal mais on n'y changera rien. Cathy, tu fais entrer Margot, et Charlotte dans mon bureau. Je veux que tout ce qui sera dit dans ce bureau

539

soit consigné. Allez, va les chercher et informe-les qu'elles entrent immédiatement, nous on arrive.

Ephie, tu vas me dire exactement en une seule phrase, quelle a été ton enfance.

- Luc, je suis désolée, j'ai cru qu'elle avait changé. Au téléphone elle avait l'air si douce. Notre enfance et bien moi je ne disais jamais rien, elle me battait, me traînait par les cheveux et criait tout le temps, quand on a eu trois ans, elle battait mon père, parce qu'il ne gagnait pas assez d'argent, et nous on devait faire ce qu'elle disait, bien sûr on le faisait mal, on était trop petites pour comprendre. Alors par peur de mal faire, on se cachait tout le temps. Bref, elle ne nous a jamais aimé. Moi je n'ai jamais pu voir la couleur de l'argent de ma paie. C'est Eva et Ruth qui m'achetaient mes tampons mes savons mes shampoings bref les trucs de filles. Même mes culottes, parce que je n'avais rien.

- Stoppe là, ça suffit, j'en sais assez. Viens, on rentre.

Il se réinstalla à son bureau, calme et posé, et regarda Christiane BERNY droit dans les yeux.

- Madame BERNY, vous voudrez bien répéter les accusations que vous avez proférées ici, dans ce bureau, et les reproches que vous me faites, à moi Luc IMBERT REUTHER.

- Ah oui, je peux le faire, je ne vais pas me gêner. Vous êtes un pervers narcissique qui pense qu'on achète tout avec l'argent. Et vous avez fait de mes filles des objets sexuels. Ephie vient de me dire que vous aviez couché avec elle. C'est du viol ça Monsieur. C'est exactement ce que j'ai dit et je le maintiens.

- Merci madame, je vais demander à Ephie, de bien donner sa version des faits.

- Je m'appelle Ephie BERNY, j'ai 20 ans passés, j'occupe un poste d'attachée auprès de la Direction générale du groupe REUTHER et je n'ai pas été violée par mon patron, j'ai souhaité librement faire l'amour avec lui, et je n'ai aucun compte à rendre à qui que ce soit sur ma vie privée. Je suis lesbienne et bi, et je l'assume pleinement. Ma mère lance des accusations infondées dans l'unique but d'obtenir de l'argent de la part de Monsieur REUTHER.

- Bien, Madame BERNY, avez-vous quelque chose à dire à votre fille concernant la déclaration qu'elle vient de faire, ou voulez-vous compléter votre propre déclaration, avant que je ne reprenne la parole ?

- J'ai juste à dire que vous allez me le payer cher, vous Ephie et sa sœur.

- Merci, et maintenant je vais faire très court Madame BERNY, car je ne voudrais pas vous faire perdre votre précieux temps. Tout d'abord, les personnes qui sont ici sont les témoins de vos propos et de vos déclarations. Mme Margot HOFFMAN, Mme Charlotte WEBER, Mme Cathy BERNY, Mme Ephie BERNY, Mr Luc IMBERT REUTHER, déclarent avoir pris connaissance des déclarations et accusations de Mme Christiane BERNY, en sa qualité de Mère de Cathy et Ephie BERNY.

La gravité des accusations portées relevant d'une action judiciaire, Moi Luc IMBERT REUTHER, Président Directeur Général de REUTHER INTERNATIONAL GROUP et des sociétés associées, déclare réfuter l'ensemble des accusations portées, et émets à l'encontre de l'accusatrice, des réserves quant au mobile qui la poussent à faire publiquement de fausses déclarations et oppose à ces arguments, une violation de la vie privée concernant Ephie et ma personne, des déclarations diffamatoires portant atteintes à l'intégrité physique et morale de Ephie et de ma personne, ainsi qu'au groupe que je dirige, en créant des suspicions infondées de natures à engendrer des baisses substantielles de chiffre d'affaires, et une contre publicité notoire qui accentuerait les pertes que pourrait enregistrer le groupe que je dirige. A ces accusations portées contre ma personne, j'oppose un manque de sentiment maternel protecteur qui aurait permis aux jumelles Cathy et Ephie BERNY de vivre une enfance heureuse, et un désintérêt complet de madame BERNY Christiane pour ses deux enfants. Par ailleurs je déclare que REUTHER IMMOBILIER à payer pendant trois années un salaire de 35000 Dollars US à Ephie BERNY soient 105000 Dollars sur 3 années, dont elle n'a pu bénéficier pour ses propres besoins, le tout étant spolié par sa mère Christiane BERNY

A ces titres, je dépose plainte auprès du tribunal d'instance de Luxembourg pour fausse déclaration, propos diffamatoires devant témoins, et réclame la réparation du préjudice subi par Ephie et Cathy BERNY et par moi-même. Je demande également pour Ephie BERNY la récupération de l'intégralité des sommes qui lui ont été versées par REUTHER IMMOBILIER a titre de salaires en dus des fonctions qu'elle occupait, bulletins de salaires faisant foi, qui seront produits sur demande de la justice.

De plus, REUTHER INTERNATIONAL GROUP dépose une plainte à l'encontre de Madame BERNY pour propos diffamatoire à l'encontre de son dirigeant et se porte

542

partie civile en vue d'obtenir des dommages et intérêts en rapport avec les préjudices subis.

Madame BERNY, vous maintenez vos accusations ? Ou vous attendez un chèque de ma part ? Je vous écoute.

- Vous allez porter plainte.

- Oui madame, je vous tendais la main, vous l'avez mordue. Connaissez-vous le surnom que l'on m'attribue ?

- Non et j'm'en fiche.

- Vous auriez quand même dû vous renseigner. On m'appelle le Loup du grand-duché, et ici, vous êtes chez moi, dans ma tanière, vous venez jeter votre venin à la figure de vos filles et de moi-même. Margot, tu me mets tout ça en forme et tu contactes le procureur, tu me diras ce qu'il en pense.

Il appela Cathy, la serra dans ses bras, puis prit la main Ephie

- Mes filles, comme je vous plains, vous avez tout fait pour la sauver, mais elle ne mérite ni votre amour, ni votre regard. Ne restez pas ici, je vais la mettre dehors, et ce ne sera pas beau à voir.

Madame BERNY, j'espère que vous marchez vite, et bien, nous allons vous reconduire sous garde jusqu'au premier mur d'enceinte. Vous éviterez ainsi de perdre du temps, mais vous devrez rejoindre le mur extérieur avant que nos chiens de garde ne soient lâchés.

Ensuite, vous rentrerez chez vous par vos propres moyens. Quand on essaie de mordre Madame, il faut avoir de bonnes dents. Je vous interdis le moindre accès à la propriété, vous devrez vous tenir également éloignée de l'ensemble des terres de la propriété. Vos filles sont

543

des anges, et vous un démon. Restez dans votre misère, vous ne méritez que ça, mais sachez qu'où que vous alliez, vous ne trouverez ni travail ni soutien.

Charlotte, appelle la sécurité, qu'on vienne me débarrasser de cette merde qui salit mes moquettes.

Il quitta le bureau, furieux contre lui-même. Devoir supporter ce genre de personnage, le dégoûtait plus que tout.

Charlotte en bon soldat, transmis avec exactitude les ordres de Luc et Christiane BERNY fut décollée de son siège sans management par les deux agents de sécurité. Elle fut montée dans une berline, et conduite très rapidement au poste de sécurité intérieure.

Elle passa le portique à rayons, et se retrouva entres les murs, face au chemin sinueux qu'elle devait parcourir à pieds.

Les caméras filmaient la scène en continue, et enregistraient toute l'activité qui se déroulait. Apeurée, elle se mit à courir, regardant derrière elle et sur les côtés, et les lampes qui s'allumaient à son passage augmentaient sa nervosité. A mi-course, elle entendit les aboiements de la meute que l'on venait nourrir au chenil. Elle interpréta qu'on venait de lâcher les chiens, prise de panique, elle hurla, s'arrachant les cheveux par pleines poignées, se roulant par terre, au point qu'on fit appeler Luc qui ne bougea pas le petit doigt. Il annonça simplement, d'une voix ferme et autoritaire :

- Qu'on dégage cette ordure puante de chez moi. Allez la déposer à Luxembourg, dans la rue des filles de joie.

- Vous êtes sûr Monsieur ?

- Je n'ai pas pour habitude de répéter mes ordres.

Un chauffeur partit en camionnette, la conduire à Luxembourg et six semaines après, elle recevait une injonction à comparaître devant le tribunal d'instances de Luxembourg, pour tentative d'escroquerie, propos diffamatoires et malversations.

Elle ne supporta pas cette convocation et mit fin à ses jours en avalant des barbituriques, accessoires indispensables aux lâches qui traînent leurs boulets depuis trop longtemps.

Luc paya l'intégralité des frais et honoraires de son inhumation, et suivi le cortège funéraire jusqu'à la tombe qu'il avait fait érigée, accompagné des deux filles qui lui tenaient le bras.

Il n'y eut pas une larme, pas un cri, chacun garda calme et silence, une vie était partie, mais il n'y avait personne pour suivre le cercueil.

Il fit graver sur la pierre tombale, « toi qui n'aimais que l'argent des autres, saches que l'argent ne t'aimait pas »

Lorsqu'ils rentrèrent tous les trois des obsèques, il demanda aux filles de l'excuser, et leur dit.

–   Vous voilà tout comme moi, sans père, sans mère, mais dans votre vraie famille. Si vous désirez la quitter pour ce que j'ai fait, je ne vous retiendrai pas. Si votre vie est ailleurs, je ne m'y opposerai pas. Et si vous voulez rester, nous serons avec vous et toujours près de vous.

Aucune des jumelles ne quitta la REUTHER FAMILY.

Le soir même de son entrevue avec Luc, Ann WAGNER, une fois installée dans l'ancien appartement de sa fille, fut présentée à la REUTHER FAMILY par Ruth.

Cette femme d'une quarantaine d'année, avait enfin retrouvé le sourire.

Élise lui dit qu'elle devait prendre le temps de s'habituer à ce nouvel environnement, et surtout de ne pas imposer des règles autres que celles du bon sens aux personnels qu'elle aurait en charge. Elle l'entraîna faire une promenade dans le jardin tropical.

— Ici, Madame WAGNER, on ne donne pas d'ordre, il n'y a que Luc qui peut ordonner. Donc nous émettons un souhait, et le personnel qui reçoit l'information, la communique à celui qui peut répondre favorablement.

— Si j'ai besoin de quelque chose, j'ai juste à demander alors ?

— Vous comme tout autre, mais vous ne pouvez demander que ce qui est utile à tous. Pour exemple, vous aimez jouer du tambour, personne ne vous apportera un tambour parce que cela pourrait gêner tout le monde. Vous demandez une chaîne stéréo, si aucune chaîne stéréo n'existe dans la propriété, vous obtiendrez ce que vous avez demandé. C'est pour cela que nous voulons éviter que les personnels qui logent ici, apportent des mobiliers ou des choses de l'extérieur.

— Ah je comprends mieux pourquoi les logements ont le même équipement.

— Nous sommes ici dans une réserve naturelle, la musique ne peut être acceptée que si les fenêtres côtés verrière et piscine sont ouvertes. Mais pas sur les extérieurs des ailes. Parce cela pourrait déranger les animaux sauvages.

— Les véhicules électriques, c'est également pour ça ?

— Oui Ann. Il arrive quelque fois que l'on utilise les véhicules à moteur, mais cela ne dure que le temps de sortir de la réserve.

– Et ma fille sera toujours ici avec moi ?

– Ann, votre fille est PDG d'une société d'avocats conseils, elle étudie le droit et l'économie, et elle sera appelée à voyager. Alors elle ne sera pas toujours avec vous. Mais vous êtes avec elle puisque vous êtes chez elle.

– Oui votre mari m'a dit, bon, je n'ai peut-être pas compris, mais elle est aussi votre compagne à tous les deux vraiment ?

– Pour faire court, je vais vous dire oui. Nous sommes plus qu'un couple, nous sommes un trio, unis et heureux qu'il en soit ainsi.

– Et vous n'avez pas peur que ça casse ?

– Tout le monde a peur que ça casse, c'est pour ça que nous veillons les uns sur les autres Ann.

– Je ne voudrais pas que Ruth soit malheureuse.

– Nous non plus Ann, personne n'y a un intérêt. Faire vivre cette maison, c'est être sur un bateau, et pour y vivre, quand il est parti sur l'océan, les marins doivent faire tout ce qu'il faut pour que ça marche, sinon le bateau s'arrête, et il peut chavirer. Ici, c'est la même chose.

– C'est immense ici.

– Oui Ann, c'est pourquoi Luc ne tolère pas les parasites. Il peut se séparer de quelqu'un en deux secondes si cette personne est néfaste pour le groupe. Luc n'aime pas perdre son temps. Quand il dit apportez moi un café, il ne s'attend pas que vous lui portiez à la course. Non, il veut qu'on lui prépare un bon café, et s'il est bon pour lui, il veut qu'il soit bon pour tout le monde.

- Je m'adapterai, il faut juste que je me repère.

- Prenez le temps, vous n'avez pas besoin de vous affoler. Soyez opérationnelle dans 3 semaines. Nous serons rentrés. Et pendant notre absence, vous verrez avec Margot, Charlotte, Emma, et Sara.

- Et les autres ?

- Chut, elles ne le savent pas encore, n'allez pas gâcher ma surprise.

- Bon je n'ai rien dit.

- Bon, on revient vers les autres, elles vont vouloir vous parler.

Elles entreprirent leur marche retour pour rejoindre la REUTHER FAMILY attablée comme joyeuse troupe qu'animait en riant, Ruth et ses pittoresques histoires de leur vie dans le domaine.

- Ah vous revoilà toutes les deux dit Ruth en voyant sa mère et Élise revenir. Viens t'asseoir ici maman.

- Nous avons fait un petit tour dans le jardin. Répondit Ann. C'est vraiment magnifique.

- Je te l'avais dit maman, tu vas te plaire ici.

- La dame qui est entrée avec moi n'est pas ici ? Demanda Ann.

Les filles baissèrent les yeux, mais Ruth qui venait d'apprendre la nouvelle quelques minutes plus tôt, n'hésita pas un seul instant.

- Regarde maman, là c'est Ephie, et ici, c'est Cathy. C'est leur mère qui est venue voir Luc. Il voulait l'aider, comme il a fait pour toi. Elle devait être avec toi pour gérer l'office.

– Et pourquoi n'est-elle pas ici alors ?

– Elle ne correspondait pas aux attentes de la maison.

– Oh les pauvres filles se retrouvent toutes seules alors ? C'est bien triste ça, vraiment bien triste. Mais vous vous ressemblez comme deux gouttes d'eau mesdemoiselles. Et vous êtes ravissantes, vraiment !

– Merci madame répliquèrent en chœur les jumelles.

– Mais comment fait-on pour savoir qui est qui ici ?

– Observe leur majeur gauche maman répondit Ruth. L'une porte sa bague la pointe du cœur vers le haut, et l'autre la porte vers le bas. L'une est introvertie, l'autre extravertie. Ephie est une fille réservée, elle parle peu, Cathy est une fille qui est expansive, elle est un peu comme moi, il n'y a pas grand-chose qui l'arrête.

– Il faudra que je m'habitue. Vous êtes toutes vraiment ravissantes mesdames.

Mais je vois que vous portez toutes la même bague ! Tu ne m'avais pas montré ta bague Ruth, c'est vraiment un très joli bijou.

– Oui maman, ici, autour de la table, nous formons une seule et unique famille. Nous sommes la REUTHER FAMILY. Ce bijou que nous portons toutes, est un cadeau offert par Luc à chacune d'entre-nous.

C'est un rubis cerné de diamants. Le rubis est taillé en forme de cœur, pour montrer que nous sommes un tout, une puissance unique, les diamants signifient que nous appartenons à la même famille, et le diamant un peu plus gros, qui est au centre des formes arrondies sur la pointe intérieure, signifie que nous sommes des REUTHER.

– C'est vraiment très joli, et la valeur doit être énorme non ?

– Ah ça, nous ne le savons pas nous même ajouta Margot. Sachez que vous êtes ici, dans la tanière du loup.

Luc nous appelle parfois sa meute. Mais ce sont les affaires.

– Et vous êtes toutes des responsables ici ?

– Ann répondit Emma, nous avons toutes de très hautes fonctions dans le groupe REUTHER. Nous savons que Luc vous a averti de notre mode de vie et de nos orientations sexuelles.

Ce qui est notre point de vie privé que nous partageons toutes ici. Luc comme son père, nous a recrutée pour nos compétences, nos qualités, et nos savoirs en tant que femmes. Il n'a rien demandé, rien exigé de nous, autres que de répondre présentes, au moment où il aurait besoin de nous.

– Oh mais Mademoiselle, moi je ne doute pas de cela. Mais Ruth qui n'a pas fait d'études longues, je me trouve étonnée qu'elle ait ici un poste aussi élevé. PDG d'un cabinet d'avocats, c'est incroyable ça.

– Ann, si vous le permettez, je suis Charlotte, si Luc a estimé que chacune de nous devait occuper un poste d'importance, c'est parce que le monde du dehors est différent, et qu'il ne fait plus confiance aux hommes.

Luc pense que les femmes sont aptes à faire aussi bien sinon mieux que les hommes.

Dehors, on ne demande pas à un homme ce que l'on demande à une femme dans les milieux d'affaires, on met la femme derrière un bureau, et on lui dit de faire ce que les hommes commandent.

Ici, on demande aux femmes de faire ce que les hommes font sans à aucun moment considérer que les compétences des hommes prévalent sur celles des femmes.

- Vous prenez des décisions importantes alors ?

- Bien sûr Madame, ajouta Mélanie. Notre patron définit la ligne de conduite à tenir, et nous, nous organisons, orientons, décidons de la marche à suivre.

- J'ajouterai reprit Sara, que nous avons un travail qui nous plaît, un lieu refuge extraordinaire, une entente entre nous exceptionnelle, un état d'esprit très ouvert, et que nous prenons des décisions collégiales, et quand nous ne savons pas faire, nous le disons tout simplement.

Nous sommes traitées toutes de la même manière, en public, comme en privé. Et c'est quelque part ce que nous recherchions.

- Je suis ravie, vraiment ravie que cela se passe ainsi, moi je n'ai pas eu la chance de pouvoir vivre ainsi. Et sincèrement, je suis très heureuse d'avoir pu venir ici.

- Très bien Ann, soyez un peu notre maman à toutes. Ajouta Margot

Notre vie à cent à l'heure ne nous permet pas de voir nos proches. Alors si vous le voulez bien, nous serons un peu toutes vos filles.

551

Et les jumelles seraient j'en suis certaine, très heureuse de vous avoir comme maman de remplacement, car la leur, il faut vraiment qu'elle leur ait fait du tort pour que Luc prenne une telle décision. Et j'en suis très affectée pour elles.

Devenez leur confidente, je suis convaincue qu'elles trouveront en vous, ce qu'elles n'ont jamais eu chez elle.

— Est-ce que je peux demander à Cathy Ephie, Ruth et Eva de venir chez moi un instant ? Demanda Ann

— Mais Ann, vous avez toute liberté ici, personne ne vous demandera d'arrêter votre vie pour nous. Alors je vous en prie, faites. Répondit Élise.

Elles s'éloignèrent toutes les cinq, laissant là leurs aînées, à l'origine de création de la REUTHER FAMILY.

Les REUTHER FAMILY profitèrent de cet instant entres elles, et Élise demanda qu'on l'affranchisse de ce qui s'était passé lors de cet entretien qui avait tourné court.

Ce fut Charlotte qui expliqua les choses.

— Élise, nous avons assisté à une partie de l'entretien, parce que Luc nous a demandé de venir. Et cette dame-là, est allée beaucoup trop loin. Elle n'en avait rien à faire de ses filles. On ne peut pas appeler ça une mère. Nathaly était présente depuis le début, et elle va te raconter.

— Mais que s'est-il passé pour que Luc s'enferme tout seul et verrouille son bureau.

— Elise, cette femme a investi son bureau, et alors que Luc voulait lui présenter les choses telles qu'il les avait envisagées, elle a d'abord refusé que les filles assistent à l'entretien, puis elle a accusé Luc de viol sur Ephie et Cathy. Elle l'a insulté en le traitant de détraqué sexuel, et en le menaçant, disant que les filles allaient l'entendre quand elles rentreraient à la maison. Alors Luc a fait entrer les filles, à appeler Margot et Charlotte, et a demandé à Madame BERNY si elle voulait bien réitérer ses accusations et si elle les maintenait. Elle a répété son couplet. Luc lui a confirmé qu'il déposait une plainte en diffamation. Mais ce qu'a dit cette dame est extrêmement grave, et la portée de ces accusations fait courir un risque sur toute la crédibilité de la FAMILY et de la Team manager ainsi que sur le groupe REUTHER.

– Il paraît qu'il l'a fait mettre à la porte par deux agents de sécurité.

– Oui, il lui a fait traverser le no man's land, à pieds. Puis il a envoyé une voiture la déposer à Luxembourg.

– Qu'est-ce qu'elle a bien pu faire pour le transformer comme ça ? Ce n'est pas son genre, mais là, il est comme fou. Il n'a pas voulu m'ouvrir la porte.

– Élise, ne t'inquiètes pas, j'ai appelé le procureur de Luxembourg, et je lui ai fait entendre l'enregistrement. Nous déposons une plainte pour tentative d'escroquerie et propos diffamatoires.

– Oui mais si la presse apprend ça, Luc va être traîné dans la boue. Autant dire que tout s'arrête instantanément.

– Ça ne sortira pas dans la presse, on a lancé le black-out total.

– Putain de merde, mais qu'est-ce qui lui a pris à cette garce.

– C'est simple, elle n'a fait que lire les journaux, et elle s'est crue arrivée au sommet en flairant le pognon. Elle n'a jamais bossé de sa vie. Les jumelles étaient ses esclaves, c'est ça la vérité. Et Ephie était la plus faible quand elles étaient petites. Ses salaires d'ici, la mère ne lui a pas laisser le moindre dollar. Luc, en apprenant la vraie histoire de la bouche d'Ephie, s'est transformé en une fraction de seconde en sanguinaire. Si nous n'avions pas été présentes avec Margot, je pense qu'il l'aurait égorgée.

– Alors maintenant, il se pose des questions sur la FAMILY, c'est ça ?

– On ne sait pas reprit Margot, mais il faut trouver un moyen de le calmer. J'espère qu'il n'a pas pris de décision radicale pour VERDIER et les autres. Mais j'ai l'impression qu'il va y avoir du grabuge dans les affaires.

– A ce point ? Vraiment Margot ? Tu me fais peur là.

– Tu sais Élise, reprit Margot, en une semaine seulement, combien d'hommes sur cette putain de planète auraient pu supporter ce qu'on lui a fait subir ? Combien ? Plusieurs tentatives d'assassinat, des magouilles politiques, des magouilles financières, des magouilles de comptes société, des escroqueries, nous et notre genre féminin qu'il a pris comme fer de lance de son groupe, les arnaques à VERDIER, l'étendue de sa fortune, les mystères qui entourent toutes les affaires, et le clou, une accusation de séquestration et de viol, dans sa propriété, sans compter nos petits caprices amoureux ! Tu ne crois pas que ça fait beaucoup en une semaine ? Pas un autre que lui, pas un autre n'aurait eu assez de couilles pour résister.

554

Luc est un idéaliste, il pense que toutes les femmes sont des refuges. Il n'a pas vu le coup venir, parce qu'il ne supporte pas qu'une femme souffre à cause des hommes.

Il a omis une chose bien réelle, c'est que derrière le regard de certaines femmes, il y a la bestialité d'un homme qui sommeille. Et pour certaines, ce côté négatif ressort sous des formes machiavéliques et violentes.

Nous qui sommes lesbiennes, nous avons cela en nous, mais matérialisé différemment.

D'autres le démontrent par de la violence, de la perfidie, de la traîtrise. Ce n'est pas notre cas, et notre famille est solide parce que nous le respectons pour ce qu'il est.

Il a une puissance, une influence sur la plupart des femmes, mais il a une faiblesse que nous connaissons bien, cette faiblesse, c'est l'amour.

Il aime les femmes.

C'est son univers personnel, et il les monte toutes sur un piédestal.

Là, il est tombé de haut, celle qu'il avait face à lui n'a pas de sentiment, pas de cœur, pas de sens maternelle, pas ce côté protecteur, bref, c'est une solitaire.

Lui il est arrivé la bouche en cœur, et elle a mordu tout de suite, et s'est acharnée.

Comment veux-tu que le loup ne réplique pas ?

Maintenant, il est dans sa tanière, et il est en train de se demander si ici même, l'une de nous n'est pas son pire ennemi.

- Mais personne ne pourra le raisonner alors, vous savez comment il est, même moi je n'y arriverai pas. S'inquiéta Elise. Quant à Céline, il n'a plus confiance en elle, il ne l'écoutera pas.

- Nous étions présentes, et nous non plus il ne nous écoutera pas. Mais il y a une personne qu'il écoutera, reprit Margot, une et une seule. Ce n'est pas réjouissant pour nous toutes, mais nous faisons parties de lui. Chacune de nous se retrouve en lui. Nous le savons, sinon nous ne serions pas ici.

- À qui penses-tu réellement ? Demanda Nathaly ? Si cette personne peut le faire sortir de son bureau, nous pourrons aider Luc, faute de quoi, il va s'enrager, et ce ne sera plus un loup, mais un bête encore plus féroce qui sortira de sa tanière.

- Ruth est la seule personne capable de le faire sortir. Alors je vous propose de demander à Ruth d'agir. Elle saura trouver les mots. Et puis nous n'avons rien à perdre à essayer.

- Bon, alors il faut la prévenir qu'elle aille maintenant voir Luc. Ajouta Charlotte. Je vais la chercher.

- Nous, il faut que l'on délibère vite fait sur l'affaire VERDIER. Je vous propose qu'on fasse ça maintenant. Le temps presse. Proposa Emma.

L'affaire fut entendue, et elles décidèrent d'une part d'entendre VERDIER et sa conseillère Céline. Mais également de ne pas l'écarter et faire en sorte qu'on lui attribue une place de conseil chez WAGNER. Il faudrait suivre la procédure que Luc avait établie, mais on s'arrêterait au premier jugement.

VERDIER était incontournable, il savait trop de choses sur les affaires, et il s'engagerait, c'en était sûr, auprès des nouveaux schémas de commandement, conservant ainsi une part de notoriété, une part de prestige, tout en assurant une certaine continuité des affaires.